대중문학을 넘어서

김창식

고 김창식은 1956년 3월 10일 경남 진양군 창촌리에서 김갑수와 유희자 사이의 장남으로 태어나 1972년 동아고교를 거쳐, 부산대학교 국어국문학과를 졸업하였다. 같은 대학원 석사를 거쳐, 1994년 박사 학위를 취득하였으며, 1992년부터『오늘의 문예비평』으로 평론 활동을 시작하였다. 부산의 데레사여고, 영남상고, 부산여상고 교사를 거쳐 부산대학교, 경남대학교, 부산외국어대학교, 경성대학교 강사를 역임하였다.

주요논문으로「서해소설의 구조 연구」,「일제하 한국 도시소설 연구」,「1920~1930년대 통속소설론 연구」,「염상섭의 이심 연구」외 다수가 있다. 한국문학회, 현대문학이론학회, 대중문학연구회 회원, 경남지역문학회 운영이사,『시와비평』편집위원으로 활동하였으며, 그 사이 낸 책으로 『한국 현대소설의 재인식』(1995)을 비롯하여, 공저로『한국문학에 있어서의 집 그리고 가족의 문제』(1992),『신문소설이란 무엇인가?』(1996),『추리소설이란 무엇인가?』(1997),『연애소설이란 무엇인가?』(1998),『대중문학의 이해』(1993),『과학소설이란 무엇인가?』(2000) 들이 있고,『글쓰기의 길라잡이』(1995)를 옮겨내기도 했다.

2000년 5월 22일 지병으로 유명을 달리 하였으며, 유족으로 부인 남해숙 여사가 있다.

청동거울 문화점검 ⑫

대중문학을 넘어서

2000년 8월 28일 1판 1쇄 인쇄 / 2000년 9월 2일 1판 1쇄 발행

지은이 김창식 / 펴낸이 임은주 / 펴낸곳 도서출판 청동거울 / 출판등록 1998년 5월 14일 제13-532호
주소 (135-080) 서울 강남구 역삼동 832-52 상봉빌딩 301호 / 전화 564-1091~2
팩스 569-9889 / 하이텔I.D. 청동 / 전자우편 cheong21@freechal.com

편집장·디자인 조태림 / 편집 문해경 / 영업관리 정덕호

값 13,000원

ISBN 89-88286-32-4

청동거울 문화점검 ⑫

대중문학을 넘어서

김창식 지음

청동거울

대중문학 연구에 디딤돌을 놓고서

이 책은 올해 봄 급작스런 지병으로 유명을 달리한 김창식 선생의 유저입니다. 문학 연구와 비평에서 한창 그 기개가 봄날의 우듬지처럼 빛나던 시기에 고인은 불현듯 우리 곁을 떠났습니다. 안타까움에 발밑이 들끓고, 분함에 하늘이 서러웠습니다. 3월에 걸어 들어 5월에 누워 나오니, 그리도 허망한 세상 일은 일찍이 알지 못했습니다. 자상한 남편이었고, 끝까지 성실한 제자였으며, 생각 깊은 선배이기도 했던 고인은 여러 해 우리의 대중문학, 대중소설에 큰 뜻을 두고, 방대하고도 꼼꼼한 자료 수집과 연구 활동에 공력을 쏟아왔습니다.

그리하여 가을에는 우리 학계에서는 처음 있는 일일, 한국의 대중문학에 대한 연구물 단행본 출간을 계획하면서 고인은 마냥 즐거워했습니다. 그러나 연구를 보완하기 위한 준비에 바쁘던 가운데 뜻하지 않은 병석에 눕게 되어, 자신의 후속 작업을 마무리하지 못하게 된 것입니다. 발표된 글들만으로 책을 묶기로 하고 제목과 목차를 짚어나간 때는 이미 간에 깃든 병이 돌이킬 수 없이 깊어진 뒤였습니다. 제목으로 삼은 『대중문학을 넘어서』는 고인의 뜻에 따랐습니다. 고인은 이 책을 상상하며 눈을 감았을 터이니, 조금이나마 다행스러운 바가 있었다 하겠습니다.

좁은 아파트 빈 방에 남겨진 만 권의 서책은 고인이 앞으로 오래 밟아가야 될 첫길일 뿐이었습니다. 그런데도 고인은 벌써 아득히 먼 딴 곳을 걷고 있습니다. 고인은 심지가 굳었으나 편벽되지 않았으며, 조신했으나 결단은 빨랐습니다. 앞이 쉬 보이지 않는 오랜 연구 생활 속에서도 열정을 허트러뜨리지 않았습니다. 정작 자신의 전공인 문학 수업 자체가 고통일 뿐인 교수자들이 앞뒤로 행세하는 환경 속에서도 의연하게 학문적 기개를 굽히지 않았습니다. 한국 대중문학이 지니고 있는 즐거움의 정체를 온전히 밝혀 보고자 했던 고인의 선구적인 뜻은 더욱 이어지고 깊어질 것입니다.

학부시절부터 문학을 이음매로 교분이 마냥 깊었던, 공옥식 선생을 비롯한 을숙도동인과 곽동훈·이헌홍 교수를 비롯한 천마산인, 그리고 대중문학에 대한 관심을 서로 나누며 이승의 추억을 아름답게 가꾸어 주었던, 임성래 회장을 비롯한 대중문학연구회 회원과 이성모 교수를 비롯한 경남지역문학회 회원들의 묵은 사랑을 고인은 늘 기억하였습니다. 대중소설이 무슨 학문의 대상이 되느냐며 알게 모르게 가해졌던 일부의 비아냥거림과 무지 속에서도 일찍부터 뜻을 함께 해준 정찬영, 문선영, 이순욱을 비롯한 후배들이 고인에게는 또한 각별한 기쁨이었습니다.

고인의 사십구일재가 있었던 집현산 보현사 맑은 아침에는 두꺼비 한 마리 물골을 따라 다시 산으로 들고, 큰 키 맹종죽 푸름은 강물처럼 일어서 명주 빛 햇살 하얀 세상 속으로 출렁출렁 펼쳐지고 있었습니다. 고인의 글을 책으로 곱게 꾸며주신 청동거울에 고마움을 전합니다. 무엇보다 지아비의 뜻을 오랜 세월 따뜻하게 받들며, 순탄치 않았던 고인에게 삶의 행복을 깊이 누리게 해준 부인 남해숙 여사의 평안을 빌어드립니다. 고 김창식 선생 영가시여, 고이 명목하소서. 그대 저승의 슬픔은 이미 저물녘이나, 이승에 남은 우리의 슬픔은 아직까지 첫새벽일 따름입니다.

2000년 8월에 삼가 박태일은 머리글을 올립니다.

제3부

문화 연구와 대중문학

대중문학과 독자

연애소설의 개념

문화 연구와 대중문학

I. 들머리

오늘날 대중문화는 우리의 삶 깊숙이 자리잡고 있으며 이미 우리 일상생활의 일부를 구성하고 있다. 대중문화 비판론자들이 전가(傳家)의 보도(寶刀)처럼 휘둘렀던 프랑크푸르트 학파의 '문화산업론'은 문화의 '생산'뿐 아니라 문화의 '소비'와 '분배'의 문제도 함께 고려해야 한다는 주장 앞에서 그 이론적 수정을 요구받게 되었고, 고급문화/대중문화라는 해묵은 이분법이 효력을 상실한 대신 의미를 만들어내는 모든 '의미화의 실천'을 문화로 보는 시각이 폭넓은 지지를 얻고 있다. '문화 연구'(Cultural Studies)는 이러한 대중문화의 급상승과 전면적 확산 현상에 대하여 그런 변화를 정확히 읽어내고 이를 체계적으로 이해하려는 시도에서 출발하였다고 볼 수 있다.

문화 연구는 오페라, 발레, 연극, 고전 음악, 미술 등 일부 상류 계층이 전유하는 '문화물'만을 문화적 업적으로 평가하려는 편협한 시각에서 벗어나 저속한 대중적 취향을 반영하는 것이라고 인식되어 왔던 다양한 형태의 문화물이 생산되고 소비되는 사회적 과정과 배경 등에 더 비중을 두어 문화 현상을 분석하고자 하는 시도이다.[1] 따라서 문화 연구의 역사는 문화의 개념을 확장하고 대중문화에 관심을 기울여 그것의 생산과 소비 과정을 면밀하게 추적하는 한편, 그에 관한 이론적 틀을 마련하는 과정이었다. 이 글은 이런 문화 연구의 성과—특히 대중문화론—들이 우리의 대중문학을 이해하는 데 어떤 도움이 되지 않을까 하는 소박한 의문에서 출발한다.

지금까지 대중문학(특히 대중소설)이 많은 사람들에게 사랑을 받으면서도 비평가나 문학연구자들에게는 외면당하고 소홀히 취급되어 온 것은 이를 체계적으로 이해할 만한 이론적 틀이 거의 없거나 그런 틀을 만들어 보려는 노력이 부족했던 탓으로 보인다. 이른바 본격문학에 대한 이론들은 셀 수 없을 만큼 무성하고 정치(精緻)한 데 반해 대중문학에 대한 이론은 단순한 몇 개의 개념들(통속성, 도식성, 상투성, 멜로드라마 형식 등)에 기대어 모든 것을 설명하려는 '기이한' 현상이 별다른 거부감 없이 오랫동안 통용되고 있는 것이다.[2] 이러한 편벽함과 이론 부재 현상을 극복하기 위해서는 대중문학의 '미학' 내지는 그 이론적

---

1) 황인성(1997), 「구조주의와 기호학, 그리고 문화연구」, 『문화 연구 이론』(정재철 편), 한나래, 11쪽. 여기서 문화연구라는 용어와 자주 혼용되는 문화이론, 문화비평 등의 용어를 서로 구별해 보이면 다음과 같다. '문화연구' 란 하나의 현상으로서 텍스트에서 출발하여 그 텍스트가 만들어진 '맥락'을 찾아내는 작업을 뜻한다. '문화이론'은 문화연구를 하기 위해 거시적 틀을 마련하는 일을 가리킨다. 문화이론에서 이론은 특수하고 국지적인 맥락으로 진행되는 문화연구에 진입로를 제공하는 구실을 한다. 그러나 이 둘은 실제로 그렇게 또렷하게 구별되지 않는 경향이 있다. 한편 '문화비평'은 대체로 보아 이론적 천착보다는 대중문화현상들을 단순히 분석하거나 피상적 비평에 머물고 마는 것을 뜻할 때가 많다.

2) 밥 애쉴리(Bob Ashley)는 대중소설이 쉽게 읽히고 누구나 접근할 수 있다고 해서 대중소설을 연구하는 일도 쉽다고 생각하는 것은 잘못이라고 하였다. 즉 그에 따르면, "대중소설 연구는 사소하다는 이유로 널리 푸대접 받아 온 대상에 대한 진지한 검토를 하는 작업인데, 사람들은 그러한 연구가 어떤 면에서 '쉽다'고 생각하는 경향이 있다. 경박한 차원에서는 대중소설이 간단하고 복잡한 것을 요구하지 않는다는 점 때문일 것이다. 좀더 진지한 차원에서는 대중텍스트들이 '접근할 만하고' 학생들도 예컨대, 조지 엘리옷이나 D. H. 로렌스의 '본격적인' 소설의 경우보다 훨씬 더 활발하고 생생하게 자신의 경험으로부터 반응한다는 점 때문일 것이다. 특정 텍스트에 대한 개개인의 반응에 있어서는 그러한 생각이 유효할지도 모르지만 대중소설 일반에 대한 진술로 보면 그건 틀린 생각이다."
Ashley, Bob(1989), *The Study of Popular Fiction: A Source Book*(London: Pinter Publishers), 1쪽.

틀을 구축해 보려는 보다 적극적인 시도와 노력이 필요하다.

영국의 '스크린' 학파나 바르트의 『신화론』은 대중문화 텍스트를 정치하게 분석하고 그 의미 또는 의미작용을 정확히 읽어내는 데 있어서 좋은 본보기가 되었다. 그리고 슈퍼맨 신화와 007시리즈 등을 분석한 에코의 『대중의 슈퍼맨』도 이런 방면에서 매우 흥미롭고 유익한 저서이다. 국내에서도 최근(1997) 텔레비전 드라마 『애인』을 여러 연구자들이 다양한 관점에서 본격적으로 분석한 책이 출간된 바 있다. 이러한 연구 성과들에 힘입어 나는 대중문학의 체계적 이해를 위한 이론적 틀을 마련하려는 의도에서 문화 연구의 패러다임을 우리의 대중문학이해에 적용시켜 보고자 한다.

문화 연구의 패러다임은 크게 두 가지—구조주의와 문화주의—로 나누어진다. 토니 베넷에 따르면, 구조주의적 시각에서 대중문화는 사람들의 생각들을 지시하는 '이데올로기적 기계(ideological machine)'로 간주된다. 이에 반해, 문화주의에서는 대중문화를 종속적인 사회 집단 또는 계급의 진정한 이익과 가치를 표현하는 것으로 파악한다.[3] 전자는 대중문화를 부정적으로 바라보지만 후자는 이를 긍정적으로 평가하는 것이다. 구조주의의 장점은 '한정된 조건들'을 강조하며, '경험'을 탈중심화하고 '이데올로기'라는 무시되어 온 범주를 정교화하는 획기적인 작업을 시작한 점이다. 반면 문화주의의 장점은 '경험'에 우위를 두고, 창조적인 면과 역사적 행위자를 강조한 점이다.[4] 그러나 이런 장점들에도 불구하고 두 이론적 전통은 각기 '조건(구조)'과 '의식 (개인)' 중 어느 하나를 지나치게 강조함으로써 그 이론적 한계를 드러낸다. 특히 두 패러다임은 문화를 지배 이데올로기에 의해 지배되는

---

3) Bennet, Tony, et al. (eds.) *Popular Culture and Social Relations*(Miton Keynes: Open University Press, 1986)에 실린 토니 베넷의 '서론' xii쪽.
4) 임영호 편역, 『스튜어트 홀의 문화이론』(한나래, 1996)에 실린 홀의 '문화연구의 두 가지 패러다임' 참조.

것으로 보았다는 점에서는 완전히 동일하다. 그람시의 헤게모니 이론이 뒤늦게 주목을 받는 것도 이 때문이다. 그람시에 따르면, 대중문화는 지배 이데올로기에 부합되는 강요된 문화도, 또 단순히 이에 저항하는 문화도 아니다. 그보다는 이 둘 사이의 협상의 영역이라 할 수 있는데, 여기에서는 지배적, 종속적 그리고 저항적 문화와 이데올로기적 가치 및 요소들이 뒤섞인다. 이렇듯 그람시의 이론은 문화 연구에 있어서 구조주의론와 문화주의론을 결합할 수 있는 틀을 마련하였고, 그 이후 후기 구조주의 내지는 포스트 모더니즘론에 힘입어 다양한 문화 이론들이 출현하면서 문화 연구의 새로운 지평이 열리고 있다.

이러한 여러 연구 성과들 가운데 이 글에서는 레비 스트로스의 신화 이론과 그람시의 헤게모니 이론, 그리고 최근 문화이론 중에서 수용자의 즐거움에 초점을 맞춘 저항적 즐거움에 관한 이론 등에 우선 주목하고자 한다. 왜냐하면 이 짧은 글에서 수많은 이론들을 하나하나 검토할 겨를도 없을 뿐만 아니라, 위에서 열거한 이론들이 다른 이론들에 비해 상대적으로 보편성을 띠고 있어 우리의 대중문학 분석에 적용해도 큰 무리가 없을 것으로 판단했기 때문이다. 여기서 문화주의 문화론이 제외된 것은 다음 두 가지 이유에서이다. 하나는 그것이 영국의 노동 계급 형성에 기반을 둔 이론이라 그것의 적용 문제는 그와 역사적 조건이 매우 상이한 우리의 현실을 고려할 때 좀더 신중한 검토가 필요하다는 점이다. 다른 하나는 문화주의 문화론이 주장하는 대중문화의 저항적 성격은 이미 그람시의 헤게모니론에서 충분히 논의되고 있을 뿐만 아니라, 그후 저항적 즐거움에 대한 이론에서 이를 더욱 정교하게 체계화하고 있기 때문이다. 이에 따라 이 글은 먼저 위의 이론들을 간략히 소개하고 그 이론에 기대어 대중문학을 뜻매김한 다음, 그러한 뜻매김에 본보기가 되는 몇 작품들을 선택, 분석하여 그 이론적 타당성을 검증해 나갈 것이다.

2. 레비스트로스의 신화 연구와 대중문학

레비스트로스는 소쉬르의 구조주의 언어학 이론을 이용하여 요리, 예의 범절, 의복, 회화, 결혼제도, 종교, 신화 등 다양한 사회 문화적 관습들을 언어체계와 유사한 방식으로 분석하였다. 그의 많은 연구 가운데 대중문화와 관련하여 가장 흥미로운 것은 그의 신화분석이다. 그의 논리에 따르면, 신화는 언어와 마찬가지로 작용하며, 언어의 개별적인 단위인 '형태소'나 '음소'와 유사한 개별적인 '신화소' (mythemes)로 이루어져 있다. 이러한 관점에서 그는 신화 속에 잠재하는 문법, 즉 신화를 의미있게 만드는 규칙과 규정들(랑그)을 찾아내고자 하였다. 그의 신화론을 간단히 요약하면 다음과 같다.[5]

① 신화의 목적은 모순적 사실을 극복할 수 있는 논리적 모델을 제공하기 위한 것이다. 신화는 모순을 추방하고 이 세계를 이해할 만하고 살 만한 곳으로 만들기 위해 우리가 스스로에게 들려주는 하나의 문화로서의 이야기이다.

② 신화는 자연의 무질서한 현상들을 은유적 표현을 통하여 다양한 모양으로 제시한 후, 그러한 문제들에 대한 해결책을 상징적으로 제시함으로써 질서를 복구한다.

③ 신화의 표면 아래 무의식적 심층 차원에서 작용하는 구조는 '이항 대립'적 조직으로 규정될 수 있는데, 일반적으로 한 쌍의 이항 대립이 다른 한 쌍의 이항 대립과 연계되는 네 가지 항목의 상동 관계 방식으로 구축된다.

④ 가장 기본적인 구조는 A:B::C:D, 즉 A와 B의 대립이 C와 D의 대립으로 대치되는 기본 공식을 따른다. 한편 중개되거나 타협될 수

---

5) 존 스토리(1994), 『문화연구와 문화이론』(박모 역), 현실문화연구: 황인성(1997).

없는 추상적 차원의 대립 구조는 몇 단계의 변형을 통하여 매우 구체적인 대립 구조로 대치되어 중개자가 허용되면서 최초의 갈등 구조가 해결된다.

결국 레비스트로스는 신화가 이항 대립적 구조를 통해 현실의 기본적인 모순 관계를 상징적으로 해결하려는 이야기라고 보았다. 이러한 레비스트로스의 신화분석은 이후 많은 커뮤니케이션 학자들에게 영화, 광고, 텔레비전 드라마 등을 구조주의적 방법으로 분석할 수 있는 모델을 제공하였다. 예컨대, 그래엄 터너는 전통 서부극에서 이민 개척자와 인디언 간의 대립은 '이민 개척자:인디언, 백인종:유색 인종, 기독교도:이교도, 문명:자연, 무기력한:위험한, 약한:강한, 옷 입은:벌거벗은' 등의 상동 구조적 대립쌍들로 대치되어 드러난다고 했다. 이러한 갈등은 이민 개척자로서의 특징과 인디언의 특징을 모두 지닌 주인공—예를 들어『수색자』의 주인공 존 웨인—에 의해 해결되는데, 이러한 문제 해결은 실제적인 해결이 아니라 상징적인 해결이라는 것이다.[6]

이러한 의미에서 대중문학도 '현실의 모순과 불합리를 상상적 구조를 통해 해결하려는 것'으로 볼 수 있다. 영화나 만화와 마찬가지로 대중문학이 사람들에게 널리 사랑을 받는 이유도 여기에 있다. 대중문학에서 흔히 나타나는 이항 대립적 구조는 신화적 사고의 반영일 뿐 아니라, 모순 극복의 논리적 모델을 제공하기 위한 서사적 장치로 볼 수 있다. 이제 이러한 점을 조중환의 「장한몽」과 김말봉의 『찔레꽃』 등을 통해 검증해 보자.

「장한몽」(1913·1915)의 기본적 대립은 빈(貧):부(富)의 대립이다. 즉 가난한 이수일과 대부호의 아들인 김중배의 대립이 그것이다. 소설의

---

6) 그래엄 터너(1994), 『대중 영화의 이해』(임재철 외 옮김), 한나래, 112~113쪽.

첫부분부터 두 사람의 대립과 갈등은 첨예하게 드러난다. 김중배를 상징하는 것은 '금강석' 반지이다. 이 금강석 반지를 보고 심순애를 비롯한 젊은 여자들을 그 현황한 광채에 넋을 잃는다. 반면 이수일은 김중배의 교만방자한 태도에 속이 뒤틀리며 또한 젊은 여자들이 하나같이 그의 금강석 반지에 현혹되는 것을 보고 불쾌감을 참지 못한다. 그러나 이러한 빈 : 부의 대립은 결코 타협되거나 해결될 수 없는 기본 모순이다. 일제 침략과 함께 한국이 자본주의 사회로 진입하는 단계에서는 더욱 그러하다. 그리하여 이 대립은 이야기가 전개되면서 '의리(신의) : 이욕(利欲)', '사랑 : 돈', '사람 : 짐승', '인간적인 삶 : 사회적인 출세' 등 상동 구조적 대립쌍들로 대치되어 표현된다. 심순애가 개입하는 지점이 바로 이 지점이다. 즉 그녀는 빈 : 부라는 기본적 대립을 중개하는 요소로서, 해결 불가능한 빈 : 부의 대립을 '사랑 : 돈'이라는 해결 가능한 대립으로 변형시키는 구실을 한다. 심순애는 사랑(이수일)을 버리고 돈(김중배)을 택했지만, 마침내 자신의 잘못을 뉘우치고 다시 이수일에게로 돌아가는 것으로 소설은 마무리된다. 이로 보아 심순애의 삶의 역정은 궁극적으로 '사랑의 힘 또는 위대함'을 증명하는 데 바쳐지고 있는 것이다. 그리고 이런 사랑의 힘을 통해 인물들 간의 모든 대립과 갈등—이수일 : 김중배, 이수일 : 심순애, 이수일 : 심택(심순애의 아버지), 이수일 : 백낙관 등의 대립과 갈등은 최종적으로 해소된다.[7]

따라서 「장한몽」은 어차피 해결 불가능한 빈 : 부의 대립을 사랑 : 돈이라는 대립으로 변형하여 이를 해결함으로써, 그러한 기본 모순 속에서도 여전히 이 세계를 이해할 만하고 살 만한 곳으로 만들어 주는 구실을 한다고 하겠다. 일본소설 「금색야차」의 번안에 불과한 이 소설이

---

7) 그러나 빈 : 부의 대립은 이 소설의 처음부터 끝까지 그대로 지속된다. 다만 사랑을 전면에 내세움으로써 그러한 대립이 눈에 잘 띄지 않을 뿐이다. 따라서 이수일이 고리대금업자로 큰 성공을 거두느냐 그렇지 못하느냐, 김중배가 결국 파산하느냐 안 하느냐 하는 것은 이러한 빈 : 부의 대립을 해결하는 문제와는 전혀 무관하다.

발표 당시는 물론이고 그 이후에도 오랫동안 대중들의 사랑을 받아온 이유도 아마 여기에 있을 것이다. 어쩌면 빈 : 부의 모순이 근본적으로 해결되지 않는 한, 이수일과 심순애의 이야기는 끊임없이 사람들의 입에 오르내릴지도 모른다.

김말봉의 『찔레꽃』(1937) 역시 그 기본적 대립은 빈 : 부이다. 가난한 연인 사이인 안정순과 이민수, 그리고 OO은행 두취(지금의 은행장) 조만호와 그의 자식들인 경구 · 경애 남매―그들간의 대립과 갈등이 그것이다. 이러한 빈 : 부의 대립은 조만호의 딸 경애가 민수를 좋아하고, 또 경구가 정순을 좋아하면서 사랑 : 돈의 대립으로 전이된다. 즉 정순와 민수는 서로 상대방의 마음을 의심하면서, 각기 상대방이 돈 때문에 부호의 자식들인 경구와 경애에 이끌리고 있다고 생각한다. 경구와 경애가 정순과 민수의 관계를 연인 사이가 아닌, 외사촌 남매간으로 알고 더욱 적극적으로 그들의 사랑을 상대방에게 표현하는 바람에 정순과 민수 사이는 점점 더 틈이 벌어지고 오해의 골은 더욱 깊어진다. 민수는 정순의 변심이 돈 때문이라고 생각하고 정순의 사랑을 잃은 데 대한 복수로 경애와의 약혼을 선언한다. 그러나 정순은 민수의 마음이 변한데 절망하면서도 끝까지 경구의 구애(求愛)를 받아들이지 않는다. 마침내 모든 오해가 풀리고 민수는 자신의 경박함을 뉘우치면서 정순의 처분만 기다리나, 정순은 이미 한 여자를 울렸으니 또다시 한 여자를 울리지 말라며 민수와 경애의 행복을 기원한다. 정순과 민수가 자신도 모르는 사이에 경애와 경구의 장단에 춤을 추고 조만호와 침모 박씨의 농간에 놀아나는 동안 그들의 순수한 사랑은 다시 회복될 수 없을 만큼 큰 상처를 입은 것이다. 어쨌든 돈 때문이든 아니든 그들의 사랑에 돈의 힘이 개입하는 순간 그 사랑은 때가 묻어 버렸고, 정순은 이 점을 도저히 용납할 수 없었기에 민수와의 사랑을 포기하기로 결심한 것이리라. 이런 점에서 자신의 순수한 사랑을 지켜 나가려는 정순의 의지와 노력은 눈물겹기까지 하다.

한편 경구와 경애에게는 이미 아버지가 결혼 상대자로 점찍어 둔 사람들(재산가의 자녀들인 윤희와 영환)이 있었지만, 경구와 경애는 그들을 뿌리치고 정순과 민수를 택하려 한다. 가난한 정순과 민수는 돈이 없는 탓에 서로의 마음을 의심하나, 돈 많은 집안의 자식들인 경구와 경애는 상대방의 재산보다는 인격, 돈보다는 진실된 사랑을 중시하는 것이다. 특히 정순이 '가난한 처녀'이기 때문에 더욱 이끌린다는 경구의

『찔레꽃』의 작가 김말봉의 장편소설 『바람의 향연』.

말은 이런 '사랑과 돈'의 대립을 더욱 분명하게 드러내 주는 구실을 한다. 이밖에 기생 옥란이 사랑(최근호)을 버리고 돈(조만호)을 취했다가 사랑도 돈도 다 잃고 마는 것이라든지, 조만호가 돈을 미끼로 침모 박씨를 중간에 내세워 정순의 사랑을 얻어 보려 했다가 망신만 당하고 마는 것 등도 사랑과 돈의 대립 과정을 그린 사건들이다. 그리고 위의 결과가 보여주듯, 사랑을 버리거나 사랑을 오염시킨 자들은 대부분 마지막에 가서 그들의 부끄럽고 치사한 꼴을 여러 사람들에게 보이고 만다.

이처럼 『찔레꽃』은 빈:부의 대립을 사랑:돈의 대립으로 변형시켜 마침내 사랑이 승리하는 모습을 보여줌으로써, 인생의 가시밭길 위에서도 '찔레꽃' 같이 희고 순수한 사랑만이 우리를 구원해 줄 것이라는 뜻을 오롯이 전하고 있다. 비록 정순과 민수의 사랑이 결실을 맺지는 못했지만 정순의 고결한 태도와 그녀의 지순한 사랑만은 오랫동안 독자들의 뇌리에 남을 것이 분명하다. 우리는 그런 정순의 모습에서 위

로를 받는다. 즉 현실에서 설사 사랑보다는 돈을 택했더라도 정순을 통해 이루지 못한 자신의 이상적 모습을 발견하고는 우리는 안심하는 것이다. 그리하여 빈:부의 모순이 심화되는 상황 속에서도 우리는 여전히 이 세상을 살 만한 곳으로 여기며 험한 세파를 견뎌 나가는 것이다.

3. 그람시의 헤게모니론과 대중문학

그람시의 '헤게모니' 개념은 기본적으로 발전된 서구 민주사회에서 자본주의의 억압과 착취에도 불구하고 왜 사회주의 혁명이 일어나지 않았는지를 해명하려는 것이다. 헤게모니란 지배 계급 또는 집단이 단순히 사회를 통치하는 것이 아니라 도덕적, 지적 지도력을 가지고 사회를 이끌어가는 상황을 가리킨다. 지배 계급 또는 집단은 피지배 계급 또는 집단의 '동의'를 바탕으로 정당성을 확보하려 하며, 그들은 끊임없이 그 동의를 바탕으로 자본주의 사회질서에 대한 도덕적이고 지적인 지도력을 행사한다.[8]

헤게모니 이론의 관점에서 보았을 때, 대중문화는 사회의 지배력과 피지배력 사이에 교류가 이루어지는 장소로써 중요한 의미를 지닌다. 대중문화는 합병과 저항 사이의 알력, 즉 지배 계급의 이해관계를 보편화시키려는 시도와 피지배 계급의 저항 사이에서 투쟁이 일어나는, 문화적 교류와 협상(타협적 평형)에 의해 구성된 영역으로 명시화된다.[9]

이러한 헤게모니 이론에 기댈 때, 대중문학 또한 기존의 질서나 신념, 가치체계를 지속시키려는 힘과 그런 신념과 가치체계에 저항하고

---

8) 존 스토리(1994), 172쪽: 원용진(1996), 『대중문화의 패러다임』, 한나래, 57~58쪽.
9) 존 스토리(1994), 174쪽.

도전하는 힘들이 투쟁하는 장소로 볼 수 있다. 따라서 대중문학에는 한 사회의 지배적인 이념(또는 담론)과 이에 맞서는 대항적 이념(또는 담론)이 함께 섞여 있게 마련이다. 대중문학은 상충하는 두 이념이 헤게모니 투쟁을 벌이는 과정에서 찾아낸 일종의 '타협점'이다. 이제 대중문학의 이러한 특성을 조중환의 「장한몽」과 신달자의 『물 위를 걷는 여자』 등을 통해 검증해 보고자 한다.

「장한몽」의 지배적인 이념은 '의리와 정절'이다. 이는 의리와 정절을 지킨 자와 그렇지 못한 자의 우열이 분명히 드러나는 데서 알 수 있다. 심순애는 이수일과의 혼약을 헌신짝처럼 내버렸기 때문에 시종일관 이수일에게 허리를 굽히며 오로지 그의 용서를 구할 따름이다. 한편 이수일은 비록 고리대금업을 할망정 언제나 심순애 앞에서 당당하다. 비록 순애가 떠난 후로 '편벽되고 무정한 사람'으로 변했지만, 순애에 대한 그의 마음만은 한결같았기에 그럴 수 있었다. 이런 연유로 수일은 미모의 동업자 최만경의 끈질긴 유혹을 끝까지 뿌리친다. 수일로서는 이렇게 의리를 지키는 길만이 남들에게 손가락질 받으면서도 자신의 삶을 이어 나갈 최후의 명분이 되었던 셈이다. 이러한 '정절 이데올로기'는 심순애가 김중배와 결혼한 지 사오 년이 지나도록 여전히 처녀의 몸이었다는, 상식적으로 도저히 있을 수 없는 상황을 설정한 데서 더욱 뚜렷이 드러난다. 순애는 몸은 비록 김중배 곁에 있어도 마음만은 언제나 수일에게 있다는 표시로 남편의 접근을 온갖 구실을 대며 한사코 거부해 왔다. 그러다가 순애는 김중배의 '함정'에 빠져 육체마저 '더럽히게' 된다. 그리하여 수일을 향한 일편단심으로 처녀의 몸을 지켜 왔던 자신의 노력이 한순간의 방심으로 허사로 돌아가자, 그녀는 자살을 결심하고 대동강물에 몸을 던진다. 처녀의 몸이었을 때는 그래도 이수일을 다시 만날 한 가닥 희망이라도 가질 수 있었으나, 육체를 더럽힌 상태에서도 그런 희망마저 포기해야 했으므로 스스로 목숨을 끊으려 한 것이다. 그러나 때마침 배를 타고 그곳을 지나던 수일의 친구 백낙관에 의해 그녀는 극적으로 구출된다. 그후 그녀는 김중배의 집을 나와 친정으로 돌아왔으나, 수일을 잊지 못해 안타까워 하다가 심한 우울증에 걸려 정신병원에 입원한다. 이러한 순애의 기구한 삶의 역정은 궁극적으로 정절 이데올로기를 강화하는 데 이바지한다. 즉 정절을 지키지 못한 이의 삶이 과연 어떠하며 그런 사람은 어떤 대가를 치러야 하는지를 낱낱이 보여줌으로써, 시속의 변화가 무쌍한 우리네 인생에서 의리와 정절을 지키는 것이 무엇보다 중요함을 힘주어 말하고 있는 것이다.

　그러나 헤게모니 이론으로 보았을 때, 의리와 정절을 강조한다는 것은 거꾸로 그런 덕목과 가치가 흔들리고 있음을 뜻한다. 다시 말해서 지금까지 지배 집단의 이익에 이바지해 온 '의리와 정절의 이데올로기'를 다시금 강화해야 할 만큼 기존의 가치체계에 도전하는 힘들이 만만찮아졌다는 말이다. 이렇게 볼 때, 「장한몽」은 피지배 집단의 저항적 힘을 텍스트 내에 수렴하여 이를 순치시킴으로써 지배 집단의 지도력을 유지하려는 의도에서 산출된 문학임에 틀림없다. 그러나 그런 과정에서 필연적으로 기존의 질서나 신념, 가치체계 등이 심하게 동요되는 모습이 생생하게 드러나게 마련이다.

　독자들은 우선 의리와 정절이 돈 앞에 여지없이 무너지는 모습을 보고 세태 변화를 한탄하면서도, 한편으로는 그들이 믿고 따르던 의리와 정절이란 이념이 보편적인 것이 아니라 '역사적 산물'임을 부지중에 깨닫게 된다. 더욱이 의리를 소중히 여기던 심택과 같은 인물이, 재물에 눈이 어두워 딸을 대부호의 아들에게 시집보내기로 작정해 놓고도 이욕 때문에 그러한 결정을 내린 것은 아니라고 강변하는 장면에서, 독자들은 그의 위선적 태도에 치를 떨고, 돈 앞에 맥없이 무너져 내리는 의리의 실상을 보고 역겨움마저 느낄 것이다.

또한 정절 이데올로기의 화신이라 할 수 있는 순애의 행동과 말에서도 많은 모순점이 발견된다. 그녀는 몸은 김중배에게 의탁하고 있지만, 마음만은 수일에게 있기 때문에 결혼 후 사오 년이 지나도록 김중배에게 몸을 허락하지 않았다고 말한다. 그러나 이렇게 정신과 육체를 철저히 분리해서 생각하는 태도는 정절의 참뜻을 잘못 이해한 것이다. 이미 김중배에게로 시집간 이상 몸을 허락했느냐 안 했느냐 하는 것은 중요한 문제가 아니다. 금강석의 광채에 혹할 만큼 정신에 이상이 있는데 몸만 처녀이면 무슨 소용이 있겠는가? 그 몸은 영혼이 없는 껍데기에 불과할 것이다. 이렇듯 정절의 뜻을 자기 편한 대로 해석하는 순애에 비해, 정절의 참뜻을 충실히 구현하고 있는 인물은 기생 옥향이다. 옥향은 매인 몸에도 불구하고 오직 한 남자에게만 몸과 마음을 바쳤으며, 그 사랑이 위태롭게 되자 이를 지키기 위해 죽음까지 마다하지 않는다. 그런 점에서 껍데기만 남은 육체를 부둥켜 안고 투신 자살을 시도하다가 백낙관에게 오히려 꾸지람만 듣거나, 김중배를 버리고 수일을 다시 만나려 하다가 그의 냉담한 태도에 절망한 나머지 우울증에 걸려 정신병원에 입원하는 순애의 모습과는 좋은 대조가 된다. 그녀의 정신병은 정절 이데올로기의 파탄을 상징적으로 보여줄 따름이다. 작가의 의도는 순애와 옥향의 대비를 통해 퇴색되고 변질되어 가는 정절 이념을 바로 세우는 데 있었겠지만, 그런 과정에서 이미 현실적 기반를 잃고 표류하는 정절 이데올로기의 실상이 백일하에 드러나는 것은 피할 수 없는 일이다. 따라서 양갓집 규수보다는 기생에게서 오히려 정절의 참모습이 드러나는 것으로 보고, 독자들이 지금까지 불변의 가치를 지닌 것으로 믿어 왔던 정절 이데올로기의 허상과 그것의 가식적인 측면을 발견하기란 쉬운 일이다. 이처럼 「장한몽」은 (의리와 정절로 대표되는) 기존의 가치체계로써 사회를 통합하려는 힘과 그런 지배 집단의 문화 전략에 맞서 저항하는 힘이 서로 헤게모니 투쟁을 벌이는 장소이며, 그런 두 힘의 일정한 타협점 또는 평형점에서 구성된 문화물이다.

대중문화물을 상충하는 두 힘 또는 이데올로기의 평형점으로 파악하는 그람시의 헤게모니 이론은, 그 적용 가능성이 매우 커서 대중문학에 대한 많은 오해와 편견을 불식시키는 데 적지 않은 기여를 할 것으로 생각된다. 근래에 큰 인기를 끌었던 연애소설이라든가 페미니즘 소설 등도 이런 관점에서 살펴보면 의외로 재미있는 결과를 얻을 수 있을 것이다. 신달자의 『물 위를 걷는 여자』는 페미니즘 입장에서 쓴 연애소설이란 점에서 여러 모로 우리의 흥미를 끌기에 충분한 작품이다. 우리 사회에서 페미니즘이 본격적으로 하나의 화두로 제기되는 시점에 쓰여진 소설이기에 더욱 그러하다. 따라서 여기서는 이 작품을 분석함으로써 그런 류의 작품들을 헤게모니 이론에 기대어 해독하는 하나의 본보기를 보이고자 한다.

『물 위를 걷는 여자』(1990)는 간단히 말해서 독신을 고집하던 한 여성이 재력과 매력을 지닌 한 남자를 만나 사랑에 빠지게 된다는 이야기이다. 주인공 난희가 독신을 고집하게 된 데에는 그녀의 가정 환경 탓이 크다. 아버지는 아편쟁이고 언니들은 하나같이 결혼에 실패하여 집으로 다시 돌아왔던 것이다. 이처럼 어릴 적부터 결혼 생활의 비극적인 면만을 보고 자란 난희는 결혼 자체를 거부하고 혐오하게 된다. 그리하여 그녀는 허망하기 짝이 없는 사랑에 인생을 '낭비'하기보다는 자기 분야에서 최정상의 자리에 오르기 위해 오로지 앞만 보고 가기로 결심한다. 대학 졸업 후 그녀는 온갖 어려움을 헤치고 승승장구하여 마침내 패션회사 여사장의 위치에까지 오를 만큼 사회적으로 큰 성공을 거둔다. 한편 난희의 친구 민희는 아버지의 죽음으로 파리 유학을 포기하였으나, 그 대신 누구나 선망하는 일류 남편감과 결혼하여 두 자녀를 둔 어머니로서 안정되고 행복한 가정 생활을 누리고 있다. 그런 민희의 완벽한 결혼 생활을 보고 난희는 부러움을 느끼며, 여자의 행복이란 결혼보다는 개인의 성취에 있다는 자신의 생각이 심하게 흔들리는 것을 깨닫는다. 이때 운명처럼 민희의 남편 재민이 그녀에게 다가서고, 결국 난희는 그와 사랑에 빠지고 만다. 민희는 민희 나름대로 난희의 사회적 성공을 지켜보면서 쓸쓸함과 공허함을 느낀다. 성공한 남편과 두 자녀를 두었지만 그것은 결국 배경에 불과하고 자기 개인의 이름으로 내세울 것은 아무것도 없다는 사실을 통감한 것이다. 이처럼 작가는 '일과 결혼한' 난희의 삶과 '일 대신 결혼을 택한' 민희의 삶을 뚜렷하게 대비시킴으로써 현대 여성이 직면한 '일과 결혼'이란 문제를 정면으로 제기하고 있다. 80년대 이후의 경제적 급성장과 함께 여성의 사회적 진출이 확대되고 여성의 자아 성취에 대한 욕구가 강해지면서 이 문제는 여성뿐만 아니라 사회 전체의 문제로 확산되고 있었는데, 이 소설은 바로 그러한 시대적 흐름을 반영하고 있는 셈이다.[10] 그러면서도 작가는 이 문제에 대한 답을 어느 한쪽으로 몰아가기보다는 독자 스스로 그 답을 찾도록 유도하고 있다. 일과 결혼은 과연 양립할 수 있는가. 아니면 어느 하나를 포기해야 하는가. 일과 결혼을 함께 가지는 것이 현대 여성의 이상일 터이다. 그러나 난희의 삶과 민희의 삶이 보여주듯이 그 가운데 어느 하나를 포기해야 하는 것이 현실이다. 더욱이 가부장적 사회에서는 난희의 삶보다 민희의 삶이 더 바람직하다고 생각할 것이 틀림없다. 그렇다면 난희가 재민(사랑) 앞에서 너무나 쉽게 허물어지는 모습을 보여준 것은, 그런 가부장적 사회의 통념—여자가 아무리 사회적으로 성공해 봤자 한 남자 품만 못하다—을 다시 확인한 셈이 된다.[11] 이제 난희에게 남은 길은 '몰래한 사

---

10) 그런 점에서 이 소설이 출간 당시 일과 결혼이라는 이중적 굴레 속에서 살아가는 직장 여성들에게 폭발적인 인기를 끌었던 것은 당연한 일이다.
11) 이명호(1991), 「새롭게 싹틔워야 할 진보성의 씨앗」, 『출판저널』 76호.

랑'으로 인한 죄책감으로 스스로 목숨을 끊든가 아니면 재민을 잊고 원래 자신의 모습으로 되돌아가든가 이 두 가지뿐이다. 과연 작가는 난희를 자살 직전까지 몰아간다. 그러나 마지막 순간에 극적 반전이 이루어져 그녀는 물에 빠지지 않고 '물 위를 걷는' 것으로 이야기는 마무리된다. 이렇게 작가가 매우 애매하고 아슬아슬한 상태로 작품을 끝내고 만 것은 그녀에 대한 독자들의 기대가 너무 컸던 탓도 있겠지만, 설사 어느 하나로 귀결짓더라도 어차피 거기에는 현실성이 부족하다고 보았기 때문일 것이다. 이렇게 볼 때, 『물 위를 걷는 여자』는 (민희로 대표되는) 지배적 이념과 (난희로 대표되는) 대항적 이념이 서로 헤게모니 투쟁을 벌이면서 일정한 타협점을 찾는 과정에서 나타난 작품으로 볼 수 있다.

4. '저항적 즐거움'에 관한 이론과 대중문학

메리 E. 브라운(Mary E. Brown)은, 카니발의 익살스러움과 감각적 속성이 공식적이고 제도화된 문화적 실천과 맺는 관계는 대중문화의 놀이적 특성과 소위 '고급문화'의 심각성과 진지함의 관계와 상당히 유사하다고 주장한다. 이러한 맥락에서 피스크(J. Fiske)는 텔레비전의 레슬링 쇼나 슬랩스틱 코미디 등에서 카니발적 요소들을 발견한다. 즉, 텔레비전 쇼에서 흔히 나타나는 저급한 취향과 공격성, 규칙 위반, 과장된 표현 등은 기존의 가치를 거부하는 카니발적 즐거움과 유사하다는 것이다. 사회적 규범을 위반하고 규칙을 파괴하는 카니발은 그러한 규범과 규칙의 자의성과 사회적 규율로서의 기능을 폭로하는 전복적 요소를 지닌다. 따라서 카니발은 피지배자들에게 저항적 즐거움을 느끼게 해준다. 이와 마찬가지로, 피스크는 레슬링 쇼에서 나타나는 불공정한 심판이나 규칙 위반, 코믹한 구성이나 거친 욕설 등은 관객들로 하여금 기존 규범틀로부터 해방되는 즐거움을 가져다 주며, 이러한 즐거움은 억압하는 힘에 대항하는 저항적 즐거움을 포함한다고 주장한다.[12]

이러한 피스크의 이론에 기댈 때, 대중문학에서 흔히 나타나는 과장된 표현과 지나친 스타일화는 전통 미학에서 강조하는 '그럴듯함'의 세계를 해체하는 동시에, 독자들로 하여금 사회적 규범들로부터 해방되는 즐거움을 느끼게 해주는 구실을 한다. 이런 점에서 대중문학은, 반드시 그런 것은 아니지만, '끊임없이 사회적 규범이나 규칙에서 일탈하거나 이를 뒤집음으로써 독자들에게 즐거움을 선사하는 문학'이라고 보아도 좋을 듯싶다.

1960년대 동아일보에 연재되어 선풍적인 인기를 끌었던 손창섭의 『부부』는 이러한 규범 일탈을 통해 저항적 즐거움 느끼게 해주는 소설이다. 이 소설은 정상에서 상당히 벗어난 어떤 부부의 모습을 그리고 있다. 남편은 "여자 하나도 휘어잡지 못하는 무능력한 남성"으로서 시종일관 아내 앞에서 비굴하고 굴욕적인 모습을 취한다. 반면에 아내는 남편의 섹스 요구를 매몰차게 거절할 만큼 언제나 남편 앞에서 당당하다. 즉 그들 부부관계는 남편 차성일의 말처럼 "여필종부(女必從夫)가 아니라 남필종부(南必從婦)"의 관계이다. 이렇게 된 데에는 약혼시절 차성일이 아내 서인숙과 강제로 육체적 관계를 가졌기 때문이기도 하지만, 그것보다는 성생활을 포함한 모든 부부관계에서 서인숙이 정신적 면을 중시하는 데 반해 차성일은 육체적인 면을 중시하기 때문이다. 그리하여 아내는 남편이 그녀의 손을 잡거나 포옹이라도 하려 들면 마치 그를 짐승 보듯 매우 불결해 하며 핀잔을 퍼붓는다. 이런 기묘

---

12) 김용숙(1997), 「일상 소비와 즐거움」, 『문화 연구 이론』, 한나래.

한 부부관계는 남편이 아내의 벗은 몸을 보기 위해 아내가 광에서 목욕하는 사이에 (바닥에서 두어 뼘 위에 있는) 송판의 옹이 구멍을 통해 광 안을 훔쳐 보는 장면에서 그 압권을 이룬다. 엉덩이를 하늘로 치켜들고 머리 꼭대기는 거의 땅바닥에 닿을 정도로 허리를 굽혀서 구멍 안을 들여다보는 성일의 모습은 그의 눈물겨운 시도만큼이나 대단히 희극적인 모습이다. 더욱이 그런 우스꽝스런 모습을 아내에게 그만 들키고 마는 데에 이르러서는 그 희극이 절정에 이른다. 이렇듯 『부부』는 '육체적 귀족파'인 아내와 그런 아내를 품에 안지 못해 몸달아 하는 남편의 모습을 통해, 부부관계에 대한 사회적 통념에 찬물을 끼얹고 가부장권이라는 사회적 규범을 뒤집는 효과를 갖는다. 독자들은 바로 그 점에서 기존의 규범과 규칙들로부터 해방되는 즐거움을 맛보게 되는 것이다.

또한 대중문학은 사회적 규범이나 규칙을 분쇄하거나 전복하기 위해 풍자와 야유의 태도를 취하기도 한다. 박범신의 『물의 나라』(1987)가 그 좋은 예가 된다. '시골 촌놈 상경기(上京記)'로 요약되는 이 소설에서 주인공 백찬규는 '특별시'가 만들어 놓은 법칙에 끊임없이 도전한다. 먼저 그는 서울로 올라오면서 '나가시' 택시 값을 깎으려다 기사에게 핀잔만 듣는다. 그러나 다른 승객이 나머지 돈을 지불하겠다고 나섬으로써 그는 기어코 반값에 택시를 타고 만다. 기사가 돈을 내준 여자분에게 고맙다는 인사도 안하느냐며 나무래자, 그는 엉뚱하게도 통성명이나 하자면서 자신의 이름을 댄다. 그리고는 자신이 그 손님에게 신세를 진 것이 아니라 "요령껏 에누리"했을 뿐이라고 주장하면서 그렇기 때문에 통성명은 좋지만 고맙다고 인사할 이유는 없다고 말한다. 기사의 '인사'라는 말을 자기식으로 알아듣고 대뜸 자기 이름을 밝히는 것도 재미있지만 그가 주워섬기는 이유 또한 걸작이다. 이처럼 그는 촌놈인 척 어리숙한 척하면서도 실제로는 '잘난' 특별시 사람들이

제멋대로 정해 놓은 규칙의 부당함을 은근히 꼬집고 있다. 남의 일에 무관심한 것이 도시 사람들의 규칙이라면, 백찬규는 "사람 같은 사람을 만나면 귀싸대기 맞으면서 훈수 둔다"는 말로 그 규칙에 저항한다. 뿐만 아니라 여자가 건네준 손수건에 코를 시원하게 풀어제낄 만큼 그의 행동에는 거침이 없고 속마음을 감추지 못하는 진솔함이 담겨 있다. 그가 믿는 것은 '흙심' 하나뿐이다. 뭐든지 설마 해선 안 되고, 천복(天福)이란 있을 수 없으며, 거짓말 못 하는 것도 단점이 되는 데가 특별시라면 찬규는 그런 요지경 속을 한내리 찰진 황토의 '흙심' 하나로 버텨낸다. 자칭 '스타 제조기'라는 연예가의 소문난 거간꾼이 친구 길수의 돈을 떼어먹으려 하자 찬규는 길수를 부추겨 예의 '진흙 작전'으로 그 사기꾼으로부터 돈을 다시 돌려받는다.

한내리 황토의 '흙심'은 찬규의 걸직한 충청도 사투리에서 더욱 빛을 발한다. 비록 세련되고 예의바른 말씨는 아닐지라도 황토처럼 찰지고 질박한 그의 말솜씨는, 도시인의 세련됨과 예의바름 뒤에 감추어진 속내를 들춰내는 데 탁월한 솜씨를 발휘하여 가는 곳마다 풍자의 한마당을 연출한다. 가령, 중년 신사와 젊은 여자들이 쌍쌍이 여관을 출입하는 광경을 보고 여기서 무슨 부녀간이 참석하는 '세미나'가 있느냐고 물어봄으로써 그들 관계의 부당성과 이를 묵인 방조하는 사회 구조의 난맥상을 한꺼번에 까발린다. 나이트 클럽에 가서는 '부르스'라는 서양 춤을 가리켜 서슴없이 "합법적으로 접붙이기"요, "배꼽 맞추고 오래 서 있기"라고 부른다. 또한 재주는 곰이 넘고 돈은 왕서방이 챙기는 일에 빗대어, 촌사람 죽이는 '왕서방'들이 모두 특별시에 살고 있으며 국회에도 '왕서방'이 많다더라고 빈정댄다. 결국 그는 서울이 "도둑놈 천지"이며 "틀은 양반이고 하는 짓거리는 상놈인 것이 특별시 사람들의 공통점"이라는 결론에 도달한다. 따라서 촌놈인 척, 잘 모르는 척하면서 그가 내뱉는 말 한마디 한마디는 그대로 거대한 '공룡 도시'의

심장을 가르는 비수가 된다. 더욱이 그의 투박한 충청도 사투리는, 도시인의 세련된 말씨와 대비되면서 그가 촌놈임을 내놓고 드러내는 구실을 하지만, 바로 그 점에서 오히려 도시인의 세련된 말솜씨 뒤에 감추어진 온갖 위선과 거짓을 파헤치는 예리한 칼날이 된다. 이처럼 작가는 시종일관 백찬규의 입을 빌어 특별시와 특별시 사람들의 이른바 '특별한' 모습들을 풍자하고 야유함으로써 독자들에게 신선한 웃음을 선사한다. 독자들은 주인공 찬규가 벌이는 풍자의 한마당에 동참하여 울고 웃으면서, 그의 넉살과 거침없는 행동 앞에 그들이 그 동안 믿고 따르던 사회적 규약과 법칙이 맥없이 무너지는 것을 보고 더할 수 없는 즐거움을 느낀다. 따라서 이 소설의 재미는 주인공 백찬규의 변죽 좋은 말솜씨와 그 너스레 앞에 여지없이 드러나는 특별시 사람들의 작태, 그리고 촌놈인 척하면서 특별시의 사회적 규칙을 수시로 위반하고 파괴하는 그의 돌출적 행동 등에 있다고 하겠다. 뿐만 아니라 이런 그의 말과 행동이, 거대 도시의 "고약하고 단단한 속짜임"에 휘말린 나머지 이 모든 추태와 부당함에 어느덧 익숙해져 있거나 심지어 이를 묵인 방조하고 있는 우리의 무신경함을 다그치고 그 영악함을 꾸짖는 구실을 함은 물론이다.

5. 마무리

이상에서 살펴보았듯이, 문화 연구의 성과들은 '대중문학/고급문학'이란 해묵은 이분법을 허물고 우리의 대중문학에 대한 이해와 그것의 대중성을 체계적으로 설명하는 데 하나의 이론적 틀을 마련해 줄 것으로 기대된다. 다만 여기서는 그런 가능성을 지닌 몇 가지 이론들을 소개하고 그에 따라 해당 작품들을 소략하게 검토하는 데 그치고 말았다. 그렇지만 대중소설의 대명사가 된 조중환의 「장한몽」과 김말봉의 『찔레꽃』 등에 대해 이를 무조건 수준 이하의 작품으로 몰아치기보다는 독자와의 관계나 사회적 맥락 속에서 그 새로운 해독 가능성을 타진해 본 것은 이 글에서 처음 시도해 본 일이다.[13] 우리의 비평계나 학계에서는 위안의 문학이라든가 오락 문학을 무조건 폄하하는 경향이 있는데, 이는 일반 독자가 문학을 향유하는 방식을 전혀 고려하지 않은 엘리트 중심주의적 발상이 아닐 수 없다. 문학의 역사를 검토해 볼 때, 언제 문학이 독자들에게 위안이 되고 그들의 여가를 활용하는 수단이 되지 않은 적이 있었던가? 더욱이 문학작품을 통해 독자들이 얻는 위안과 심리적 해방이 현실의 고통에 찌든 그들에게 어떤 삶의 활력소를 제공한다면 이는 문학의 입장에서 보아 크게 환영해야 할이지 결코 비난해야 할 일이 아닐 것이다. 대중문학을 독자와의 관계 속에서, 그리고 텍스트와 컨텍스트의 교호관계라는 보다 큰 맥락 속에서 살펴보아야 하는 이유가 여기에 있다. 그런 점에서 이 글에서 미처 다루지는 못했지만, 부르디외의 '문화적 장(場)' 이론과 '아비투스' 개념 등은 이에 대한 풍부한 암시와 새로운 시각을 열어줄 것으로 기대된다. 이밖에 윌리엄스의 '감정의 구조'와 이를 발전시킨 앙의 '감정적 리얼리즘'이란 개념, 변용해독 또는 일탈해독의 가능성을 보여준 홀의 '부호화/해독' 이론, 그리고 에코의 '열린 예술작품' 개념 등도 그 활용 가능성이 큰 이론들로 생각된다. 이런 작업을 더욱 진척시켜 대중문학의 특성과 자질들을 오롯이 설명해 낼 수 있는 체계적인 틀을 마련하는 것이 앞으로 풀어 나가야 할 과제이다.

---

13) 비록 신파극을 대상으로 한 논의이지만, 최근 양승국도 「장한몽」을 무조건 망국민의 한을 달래고 패배주의적 식민 정서를 이식시킨 작품에 불과하다고 보는 부정일변도의 견해는 마땅히 재고되어야 한다고 주장한 바 있다. 양승국(1998), 「1910년대 한국 신파극의 레퍼터리 연구」, 『한국극예술연구』 제8집.

대중문학과 독자

1. 여는 말

대중문학이란 무엇보다 독자에게 친숙한 문학이고, 그들이 쉽게 접근할 수 있는 문학이다. 그것은 이에 대한 온갖 비난과 터무니없는 악평에도 불구하고 독자의 열렬한 지지와 사랑을 받으며 꾸준히 존속·발전해 왔다. 문학연구자와 비평가들은 틈만 나면 대중문학의 문학적 결함과 그 유해성을 강조해 왔지만, 보통 독자들은 그런 숱한 경고성 발언과 상관없이 이를 애독하고 즐겨 왔던 것이다. 이른바 '추천도서 목록'은 학교 현장에서나 일반 사회에서나 이미 '사장된 문서'나 다름이 없다. 사람들이 등급에 든 작품보다 '등급외' 판정을 받은 작품에 더 몰리는 기이한 현상이 문학판에서는 예사로 일어나고 있는 것이다. 왜 이런 일이 벌어진 것일까? 다시 말해서 독자 대중이 즐기는 문학과 전문가들이 높이 평가하는 문학 사이에 이렇게 현격한 차이가 나고 그 둘 사이에 끊임없이 불협화음이 발생하는 것은 무슨 까닭일까? 그것은 대중문학 자체가 진지한 검토의 대상이 되지 못한 데 그 일차적인 원인이 있을 것이다. 밥 애쉴리(Bob Ashley)는 대중문학이 쉽게 읽히고 누구나 접근할 수 있다고 해서 대중문학을 연구하는 일도 쉽다고 생각하는 것은 잘못이라고 했다. 즉 "대중소설 연구는 사소하다는 이유로 널리 푸대접받아 온 대상에 대한 진지한 검토를 하는 작업인데, 사람들은 그러한 연구가 어떤 면에서 '쉽다'고 생각하는 경향이 있다"는 것이다.[1] 이런 애쉴리의 지적은 우리 문학의 경우에도 똑같이 해당되는 사실이다.

대중문학은 흔히 생각하듯이, 누구나 쉽게 접근할 수 있는 것이라 '검토해 보나마나 뻔한 문학'이 아니다. 오히려 쉽게 접근할 수 있고 많은 사람들이 이미 읽었거나 들어서 알고 있는 문학이기 때문에, 텍스트 차원에서는 단순할지 몰라도 컨텍스트 차원에서는 그만큼 복잡한 문학이다. 이 컨텍스트 차원에서 중요한 요소가 바로 독자이다. 따라서 대중문학을 진지하게 검토하고 그 성격을 규명하기 위해서는 대중문학과 독자의 관계를 밝히는 일이 무엇보다 긴요한 과제이다. 그러나 독자에 대한 논의가 상대적으로 빈약하고 그 연구 성과도 희소한 우리의 문학판에서는 그와 같은 논의 자체를 매우 힘들게 만들고 있다. 그러나 문화연구와 후기구조주의 이론 등이 문학적 패러다임의 전환을 주장하는 데 힘입어 우리의 문학 연구에서도 점차 수용자 또는 독자에 대한 관심이 높아지고 있는 것도 또한 분명한 사실이다.

이러한 맥락 위에서 이 글은 우리의 대중문학에 대한 논의를 한 단계 끌어올리는 데 궁극적인 목표를 두고 우선 대중문학과 독자의 관계를 밝혀 보고자 한다. 먼저 이 문제에 대한 기존의 입장은 무엇이며 그 문제점은 무엇인가를 밝힘으로써 이 글의 논점을 더욱 뚜렷이 하고자 한

---

1) Ashley, Bob(1989), *The Study of Popular Fiction: A Source Book*(London: Pinter Publishers), 1쪽.

다. 이어서 앞선 논의를 토대로 대중문학의 성격을 규정한 다음, 그러한 성격 규정에 입각하여 대중문학과 독자의 관계를 살펴보고자 한다.

2. 대중문학과 독자의 관계에 대한 기존 입장과 그 문제점

대중문학과 독자의 관계에 대한 기존의 입장을 몇 가지로 정리하면 다음과 같다.

1) 대중문학은 독자의 저급한 취향에 영합하는 문학이다.
2) 대중문학은 독자에게 거짓 위안과 환상을 제공함으로써 그들로 하여금 현실을 도피케 하거나 현실의 모순을 잊게 만든다.
3) 독자 대중이 대중문학에 경도되는 것은 그들의 지적 수준이 낮거나 작품 해독 능력이 모자라기 때문이다. 따라서 교육을 통해 그들의 지적 수준을 끌어올리고 작품 해독 능력을 향상시킬 필요가 있다.

1)의 견해에서 가장 큰 문제점은 독자는 저급한 것만을 좋아한다는 발상이다. 백보를 양보해서 설사 그런 주장을 인정한다 하더라도, 무엇을 저급한 것으로 볼 것이며, 이른바 고급과 저급을 구분하는 기준을 어디에 둘 것인가 하는 문제에 부닥치면 이런 주장은 무기력하기 짝이 없다. 기껏해야 예술과 외설을 가르는 논의에서 줄기차게 되풀이해 온, 그리하여 이제는 너무 자주 써서 그 효과가 심히 의심스러운 도덕적·윤리적 잣대를 습관처럼 휘두를 뿐이다. 더욱이 이런 주장의 이면에는 단순하고 쉬운 것은 저급한 문학이요, 복잡하고 어려운 것은 고급 문학이라는 이분법적 사고가 깔려 있다. 그러기에 이런 입장에 선 이들에게는 어리석은 대중이 '감히' 접근할 수 없는 문학이야말로

창작의 자유를 마음껏 누린 '고품질'의 문학이 된다. 이런 까닭에 그들이 대중문학이 독자 대중과의 거리 좁히기에 성공한 사실을 놓고 문학의 질적 하락을 부추겼다며 몹시 불쾌하게 생각하는 것은 당연한 일이다.

2)의 견해에서 문제점은 독자 대중을 철저히 수동적 존재로 파악하여 대중문학의 수용적 측면을 무시하고 대중의 주체적 가능성을 부정한다는 점이다. 그러나 독자는 스폰지가 물을 빨아들이듯이 주어진 의미를 일방적으로 받아들이기만 하는 존재가 아니다. 문학적 커뮤니케이션 과정은 독자가 작품을 읽을 때 비로소 완성되며, 그 과정에서 독자는 부호화된 텍스트를 해독함으로써 텍스트의 의미 생산에 직접 참여한다.

이런 의미에서 대중문학이 제공하는 환상과 위안을 무조건 부정적으로만 볼 것이 아니라 새로운 시각에서 파악할 필요가 있다. 우리는 현실의 모순이나 억압적 상황에 직면하여 그 모순을 없애고 억압으로부터 자유로워지고자 한다. 그러나 한편으로는 그런 시도가 현실의 벽에 부딪쳐 좌절될 때 이에 대한 '상상적 해결'을 꿈꾸기도 한다. 그런데 대중문학 비판론자들은 이 상상적 해결을 지배 이데올로기의 헤게모니 구축 수단으로 보고 대중이 그것에 몰입하는 것은 궁극적으로 대중의 정치적 사회적 의식을 마비시켜 기성체제에 '순응'하는 인간으로 만든다고 보았다. 그런데 상상적 해결을 꿈꾸는 것과 도피주의적인 경험 자체는 우리의 삶에서 대단히 실제적인 것이며 우리 일상생활의 일부를 이루는 것이다. 말하자면 현실의 모순을 직시하고 이를 극복하고자 노력하는 것도 우리요, 이를 잠시 잊어버리고 어떤 위안과 오락을 찾는 것도 우리다. 말하자면 이 둘은 우리 속에 공존하고 있는 것이다.[2] 대중문학이 이에 대한 갖은 비난과 험담에도 불구하고 그 끈질긴 생명력을 발휘하면서 존속해 온 이유가 바로 여기에 있다.

3)의 문제점은 독자 대중의 자발적 의지와 그들의 선택권을 무시하고 그들을 한낱 계몽의 대상으로 파악하고 있다는 점이다. 이런 주장을 펼치는 이들이 자주 들먹거리는 법칙이 있다. 곧 '그레샴의 법칙'인데, 악화가 양화를 구축한다는 그레샴의 법칙은 경제 부문에만 해당되는 것이 아니라 문학 부문에도 그대로 통용된다는 것이다. 그러나 경제 부문에서는 악화와 양화의 구분이 분명하고 그러한 구분이 절대적일지 모르겠으나, 문학에 있어서는 악화와 양화, 곧 좋은 문학(고급문학)과 그렇지 못한 문학(대중문학)의 구분이 절대적이지도 않고 그러한 구분 자체가 (부르디외의 주장처럼) '이데올로기적'인 것이 된다.[3] 일반 독자가 대중문학을 선호하는 것은 고급문학에서는 아무런 재미를 느낄 수 없기 때문이다. 그렇지만 그들의 마음 한구석엔 '정평이 난' 문학을 즐기지 못한 데 대한 반성과 그로 인한 불편함이 늘 자리잡고 있다. 한편 대중문학은 지적 수준이 낮고 작품 감상 능력을 갖추지 못한 사람들만이 즐기는 것이 아니다. 다만 그렇게 오해되고 있을 뿐이다. 실제로 지적 수준이 높고 교육도 받을 만큼 받은 사람들 가운데서도 추리소설이나 모험소설, 그리고 역사물이나 무협소설 따위를 탐독하는 사람들이 꽤 많다. (사르트르가 추리소설 애독자였다는 것은 널

---

2) 칠레의 소설가 아리엘 도르프만(Ariel Dorfman)은 대중매체의 서사들이 현실도피적이라고 말한다면 그것은 완전히 잘못된, 사실 정반대의 평가라고 하면서, 대중서사는 '현실로부터' 도피하는 것이 아니라 '현실 속으로' 도피하는 것이라고 보았다. 그러므로 이런 서사들이 인기를 누리는 까닭도 이를 통해 사람들이 자신의 문제를 회피할 수 있어서가 아니라, 이를 통해 사람들이 머릿속에서 가슴속에서 이야기 속에서 일상적인 삶의 문제들을 해소할 수 있기 때문이라고 했다. 물론 도르프만의 이 말은 대중서사를 옹호하는 입장에서 한 말은 아니지만, 결국 그 말은 대중서사가 현실 또는 우리의 일상적 삶과 동떨어진 것이 아니라 그것과 매우 긴밀한 관련을 지닌 것임을 주장한 것이다.
　아리엘 도르프만·한기욱 대담, 「지구화시대의 대안적 서사를 찾아서」, 『창작과비평』 100호, 1998년 여름, 443쪽.
3) 부르디외는 문화적 차이(cultural distintion)가 계급적 차이를 나타내고 이를 재생산하는 데 쓰이고 있음에 주목하면서, 문학적 기호(cultural tastes)를 무엇보다 이데올로기적인 범주로 파악한다. 이런 입장에서 그는 고급/대중문화의 구분 혹은 그 구분의 바탕이 되고 있는 미학 자체가 인위적이라는 점을 강조한다. 다시 말해서 고급/대중문화의 미학적 구분은 절대적이지 않으며, 구분의 필요성은 바로 권력 관계의 재생산에 있다는 것이다.
　강현두·원용진·전규찬(1998), 『현대 대중문화의 형성』, 서울대학교출판부, 14~15쪽 참조.

리 알려진 사실이다.) 그렇다면 왜 이런 오해가 생긴 것일까? 지적 수준이 높은 사람들이 대중문학을 재미있게 읽고도 읽은 사실 자체를 감추거나 자신이 느낀 재미를 값싸고 유치한 것으로 몰아붙이기 때문이 아닐까 한다. 읽고도 안 읽은 체, 보고도 못 본 체하는 지식인의 '티내기 전략'에 휘말려 들어가서는 사태의 진상을 올바르게 파악할 수 없다. 결국 이런 일반 독자의 불편함과 지식인 독자의 허세를 떨쳐버리는 길은 대중문학을 진지하게 검토하여 그 실체를 명확하게 인식하는 길뿐이다.

이상에서 살펴본 것처럼 기왕의 논의는 대중문학에 대한 어떤 선입견이나 편견이 작용한 나머지 독자 대중의 실상은 물론, 대중문학과 독자의 관계를 제대로 밝히지 못하고 있다. 따라서 대중문학과 독자의 관계를 밝히기 위해서는 먼저 대중문학의 성격을 새롭게 규명할 필요가 있다.

3. 대중문학의 성격

문학이란 소수의 선택된 사람들만을 위한 것이 아니라 우리 모두가 공유하는 공동의 문화 자산이다. 이른바 '행복한 소수(happy few)'만이 문학을 향유하던 시대도 있었다. 그러나 시민계층의 성장과 교육의 대중화, 그리고 인쇄술의 발달 등과 함께 이런 소수만을 위한 문학의 시대는 이미 오래 전에 끝났다. 문학의 대중화는 문학쪽에서 보아 크게 환영할 일이지 결코 비난하거나 금기시할 일이 아니다. 다만 그 대중화가 어떤 방향으로 진행되어야 하는 데에는 이견(異見) 있을 수 있으며, 따라서 이를 조정하는 과정과 절차가 필요한 것은 물론이다. 이런 문학의 대중화와 관련하여 최근 우리 문화계에 일어난 한 가지 재미난 사례가 있다. 즉 황동규 시인의 「즐거운 편지」라는 시가 영화 『편지』 상영을 계기로 대중에게 널리 알려진 일이다. 그 영화를 보기 전에 대중들은 황동규라는 시인이 있다는 사실조차 몰랐을 수 있다. 그러나 영화가 흥행에 성공하자 그 속에 삽입된 「즐거운 편지」라는 시는 사람들에게 널리 알려져 마치 그의 대표작처럼 되어 버렸다. 사실 「즐거운 편지」는 황동규의 대표작도 아니고 그가 19살 때 지은 시에 불과하다. 그러나 그 시로 말미암아 황동규는 널리 알려지게 되었고, 그의 시 「즐거운 편지」는 비극적 사랑과 그 사랑의 영원함을 노래한 시로 대중들의 가슴에 깊게 아로새겨졌다. 다시 말해서 「즐거운 편지」는 시인 자신을 떠나 우리 사회의 공동 문화 자산이 된 것이다. 이 시대의 뛰어난 시인중의 한 사람인 황동규의 수많은 작품 가운데 그다지 특출한 작품도 아닌 「즐거운 편지」가 오히려 독자 대중으로 하여금 그를 기억하게 만들었고, 그후 그 시가 수록된 시집이 꽤 많이 팔렸다는 사실은 대단히 아이러니한 일이 아닐 수 없다. 일종의 '붐'을 조성하는 일이 문학의 대중화에 기여함을 보여준 사례이다. 「즐거운 편지」의 경우는 좀 특이한 예이지만, 일반적으로 문학작품을 영화로 만들거나 TV 드라마로 만드는 일, 곧 문학의 영상화 문제도 앞으로 이런 문학의 대중화의 측면에서도 꼼꼼히 살펴봐야 할 것이다.

문학은 결코 어느 특정한 개인이나 집단(말하자면 특별한 능력을 지닌 개인이나 집단)의 업적 쌓기나 그들의 권력과 지위를 유지하는 수단으로 이용되어서는 안 된다. 그리고 문학을 성역화하여 아무나 함부로 들어올 수 없도록 울타리를 높이 쌓아 올리고, 그 닫힌 세계 속에서 자기들끼리만 통하는 언어로 신비스런 종교 의식을 치르듯이 문학 담론을 생산해서도 안 된다. 거듭 말하지만, 문학은 선택된 소수만을 위한 것이 되어서는 안 된다. 문자 해독 능력을 지닌 이라면 누구라도 참여하여 즐길 수 있는 것이 되어야 한다. 각 연령층이나 성별, 그리고 특정 계층에 따라 그들이 좋아하는 문학은 있을 수 있겠지만, 거기에 서열을 매기는 일은 어떤 특정한 문학을 특권화하는 결과를 초래할 것이다. 이는 매우 다양하고 불투명·불순수한 문학 본래의 모습과도 어긋나는 일이라, 필경 문학을 독자 대중으로부터 멀어지게 만들 것이 분명하다. 이처럼 문학은 그 기원과 전통상 대중을 외면할 수 없다. 그럼에도 불구하고 문학이 학문의 대상이 되고 이른바 '전문 독자'가 등장하면서부터 대중과의 단절을 당연히 여기는 경향이 생겨났으며, 그런 단절을 오히려 문학의 위대성을 보여주는 증거로 삼는 경우를 우리는 허다히 목도하게 되었다. 대중문학에 대한 피상적 접근이 아니라 보다 진지한 검토가 절실히 요청되는 이유도 바로 여기에 있다.

이러한 입장에서 글쓴이는 대중문학의 성격을 다음과 같이 규정하고자 한다.

1) 대중문학은 평균인의 문학이다. 여기서 '평균인'이란 '보통' 사람, 즉 문자 해독 능력이나 작품 감상 능력, 문화적 체험, 사회적·경제적 지위, 학력 등 모든 부면에 걸쳐 남들보다 결코 뛰어나지도 떨어지지도 않는 평균적인 사람을 가리킨다. 대중문학은 이런 평균인을 대상으로 그들의 현실관과 세계관에 기초한 문학으로서, 보통 사람들의 꿈과 욕망 등을 보여주는 문학이다. 그러나 평균인의 문학이 곧 문학의 하향 평준을 뜻하는 것은 아니다. 이상섭은 순문예(고급문학)와 대중문학의 관계를 논하면서 순문예를 고급 요정 또는 비밀 요정에, 그리고 대중문학을 대중 식당에 비유하여 설명하였다.[4] 고급 요정에는 선택된 소수의 사람들만이 들락거리지만, 대중식당은 우리 모두가 이용하는 곳이다. 우리 사회에서 고급 요정만 남고 대중식당이 모조리 사라진다면 어떻게 되겠는가? 고급·비밀 요정도 필요하겠지만, 보통 사람들이

---

4) 이상섭(1976), 「현대작가의 새로운 독자 인식」, 『말의 질서』, 민음사.

이용할 수 있는 대중식당은 그보다 더 많이 있어야겠다. 대중식당이 늘어난다고 음식의 질적 저하가 일어나지 않는 것처럼, 평균인을 위한 문학이 많이 생겨난다고 문학이 전반적으로 하향 평준화되는 것은 아닐 것이다.

　2) 대중문학은 '우리'끼리의 문학이다. 대중문학 작가에게 대중은 나와 분리된 '그들'이 아니라 내가 포함된 '우리'이다. 그는 대중 위에 군림하기보다는 그들의 소망과 욕구에 귀 기울이며 그 고통과 즐거움을 함께 나누고자 한다. 그런 점에서 대중문학은 '우리'라는 동류의식에 바탕을 둔 문학이다.[5] 우리는 이른바 '엄숙한' 문학이나 '순수문학'에는 별로 관심이 없고 또 그런 이야기를 끝까지 들어줄 인내심도 없다. 그러나 '우리끼리' 하는 이야기라면 사정이 다르다. 이를 기꺼이 들어줄 뿐만 아니라 이에 대한 자신의 생각과 느낌을 기탄없이 표현하기도 한다. 『자유부인』의 작가가 누구인지 몰라도, 설사 그 작가가 옆에 앉아 있다 해도 그를 못 알아보기 십상이지만, 『자유부인』에 대해서만은 할 말이 많은 것이다. 그런 점에서 우리끼리의 문학이란 비교적 공감대가 큰 문학이요, 독자 자신의 삶과 연계된 문학이라 하겠다.

　3) 대중문학은 함께 즐기는 문학이다. 대중문학은 무언가를 '가르치는' 문학이 아니라 함께 참여하여 다같이 즐기는 문학이다. 문학이 무언가를 가르치려고 한다면 거기에는 필연적으로 가르치는 사람과 가르침을 받는 사람이 생기게 마련이고, 그렇게 되면 둘 사이에는 어떤 서열과 일정한 거리감이 발생하여 그것을 함께 즐길 수 없게 된다. 이런 점에서 대중문학의 장(場)은 작가와 독자가 작품을 사이에 두고 심리적·정신적 교감을 나누는 일종의 축제의 공간이다. 이 점을 잘 보여주는 몇 가지 예화가 있다. 김말봉의 『찔레꽃』이 『조선일보』에 연재되

---

5) 이상섭(1976).

었을 때의 일이다. 한 여학교에서는 점심시간이면 수십 명이 도서관으로 몰려가 하나뿐인 신문을 보려고 아우성을 치다 나중에는 한 학생이 걸상 위에 올라가 낭독을 했다고 한다. 또 김광주의 『정협지』가 『경향신문』에 연재되면서 장안에 숱한 화제를 뿌렸을 때, 그 당시 대학가 하숙집에서는 주인공 노영탄의 안위가 하숙집 아주머니와 하숙생들의 큰 걱정거리였다고 한다.[6] 위의 두 작품을 가리켜 어떤 이는 더 이상 논의할 가치도 없는 싸구려 통속소설에 불과하다고 생각할지 모르지만, 일반 독자들은 그런 평가에 개의치 않고 주인공의 삶 속에 자신을 투사시키면서 이를 함께 즐기는 것이다. 결국 고급문학의 장이 닫힌 공간이요, 모든 것이 개인적인 차원으로 환원되는 반면에, 대중문학의 장은 열린 공간이요, 집단적인 즐거움을 생성하는 공간이다. 또한 그것은 함께 즐기는 문학이기에 신비스럽고 성역화된 문학이 아니라 세속화된 문학이다. 말하자면 '저 높은 곳을 향한' 문학이 아니라, '낮은 곳으로 임하는' 문학인 셈이다.

4. 대중문학과 독자

이상에서 대략 대중문학과 독자의 관계가 밝혀졌겠지만, 여기서는 위의 개념 규정에 맞추어 이를 좀더 구체적으로 살펴보고자 한다. 먼저 '평균인의 문학'이란 측면과 독자와의 관계를 검토해 보자. 앞에서 평균인의 문학이 곧 문학의 하향 평준화를 뜻하는 것은 아니라고 했다. 그렇다면 평균인의 문학을 지향하는 대중문학은 많은 사람들이 우려하듯이 문학의 질적 하락을 부추기는 것이 아니라, 오히려 우리 사

---

6) 양평(1985), 『베스트셀러이야기』, 우석, 168쪽과 173쪽.

회의 독서 인구를 계발함으로써 문학의 저변을 확대하는 데 큰 힘을 발휘할 것이다. 더욱이 우리 사회의 잠재적 독서층(특히 중·장년층)을 계발하는 데는 이런 평균인의 문학이 이른바 고급문학보다 더욱 효과적일 것임은 두 말할 필요가 없다. 문학인들은 틈만 나면 문학의 위기, 인문학의 위기를 말하면서도 대중문학이 지닌 이러한 무한한 잠재력에는 눈을 돌리지 못하고 있다. 오히려 자신들의 고유한 영역이 행여 대중문화나 대중문학에 '오염'(?)될까 봐 노심초사하면서 '문단속' 하기에 급급하다. 그러나 아무리 문단속을 하고 울타리를 높이 쌓아올린다 해도 그것은 결국 문학의 '고립'만 심화시킬 뿐이다. 문학은 그 기원과 전통상 대중성을 외면할 수 없기 때문이다.

다음으로 '우리끼리의 문학'이란 측면과 독자의 관계를 살펴보자. 대중문학은 그야말로 '우리끼리'의 문학이므로 독자가 그 앞에서 괜히 주눅들 필요가 없다. 독자는 난해한 암호문서를 해독하듯이 작품을 읽을 필요도 없고 어설픈 지식을 동원해 작품의 '신비'를 벗기려하지 않아도 된다. 이상 시와 같은 난해한 시는 전문 독자의 손에 맡겨 두고 우리는 그냥 소월과 동주의 시를 즐기면 된다. 도스토예프스키의 소설을 읽다가 짜증이 나면 알렉상드르 뒤마의 소설을 읽으면 되는 것이다. 이처럼 우리끼리의 문학은 엄숙함을 표나게 내세우지 않기 때문에 독자를 불편하게 만들지 않고 편안하고 즐겁게 해준다. 따라서 그런 작품을 읽은 뒤 독자는 그에 대한 자신의 생각과 느낌을 자유롭게 표현할 수 있다. 이른바 '엄숙한' 문학이나 순문예 작품에 대한 독자의 반응이 교과서적 지식의 범위를 넘지 못하는, 사실상 제한된 것임을 생각할 때, 대중문학에 대한 이런 독자의 솔직하고 거리낌없는 반응은 문학 작품의 '주체적 읽기'를 유도함으로써 그들의 문학 감상 능력을 신장시키는 데 이바지 할 것이다.

마지막으로 '함께 즐기는 문학'과 독자의 관계를 살펴보자. 함께 즐기는 문학에서는 어느 누구도 주도권을 장악할 수 없다. 다만 지금까지 소외되어 왔던 독자의 적극적인 참여가 요구된다. 그리고 여기서는 문학의 정전이 별 소용없다. 함께 즐길 수 있는 문학이라면 무엇이라도 상관없다. 지금까지 비평가들은 창작 행위나 독서 행위를 개인적인 차원으로만 설명하여 문학을 함께 즐기는 열린 공간으로 이어놓지 못했다. 심지어 어떤 비평가는 문학 작품에다 그만의 독특한 부호를 새겨 놓고는 그것이 그 작품의 실상이라고 선전함으로써 함께 즐기는 것을 원천적으로 봉쇄하기도 했다. 대중문학은 이런 원천적 봉쇄가 불가능한 문학이다. 이로 보아 비평가가 대중문학에 불편한 심정을 감추지 못한 것은 당연한 일이라 하겠다. 그러한 불편한 마음이 대중문학에 대한 원색적인 비난으로 표현된 것이 아닐까. 아무튼 독자들은 '함께 즐기는' 문학인 대중문학을 통해 지금까지 문학에 주눅들었던 마음을 과감히 떨쳐 버리고 문학을 진정으로 즐기고 사랑할 수 있게 되었다고 보겠다. 엄숙한 문학을 지지하는 비평가들은 문학이 대단한 일을 하고 있고 또 할 수 있다고 주장하였다. 반면 순수문학론자는 그런 주장은 문학을 도구화하는 것이기 때문에 문학의 순수성을 흐려 놓는다며 시대와 역사를 초월한 문학의 보편성을 고수하고자 하였다. 문학이 대단한 일을 한다고 생각할 때, 문학의 영역은 위축되기 십상이며 그로 인해 그야말로 '문학의 위기'를 맞게 될 것이다. 또 문학이 순수하다고 생각할 때, 그것은 사회로부터 고립되기 일쑤며 이른바 '문학성'이라는 '자기함정'에 빠져 헤어나지 못할 공산이 크다. 그러나 문학은 그렇게 대단한 일을 하는 것도 또 순수한 것도 아니다. 단지 문학은 커뮤니케이션의 한 방법으로서 생겨났으며, 작가와 독자 사이에 의사소통이 원만하게 이루어지면 그 역할을 다한 셈이 된다. 함께 즐기는 문학이란 이런 의사소통이 최적의 상태에서 이루어진 것을 뜻한다.

5. 닫는 말

　대중문화 또는 대중문학은 이 시대의 하나의 화두이다. 그만큼 대중
문화 또는 대중문학이 우리의 일상생활과 밀접하게 관련되어 있다는
말이다. 이 글에서 글쓴이가 무엇보다 강조한 것은 대중문학에 대한
진지한 검토가 절실히 요청된다는 점이다. 그런 입장에서 글쓴이는 대
중문학의 성격을 새롭게 규정하고, 이에 따라 대중문학과 독자의 관계
를 개략적으로 살펴보았다. 그 결과를 요약하면 다음과 같다.

　먼저, 대중문학에 대한 편견과 오해를 불식하기 위해서 대중문학의
성격을 '평균인의 문학', '우리끼리의 문학', '함께 즐기는 문학' 등으
로 나누어 새롭게 규정해 보았다.

　다음으로, 대중문학과 독자의 관계를 위의 성격 규정에 따라 차례로
검토하였는데, 그 결과를 정리하면 다음과 같다. 1) 대중문학은 평균
인의 문학이기 때문에 많은 사람들이 우려하듯이 문학의 질적 하락을
부추기는 것이 아니라, 오히려 우리 사회의 독서 인구를 계발함으로써
문학의 저변을 확대하는 데 큰 힘을 발휘할 것이다. 2) 우리끼리의 문
학은 엄숙함을 표나게 내세우지 않기 때문에 독자를 불편하게 만들지
않고 편안하고 즐겁게 해준다. 따라서 그런 작품을 읽은 뒤 독자는 그
에 대한 자신의 생각과 느낌을 자유롭게 표현할 수 있다. '엄숙한' 문
학이나 순문예 작품에 대한 독자의 반응이 교과서적 지식의 범위를 넘
지 못하는, 사실상 제한된 것임을 생각할 때, 대중문학에 대한 이런 독
자의 솔직하고 거리낌없는 반응은 문학 작품의 '주체적 읽기'를 유도
함으로써 그들의 문학 감상 능력을 신장시키는 데 이바지 할 것이다.
3) 대중문학은 함께 즐기는 문학이므로 거기서는 어느 누구도 주도권
을 장악할 수 없다. 다만 지금까지 소외되어 왔던 독자의 적극적인 참
여가 요구된다. 독자들은 함께 즐기는 문학인 대중문학을 통해 지금까

지 문학에 주눅들었던 마음을 과감히 떨쳐버리고 문학을 진정으로 즐기고 사랑할 수 있게 되었다.

이상에서 대중문학과 독자와의 관계를 간략히 살펴보았지만, 우리 문학에서 대중문학에 대한 체계적인 논의가 부족하여 아직은 가설의 단계에 머무르고 만 것들이 적지 않다. 이 점은 앞으로 보완해 나갈 것이다. 그런 의미에서 마지막으로 대중문학 연구의 의의에 대해 잠깐 생각해 보는 것도 뜻깊은 일이라 하겠다. 널리 알려져 있듯이 지금 우리는 문학뿐만 아니라 각 분야의 패러다임이 전환되는 문화적 변혁의 시기에 살고 있다. 이런 변혁의 물결에 적절히 대처하기 위해 문학을 업으로 삼는 이들은 완고하게 과거의 문학관을 고집해서도 안 되고, 그렇다고 무조건 새로운 것만을 추구해서도 안 된다. 지금은 우리 문학의 전통과 미래를 폭넓게 통찰하면서 문학에 대한 보다 유연한 시각이 필요한 때이다. 그런 점에서 대중문학은 전통과 변혁이란 양 과제를 해결할 수 있는 실마리를 제공해 줄 것으로 생각된다. 왜냐하면 문학이 널리 보급된 이래로 대중문학은 과거부터 지금까지 꾸준히 존속해 왔기 때문이다. 특히 대중문학은 그 발흥과 개화가 우리 문학의 근대적 전환기와 맞물려 있기 때문에 지난 백년간의 우리 문학과 문학 연구를 반성하고 새로운 문학적 틀을 세워가는 데 일정한 실마리를 마련해 줄 것으로 기대된다. 어찌 보면 근대문학의 역사는, 이광수·최남선으로 대표되는 일본 유학생 중심의 시민문학이 사대부문학으로부터 주도권을 넘겨 받은 이후 구비문학과 대중문학의 전통을 끝없이 억압해 온 역사일지도 모른다. 그런 점에서도 새로운 백년과 새로운 천년을 맞이해야 하는 현 시점에서 대중문학에 대한 검토는 우리 문학의 미래를 설계하기 위해서 반드시 짚고 넘어가야 할 문제가 아닐 수 없다.

연애소설의 개념

I. 머리말

연애소설은 대중들에게 널리 읽히고 폭넓은 사랑을 받는 소설 유형 가운데 하나이다. 그러나 대중들에게 널리 사랑받는 문학 장르들이 으레 그렇듯이 연애소설도 그 개념이라든가 유형상의 특징 등이 제대로 밝혀진 적이 거의 없다. 이는 연애소설만큼 다양하고 광범한 독자층을 확보하고 있는 장르가 드물다는 점을 생각할 때 매우 특이한 현상이 아닐 수 없다. 사실 남녀간의 사랑을 다루지 않은 소설은 여자가 등장하지 않는 영화처럼 거의 찾아보기 힘들다. 그럼에도 불구하고 연애소설에 대한 체계적인 이해가 턱없이 부족한 까닭은, 우리가 연애 또는 사랑을 비논리적이고 알 수 없는 어떤 신비한 힘이 작용하는 것으로 보는 데 익숙해져 있기 때문이다. 그러나 비록 연애 감정이 비논리적이고 신비한 힘의 충동에 의해 이끌리는 것이라 할지라도 그러한 감정 자체를 이론적으로 설명하는 것이 전혀 불가능한 일이 아니듯이, 연애소설에 대해서도 얼마든지 체계적인 접근이 가능하다. 이러한 견지에서 이 글은 연애소설의 개념을 규정하는 데 궁극적인 목표를 둔다.

일반적으로 연애소설이란 남녀간의 사랑을 행동 발전의 중심축으로 하여 사건이 시작되고 종결되는 소설 일반을 가리킨다. 이렇게 정의하면 연애소설의 개념을 확정하는 문제는 다 해결된 것일까. 문제는 그렇게 간단하지 않다. 논자에 따라 그들이 사용하는 사랑의 개념이 다르고, 그에 따라 연애소설의 개념도 얼마든지 달라질 수 있기 때문이다. 어떤 이는 남녀간의 사랑만을 사랑으로 보는 데 이의를 제기할지도 모르고, 또 다른 이는 사랑을 육욕적인 것과 정신적인 것으로 갈라놓고 후자만이 진정한 사랑이라고 주장할지도 모른다(물론 이와 정반대의 의견도 있을 수 있다). 흔히 남녀간의 사랑이 연애소설의 주류를 이루고 있다고 말하지만, 그런 말에는 이미 남녀간의 사랑만 사랑으로 보겠다는 의도를 내포하고 있다고 하겠다. 남녀간의 사랑이라도 '순수하고 이상적인 사랑'만 참된 사랑으로 보는 이는, 어떤 소설이 남녀간의 감각적이고 관능적인 사랑을 묘사하고 있다면(부분적이든 전면적이든) 사랑을 추악하고 병든 것으로 그렸다며 그 작품을 혹독하게 비난할 것이며, 심지어 소설도 아닌 것으로 몰아부칠 것이다.

이처럼 사랑(연애)의 개념 자체가 매우 유동적이기 때문에, 연애소설의 개념을 규정하는 일도 보다 유연한 접근 방식이 필요하다. 따라서 여기서는 섣불리 연애소설의 개념을 규정하기보다는, 먼저 '사랑의 담론'이란 측면

이광수의 소설 『사랑』.

에서 연애소설의 성격을 살펴보고, 이어서 연애소설이 갖추어야 할 필요조건과 충분조건 들을 밝혀 그 범주를 확정하는 순서로 논의를 진행하고자 한다.

2. 사랑, 사랑의 담론, 연애소설

우리 모두는 언제나 다른 사람을 사랑하고 또 그로부터 사랑을 받고자 한다. 이렇게 다른 사람을 사랑하고 그에게 사랑을 받고자 하는 욕구는 본능적인 것이고, 사회적인 것이며, 심리적인 것이다. 본능적이라는 것은 원초적인 욕구라는 뜻이다. 만일 이러한 원초적 욕구가 원만하게 해결되지 못했을 때 우리는 심각한 정신적 장애를 겪기도 한다. 사회적이라는 것은 남녀간이든 부모와 자식 간이든 윗사람과 아랫사람간이든, 사람들 사이에서 발생하는 사랑이란 행위는 사회적인 의미를 지닌다는 뜻이다. 사랑이 집단 형성의 최초 동기나 근본 동기는 아닐지라도 사랑을 통해 그 집단의 결속력이 더욱 커진다는 것은 틀림없다. 심리적이라는 것은 사랑이 이성보다는 감정이나 정서에 더 의존한다는 뜻이다. 사랑(특히 남녀간의 사랑)을 흔히 비합리적이요, 비논리적인 것이라고 보는 것도 이런 이유에서이다.

그러나 이렇게 사랑을 우리의 원초적 욕구와 닿아 있고, 사회적 행위이며, 심리적 에네르기를 지닌 것이라고 설명해 봐도 정작 사랑의 실체는 잘 포착되지 않는다. 도대체 사랑이란 무엇인가? 그러나 어떤 정의를 내려봐도 언제나 그 정의에서 빠져나가가는 부분이 있게 마련이다. 그렇다면 이냐스 렙(Ignace Lepp)의 말처럼 "다른 모든 실존적인 실재(實在)와 같이 사랑은 거의 정의할 수 없다"[1]고 보는 것이 차라리 솔직한 태도일지도 모른다. 여기서 우리는 접근의 각도를 달리할 필요가 있다. 즉 '사랑이란 무엇인가'를 묻기보다는 '왜 사랑이란 말이 생겨났을까'에 주목해 보자는 말이다. 언제부터 사람들은 사랑(戀愛, love, Lieb…)이란 말을 사용하기 시작했을까? 또 그 말을 통해 형성된 사랑이란 개념이 어떤 경로를 거쳐 사람들에게 통용되었을까?

사랑이란 말이 왜 생겨났는지, 언제부터 그 말을 사용하기 시작했는지는 잘 알 수 없다. 플라톤의 말대로 사람이 원래 양성 공유의 존재였으나 신에 의해 지금처럼 남자와 여자로 분리되었다면, 사람들이 각자 자신의 잃어버린 반쪽을 찾기 위해 나섰을 때 그런 행위를 사랑이란 말로 표현하기 시작했을지도 모를 일이다. 어쨌든 한번 생겨난 사랑이란 말은 그 유용성을 인정받아 빈번하게 사용되었을 것이고, 이에 따라 사랑이란 개념도 묵시적으로 확정되어 널리 퍼져나갔을 것이다. 만일 특정 시기나 문화에 있어서 사랑이란 말의 사용을 꺼리고 공식적인 자리에서 그 말을 사용하는 것이 금지된다면, 이는 그 말을 신비화하는 데 이바지할 것이다. 사람들은 그 말을 은밀하게 사용함으로써 그들만의 친밀감을 표현하는 수단으로 삼을 것이 분명하기 때문이다. 한편 아무나 사랑이란 말을 남발하고 또 아무 데나 그 말을 갖다 붙인다면, 지금까지 그 말이 지니던 의미가 차츰 퇴색하여 사람들은 점점 그 말을 사용하지 않게 될 것이다.

이처럼 어떤 말을 자유롭게 사용하든 그렇지 못하든 간에, 그리고 함부로 사용하든 신중하게 사용하든 간에 그 말의 개념은 그것을 사용하는 방식과 밀접한 관련을 갖는다. 우리의 의식이 말을 만들어냈지만 이렇게 만들어진 말은 거꾸로 우리의 의식을 구성하고 제한하는 것이다. 사랑이란 말도 마찬가지다. 왜 사람들은 '사랑'을 말하고 '사랑에 관해서' 말하는가? 왜 남의 사랑에 관심을 기울이며, 사랑에 관한 이

---

1) 이냐스 렙, 『사랑의 심리학』, 제석봉 역, 분도출판사, 1980/1978, 14쪽.

야기를 듣고 싶어 하는가? 대체로 다음과 같은 경우를 가정해 볼 수 있겠다. 즉 사랑이란 말의 사용이 지나치게 통제되거나 지나치게 남발될 때, 사랑의 개념이 고착되어 우리의 의식을 제한할 때, 그리고 지금까지 통용되던 사랑의 개념이 흔들리거나 변화할 때 그래서 과거의 개념으로 현재의 사랑을 설명할 수 없을 때 등이다. 사랑이란 말을 함부로 쓰지 못하도록 엄격히 제한할 때, 우리는 사랑이란 말과 사랑의 이야기를 은밀히 주고받음으로써 사랑이 여전히 우리의 보편적인 관심사임을 확인한다. 사랑이란 말이 넘쳐날 때, 우리는 그 말의 정당한 사용을 위해 사랑에 관한 담론들을 정비하고 잘못된 쓰임을 바로잡고자 할 것이다. 또한 사랑의 개념이 고착되거나 심하게 동요할 때, 우리는 그 개념의 유연성과 사회적 적응력을 키우기 위해 사랑에 관한 새로운 담론들을 만들어낼 것이다.

사랑을 말하는 방식들 가운데 담론 생산의 측면에서 매우 효과적이고 그 영향력이 큰 것이 바로 연애소설이다. 즉 연애소설은 사랑의 담론을 만들어내고 이를 널리 퍼뜨리는 방법 중의 하나인 것이다. 연애소설 작가는 자신이 생각하는 사랑의 개념을 특정 이야기를 통해서 다른 사람에게 흥미있게 들려주려고 한다. 사람들은 작가가 제시한 그 사랑 개념(또는 연애관)을 지지할 수도 거부할 수도 있다. 그러나 노련한 작가라면 자신의 연애관을 어느 하나로 귀착시키기보다는 여러 갈래로 흩어놓아 독자 스스로 판단하도록 유도할 것이다. 만일 연애소설에 청춘 남녀가 주로 등장한다면 이는 사랑이란 청춘 남녀에게만 해당되며 다른 연령 계층에 속하는 사람들에게는 별로 해당되지 않는다고 공표하는 것과 같다. 또한 사랑을 그리되 그것을 다른 어떤 것과 대립시킨다면(예컨대, 사랑/돈, 사랑/일 등), 이는 사랑이란 우리 자신을 열어놓고 스스로를 변모시키지 않은 한 결코 성취될 수 없는 것임을 힘주어 말하려는 것이다.

이렇게 연애소설을 사랑의 담론이란 측면에서 접근한다면, 연애소설의 요건과 그 범주를 확정하는 문제도 한결 쉽게 풀릴 것이다. 즉 소설에서 사랑이 차지하는 비중이라든가 사랑의 목표, 그리고 작가의 연애관과 이를 드러내기 위한 문학적 장치 등을 구명하는 일이 곧 연애소설의 요건과 범주를 확정하는 길이 된다는 말이다. 이 점에 관해서는 다음 절에서 상세히 논하고자 한다.

3. 연애소설의 요건과 범주

연애소설이 갖추어야 할 필요조건과 충분조건은 무엇인가? 연애소설로서 최소한의 필요조건은 남녀간의 사랑을 그려야 한다는 것이다. 그러나 남녀간의 사랑을 그린다고 다 연애소설이 될 수는 없으므로 여기에 연애소설로서의 충분조건이 뒤따르게 된다. 이제 이 문제를 하나하나 검토해 보기로 한다.

첫째, 남녀간의 사랑이 나타난다고 다 연애소설은 아니므로, 먼저 그 사랑이 소설 구성상 전면적인 것이냐 아니면 부차적인 것이냐를 따져 봐야 한다. 만일 부차적인 것이라면 연애소설로 보기 힘들다. 수많은 이야기에 사랑이 등장하지만 이를 모두 연애소설로 볼 수 없는 이유가 여기에 있다. 모험소설도 사랑의 재미를 포함하지만, 그것은 명백히 영웅이 온갖 위험과 장애물을 물리치고 극복하는 것에 대해 부차적인 의미만 지닐 뿐이다. 모험소설에서 영웅과 악당 사이의 관계는 영웅이 여자로 인해 어려움에 처하는 것보다 더욱 중요하다.[2] 예컨대, 이언 플레밍의 007 시리즈를 살펴보자. 여기서 주인공 제임스 본드는 항상 어

---

2) Cawelti, J. G., *Adventure, Mystery, and Romance*, Chicago Univ. P., 1976, 41쪽.

떤 여인과 연애 관계에 돌입하지만, 그들의 사랑이 이야기의 핵심을 이루는 것은 아니다. 그것은 본드가 악당을 물리치는 과정에서 자연스럽게 발생한 것으로, 거칠고 비정한 세계에 낭만적 분위기를 불어넣음으로써 긴장과 위기의 연속으로 이루어진 세계를 다소 누그러뜨리고 부드러움으로 감싸주는 구실을 한다. 간혹 본드는 그 여인 때문에 함정에 빠지기도 하지만, 그렇다고 여인을 원망하거나 그로 인해 실망하지도 않는다. 그에게는 악당을 처치해야 하는 더 큰 임무가 있기 때문이다. 이처럼 모험소설에서 주인공은 여자와의 관계보다는 악당과의 관계를 더욱 중요하게 인식하는 것이다. 이 점은 비록 소설은 아니지만 전형적인 서부극인 『하이 눈』이나 『OK 목장의 결투』 등에서도 충분히 확인되는 사실이다.

한편 모험소설이 연애의 재미를 포함하는 것과 마찬가지로, 연애소설도 종종 모험의 요소를 포함한다. 그렇지만, 이때 그 위험은 연애 관계를 흔들어 놓고 그리하여 그 관계를 더욱 공고히 하는 구실을 한다.[3]

예컨대, 보리스 파스테르나크의 『닥터 지바고』에서 유리와 라라는 전쟁과 혁명, 그리고 내란의 소용돌이에 휩쓸리면서 서로의 정열을 불태울 겨를도 없이 운명적인 만남과 이별을 거듭하지만, 그런 변혁과 격동의 큰 파도를 헤쳐나올 때마다 그들의 사랑은 더욱 깊어지고 굳어진다. 이처럼 모험소설의 경우에는 연애 관계를 포함하더라도 그것이 부차적이지만, 연애소설의 경우에는 그것이 바로 이야기의 핵심이며 소설 전개의 중심축을 이루는 것이다 .

둘째, 연애소설에서는 사랑을 방해하는 요소나 인물 들이 반드시 등장한다. 이는 사랑을 전면적인 것으로 만들기 위해 문학적 장치이다. 능숙한 연애소설 작가는 이 장애물들을 소설 곳곳에 적절히 배치하여

---

3) 위의 책, 같은 곳.

애정비극 소설 『장한애사』『천리원정』.

소설의 재미를 더해 준다. 독자들이 연애소설에 흠뻑 빠지는 이유도 두 남녀의 사랑이 그런 장애에 부딪혀 어떻게 바뀌며, 또한 그 사랑은 최종적으로 어떻게 마무리될 것인가 하는 데 대한 궁금증을 끝내 떨쳐 버리지 못하기 때문이다. 그런 점에서 연애소설에서 사랑의 장애물과 그 극복 과정은 독자들을 사로잡는 관건이 된다. 따라서 남녀간의 사랑을 그리고 있는 어떤 소설에서 그런 장애 요소가 거의 미미하거나 상당히 약화되어 있다면, 그것을 연애소설로 보기는 힘들 것이다.

연애소설에서 사랑의 장애물은 부모(또는 그에 버금가는 사람)나 연적(戀敵) 같은 인격적 요소로 나타날 수도 있고, 사회적 관습이나 제도, 그리고 전쟁과 재난 등과 같은 비인격적 요소로 나타날 수도 있다. 연애 당사자의 부모(또는 그에 버금가는 사람)가 사랑의 방해꾼으로 등장할 때, 그들은 보통 그 당시 사회적 규범이나 관습을 대표할 때가 많다. 연애소설에서 빈번히 사용되는 수법은 연적, 즉 사랑의 경쟁자를 등장시키는 방법이다. 이로 인해 이른바 '삼각 관계'가 형성된다. 에밀

리 브론테의 『폭풍의 언덕』에서 히스클리프와 캐서린의 사랑은 에드가의 출현으로 파경을 맞는다. 캐서린의 마음이 에드가에 쏠리는 것을 보고 히스클리프는 분노를 참지 못해 그 집을 뛰쳐나가며 복수의 날을 다짐한다. 토마스 하디의 『테스』에서 여주인공 테스와 엔젤의 사랑은 테스의 육체를 탐하는 음험한 훼방꾼 알렉의 개입으로 결실을 맺지 못하고 비극적으로 끝난다. 한국의 연애소설에서도 삼각 관계는 애정 갈등을 드러내는 데 단골로 사용되는 수법이다. 예컨대, 김말봉의 『찔레꽃』에서 안정순과 이민수의 사랑은 정순이 조만호의 집에 가정교사로 들어간 후, 그들 각자에게 사랑의 경쟁자가 나타나면서 서서히 금이 가기 시작한다. 즉 조만호의 딸 경애가 민수에게 접근하고, 조만호의 아들 경구는 정순에게 접근하는 바람에 이중의 삼각 관계가 형성되면서 두 사람은 서로를 의심하고 반목하게 되는 것이다. 이처럼 삼각 관계는 두 사람의 사랑을 시험대에 올려 그들의 속마음을 시험함으로써 사랑의 성취가 쉽게 이루어지는 것이 아님을 보여주는 구실을 한다.

한편 사랑의 장애물이 사회적 관습이나 규범, 전쟁, 재난과 같은 비인격적 요소로 나타날 경우, 그 소설의 무대는 한 가문이나 마을의 테두리를 벗어나 당대 사회 전체 또는 국가로 확대되는 경향이 있다. 또한 두 남녀의 연애 과정에 여러 사건들이 개입함으로써 사건 구조도 대단히 복잡해진다. 톨스토이의 『안나 카레니나』에서 안나는 애정 없이 살아온 남편 까레닌과의 결혼 생활을 청산하고 자신을 진정으로 사랑해주는 귀족 청년 브론스키와 새 삶을 시작하려 하지만, 그런 그녀의 욕망은 남편과 러시아 사교계로 대표되는 사회적 관습과 규범에 부딪혀 좌절하고 만다. 언제나 자로 잰 듯이 엄격하게 살아가는 남편 카레닌은 자신의 명망에 흠이 될까봐 그녀의 이혼 요구를 들어주지 않는다. 또한 러시아 사교계는 그녀의 무분별한 애정 행각을 비난하며 그녀를 철저히 따돌린다. 거짓과 위선으로 가득찬 당시 러시아 사교계는 기혼녀의 비밀스런 정사는 묵인했지만, 안나처럼 결혼 생활 자체를 깨뜨릴 만큼 자신의 정열에 충실하고자 하는 태도는 결코 용납하지 않았던 것이다. 즉 그들은 귀족 여성이라면 순전히 인습적인 이유에서 한 결혼이라도 이를 계속 유지해야 할 의무가 있으며, 그런 엄격한 규율이 곧 평민들과 다른, 귀족 사회의 우월함을 드러내주는 구실을 한다고 생각한 것이다. 이처럼 『안나 카레니나』는 잘못된 결혼 생활을 시정하려는 안나의 인간다운 욕구가 어떻게 좌절되는가를 보여줌으로써, 위선과 허위, 교만과 허영으로 가득 찬 당시 러시아 귀족 사회를 신랄하게 통박하고 있다. 이로써 안나의 비극은 당시 러시아 사회 전체의 비극으로 확대되는 셈이다. 그리고 바로 이 점에서 『안나 카레니나』는 세계문학사상 불멸의 연애소설로 남게 된 것이다.

그런데 두 남녀의 연애 과정에 전쟁과 재난과 같은 인간의 힘으로 어쩔 수 없는 큰 사건이 개입될 경우, 그 소설은 규모가 큰 이른바 '대러브로망'이 되기 쉽다. 파스테르나크의 『닥터 지바고』가 바로 그런 작품이다.[4] 『닥터 지바고』에서 유리 지바고와 라라의 사랑은 제1차 세계대전과 러시아 혁명이란 사회적 대변화 속에서 싹터, 러시아가 송두리째 뒤집히는 급격한 변화를 견뎌내면서 순수하고 절대적인 사랑으로

---

4) 『닥터 지바고』와 같이 스케일이 큰 작품을 연애소설로 보는 데 이의를 제기하는 이도 있을 것이다. 곧 이 소설은 단순히 남녀의 연애 이야기를 다룬 것이 아니라, 20세기 초 러시아 전역에 감도는 혁명의 기운과 1917년의 사회주의 혁명, 짜르 정권의 붕괴와 내전 등을 배경으로, 그런 변화의 물결 속에서 각계각층 사람들의 의식과 행동이 어떻게 변하는가를 장대한 스케일로 보여준 작품이란 평가가 그것이다. 물론 이 소설이 격동기 러시아의 사회상을 다양한 인물을 통해 총체적으로 보여주고 있는 것은 사실이다. 그러나 그런 세부적 사건들이 결국 유리와 라라의 사랑을 축으로 하여 짜여져 있다는 점에 주목할 필요가 있다. 즉 두 사람의 연애 이야기가 여러 짤막한 이야기들을 수렴하고 통어하는 구실을 하고 있는 것이다. 더욱이 그 사랑은 혁명의 소용돌이에 휩쓸리면서도 인간적 진실을 잃지 않은 두 영혼이 공들여 가꾸어낸 것이기에, 보다 나은 세계를 창출하겠다는 혁명의 목표가 과연 달성되었는가를, 다시 말해서, '혁명의 승리'만을 앞세워 개인의 가치를 짓밟은 것은 아닌가를 진지하게 되묻는 구실을 한다. 지바고의 시는 바로 혁명의 승리에 취한 무리들에게 '우주의 운명'을 알리는 메세지이다. 이렇게 볼 때 작가가 유리와 라라의 사랑을 이야기의 중심축으로 삼은 의도는 분명해진다. 곧 혁명이 아무리 필연적인 것일지라도, 그런 역사적 격변 속에서도 인간이 반드시 지켜나가야 할 것이 무엇인가를 확인시켜주기 위함이다. 이 소설을 연애소설로 보는 것이 전혀 근거 없는 판단이 아니라는 점이 이로써 입증된 셈이다.

발전한다. 전쟁과 예기치 않은 재난이 그들을 갈라놓기도 하지만, 또 그로 인해 정해진 운명처럼 다시 만나곤 한다. 소년 시절 유리는 라라를 처음 보았을 때, 자기의 내면에 이제까지 경험하지 못했던 새로운 세계가 열리고 있음을 느낀다. 훗날 유리가 라라에게 고백했듯이 그녀와의 '운명적인 사랑'을 예감한 것이다. 유리가 라라를 두 번째로 보게 된 것은 그가 대학을 졸업하기 전 해 크리스마스 파티장에서이다. 그 자리에서 라라는 그녀를 성적 노리개로 삼은 코마로프스키를 총으로 쏘는데, 그런 라라의 모습은 유리에게 매우 강렬한 인상을 남긴다. 그 후 유리는 토냐와 결혼하고 라라는 파샤와 결혼한다. 제1차 세계대전이 발발하자 유리는 군의관으로 종군하고, 라라도 파샤가 지원 입대하는 바람에 남편을 찾아 간호원으로 종군한다. 그리하여 그들은 야전병원에서 숙명적으로 다시 만난다. 만약 전쟁이 일어나지 않았더라면, 그들은 각기 모스크바와 유리아틴에서 생활하면서 다시는 만나지 않을 수도 있었을 것이다. 그러나 전쟁이 필연적으로 일어날 수밖에 없었듯이 그들의 만남도 필연적이다. 전쟁으로 상처 받고 훼손된 영혼끼리의 만남이기 때문이며, 그런 외로운 영혼간의 교류를 통해서만 전쟁이란 이름 앞에 행해지는 무자비한 살육과 폭력으로부터 인간 존재의 존엄성을 지켜 나갈 수 있기 때문이다. 세 번째 만남에서 유리는 그녀에 대한 자신의 감정을 고백하지만, 라라는 그에게 냉정을 찾으라고 당부한다. 1917년 사회주의 혁명이 일어나자 유리는 전선을 떠나 모스크바로 돌아오고, 라라도 병원을 떠난다. 혁명기의 혼란과 궁핍을 견디다 못해 유리 일가는 모스크바를 떠나 처가의 영지가 있는 바르키노로 이주한다. 그후 유리와 라라는 유리아틴의 도서관에서 기적처럼 다시 만나게 되고, 여기서 그들의 사랑은 불붙는다. 라라와의 관계가 깊어질수록 유리는 토냐에 대한 죄의식으로 괴로워하는데, 그러던 어느 날 라라를 만나고 돌아오던 길에 그는 산림 의용대(적군 유격대)에 징용당해 가족은 물론 라라와도 생이별하게 된다. 3년 후 그는 유격대를 탈출해 유리아틴으로 돌아오지만, 가족들은 이미 모스크바를 거쳐 국외로 추방된 상태였으며, 오직 라라만이 홀로 그를 기다리고 있었다. 적군과 백군 간의 치열한 공방으로 한 치 앞을 내다볼 수 없는 극도로 위험하고 불안한 상태에서, 두 사람은 그들의 고귀한 영혼을 서로 지켜주며 그들만의 순수하고 위대한 사랑을 꽃피운다. 따라서 그들의 사랑은 전쟁과 혁명과 내전으로 이어지는 역사적 격동기에 필연적으로 생겨난 순결한 인간애의 승리이다. 비록 그들은 그런 변화의 물결에 휩쓸리면서 정신적으로 육체적으로 허물어지고 상처받기도 하지만, 그들이 지닌 순정한 마음을 결코 잃지 않았기에 기적 같은 '위대한 사랑'을 일궈낸 것이다. 이처럼 이 소설은 전쟁의 참화 속에서 싹튼 사랑이 어떻게 그런 고난과 역경을 딛고 일어서는 힘이 되는지를, 그리고 혁명이란 이름으로 행해지는 무자비한 폭력과 사회적 대수술 앞에 한없이 움츠러들고 나약해진 우리 인간은 오로지 영적으로 맺어진 순결한 사랑을 통해서만 위대해질 수 있음을 뚜렷이 보여주고 있다.

셋째, 다음으로 문제삼아야 할 것은 소설에 나타난 사랑의 목표나 지향점이다. 연애의 과정이 행동 발전의 중심축을 이루더라도, 그 목표가 인간간의 깊은 이해나 화합(화해)에 있는 것이 아니라 궁극적으로 인간에 대한 혐오나 진정한 인간 관계를 단절시키는 데 있다면, 이를 연애소설에 포함시킬 수 없다. 이는 사랑이 '자기 실존의 성취'와 관련된다는 측면에서 볼 때 더욱 그러하다. 우리는 다른 사람을 사랑하면서 자신의 실체를 깨닫는 한편, 남을 이해하며 그들과 더불어 사는 삶의 지혜를 배우게 된다. 우리가 어릴 때 연애소설에 쉽게 빠져드는 것도 그런 이야기를 통해 나 자신을 발견하고 아울러 다른 사람을 이해하는 법을 배울 수 있기 때문이다.

여기서 사랑의 목표 또는 지향점이란 문제와 관련하여 반드시 검토해야 할 점은 다음 두 가지이다. 하나는 성적 묘사 문제이고, 다른 하나는 비윤리적 사랑, 곧 불륜 문제이다. 보통 성적 묘사, 특히 성행위 장면 묘사는 그 정도(노골적이냐 아니냐)와 양(책 전체에서 얼마 만큼의 지면을 차지하느냐)과 빈도(얼마 만큼 자주 나오느냐)에 따라 그 작품성(예술성)을 따지기 일쑤인데, 이는 대단히 모호하고 자의적인 판단일 가능성이 높다. 문제는 성적 묘사의 노골성 여부와 분량과 빈도의 많고 적음에 있는 것이 아니라, 그런 남녀간의 성행위 묘사가 궁극적으로 인간간의 깊은 이해와 화합을 지향하고 있느냐, 아니면 인간 혐오나 인간 관계의 단절에 목표를 두고 있느냐에 달려 있다. 만일 D. H. 로렌스의 『채털리 부인의 사랑』을 비롯하여 노골적인 성 묘사 때문에 금서 처분된 여러 소설들 가운데 어떤 작품에서의 연애 과정의 궁극적인 목표가 전자 쪽에 있다면, 그 소설은 한편의 훌륭한 연애소설로 읽힐 수 있을 것이다. 그러므로 포르노그라피나 도색소설이 문제시되는 것은, 거기에 표현된 성행위의 묘사가 너무 노골적이라서가 아니라, 그런 묘사를 통해 그것이 궁극적으로 인간에 대한 혐오나 인간 관계의 단절에 이바지하기 때문이다. 특정 문학이 외설이냐 예술이냐 하는 해묵은 논쟁도 이런 관점에서 보면 어느 정도 해결될 수 있지 않을까 한다.

다음으로 배우자 있는 남자나 여자가 아내 또는 남편이 아닌 다른 사람과 깊은 사랑에 빠지는 경우이다. 『닥터 지바고』, 『안나 카레리나』, 『주홍 글자』와 같은 서양 작품들과 우리의 경우 『방랑의 가인』, 『유정』 등이 이에 해당된다. 이 경우에도 사랑의 목표나 지향점이란 관점에서 그들의 관계를 살펴볼 필요가 있다. 그들의 사랑은 사회 규범에서 벗어난 것이기에 대체로 비극적으로 끝난다. 그렇지만 그런 연애 과정에서 인간 존재의 모순과 그런 모순을 지닌 채 살아가야 하는 인간 자신에 대한 깊은 이해를 보여준다면, 그것은 한 편의 뛰어난 연애소설로 평가받을 수 있다. 그러나 만일 그런 연애 과정이 카사노바식이나 프리 마돈나식으로, 인간간의 깊은 정서적 교류보다는 육체적 향락이나 상대를 정복하고 복종시키는 데서 오는 쾌감에 초점을 맞춘 것이라면, 그런 작품은 연애소설이라기보다는 한 편의 여성편력기 또는 남성편력기로 그치고 말 것이다.

넷째, 작품에 표명된 작가의 사랑관 또는 연애관의 문제이다. 어떤 연애소설이 단순하고 흔해빠진 연애담으로 떨어지지 않으려면, 그 속에 사랑에 관한 작가의 생각이 분명하고 진지하게 표명되어야 한다. 앞서 말했듯이 연애소설은 작가가 자신의 사랑에 관한 생각을 들려주는 하나의 방식이기 때문이다. 그렇다고 어떤 작품에서 하나의 연애관만을 고집할 필요는 없다. 여러 연애관을 동시에 보여주면서 독자로 하여금 어느 하나를 선택하도록 유도할 수도 있는 것이다. 둘 이상의 연애관이 나타날 경우, 작가는 등장인물의 말과 행동을 빌어 특정한 연애관을 은근히 지지하고 그와 다른 연애관을 비판할 때가 많다(흔히 낡은 연애관을 비판하고 새로운 연애관을 내세운다). 가령, 세계문학사상 뛰어난 연애소설로 평가받고 있는 샬롯 브론테의 『제인 에어』에서 우리는 새로운 사랑관을 목도하게 된다. 주인공 제인은 천애고아에다 키도 작고 얼굴도 못생겼지만 따뜻한 마음씨와 건전한 영혼, 그리고 뚜렷한 개성을 지닌 여자였다. 그녀는 무엇보다 자기 자신을 사랑할 줄 아는 여자였으므로 다른 사람을 사랑할 수 있었고, 그리하여 마침내 로체스터와 참된 사랑을 이룩하게 된다. 이 소설의 배경이 되는 빅토리아 시대에 여자는 인격을 지닌 존재라기보다는 완상용의 장식품에 지나지 않았다(로체스터와 혼인 말이 있는 잉그램이 이 장식용 여성의 모습을 전형적으로 보여준다).[5] 제인은 여성에 대한 그런 뿌리깊은 편견에 저항하며 독립된 인격체로서 언제나 당당하게 자신의 소신을 분명히 밝

---

5) 태혜숙, 『연애소설 어떻게 읽을 것인가』, 여성사, 1993, 28쪽.

힌다. 로체스터는 바로 그런 제인의 모습에서 잉그램에서 볼 수 없는 신선한 아름다움을 발견하고 그녀에게 청혼한다. 제인 역시 가정교사에 불과한 자신을 언제나 동등하게 대접해 주는 로체스터의 인격에 감동되어 그에게 연정을 품어오던 터라 그의 청혼을 쾌히 수락한다. 이처럼 『제인 에어』에서 작가는, 사랑이 적당한 외형적 조건과 신분적 배경을 지닌 두 남녀의 결합이 아니라, 성숙한 두 인격의 내면적 교류를 통한 결합임을 역설하고 있다.

또한 젊은이들의 연애 풍속이 크게 바뀌었으나 그런 변화가 인간간의 진정한 화합보다는 오히려 인간 관계의 파탄이나 단절을 가져다 줄 때가 많을 경우, 작가는 그런 변화에 대한 대응책으로 전통적 연애관을 재정립하고자 할 것이다. 사람들은 보통 두 사람의 청춘남녀가 서로 사랑한다면 둘의 관계가 결혼으로 발전하는 것을 매우 당연하게 생각한다. 그러나 어떤 사람들은 연애와 결혼을 별개의 것으로 간주하여 사랑은 하되 결혼은 사랑보다는 조건이 맞는 사람과 하는 것이라고 주장할 수도 있다. 만일 그런 주장이 점점 더 세력을 떨친다면, 이에 심한 거부감을 느낀 소설가는 사랑에서 결혼으로 이어지는 사랑관을 재정립하기 위해 그의 작품에서 사랑 없이 한 결혼이 어떻게 실패로 끝나는가를 보여주려 할 것이다. 『폭풍의 언덕』은 사랑 없이 한 결혼(캐서린과 에드가의 결혼, 히스클리프와 이사벨라의 결혼)이 어떻게 자기의 분신처럼 서로 사랑했던 두 영혼을 철저히 파멸시키는가를 보여줌으로써, 사랑의 완성은 결혼으로 실현되는 것이요, 결혼 생활의 행복은 오직 사랑에 달려 있음을 역설적으로 확인하고 있다. 캐서린이 하녀 넬리에게 에드가의 청혼을 받아들였음을 고백하고, 넬리가 그녀에게 에드가와 결혼하려는 이유를 묻는 대목은 바로 이 점을 압축해서 보여주고 있다. 여기서 넬리는 전통적 연애관을 대표하는 동시에 작가의 생각을 대변하는 인물로 볼 수 있다. 먼저 넬리는 캐서린에게 에드가를 사랑하느냐고 묻는다. 캐서린이 그렇다고 대답하자 넬리는 왜 사랑하느냐고 다시 묻는다. 캐서린이 한 가지씩 이유를 대자, 넬리는 그때마다 그것만으로는 부족하다고 거듭 다그친다. 마침내 캐서린은 히스클리프를 사랑하지만 더럽고 천한 신분이라 그와 결혼하면 자신의 격이 떨어지므로 그럴 수는 없으며, 점잖고 돈많은 에드가는 여러 모로 그녀와 격이 맞아 그와 결혼하려 한다고 자신의 속마음을 털어놓는다. 에드가와 결혼하겠다는 그녀의 결정이 사랑보다는 외적 조건에 의한 것임을 고백한 셈이다. 더욱이 그녀는 에드가와 결혼하면 그녀가 히스클리프의 출세를 도와 오빠 힌들리의 손아귀에서 벗어나게 할 수 있을 것이라고 자랑스럽게 말하는데, 넬리는 결혼하려는 이유 가운데 그것이 가장 나쁜 이유라고 말한다. 캐서린도 자신의 결정이 잘못된 것임을 알기에 양심의 가책을 느끼며, 이 사실이 히스클리프에게 알려지는 것을 몹시 두려워한다. 이렇듯 캐서린과 넬리의 대화는, 사랑과 결혼을 분리하여 생각하는 세속적 사랑관을 옹호하는 이와, 사랑과 결혼의 분리를 결코 인정할 수 없는 절대적 사랑관을 지닌 이가 서로 부딪히는 장면이다. 캐서린과 에드가가 결혼한 후 폭풍의 언덕으로 다시 돌아온 히스클리프는, 힌튼가의 재산을 탈취할 목적으로 에드가의 동생 이사벨라를 유혹하여 그녀와 결혼한다. 히스클리프는 과거의 사랑에 연연해 하는 대신, 자신을 버리고 떠난 여인과 똑같은 방식으로 한 여자의 영혼을 짓밟는 것이다. 여기서 우리는 히스클리프가 캐서린과 똑같은 방식으로 이사벨라와 결혼한다는 점에 주목해야 한다. 즉 이런 히스클리프의 비인간적 행동은 역설적으로 세속적인 사랑을 거부하고 절대적 사랑을 옹호하는 효과를 거두고 있는 것이다.[6)]

그런데 이러한 사랑관의 표명은 작가의 의도와 관련되는 문제이다. 만일 작가가 특정 사랑 이야기를 그 자체로 다루지 않고 단지 독자의 흥미를 끌기 위한 수단으로 연애의 과정을 서술한다면, 그런 작품은 연애소설에 포함될 수 없다. 사람들이 연애소설을 경멸하고 비난하는 이유는, 그 연애가 단지 독자들의 흥미를 불러일으키거나 그들의 흥미를 유지시키기 위한 수단에 불과하다고 보는 데 있다. 그러나 이런 관점에서 보면 그것은 이미 연애소설이 아니다. 연애소설을 가장한 다른 종류의 소설일 뿐이다.

이상으로 연애소설의 필요조건과 충분조건들을 검토해 보았다. 따라서 이러한 조건들의 충족 여부를 따지는 것은 곧 연애소설의 범주를 확정하는 일이 될 것이다. 이제 이러한 견지에서 연애소설의 범주를 밝히면 다음과 같다.

연애소설에서는 ① 사랑 또는 연애의 과정이 전면적으로 나타나야 한다. 만일 그 사랑이 부분적이거나 부차적인 요소에 지나지 않는다면 이는 연애소설에 속하지 않는다. ② 연애 과정 자체를 이야기 전개의 중심축으로 만들기 위해 그 사랑을 방해하는 요소나 인물 들이 반드시 나타나야 한다. 만일 그런 장애 요소가 무시해도 좋을 만큼 거의 미미하거나 약화되어 있다면 이는 연애소설로 보기 힘들다. ③ 소설 속의 사랑이 인간간의 깊은 이해나 화합을 목표로 해야 한다. 그렇지 못하다면, 즉 연애의 목표가 궁극적으로 인간에 대한 혐오나 진정한 인간관계를 단절시키는 데 있다면, 그런 작품을 연애소설에 포함시킬 수는 없다. ④ 사랑에 관한 작가의 생각이 분명하고 진지하게 표명되어야 한다. 만일 작가가 특정한 사랑 이야기를 그 자체로 다루지 않고 단지 독자의 흥미를 끌기 위한 수단으로 연애의 과정을 서술한다면, 이는 연애소설을 가장한 다른 유형의 소설임에 틀림없다.

---

6) 이밖에 에릭 시걸의 『러브 스토리』도 프리 섹스가 범람하고 육체적 향락의 추구와 성적 방종이 난무하는 60년대 미국 사회에 강한 불만을 느낀 작가가, 이런 왜곡된 연애 형태를 바로잡기 위해 올리버와 제니의 사랑을 통해 '모두가 생각하고 있는 소박한 사랑의 모습'을 보여주었다는 점에서 전통적 연애관을 재정립한 작품으로 볼 수 있다. (따옴표 안의 말은 문예출판사 간 『러브 스토리』(이서종 역, 1971)에 실린 옮긴이의 작품 해설 부분에서 따온 것임.)

4. 맺음말

　연애소설은 대중들이 즐겨 읽고 그들에게 오랫동안 사랑을 받는 소설 유형 가운데 하나이다. 그럼에도 불구하고 연애소설의 개념이라든가 그 유형상의 특징 등이 제대로 밝혀진 적은 거의 없다. 이는 연애소설 만큼 다양하고 광범한 독자층을 확보하고 있는 장르가 드물다는 점을 생각할 때 매우 특이한 현상이 아닐 수 없다. 이러한 점에 착목하여 이 글은 연애소설의 개념을 규정하는 데 궁극적인 목표를 두고, 먼저 사랑의 담론이란 측면에서 연애소설의 의미를 살펴본 다음, 이어서 연애소설의 요건과 그 범주에 대해서 간략하게 살펴보았다. 이제 본문에서 미처 다루지는 못했으나, 연애소설의 개념 규정과 관련하여 반드시 짚고 넘어가야 할 한 가지 문제를 고찰함으로써 이 글을 마무리짓고자 한다. 그 문제란 곧 개념 규정 작업의 전제가 되는 것으로서, 연애소설이란 유형 설정의 필요성과 그 의의를 따져 보는 일이다.

　사람들은 흔히 누군가 어떤 위대한 명작 소설을 연애소설이라고 부른다면, 그런 말이 그 위대한 작품에 어떤 흠집을 내고 그것의 격을 떨어뜨리는 것이라고 보는 경향이 있다. 이는 아마도 연애란 사소하고 가벼운 주제라 훌륭한 문학에서는 결코 다룰 만한 것이 못된다는 근거 없는, 그러나 뿌리 깊은 편견 때문일 것이다. 그런 편견에 사로잡힌 사람들은 종종 연애란 점잖은 사람이 입에 담을 말이 아니고, 연애소설은 지적 수준이 낮거나 나이 어린 청소년들이나 즐겨 보는 것이지 점잖고 지각 있는 사람들이 읽을 것이 못된다고 생각하기 일쑤다. 하지만 어떤 소설을 연애소설로 규정한다고 그 소설이 원래 지닌 품격이 낮아지는 것도, 작품으로서의 질이 떨어지는 것도 아니다. 마치 어떤 소설을 사회소설, 정치소설, 경제소설 등으로 불렀다고 그 소설의 질이나 격이 떨어지지 않는 것과 마찬가지 이치이다. 이치가 그러함에도 불구하고, 사람들이 유독 연애소설에 대해서 그토록 민감한 반응을 보이는 것은 잘 납득이 되지 않는 일이다. 이런 선입관이나 편견을 불식시키기 위해서라도 연애소설을 하나의 독립된 유형으로 설정하고 그 개념 규정에 힘쓸 필요가 있다. 만일 우리가 세계문학사에서 명작으로 알려져 있는『제인 에어』,『폭풍의 언덕』,『주홍 글자』등과 같은 작품들을 연애소설이란 각도에서 접근하지 않는다면, 그 소설의 많은 부분을 해석의 공백 지대로 남겨둘 수밖에 없을 것이다.

또한 연애소설은 (모험소설 · 추리소설 등과 함께) 우리가 문학에 대해 관심을 갖게 되는 시기에(보통 사춘기 전후) 누구나 쉽게 접하게 되는 장르이자, 또 그로부터 문학에 대한 우리의 흥미를 점점 발전시킬 수 있는 장르이다. 그런 점에서 연애소설은 문학 입문 단계에서 대단히 중요한 구실을 한다고 보겠다. 청소년 시기에 읽었던 어떤 연애소설에서 받은 강렬한 인상과 감동은 일생 동안 우리의 뇌리를 떠나지 않으며, 그런 점에서 그 작품은 그후 우리의 의식에 지대한 영향을 미칠 것이 분명하다. 그러므로 연애소설이라고 해서 이를 싸잡아 싸구려 삼류소설이라고 매도하며 그냥 내버려 둘 일이 아니다. 좋은 연애소설은 문학의 저변을 확대하고 문학에 대한 일정한 식견을 갖춘 독자를 길러내는 데 긴요한 구실을 하기 때문이다. 이것이 연애소설이란 유형 설정이 필요한 두 번째 이유이다.

마지막으로 지적할 수 있는 것은 연애소설이 (모험소설과 마찬가지로) 대단히 뿌리가 깊고 오래되었으며, 전세계적인 분포를 보이는 이야기 유형의 하나라는 점이다. 이런 문학적 실상을 외면한 채 문학 연구나 문학사 서술이 이루어진다면, 이는 문학 안팎으로 큰 손실이 아닐 수 없다. 따라서 그런 손실을 막기 위해서라도 연애소설을 하나의 독립된 유형으로 설정하여 이에 대한 본격적인 논의가 절실히 요청되는 것이다. 특히 문학에서 연애는 다른 무엇을 전달하기 위해 작품에

씌운 '달콤한 외피'가 아니다. 그 자체가 개인이 속한 사회 계층의 사상이나 관습 등의 집약적 표현이다.[7] 다시 말해서, 작가는 연애 관계를 통해 그 시대의 사회상을 총체적으로 보여주는 동시에(연애소설이 거의 장편소설인 것도 이런 이유에서이다), 그것의 전개 과정을 통해 당대의 사회적 모순과 문제점을 분명하게 드러내면서 그 해결 방향까지 함축적으로 제시할 수 있는 것이다. 연애소설이 시공을 넘어 거듭해서 쓰여지고 사람들이 이에 심취하는 이유도 여기에 있다. 이렇게 연애를 역사적 관점에서 조망할 수 있다면, 연애소설을 두루 섭렵함으로써 우리는 연애관의 변천이나 남녀 관계의 변화 등에 대한 폭넓은 지식을 쌓을 수 있을 뿐만 아니라, 그런 변화의 사회사적·문화사적 의미까지 추출할 수 있을 것이다. 아울러 이런 작업은 연애와 밀접한 관계가 있는 성과 결혼의 문제를 밝히는 데도 일정한 기여를 할 것이 틀림없다.

이상에서 연애소설이란 유형 설정의 필요성과 그 의의를, 작품 해석 또는 연구 방법론의 측면, 독자와 문학적 기반의 형성 문제, 그리고 문학사적 실상과 연애의 역사적 의미란 측면에서 소략하게 살펴보았다. 이밖에도 많은 점들이 더 거론될 수 있겠고 또 더 밝혀져야 하겠지만, 이 글은 이 문제에 초점을 맞춘 글이 아니므로 보다 자세한 논의는 후고를 기약하며 이 정도에서 논의를 끝내기로 한다. 앞으로 연애소설의 이론적 부문은 물론, 개별 작품에 대한 보다 충실하고 깊이 있는 논의가 이어지기를 기대해 본다.

---

7) 김남천, 「조선문학과 연애문제」, 『신세기』, 1939. 8. 그리고 정비석도 연애소설을 논하면서 "연애처럼 시대에 예민하고 시대를 솔직히 표현하는 것은 없을 것"이라고 하였다. 정비석, 「연애소설 일반오해를 일소하자」, 『조선일보』, 1937. 9. 12.

제2부

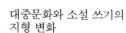

1930년대 한국 신문소설의 존재방식

—최서해의 『호외시대』를 중심으로

I. 머리말

이 글은 1930년대 한국 신문소설의 특성과 그 존재 의미를 밝히려는 목적으로 씌어진다. 신문학 초기부터 등장한 신문소설이 우리 근대소설의 형성과 발전에 지대한 공헌을 한 것은 부정할 수 없는 사실이지만, 다른 한편으로는 우리 소설의 통속화 경향을 부추긴 것도 또한 사실이다. 문학과 저널리즘 간의 밀월관계가 우리 문학에 부정적 영향을 끼치기 시작한 것은 대략 1930년대 이후부터이다. 특히 저널리즘의 상업성과 결탁한 신문소설은 많은 부작용을 낳았고 이른바 순수문학론자들이 이런 신문소설의 통속성을 필요 이상으로 과장해 그들의 문학을 옹호하는 근거로 삼는 경우도 허다했다. 이런 점으로 보아 1930년대 신문소설의 특성을 규명하는 일은 우리 근대소설의 진폭과 파장을 해명하는 데 반드시 해결해야 할 과제라 아니 할 수 없다.

물론 이 시기의 신문소설에 대해서는 당대에도 논자들의 지대한 관심 속에서 많은 논의들이 이루어졌고 또 최근에는 1930년대 신문소설을 비롯하여 한국 신문소설 전체에 대한 깊이 있는 연구들도 나왔다.[1] 그러나 앞선 논의들은 신문소설을 비판하거나 옹호하는 경우를 막론하고 크게 보아 순수/통속이라는 이분법적 사고의 테두리를 벗어나지 못하고 있으며 작품의 면밀한 분석보다는 개략적인 검토에 머물고 있다. 어떤 소설이 통속소설이냐 아니냐 하는 것보다는 작품에 나타난 통속성의 구체적 양상과 그런 통속성에도 불구하고 그 작품이 존재할 수 있었던 근거를 밝히는 것이 더 중요할 것이다.

따라서 몇몇 작품을 중심으로 1930년대 신문소설 전체를 매김하려는 태도에서 벗어나 이 시기에 발표된 신문소설들을 하나하나 검토해가는 것이 무엇보다 긴요한 과제일 것이다. 뿐만 아니라 이 시기에 소설을 실은 여러 신문들의 성격을 분석함은 물론, 신문소설만이 갖는 양식적 특성이 있다면 그것이 무엇이며 또 그러한 특성이 1930년대를 전후하여 어떻게 변모되는가 하는 문제들도 함께 검토해야 할 것이다.

이러한 점에 착안하여 여기서는 1930년대 초(1930~1931)에 발표된 최서해의 『호외시대』를 대상으로 그것의 신문소설로서의 특성과 존재의미를 분석함으로써 1930년대 신문소설의 전모를 밝히는 데 하나의 단초를 마련하고자 한다.[2] 특히 『호외시대』는 신문소설로서 부정적 요소와 긍정적 요소를 아울러 지닌 소설이란 점에서, 그리고 계급문학 작가인 최서해가 최초로 발표한 신문연재 장편소설이란 점에서 이 시기 신문소설의 성격을 규정하는 데 중요한 실마리를 제공할 것으로 기

---

1) 이것의 구체적인 내용에 대해서는 다음 장의 주 5)와 6)을 참고할 것.
2) 발표시기로만 본다면 『호외시대』 이외에도 1930년에 이미 여러 작품들이 신문에 연재되고 있었다. 윤백남의 『대도전』과 김기진의 『해조음』, 그리고 김동인의 『젊은 그들』 등이 그것이다. 그러나 『대도전』과 『젊은 그들』은 역사소설이고, 김기진의 『해조음』은 자신의 소설론을 창작에 적용한 실험성이 짙은 작품이란 점에서 다른 각도에서 논의될 여지가 많아 제외하였다. 반면 『호외시대』는 앞의 작품들과 달리 당대 사회를 배경으로 하고 있고 또 비교적 신문소설이 갖는 이점을 충분히 활용하고 있다고 판단되어 대상 작품으로 선정하였다.

대된다.[3]

이러한 입장에서 이 글은 다음과 같은 순서로 논의를 진행하고자 한다. 먼저 기존의 논의를 토대로 1920~30년대 신문소설의 전반적 성격을 살펴볼 것이다(2장). 1930년대 들어서 신문소설의 성격이 크게 바뀌었다 하더라도 갑자기 그렇게 된 것은 결코 아닐 것이다. 따라서 1930년대의 신문소설은 그 앞 시기의 신문소설과 연속성 위에서 살펴볼 필요가 있다. 또 이러한 작업은 분석 대상인 『호외시대』가 신문소설

1930년대 신문소설의 하나인 『해조음』(김기진, 1938년).

의 전반적 성격에 비추어 볼 때 대략 어떤 위치를 차지하고 있는가를 파악하는 데 도움을 줄 것이다. 다음으로는 대상 작품인 『호외시대』를 분석할 차례인데, 이것은 다음 두 가지 측면으로 나누어 진행될 것이다. 첫째로는 앞의 논의를 바탕으로 신문소설로서 『호외시대』가 어떤 성격과 의의를 지니는지를 살펴볼 것이다(3장). 1930년대 들어서 많은 작가들이 어쩔 수 없이 신문연재소설에 손을 대게 되는데, 그런 점에서 신문소설로서 『호외시대』의 성격과 의의를 검토하는 일은 이러한 작가들의 변신과 관련하여 1930년대 한국 신문소설이 어떻게 존재했으며 또 어떻게 존재할 수 있었는가를 밝히는 데 하나의 시각을 마련해 줄 것으로 생각된다. 둘째로는 『호외시대』의 작품적 성과를 그것의

---

3) 『호외시대』에 대한 기존 연구 성과로는 조남현, 「최서해의 『호외시대』, 그 갈등구조」(『한국소설과 갈등』, 문학과비평사, 1990)와 한수영, 「돈의 철학, 혹은 화폐의 물신성을 넘어서기」(『1930년대 문학연구』, 평민사, 1993) 등이 있다. 그러나 이 글은 『호외시대』를 신문소설로서 접근한다는 점에 기존 연구와는 상당한 입장의 차이가 있다.

부정적 요소(통속성)와 긍정적 요소(문학성)로 나누어 검토하면서 그 둘의 상관성도 아울러 따져 보고자 한다(4장). 신문소설이라면 으례히 통속소설로 보거나 특정 작가의 작품이나 특정 소재를 다룬 작품들을 덮어놓고 통속소설로 몰아부치는 태도에는 다분히 당대의 평가에 의존하거나 논자 자신의 선입견이 크게 작용한 경향이 없지 않다. 그런 의미에서 비록 『호외시대』에 한한 것이지만 그 작품의 통속성과 문학성을 차근차근 살펴봄으로써, 우리는 1930년대 신문소설이 한편의 장편소설로서 존립할 수 있었던 근거와 그 존재 의미를 밝히는 데 보다 객관적인 시각을 확보할 수 있을 것이다.

2. 1920~30년대 한국 신문소설의 성격 검토

1920~30년대 한국 신문소설의 전반적 성격을 검토하기 위해서는 이 시기에 발표된 연재소설들을 전부 찾아 읽은 후 공시적·통시적 체계 속에서 그 특성을 파악하는 것이 정도이겠으나 이는 실로 엄청난 작업이라 일거에 해결될 문제는 아니다. 더구나 아직도 상당한 양에 이르는 신문소설들이 제대로 평가받지 못한 채 그대로 신문 속에 방치되어 있으며[4] 또 조잡한 인쇄 상태로 말미암아 판독하기 힘든 부분이 많은 것도 신문소설에 대한 접근을 가로막고 있는 실정이다. 따라서 여기서는 필자가 기왕에 읽은 작품들을 고려하면서 이들 소설에 관한 당대의 논의들[5]과 최근의 논의들[6]을 토대로 그 대강의 윤곽을 잡아보

---

4) 필자가 조사한 바로는 1920~30년대에 신문에 연재된 장편소설은 대략 120여 편이 된다. 그 가운데 기존 연구에서 자주 거론되는 작품은 대략 40편 내외에 불과하다. 이로 본다면 약 2/3에 해당되는 작품이 연구자들의 무관심 속에서 그대로 사장되어 있는 것이다. 물론 이 가운데는 언급할 가치조차 없는 작품도 있겠으나, 그런 결론도 어떤 선입견에 의한 것이 아니라 작품을 면밀히 검토한 뒤에 내려야 한다는 것이 필자의 일관된 생각이다.

고자 한다.

당대의 논의들과 최근의 논의들을 종합해 볼 때 이 당시 신문소설들은 대략 다음과 같은 성격을 지닌 것으로 파악된다.

첫째, 독자 대중의 저속한 취미에 영합한 작품이 많았고 이러한 경향은 1930년대에 들어서면서 더욱 두드러졌다. 이렇게 신문소설이 통속화하게 된 데에는 일제의 가혹한 탄압 앞에서 당시 신문들이 변질되기 시작한 것과 일정한 관련이 있다. 즉 1930년대 이후 신문사들은 경영 합리화를 구실로 민중계도보다는 이윤 추구를 앞세우게 되는데, 연재소설은 바로 신문의 판매 부수를 늘리고 독자를 확보하는 데 좋은 수단이 되었다. 이로 인해 신문사 경영자들은 작자들에게 대중의 기호에 맞는 재미있는 소설을 쓸 것을 요구하였고 결과적으로 이것은 소설의 통속화 경향을 부추기게 된 것이다.

둘째, 통속적인 신문소설의 범람은 소설의 질적 하락을 부추김으로써 본격문학(순수문학)의 발전에 걸림돌이 되었다. 당시의 논자들은

5) 대표적인 것만 열거해 보면 다음과 같다.
  이익상, 「읽히기 위한 소설」, 『중외일보』, 1928. 1. 1~3.
  최독견, 「신문소설잡초」, 『철필』 1, 1930. 7.
  문인좌담회, 『동아일보』, 1933. 1. 1~11.
  윤백남, 「신문소설, 그 의의와 기교」, 『조선일보』, 1933. 5. 14.
  김동인, 「소설계의 동향」, 『매일신보』, 1933. 12. 24.
  이무영, 「대중소설에 대한 관견」, 『신동아』 4권 5호, 1934. 5.
  김기진, 「신문장편소설 시감」, 『삼천리』 16, 1934. 8.
  정래동, 「삼대신문장편소설논평」, 『개벽』 속간 4호, 1935. 3.
  한식, 「신문소설의 재검토」, 『조선일보』, 1937. 10. 28~31.
  이원조, 「신문소설분화론」, 『조광』 28, 1938. 2.
  김남천, 「작금의 신문소설」, 『비판』 68, 1938. 12.
6) 정한숙, 「대중소설론」, 『고대 인문논집』 제21집, 1976.
  이주형, 「1930년대 한국 장편소설 연구」, 서울대 대학원 박사학위논문, 1983.
  홍정선, 「한국 대중소설의 흐름」(1984), 『역사적 삶과 비평』, 문학과지성사, 1986.
  권영민, 「대중문화의 확대와 소설의 통속화 문제」, 『한국민족문학론연구』, 민음사, 1988.
  민병덕, 「한국 근대 신문연재소설 연구」, 성균관대 대학원 박사학위논문, 1988.
  김창식, 「1920~1930년대 통속소설론 연구」, 『국어국문학』 제28집, 부산대 국어국문학과, 1991.
  서광운, 『한국 신문소설사』, 해돋이, 1993.
  서영채, 「1930년대 통속소설의 존재방식과 그 의미」, 『민족문학사연구』 제4호, 1993.
  한명환, 「일제하의 신문소설론 연구」, 『홍익어문』 제14집, 1995. 2.

정비석, 방인근, 윤백남
등이 쓴 신문소설들.

'신문소설＝통속소설'이
란 관점에서 신문소설을
신랄하게 비판하였으며,
이러한 신문소설의 범람은
곧 순문학의 위기를 초래

한다고 보았다(이런 관점은 오늘날까지 그대로 지속되고 있다).

셋째, 신문소설은 그 당시 장편소설을 발표할 수 있는 거의 유일한
통로가 되었으며, 이에 따라 한국 장편소설 발전에 일정한 기여를 한
것도 사실이다. 뿐만 아니라 신문소설에 대한 불만은 장편소설에 대한
본격적인 논의를 불러일으켜, 단편만이 순문학이고 장편은 통속문학
이라는 편향된 시각에서 벗어나 장편소설도 마땅히 소설론의 영역에
서 다루어야 한다는 인식이 확산되는 계기를 마련하였다.

넷째, 신문소설은 독자 대중이 쉽게 접할 수 있는 문학적 양식인 동
시에 그들에게 무엇인가를 계몽·호소할 수 있는 좋은 수단이 되었다.
문단의 일각에서 예술대중화론을 제기하며 '문학을 위한 문학'이 아니
라 '대중을 위한 문학'을 요구하던 시기에 신문소설이 '문학의 대중

화'에 일정한 기여를 한 것은 부인할 수 없는 사실이다. 또한 알기 쉽고 재미있는 내용으로 된 신문소설은 소극적으로는 일반 대중에게 휴식과 위안을 가져다 주는 '위안의 문학'으로서 구실하였으며 적극적으로는 대중의 취미를 향상시키며 그들에게 새로운 힘과 희망을 암시하는 '계몽의 문학'으로서의 구실을 떠맡기도 하였다.[7]

여기서 첫째와 둘째는 신문소설의 부정적 측면을 말한 것이고 셋째와 넷째는 긍정적 측면을 지적한 것이다. 이렇듯 신문소설이 긍정적인 측면과 부정적인 측면을 아울러 지닌 것이라면 신문소설의 통속화 경향을 무조건 부정적으로 바라볼 것만은 아닌 것 같다.

실제로 신문연재소설 중에는 신문사측의 요구에 따라 순전히 독자의 흥미를 끄는 데 주력한 작품들도 있었지만, 때로는 겉으로는 신문사측의 요구에 승복하는 척하면서도 그 이면으로는 자신이 하고 싶은 말을 은밀히 드러내는 작품도 있었다. 신문소설 작가들은 원고료 수입 때문에 저널리즘의 상업주의와 타협하지 않을 수 없었지만, 그런 가운데 신문사측의 요구를 거스르지 않으면서도 작가로서의 양심을 견지할 수 있는 방안을 끊임없이 모색하였던 것이다. 말하자면 부득이 통속성의 외양을 취하더라도 그 속에 자신의 주장이나 신념을 담을 수 있는 방법이 없을까 하고 고심하였던 것이다.

신문소설이 독자들에게 접근하기 위해 비록 남녀간의 사랑이나 엽기적인 사건, 그리고 시정의 일상사 등을 다루더라도, 작가가 통속성 자체에 함몰되지 않는다면 그런 이야기 속에서도 얼마든지 현실의 모순과 그에 대한 비판의식을 간접적 우회적으로 드러낼 수 있는 것이다. 더구나 당시의 신문소설이 일제의 가혹한 검열제도를 견뎌내야 했으

---

7) 이렇게 신문소설의 의의를 그 소극적 역할과 적극적 역할을 나누어 설명한 이는 윤백남이다. 정작 윤백남 자신은 통속적이고 위안의 성격을 갖는 소설을 쓰는 데 치중하고 말았지만, 이런 견해는 당시 독자 계층의 성격과 그 수준을 감안할 때 매우 타당성 있는 견해라 생각된다(윤백남, 「신문소설, 그 의의와 기교」, 『조선일보』, 1933. 5. 14 참조).

며 독자층의 폭이 그다지 넓지 못했던 점도 마땅히 고려되어야 할 것이다. 이런 점에서 당시의 신문소설들 가운데 청춘남녀의 사랑 이야기나 그들의 이색적 모험담, 그리고 엽기적인 사건을 다루는 이야기가 나오면 으례히 통속소설로 몰아부치는 태도는 재고되어야 한다.

앞으로 살펴볼 최서해의 『호외시대』도 비록 통속적인 구성을 취하고 있지만, 그 이면에 내포된 당대 사회에 대한 작가의 진지한 성찰과 예리한 현실 인식이 돋보이는 작품이다.

3. 신문소설로서 『호외시대』의 성격과 의의

『호외시대』는 1930년 9월 20일부터 다음해 8월 1일까지 『매일신보』에 무려 303회에 걸쳐 연재된 최서해의 유일한 장편소설이다. 널리 알려져 있듯이 『매일신보』는 조선총독부의 기관지로 친일적인 논조를 노골적으로 드러낸 신문이다. 이런 신문에 소설을 연재한다는 사실 자체만으로 이미 친일 인사로 낙인찍히던 시절에 최서해는 『매일신보』의 기자가 되어 장편 『호외시대』를 연재한 것이다. '조선의 고리끼'로 평가될 만큼 프로문학 쪽의 찬사를 한몸에 받았던 최서해가 어떤 이유에서든 『중외일보』에서 『매일신보』로 자리를 옮긴 것은 그 당시 문단에 상당한 물의를 불러일으켰고 급기야 그는 카프측으로부터 제명까지 당하게 된다.[8] 생활고 때문이든 의기가 꺾인 탓이든 간에 그가 친일적 신문에 몸담게 된 것은 작가로서는 불명예스러운 행동임에 틀림없으나, 그런 신문에 실렸다고 해서 그 작품마저 도매금으로 매도하고 말 수는 없다.[9]

---

8) 김동인, 「作家四人」, 『매일신보』, 1931. 1. 8.

신문의 문예면을 장식하는 소설은 그 허구적 성격 때문에 사실 보도에 충실해야 하는 일반 기사와는 달리 비교적 자유로운 상태에서 기술될 수 있었다. 즉 발표 매체의 성격과는 상관 없이 작가는 일제의 검열을 교묘히 피하면서 작품 속에 어느 정도 자신의 생각을 담을 수 있는 것이다.[10] 그러므로 어떤 소설이 어느 신문에 발표되었느냐 하는 것을 가지고 작품 평가의 기준으로 삼을 수는 없는 것이다.

그렇다면 우리의 주된 관심사는 『호외시대』가 신문소설이란 양식적 특성을 최대한 살리면서 작품의 구성이나 주제 제시의 측면에서 대중에게 호소력을 지닌 작품인가 아닌가? 그리고 신문연재의 형태로 발표된 『호외시대』가 하나의 장편소설로서 성공한 작품이었는가, 아니면 알맹이도 없는 이야기를 원고료 수입 때문에 길게 늘인 작품에 불과한가? 등이 될 것이다. 특히 뒤의 것은 단편으로 일관하던 최서해가 처음으로 시도한 장편소설이란 점에서 그러한 시도가 과연 작가 개인에게나 소설사적으로 어떤 의미를 지니고 있는가를 따져보는 문제이다.

먼저 앞의 문제부터 살펴보기로 한다. 당시의 문인들은 신문소설을 하나의 별종으로 취급하여 그것 나름의 독특한 양식과 기법을 지닌 소설로 파악하였다. 윤백남[11]은 신문소설이란 신문에 실린 소설을 뜻한다기보다는 일반 대중을 위한 소설, 즉 '대중소설'을 가리키는 말이라고 하면서, 이러한 신문소설에는 보통의 장편소설과는 다른 특수한 기

---

9) 서해 사후 김동환은 이 작품을 가리켜 '愚作 駄作'이라고 간단히 일축했으나 이는 작품을 자세히 읽고 내린 결론이 아니라 그의 선입견이 크게 작용한 인상비평에 불과하다. 사실 김동환은 최서해가 5, 6년 전에 죽어야 했다고 극언할 만큼 최서해의 후기작을 매우 못마땅하게 여기고 있었다(김동환,「生前의 曙海 死後의 曙海」,『신동아』 1935. 9).

10) 한 연구자에 의하면 "매일신보가 총독부 기관지였기는 하지만 연재소설에 있어서는 記事에 비해 덜 친일적으로 나타나고 있다"고 했는데(송경섭,「일제하 한국신문 연재소설의 특성에 관한 연구」, 서울대 대학원 석사학위논문, 1973, 13쪽), 이 역시 일반 기사와 연재소설이 내용상 차이가 있음을 지적한 말이다.『호외시대』보다 2, 3년 전에 발표된 염상섭의『이심』도 비록『매일신보』에 연재되었지만 식민지사회의 구조적 모순을 예리하게 파헤침으로써 저항적 색채를 뚜렷이 보인 작품이다. 이러한『이심』의 문학적 성과에 관해서는 유종호(1987), 이보영(1991), 김창식(1994) 등을 참고할 것.

11)「신문소설, 그 의의와 기교」,『조선일보』, 1933. 5. 14.

교가 필요하다고 하였다. 즉 신문소설의 일회분이 어느 장편소설의 일부분이 되어서는 안 되고, 매회 매회에 그것 나름의 특수한 '씬'과 '서스펜스'가 있어야 독자 대중을 사로잡을 수 있다고 하였다. 김동인[12]도 신문소설이 보통의 흥미 중심 소설과 다른 점은 매일 일정한 양이 연재되는 데 있다고 하면서, 그 일회분 안에서 독자의 흥미를 지속시키기 위해서는 문장부터 대중적이고 충동적이어야 하고, 한 일회분과 다음 일회분, 한 장면과 다음 장면이 긴밀하게 연결되어야 하며, 장면을 배치할 때 완급 조정을 하더라도 그것들이 잘 어울려 동떨어지지 않도록 해야 한다고 하였다.[13]

이상의 견해에 비추어 볼 때 『호외시대』는 대체로 신문소설로서의 요건을 충실히 갖춘 작품으로 보인다. 무엇보다 이 소설은 대중이 쉽게 알아볼 수 있는 간명하고 평이한 문장을 사용하고 있다. 그리고 신속하고 자연스러운 장면 전환과 짧은 대화, 그리고 대화를 통한 인물들의 성격·심리 묘사로 이야기를 박진감 있게 전개시키고 있다.

새벽비 개인 뒤 유리알같이 맑은 초가을 하늘로 흘러내리는 쌀쌀한 바람에 찬 기운이 싸르르 몸에 스며들든 수원역(水原驛) 대합실도 먼 산에 흐르는 둔탁한 볕발이 기어들기 시작하고 한 사람 두 사람 모여들게 되니 차츰 아늑한 맛이 들게 되었다. 서울로 가는 아침 일곱시 반 차 시간을 십오 분 앞두었을 때는 어른 아이 할 것 없이 우글우글 끓어서 아늑하던 맛은 스러져버리고 정거장 대합실이 아니면 느낄 수 없는 소란한 분위기를 이루었다. 이 구석 저 구석 앉고 서서 담배불이 옷자락에 떨어지는 것도 깨닫지

---

12) 「신문소설은 어떻게 써야 하나」, 『조선일보』, 1933. 5. 14.
13) 최근 연구 성과에서도 이와 비슷한 견해가 도출되었는데, 거기서는 신문연재소설의 특성을 다음 다섯 가지로 요약하였다. ①1회의 매수에 제한이 있다. ②좁은 지면의 마지막에 날마다 서스펜스, 고비를 만들어 이튿날에 흥미를 연결시키는 기술이 필요하다. ③온갖 계층을 독자 대상으로 설정하고 있다. ④그러기 위해서 최대공약수적인 문학의식에 맞는 내용으로 해야 한다. ⑤심리묘사보다도 대화 장면을 많게 하고 명쾌한 줄거리의 전개로 해야 한다.(민병덕, 앞의 글, 37쪽)

못하고 이야기에 열중하였던 사람도 초조한 낯빛으로 시계만을 연방 쳐다본다. 출찰구 앞은 벌써부터 발 하나 들이밀 틈 없이 모여섰다. 제각기 먼저 표를 사려고 조그마한 틈바구니만 있으면 몸을 부비고 들어 서로 밀며 당기며 야단법석을 치노라고 언제 남의 고통은 돌아볼 겨를이 없이 되었다.

바로 이때 역으로 황망히 들어오는 여자가 있었다. 그는 급한 걸음으로 역에 들어서자마자 솜같이 희고 포승포승한 팔목에 걸은 시계와 역실 시계를 번갈아보고 출찰구 앞에 몰켜선 사람들을 보더니

'아직 차 시간은 넉넉하고나⋯⋯'

하는 듯이 큰 숨을 휘 쉬면서 이맛살을 잠깐 찌푸린다. 모든 사람의 시선은 그 여자에게로 몰렸다.

(중략)

"그럴듯한데."

한편 구석에서 누군지 또 입을 열자

"배운가베!"

"아니 배우로는 화장이 틀렸는데⋯⋯."

하고 누군지 뒤를 이어 말하였다. 그의 등뒤에서 그처럼 빈정거리는 때 그의 앞에 땟국이 쬐쬐 흐르는 옷을 걸치고 섰던 노파가 뒤를 돌아보더니 표 살 생각도 잊어버렸는지 그의 치마만 들여다보았다.

"어서 나가서요. 표 삽시다!"

그는 노파를 보고 톡 쏘는 듯이 말하였다.

"아씨 이게 뭐요? 이게 갑 만치오."

노파는 딴전을 붙이면서 그의 치마를 만지었다.

"왜 이러세요. 어서 나갑시다."

얼굴이 좀 붉어진 그의 목소리는 약간 떨리었다.

"호호호⋯⋯."

그 노파의 소리에 역실 한 귀통이에서는 웃음이 흘러나왔다. 그의 얼굴은

더욱 붉어졌다.(1회)[14]

이 소설의 첫머리이다. 멋쟁이 여자가 나타나 한 노파와 수작을 나누기까지의 광경이 영화의 한 장면처럼 선명하게 제시되어 있으며, 군더더기 없는 묘사와 짧은 대화로 그들의 성격과 심리를 유감없이 보여주고 있다. 그런데 이 여자(홍경애)는 사실상 이 소설의 주인공이 아니다. 그녀가 장차 이 기차 안에서 만나기를 기대하는 인물―양두환이 이 소설의 주인공이다. 따라서 그녀는 주인공 양두환의 자연스러운 등장을 도와주고 그 두 사람의 관계를 통해 양두환의 인물됨과 내력을 자연스럽게 드러내는 역할을 한다. 게다가 그들이 만나는 장소가 '기차'라는 점에서 이 소설의 이야기가 앞으로 꽤 급박하게 전개될 것임을 암시하고 있다.

(ㄱ) "아씨 날뫼(飛山里)루 가라만 아양(安養) 가서 내려야지요?"
노파는 치마끈을 단단히 비끄러맨 돈을 손톱에 힘주어 풀면서 그 여자를 쳐다보았다. 남이야 좋다거나 궂다거나 조금도 개의치 않는 모양이었다.
"누가 알우…… 별일 다 보지! 저리 좀 비켜요."
그 여자는 노파의 앞으로 나가면서 눈을 흘깃하였다.
(중략)
(ㄴ) 이등 차실에 나타난 그 여자는 이 쿠션 저 쿠션을 방싯한 표정으로 휘둘러보더니 이마를 잠깐 찌푸리며 머리를 갸웃하고 섰다가 그 차실을 지나 저편 차실로 나갔다. 거기는 식당이었다. 그리 가서도 이리저리 휘둘러보던 그는 눈을 실룩 하면서 이등 차실로 도로 들어왔다.

---

14) 텍스트는 곽근 교수가 교열한 『호외시대』(문학과지성사, 1994)를 이용하였다. 인용 부분은 『호외시대』, 10~12쪽. 다만 이 책에는 연재 횟수가 생략되어 있기 때문에 매일신보 영인본과 대조하여 인용문 끝에 연재 횟수를 표시하였다.

(중략)

㉢ 그의 시선은 왼편 창 아래 자리를 혼자 차지하고 드러누워 눈감은 사람에게로 쏠리었다.

'여기 탄 것을……'

그는 큰 성공이나 한 듯이 두 눈에 웃음을 머금었다.

"선생님!"

그 앞에 바싹 다가선 그 여자는 그 사람의 잠든 얼굴을 직선으로 내려다보면서 높은 목소리로 불렀다. 그러나 그 사람은 눈도 뜨지 않았다.

여러 사람의 시선은 서 있는 그 여자와 누워 있는 그 남자의 사이에서 오르락내리락하였다.

"에그 선생님두…… 선생님……, 일어나서요."

그는 좀 무색한 표정으로 이렇게 뇌이면서 누워 있는 사람을 흔들었다.[15]

연재 2회분의 처음, 중간, 끝부분이다. ㉠은 前回의 내용이 계속되는 부분이고, ㉡은 장면이 바뀌어 새로운 사실이 나타나는 부분이요, ㉢은 앞의 사실이 더욱 구체적으로 드러나는 부분이자 次回의 내용을 암시하는 부분이다. 이렇게 볼 때 위의 연재분은 하루 연재분으로서의 요건을 거의 완전히 갖추었다고 하겠다. 나머지 부분들도 대체로 이와 같은 방식을 견지하면서 이야기를 진행시키고 있다. 이로 보아 작가는 이 소설에서 신문소설의 양식적 특성을 충분히 인식하고 이를 십분 활용하고 있음을 알 수 있다.

이것은 작품의 구성이나 주제 제시의 측면에서도 여실히 나타나고 있다. 즉 여러 가지 사건들을 복잡하게 얽어들어가기보다는 비교적 단순 명료한 몇 개의 중심축을 설정하여 독자들로 하여금 소설의 내용을 쉽게 알아볼 수 있게 하였으며, 선이 뚜렷하고 강한 인상을 풍기는 인

15) 『호외시대』, 13~15쪽.

물들을 제시하여 독자들이 그들의 생각과 행동에 암묵적으로 동조하는 가운데 소설의 주제를 자연스럽게 깨닫도록 하였다.

『호외시대』는 전체적으로 볼 때 홍재훈 일가의 몰락 과정을 그린 소설이다. 이는 홍재훈의 사업 실패→학교의 폐교 조치→홍찬형의 죽음→홍재훈의 죽음→홍경애의 자살 등으로 이어지면서 그 몰락은 갈수록 극한의 상태로 치닫게 된다. 반면 그 몰락을 저지하려는 양두환의 노력도 그야말로 피눈물나는 분투의 연속이다. 이 두 힘의 충돌과 맞섬으로 빚어지는 갈등이 소설의 날줄과 씨줄을 형성하며, 여기에 홍찬형과 이정애의 로맨스와 양두환의 은행사기 사건 등이 그 사이를 메꾸면서 한 편의 이야기는 그 고유의 색조와 무늬를 완성해 가는 것이다. 특히 양두환이 홍재훈의 사업 재건을 위해 은행을 상대로 거액을 빼돌리는 사건은 이 소설의 압권으로 독자들로 하여금 시종일관 땀을 쥐게 하는 부분이다. 그리고 이 사건으로 양두환은 어떤 역경 속에서도 쉽게 좌절하지 않는 인물로 독자들에게 각인된다.

사실 양두환은 섬약한 기질의 소유자인 홍찬형과는 여러 가지 면에서 대조되면서 이 소설의 매력을 더해 주는 인물이다. 그러기에 우리는 그가 은행에서 거액을 빼돌리는 데 성공했을 때 그를 향해 박수를 보내고 싶은 심정이 되고 그 돈이 불에 타버렸을 때는 제 일처럼 아쉬움과 안타까움을 느끼게 되는 것이다. 따라서 몰락과 좌절로 점철된 이 소설이 완전한 비극으로 끝나지 않고 그 비극 속에 희망의 씨앗을 잉태하고 있는 것은 양두환이란 불굴의 의지를 지닌 인물이 아직 남아 있기 때문이다. 다시 말해서 비록 홍재훈은 망하고 홍재훈 父子도 죽었지만 그들의 포부와 계획은 양두환을 통해 계승될 것임을 강하게 암시하고 있는 것이다.

이상에서 대강 밝혀졌듯이 『호외시대』는 알맹이도 없는 이야기를 길게 늘인 작품이 아니라 비록 신문연재의 형식을 취했지만 하나의 장편소설로서 모자람이 없는 작품이다(이 점에 관해서는 다음 장에서 구체적으로 살펴볼 것이다). 특히 군더더기 없는 묘사와 과감한 생략·압축으로 소설을 속도감 있게 전개시킨 점은 단편작가로서 서해의 면모를 일신한 것으로 판단된다.

이것은 『호외시대』가 서해의 유일한 장편소설이기 때문만은 아니다. 이미 최서해는 1927~8년경부터 그의 작품 세계에 어떤 변화를 모색하고 있었고, 그런 모색 과정에서 단편으로 일관된 그의 소설 영역에 하나의 전환점을 마련하기 위해 신문연재 장편소설을 시도한 것으로 보이기 때문이다. 물론 최서해 이전에도 더러 신문연재소설을 쓴 작가들도 있었으나,[16] 대개의 경우 그들은 단편만을 진정한 문학이라고 생각했던 탓에 신문에 소설을 연재하는 것을 꺼려했다. 그럼에도 불구하고 최서해는 자신의 작품세계를 일신시키기 위해 과감히 신문연재소설을 썼던 것이다. 단편만을 고집하던 작가라도 단편으로는 도저히 소화할 수 없는 이야기가 있었을 것이며, 또 그의 작품 세계의 폭을 넓히고 작가로서의 역량을 발휘하기 위해 장편소설을 써야 할 필요를 느낄 때도 있었을 것이다. 그 경우 전작 장편이 불가능한 시기에 신문연재소설은 장편소설을 쓸 수 있는 좋은 기회가 되었다.

아무튼 이렇듯 단편만을 고수하고 신문연재소설을 멸시하는 태도 때문에 한국소설의 영역이 그만큼 좁아졌던 것은 사실이다. 신문연재소설에 대한 이런 부정적 통념을 바꾸고 단편으로는 도저히 불가능한 사회의 총체적 변화상을 담아내기 위해서라도 역량 있는 작가들이 신문연재 형식의 장편소설에 대거 참여할 필요가 있었다. 따라서 단편 위주의 작가였던 최서해가 신문연재소설을 시도한 것은 매우 고무적인 현상이었으며, 또 상당한 성과를 거둔 것으로 판단된다. 결론적으로

---

16) 이광수의 『재생』, 『단종애사』, 최독견의 『승방비곡』, 염상섭의 『사랑과 죄』, 『이심』 등이 그 대표적인 예가 될 것이다.

『호외시대』는 최서해 개인에게는 소설 영역의 확장과 더불어 현실 인식의 폭과 깊이를 더해 준 작품이며, 소설사적으로는 역량 있는 작가들이 신문연재소설에 참여하는 길을 터줌으로써 그후 신문연재의 형식으로 수많은 장편소설이 쏟아져 나오는 데 일정한 계기를 마련한 작품이라 하겠다.[17]

4. 『호외시대』의 통속성과 문학성

앞에서 필자는 『호외시대』가 겉으로는 통속적인 구성을 취하고 있지만 그 이면에는 당대 사회에 대한 진지한 성찰과 예리한 현실 인식이 내포되어 있다고 말한 바 있다. 그렇다면 어떤 점에서 이 소설이 통속적 구성을 보이고 있으며, 또 그런 통속성을 넘어서는 진지함과 문제의식이란 과연 무엇인가? 먼저 이 소설의 줄거리를 개관한 다음 이러한 이중적 측면을 자세히 살펴보기로 한다.

『호외시대』는 모두 20개의 소제목으로 구성되어 있는데, 소제목별로 그 개요를 간추려 보면 다음과 같다.[18]

1. 그날(1~8회): 두환은 홍재훈의 집안이 몰락한 소식을 듣고 상경하여 홍재훈의 집으로 찾아간다.
2. 검은 구름(9~21회): 양두환은 홍찬형과 함께 홍재훈이 교주로 있는 학교를 찾아간다. 그들이 이정애와 함께 집으로 돌아오니 인쇄소 직원이었

---

17) 실제로 『호외시대』가 발표된 이후 『삼대』·『고향』·『탁류』 등 한국소설사에 있어서 기념비적인 작품들이 신문연재소설의 형태로 발표되었다.
18) 괄호 안은 연재 횟수를 밝힌 것인데, 신문에는 총 310회 연재된 것으로 나타나지만 숫자가 잘못 계산된 것이 더러 있어 실제로는 총 303회 연재되었다. 이 점에 대해서는 이미 곽근 교수가 이 소설을 책으로 묶어내면서 밝힌 바 있다.

던 사람이 찾아와 야료를 부리고 있었다.

3. 행운(22~31회): 6년 전 홍재훈의 사업이 황금기였을 때 양두환이 홍재훈을 찾아와 자기를 인쇄소에서 써달라고 부탁하는 바람에 두 사람의 인연은 시작되었다.

4. 신임(32~47회): 홍재훈의 절대적 신임하에서 양두환은 상업학교를 우수한 성적으로 졸업하고 삼성은행 대구지점에 취직한다. 그 사이 양두환의 가슴을 설레게 하던 홍재훈의 큰딸 경순은 병으로 일찍 죽고, 난봉만 피우던 홍찬형은 양두환이 자기 죄를 뒤집어 쓴 일을 계기로 새 사람이 되기로 결심한다.

5. 결심(48~61회): 홍재훈으로부터 그의 사업이 결단난 경위를 들은 양두환은 무슨 수를 써서라도 그의 사업을 다시 일으켜야겠다고 결심한다.

6. 폐교(62~75회): 학교는 폐교되고 홍찬형과 이정애는 서로를 위로하며 서로에게 더욱 애틋한 마음을 느낀다.

7. 젊은 가슴(76~92회): 폐교 후 홍찬형은 자신의 무능력을 더욱 절감하며 양두환에게 그런 자신의 심정을 편지로 하소연한다.

8. 번민(93~104회): 홍찬형과 이정애는 서로를 생각하는 감정이 깊어지면서 번민에 싸인다.

9. 상경(105~121회): 홍찬형은 수원으로 인천으로 경애를 찾아나섰으나 경애의 종적은 묘연할 뿐이다. 그러던 차에 양두환이 급작히 상경하여 홍찬형에게 찾아온다.

10. 송금암호(122~141회): 이야기는 네달 전 양두환이 상경했다가 대구로 내려온 시점으로 되돌아간다. 양두환은 전신송금암호를 알아내어 이를 이용해 거액을 빼돌릴 궁리를 한다.

11. 초조(142~151회): 간신히 송금암호를 알아낸 양두환은 계획했던 일을 실행에 옮기기 위해 대구를 떠난다.

12. 범행(152~161회): 양두환은 몇번이고 중도에서 그만두고 싶은 심정

이 들었으나 그런 마음을 다시금 다잡으며 마침내 가짜 전보와 위조한 인장으로 은행에서 4만원이란 거액을 빼내는 데 성공한다.

13. 불(162~174회): 홍재훈의 집에 불이 나는 바람에 양두환이 맡겨두었던 4만원이 든 돈가방은 재가 돼버리고 이에 따라 홍재훈의 사업 재건도 수포로 돌아가고 만다. 불 속에 뛰어들던 홍찬형은 화상을 당해 입원하고 홍재훈 일가는 양두환이 얻어놓은 셋집으로 이사한다.

14. 신문 기사(175~184회): 신문에 은행 사기사건의 전모가 보도된다. 양두환은 군산지점 행원이 혐의를 받아 서울로 압송되었다는 신문기사를 보고 몹시 괴로워한다. 그러는 동안 홍재훈은 집 곁에 구멍가게를 내고 찬형과 정애는 부자의 별장을 빌어 야학을 시작한다.

15. 자수(185~201회): 은행에 사표를 내고 서울로 올라온 양두환은 찬형을 만나 자신의 범행을 고백하고 자수의사를 밝힌다.

16. 일을 위하여(202~211회): 찬형이 자청하여 두환 대신 자수를 하고 야학 일은 두환이 맡기로 한다.

17. 외로운 그림자(212~226회): 찬형은 징역 3년의 언도를 받고 복역 중 위병이 나서 병감으로 옮긴다. 이정애는 찬형의 생각으로 몹시 괴로워하고 있는데 옛날 여학교 사감이었던 김정자가 접근하여 좋은 혼처가 있다며 은근히 정애의 혼인을 종용한다.

18. 희생된 그들(227~253회): 양두환이 찬형의 보석운동을 하고 있는데 홀연 이정애가 돈 250원과 한 장의 편지를 남기고 사라진다. 류숙경의 제보로 양두환은 정애가 김정자의 꾀임에 빠져 돈많은 부자에게 시집가 버린 사실을 알게 된다. 형 집행정지로 풀려난 찬형은 그 길로 병원에 입원하지만 오랜 위장병에다 맹장염과 복막염이 겹쳐 끝내 숨을 거둔다. 아들의 죽음에 충격을 받은 홍재훈도 며칠 못 가 죽고 만다.

19. 거미줄(254~274회): 이정애는 신문보도를 통해 홍찬형과 홍재훈이 죽은 사실을 알게 되고 몇 달 뒤 서울로 올라와 그들의 무덤을 찾아간다.

20. 고독(275~303회): 양두환은 정애를 서울서 본 후 착잡한 마음이 일어 홍재훈 부자의 묘를 찾아간다. 경애의 자살 소식을 접한 두환은 통영으로 내려가 경애의 무덤을 둘러본 후 상경한다. 두환이 통영으로 내려간 사이에 정애는 두환에게 편지를 보내고, 두환은 홍재훈 부자의 무덤을 찾아가 그들의 죽음이 헛되지 않도록 야학일에 더욱 매진할 것을 맹세한다.

이상의 개요에서 보듯이 『호외시대』는 양두환의 범행(10~12)과 범행 후의 경과(11~16)를 중심으로 하여 그 앞과 뒤, 이렇게 크게 세 부분으로 이루어져 있다. 말하자면 양두환의 은행 사기사건 전말을 중심으로 그 앞부분은 홍재훈의 은혜를 받은 양두환이 그의 어려운 처지를 보고 '모종의 일'을 결심하게 되기까지의 일이요, 뒷부분은 두환 대신 투옥된 찬형이 죽고 홍재훈도 죽고 이정애마저 떠난 마당에서 두환이 이 모든 어려움을 이겨내면서 새로운 각오를 다짐하는 부분이다. 이로 보아 중간 부분인 양두환의 사기사건은 소설을 이끌어 가는 핵심적 고리 역할을 하고 있음을 알 수 있다. 그런데 이렇듯 소설의 사건 구성에 있어서 양두환의 범행 부분을 전면에 내세운 데에는 일차적으로 독자 대중의 흥미를 유발하고 그들의 호기심을 자극하려는 의도가 깔려 있다. 더욱이 이 부분은 범행 계획과 사전 준비, 장애 극복과 최종 실행 등으로 이어지는 범행의 전과정이 세밀하게 묘사되어 있을 뿐만 아니라, 범행이 성공한 다음에도 불로 인해 공들여 얻은 거액이 타버리고 다른 사람이 대신 자수하는 등 범행 이후의 일도 숨가쁘게 돌아가고 있어 독자의 흥미를 끌기에 부족함이 없다. 바로 이 점에서 우리는 『호외시대』가 다분히 통속적 구성을 취하고 있음을 확인할 수 있다.

이러한 통속적 성격은 인물 설정과 그들의 형상화 방식에서도 드러난다. 양두환·홍찬형·이정애 등 이 소설의 주요인물들은 하나같이 자기 자신의 안위와 영달보다는 남을 위한 이타적 삶에 자신의 모든 것을 바치는 인물로 그려져 있다. 무조건적이고 일방적인 희생을 강조하거나 원수도 사랑할 만큼 마음이 너그럽지는 않아도 그들은 어떤 숭고한 목표를 위해 언제든지 자기 한 몸을 바칠 각오가 되어 있다. 말하자면 그들은 '거룩한 희생정신'의 화신인 것이다. 반면에 김정자와 허성찬은 철저히 자기 본위로 살아가는 인물로 자신의 욕망 충족을 위해서는 남이야 희생되거나 말거나 이를 전혀 아랑곳하지 않는다. 이렇듯 『호외시대』는 선인/악인이라는 뚜렷한 인물의 대립구도를 보여주고 있으며 아울러 선인들의 헌신적인 자기 희생의 정신을 표나게 내세우고 있다. 이러한 인물 설정과 그 형상화 방식은 기존의 것을 답습한 매우 도식적이고 안이한 수법이라 아니 할 수 없다. 특히 여학교 때 누구보다 엄격한 사감으로 학생들의 행동을 규제해 왔던 김정자라는 인물이 어느 날 갑자기 자신의 제자를 돈 많은 남자의 후처로 보낼 만큼 부도덕하고 파렴치한 인간으로 변해 버린 점은 매우 어색하여 설득력이 부족하다. 김정자는 고대소설에 등장하는 '계모형' 인물의 변형으로 보이며 그녀는 이정애의 순박함과 맑은 심성을 더욱 두드러지게 하는 역할을 할 뿐이다.

통속성의 측면에서 세 번째로 지적할 수 있는 것은 홍찬형과 이정애의 로맨스이다. 그들의 사랑은 아내가 있는 남자와 처녀와의 사랑이란 점에서 출발부터 그 사랑이 결코 순탄하지 못할 것임을 예상할 수 있는데 과연 그 처녀가 어떤 악인의 농간으로 실절(失節)하는 바람에 결국 둘의 관계는 비극적으로 끝나고 만다. 이처럼 찬형과 정애의 사랑은 '사랑→실절→파탄'이란 애정 이야기에 있어서 매우 상투적인 공식(formular)을 그대로 되풀이하고 있다. 또 한 남자가 구여성인 조강지처를 멀리 하고 신여성과 정분이 난다는 투의 이야기는 신소설이나 1920~30년대 소설에서 빈번하게 나타나는 애정 갈등의 형태인데, 거칠고 굵은 톤으로 전개되는 『호외시대』를 다소 부드럽고 섬세한 색조로 물들이고 있는 홍찬형과 이정애의 사랑 이야기도 그 기본적 구도에 있어서 독자에게 결코 낯설지 않은 이런 애정 갈등의 형태를 수용하고 있는 것이다. 은행 사기사건이 이전에 볼 수 없었던 색다른 모험이요, 새로운 수법의 범행이란 점에서 독자의 호기심을 자극하고 있다면, 홍찬형과 이정애의 로맨스는 독자에게 이미 친숙한 틀을 이용하여 그들을 끌어들이고 있는 것이다.

이밖에도 어느 날 갑자기 양두환의 곁에 나타난 류숙경이란 인물이 별 다른 이유 없이 그를 물심 양면으로 도와주는 것이라든지, 집안이 망했는데도 여전히 돈타령만 하던 경애가 결국 매춘부로 전락하여 투신자살하는 것 등을 들 수 있는데, 전자는 '의외의 조력자'라는 점에서 후자는 '허영에 들뜬 신여성의 방황과 파탄'이라는 점에서 구소설이나 신소설에서 두루 산견되는 상투적인 화소이다.

그러나 이런 통속적인 측면들이 이 소설의 주제의식을 약화시키는 것은 아니다.[19] 앞에서도 말했듯이, 작가가 외관상 통속적 구성을 택한 것은 일제의 가혹한 검열을 통과하고 아울러 독자 대중에게 읽히는 소설을 쓰고자 한 데[20]에서 비롯한 것으로, 그가 하고 싶은 말을 직접 하지 못하는 상황에서 이를 간접적 우회적으로 전달하기 위해 취해진 일종의 서술 전략이다. 따라서 작품에 나타난 통속성은 단순히 독자의 흥미를 끌기 위한 것이 아니라, 작가의 내밀한 계산하에서 작품의 주제의식을 보다 효과적으로 표출하기 위해 마련된 소설적 장치로 보아야 한다.

이제 위에서 지적한 통속성의 측면들이 소설 전체 구조 속에서 어떤

---

19) 오히려 주제의식을 더욱 강화시키기도 한다. 왜냐하면 관습적인 것과 새로운 것을 효과적으로 접목시킨다면 독자는 관습적인 틀을 좇아가는 가운데 소설의 주제를 자연스럽게 깨달을 수 있기 때문이다. 대중예술에서 '관습적인 것과 새로운 것의 조화'와 그 '미학적 가능성'에 관해서는 박성봉 편역, 『대중예술의 이론들』(동연, 1994)에 실린 데이빗 메튼의 「대중예술의 미학의 필요성」과 J. G. 카웰티의 「도식성과 현실 도피와 문화」를 참고할 것.

20) 최서해는 일반 대중이 현대 작가의 작품보다도 고대소설을 많이 읽는 까닭을 여러 모로 따져보면서 현대의 문예가들은 대중의 취향과 수준을 고려하여 그들에게 읽힐 수 있는 작품을 써야 한다고 주장하였다(최서해, 「노농대중과 문예운동」, 곽근 편, 『최서해전집·下』, 문학과지성사, 1987, 352~353쪽).

기능과 의미를 지니는지 하나하나 검토해 보기로 하자.

먼저 양두환의 은행 사기사건을 소설구성상 중심적 위치에 놓이게 한 점에 대해 생각해 보자. 그것은 특이한 모험을 통해 작품에 어떤 신기성을 부여하고 독자의 긴장을 늦추지 않는 데 적지 않은 기여를 하고 있지만 그보다는 목표를 향해 나아가는 양두환의 불굴의 의지와 그의 인내심을 부각시키려는 데 그 주목적이 있다. 범행을 계획하고 이를 추진하는 과정에서 양두환은 숱한 장애에 부딪히지만 결코 포기하지 않고 때가 오기만 기다리다가 마침내 그의 목적을 이루어낸다. 그런 의미에서 천신만고 끝에 마련한 사만 원이란 돈이 불에 다 타버리고 마는 것은 양두환의 의지와 인내를 시험하는 사건이라 하겠다.[21] 화재 사건 직후 양두환은 일시적으로 허망한 기분에 사로잡히지만 곧 특유의 끈질김과 꿋꿋함으로 흔들리는 마음을 다잡으며 다시 때가 오기를 기다린다. 어떤 어려움이 닥치더라도 마지막까지 희망을 버리지 않는 두환의 의지와 인내심이 돋보이는 부분이다. 이런 양두환의 면모 때문에 소설의 마지막 부분에서 그가 홍재훈 부자의 무덤 앞에서 그들의 사업을 이어갈 것을 맹세할 때, 그 말이 결코 공허한 외침이나 한순간의 감정적 발언으로 들리지 않게 되는 것이다.

다음으로 인물의 대립구도에서는 악인형 인물인 김정자와 허성찬이 작품의 거의 막바지에 가서야('17. 외로운 그림자' 이후) 등장한다는 점에서 종래의 대립구도와는 상당한 차이를 보여준다. 김정자와 허성찬은 오로지 이정애의 삶에만 관여할 뿐 다른 인물들과는 거의 직접적인 접촉을 갖지 않는다. 다만 그들의 개입으로 이정애는 종적을 감추고 이에 따라 홍찬형과 그녀의 관계도 끝나게 되는 것이다. 그렇다고 이

---

21) 화재 사건이 우연적 사건에 불과하다는 입장에서 그것을 이 작품의 통속소설적 요소로 파악한 이도 있다(한수영, 앞의 글). 그러나 여기서는 화재 사건을 양두환의 의지와 인내심을 부각시키려는 작가의 의도와 관련된 것으로 보고자 한다.

소설이 선인이 승리하고 악인이 패배하는 권선징악적 주제를 드러내는 것도 아니다. 그렇다면 이런 인물의 대립구도를 설정한 까닭을 좀 더 다른 각도에서 찾아 보아야 할 것이다. 물론 선/악이라는 대립적 삶의 태도를 통해 선인들의 품성과 미덕이 더욱 빛나게 보이게 한 것도 무시할 수 없지만, 그것보다는 악인들의 자기 본위적 삶이 그들의 의도와 상관없이 실로 엄청난 파급 효과를 가져올 수 있다는 사실을 암시한 점에 더 주목해야 할 것이다. 즉 이정애의 사라짐으로 병든 홍찬형은 살아갈 의욕마저 잃게 되고 삶의 의욕을 상실한 홍찬형이 죽자 아들을 잃은 홧병으로 홍재훈마저 죽어 그의 집안은 뿌리째 뽑히고 마는 것이다. 김정자와 허성찬의 출현 이후 이 소설이 급전직하로 그 비극적 종말을 향해 치닫는 것도 이 때문이다.

통속성의 측면에서 세 번째로 지적한 홍찬형과 이정애의 로맨스도 소설 전체 구조와 관련시켜 볼 때 단순히 독자 대중의 흥미에 영합한 통속적 사랑 이야기로만 보기 힘든 점들이 드러난다. 먼저 그들의 비극적 사랑은 홍재훈 일가의 몰락이라는 전체 흐름 속에 녹아져 있어 그 몰락의 비극성을 더욱 강조해 주는 구실을 한다. 이것은 나중에 이정애의 돌연한 사라짐이 김정자와 허성찬의 농간 때문이란 점이 밝혀진 뒤에도 양두환이 그들을 직접적으로 비난하거나 공격하지 않는 데에서도 짐작되는 사실이다. 또 홍찬형과 이정애의 관계가 그 둘만의 문제로 국한될 뿐 찬형의 아내—찬형—정애, 찬형—정애—허성찬이라는 삼각 구도로 발전하지 않는데, 이것 또한 종래의 애정 갈등 형태와 구별되는 점이다. 오히려 이정애는 찬형이 옥에 갇힌 후 그의 아내와 매우 친숙하게 지내며 심지어 그녀가 병으로 입원하자 치료비를 내놓기도 한다. 이러한 점들은 그들의 사랑이 단순한 치정 관계가 아니라 어디까지나 동지애나 인간적 교감을 바탕으로 한 것임을 말해 준다. 따라서 그들의 사랑이 깨어지는 것은 내면에 기초한 인간적 교류도 외부적인 힘에 의해 쉽게 변질되거나 또는 뿌리째 흔들리고 마는 세태를 반영하고 있다.

이상에서 『호외시대』에 나타난 통속성의 측면들에는 통속성 자체에 함몰되지 않고 그것을 넘어서려는 작가의 진지한 문제의식이 내포되어 있음을 알 수 있었다. 『호외시대』가 비록 신문에 연재된 장편소설이지만 대중의 저급한 취미에 영합하는 통속소설이 아니라 일정한 문학적 성취를 이룬 본격적 장편소설로 볼 수 있는 근거가 이로써 마련된다.

그러나 이런 사실들만으로 『호외시대』의 문학성이 곧바로 보장되는 것은 아니다. 『호외시대』의 문학성을 논함에 있어 무엇보다 주목해야 할 점은 위에서 지적한 점들이 모두 '민족경제의 파탄'이란 문제에 수렴되고 있다는 점이다. 다시 말해 홍재훈 일가의 몰락 과정을 통해 민족경제가 재기 불능의 상태에 이르게 된 연유와 곡절이 속속들이 드러나고 있는 것이다. 양두환의 범행, 선인의 희생정신과 악인의 이기적 행동, 그리고 유부남과 처녀의 사랑 등은 모두 홍재훈 일가의 운명에 빛과 어둠을 던져 주면서 민족자본의 몰락을 가속화시키거나 그 몰락의 비극성을 더욱 두드러지게 하는 구실을 하는 것이다.

『호외시대』가 무엇보다 민족자본의 몰락이란 문제에 초점을 맞추고 있음은 다음과 같은 대목에서 명백히 드러난다.

　황금의 녹슬은 바람이 바다를 건너 하루 이틀 서울로 불어들자 서울에서는 기계 소리가 더욱 높아지고 검은 연기가 더욱 퍼졌다.
　큰 기계가 소리를 낼 때마다 작은 기계들은 쥐죽은듯이 고요하였고 큰 굴뚝이 연기를 뿜는 때마다 작은 굴뚝들은 숨을 못 쉬었다. 그처럼 여러 작은 기계의 소리를 큰 기계가 대신 내게 되고 여러 작은 굴뚝의 연기를 큰 굴뚝이 대신 뿜어내게 된 뒤로 골목골목에서 팔딱팔딱 뛰던 작은 공장의 생명은 그림자를 감추지 않을 수 없었다. (중략)

그 바람은 그처럼 공장에만 미친 것이 아니었다. 방방곡곡 사업이란 사업에는 다 미치게 되었으니 서울 한복판에 끼인 반도인쇄사에는 어디보담도 먼저 미치게 되었다.

반도인쇄사는 원체 근거가 있고 규모가 째이었음으로 동취서대로 겨우겨우 꾸려가던 공장들처럼 얼른 흔들리지는 않았다. 그러나 독불장군격으로 사업이란 혼자 할 수 없는 것이다. 거래하던 상대자가 나날이 쓰러져가고 몇 갑절 되는 힘이 시시로 머리를 내려 누르게 되니 홍재훈의 사업도 누런 잎 지는 가을 바람을 쏘이지 않을 수 없었다.(48회)[22]

외래자본의 침투와 함께 민족자본의 몰락은 이미 예견된 것이고 또 필연적인 귀결이기도 하다. 이런 점에서 홍재훈의 딸 홍경애의 화려한 나들이로 시작된 『호외시대』가 그녀의 비참한 죽음으로 막을 내리는 것은 홍재훈으로 대표되는 민족자본의 몰락 과정과 정확히 대응된다.

이와 관련하여 이 소설에서 또 하나 기억해 두어야 할 것은 이러한 민족경제 또는 식민지 경제의 파탄이 다름 아닌 돈의 왜곡된 흐름에서 연유하고 있음을 환기시키고 있는 점이다. 소설 곳곳에서 돈에 대한 원망(願望)이나 돈의 힘에 대한 경탄, 그리고 돈이 지배하는 한심한 세태를 언급하고 있지만 이것은 돈 자체나 돈의 물신성을 강조한 것이라기보다는 오히려 그런 현상이 돈의 잘못된 흐름으로 나타나고 있음을 역설한 것이다.

돈! 돈! 돈!……
그는 매일 보는 것이 돈이었고 매일 만지는 것이 돈이었다. 그는 그처럼 매일 돈을 보고 돈을 만졌건만 돈이 그리웠다. 철고라는 황금의 지옥 속에서 밝은 세상을 못 보고 갑갑한 한숨만 쉬는 돈! 그 돈은 돈으로 말미암아

---

22) 『호외시대』, 110쪽.

무참한 죽음을 이루는 생명이 하루도 그 수를 알 수 없이 많은 것을 알면서도 본 체 만 체하고 있다. 그것은 무슨 까닭이냐? 돈이 무정하냐? 아니면 사람이 참말 무정하냐? (151회)[23]

사람을 위해 쓰여져야 할 돈이 거꾸로 사람을 지배하고 그들에게 불행을 가져다 주는 것은 그 돈이 잘못 사용되고 있기 때문이다. 이처럼 돈이 왜곡된 방향으로 몰리고 있는 것을 작가는 삼성은행의 경우를 통해 극명하게 보여주고 있다. 이 경우 영업 실적 부진을 직원들의 봉급 삭감으로 만회하려는 은행측의 의도는 실효를 거두지 못하는데, 왜냐하면 거기에는 '딴 이유'가 있었기 때문이다. 작가는 '딴 이유'를 구체적으로 밝힐 수 없어 "그 깊은 이유는 아는 사람만 알았다"[24]는 말로 얼버무리고 말았지만, 여기서 '아는 사람만 아는 깊은 이유'란 결국 돈을 흐름을 왜곡시키는 어떤 구조적 힘을 암시한 것으로 보인다. 그러므로 문제는 돈 자체가 아니라 그 돈을 잘못된 방향으로 흐르도록 조정하는 힘일 것이다.[25] 요컨대, 소설 도처에서 산견되는 돈에 관한 언급들은 단순히 돈의 힘 자체를 강조하려는 것이 아니라 그런 돈의 힘을 절감하지 않을 수 없도록 만든 또 다른 힘, 곧 돈의 자연스러운 흐름을 방해하고 이를 왜곡시키는 힘을 상기시키기 위함이다. 이로써 '아는 사람만 아는 이유'는 '모르는 사람도 알게 되는 이유'로 바뀌게 되며, 작가가 궁극적으로 노린 것도 바로 이 점이 아닐까 한다.

이렇게 볼 때, 새삼 눈에 띄는 것은 이 소설의 표제이다. 사실 '호외시대'란 제목은 최서해의 이전 소설이나 동시대의 다른 소설들과 비교

---

23) 『호외시대』, 323쪽.
24) 『호외시대』, 36쪽.
25) 이런 의미에서 앞의 화재 사건은 두환의 의지와 인내심을 보여주기 위한 것이기도 하지만 또 한편으로는 거기에는 '돈' 만으로는 해결할 수 없는 문제가 도사리고 있음을 말해준다. 즉 돈을 마련하는 것이 일시적인 방편은 될 수 있을지언정 근본적인 해결책은 될 수 없다는 것이다.

해볼 때 좀 특이한 제목이다. 그러면 작가가 이런 특이한 제목을 붙인 까닭은 어디에 있는 것일까? 주지하다시피 '호외'란 신문이 발간된 후 갑작이 급하게 알릴 사건이 생겨 다음날 신문이 나오기 전에 발간되는 비정규적 보도방식이다. 말하자면 호'내'에 실을 수 없었던 기사를 호 '외'를 통해 알리는 것이다. 그런데 『호외시대』란 소설은 호'외'가 아니라 호'내'에 실린 소설이다. 그렇다면 '호외시대'란 제목에는 비록 호'내'에 실려 있지만 본문 기사와는 별도로 보아달라는 작가의 주문이 은근히 담겨 있는 것으로 볼 수 있다. 그리고 '호외'처럼 호'내' 기사보다는 앞지르는 부분도 있다는 점을 말한 것도 같다. 이 시기에 어떤 사실들이 '호외'로 보도되었는지는 자세히 알 수 없으나, 대략 한국인의 숨통을 더욱 죄기 위해 기습적으로 제정된 법령의 공포나 국내외 항일세력의 섬멸 소식 등이 주종을 이루지 않았을까 한다. 일제가 그들의 만행을 자축하거나 강압적 조치를 미화하는 엉터리 호외가 판을 치는, 이른바 '호외시대'에 그런 사회적 현상을 은연중에 폭로하려는 뜻에서 '호외시대'란 제목을 붙인 것인지도 모른다.

아무튼 이상 몇 가지 사실은 『호외시대』를 여타의 통속소설들과 분명히 구별시켜 주는 동시에 이 소설이 사회의 총체적 변화를 담아내는 한편의 장편소설로서도 전혀 손색이 없는 문학적 성취를 이루어내었음을 보여준다.

5. 맺음말

1920~30년대 신문소설은 여태까지 몇몇 작품을 제외하고는 대부분 통속소설로 취급되어 왔다. 그러나 이 시기의 신문소설은 부정적 측면과 함께 긍정적 측면도 지니고 있었다. 그렇다면 이러한 부정적 측면

을 극복하고 긍정적 측면을 최대한 살릴 경우 신문소설은 충분히 그나름의 존재의의를 갖게 되는 것이다. 다시 말해서 신문소설이 대중적 호소력을 갖기 위해 통속적 경향을 보일지라도 통속성 자체에 함몰되지 않는다면 얼마든지 한편의 장편소설로서 성공할 수 있는 길이 열려 있는 것이다.

신문소설이라는 그 고유의 양식을 십분 활용하면서도 구성의 긴밀성을 갖추고 주제를 효과적으로 제시한 예를 우리는 최서해의 『호외시대』에서 찾아볼 수 있었다. 여기서 최서해는 독자에게 읽힐 수 있는 소설을 써야겠다는 생각으로 간명하고 평이한 문장, 신속하고 자연스러운 장면 전환과 짧은 대화, 그리고 대화를 통한 인물들의 성격·심리 묘사로 이야기를 박진감 있게 전개시키고 있다. 그리고 여러 가지 사건들을 복잡하게 얽지 않고 비교적 단순 명료한 몇 개의 중심축을 설정하여 독자들로 하여금 소설의 내용을 쉽게 알아볼 수 있게 하였으며, 선이 뚜렷하고 강한 인상을 풍기는 인물들을 제시하여 독자들이 그들의 생각과 행동에 암묵적으로 동조하는 가운데 소설의 주제를 자연스럽게 깨닫도록 하였다. 이렇듯 『호외시대』는 비록 신문연재의 형식을 취했지만 하나의 장편소설로서 모자람이 없는 작품이었다. 특히 군더더기 없는 묘사와 과감한 생략·압축으로 소설을 속도감 있게 전개시킨 점은 단편작가로서 서해의 면모를 일신한 것으로 판단된다.

그러므로 통속적인 신문소설의 범람은 경계해야겠지만 신문소설 자체에 어떤 결함이 있는 것은 아니었다. 신문연재소설이 그 당시 작가들이 장편소설을 쓸 수 있는 거의 유일한 기회였음을 기억할 때, 1930년대에 신문소설이 양산되는 현상은 문학적으로 오히려 환영할 만한 일이기도 했다. 다만 그것이 단순한 읽을거리로 그치거나 신문의 오락 기사와 별 차이가 없다면 독자 대중의 저급한 취미에 영합했다는 비난을 모면하기 힘들 것이다.

그렇지만 신문소설은 매일매일 한 회분씩 연재되기 때문에 독자들의 지속적인 관심을 유지할 수 있는 수단을 강구하지 않을 수 없었다. 그리하여 독자들에게 이미 친숙한 틀을 이용하거나 어떤 색다른 세계를 통해 그들의 호기심을 자극하는 방법을 사용하는 것이다. 1930년대 대부분의 신문소설이 통속적인 경향을 띠게 되는 이유도 여기에 있다. 그러나 독자 대중의 취향과 수준을 고려한다는 것이 반드시 문학성을 해치는 것은 아니다. 문제는 통속성의 측면을 극단화시키지 않고 어떻게 문학적으로 승화시키느냐 하는 데 있다. 『호외시대』의 경우, 이런 통속성의 측면들은 여러 형태로 나타나고 있지만, 거기에는 통속성 자체를 넘어서려는 작가의 진지한 문제의식이 내포되어 있다. 즉 양두환의 은행 사기사건, 선과 악의 대립구도와 선인들의 희생정신, 그리고 유부남과 처녀의 사랑 등은 이 소설의 통속성의 측면을 드러내고 있지만 궁극적으로 그것들은 홍재훈 일가의 운명에 빛과 어둠을 던져주면서 민족자본의 몰락을 가속화시키거나 그 몰락의 비극성을 더욱 두드러지게 하는 구실을 하고 있다. 그리고 이런 민족경제의 파탄이 사실상 돈의 왜곡된 흐름에서 연유하고 있음을 끊임없이 상기시키고 있는 점도 이 소설의 문학적 성취가 상당한 수준에 이르렀음을 보여준다.

그러므로 1930년대 신문소설에 대한 지금까지의 부정적 통념은 마땅히 재고되어야 한다. 외관상 통속적 구성을 취하더라도 통속성 자체로 매몰되지 않는다면 거기에는 일제의 가혹한 검열을 통과하고 아울러 독자 대중에게 읽히는 소설을 쓰고자 한 작가의 의도가 숨어 있는 경우가 허다하기 때문이다. 『호외시대』의 경우를 보더라도 관습적인 것과 새로운 것의 조화를 통해 소설의 주제를 더욱 효과적으로 독자에게 전달할 수 있는 것이다. 뿐만 아니라 전작 장편이 사실상 불가능했던 시기에 신문연재소설은 우리 소설의 영역이 단편 위주에서 장편소설로 확대되는 계기를 마련해 주었다는 점도 응당 기억해야 할 것이다.

추리소설 형성기의 실상과 김내성의 『마인(魔人)』

I. 머리말

추리소설(detective story)이란 살인과 같은 범죄 사건이 탐정의 기지와 눈부신 활동에 의해 해결되는 이야기를 말한다. 따라서 추리소설은, 먼저 어떤 수수께끼가 주어지고 그것을 논리적으로 추리하여 마침내 그 수수께끼를 해결한다는, 즉 '수수께끼의 제시—논리적 추리—수수께끼의 해결'이라는 세 단계의 형식적 틀을 갖추게 된다. 이 가운데 핵심이 되는 것은 물론 논리적 추리 과정이다. 이런 논리적 추리 과정을 주어진 틀 안에서 최대한 확대하고 강화한다는 점에서 추리소설은 그와 비슷한 다른 유형의 이야기들(모험담, 괴기담, 범죄소설 등)과 변별된다. 논리적 추리 과정을 통해 작가와 독자는 지적인 게임을 벌이며 그런 가운데 독자들은 다른 유형의 소설에서는 맛볼 수 없었던 색다른 즐거움을 얻게 되는 것이다.

일반적으로 추리소설은 1840년대 포(E. A. Poe)의 작품에서 출발하여 19세기 말 코난 도일의 작품에 이르러 하나의 양식으로 굳어졌다고 본다. 20세기에 들어서 명탐정 셜록 홈즈를 탄생시킨 도일의 작품들은 전세계적으로 널리 퍼져 독자들의 사랑을 받았으며, 그의 작품을 모델로 삼은 수많은 작품들이 쏟아져 나와 20세기 전반 세계문학계는 추리소설의 붐이 일어났다고 해도 과언이 아니다. 우리 나라의 경우 추리문학에 대한 관심을 보이기 시작한 것은 대략 1910년대 말경으로 추정된다. 이때부터 세계적인 추리소설가들이 국내에 알려졌고 외국의 추리소설 고전들이 번역(또는 번안) 소개되기 시작하였다. 그러한 추세는 1920·30년대에 이르러 더욱 확대되었다. 그리하여 1930년대 중반에 몇몇 작가들은 번역(번안) 작품이 아닌 순수 창작물을 선보이기도 했다. 추리소설에 관한 한 우리 문학도 세계문학의 권내로 진입하게 되었고, 이에 따라 범세계적인 추리소설의 흐름과 경향에 무연할 수 없는 처지에 놓이게 된 것이다. 따라서 이 시기를 우리 소설사에서 추리소설의 '형성기'로 보아도 무방할 것이다.[1]

이 글의 목적은 바로 이 시기 우리 추리소설의 전반적 흐름과 구체적 모습을 파악하는 데 있다. 지금까지 연구자들은 식민지시대 추리소설은 물론, 추리소설 전체에 대해서 별다른 관심을 보이지 않았다. 추리소설은 독자의 흥미에만 초점을 맞추는 오락문학에 불과하며, 따라서 이른바 본격문학이나 순수문학의 견지에서 볼 때 그것은 수준 미달의 문학으로서, 취급할 가치조차 없다고 여긴 탓이다. 그러나 추리소설을 그렇게 가볍게만 취급할 수 없는 몇 가지 이유가 있다. 첫째, 추리소설과 수수께끼담[2]과의 연계성 문제이다. 즉 수수께끼담과 추리소설은

---

1) 물론 추리소설의 '기원'은 이보다 더 거슬러 올라갈 수 있다. 그러나 논리와 추론의 이야기로서 추리소설은 1920~30년대에 이르러 비로소 형성되었다고 보는 것이 옳을 것이다. 그렇다고 필자가 추리소설의 형성에 있어서 외국 추리소설의 영향이라는 외부적 충격만을 강조하는 것은 아니다. 그런 외부적 요인과 함께 수수께끼담과 송사소설(공안소설)로 이어지는 내재적 전통도 우리 나름의 추리소설을 성립·발전시키는 데 적지 않은 작용을 한 것으로 본다.

'수수께끼의 제시―해결'이라는 구조를 공유하고 있으며, 수수께끼담이 지닌 서사적 요소를 확충하고 그것의 유희적·오락적 성격을 보다 인간 중심적으로 변용하는 과정에서 추리소설이란 문학 형식이 나타난 것으로 생각된다. 그런 점에서 추리소설은 조선시대 송사소설과 더불어, 수수께끼 및 수수께끼담의 후예라고 할 만하다.[3] 둘째, 추리소설과 송사소설과의 관련성 문제이다. 이것은 서사학의 범주에서 두 소설 형식의 내적 연관성뿐만 아니라, 그 둘의 문학사적 맥락을 검토하는 문제이다. 수수께끼담에서 풀어야 할 수수께끼가 범죄에 관한 문제로 압축되고, 그 범죄의 합리적이고 정당한 해결을 모색할 때 송사소설이란 형식이 나타난 것으로 생각된다. 그런데 추리소설은 이러한 송사소설에서 판관의 재판 과정이 축소·소멸되고 수사관의 추리 과정이 확대되어 추리적 흥미를 강화하는 쪽으로 변모된 것이라 하겠다. 셋째, 추리소설은 연애소설(love story), 야담류의 역사소설과 함께 대중소설의 중요한 한 갈래를 차지한다는 점이다. 따라서 추리소설에 대한 탐구는 우리 대중문학의 흐름과 특성을 밝히는 데 필수적인 작업이 아닐 수 없다.

이렇게 볼 때, 추리소설을 탐구하는 것은 문학사적으로, 그리고 서사학적으로 대단히 의미 있는 일이며, 우리의 범죄문학은 물론 대중문학의 특성을 파악하는 데도 매우 긴요한 문제임을 알 수 있다.

뿐만 아니라, 우리는 국내 추리소설가들의 순수 창작물들이 1930년대, 그것도 1930년대 중반 이후에 집중적으로 나타났다는 점에 유의할 필요가 있다. 즉 이 시기는 우리 근대문학사에서 카프 문학이 퇴조하

---

2) 수수께끼담이란 풀이와 대답을 요하는 질문으로서의 수수께끼적 의문의 상황을 풀어 가는 이야기, 즉 수수께끼를 주축으로 한 서사적 이야기를 뜻한다. 이재선, 『우리문학은 어디에서 왔는가』, 소설문학사, 1986, 129쪽.
3) 이재선, 앞의 책, 130~132쪽 및 이헌홍, 「조선조 송사소설 연구」, 부산대 박사논문, 1987, 88~94쪽 참조.

고 새로운 창작방법론에 관한 열띤 토론이 전개되던 시기와 일치한다. 특히 1930년대 후반은 갈수록 악화되는 '객관적 정세' 속에서 우리 문학의 활로와 진로를 진지하게 모색하던 시기였기에, 추리소설도 그런 모색 작업의 한 가닥으로 이해할 필요가 있다.

추리소설은, 지젝(S. ek)이 지적했듯이, 모더니즘 소설과 마찬가지로 선형적이고 일관성 있는 방식으로 어떤 이야기를 전달하는 것이 불가능해졌음을 보여주는 소설 형식이다.[4] 임화의 표현을 빌리면 '말하려는 것과 그리려는 것의 불일치'를 절감하지 않을 수 없는 시기에, 추리소설은 원인에서 결과로 가는 '사실주의적 연속성'보다는 결과에서 원인으로 거슬러 올라가는 방법을 택함으로써 재현(representation) 불가능성을 그 형식 속에 내포하고 있다.[5] 이런 의미에서 우리 문학사에서 본격적인 추리소설 시대의 개막을 알려준 김내성의 작품들은 그 나름대로 의의를 충분히 지닌 것으로 보아야 한다. 요컨대, 리얼리즘 미학이 현실적 구속력을 잃고 경색화되는 가운데 작가들은 새로운 활로를 모색하였고, 그 과정에서 대중문학의 한 갈래인 추리소설에도 관심을 기울인 나머지 김내성의 작품을 비롯한 일련의 추리소설이 출현한 것으로 생각되는 것이다.

이러한 견지에서 이 글은 우리 추리문학의 선봉장격인 김내성과 그의 작품에 초점을 맞추어 일제하 우리 추리소설의 구체적 면모와 실상을 살펴보고자 한다. 그런데 우리의 추리소설에 대한 체계적인 연구가 거의 없는 현상황에서는 김내성과 그의 작품들을 개별적으로 접근하고 말 것이 아니라, 우리의 소설사 내지는 문학사의 맥락 위에서 그것

---

4) 슬라보예 지젝/김소연·유재희 옮김, 『삐딱하게 보기』, 시각과 언어, 1995, 106쪽.
5) 이런 점에서 지젝은 추리소설의 '자기 반성적 경향'을 지적한다. 즉 추리소설은 "살인을 둘러싸고, 살인 사건 이전에 어떤 일이 '실제로 일어났는가'를 재구성하려는 탐정의 노력에 대한 이야기이며, 소설은 우리가 '범인이 누군가?'에 대한 답을 얻었을 때 끝나는 것이 아니라 탐정이 마침내 선형적인 서술 형식으로 '실제 이야기'를 말해 줄 수 있을 때 종결된다는 것이다." 지젝, 앞의 책, 106~107쪽.

들을 살펴볼 필요가 있다. 따라서 이 글은 다음과 같은 순서로 논의를 진행하고자 한다. 먼저 추리소설에 대한 당시 문단의 관심을 번역·번안소설, 순수 창작물, 비평 등으로 나누어 그 현황을 개관하고, 이를 바탕으로 추리소설가로서 김내성의 위상을 따져볼 것이다. 그리고 1930년대 후반에 비로소 본격적인 추리소설시대가 열렸다면, 이는 곧 김내성의 작품을 염두에 둔 것이라 할 수 있으므로, 여기서는 김내성의 추리소설 가운데 대중에게 널리 사랑을 받은 『마인』을 대상으로 하여, 장편 추리소설로서 그것의 가능성과 한계를 아울러 짚어볼 것이다.

2. 추리소설에 대한 문단의 관심과 추리소설가로서 김내성의 위상

1) 추리소설에 대한 문단의 관심

우리 문단에서 추리소설에 대한 관심을 보인 것은 대략 1918년 『태서문예신보』에 코난 도일의 작품이 번역 소개되면서부터이다. 그후 외국의 추리소설 명작들이 여러 사람들에 의해 번역(또는 번안) 소개되었는데, 그러한 현상은 1920~30년대를 거쳐 식민지시대가 끝날 때까지 지속적으로 이루어졌다. 특히 1930년대에 이르러서는 그런 외국 작품 소개와 함께 국내의 순수 창작물도 여러 편 선보이게 되었다. 이처럼 추리소설에 대한 작가들의 관심이 높아지자 비평계에서도 추리소설(그들의 용어로는 탐정소설)을 본격적으로 다룬 글들이 나타나기 시작했으며 김내성 같은 이는 창작과 비평 양면에 걸쳐 두드러진 성과를 남겼다. 여기서는 추리소설에 대한 이러한 문단의 관심을 개략적으로 파악하기 위해, 이를 번역·번안 작품·순수 창작물·비평 등으로 나누어 그 현황을 일괄적으로 제시한 다음, 제시된 자료상에서 눈에 띄는 특징들을 검토하고자 한다.

A. 번역·번안 작품[6]

작품명	원작자	역자/번안자	출처	간행일
충복	에이 코난 도일	해몽생(海夢生)	태서문예신보 3~7	1918. 10. 19~11. 16
검은 그림자		고문룡(高文龍)	학생계 1권 1호	1920. 7
명금(名金)		윤병조(尹秉祖)	신명서림	1920. 11. 18
엘렌의 공(功)	리부스『아서 리브』	천리구(千里駒)	동아일보	1921. 2. 21~7. 2
붉은실	알터 코난 도일	천리구	동아일보	1921. 7. 4~10. 10
813	루부랑	운파(雲波)	조선일보	1921. 9. 16~?
붉은실	코난 도일	김동성(金東成)	조선도서	1922
금고의 비밀	모리쓰 루브란	피피생	청년 2권 7호	1922. 7
청고대금화(靑古代金貨)	어스틘 프리만	큰샘	청년 2권 9호	1922. 10
상봉	애드가 알란 포	김명순	개벽 29	1922. 11
탐정소설 kkk	코난 도일		학생계 17~18	1922. 10~11
금강석		고유상(高裕相)	회동서관	1923. 1. 20
고백	코오난 도일	포영(泡影)	동명 22~24	1923. 1. 28~2. 11
새 간 봉납(封蠟)	모오리스 루부라	포영	동명 33	1923. 4. 15
암암중(暗闇中)의 살인		연성흠(延星欽)	청년 3권 4~6호	1923. 4~6
비행(飛行)의 미인		박준표(朴埈杓)	영창서관	1923. 5. 10
협웅록(俠雄錄)	루부랑	백화(白華)	시대일보	1924. 3. 31~9. 9
귀신탑		리상수	매일신보	1924. 6. 3~ 1925. 1. 7
낙화	루브랑	봄바람	조선일보	1925. 3. 1~8. 30
흑묘물어(黑猫物語)	알란 포-		시대일보	1925. 11. 26~31
야도(夜盜)의 루(淚)	롯스	홍수동인(紅樹洞人)	청년 6권 4호	1926. 4
열정의 범죄	오-르지『올츠이』부인	근춘(槿春)	청년 6권 9~10호	1926. 11~12

---

6) 다음에 제시된 목록은 주로 김병철의 『한국근대번역문학사연구』(을유문화사, 1975)와 김병철, 『한국세계문학 문헌서지목록총람』(단국대 부설 동양학연구소, 1992)를 바탕으로 하여 작성된 것이지만, 거기에서 누락되었거나 미진한 부분은 김근수의 『한국잡지개관 및 호별목차집』(한국학연구소, 1973)을 참고로 보충하였고, 김병철(1992)에 명백한 오류가 있을 때는 이를 바로잡고자 하였다. 그러나 이 시기 문학에 대한 문헌 정리가 아직 미흡한 탓에, 이 목록은 완결된 것이 아니고 잠정적인 것이다. 따라서 새로운 자료가 발견되거나 새로운 사실이 알려지면 이 목록은 수정·보완되어야 할 것이다.

작품명	원작자	역자/번안자	출처	간행일
누구의 죄?	로바드 마길	북극성(北極星)	별건곤 2	1926. 12
813	루브랑	양주동	신민 21~24	1927. 1~4
적사(赤死)의 가면	E. A. 포오	정인섭	해외문학 1	1927. 1. 17
최후의 승리	모리스 르블랑	김낭운(金浪雲)	중외일보	1928. 1. 29~?
검둥고양이	Edgar Allan Poe	강영한	원고시대 1권 1호	1928. 8
범의 어금니	모-리스 루부란	원동인(苑洞人)	조선일보	1930. 8. 1~
				1931. 5. 15
석중선(石中船)	아사・라-스	복면아(覆面兒)	학생 2권 9호	1930. 9
황금충	앨런 포	이하윤	조선일보	1931. 6. 17~7. 17
결혼반지	모-리스 르블랑	이하윤	조선일보	1931. 7. 30~8. 14
색마와의 격전	코난 도일	붉은빛	신동아 7~8	1932. 5~6
미인의 비밀	코난 도일	붉은빛	신동아 9~10	1932. 7~8
흡혈귀	코난 도일	붉은빛	신동아 11~12	1932. 9~10
쉘록크 홈쓰는 누구인가	코난 도일	붉은빛	신동아 15	1933. 1
싯누런 얼골	코난 도일	붉은빛	신동아 16	1933. 2
호저(湖底)의 비밀	모리스 루부랑	윤성학(尹成學)	별건곤 61	1933. 5
(원제: 눈푸른 처녀)				
제퍼손가의 살인사건	도로시 캔필드	M G M	사해공론 5	1935. 9
『버스콤』곡의 비극	코난 도일	이철(李哲)	사해공론 6~8	1935. 10~12
두견장(杜鵑莊)	애가더 크리스티	이철	사해공론	1936. 1~2
			9~10	
복면의 하숙인	고낸 도일〔코난 도일〕	김환태	조광 6	1936. 4
도난된 편지	에드가 아란 포	김광섭	조광 6	1936. 4
제삼자	모리-스 르블랑	이헌구	조광 6	1936. 4
구라파의 고아	야콥 밧서만	하인리(河仁里)	조광 6	1936. 4
명모유죄(明眸有罪)	모오리스 르브랑	이헌구	조광 7~10	1936. 5~8
잃어진 보석	반-다잉〔반다인〕	김유정	조광 20~25	1936. 6~11
기괴한 유언장	안리 피갈	백소민(白素民)	신동아 58	1936. 8
의문의 독사사건		김환태	조광 11~17	1936. 9~1937. 3
벨사이유 살인사건	스타크 푸울	백양아(白羊兒)	조광 19	1937. 5
심야의 공포	코난 도일	김내성	조광 41	1939. 3
(원제: 얼룩진 끄나풀)				
바스카빌의 괴견(怪犬)	코난 도일	이석훈	조광사	1940
『루-루쥬』사건	에밀 카보리오	안회남	조광사	1940. 12. 28
이억만원의 사랑	루블랑	정내동	명성출판부	1941. 1
괴암성	모리스 루블랑	김내성	조광 63~71	1941. 1~9
813의 비밀	루부랑	방인근	명성출판부	1941. 3
루팡전집	모리스 르블랑		삼우출판사	1945

B. 순수 창작물[7]

저자	작품명	출처	간행일	비고
최독견	사형수※	신민 64, 66, 69	1931. 1. 3. 6	장편
최유범(崔流帆)	질투하는 악마	별건곤 59	1933. 3	단편
〃	약혼녀의 악마성	별건곤 69~71	1934. 1-3	단편
채만식(서동산)	염마	조선일보	1934. 5. 16~11. 5	장편
김내성	타원형의 거울(日文)	푸로필(일본 탐정 잡지)	1935. 3	단편
〃	사상의 장미(日文)		1936	장편
〃	탐정소설가의 살인(日文)	푸로필	1936	단편
〃	가상범인	조선일보	1937. 2. 13~3. 21	중편
〃	광상시인(狂想詩人)	조광 23	1937. 9	단편
〃	백가면※※	소년	1937(한성도서, 1938)	장편
〃	황금굴	동아일보	1937. 11~12(55회로 중단)	중편
〃	살인예술가	조광 29~31	1938. 3~5	중편
〃	백사도	농업조선 8	1938. 8	단편
박노갑	미인도	농업조선 8	1938. 8	단편
김내성	백과 홍	사해공론 41	1938. 9	단편
〃	마인	조선일보	1939. 2. 14~10. 11	장편
〃	이단자의 사랑	농업조선 15	1939. 3	단편
〃	무마(霧魔)	신세기	1939. 3	단편
〃	시류리(屍琉璃)	문장 임시 증간호	1939. 7	단편
〃	태풍※※	매일신보	1943	장편

※ 최독견의 『사형수』는 연재 3회분까지만 확인할 수 있었다. 그 이후의 내용이나 작품의 완결 여부는 현재로서는 잘 알 수 없다.

※※ 논자에 따라서는 『백가면』과 『태풍』을 번안 작품으로 보기도 한다(서광운, 앞의 책, 237쪽).

---

7) '순수 창작물'과 '비평' 목록은 김근수(편)의 앞책과 권영민의 『한국현대문학사연표』(Ⅰ)(Ⅱ)(서울대 출판부, 1987) 등을 참고하여 작성된 것이다. 특히 김내성에 관한 것은 조영암의 『한국대표작가전』(수문관, 1953)과 김내성의 「탐정소설론」(『새벽』 1956년 3월호, 5월호)과 「연역적 추리와 귀납적 추리— 『사상의 장미』 서문—」(『추리문학』 창간호, 추리문학사, 1988), 윤병로의 「김내성론」(『현대작가론』, 선명문화사, 1974), 황종호의 「추리작가로서 김내성」(『추리문학』 창간호, 1988), 서광운의 『한국신문소설사』(해돋이, 1993) 등에 의거하되, 서로 논의가 엇갈리는 부분들은 문헌 대비를 통해 최대한 원상에 가깝게 복원하고자 하였다. 그러나 이 목록도 역시 앞의 것과 마찬가지로 잠정적인 것임을 밝혀 둔다. 그리고 문헌을 조사하는 과정에서 순수 창작물인지 번역·번안물인지 확실히 알 수 없는 작품들도 여럿 발견되었는데, 그 작품들을 작품명, 작자, 출처, 간행일 순으로 열거하면 다음과 같다.
「의문의 사」(복면귀, 『녹성(綠星)』 1권 1호, 1919. 11)
『겻쇠』(단정학, 『신민』 53~?, 1929. 11~?)
「혈염봉(血染棒)」(최병화, 『학생』 14, 1930. 5)

C. 비평

저자	제목	출처	간행일
이종명	탐정문예소고	중외일보	1928. 6. 5~10
이종명	넌센스작품과 특수범죄.기타	중외일보	1928. 10. 12~18
	―속 탐정소설 애독자의 수기		
김영석	포오와 탐정문학	연희 8	1931. 12
송인정	탐정소설소고	신동아 18	1933. 4
	세계 십대 탐정작가	동아일보	1934. 3. 6~7
	세계 이대 탐정작가	신동아 30	1934. 4
	―영국의 오픈하임과 불국의 루불랑		
염상섭	통속 · 대중 · 탐정	매일신보	1934. 8. 17~20
유치진	포-에 대한 사고(私考)	조선일보	1935. 11. 13~17
김내성	탐정소설의 본질적 요건(日文)	월간 탐정(일본잡지)	1936. 4
〃	연역적 추리와 귀납적 추리	『사상의 장미』 서문	1936
안회남	탐정소설	조선일보	1937. 7. 13~16
김내성	탐정문학소론	문예강좌 방송강연	1938
〃	탐정소설 수감	박문 11	1939. 9
〃	탐정소설론(탐정소설의 역사)	신세기 2권 3호	1940. 4

위의 표들을 종합해 볼 때, 다음 몇 가지 점들이 주목된다.

첫째, 1920년대까지는 번역(번안)물 일색이었으나, 대략 1930년대 부터 국내 창작물이 등장하기 시작하였다는 점이다. 그렇지만 수적으로는 번역물이 단연 압도적이었다.

둘째, 번역(번안)물의 경우는 양주동, 이하윤, 김환태, 김광섭, 이헌구, 김유정, 이석훈, 안회남, 방인근 등을 비롯한 여러 문인들이 참여하였으나, 창작이나 비평 쪽은 이에 관심을 보인 몇몇 문인들 중심으로 작업이 이루어졌다.

「배암 먹는 살인범」(양유신, 『월간매신』, 1934. 4)

『제2의 비밀』(신경순, 『조광』 1~3, 1935. 11~1936. 1, 미완)

이 작품들은 문헌상 번역 · 번안 여부를 밝히고 있지 않아 순수 창작물로 볼 수도 있겠으나, 번역 · 번안 작품이라 할지라도 번역 또는 번안한 사실을 밝히지 않는 경우가 허다하므로, 내용 검토 없이 이를 곧 바로 순수 창작물로 확정짓기는 힘들다. 이런 연유로 여기서는 일단 이 작품들을 순수 창작물 목록에서 제외하였다. 앞으로 면밀한 내용 분석과 문헌 고증을 통해 이 작품들이 A와 B 가운데 적절한 자리를 찾 아가도록 해야 할 것이다.

셋째, 번역물 가운데는 에드가 앨런 포(6회), 코난 도일(14회), 모리스 르블랑(15회) 등 이른바 고전적 추리소설 작가의 작품들이 대부분을 차지하고 있었으며, 특히 모리스 르블랑의 작품은 『뤼팽전집』이 나올 정도로 큰 인기를 끌었음을 알 수 있다. 그리고 이러한 뤼팽 선풍은 국내의 추리소설뿐만 아니라 대중소설에도 일정한 영향을 끼쳐 이른바 괴도(怪盜)소설이나 괴기담류의 유행을 가져다 준 것으로 판단된다.

넷째, 단행본 출판은 매우 드물었고, 대체로 신문이나 잡지를 통해서 외국의 추리 명작이나 국내 창작물들이 발표되었음을 알 수 있다. 따라서 추리소설은 신문이나 잡지의 장식물에 불과하거나, 단순한 읽을거리 이상의 의미를 지니지 못한 것으로 보인다.

다섯째, 우리 추리문학의 대부격인 김내성은 외국 작품 번역보다 순수 창작 쪽에 힘을 기울였으며, 창작으로서나 이론 부문에서나 김내성과 견줄 만한 이가 거의 없다는 점이다.

이처럼 당시 문단의 관심은 추리소설의 창작보다는 외국의 추리소설 명작을 번역·번안하는 데 치중되어 있었다. 더러 번역물이 아닌 순수 창작물이 씌어지기도 했지만 김내성만큼 남다른 열정을 지니고 추리소설을 지속적으로 써냈던 작가는 드물었다. 이제 이러한 점들을 염두에 두면서 추리소설가로서 김내성의 위상에 대해 알아보기로 한다.

2) 추리소설가로서 김내성의 위상

추리소설가로서 김내성의 위상을 밝히기 위해 다음과 같은 질문으로 시작하는 것이 유용할 것이다. 곧 추리소설을 번역하는 이는 많았지만 전문 추리작가가 거의 없는 추리문학의 불모지에서, 김내성이 줄기차게 추리소설을 쓰면서 고군분투한 까닭은 무엇일까 하는 것이다. 이 점을 규명할 때 비로소 우리 문학사에서 추리작가로서 그의 특이한 위치를, 그리고 대중작가로서 그의 명성과 쇠락을 바르게 이해할 수 있는 길이 열리게 된다.

　김내성은 순수문학과 대중문학을 구분하면서 전자를 추켜세우고 후자를 폄하하는 태도가 바로 독자들을 문학으로부터 점점 멀어지게 하는 원인이라고 보았다. 그래서 그는 독자 대중에게 즐거움보다는 고통만 안겨 주는 이른바 '삼엄한' 문학[8]을 배격하고, 독자들과 함께 호흡하며 그들에게 즐거움을 주는 대중문학을 옹호하였다. 그렇다고 그가 독자 대중의 천박한 취미에 영합하는 '통속문학'까지 옹호한 것은 아니다.[9] 다시 말해서 작가라면 모름지기 독자 대중의 감수성과 감상력을 고려해야 한다는 것이지, 독자들을 위한다는 명분으로 그들의 저속한 취미를 만족시켜줌으로써 오히려 그들의 상상력을 고갈시키는 통속문학까지 용인한 것은 아니다.[10] 그가 생각한 대중문학이란 독자 대중의 문학적 교양 수준을 염두에 두고 제작된 것으로서, 이른바 고급문학을 이해할 수 없는 대중에게 문학적 위안을 제공하는 문학을 가리킨다. 그리고 그런 문학적 위안을 제공하는 가운데 대중의 문학적 교양 수준을 한 단계 끌어올릴 수 있는 문학만이 진정한 대중문학(그의 용어를 빌리면, '졸렌으로서 대중문학')이라고 보았다.[11] 김내성의 이런 견해가 과연 정당한 것인가 아닌가 하는 것은 또 다른 논의를 필요로

---

8) 김내성이 말하는 '삼엄한' 문학이란 아마도 진지함이 지나쳐 독자 대중의 문학적 수준을 전혀 고려하지 않고 오직 작가 자신의 문제에만 집착하는 문학을 가리키는 듯하다.

9) 백철의 회고(「한국현대작가론 ②―김내성편」, 『새벽』, 1957년 4월호)에 따르면, 김내성은 통속성과 대중성을 엄격히 구별해야 한다고 주장했다고 한다. "그리고 소설에서 통속성은 배척될 것이지만 대중성은 소설적인 문학성으로서 중시하고, 크게 살려가지 않으면 현대문학은 우리 문단의 소위 순수소설이라는 편협한 사감소설(私感小說)로서 편화(偏化)하고 독자대중과 고립되어 가서 고갈해 버릴 것이라고 통론을 하였다"고 한다.

10) 김내성이 대중문학을 '자인(Sein)으로서 대중문학'과 '졸렌(Sollen)으로서 대중문학'으로 구분하고 후자에 더 큰 무게를 실어준 것도 이 때문이다. 김내성, 「대중문학과 순수문학」, 『경향신문』, 1948년 11월 9일자 참조.

하므로 일단 차치해 두고, 추리소설과 관련하여 그의 논의에서 주목되는 것은 그가 무엇보다 대중의 문학적 교양 수준에 역점을 두었다는 점이다. 다시 말해서 그는 당시의 대중의 문학적 교양 수준을 고려할 때, 추리소설이 비교적 그 수준에 어울리는 문학 가운데 하나라고 생각했을 뿐만 아니라, 나아가 그러한 수준을 한 단계 끌어올릴 수 있는 문학이라고 보았던 것이다.

그러나 앞에서 살펴본 바와 같이, 추리소설은 다른 문예물에 비해 상대적으로 열악한 환경 속에 놓여 있었다. 또한 추리소설에 대한 사람들의 인식 수준도 낮아, 대체로 추리소설을 오락 위주의 값싼 문학으로, 추리 작가들을 그런 문학을 생산하는 (적어도 일류는 못되는) 이류나 삼류 작가쯤으로 여긴 것도 부정할 수 없는 사실이다. 이로 말미암아 작가들이 외국의 추리소설을 번역하거나 창작물을 발표할 때 본명 대신 익명(붉은빛, 큰샘, 서동산 따위)을 사용하는 것은 흔히 있는 일이었다.

김내성은 이러한 상황에 강한 불만을 품고 전문 추리작가도 문학적으로 성공할 수 있다는 것을 스스로 입증하려 한 것 같다. 그리하여 김내성은 언제라도 자기 이름을 당당히 밝혀 추리소설가로서의 자긍심을 잃지 않으려고 하였고, 그 결과 그런 척박한 풍토에서나마 일정한 성과를 거둔 것으로 보인다(예컨대, 『백가면』과 『마인』의 성공이 이를 증거한다). 따라서 김내성으로부터 본격적인 추리소설의 시대가 열렸다는 기존 견해가 결코 호사가들이 지어낸 말이 아니라 사실과 부합되는 평가였음을 알 수 있다. 앞의 표에서 보듯이 김내성은 1935년 이후 약 8

---

11) 대중문학에 대한 김내성의 견해는 「탐정소설 수감」(『박문』 11, 1939년 9월호)과 「대중문학과 순수문학」 등을 참조. 물론 뒤의 글은 해방 후에 씌어진 것이지만, 대중문학과 순수문학의 관계를 비교적 체계적으로 논한 것이라, 그의 추리소설을 연구하는 데도 크게 참고가 된다. 특히 대중문학에 대한 그의 생각은 일제하나 그 이후에나 큰 변함이 없었다고 판단되므로, 여기서는 그의 대중문학론을 추리소설의 창작 배경을 밝히는 데 적용시켜 보았다.

년에 걸쳐 일문(日文) 작품을 포함하여 중·단편 11편과 4편의 장편소설을 집필 또는 발표하였는데,[12] 이는 양적으로나 질적으로 김내성이 단연 독보적이었음을 말해 준다. 그리고 이론적으로도 추리소설의 본질과 그 장르적 특성을 규명하기 위해 많은 노력을 기울이는 한편, 그러한 이론을 실제 작품 생산에 활용하여 이론과 창작을 일치시키려고 했다.

지금까지의 논의를 토대로 추리소설가로서 김내성의 위상을 정리하면 다음과 같다. 첫째, 전문 추리작가도 거의 없고 추리문학에 대한 이해도 부족한, 그야말로 추리문학의 불모지에서 김내성은 과감하게 전문 추리작가로 나서서 추리작가도 얼마든지 성공할 수 있음을 보여줌으로써 그러한 열악한 환경을 쇄신하고자 했다. 둘째, 진정한 대중문학이 작가와 독자와의 거리를 좁혀 그들에게 즐거움을 주는 동시에 그들의 문학적 교양 수준을 한 단계 끌어올릴 수 있는 문학이라면, 추리소설이 바로 그러한 구실을 할 수 있다고 보았고, 작품으로써 이를 증명하고자 했다. 셋째, 비록 추리소설에 한정된 것이지만, 창작과 이론을 병행하여 그 둘의 일치와 조화를 노렸다. 이 점은 1930년대 창작계의 위기 상황을 고려할 때 또 다른 의미를 갖는다. 즉 그 당시 창작계는 이론이 창작을 압도하거나 아니면 이론과 창작의 괴리 현상(임화식으로 말하면, '말하려는 것과 그리려는 것의 분리')이 심화되고 있었는데, 김내성이 추리소설을 창작과 이론 양면으로 접근한 것은 자기 작업의 정체성을 확립하는 일이기도 하지만, 그러한 창작계의 위기를 타개하고 소설 창작에 새 바람을 불러일으키려 한 뜻도 담긴 것으로 추정된다.[13] 따라서 그가 작가들에게 독자층의 수준을 고려할 것을 촉구하고,

---

12) 김내성의 회고에 따르면, 『사상의 장미』를 1936년에 일문으로 집필했다고 했을 뿐 그것의 게재 여부에 대해서는 아무런 언급이 없다. 따라서 현재로서는 1955년 단행본 출간(신태양사) 이전에 이 소설을 발표했는지 여부를 잘 알 수 없다. 김내성(1988), 앞의 글, 20~21쪽 참조.

기껏해야 작가 자신의 위안물이나 되고 마는 순수문학을 배격하고 대중문학을 옹호한 것은 위의 논리로 볼 때 너무나 당연한 일이었다.

3. 장편 추리소설로서 『마인』의 가능성과 한계

1) 작품 개관

『마인』은 1939년 『조선일보』에 연재된 김내성의 장편 추리소설이다. 당시로서는 신문에 '장편' 추리소설을 연재하는 것은 매우 드문 일로, 이 작품 이전에는 채만식의 『염마』가 조선일보에 연재되었을 뿐이다.[14] 그러나 『마인』에 대한 독자들의 반응은 대단해서, 이 작품을 통해서 김내성은 작가로서의 명성을 획득하는 동시에 추리소설가로서 자신의 위치를 확고히 할 수 있었다고 한다.[15] 『마인』은 엽기적인 연쇄 살인사건이 일어나고 명탐정 유불란이 오리무중인 범인을 추적하여 마침내 범인의 정체를 백일하에 드러내어 사건을 해결한다는 이야기로서, 추리소설의 기본적 도식에 충실히 따르고 있는 작품이다. 그렇지만 『마인』은 반전에 반전을 거듭하고 살인사건이 수십 년 전의 일들과 얽혀 들어가면서 사건이 매우 복잡하게 전개되므로, 작품 분석에 앞서 먼저 그 개요를 정리해 볼 필요가 있다. 이 소설은 모두 31개의 장으로 구성되어 있는데, 장별로 그 내용을 간추리면 다음과 같다.[16]

---

13) 예컨대, 김남천이 자신의 장편소설 개조론에서 제시한 가족사·연대기소설을 작품으로 구체화시켜 『대하』(1939)를 발표한 것도 이론과 창작의 일치를 스스로 실천함으로써 창작계의 위기를 극복하고 새로운 활로를 개척하려는 노력의 일환이었음은 널리 알려진 사실이다.

14) 『마인』 이전에도 김내성은 신문에 추리소설을 발표한 적이 있으나 그것은 모두 중·단편들이었다. 이 밖에 김내성은 신문은 아니지만 『소년』이란 잡지에 이미 『백가면』이란 장편 추리소설을 연재하였는데, 독자들의 반응이 좋아 연재가 끝난 뒤 한성도서에서 단행본으로 출판(1938)하기도 했다. 조선일보에 『마인』을 연재하기 시작한 것도 『백가면』의 성공에 힘입은 바 크다고 하겠다.

15) 조영암, 앞의 글 및 윤병로, 앞의 글 참조.

1. 가장무도회: 세계적인 무용가 주은몽의 생일날 그녀의 집에서 가장무도회가 열린다.

2. 도화역자(道化役者): 주은몽이 도화역자로 가장한 괴한에게 칼로 찔리는 사건이 발생한다. 경찰(임경부)은 김수일과 자칭 김수일의 친구 이선배라는 인물에 혐의를 둔다.

3. 마술사: 경찰은 김수일의 행적을 조사하는 한편, 사라진 이선배를 추적하다가 놓친다.

4. 마인의 명령서: 백영호의 딸 정란에게 백영호와 주은몽의 결혼식에 장송행진곡을 치라는 도화역자의 협박 편지가 날아온다.

5. 장송행진곡: 결혼식 날 정란 대신 피아노를 치던 마리아가 갑자기 장송행진곡을 치고, 은몽은 식장에서 악마를 발견하고 기절한다. 깨어난 은몽이 사람들에게 악마 해월의 내력을 설명한다.

6. 무서운 연애사: 은몽이 정란에게 해월과 자신의 무서운 연애사를 들려준다. ―해월은 그녀가 열여섯 살 되던 해 금강산 백도사에서 사귄 소년 승려인데, 그는 은몽이 자신과의 언약을 저버리자 팔 년 동안 전국을 돌아다니며 그녀의 행방을 수소문하다가 마침내 그녀를 찾아내어 만나자고 했으나 그녀가 나타나자 않자 죽이겠다고 협박하는 것이다.

7. 암야(暗夜)의 야수: 임경부는 주은몽의 진술 내용 가운데 백도사에 해월이란 승려가 있었다는 사실만 확인한다. 김수일은 은몽에게 보낸 편지에서 자신의 무고함을 주장한다. 그런 가운데 복수귀 해월의 또 다른 협박 편지가 백영호의 침실에서 발견된다.

8. 복수귀의 비가: 그 편지에서 해월은 은몽의 하루 일과를 소상히 밝히면서 자신의 귀신 같은 힘을 과시한다.

9. 유불란 탐정: 경찰에서는 여론에 못이겨 명탐정 유불란에게 도움을 청

---

16) 텍스트는 신문연재본을 이용하였다. 최근에 재발간된 단행본(영한출판사, 1986)은 연재본과 달리 총 32장으로 구성되어 있을 뿐만 아니라, 장의 제목과 장의 분절에서도 연재본과 상당한 차이가 있다.

하기로 한다.

10. 제1차의 참극: 백영호가 자기 집에서 해월에게 살해당한다. 정란의 약혼자 문학수가 백영호의 미술품 수집실에서 한 장의 여자 사진을 발견한다.

11. 오변호사의 추리: 백영호 집안의 고문 변호사 오상억이 사건을 재검토하여 그가 추리한 내용을 신문지상에 발표한다. 거기에서 오상억은 유불란과 김수일과 이선배가 모두 동일 인물임을 밝힌다.

12. 새로운 전개: 주은몽은 오상억에게 찾아와 도움을 청한다. 유불란과 임경부가 오상억의 사무실을 찾아와 네 사람이 한 자리에 모인다.

13. 보이지 않는 손: 네 사람이 모인 자리에서 유불란은 오상억의 추리를 솔직히 시인하면서 그렇게 한 연유를 설명한다. 그때 인기척 소리와 함께 또다시 제2의 참극을 예고하는 해월의 협박 편지가 발견된다.

14. 사진 속의 처녀: 유불란은 은몽의 요청으로 그녀의 집을 방문한다. 어디론가 떠나려던 남수는 오상억과 유불란에게 자신이 취득한 한 장의 여자 사진을 보여준다(미술품 수집실에서 얻은 사진과 똑같은 인물의 사진임). 황세민 교장을 미행하던 유불란은 황교장도 똑같은 사진을 지니고 있음을 알게 된다.

15. 제2차의 참극: 유불란은 황교장의 정체를 파악하려고 애쓴다. 남수가 여행에서 돌아와, 은몽과 정란을 물리친 후 유불란과 오상억에게 문제의 사진 속의 인물에 관해 말하려 하는 순간 권총으로 살해당한다.

16. 의혹: 유불란은 남수가 아버지의 고향에 다녀왔을 것으로 추정한다. 유불란이 정란에게 아버지의 고향에 관해 여러 가지를 물어보던 중 해월의 경고문(유불란과 오상억에게 자기의 일에 끼어 들면 목숨이 위태롭다는 것)이 정원에서 발견된다. 오상억, 유불란, 임경부는 공동 수사하기로 합의한다.

17. 황세민 교장: 유불란은 황교장의 신상을 추적하던 중 그의 국적이 미국임을 알게 된다. 황교장이 은몽을 찾아와 백영호가 약속한 70만원 회사건

을 다시 고려해 달라고 부탁하며 그녀의 부모에 관해 물어본다.

18. 황치인(黃齒人): 유불란이 황교장 집에 숨어 있다가 황치인이 황교장을 위협, 돈을 갈취하는 장면을 목격한다. 황교장이 황치인을 죽이려 하나 유불란의 방해로 실패하고, 달아나는 황치인을 유불란이 추적하다 놓쳐 버린다.

19. 오상억의 귀경: 황교장의 미국에서의 행적을 추적하던 유불란은 그가 한때 해적이었다는 새로운 정보를 입수한다. 백영호의 고향으로 내려갔던 오상억이 귀경하여 면장과 홍춘길로부터 들은 삼십 년 전의 이야기를 사람들에게 들려준다.

20. 죄악의 실마리: 평안남도 ×천읍에 사는 백씨 가문과 엄씨 가문은 대대손손 원수같이 지내는데, 백씨 집안의 아들 문호(백영호의 사촌형)와 엄씨 집안의 딸 여분이 서로 사랑하는 사이가 된다. 큰아버지 집에 살던 영호는 문호가 여분을 사랑한다는 사실을 큰아버지에게 일러바치고, 아버지의 노여움을 산 문호는 그 길로 집을 나가버린다.

21. 로미오와 줄리엣: 그러다가 영호가 여분을 유인하여 능욕하고, 문호는 영호가 파놓은 함정에 빠져 벼랑 아래로 추락한다. 홍춘길(엄여분 집의 머슴)은 숨어서 이 광경을 전부 목격한다.

22. 제3차의 참극: 어머니와 함께 고향을 떠나 살던 여분은 사내 아이(문호의 아이)를 낳고 산후병으로 사흘 만에 죽는다. 죽기 전 여분은 어머니에게 홍춘길의 처로부터 들은 영호의 죄상을 말한 후 아이가 자라거든 어미의 원수를 갚게 해달라고 부탁한다. 홍춘길은 여분이 낳은 사내 아이가 바로 해월이라고 하였다. 오상억은 그 이야기를 들려주던 홍춘길이 결국 해월에게 살해당하고 자기는 간신히 살아났다고 말한다.

23. 유탐정의 오뇌(懊惱): 오상억의 이야기로 해월의 정체가 밝혀진다. 오상억은, 해월이 은몽을 죽이겠다고 협박한 것은 백영호 일가에 대한 복수임을 감추기 위한 것이라고 추리한다. 그러나 유불란은 여분이 사내 아이를

낳았다는 것과 해월이란 인물의 실재성 여부를 의심한다. 주은몽이 유불란을 찾아오고, 유불란은 그녀에게 매혹당하는 자신을 발견하고 위기감을 느낀다.

24. 무서운 상상: 유불란은 은몽의 유혹에 흔들리는 마음을 다잡으며, 해월이 곧 주은몽 자신이라고 단언한다. 이어서 그는 주은몽이 범인일 수밖에 없는 근거를 제시한다.

25. 마호인호(魔乎人乎): 은몽은 유불란의 추리의 허점을 지적하며 해월의 실재성을 증명하는 여러 가지 증거를 제시하나, 유불란은 이를 조목조목 반박한다.

26. 제4차의 참극: 이때 백정란이 살해당했다는 소식이 유불란에게 전해지고, 이로 말미암아 유불란의 추리가 허물어지려 한다. 유불란은 밤중에 황교장을 찾아가, 그가 곧 백문호임을 자인케 한다. 황교장은 황치인이 내력을 말한다(해적일 때 동료였으며 오상억의 부친 오첨지임).

27. 최후의 참극: 유불란이 어디론가 여행을 떠난다. 정란의 죽음으로 삼청동에 들렸던 은몽은 다시 명수대 자기 집으로 돌아간다(가는 도중 은몽이 그녀와 똑같이 생긴 여인과 바꿔치기 되었다는 사실이 나중에 밝혀짐). 주은몽이 자기 집에서 살해당한다. 오상억은 달아나는 해월을 격투 끝에 죽이고, 해월은 문학수로 판명된다.

28. 악마의 제자: 백남철(백영호의 큰 아들)이 귀국한다는 전보가 주은몽의 집으로 배달된다. 유불란은 백남철을 죽이러 온 황치인(오첨지)을 체포한다. 유불란은 오상억과 임경부에게 문학수가 해월일 수 없다고 단언하는데, 이때 유불란의 부탁으로 실제인물 해월의 행방을 좇던 박태일 부장(임경부의 부하)이 해월이 오래 전에 죽었다는 사실을 알려준다. 유불란은 주은몽의 시체를 확인한 후 사건은 완전히 해결되었고 복수귀 해월은 죽었으며, 해월은 은몽이라고 선언한다.

29. 의외의 선언: 유불란은 은몽의 진짜 신분(엄여분의 딸)과 범행 동기

(어미의 원수를 갚기 위한 것) 등을 밝히면서 사건의 전모를 설명한다. 그리고는 오상억이 허위 증언을 했으며 홍춘길의 살해범이라고 선언한다. 오상억은 달아나고 경찰이 그를 추격한다.

30. 해월의 정체: 유불란은 백문호(황교장)와 같이 점술가의 아내가 된 문호의 딸 예쁜이를 만나러 간다. 두 사람이 들이닥치자 예쁜이(실제로는 은몽)는 자살한다. 애드벌룬을 타고 도망가던 오상억은 예쁜이 집 근처 상공에서 애드벌룬을 터뜨려 자살한다.

31. 탐정폐업: 유불란은 주은몽과 예쁜이는 쌍둥이였으며, 오상억이 둘을 바꾸어 놓고 예쁜이를 죽인 것임을 밝힌다. 그리고 오상억은 백남수 살인 사건 이후로 주은몽과 공범 관계를 맺어 왔으며, 백영호와 백남수를 죽인 것은 주은몽의 단독 범행이었다고 말한다. 유불란은 주은몽에 대한 연정으로 사건의 해결이 순조롭지 못했음을 자인하고 탐정 폐업을 선언한다.

위의 개요에서 보듯이, 이 소설의 묘미는 해월이란 가공인물을 설정하여 그를 범인으로 오인하도록 한 데 있다. 실제인물인 해월과 은몽이 범인으로 지목한 해월이 동일인인가 아닌가를 놓고 작중인물들은 끝까지 씨름하고 있으며, 작가는 이에 대한 최종적 해답을 마지막까지 보류해둠으로써 독자들의 성급한 판단을 가로막고 그들로 하여금 긴장을 늦추지 못하게 한다. 그리고 이야기를 단선적으로 진행시키기보다는 여러 겹의 이야기를 그물처럼 짜놓아 겉으로 드러난 부분들만 따라가다가는 결코 그 전체적인 모습을 파악할 수 없도록 해놓았다. 복수의 유혈극인가 하면 사랑의 정열과 맹목을 그린 '무서운 연애사' [17]요, 희대의 살인귀를 쫓는 탐정 이야기인가 하면 집안의 원수를 갚는 '한의

---

17) 엄여분과 백문호 사이에 백영호가 끼어 들어 둘의 관계를 파탄에 이르게 한다든가, 오상억과 유불란이 주은몽을 사이에 두고 암투를 벌이는 것이라든지, 또는 주은몽이 그녀에 대한 유불란의 감정을 교묘하게 이용하는 것 등에서 이 점을 확인할 수 있다.

대물림' 이야기이기도 하다. 독자들은 겉으로 드러난 사건들의 이면이 하나하나 파헤쳐질 때마다, 그리고 어떤 인물이 지니고 있던 기왕의 이미지가 뒤집어질 때마다 기대의 배반과 함께 크나큰 즐거움을 맛보게 된다. 이렇듯 여러 개의 스토리 라인이 각각 독립적으로 진행되지만, 마침내 그것들 간의 연결고리를 발견한 탐정이 이들을 연계시켜 하나의 종합도를 완성하여 제시할 때 독자들은 탐정의 추리력에 탄복하게 된다. 요컨대, 『마인』은 "작가가 아닌 독자를 우선으로 삼는 소설"[18]이란 추리소설의 개념 규정에 부합되는, 그야말로 추리소설의 진경을 보여준 작품이라 하겠다. 그러면 이제는 『마인』이 추리소설로서 뛰어난 작품이란 점을 좀더 구체적으로 밝힐 차례이다. 여기서는 먼저 『마인』과 그 전후에 발표된 김내성의 중·단편을, 다음으로 채만식의 장편 추리소설 『염마』와 『마인』을 비교하여, 『마인』의 장편 추리소설로서의 가능성과 한계를 짚어 보고자 한다.

2) 중·단편 추리소설과 『마인』

앞서 말했듯이, 김내성은 『마인』이전에 이미 여러 편의 중·단편 추리소설을 발표하였다. 와세다 대학 재학 시절인 1935년에는 처녀작 『타원형의 거울』이 일본 탐정잡지 『프로필』의 현상모집에 당당히 당선되어 사진과 작가의 말까지 곁들여 게재되었고, 같은 해 역시 일문으로 쓴 『탐정소설가의 살인』이 일본 탐정잡지에 실렸다. 그리고 귀국 후 1937년에는 『가상범인』(중편)과 『광상시인(狂想詩人)』을, 그리고 1938년에는 『살인예술가』(중편), 『백사도』, 『백과 홍』 등을 발표하였으며, 『마인』을 연재하면서도 『이단자의 사랑』, 『무마(霧魔)』, 『시류리(屍琉

---

18) H. R. T. 키팅(이목우 역), 「추리소설 창작 강좌 ①」, 『추리문학』 창간호, 1988년 겨울, 172쪽.

璃)』등의 단편을 틈틈이 발표하였다.

　이러한 일련의 중·단편들과『마인』의 공통점은, 먼저 예술가가 직접 살인을 저지르거나 그와 관련된 살인사건을 다루고 있고, 그것이 모두 남녀간의 치정 문제와 결합되어 있다는 점이다. 예컨대, 처녀작인『타원형의 거울』[19]에서 소설가 모현철은 질투에 못이겨 아내 도영을 죽이고,『백사도』에서는 화가인 백화가 아내의 정절을 의심하여 그녀를 살해하며,『가상범인』에서는 연극배우인 라용귀가 해왕좌의 좌장 박영민의 아내 이몽란을 사모한 나머지 그녀를 모욕한 박영민을 살해한다. 한편『마인』의 경우에서도, 세계적인 무용가 주은몽이 남편 백영호와 그의 전실 자식들을 차례로 죽이는데, 이것은 모두 삼십 년 전의 치정 사건과 관련되어 있다.

　두 번째 공통점으로 지적할 수 있는 것은, 대체로 범인이 그런 살인사건을 교묘한 방법으로 위장하여 범인의 정체를 잘 알 수 없게 하거나 다른 사람을 범인으로 오인하게 한다는 점이다.『타원형의 거울』에서 모현철은 연극적인 상황을 연출하여 아내를 교묘히 살해하고는 그 혐의가 아내의 연인 유광영에게 돌아가도록 한다. 이러한 연극적 상황의 도입은『가상범인』에서도 사용되는데, 라용귀는 박영민과 이몽란의 목소리를 교묘히 흉내내어 마치 이몽란이 박영민을 살해한 것처럼 꾸민다. 그렇지만 라용귀가 의성술의 전문가라는 사실을 알고 있는, 이몽란의 옛애인인 탐정소설가 유불란은 그러한 범행 상황을 탐정극으로 구성해 연극 무대에 올림으로써 결국 진짜 범인이 라용귀임을 밝혀내고 만다. 이처럼『가상범인』에서 연극적인 상황의 연출은 범행을 은폐하는 데도, 그리고 범인의 정체를 폭로하는 데도 아울러 사용되고

---

19) 일문으로 된 이 소설은 제목만 알려졌을 뿐 최근까지 그 내용을 잘 알 수 없었는데, 1988년 황종호가『추리문학』창간호에 최초로 번역 소개하였다. 번역된 내용으로 볼 때, 이 소설은 1938년『조광』에 발표한『살인예술가』와 거의 같은 작품임을 알 수 있다. 말하자면『살인예술가』는『타원형의 거울』의 개작인 셈이다.

있는 것이다. 『마인』 역시 주은몽이 자신의 진짜 범행 동기를 감추기 위해 해월이란 가상인물을 내세워 범인의 정체를 은닉하고 사건 자체를 오리무중에 빠뜨리고 있다.

김내성은 난해한 수학 문제를 푸는 듯한 트릭 위주의 정통파 추리소설보다는 인간의 심성에 기초한 심리분석적 기법으로 삶의 고통과 그 비극성을 형상화한 조르쥬 심농의 작품들을 선호하였고, 이를 추리소설의 이상적 형태로 생각했다고 한다.[20] 그래서 그는 추리소설의 분위기를 잃지 않으면서도 그 속에 인간적 고뇌와 인간 내면의 진실을 담아내려 했다. 위에서 열거한 중·단편들과 장편 『마인』도 바로 이러한 추리소설로서의 요건과 인간성 탐구라는 주제를 결합시킨 작품들이다. 가령, 『타원형의 거울』에서는 자신의 범행을 탐정 잡지 현상 문제로 제출하여 그 범죄의 완전함을 확인하는 동시에 이를 은밀히 즐기려는 모현철의 행동과 인간의 연극적 충동 등을 치밀하게 묘사하고 있으며, 『가상범인』에서는 자신의 범행을 고백함으로써 이몽란의 영원한 연인으로서 남고자 하는 라용귀와 이를 적발하려는 유불란, 그리고 라용귀의 자기 희생적 정열에 감동하는 이몽란 등의 심리를 여실히 보여줌으로써 인간의 내면적 진실을 파헤치고 있다. 그리고 이러한 추리적 요소와 인간성 탐구라는 주제의 조화로운 결합은, 맹목적 사랑에 깃든 악마적 요소와 편집증적인 소유욕을 괴기적 수법으로 형상화한 『광상시인』, 『이단자의 사랑』, 『시류리』 등에서도 확인할 수 있다. 이와 마찬가지로 『마인』에서도 범인 주은몽의 내면적 갈등과 사랑하는 사람을 범인으로 지목하지 않을 수 없는 탐정의 고뇌, 인간의 복수심과 끝없는 물욕 등을 적나라하게 묘파함으로써 인간성의 문제를 깊이 있게 탐구하고 있다.

---

20) 황종호, 앞의 글, 26~27쪽 참조.

그러나 이런 공통점에도 불구하고 『마인』은 다음 몇 가지 점에서 중·단편들과 결정적인 차이를 드러낸다. 첫째로 『마인』에서는 중·단편에서 보이지 않던 탐정이 정식으로 무대의 전면에 등장한다는 점이다. 즉 중·단편에서는 사건과 직접적인 관련이 없는 관찰자나 작중 화자, 그리고 용의자에 불과한 인물들이 사건 해결의 열쇠를 쥐고 있거나 아니면 사건을 자기 나름대로 해석하고 있는데 반해, 장편에서는 유불란이란 명탐정이 등장하여 사건을 직접 해결한다. 둘째, 탐정이 등장함으로써 추리 과정이 확대 심화된다는 점이다. 이렇게 추리 과정이 강화되다 보니 중·단편에서는 볼 수 없었던 탐정의 보조자 역할을 하는 인물도 등장하고 있다. 셋째, 대체로 이미 일어났던 일을 회상하는 방식으로 이야기를 시작하고 있는 중·단편들과는 달리, 『마인』에서는 현재 일어나고 있는 사건의 한복판에서부터 이야기를 시작하고 있다는 점이다.

이렇게 중·단편과 장편의 공통점과 차이점을 살펴본 결과, 우리는 중·단편이 추리소설로서 몇 가지 문제점을 지니고 있음을 알 수 있다. 즉 탐정 또는 이에 견줄 만한 사람이 등장하지 않으며, 회상 형식을 취하고 있다는 점이 그것이다. 앞의 것으로 말미암아 실제로 살인 사건이 일어났는지 아니면 작중 화자의 상상에 불과한 것인지를 종잡을 수 없으며(『타원형의 거울』, 『광상시인』, 『무마』), 범인의 정체가 드러나더라도 그 이야기를 들려주는 작중 화자만이 그 사실을 알 뿐이다(『백사도』, 『이단자의 사랑』, 『시류리』). 또 회상 형식을 취하고 있기 때문에 그렇지 않은 경우보다 사건의 현장감과 긴박감이 훨씬 줄어들며, 사건에 관한 모든 정보를 작중 화자가 독점함으로써 독자의 상상력의 폭이 그만큼 좁아질 수밖에 없다.

이런 점에서 장편 『마인』은 김내성이 이러한 중·단편의 추리소설로서의 한계를 인식하고 이의 극복을 꾀한 작품이다. 말하자면 진정한

'논리와 추론의 이야기'를 만들어낸 것이다. 먼저 현상 문제에 응모하거나 탐정극을 연출하는 식이 아니라 탐정을 직접 등장시켜 수사 상황이나 추리 과정을 하나하나 꼼꼼히 보여준다. 이때 탐정은 독자보다 결코 많이 알지 못한다(화자 또는 내포저자는 독자보다 많이 알고 있지만). 다만 그는 독자가 놓치고 있는 것들에 주의를 기울이며 자신이 빠뜨리고 있는 점들이 없는가 하는 것을 끊임없이 점검하는 정도이다.

회상 형식이 사건의 성격을 불투명하게 만들고 작중 화자에 의해 이야기가 통제되기 때문에 사건 자체의 현장감과 생동감을 잃게 한다면, 본격적인 추리소설이 이런 회상 형식을 피하는 것은 당연한 일이다. 더욱이 회상 형식은 작품의 서두와 결말에 도입부와 종결부를 설정하는 경우가 많은데, 추리소설이 그런 액자 소설 형태를 취할 경우 이야기의 층위는 내화(內話)와 외화(外話)로 구분되고, 그 결과 작품과 독자 사이에 일정한 거리감을 조성함으로써 독자가 작품에 몰입하는 것을 막는다. 『마인』이 독자들에게는 낯선 가장무도회 장면에서 시작하는 것은 서두부터 독자들의 호기심을 자극하여 그들을 이야기 속으로 끌어들이려는 속셈이다.

이상에서 중·단편이 갖고 있는 추리소설로서의 한계는 무엇이며, 그러한 한계를 『마인』이 어떻게 극복하고 있는가를 살펴보았다. 이를 요약하면, 논리와 추론의 과정이 약화되어 있고 독자와의 일정한 거리를 유지하고 있는 중·단편에 비해, 『마인』은 논리와 추론의 과정을 대폭 강화하여 본격적인 추리소설로서의 면모를 갖추었고, 신속한 사건 전개와 반전의 연속, 그리고 생동감 있고 절제된 서술로 독자들의 마음을 사로잡음으로써 그들로 하여금 추리소설의 진경을 맛보게 한다.

3) 채만식의『염마(艷魔)』와『마인』

『마인』의 장편 추리소설로서의 가능성과 한계를 따져보기 위해서는 중·단편 소설과의 비교도 필요하지만,『마인』을 그보다 몇 년 앞서 발표된 장편 추리소설『염마』[21]와 비교하는 것도 하나의 방법이다. 특히 김영민에 의해『염마』가 채만식의 작품임이 밝혀진 이래, 그것이 한국 장편 추리소설의 효시로 평가받고 있다는 점에서 두 작품의 비교는 거의 필연적이다.

두 작품을 비교하기 위해 먼저『염마』의 줄거리를 요약한 다음 그것의 추리소설로서의 요건과 작품 수준 등을 살펴보기로 한다.『염마』는 모두 15장으로 구성되어 있는데, 장별로 그 개요를 정리하면 다음과 같다.[22]

1. 손가락 한 토막: 아마추어 탐정 백영호는 아침 산보터에서 마주친 한 여인(이학희)을 잊지 못해 괴로워한다. 어느 날 그가 잘 아는 자동차 운전수 오복이가 여자 손님이 두고 내린 소포꾸러미를 주워 갖고 나타난다. 소포를 풀어보니 그 속에서 손가락 한 토막이 나온다. 소포를 놓고 내린 여자 손님의 인상착의를 듣던 백영호는 그녀가 바로 산보터에서 만난 여인임을 알고 놀란다. 백영호는 오복이에게 소포의 수신인인 가회동 서광옥을 조사케 했으나 가회동에는 그런 사람이 없었다.

2. 이상한 손님: 익선동 하숙집 안노인이 백영호를 찾아와 자기 집에 있던 수상한 손님(유대설)이 갑자기 사라졌다고 말한다. 백영호는 안노인과

---

21) 『염마』는 채만식이 서동산(徐東山)이란 이름으로『조선일보』에 연재한 장편 추리소설이다. 서동산이란 이름이 생소한 탓인지 이 작품은 그 동안 별다른 주목을 받지 못하다가, 김영민(「채만식의 새 작품『염마』론」,『현대문학』390, 1987년 6월호)이 서동산은 바로 채만식의 또 다른 이름임을 밝힌 이래,『염마』는 채만식의 문학을 연구하는 데서도, 그리고 우리의 추리소설을 연구하는 데서도 빠뜨릴 수 없는 작품이 되었다.
22) 텍스트는『채만식전집』1(창작사, 1987)에 실린 것을 이용하였다.

함께 그 집으로 가서 수상한 손님이 기거하던 방을 조사한 후, 실종된 손님의 지문과 짤린 손가락의 지문을 비교해 보니 그 둘이 완전히 일치했다. 백영호는 이학희 일행이 셋이고 그들이 하숙집 근처에 집을 얻어 놓고 유대설을 유인해 그의 손가락을 짤랐음을 알게 된다.

3. 추적: 백영호가 이학희 일행의 행방을 추적하고 있는데, 그때 그에게 이 사건에서 손을 떼라는 협박편지가 배달된다. 편지의 발신인을 조사하던 중 백영호는 이학희 일파가 아닌 또 다른 일파(서광옥 일파)가 이 사건의 배면에 움직이고 있음을 알게 된다. 그런 가운데 이학희와 젊은 사내(김서방)는 서광옥 일파의 습격을 받고 어디론가 끌려간다.

4. 역습: 백영호의 지시를 받은 상준이 이학희의 아버지 이재석을 미행하여 그의 은신처(훈정동)를 알아낸다. 한편 이재석은 백영호가 딸을 납치한 줄 알고 그의 집으로 가형사패를 보낸다.

5. 참극: 가형사패를 제압한 백영호는 그들로부터 이재석의 또 다른 은신처(동소문 밖)를 알아낸다. 가형사패는 백영호의 하수인이 될 것을 자청한다. 딸을 구출하려던 이재석은 오히려 서광옥 일파에게 자신의 은신처를 들켜 그들과 실랑이를 벌이다가 죽고 만다. 영호는 자신을 공격하는 김서방을 설득하여 자기 편으로 끌어들인다.

6. 김서방: 백영호는 김서방과 함께 그가 붙잡혀갔던 장소를 찾아가나 서광옥 일파는 이미 사라지고 없었다. 백영호는 김서방으로부터 이재석과 이학희에 대한 이야기를 듣는다.

―이재석은 강화도에 사는 부자로, 일찍 개화하고 예수를 믿었으며 착하고 어진 인물이었다. 그는 부인이 첫딸인 학희를 낳고 세상을 떠나자 이종간인 유대설의 권유로 모 여학교를 갓 졸업한 열아홉 살난 서광옥과 재혼하였다. 늙은 신랑 이재석은 나이 어린 색시 서광옥을 몹시 귀애하였다. 그러다가 어느 날 갑자기 이재석은 가산을 정리한 후 아내와 고향을 버리고 딸과 함께 외국으로 떠나버렸다. 십사 년 후 이재석과 그의 딸은 귀국하였고,

강화행 선창에서 우연히 김서방을 다시 만났다. 김서방이 유대설을 길거리에서 만난 이야기를 하니 이재석은 몹시 기뻐하며 김서방을 인력거꾼으로 위장시킨 다음 그로 하여금 유대설을 유인해 오게 하였다.

김서방의 이야기를 듣고 백영호는 이재석이 서광옥에게 배신을 당해 고향을 등졌고 이제 귀국하여 복수하기 위해 서광옥을 찾아다니고 있음을 알게 된다. 그리고 유대설의 손가락을 짜른 것은 서광옥에게 앞으로 있을 복수를 경고하는 것이라고 추정한다.

7. 좌우 협공: 이재석의 시체를 발견한 경찰은 김서방에게 혐의를 두고 그의 행방을 알기 위해 백영호를 심문하고 그의 집을 조사한다. 백영호는 서광옥에 관한 정보를 토대로 가형사패를 풀어 그녀의 행적을 추적한다.

8. 새로운 사건: 손가락이 짤린 유대설의 시체가 경성역에서 발견된다. 백영호의 친구 허철이 찾아와 그의 아버지(허준)에게 온 협박편지를 보여준다. 백영호는 편지의 필적이 자신에게 온 협박편지의 필적과 같음을 확인한다.

9. 우롱: 가형사패 중 하나가 서광옥을 발견하고 그녀를 추적하나 서광옥은 솜씨좋게 그들을 따돌리고 백영호에게 편지를 보내 그를 우롱한다.

10. 함정: 서광옥의 동생 서광식에게 매수당한 술집 마담 향초가 백영호를 유인해 독약을 먹인 후 그를 서광옥 일파에게 넘겨준다. 죽은 척하고 서광옥의 소굴로 들어가려던 백영호는 자신을 수장시킨다는 말에 부대를 찢고 빠져나온다.

11. 실족: 허준에게 다시 돈을 요구하는 협박편지가 날아오자 백영호가 허철 대신 서광식 일당을 만나러 나간다. 서광식과 맞붙던 백영호는 거꾸로 그들에게 당해 서광옥의 소굴로 끌려간다.

12. 염마: 백영호는 서광옥으로부터 그녀와 유대설이 공모하여 이재석의 재산을 빼돌린 이야기를 듣는다.

―서광옥과 유대설은 연인 사이였는데, 돈이 궁하자 유대설의 제안으로

서광옥은 이재석의 후취로 들어간다. 이재석의 신임을 얻는 서광옥은 일 년 만에 거금을 빼돌리는 데 성공한다. 이 과정에서 허철의 아버지 허준이 깊숙히 개입하였고, 그 대가로 빼돌린 돈의 반을 받는다. 배신당한 것을 깨달은 이재석은 상해로 떠나고 마침내 그들 남녀를 찾아낸다. 도주할 때 가지고 온 암호문서 때문에 이재석과 유대설 사이에 격투가 벌어지고 그 문서는 두 동강이 난다. 서광옥이 총으로 위협하는 바람에 이재석은 아무런 소득도 없이 손가락만 짤린 채 물러나고 만다. 그후 유대설은 남은 반쪽의 암호문서를 푸는 데 성공하여 서광옥 몰래 혼자 귀국한다. 뒤이어 서광옥도 귀국하여 유대설의 행방을 추적한다. 그 이후 손가락 소포 사건이 일어난다.

13. 서팔호실: 백영호는 서광옥의 소굴을 탈출한다. 백영호는 서광식이 미친 사람으로 몰아 대학병원에 강제로 입원시킨 이학희를 간호부의 협조를 받아 구출해낸다.

14. 자객: 서광식이 백영호를 죽이러 그의 집에 침입했다가 거꾸로 붙잡히고 만다.

15. 결말: 서광식으로부터 그들의 본거지를 알아내는 데 실패한 백영호는 서광옥이 고육계(苦肉計)를 써오자 이를 역으로 이용하여 서광옥의 본거지를 습격한다. 백영호에게 패배한 것을 알게 된 서광옥은 독약을 먹고 자살한다.

좀 장황하지만 『마인』과 비교 분석하기 위해 『염마』의 주요 사건들을 가능한 한 자세히 열거해 보았다. 여기서 보듯이, 사건의 전모는 김서방의 이야기(6장)와 서광옥의 이야기(12장)를 종합하면 대체로 드러난다. 김서방의 이야기에서·빠진 부분을 서광옥의 이야기가 채워주고 있는 것이다. 특히 서광옥의 이야기는 김서방의 이야기를 듣고 백영호가 추리한 내용을 확인시켜 주는 구실을 한다. 이런 점들은, 뒤에서 자세히 논하겠지만, 탐정의 추리력을 약화시킨다는 점에서 추리소설로서는 적지 않은 결함이 된다. 이 점에 관해 좀더 구체적으로 살펴보자.

『염마』에 대해서는 이미 김영민(1987)에 의해 자세히 연구된 바 있으므로 작품에 관한 구체적인 논의는 그 쪽으로 미루고, 여기서는 그의 견해 가운데 논의의 여지가 있는 부분들을 검토하면서『염마』의 추리소설로서의 요건과 그 수준을 따져보기로 한다.

김영민은『염마』가 추리소설로서의 요건을 충분히 갖추고 있는 작품이라고 보았다. 즉 '표면적인 완전범죄', '시초에는 의심받으나 무죄가 판명되는 자', '경찰의 미숙함', '판단력이 뛰어난 탐정', '탐정의 보조자' 등 추리소설이 갖춰야 할 기본적 요소를 모두 갖추고 있다는 것이다.[23] 그런데, 김영민의 분석은 주로 추리소설의 형식적 요건이나 구성의 측면에 초점을 맞춘 것으로 보인다. 그러나 추리소설의 분석에서는 그런 형식적 요건도 중요하겠지만, 그보다는 추리소설의 본질적 요건—추리소설이 본질적으로 논리와 추론의 이야기이고 독자 중심의 오락소설이라는 점—을 더욱 중시해야 할 것이다. 추리소설의 독자는 불가해한 수수께끼가 논리와 추론을 거쳐 마침내 해결되는 데서 무한한 즐거움을 느끼며, 그 즐거움 때문에 또 다른 추리소설을 찾는 것이다.

이렇게 볼 때『염마』에서는 몇 가지 중대한 결함이 발견된다. 즉 작품의 중간쯤 이미 범인의 정체와 범행 동기가 거의 드러남으로써 그 이후는 탐정이 범인을 추적하여 체포하는 과정, 곧 이미 밝혀진 범인 일당과 탐정의 대결로 압축된다. 사건의 전모도 탐정의 추리에 의해 최종적으로 밝혀지는 것이 아니라, 주범 서광옥의 진술로 대부분 드러나고 만다. 이렇게 탐정의 추리 과정이 갈수록 약화되어 있기 때문에 작품의 후반부터는 독자의 흥미가 현저히 줄어들 공산이 크다. 추리소

---

23) 물론 김영민이 이 작품의 결함을 지적하지 않은 것은 아니다. 즉 구성의 치밀성이 부족한 점, 주인공 백영호의 성격이 일관성이 없다는 점, 비중 있게 다루어지던 암호문의 의미가 결말에 흐지부지하게 처리된 점 등을 이 작품의 결함으로 꼽았다. 그러나 이런 점들은 추리소설로서의 결함을 지적한 것이라기보다는 소설 구성이나 소설 시학의 관점에서 그 결함을 지적한 것이다.

설의 일반적 행동 패턴[24]에 비추어 볼 때도 '탐정의 소개', '범죄와 단서들', '조사'는 있으나 '해결의 공표'와 '해결에 대한 설명'이 없이 곧바로 '대단원'으로 이어지고 있는 것이다.

그리고 탐정의 보조자가 너무 많이 등장한다(오복, 상준, 보조자로 자청하고 나선 건달들, 허철 등 줄잡아 5~6명)는 것도 이 소설의 적지 않은 결점이다. 이로 인해 탐정 백영호는 마치 사건 수사를 진두지휘하는 '수사반장'을 방불케 한다. 이 또한 그의 추리력의 부족과 미숙함을 드러내는 증좌일 것이다.

이처럼 『염마』가 추리소설로서 중대한 결함을 지니고 있는 것과는 달리, 『마인』은 그러한 결점들을 대부분 극복하고 있다.[25] 물론 『염마』와 『마인』은 몇 가지 점에서 비슷한 면을 지니고 있는 것도 사실이다. 즉 주범이 여자이고, 그 여자는 요부의 성격을 띠고 있으며 끝에 가서 그녀가 자살한다는 점이 그것이다. 뿐만 아니라 두 작품에서 모두 탐정은 연애와 탐정을 병행할 수 없음을 고백하는데, 이는 탐정에게 냉철한 이성뿐만 아니라 뜨거운 가슴을 지닌 인간으로서의 모습을 부여하려는 작가적 고뇌를 암시한 것으로 보인다. 그러나 이런 공통점들에도 불구하고 『마인』은 소재를 다루는 방식에서 『염마』와는 현저히 구별되며 바로 이 점 때문에 『마인』을 본격적인[26] 추리소설로 볼 수 있는

---

24) 카웰티는 추리소설의 행동 패턴을 여섯 가지 주요 국면—(a) 탐정의 소개, (b) 범죄와 단서, (c) 조사, (d) 해결의 공표, (e) 해결의 설명, (f) 대단원—으로 나누어 설명하였다. Cawelti, J.G., *Adventure, Mystery and Romance: Formula Stories as Art and Popular Culture*, The Univ. of Chicago Press, 1976, 81~82쪽.

25) 김내성이 『염마』를 읽었을 가능성은 매우 크다. 『염마』가 연재된 『조선일보』에 김내성이 1938년 입사하였고, '마인'이란 작품 제목에서도 '염마'와의 관련성을 추정할 수 있기 때문이다(이상우, 「한국추리소설의 기원—이해조의 『구의산』과 채만식의 『염마』에 대하여」, 『추리문학』 3, 1989년 여름, 155쪽). 이로 보아 김내성은 『염마』를 의식하면서 『마인』을 썼을(그것도 같은 지면인 『조선일보』에) 것이라 짐작된다. 그렇다면 김내성이 『염마』에 나타난 결함들을 몰랐을 리 없고, 어떻게든지 그 결함을 극복함으로써 '장편 추리소설'이란 이름에 걸맞는 작품을 써내려고 했을 것이다.

26) 이때 '본격적'이란 말은 일본 추리소설의 영향으로 흔히 추리소설을 '본격'과 '변격'으로 나눌 때 사용하는 '본격'이란 의미는 아니다. 즉 여기서는 추리소설을 '논리와 추론의 이야기'로, 에코(Eco)식으로 말해서 '추측'과 '기호의 해독'에 근거한 소설로 볼 때, 그런 개념 규정에 들어맞는 것을 '본격적'이라고 보았다.

것이다.

그렇다면 『마인』이 『염마』의 결점들을 어떻게 극복하고 있는가? 또 『염마』와 비교하여 『마인』을 이른바 본격적인 추리소설로 볼 수 있는 근거는 무엇인가? 이는 다음 세 가지 점에서 확인된다. 우선 탐정의 추리력이 갈수록 약화되고 있는 『염마』와는 달리, 『마인』에서는 탐정 유불란의 비중이 갈수록 커지고 사건을 해결하는 데 있어 그의 추리력이 결정적인 역할을 한다는 점이다. 유불란은 그물처럼 뒤엉켜 있고 신비하기 짝이 없는 연쇄 살인극 앞에서 그의 추리력을 최대한 발휘하여 마침내 범인의 정체를 백일하에 드러내고 만다. 곧 그는 범인이 자신의 범행을 감추기 위해 짜맞춰 놓은 '거짓 이미지'에 속지 않고 그것의 '가장 취약한 고리'를 문제삼아 사건의 전모를 서서히 밝혀내는 것이다.[27] 여기서 취약한 고리란 예컨대, 범인 해월이 범행 현장에서 신비할 정도로 금방 종적을 감춘 것이라든가, 8년 전에 있었던 주은몽과 소년 승려 해월의 로맨스를 그녀 외에는 아무도 증명해 줄 사람이 없다는 것, 그리고 설사 해월이란 인물이 실존인물이라 해도 폐병에 걸렸던 그가 주은몽의 말처럼 현재 살아 있다고 장담할 수 없다는 것 등을 말한다. 또 유불란은 그가 추리한 것을 전부 말하지 않고 어떤 암시만 던질 때가 많은데, 이는 자신이 추리한 것들을 섣불리 발설하기보다는 결정적인 순간에 공개함으로써 그 효용가치를 극대화하려는 것이다.[28]

둘째, 탐정 유불란에 버금가는 추리력을 지닌 오상억이란 인물을 등

---

27) '거짓 이미지'와 '가장 취약한 고리'란 용어는 지젝의 이론에서 따온 것이다. 지젝은 탐정이 마주 대하게 되는 살인 장면은 살인자가 자신의 범행 흔적을 없애기 위해 짜맞춰 놓은 '거짓 이미지'라고 보았다. 따라서 탐정의 임무는 그 '거짓 이미지'라는 구조가 필연적으로 보유하고 있는, 표면적인 이미지의 틀에 맞아 떨어지지 않지만 주의를 끌지도 않는 세부들―단서―을 처음으로 폭로함으로써 그 자연스러움을 벗겨내는 것이라고 했다. 여기서 "표면적인 틀에 맞아 떨어지지 않지만 주의를 끌지도 않는 세부들"이 곧 '가장 취약한 고리'이고 그것이 범죄 해결의 단서가 된다. 지젝, 앞의 책, 109∼115쪽 참조.

28) 사실 유불란이 사건에 대한 전체적인 그림을 그릴 수 없기 때문에 암시만 던질 때도 있다. 그러나 그럴 경우라도 그는 확신이 설 때까지 자신이 알고 있는 것을 전부 다 말하지 않는다. 이는 작품의 끝부분에 가서 탐정이 선언하는 '해결의 공표'에 대한 긴장감을 높이고 결말의 의외성을 강조하려는 것이다.

장시킨 점이다. 오상억은 '잘못된 해답'으로 유불란을 혼란에 빠뜨리려 했지만 거꾸로 유불란의 추리를 도와주는 역할을 한다. 오상억은 백영호의 고향인 평안남도 ×천을 다녀와서 해월의 정체를 엄여분의 아들이라고 선언한다. 그리고 해월이 치정에 얽힌 복수극(한 남자의 순정을 짓밟은 여자, 곧 주은몽에 대한 복수)임을 내세운 것은, 자신의 신분을 감추는 동시에 그의 범행이 (어머니를 능욕하고 결국 죽게 만든) 백씨 일가에 대한 복수라는 사실을 은폐하기 위한 것이라고 설명한다. 임경부는 이에 동조하나, 유불란은 오상억의 이야기에서 가장 '취약한 고리'를 건드리며 그것을 의심한다. 즉 엄여분이 낳은 아이가 사내 아이라는 것, 나아가서 엄여분이 해산했다는 것조차 현재로서는 그것을 증명할 사람이 하나도 없기 때문에 확실치 않다는 것이다. 그는 엄여분과 엄여분의 어머니와 홍서방의 전처는 이미 죽었고, 그 이야기를 오상억에게 들려준 홍서방도 괴한에게 살해당했다는 사실을 상기시키는 것이다. 결국 오상억의 설명은 '잘못된 해답'에 불과하다. 그런데 지젝에 따르면, 추리소설에서 잘못된 해답은 구조적으로 필요한 것이다. "탐정은 잘못된 해답들이 진실을 얻기 위해 내버려야 할 단순한 장애물이라고 여기지 않는다. 오히려 그는 그것들을 통해서만 진실에 도달할 수가 있는데, 그 이유는 진실로 곧바로 인도하는 길은 어디에도 존재하지 않기 때문이다."[29] 이런 점에서 오상억의 추리와 설명은 그의 의도와 상관없이 유불란에게 참된 해답에 이르는 길을 열어 주고 있다. 곧 유불란은 그의 그럴듯한 이야기(거짓 이미지) 가운데 가장 취약한 부분을 다시 조사하여 끝내 주범의 정체와 오상억의 공범 관계를 밝힐 수 있었던 것이다. 이로 보아 오상억은 왓슨형 보조자는 아닐지라도 유불란을 추리를 방해함으로써 거꾸로 그의 보조자 역할을 충실

---

29) 지젝, 앞의 책, 115~116쪽.

히 수행한 셈이 된다.

　마지막으로 이 소설은 시종일관 범인과 탐정의 지적·논리적 대결을 보여줌으로써 독자의 흥미를 끌고 있다는 점이다. 유불란은 자신을 찾아온 주은몽에게 그녀가 범인이라고 선언하는데, 그녀는 허황된 상상이라고 비웃고는, 자신이 범인일 수 없는 증거를 여러 가지로 제시하며 그에게 설명을 요구한다. 유불란은 그녀가 제시한 증거들을 조목조목 반박하며 그녀가 범인이라는 것을 움직일 수 없는 사실로 만들려고 한다. 그러나 유불란이 범인을 주은몽으로 지목한 이후에도 그의 추리를 뒤집어 엎는 사건들(예컨대, 유불란과 주은몽이 이야기를 나누고 있는 사이에 백영호의 딸 백정란이 살해되는 것)이 연이어 발생하여 소설은 반전에 반전을 거듭한다. 이후 오상억과 주은몽은 유불란의 논리를 무너뜨리기 위해 치밀하게 반격하며, 유불란은 그들의 반격을 오히려 되받아쳐 끝내 사건의 전모를 밝혀내고 만다. 이처럼 이 소설은 탐정과 범인 간의 고도의 지적인 게임을 보여줌으로써 읽는 이로 하여금 시종일관 긴장을 늦출 수 없게 하여 그들을 흥분의 도가니로 몰아넣는다. 이렇듯 『마인』은 치밀한 구성과 복선을 지니고 있고, 긴박하게 사건이 전개되며, 반전의 연속으로 이루어져 있다는 점에서, 추리소설로서의 형식과 본질을 충분히 갖추고 있어 독자의 흥미를 끌기에 모자람이 없다.

　결론적으로 말해서, 『염마』는 추리소설로서의 형식적 요건은 갖추고 있으나 본격적인 '논리와 추론의 이야기'로 보기에는 부족한 점이 많아 독자의 흥미를 지속시켜 나가야 하는 장편 추리소설로서는 한계가 있는 작품인 데 반해, 『마인』은 『염마』의 결점들을 대부분 극복하고 있다는 점에서 장편 추리소설로서 성공적인 작품이라 하겠다.

　지금까지 장편 추리소설로서 『마인』의 가능성을 『염마』와 비교하여 논했다면, 이제 그 한계에 대해 알아볼 차례이다. 장편 추리소설로서 『마인』의 한계는 다음 두 가지 점에서 나타난다. 첫째, 아무런 복선이나 암시도 없이 마지막에 가서 주은몽을 쌍둥이로 설정한 점이다.[30] '쌍둥이'의 설정은 추리소설에서 일종의 금기 사항으로 간주되기도 하였다. 그러나 복선과 암시가 충분히 주어진다면 이는 별 문제가 되지 않을 것이다. 오히려 고도의 트릭을 사용하는 데, 그리고 인간(특히 현대인)의 이중적 심리를 드러내는 데 유력한 수단이 될 수도 있다.[31] 그런데『마인』의 작가는 그런 복선과 암시를 빠뜨려 완성도가 높은 작품에 흠집을 내고 말았다.

둘째, 작품의 후반부에 이르러 오상억이 오히려 주은몽을 압도하여 주범의 위치로까지 격상된 점이다. 이는 오상억이 주은몽의 범행에 가담하게 된 동기를 합리적으로 설명하려는 과정에서 발생한 문제로 보이는데, 사건 전개상 다소 무리가 있는 석연찮은 부분이라 하겠다.

그러나 이러한 한계들이 장편 추리소설로서『마인』이 지닌 미덕과 장점들을 무색하게 할 만큼 결정적인 것은 아니다. 특히『염마』와 비교해 볼 때『마인』이, 추리소설도 대중성을 확보하여 진정한 대중문학으로 각광을 받을 수 있는 가능성을 보여주었다는 것은 그 작품의 성과로서 빼놓을 수 없는 점이다.

4. 맺음말

우리 문학에서 추리문학은 '변두리' 문학으로 취급되어 왔다. 그러나 수수께끼담과 추리소설의 연계성이라든가, 송사소설과 추리소설의

---

30) 하유상 기자도 김내성에게 이 점을 지적한 적이 있었는데, 그때 김내성이 솔직히 이 점을 시인하고 앞으로 꼭 시정하겠다고 하는 바람에 그 작가적 도량이 큼에 큰 감명을 받았다고 한다. 하유상, 「하기자 제발 살려주시오!」, 『추리문학』 4, 1989년 가을, 262쪽.
31) 쌍둥이나 복제 인간 등으로 대표되는 '거울 이미지'의 효과는 현대 추리소설이나 스릴러 영화에서 자주 사용되는 수법이다.

관련성 등을 생각할 때 추리소설을 그렇게 소홀히 다룰 수만은 없다. 특히 추리소설은 연애소설, 야담류의 역사소설과 더불어 대중소설의 중요한 한 갈래를 차지한다는 점에서 추리소설에 대한 탐구는 우리 대중문학의 흐름과 특성을 파악하는 데 필수적인 작업이다.

이러한 견지에서 이 글은 우리 추리문학의 대부격인 김내성과 그의 작품에 초점을 맞추어 일제하 우리 추리소설의 구체적 면모와 그 실상에 대해 살펴보았다. 논의 결과를 간추리면 다음과 같다.

우리 문단에서 추리소설에 대한 관심을 보이기 시작한 것은 대략 1918년 『태서문예신보』에 코난 도일의 작품이 번역 소개되면서부터이다. 그후 외국의 추리소설 명작들이 여러 사람들에 의해 번역(또는 번안) 소개되었는데, 그러한 현상은 1920~30년대를 거쳐 식민지시대가 끝날 때까지

탐정소설이라 이름붙인 옆의 작품은 1950~60년대를 대표하는 추리작가인 허문녕의 『정부와 살인』(위)과 방인근의 『사랑의 탑』(아래).

지속적으로 이루어졌다. 1920년대까지는 번역(변안)물 일색이었으나, 대략 1930년대부터 국내 창작물이 등장하기 시작하였다. 그렇지만 수적으로는 번역물이 단연 압도적이었다. 번역물 가운데는 에드가 앨런 포(6회), 코난 도일(14회), 모리스 르블랑(15회) 등 이른바 고전적 추리소설 작가의 작품들이 대부분을 차지하고 있었다. 특히 모리스 르블랑의 작품은 『뤼팽전집』이 나올 정도로 큰 인기를 끌었고, 이러한 뤼팽 선풍은 국내의 추리소설뿐만 아니라 대중소설에도 일정한 영향을 끼쳐, 이른바 괴도(怪盜)소설이나 괴기담류의 유행을 가져다 준 것으로 짐작된다. 이처럼 당시 문단의 관심은 추리소설의 창작보다는 외국의 추리소설 명작을 번역·번안하는 데 치중되어 있었다. 더러 번역물이 아닌 순수 창작물이 씌어지기도 했지만 김내성만큼 남다른 열정을 지니고 추리소설을 지속적으로 써냈던 작가는 드물었다.

따라서 김내성을 우리 추리문학의 '대부'라고 부르는 것은 결코 틀린 말이 아니다. 김내성은 전문 추리작가도 별로 없고 추리문학에 대한 이해도 턱없이 부족한, 그야말로 추리문학의 불모지에서 과감하게 전문 추리작가로 나선 이였다. 그리고 그는 작품을 통해 추리작가도 얼마든지 성공할 수 있다는 것을 보여줌으로써 그러한 열악한 환경을 쇄신하고자 했다. 또한 김내성은 추리소설을 통해 문학의 대중화를 시도하였다. 즉 진정한 대중문학이 작가와 독자와의 거리를 좁혀 그들에게 즐거움을 주는 동시에 그들의 문학적 교양 수준을 한 단계 끌어올릴 수 있는 문학이라면, 추리소설이 바로 그러한 구실을 할 수 있다고 보았고, 작품으로써 이를 증명하고자 했다. 더욱이 김내성이, 비록 추리소설에 한정된 것이지만, 창작과 이론을 병행하여 그 둘의 일치와 조화를 노렸다는 점은 특기할 만한 사실이다. 주지하다시피 1930년대 창작계의 위기는 주로 이론이 창작을 압도하거나 이론과 창작의 괴리 현상에서 비롯된 것이었다. 따라서 김내성이 추리소설을 창작과 이론

양면으로 접근한 것은 자기 작업의 정체성을 확립하는 일이기도 하지만, 거기에는 그러한 창작계의 위기를 타개하고 소설 창작에 새 바람을 불러일으키려 한 뜻도 담긴 것으로 보아야 한다.

이와 같이 추리소설가로서 김내성이 문학사적으로 매우 독특한 위치를 차지하고 있었다면, 장편소설 『마인』은 추리작가로서 그의 명성을 확고부동하게 만든 작품이다. 이 점은 『마인』을 그의 중·단편 소설 및 채만식의 『염마』와 비교할 때 확실히 드러난다. 중·단편은 논리와 추론의 과정이 약화되어 있고 독자와의 일정한 거리를 유지하고 있는 데 반해, 『마인』은 중·단편에 보이지 않던 탐정을 정식으로 등장시켜 범죄 수사 과정과 탐정의 추리 과정 등을 세밀히 보여줌으로써 추리소설로서의 진면목을 갖추고 있다. 『염마』 역시 탐정이 등장하여 그의 추리 과정을 찬찬히 보여준다는 점에서 김내성의 중·단편에 비해 상대적으로 논리와 추론의 과정이 강화된 것은 사실이다. 그러나 『염마』에서는 사건의 전체 윤곽이 너무 빨리 드러나는 바람에 정작 탐정이 그의 추리력을 발휘할 기회가 별로 없었다. 다만 그는 범인의 은거지를 추적하는 데 온 힘을 쏟을 뿐인데, 범인의 은거지도 범인이 고육계를 써오는 바람에 너무 쉽게 알아낸다. 따라서 범인의 정체와 범죄 동기가 이미 드러난 작품의 후반부부터 독자는 그 이야기에 흥미를 잃게 되며 작품의 긴장감도 훨씬 줄어들고 만다. 그런데 『마인』에서는 긴장감이 줄어들기는커녕 갈수록 고조된다. 탐정은 범인이 짜맞춰 놓은 거짓 이미지나 그가 제시한 잘못된 해답에 속지 않고 그것의 가장 취약한 고리에 주목하여 이를 사건 해결의 단서로 삼는다. 탐정은 그가 추리한 것을 전부 말하지 않고 어떤 암시만 던질 때가 허다하며, 또 탐정이 추리한 대로 이야기가 진행되지 않고 반전에 반전을 거듭하는 덕분에, 독자는 탐정의 행동 하나하나에 주의를 집중하면서 이야기 자체에 몰두하지 않을 수 없다. 이렇게 범인의 정체와 범행 동기를 놓고 작자와 독자가 지적인 게임을 벌이는 가운데 독자는 추리소설의 묘미를 맛보면서 그 즐거움에 흠뻑 빠지게 되는 것이다.

그럼에도 불구하고 『마인』은 다음 두 가지 점에서 그 한계를 드러낸다. 하나는 아무런 복선이나 암시도 없이 마지막에 가서 주은몽을 쌍둥이로 설정한 점이고, 다른 하나는 작품의 후반부에 이르러 오상억이 오히려 주은몽을 압도하여 주범의 위치로까지 격상된 점이다. 그렇지만 이러한 한계들은 작가의 천려일실로 보아야 하겠고, 그로 인해 장편 추리소설로서 『마인』이 지닌 미덕과 장점들이 결정적인 타격을 받는 것도 아니다. 특히 『염마』와 비교하여 『마인』이, 추리소설도 대중성을 확보하여 진정한 대중문학으로 각광을 받을 수 있는 가능성을 보여주었다는 점은 이 작품의 성과로서, 반드시 기억해야 할 점이다.

이제 남은 과제는 우리 추리소설의 형성 기반을 좀더 면밀히 추적하고 초창기 추리소설의 특징과 그 작품성을 따져보는 일이다. 아울러 김내성의 『마인』을 정점으로 하는 이 시기 추리문학적 성취가 해방 이후의 추리문학에 어떻게 계승되었으며, 만일 제대로 계승되지 못했다면 그 원인은 어디에 있는가 하는 점, 그리고 50·60년대 추리작가들(방인근, 허문녕, 백일완 등)과 김성종으로 대표되는 70년대 이후 추리작가들의 작품이 추리소설 형성기의 작품들과 어떤 연계성/단절성을 지니고 있는가 하는 점 등을 규명해야 할 것이다. 나아가 추리소설이 여타의 소설에 끼친 영향(예컨대, 일반 문학에서 추리적 기법을 도입하는 것 따위)에 대해서도 살펴보아야 할 것이다.

최인욱의 『임꺽정(林巨正)』 연구

I. 들머리

　최인욱의 『임꺽정(林巨正)』은 홍명희의 『임꺽정』을 제외한다면, 분단 이후 남한에서 가장 널리 알려진 임꺽정 담론 가운데 하나였다. 물론 최인욱의 작품 이전에도 이미 조영암, 김용제, 허문녕 등이 임꺽정 이야기를 소설로 썼으며,[1] 그 이후에도 송지영, 조해일, 유현종 같은 이들이 그런 일을 했다.[2] 또한 임꺽정 이야기는 만화로 꾸며지기도 하고,[3] 영화로 만들어지기도 했다.[4] 그러나 소설로는 최인욱의 『임꺽정』

---

1) 조영암, 『新林巨正傳』(인간사, 1956); 김용제, 『林巨正』(원진문화사, 1961); 허문녕, 『巨盜 林巨正』(청산문화사, 1961).

2) 송지영, 『林巨正』, 『중앙일보』 1973. 2. 26~1976. 2. 28; 조해일, 『임꺽정에 관한 일곱 개의 이야기』 (책세상, 1986); 유현종, 『소설 임꺽정』(행림출판, 1986/평민사, 1992). 이밖에도 김태길의 『임꺽정』 (대명사, 1982)과 마성필의 『외설 임꺽정』(청마, 1996) 등이 있다.

3) 대표적인 것이 고우영과 방학기의 만화인데, 이들 작품은 각각 신문과 주간지에 연재되어 큰 인기를 끌었다. 고우영의 『임꺽정』은 1972년 1월 1일부터 『일간스포츠』에 연재되었고, 나중에 우석출판사에서 연재분을 묶어 단행본으로 내놓았다. 방학기의 『임꺽정』은 『선데이 서울』에 연재되었는데(연재된 시기는 확인하지 못했으나 대략 1970년대 중반 이후로 추정된다), 1982년 도서출판 예문에서 단행본으로 묶어서 내놓았다.

이 단연 다른 작품들을 압도할 만한 위치에 우뚝 서 있었고, 또 오랫동안 일반 독자들한테 사랑을 받아 왔다.[5] 작가 역시 이 작품을 아동용 소설로 개작할 만큼 임꺽정 이야기에 남다른 애착을 보였다. 그와 절친했던 한 친구는 그를 '꺽정'이라고 불렀다고 하는데, 이는 그가 『임꺽정』이란 소설을 써서라기보다는 임꺽정처럼 의협심이 강하고 불의를 싫어하고 호탕하기 때문이었다고 한다.[6] 그렇지만 이 말에서 우리는 『임꺽정』이 그의 대표작이라는 것과 그 작품에 대한 작가의 애착이 여간 아니었음을 쉽게 짐작할 수 있다.

그런데 홍명희의 『임꺽정』이 해금 조치되고 그것을 일반 독자들도 쉽게 구해 볼 수 있게 되자 어느새 최인욱의 『임꺽정』은 사람들에게서 잊혀지고 말았다. 연재 당시에도, 그리고 단행본으로 출판되었을 때도 별다른 언급을 하지 않았던 연구자들과 비평가들은 이제 아예 그런 작품이 있었는지조차 모르겠다는 식으로 입을 다물어 버렸다. 대신에 오로지 홍명희의 『임꺽정』만 집중해서 거론할 따름이다. 마치 그 동안 여러 가지 제약으로 홍명희의 작품을 이야기할 수 없었던 데 대한 '한풀이'라도 하는 듯한 느낌이 들 지경이다. 어째서 이런 일이 생겨난 것일까. 이 작품이 홍명희 작품보다 훨씬 못한 범작에 불과하기 때문일까. 사람들이 홍명희의 『임꺽정』을 말하면 말할수록 이런 의문은 더욱 커졌다. 그래서 글쓴이는 두 작품을 동시에 읽어 보고 그것들을 비교해

---

4) 대표적인 것이 유현목 감독의 『임꺽정』(1961)과 이규웅 감독의 『천하장사 임꺽정』(1968)이다. 또 1980년대에 박철수 감독이 『박철수의 헬로 임꺽정』(1987)을 만들었으며, 최근에는 만화영화 『의적 임꺽정』(김청기 감독, 1997)이 교육용으로 제작·상영되기도 했다.
5) 이는 이 작품이 처음 출간된 이래로 출판사를 바꾸어 가면서 거듭 출판되었다는 점에서 충분히 알 수 있는 사실이다. 참고로 이 작품의 출판 상황을 연대순으로 정리하면 다음과 같다.
  『林巨正』, 교문사, 1965.
  『林巨正』, 탐구당, 1968.
  『林巨正』, 공동문화사, 1973.
  『林巨正』, 신조사, 1973.
  『임꺽정』, 문학예술사, 1983.
  『임꺽정』, 대호출판사, 1986.
6) 김영일, 「인간 최인욱」, 『월간문학』 43호, 1972. 6.

보기로 마음먹었다. 그 결과, 글쓴이는 최인욱의 작품이 결코 홍명희의 작품에 뒤지지 않으며, 또 많은 부분에서 차이가 있다는 점을 발견했다. 역사소설의 신기원을 이룩했다는 연재 당시의 평가가 결코 과장된 것이 아님을 알 수 있었다. 이 글은 바로 이런 글쓴이의 남다른 체험을 다른 사람들에게 널리 알려, 최인욱의 『임꺽정』에 대한 일반 독자들이나 연구자들의 관심을 촉발하기 위해 씌어진다. 이를 위해 이 글에서는 먼저 역사소설가로서 최인욱의 위상을 따져본 다음, 이어서 최인욱의 『임꺽정』의 실상을 파악할 목적으로 그것을 홍명희의 『임꺽정』과 비교해 볼 것이며, 마지막으로 앞의 논의를 바탕으로 최인욱의 『임꺽정』이 보여준 문학적 성과와 그 한계에 대해서 살펴볼 것이다. 이런 일은 궁극적으로 최인욱 문학을 다시 평가하는 문제뿐만 아니라, 홍명희의 『임꺽정』을 보다 객관적으로 평가하는 데에도 일정한 몫을 할 것으로 생각한다.

2. 역사소설가로서의 최인욱과 『임꺽정』

최인욱(1920~1972)은 1938년 『매일신보』에 단편소설 「시들은 마음」이 입선되는 것을 계기로 작품활동을 하기 시작하여, 그후 사망할 때까지 약 30여 년간에 걸쳐 장편소설 20편 안팎, 중편 및 단편소설70여 편을 발표하였다.[7] 초기에는 서정성이 짙은 단편소설을 주로 썼으나, 1951년 『대구신보』에 『행복의 위치』라는 작품을 연재하는 것을 시작으로 세상을 떠나기 전까지 약 20편에 이르는 많은 장편소설들을 발

---

7) 김영화는 장편소설 18편 내외, 단편소설 50여 편 발표한 것으로 보았으나(『현대작가론』, 문장사, 1983, 118쪽), 글쓴이가 현재까지 조사한 바로는 장편소설은 약 20편, 중편소설은 4편, 단편소설은 70편 가량 발표한 것으로 보인다. 보다 자세한 것은 글 뒤에 붙인 '작품 연보' 참조.

표하였다. 특히 1960년대 이후에는 역사소설을 주로 썼는데,『초적』,『임꺽정』,『만리장성』,『전봉준』,『태조 왕건』등이 바로 그것이다. 그가 신문에 연재한 작품들은 연재가 끝난 후 대부분 단행본으로 출판되었는데, 이는 신문에 연재만 되고 단행본으로 출판되지 않은 경우가 적지 않았던 점을 감안할 때, 그의 소설이 독자들에게 좋은 반응을 얻었음을 말해 준다. 특히『초적』과『임꺽정』은 그의 사후에도 거듭 출판될 정도로 세간에 이목을 끌었던 작품이다.

지금까지 최인욱의 문학에 대해서 학계나 비평계에서는 주로 그의 단편소설에만 주목하였고 신문에 연재된 장편소설이나 역사소설에는 큰 관심을 기울이지 않았다. 신동한의 주장[8]에 따르면, 최인욱은 "우리 나라 역사소설의 신경지를 개척"하였으며, "수많은 역사소설을 신문에 연재하여 그 방면에서 독무대를 이루다시피한 때도 있었"다고 한다. 그렇다면 그의 장편소설에 대한 이런 무관심은 사뭇 기이한 현상이 아닐 수 없다. 그러나 이는 비단 최인욱의 경우에만 해당되는 일이 아니다. 우리 문학판에서는 신문연재소설이나 역사소설이라면 으레히 수준이 낮은 작품으로 보는 경향이 있는데, 그런 '고질적인' 편견 때문에 신문에 연재된 수많은 장편소설들이 연구자들의 무관심 속에서 방치되고 있으며 그런 관례는 좀처럼 고쳐지지 않고 있다. 최인욱의 역사소설에 대해 일정한 의의를 인정한 신동한마저도 그의 문학적 특성을 내세울 수 있는 것은 아무래도 장편보다는 단편에 있다고 말할 정도이니 그러한 편견의 뿌리는 의외로 매우 깊다고 하겠다. 실제로 현진건의『무영탑』과『적도』, 그리고 염상섭의『사랑과 죄』와『이심』같은 작품들이 단지 신문에 연재된 소설이라는 이유 때문에 상당 기간 정당한 평가를 받지 못한 채 방치되어 온 것도 사실이다. 따라서 한 작

---

8)『신한국문학전집』(어문각, 1975) 제17권에 실린 최인욱 작품의 해설.

가의 문학세계를 규명하고자 하는 이는 그 작가의 단편소설뿐만 아니라 장편소설, 특히 신문소설에도 마땅히 관심을 기울여야 할 것이다. 이는 지극히 상식적인 이야기이다. 그런데도 우리 문학판에서는 이런 상식이 잘 통하지 않는다는 데 문제의 심각성이 있다.[9]

최인욱의 단편소설이 일정한 문학적 성과를 거둔 것은 사실이지만, 그렇다고 해서 이십여 편에 이르는 그의 장편소설들을 전부 무시해 버려도 좋은 것은 아니다. 여기서 우리는 1960년을 전후하여 그가 역사소설을 쓰는 데 힘을 쏟았다는 점에 주목할 필요가 있다. 왜냐하면 이때를 계기로 그는 서정적 단편소설을 주로 쓰던 작가에서 역사소설가로의 변신을 모색한 것으로 보이기 때문이다. 그의 단편소설 가운데 1960년대 이전에 발표된 작품이 거의 대부분—현재까지 확인된 총 70편의 단편 가운데 61편—이고, 60년대 이후 사망할 때까지는 고작 9편을 발표하였을 뿐이다. 그렇다면 최인욱은 어째서 단편소설 대신 역사소설을 쓰는 데 주력한 것일까. 그 이유를 다음 세 가지 정도로 추정해 볼 수 있다. 첫째, 거의 전적으로 원고료에 의존해 생활을 해야 했던 그로서는 신문연재소설을 계속해서 쓸 수밖에 없었고, 이 경우 역사소설은 신문연재에 적합한 형식일 뿐만 아니라 장기간 신문에 연재할 수 있어서 고정된 수입을 보장해 주었을 것이다. 둘째, 지나간 역사나 전통에 대한 깊은 관심이다. 작가로서 지나간 역사나 전통에 관심을 갖는 것은 당연한 일이라 하겠으나, 그의 역사적 감각과 역사의식

---

9) 최근 신문소설에 대한 깊이 있는 연구 성과물이 잇달아 나오고 있는 것은 이 점에서 매우 고무적인 일이 아닐 수 없다. 이들 저작은 기존의 연구 풍토를 쇄신하고 우리 문학의 영역을 더욱 풍부히 하는 데 이바지할 것이다. 대표적인 것만 들어보면 다음과 같다.

한원영(1990), 『한국 개화기 신문연재소설 연구』, 일지사.
───(1996), 『한국 근대 신문연재소설 연구』, 이회.
대중문학연구회(1996), 『신문소설이란 무엇인가』, 국학자료원.
한명환(1996), 「1930년대 신문소설 연구」, 홍익대 박사논문.
박철우(1997), 「1970년대 신문연재소설 연구」, 중앙대 박사논문.
김동윤(1999), 「1950년대 신문소설 연구」, 제주대 박사논문.
한원영(1999), 『한국 현대 신문연재소설 연구』(상·하), 국학자료원.

에는 남다른 데가 있었다. 즉 그는 왕조 중심 또는 위인 중심의 역사가
아니라, 지배층이든 피지배층이든 모든 계층의 사람들의 삶과 그들의
의식을 다루겠다는 야심을 품고 있었던 것이다. 그리하여 그는 폭넓은
문헌 섭렵과 철저한 고증을 거쳐 그 시기의 시대상과 사회상을 파헤치
고자 하였으며, 생활에 결부된 민속을 재현하는 데 힘썼다. 셋째, 기존
역사소설에 대한 불만이다. 물론 그가 역사소설을 쓰기 이전에도 수많
은 역사소설이 씌어졌고 그런 사정은 그가 활동하던 시기에도 변함이
없었지만, 그가 보기에는 그들 가운데 역사소설로서의 요건을 충분히
갖추지 못한 것들이 태반이었다. 그래서 그는 그의 독특한 역사적 감
각에 기초한 소설들을 줄기차게 써나감으로써 역사소설의 새로운 경
지를 이룩하고자 하였다.

  그렇다면 그가 생각한 역사소설로서의 요건은 무엇인가. 이 점에 대
해서 그는 「역사소설과 고증」[10]이란 글에서 자신의 입장을 명확히 밝
혀 놓았다. 우선 그는 역사소설의 특질을 다음 두 가지 점에서 찾고 있
다. 즉 "역사적 사실에서 취재한 것"이라는 점과, "역사적 사실에 정확
을 기한 것"이라는 점이다. 만일 어떤 작품이 이 두 가지 기본 조건을
충족시키지 못한다면, 이는 역사소설로 볼 수는 없다고 했다. 그러나
그는 이 두 가지 조건보다 더욱 중요한 것이 역사적인 요건과 소설로
서의 요건을 동시에 갖추는 것이라고 했다. 여기서 역사적인 요건이란
"객관적 사실에 대한 공정한 분석, 정확한 판단에 충실하는 것"을 뜻하
고, 소설로서의 요건이란 "객관적 사실 위에 세워지는 작자의 창조적
기능 즉 작자의 시정신"을 뜻한다. 객관적 사실에 충실하기 위해 정확
한 고증이 필요하지만 이것은 일차적인 요건일 뿐이고, 그 객관적 사
실을 어떻게 소설화하느냐 하는 이차적인 요건이 더욱 어렵고 중요한

---

10) 『월간문학』 17호, 1970. 3.

문제라고 했다. 다시 말해서 역사소설도 소설일진대, 사실의 충실과 그것의 나열만으로는 역사소설이 될 수 없고 소설로서의 요건, 즉 작가의 창조성을 반드시 갖추어야 한다는 말이다. 이런 관점에서 그는 역사소설은 "실지로 있는 사실을 통해 있을 수 있는 세계를 찾아내는 것", 곧 "객관적 사실 위에 작자의 창조적 기능을 통한 새로운 세계의 건축"이라고 주장했다. 동학이든, 이성계든, 임꺽정이든, 그 무엇을 소재로 하든 간에 모름지기 진정한 역사소설가라면 '그만의 동학', '그만의 이성계', '그만의 임꺽정'을 창조해내야 한다는 말이다. 그래야 그것이 한낱 사담류(史譚類)로 떨어지지 않고 진정한 의미의 역사소설이 될 수 있는 것이다.

이런 점으로 보아 최인욱은 흔히 생각하듯 손쉽게 역사소설 쪽으로 선회한 것이 아니라, 어떤 확고한 신념을 가지고 그것을 썼음을 알 수 있다. 그는 궁중비화류나 재미있는 옛이야기 수준에서 크게 벗어나지 못하고 있는 기존 역사소설에 강한 불만을 품고, 확고한 역사 인식을 바탕으로 그 시대의 참모습을 그려냄으로써 역사소설의 신경지를 개척하는 한편, 나아가서 역사소설 나름의 독특한 미학을 구축하려 한 것으로 보인다.

역사소설가로서 최인욱의 진면목을 유감없이 보여준 작품이 『초적』이다. 『초적』은 최인욱의 첫 역사소설로서 1959년 11월부터 1961년 7월까지 총 496회에 걸쳐 『조선일보』에 연재되었는데, 이 작품에서 작가는 수많은 인물과 사건을 통해 '갑오농민전쟁'의 전과정을 매우 소상하게, 그리고 박진감 있게 형상화하였다. 그때까지 동학 또는 갑오농민전쟁을 제재로 한 소설은 꽤 있었지만, 『초적』처럼 이를 전면적으로 다룬 작품은 별로 없었다.[11] 특히 작가는 농민봉기의 당위성을 당시 지배층의 무능과 열강들의 침략 야욕에서 찾음으로써, 갑오년 사건을 '난'이 아닌 '혁명'으로까지 인식하는 보다 진전된 역사 인식을 보여준다. 이렇듯 역사적 사건을 극화하는 능숙한 솜씨와 철저한 고증을 통한 당시 시대상과 풍속의 재현, 그리고 확고한 역사 인식을 바탕으로 한 동학에 대한 새로운 관점의 제시 등으로『초적』은 2년 가까이 연재되는 동안 독자들로부터 꽤 좋은 반응을 얻었으며, 동료 작가들로부터도 대체로 "역사소설로서 성공한 작품"이라는 평가를 받았다.

『임꺽정』은 이러한『초적』의 성공에 힘입어 이듬해부터『서울신문』에 연재된(1962. 10. 1~1965. 3. 30) 소설이다. 그런데 이 소설에 대한 독자들의 반응은『초적』에 비할 수 없을 만큼 대단한 것이었다. 원래 신문사 측에서는 '삼국지'와 '수호지'를 얼버무린 혼합형의 작품을 요구했으나 작가는 '임꺽정'을 택했다고 한다. 그러나 소설이 연재되자 독자들의 인기는 대단하여 신문사 측은 가판에서 톡톡히 재미를 보았다. 이 소설의 연재가 끝나자 가판의 부수가 2만부나 줄어들 정도였다고 한다.[12] 이렇게 소설『임꺽정』이 장안에 숱한 화제를 뿌리자 몇몇 비평가나 동료 작가들이 이 작품의 출판을 계기로 이를 눈여겨보기 시작했다. 박종화, 김기진, 백철, 정비석 등의 견해가 그것이다. 물론 그 글들이 일반 문예잡지에 실린 것도 아니고[13] 그 작품을 연재한 서울신문사의 요청에 따라 작성된 것으로 보이나, 그럼에도 불구하고 그 글

---

11) 이른바 '동학소설' 가운데 포교 목적의 소설이나 종교적 체험을 표현한 소설, 그리고 동학교도의 수난사나 동학군에 대한 박해를 그린 것은 제외해 놓고 나머지 작품들을 살펴볼 때,『초적』이전에 갑오농민전쟁을 전면적으로 다룬 작품으로는 구봉산인(九峰山人)의「동천초월(東天初月)」(1936)이 거의 유일한 작품인 듯싶다. 물론 이 작품도 총 70장 분량의 중편소설에 불과해 그 분량이나 규모에 있어서『초적』에 비할 바가 못 된다.『초적』이후 갑오농민전쟁을 전면적으로 다룬 소설로서 널리 알려진 것은 서기원의『혁명』(『신동아』1964. 9~1965. 11), 유현종의『들불』(『현대문학』1972. 11~1974. 5), 박태원의『갑오농민전쟁』(1977~1986) 등이 있다. 그리고 널리 알려진 작품은 아니나 1966년 7월 7일부터『경향신문』에 연재된 이종선의『동학』이란 작품도 이에 해당된다(한원영, 1999, 350쪽). 국권회복기와 나라 잃은 시기에 발표된 동학소설에 관해서는 최원식(1981),「식민지시대의 소설과 동학」(『현상과인식』1981년 봄호)과 강인수(1989),「동학소설연구」(부산대학교 박사논문)를 참고하였다.
12) 한원영(1999), 186쪽.
13)『임꺽정』이 연재되던 시기는 물론이고 그것이 단행본으로 출판되었을 때도『현대문학』이나『사상계』와 같은 당시의 대표적인 잡지를 포함한 어떤 잡지에도 이 작품에 대한 언급이 전혀 없다. 이는 역사소설이나 신문연재소설에 대한 우리 비평계의 외면이 얼마나 철저한 것이었는가를 보여주는 단적인 사례가 된다. 특히『임꺽정』처럼 독자 대중들에게 큰 인기를 끌었던 작품일수록 그런 현상은 더욱 심했던 것으로 보인다.

들은 대체로 『임꺽정』의 의의를 정확히 짚어내고 있다. 먼저 역사소설의 대부격인 박종화는 『임꺽정』이 역사소설로서 성공한 이유를 이렇게 설명하였다.

>   …… 역사소설도 어디까지나 소설로서 성립하지 않으면 안된다. 그러므로 역사상의 인물은 곧 작가의 인물로 승화되어야 한다. 그런 뜻에서 '林巨正'의 작가 崔仁旭씨는 확실히 '나의 임꺽정'을 통해서 자기 자신을 호흡하고 또 자기 자신의 인생관을 설파했다. 혹시 다른 역사소설은 사실이나 나열한 한 바탕의 야담인 경우가 많은데 그는 이 소설에서 스스로 자기의 영상을 부각하려고 애쓴 것을 본다. 그와 동시에 역사소설은 어디까지나 역사적 배경과 사실을 정확히 붙들지 않으면 안된다.
>   그러므로 그는 '나의 임꺽정'을 '역사를 통해서' 만들되 시대적 성격을 바로 보고 모든 인물과 사실 등에 가장 충실한 고증을 시도한 곳에 역사소설로서의 성공이 있다.[14]

이렇게 『임꺽정』의 성공 비결을 설명한 다음 그는, "수백 명의 인물이 등장하는 자못 큰 스케일의 이 장편소설에서 [작가가] 정확한 역사적 사실과 화려한 소설적 허구를 마주 기운 매듭 자리 없이 누벼 놓은 것은 확실히 그의 역량의 여유있음을 증거하는 것"이라고 했다.

또한 평론가 백철은 "역사적 사실과 소설적인 허구가 조화를 이루어야 하는 것이 역사소설이라면 이번 최인욱의 『임꺽정』은 종래의 스토리 위주의 설화에서 하나의 차원을 이룬 새 스타일을 창조했다. 그것

---

14) 한원영(1999), 186~187쪽에서 재인용. 이하 백철, 이상옥, 김기진 등 여러 사람의 견해도 모두 이 책의 187~188쪽에서 재인용하였다. 여기서 '나의 임꺽정'이란 말에 따옴표를 붙인 것은 그것이 작가의 말이기 때문이다. 1965년 『임꺽정』이 다섯 권의 단행본으로 출판되었을 때 작가 최인욱은 책의 '후기'에서 "이 소설의 임꺽정은, 당시의 역사를 통해서 만든 나의 임꺽정이다"라고 선언한 바 있는데, 박종화는 바로 이 말에 주목한 것이다.

은 역사에 비판을 가한 자기대로의 해석이 있기 때문이다"라고 했다. 백철은 '역사에 비판을 가한 자기대로의 해석', 곧 작가의 뚜렷한 역사 의식을 높이 평가한 것이다. 그리고 김기진은, 『초적』도 역사소설로서 성공한 작품이었지만 "이번의 『임꺽정』은 분량이나 스케일이 다 전자를 능가하는 거작"이라면서, 비록 그것이 신문에 연재되기는 했으나 결코 흥미본위의 대중소설은 아니라고 못박았다.

한편 역사학자 이상옥은 그 분야의 전공자답게 작가가 『조선왕조실록』, 『경연일기(經筵日記)』, 『기재잡기(寄齋雜記)』, 『연려실기술(練藜室記述)』 등 여러 사료를 모조리 섭렵 참고한 점, 그리고 「대동여지도(大東輿地圖)」 등을 옆에 놓고 지리에까지 충실을 기한 점, 그리하여 400백 년 전 임꺽정의 활약상에 공감하고 그 시대 배경을 잘 알 수 있게끔 리얼하게 이조사회를 파헤친 점 등을 칭찬하였다.

결국 이들 논자들은 최인욱의 『임꺽정』이 사실과 픽션의 완전 조화로써 역사소설의 신기원을 이룩한 작품이라는 데 의견의 일치를 보이고 있는 것이다. 이로써 우리는 최인욱의 『임꺽정』이 한낱 재미있는 옛이야기 수준의 작품이 아니라 홍명희의 『임꺽정』에 버금가는 작품임을 알 수 있다. 그러나 이런 판단은 심증만으로는 곤란하고 구체적인 증거를 가지고 입증되어야 할 성질의 것이므로, 여기서는 홍명희의 『임꺽정』과 최인욱의 그것을 비교하여 이 점을 밝혀 나가고자 한다. 이는 또한 최인욱의 작품의 실상을 파악하는 길이기도 하다.

3. 홍명희 『임꺽정』과 최인욱 『임꺽정』의 비교

최인욱은 『임꺽정』을 쓰면서 나라 잃은 시기에 씌어져 많은 사람들에게 호평을 받은 홍명희의 『임꺽정』을 끊임없이 의식하지 않을 수 없었을 것이고, 그에 따라 어떻게든 그것과는 다른, 그러나 그것에 필적하는 작품을 내놓겠다는 생각을 품었을 것이다. 결과적으로 그의 그런 의도는 성공을 했다고 볼 수 있다. 그러면 최인욱의『임꺽정』(이하『최』로 줄임)은 홍명희의『임꺽정』(이하『홍』으로 줄임)과 어떤 점에서 차이를 보이는가. 먼저 홍명희의 작품은 미완으로 끝났지만 최인욱의 작품은 완결되었다는 점을 들 수 있다. 그리고『홍』에서는 임꺽정의 처남으로 황천왕동이가 등장하여 큰 활약을 하지만,『최』에서는 임꺽정의 처남은 없고 대신 박팔도가 황천왕동이처럼 걸음이 빠른 이로 나타난다.『홍』에서는 황천왕동이가 봉산의 장기 고수 백가와 장기 시합을 벌여 그의 딸을 아내로 맞아들이나,『최』에서는 서림이 장기를 좋아하는 안진사를 구슬려 그의 며느리 오과부와 장기 시합을 벌이다가 그녀와 정을 통하는 것으로 되어 있다. 이렇게 두 작품의 차이점를 하나하나 열거하다 보면 끝이 없을 것이므로 여기서는 일단 이를 몇 가지 국면— 즉 구성·인물·주제 등으로 나누어 살펴보기로 한다.

그런데 본격적인 논의에 앞서 두 작품의 서두 부분을 비교하는 것이 앞으로의 논의를 끌어나가는 데 여러 모로 쓸모가 있을 것이다. 왜냐하면 두 작품은 서두 부분에서부터 결정적인 차이를 보이기 때문이다. 특히 소설의 첫머리는 작품의 전체적인 성격을 어느 정도 드러내 줄 뿐만 아니라, 그것을 제한해 주는 구실도 한다는 점에서 더욱 그러하다.

(가) 연산주 때 이장곤이란 이름난 사람이 있었는데 일찍이 등과하여 홍문관 교리 벼슬을 가지고 있었다. 이교리는 문학이 섬무하여 한휘옥당의 벼슬을 지내나 항상 말 달리고 활쏘기를 좋아할 뿐 아니라 신장이 늠름하고 여력이 절등하여 그 재목이 호반에도 적한 까닭에, 그의 선배나 제배로 그의 문무 겸전한 것을 일컫지 아니하는 이가 없었다. 과거에 급제할 때에는 장

차 국가를 위하여 자기의 문무 재주를 다하려는 포부를 가졌으나 임금의 심법과 행사를 차차로 알게 되자, 그 포부를 펴는 것은 고사하고 큰 죄나 면하고 지나면 다행이거니 생각하여 조심조심하고 벼슬을 다니는 중에 무오년을 당하여 큰 옥사(獄事)가 일어나며 점필재(佔畢齋) 김종직(金宗直) 선생이 부관참시를 당하고 그외에 그의 여러 선배와 제배가 죄들도 없이 혹은 죽고 혹은 귀양가는 것을 목도하고는 벼슬 다닐 생각이 찬재가 되고 곧 조정을 하직하고 백구를 좇아갈 맘이 났었지만, 상당한 이유도 없이 섣불리 벼슬을 그만둔다고 하다가는 임금이 싫어 내빼려 한다고 화가 몸에 미칠 것 같아서 그는 굽도 접도 못하였다.[15]

(나) 길손은 평양을 떠나온 지가 이틀째다. 첫날은 밤길 오십 리를 걸어 중화에 오니 겨우 날이 밝을락하였다. 주막에 들려 아침밥을 시켜 먹고, 내쳐 구십 리를 걸어 봉산읍엘 대어 오니 그럭저럭 날이 저물었다.

"오늘은 도리 없이 댁에서 하룻밤 묵어 가야 하겠소."

손의 말에 얼굴이 해말쑥하고 몸집이 좀 통통해 보이는 예쁘장한 주막집 아낙네는 마주 곁눈질을 하면서,

"손님 처분대로 하십시오. 여기서 유해 가셔도 좋고, 구태여 떠나신대도 붙들지는 않으리다."

나이는 서른이나 되었을까? 얼굴이 밉잖게 생긴 만치는 말주변도 제법이다.[16]

(가)는 『홍』의 첫머리이고,[17] (나)는 『최』의 첫머리이다. 이처럼 『홍』은

---

15) 홍명희, 『임꺽정』 제1권(사계절, 1985), 11쪽. 앞으로 작품 인용은 모두 이 책에 의거하되, 인용문 끝에 권수와 쪽수만 적는다.

16) 최인욱, 『임꺽정』 제1권(교문사, 1965), 6쪽. 앞으로 작품 인용은 모두 이 책에 의거하되, 인용문 끝에 권수와 쪽수만 적는다.

17) 실제로 『홍』은 '머리말씀'부터 시작되지만 이는 작가의 '서문'에 해당되는 글이므로, 여기서는 그 다음 장인 '이교리 귀양'을 작품의 실질적인 첫머리로 보았다.

이장곤의 이야기로부터 시작되는 데 반해, 『최』는 길손(서림)이 봉산 주막집에 나타나는 장면에서부터 시작된다. 이 둘을 비교할 때 다음 몇 가지 사실을 알 수 있다.

첫째, 『홍』에서는 설화투의 의고체 문장을 사용하여 옛스러운 분위기를 자아내고 있다면, 『최』에서는 그런 설화투의 유장한 가락을 버리고 호흡이 짧은 문장을 사용하여 현대소설다운 맛을 살리는 한편, 빠른 장면 전환을 통해 입체적인 분위기를 연출하고 있다.

둘째, 『홍』이 이장곤과 같은 주변적 인물로 이야기를 시작하는 데 반해, 『최』는 서림과 같은 중심인물을 처음부터 곧바로 등장시키고 있다.

셋째, 『홍』은 임꺽정의 이야기를 시작하기 전에 그것의 배경부터 차근차근 설명하고 있다면, 『최』는 그런 배경 설명이 없이 막바로 사건의 중심으로 진입하고 있다.

작품의 서두 부분에서 나타난 이런 차이점이 두 작품의 전체적인 성격과 서술의 방향을 일정하게 제한해 준다는 점에 대해서는 이미 지적한 바 있다. 그렇다면 구성면에서 두 작품은 어떤 차이를 보이는가?

무엇보다 눈에 띄는 점은 『최』에서는 『홍』에 비해 서림의 존재가 크게 부각되고 있다는 점이다. 『홍』에서는 서림이란 인물을 다른 두령들과 비슷한 수준에서 다루고 있으나, 『최』에서는 그를 임꺽정에 견줄 만큼 그의 인물됨과 행적을 자세히 서술하고 있다. 특히 『최』에서는 서림에 관한 이야기 가운데 무엇보다 그의 화려한 엽색 행각을 보여주는 데 주안점을 두고 있다. 바로 이 점이 『홍』에 비해 『최』가 결정적으로 달라진 부분이다. 즉 『홍』에서 서림의 여자 문제는 그가 처음 등장할 때 약간 언급되어 있을 뿐 그 이후에는 전혀 언급이 없는 데 반해, 『최』에서는 서림이 상관한 여자만 해도 열 명이 넘을 만큼 그의 여자 관계는 대단히 복잡하고, 또 그 하나하나의 과정이 매우 구체적으로 서술되어 있다. 가는 곳마다 염문을 뿌리며 여인의 얼어붙은 마음을 봄눈

녹듯이 스르르 녹여내는 데 천부적인 솜씨를 발휘하는 서림의 화려한 여성 편력이 작품의 곳곳을 장식하고 있는 것이다. 그것은 소설의 재미를 더해줄 뿐더러, 거칠고 사나운 녹림당의 이야기에 부드럽고 아기자기한 맛을 제공하는 구실을 한다.[18] 이처럼 『홍』에서는 서림을 청석골 도당의 종사(從事)로서의 역할에 충실한 인물로 그리고 있다면, 『최』에서는 종사보다는 난봉꾼의 모습을 부각시키는 데 역점을 두고 있다. 따라서 『최』에서는 '서림의 엽색 행각'과 '임꺽정의 의적 활동'이 소설을 이끌어가는 두 축을 이룬다고 볼 수 있다. 그렇다면 『최』에서 서림의 엽색 행각을 서사의 중심축으로 삼은 까닭은 무엇일까? 크게 두 가지 점에서 그 까닭을 설명할 수 있다. 우선 앞서 말한 바와 같이 소설의 재미를 더해 주기 위한 것으로 볼 수 있다. 그러나 그것만이 전부는 아니다. 이는 임꺽정의 이야기에서 서림의 배신 행위가 갖는 중요성을 생각해 볼 때 더욱 분명해진다. 즉 『홍』에서는 서림의 배신 행위가 너무 갑작스럽게 일어난다. 더욱이 그는 임꺽정에게 한낱 녹림당 당수로 만족하지 말고 장차 조선 팔도를 주무르는 '큰 일'을 도모하라고까지 말했던 사람이 아닌가. 작가 최인욱은 바로 이 점에 불만을 느낀 듯하다. 그리하여 최인욱은 서림을 여색이나 탐하고 재물 욕심이 많은 인물로 형상화함으로써 그의 배신 행위에 어떤 필연성을 부여하려 한 것으로 보인다. 뿐만 아니라 이렇게 서림을 비중 있게 그리되, 그를 음심(淫心)과 탐심(貪心)이 넘치는 인물로 그림으로써 상대적으로 임꺽정의 인물됨을 더욱 돋보이게 하는 효과도 얻을 수 있다.

다음으로 지적할 점은 임꺽정의 등장 시점이 크게 다르다는 점이다. 즉 『홍』에서는 전체 작품의 1/10을 약간 넘어선 지점에서 임꺽정이 등장하지만, 『최』에서는 전체 작품의 1/20이 채 못 되는 지점에서 임꺽

---

18) 이 점을 우리는 황석영의 『장길산』에서 다시 한번 목도하게 된다.

정이 등장하는 것이다. 더욱이 『홍』에서 임격정이 처음 나타날 때 그는 아직 어린아이에 불과하나, 『최』에서는 어린아이가 아닌, 이미 결혼을 한 중년의 남자로 나타난다. 그런 까닭으로 『홍』의 전반부는 임격정의 성장 과정과 세상을 떠돌아 다니며 견문을 넓히는 과정, 그리고 배우자를 만나 결혼하게 되기까지의 과정을 서술하는 데 많은 부분을 할애할 수밖에 없었으나, 『최』에서는 그럴 필요 없이 막바로 녹림당 두령으로서 임격정의 의연하고 당당한 풍모를 자유롭게 서술할 수 있었던 것이다. 따라서 『홍』이 임격정의 '출생—성장—활약상—죽음(이 부분은 미완)'이라는 일대기적 형식을 취하고 있다면,[19] 『최』는 임격정의 출생·성장 부분은 작품 중간에 간략하게 처리해 버리고 주로 그의 활약상에 초점을 맞추는 구성 방식을 취하고 있다고 하겠다.

구성면과 관련하여 또 하나 주목되는 사실은 당시의 시대적 배경, 특히 중앙의 정치적 변화를 서술하는 방법에서 두 작품이 일정한 차이를 보인다는 점이다. 그 무렵 조정에서는 훈구파와 사림파가 대립 반목하면서 치열한 정쟁을 벌이고 있었으며, 이로 인해 죄 없는 선비들이 억울하게 귀양가거나 죽는 각종 사화(士禍)가 끊이질 않았다. 『홍』에서는 이런 정계의 험악한 사태를 대체로 사건의 당사자나 이를 가까이서 지켜본 사람들을 통해 직접적으로 보여주는 방법을 택하고 있다. 그러나 『최』에서는 그 사건과 직접적인 관련이 없는 사람들의 일상 대화 속에서, 그리고 그들의 어떤 일련의 행위를 통해 간접적으로 보여주는 방

---

19) 강영주는 홍명희의 작품에서 임격정이 주인공이라기에는 미흡할 정도로 자주 출현하지도 않고 전면에 부각되어 있지도 않다는 점을 들어 이 작품이 '반전기적 형식'을 취하고 있다고 보았으나, 이 점에 대해 글쓴이의 생각은 다르다. 즉 주인공이 직접 등장은 하지 않더라도 그는 군소 인물들이 엮어내는 작은 이야기들을 통어하고 하나로 수렴하는 원리로 작용하고 있다고 보는 것이다. 특히 의형제편에서 청석골 두령들 각각의 개별 이야기들은 비교적 독립적인 성격을 띠고 있으나, 그것들이 궁극적으로 우리에게 어떤 의미로 다가오는 것은 그 배후에 (그 등장 여부와 상관없이) 늘 임격정이란 존재가 마치 '보이지 않는 손'처럼 그 모든 것을 통어하고 있기 때문이다. 이렇게 본다면, 청석골 두령의 개별 이야기들은 임격정이 동지를 모으는 과정, 즉 그의 활약상을 보인 부분에 수렴될 수 있는 성질의 것이다. 강영주(1988), 「홍명희와 역사소설 『임격정』」, 『한국 근대리얼리즘 작가연구』(김윤식·정호웅 편, 문학과지성사).

법을 택하고 있다. 이런 서술 방법의 차이로 말미암아 사건의 구성면에서 두 작품은 큰 차이를 보인다. 『홍』에서는 봉단편, 피장편, 양반편 등 세 편에 걸쳐 이런 정치적 변화를 생생하게 재현해내고 있는 반면에, 『최』에서는 청석골 도둑 최춘영이 자신이 도둑이 된 내력을 밝히는 과정에서 연산주 이래 오십여년간의 정치적 변화를 몇 마디로 말로 간단히 요약하고 있을 뿐이다. 뿐만 아니라

벽초 홍명희의 『임꺽정』.

『최』에서는 훈구파와 사림파의 대립을, 두 파에 소속된 인물을 등장시켜 그들이 암투와 정쟁을 벌이는 모습을 직접 보여주기보다는, 충청도 황간 땅의 두 양반(김치백과 이용재)의 치졸하기 짝이 없는 싸움을 통해 간접적으로 형상화하고 있다. 그 싸움의 경과는 이렇다. 김치백은 사림파의 거두 김종직의 문중이고, 이용재는 훈구파 이극돈의 일가이다. 하루는 이용재 집의 황소가 김치백의 농막을 지나가다가 울타리를 넘어뜨리는 사건이 발생한다. 이 사소한 사건을 계기로 두 양반은 서로 사림파와 훈구파의 자존심을 앞세우며 그야말로 유치하기 짝이 없는 싸움을 벌인다. 그들은 머슴과 왈짜, 그리고 각 지방의 이름난 장사들까지 번갈아 동원해 가며 싸움을 계속한다. 이긴 쪽은 무척 통쾌해 하나, 진 쪽은 몹시 분해하며 더 힘센 놈을 동원할 궁리를 한다. 그러나 이기든 지든 그 승패는

그들 문중의 영고성쇠와는 아무런 상관이 없다. 오히려 양반으로서 체면만 깎일 뿐이다. 그런데도 그들은 그 싸움에 집착한다. 결국 어떤 명분을 내세웠든 싸움은 싸움일 뿐, 그 이상도 그 이하도 아닌 것이다. 작가가 이 삽화를 통해 말하고 싶은 것도 바로 이 점에 있다고 하겠다. 다시 말해 훈구파와 사림파가 치열하게 대립하면서 그들이 어떤 명분을 내세워 그 싸움을 그럴 듯하게 꾸밀지라도 싸움은 싸움일 뿐, 그 이상도 그 이하도 아니라는 것이다. 그리고 김치백과 이용재의 싸움에서 죽어나는 것이 그 싸움에 동원된 장사들뿐이듯, 훈구파와 사림파 간의 치열한 정쟁으로 몸살을 앓는 것은 불쌍한 백성들뿐이라는 말이다. 그리하여 두 양반의 싸움에 동원된 장사들은 그 동안 양반들 싸움에 끼어 공연히 몸만 상했음을 깨닫고 그들끼리 뭉쳐 이른바 '오도패(五道牌)'를 결성한다. 이로써 작가는 양반네들 싸움에 백성들은 어느 한쪽을 지지하기보다는 차라리 그들끼리 뭉치는 것이 더욱 현명한 일임을 암시하고 있다.[20]

　이상으로 구성면에서 두 작품의 차이점을 살펴보았다. 이제 인물과 사건(인물의 행동)의 측면에서 『최』가 『홍』과 어떤 차이를 보이는가를 살펴볼 차례이다. 가장 먼저 언급해야 할 것은 임꺽정의 성격묘사에서 두 작품이 일정한 차이를 보인다는 점이다. 『홍』에서 임꺽정은 그 성격이 다소 애매하고 일관성이 없는 인물로 그려져 있다. 즉 한편으로는 의리를 중시하는 협기의 인물로 형상화되지만, 다른 한편으로는 화를 잘 내며 부하들에게 독재적으로 군림하는가 하면 기분에 따라서는 살인도 서슴지 않는 인물로 형상화된다.[21] 반면에 『최』에서는 그런 모순된 성격을 찾아볼 수 없고 대체로 부하를 아끼고 의리를 중시하며 항

---

20) 어찌 보면 빼도 무방할 듯한 오도패의 이야기를 작가가 꽤 길게 늘어놓은 것도 바로 이런 점 때문이다. 그리고 이 점에서 최인욱의 입장은 사림파를 은근히 두둔하고 있는 홍명희의 그것과 확연히 구별된다.

상 약자의 편에 서려고 하는 인물로 형상화된다.[22] 특히『최』에서는 그가 결코 살인을 좋아하지 않는 인물이라는 점을 강조하고 있다.『홍』에서 임꺽정 패는 옥에 갇힌 임꺽정의 세 처를 구하기 위해 장수원에 모여 전옥서를 습격하기로 결의하였는데, 거사를 앞두고 정상갑 등이 그 일을 못하겠다고 하자 임꺽정은 분기탱천하여 그들을 때려 죽인다.『최』에서도 임꺽정 일당이 장수원에 모여 거사를 도모하는 데까지는『홍』과 비슷하게 진행되나 부하들의 반대에 부딪혔을 때 임꺽정이 그들을 때려 죽이는 장면은 나오지 않는다. 대신『최』에서는 임꺽정이 인명을 살해하는 일을 좋아하지 않아서 어느 때고 출동할 때는 부하들에게 함부로 사람을 죽이지 말라고 사전에 당부를 하였다는 점을 부각시킨다. 더욱이『최』에서는 임꺽정이 부하가 자신의 분을 못 이겨 함부로 저지른 살인에도 두령으로서 책임감을 통감하며 몹시 언짢아하는 인물로 형상화되어 있다. 이처럼『최』에서 임꺽정을 인명 살상을 꺼리는 인물로 형상화한 것은,『홍』에서 다소 애매하게 처리되어 있는 임꺽정의 의적(義賊)으로서의 이미지를 보다 뚜렷하게 하기 위함이요, 아울러 이 작품 곳곳에 나타나는 임꺽정 패의 의적활동에 개연성을 부여하기 위한 것으로 생각된다.[23]

두 번째로 지적할 수 있는 것은 임꺽정의 아버지에 대한 묘사에서 두 작품이 서로 대조를 이룬다는 점이다. 먼저『홍』에서 임꺽정의 아버지 임돌이는 힘센 장사는 아닐지라도 부당한 대접에는 결코 굴복하지 않

---

21) 임꺽정의 이런 이중적인 성격에 대해서는 이미 여러 연구자들이 주목하였고 그것을 이 작품의 문제점으로 지적해 왔다. 그들은『홍』의 전반부와 후반부가 서로 어긋나게 되는 것도 임꺽정의 성격묘사에서 이런 일관성 없는 서술에 기인하는 바가 크다고 보았다. 보다 자세한 것은 임형택 · 강영주 편 (1996),『벽초 홍명희와『임꺽정』의 연구 자료』(사계절)에 실린 염무웅 · 임형택 · 반성완 · 최원식 등의 좌담과 강영주의 논문, 그리고 한창엽(1994),「『임꺽정』에 나타난 조선조 서사자료의 수용 양상」,『한양어문연구』제12집, 한양대 한양어문연구회 등을 참고할 것.
22)『최』에서 임꺽정은 황해 감사를 선화당에서 화견한 후 부하들 앞에서 "불의에 반항하고 약자를 돕는 것, 이것이 우리들의 일"이고, "사는 보람"(4권, 130쪽)이라고 주장하면서, 비록 회견은 실패했지만 일은 이제부터라고 힘주어 말한다.

는 거칠고 반항적인 인물로 나타난다. 자신의 외사촌 누이(봉단)와 결혼한 이장곤의 집에 갔다가 하인들에게 업신여김을 당하자 몹시 분해하며, "내가 그놈의 집에 다시 발을 들여놓으면 개자식 쇠자식 말자식이요"(제1권, 203쪽)라고 악담을 퍼붓는다. 과연 그후로 그는 이승지가 오라고 불러도 가지 않고 이승지 부인이 만나자고 청하여도 가지 않았다. 이처럼 그는 한번 틀어지면 누가 뭐라 해도 쉽게 마음을 바꾸지 않는, 강단 있고 고집이 센 인물로 나타난다. 그러나 『최』에서 임꺽정의 아버지는 백정이기 때문에 겪어야 하는 온갖 수모를 아무런 불평 없이 받아들이는, 오로지 '굴종밖에 모르는 노인'으로 그려져 있다. "길에 가다가도 양반집의 코 흘리는 아이를 보면 '도련님, 도련님' 하면서 허리를 굽신거리었고, 양반집 아이가 장난을 하다가 신발이라도 벗어져 길가에 떨어지면 그냥 지나지 않고 집어다가 두 손으로 바쳐 올리곤 하였다."(제1권, 212쪽) 심지어 그는 양반에게 억울한 매를 맞고 운신을 못할 지경에 이르러서도 양반집 아이가 신발 한 짝을 던져 놓고 주워 오라고 시키면 불편한 몸을 끙끙거리며 신발을 주으러 갈 정도로 '굴종이 천성이 된' 사람이었다. 이처럼 두 작품에서 임꺽정의 아버지에 대한 묘사는 전혀 딴판이다. 전자가 '반항형' 인물에 가깝다면, 후자는 철저한 '굴종형' 인물이다. 그렇다면 『최』에서 『홍』과는 달리, 꺽정이

---

23) 홉스바움은 『의적의 사회사』(황의방 역, 한길사, 1978)에서 의적을 신사강도(noble robber), 복수자(avenger), 하이더크(haiducks) 등 세 가지 형태로 나누었다. '신사강도'는 로빈 후드형 의적으로서 그의 역할은 투사, 악의 광정자, 정의와 형평을 가져오는 사람의 그것이다. '복수자'는 악을 고치는 사람이라기보다는 복수를 하는 사람, 힘을 행사하는 사람이다. 도를 넘는 폭력과 잔혹함이 그들 행동의 특징이다. '하이더크'는 뛰어나고 자유로운 도적 해방자이다. '신사강도'와 달리 하이더크는 인격이 후덕하다고 인정받을 필요가 없으며, 또 복수자와도 달리 폭력과 잔혹함이 그들 행동의 특징을 이루지 않는다. 이러한 논리에 기댈 때, 『홍』에서의 임꺽정이 '복수자'에 가깝다면, 『최』에서의 임꺽정은 '신사강도'에 가깝다. 더욱이 홉스바움은 신사강도의 이미지를 아홉 가지로 요약하였는데(앞의 책, 47~48쪽), 그 가운데 '신사강도가 무법자로서 활동을 개시하는 것은 범죄를 저지르는 것에 의해서가 아니라 부정의 희생자로서이다'와 '그는 예외없이 죽는다. 그것도 배반 때문에'와 같은 점은 두 작품 모두에 해당되지만, '부유한 자에게서 빼앗아 가난한 자들에게 준다'와 '자기방어나 정당한 복수를 하는 경우 외에는 살인하지 않는다' 등과 같은 조건은 『홍』의 경우에는 잘 들어맞지 않고 『최』의 경우에만 해당된다.

아버지를 양반에게 철저히 순종하는 인물로 그린 까닭은 무엇일까. 이는 아마도 임꺽정이 양반 중심의 기존 질서를 거부하고 체제에 저항하는 인물로 되기까지의 과정을 보여주는 데 그것이 더 적합하다고 생각했기 때문일 것이다. 어린 임꺽정에게도 아버지의 그런 비굴한 모습이 결코 좋게 비칠 리가 없다.

> 임꺽정은 어릴 적부터 아버지의 그러한 비굴한 태도가 싫었다. 아버지가 비굴한 짓을 할수록 임꺽정은 골목에 나가서 더욱 행패를 부렸다. 걸핏하면 골목에서 노는 아이들을 두들겨 주었다.(제1권, 212쪽)

아버지의 그런 비굴한 모습을 보면서 자란 아이가 이에 대한 반감으로 반항적인 인물이 되는 것은 어찌 보면 매우 당연한 일이 아닐 수 없다. 요컨대, 반항형의 아버지에게서 반항형의 아들이 생겨날 수도 있겠으나, 그것보다는 굴종형의 아버지를 둔 아들이 이에 대한 반감으로 반항적인 인물이 되는 것이 더욱 자연스럽고 그 반항의 성격도 한층 뚜렷해질 수 있다는 말이다.

셋째로 두 작품 모두 수많은 인물들이 등장하지만, 『홍』에서 등장하는 인물이 『최』에서 빠진 경우도 있고, 또 『최』에서만 등장하는 인물도 있다는 점이다. 전자의 대표적인 예로 황천왕동이, 곽오주, 길막봉이, 배돌석이 등과 같은 청석골 두령들을 들 수 있다. 그리고 청석골 두령들 가운데 임꺽정의 어릴 적 동무인 이봉학과 박유복은, 출신 배경과 행적은 다소 다르지만, 『최』에서 이춘동과 박팔도로 이름이 바뀌어 나타난다. 또한 『홍』에서는 당대의 권신(權臣)들과 이름난 선비들—조광조, 윤임, 윤원로, 윤원형, 김식, 조식, 이황, 이지함 등—이 대거 등장하는 데 반해, 『최』에서는 이들이 거의 등장하지 않는다. 예컨대, 중종조의 명유(名儒) 조광조의 경우, 『홍』에서는 그를 직접 작중인물로 등장시켜 그의 벼슬살이와 실각, 갓바치와의 교유 관계 등을 자세히 보여주지만, 『최』에서는 그를 작중인물들의 대화 가운데 슬쩍 한번 끼워넣고 말 뿐이다. 이밖에 김식의 아들 김덕순, 갓바치의 동문 사제인 술객 김륜, 가짜 임꺽정 노릇을 하다 임꺽정의 부하가 된 노밤 등은 『홍』에서는 꽤 비중 있는 인물로 등장하지만, 『최』에서는 구태목이 가짜 임꺽정으로 등장하여 노밤에 비해 극히 미미한 역할을 할 뿐, 그 나머지는 전혀 등장하지 않는다. 한편 후자의 경우에는 오도패, 봉단의 아들 이차손, 고양 건달패의 두목 홍달, 구룡산 산적패의 두목 신재복, 황해도 도적패의 두목 오연석, 서림의 옥중 친구 박치서, 온정마을의 독부(毒婦) 등이 대표적인 인물이다. 이렇게 두 작품의 인물 배치가 매우 판이한 것은 두 작가의 의도가 각기 다르기 때문이다. 즉 홍명희는 상·하층의 생활을 고르게 그리고자 했다면, 최인욱은 상층보다는 하층에 초점을 맞추었던 것이다. 따라서 『홍』에서는 두 계층을 연결해 주는 이장곤과 갓바치와 같은 매개적 인물이 필요하고, 그들이 작품 전체에서 차지하는 비중도 크다. 반면에 『최』에서는 그럴 필요가 없기 때문에 이장곤과 갓바치가 등장은 하지만 그들의 역할은 미미하다. 그리고 『최』에서 『홍』과 달리, 봉단을 정실부인이 아닌 첩실이 되는 것으로 설정한 것이라든가, 봉단의 아들 이차손을 떠돌이로 만든 것 등은 모두 하층민의 생활상에 초점을 맞춘 작가의 일관된 의도를 반영한 것이다.

마지막으로 주제와 사상의 측면에서 두 작품의 차이를 살펴보기로 한다. 앞질러 말한다면, 구성과 인물 면에서는 『최』가 『홍』에 비해 많은 차이를 보이지만, 주제와 사상의 측면에서는 두 작품 사이에 근본적인 차이점을 발견할 수 없다. 다만 『홍』에서 제시된 문제들을 『최』에서 더욱 강화하고 있을 따름이다. 이는 다음 몇 가지 점에서 확인된다.

먼저 임꺽정이 양주를 떠나 청석골 도적패의 두령이 되는 경위에 대한 설명에서 두 작품이 모두 상황 때문에 그렇게 된 것으로 서술하고 있으나, 임꺽정이 그 상황을 받아들이는 태도에서 두 작품은 일정한 차이를 드러낸다. 『홍』에서는 이 부분을 다음과 같이 서술하고 있다. 즉 임꺽정이 집을 비운 사이 이웃집 최서방의 밀고로 임꺽정의 집이 수색을 당한다. 청석골에서 보내준 물건들이 나오는 바람에 임꺽정의 가족이 모두 관가에 끌려간다. 그 와중에 임꺽정의 아버지가 매를 맞고 죽는다. 이 소식을 듣고 임꺽정이 양주로 돌아온다. 아버지의 장례를 치른 후 임꺽정은 자신의 앞길에 대해 고민한다. 그에게는 세 갈래 길이 있다. 하나는 자수하는 길이요, 두 번째는 가족을 감옥에 남겨둔 채 도망하는 길이고, 세 번째는 가족을 구출한 다음 함께 청석골로 들어가는 길이다. 첫번째와 두 번째 길은 가족의 안위를 보장할 수 없으므로 그는 할 수 없이 세 번째 길을 택하게 된다. 하지만 여기서 그는 "도둑놈을 그르게 알거나 미워하거나 아니하되 자기가 늦깎이로 도둑놈 되는 것도 마음에 신신치 않거니와 외아들 백손이를 도적놈 만드는 것이 더욱 마음에 싫었다."(제6권, 235쪽)라고 독백한다. 이처럼 『홍』에서는 임꺽정이 도둑이 되기는 정말 싫었지만 가족들을 구하기 위해서는 어쩔 수 없었다는 식의 궁색한 논리로 자신의 행동을 합리화하면서 그 상황을 받아들이는 것으로 그리고 있다. 한편 『최』에서는 이 과정을 다음과 같이 서술하고 있다. 양주골 세도가 조참의가 임꺽정의 아버지에게 잔치에 쓸 소 두 마리를 잡아 바치라고 지시한다. 꺽정의 아버지가 두 마리는 어려우니 한 마리만 잡아 바치겠다고 하자 조참의가 대노(大怒)하여 그를 잡아가두고 호되게 매를 친다. 아비의 용서를 빌러 온 임꺽정의 형 가도치마저 조참의에게 붙잡혀 곤욕을 치르나, 가도치가 분부대로 소 두 마리를 잡아 바치겠다고 말하자 부자는 풀려난다. 소 두 마리를 마련하는 과정에서 가도치가 소를 훔쳤다는 죄목으로 관가에 붙들려 가고 꺽정이 아들 명복이도 붙들려 간다. 이 과정에서 꺽정의 아버지가 숨을 거둔다. 이때 소식을 듣고 달려온 임꺽정이 양주에 도착하여 아버지의 장례를 치른다. 복수하기로 결심한 임꺽정은 가족들을 피신시킨 후 의형제들과 함께 조참의 집에 불을 놓고는 달아나는 조참의를 죽인다. 관군이 조참의 집으로 출동한 사이 관가를 기습해 옥문을 부수고 가도치와 명복이를 구한 다음 옥에 갇힌 사람들을 모두 풀어준다. 양주를 떠나면서 임꺽정은 청석골로 들어가 '우리가 살 수 있는 딴 세상'을 만들어 보자고 하며 천대받던 백정의 시절을 완전히 끝낸다는 의미에서 자기 집에 불을 지른다. 이처럼 『최』에서도 임꺽정이 도적의 두령이 되는 것이 상황 때문인 것으로 그리고 있으나, 여기서 임꺽정은 그 상황을 마지못해 받아들이기보다는 이를 계기로 새로운 세상의 건설을 꿈꾸는 적극적인 의식의 전환을 보여준다.

다음으로 두 작품이 모두 임꺽정 일당과 민중과의 긴밀한 관계를 보여주고 있으나, 『홍』에서는 뒤로 갈수록 그 관계가 희미해진다면,[24] 『최』에서는 그것이 일관되게 나타난다. 『홍』의 의형제편에서는 각 장의 주인공들이 청석골 패에 가담하기까지의 인생역정을 서술하면서 자연스럽게 임꺽정 일당과 민중들과의 관계가 드러나고 하층민의 일상생활에 대한 구체적인 묘사가 이루어지지만, 화적편 이후에는 그런 장면이 거의 사라지고 만다. 그렇지만 『최』에서는 전편을 통해서 하층민과 긴밀하게 연결되어 있는 청석골 패의 활동을 상세하게 묘사하고 있다. 그들은 백성들의 억울한 사정을 듣고는 이를 대신 해결해 주는가 하면,[25] 탐관오리나 부호부터 탈취한 곡식을 백성들에게 고루 나누어주기도 한다. 특히 나라에서 엄중히 관리하는 세납 곡식을 탈취하는 사건은 관을 대신해서 백성들의 굶주림을 해결하려는 임꺽정의 굳은 의지를 반영한 것으로, 임꺽정 일당의 과감성과 기민성, 그리고 그 세

---

24) 강영주(1988), 앞의 책, 131~132쪽.
25) 예컨대, 파주 두마니 주막의 아낙네 양천집이 토관 김여맹의 행패에 시달리는 것을 해결해 주는 것이라든가, 나중에 임꺽정 일당이 된 오도패가, 백성들을 상대로 빚놀이를 하면서 이를 기회로 남의 아낙을 수시로 능욕하는 광주목 판관 안재우를 따끔하게 혼내 주는 것 등이 바로 그것이다.

력의 방대함을 과시한 사건이라 할 수 있다.

이처럼 민중들과의 관계라는 측면에서 볼 때 두 작품 사이에는 일정한 거리가 있다. 이는 임꺽정 패를 화적으로 그릴 것인가 아니면 의적으로 그릴 것인가 하는 점에 있어서 두 작가의 입장이 서로 다르기 때문이다. 벽초는 작품의 뒤로 갈수록 임꺽정 패를 의적이 아닌 화적의 모습으로 그리고 있는 데[26] 반해, 최인욱은 시종일관 임꺽정 패에게 화적이 아닌 의적의 이미지를 부여하고자 하였다. 『최』에서 임꺽정은 평양 봉물짐을 탈취한 뒤 이번 일에 공을 세운 부하들에게 상금을 내리면서, 우리 이제부터 화적이 아닌 의적이 되자고 하며 탈취한 봉물을 곡식이나 천으로 바꿔 헐벗고 굶주린 백성에게 나누어 주자고 제의한다. 그후 황해도 일경에서 의적 활동을 벌이고 있던 오연석 일당이 청석골로 들어와 합류하는데, 이를 계기로 임꺽정 일당은 당세를 확장하는 한편 그들 무리의 의적으로서의 성격을 더욱 강화시켜 나간다.

여성문제에 대한 인식에 있어서도 두 작품 사이에 근본적인 차이는 없다. 둘 다 여성문제에 대해 매우 진취적이고 선진적인 의식을 보여주고 있기 때문이다. 『홍』에서는 이러한 점을, 봉단과 이장곤의 신실한 관계를 통해 양반과 천민간의 신분적 장벽 문제뿐 아니라 남녀간의 성적 차별에 내재한 사회적 문제성을 지적하고 있는 것,[27] 임꺽정과 백두산 야생녀 운총과의 순수하고 아름다운 사랑을 통해 모든 지배와 압제로부터 벗어난 원초적인 인간상을 제시함으로써 중세의 인간관계, 즉 계급관계와 남녀관계 전체를 통렬하게 비판하고 있는 것,[28] 임꺽정이 열녀 김씨의 독기를 힘으로 다스리기보다는 오히려 사랑으로써 풀어주는 이야기를 통해 열녀라는 굴레가 인간의 기본적 욕구마저 얼마나

---

26) 벽초의 작품에서 마지막 편의 제목이 '화적편'으로 되어 있음을 상기할 필요가 있다.
27) 염무웅 · 임형택 · 반성완 · 최원식의 좌담, 임형택 · 강영주 편(1996), 333쪽.
28) 위의 책, 같은 곳.

강제적으로 억압해 왔는가를 생생하게 보여줌으로써 여자를 남자의 부속물쯤으로 여기는 중세적 여성관의 불합리성을 통박하고 나선 것 등에서 확인할 수 있다. 한편『최』에서는, 임꺽정이 혼삿날 바로 전날 밤에 신랑이 죽어 혼백과 초례를 치르고 수절 과부가 된 열녀 정씨 이야기를 듣고 한온(정씨의 사촌 형부)의 권고에 따라 그녀를 '구제'하기로 결심하는 것이라든가, 모녀가 모두 양반에게 버림받은 뒤 모든 세상 남자들을 복수의 대상으로 삼는 온정마을 독부(毒婦)의 한맺힌 사연을 듣고 임꺽정이 그녀의 처지를 동정하는 것 등에서 이러한 점을 확인할 수 있다. 그런데 같은 열녀의 이야기를 다루더라도『최』에서는 『홍』과 달리, 그 열녀가 개가하게 되는 과정을 매우 구체적으로 묘사하고 있다. 즉 임꺽정이 열녀 정씨의 사연을 듣고는 "그 열녀라는 것이 성한 사람 일부러 병신 만들어 놓는 것이요. 얼굴도 못본 놈을 혼백하고 혼인을 시켜? 멀쩡한 청춘을 매장시키는 것이 쥐촛국이 열녀란 말이요?"(제5권, 28쪽)라고 몹시 분개하는 장면이라든가, 그리하여 임꺽정이 열녀보다는 도둑의 아내가 낫다며 정씨를 '구제'해 주기로 결심하는 부분, 정씨의 언니가 매파로 나서 그녀에게 개가를 은근히 종용하는 장면, 그리고 그 말을 듣고난 뒤 정씨가 겉으로는 노여워하지만 속으로는 마음이 크게 흔들리면서 잠을 이루지 못하는 것 등을 차례로 서술하고 있는 것이다. 특히 수절 과부의 내면 심리의 변화를 묘사한 부분은 체제의 강제력과 개인의 자연스런 욕구 사이의 갈등이 한 개인한테 첨예하게 드러난 부분으로서, 이를 통해 작가는 중세적 여성관에 내포된 남녀 차별의 부당성을 심각하게 제기하고 있다.

　이렇게 두 작품이 여성문제에 대한 인식에서 비슷한 입장을 보이고 있지만, 문제는『홍』의 경우에는 그것이 다소 애매하게 처리된 부분도 있다는 점이다. 즉 임꺽정이 매우 진취적인 여성관을 보이다가도 어떤 때는 보수적인 여성관으로 회귀하고 있는 것이다. 수절 과부의 잠재적 욕망을 알아차릴 만큼 여성문제에 대해 매우 진취적인 의식을 지니고 있던 그였으나, 나중에 운총과 대판 부부싸움을 하면서 "기집을 아이루 치면 사내는 어른이구 기집을 종으로 친다면 사내는 상전"(제7권, 285쪽)이라고 주장함으로써 종래의 그의 생각과는 전혀 다른 보수적인 여성관을 드러내고 있는 것이다. 이는 그가 지금까지 부정해 왔던 반상의 구분과 남녀의 성적 차별을 다시 인정한 셈이 된다. 반면에 『최』에서는 임꺽정을 시종여일하게 불의에 반항하고 약자를 도와주는 인물로 그리기 있기 때문에 이런 혼란은 나타나지 않는다. 이는 그가 온정마을 독부의 기막힌 사연(남자 때문에 신세를 망쳤고, 그런 까닭으로 내 눈에는 세상 남자들이 모두 원수로밖에는 보이지 않는다는 것)을 듣고 그녀의 행위를 나무라기보다는 오히려 거기서 '피해자로서의 반항'과 전형적인 약자의 모습을 읽어내는 데서 잘 알 수 있다. 임꺽정은 만일 그녀가 복수를 힘으로 해결할 수 있었다면 자기처럼 주먹이 앞서고 칼을 먼저 빼들었을 것이라고 생각한다. 이처럼 임꺽정은 독기를 품은 그녀에게서 오히려 불의에 반항하기 위해 칼을 빼들은 자기네와 동일한 모습을 발견하고 있는 것이다.

주제면에서 또 하나 지적할 것은 『홍』에서는 임꺽정의 변모와 함께 세상이 한번 뒤집어 엎으면 좋겠다는 그의 혁명가다운 생각도 차츰 약화되는 것으로 그리고 있지만, 『최』에서는 이를 더욱 강화시켜 나가고 있다는 점이다.[29] 『최』에서는 황해감사가 임꺽정을 회유할 목적으로

---

29) 『홍』에 나타난 이런 임꺽정 모습의 변화를 염무웅은 '작가의식의 후퇴'라고 보았으나, 임형택은 그것이 바로 '작가의 의도'라고 주장했다. 즉 임꺽정의 그런 변화된 모습을 통해 벽초는 군도 형태의 저항이 안고 있는 한계를 부각시키려 했다는 것이다(임형택·강영주 편, 1996, 332~340쪽). 그러나 작가의식의 후퇴이든 작가의 의도이든 이러한 견해는 모두 작가 중심으로 바라본 것이고, 독자(특히 요즘 독자) 쪽에서 보면 임꺽정이 혁명가로서의 모습을 차츰 잃어가는 것이 못내 아쉽게 느껴질 수 있다. 이를 '독자의 오해'(위의 책, 308쪽)로 볼 수도 있겠으나 어쨌든 『홍』이 그런 독자의 기대를 충족시키지 못한 것은 사실이다. 최인욱의 『임꺽정』은 바로 그런 독자의 기대에 부응하여 씌어진 작품이다. 이렇게 된 데에는 이 작품이 발표된 시기가 1960년의 '시민의거'를 경험한 지 얼마 안 되는 때라, 그러한 사회적 분위기에 힘입은 바가 적지 않으리라 짐작된다.

선화당에서 임꺽정을 은밀히 만나는 장면이 나오는데, 그 자리에서 임꺽정은 그들의 요구 조건을 당당히 제시하며 그 요구를 들어주면 감사가 시키는 대로 하겠다고 한다. 그 요구란 양반들의 토색질과 수령의 탐학을 금할 것이며, 양반 특권층이 거의 독점하고 있는 농토를 농민에게 고루 분배하라는 것이다. 여기서 우리는 임꺽정의 혁신적인 생각이 '토지개혁'에까지 미치고 있음을 알 수 있다. 또한 임꺽정은 구월산에서 항쟁하면서 박치서를 시켜 임금께 글을 올리게 하는데, 그 편지 내용이 지배층에서 보자면 '역적질'에 해당하는 대단히 '발칙하고' 위험한 생각들로 가득 차 있다. 거기서 그는 조정 안에 있는 더 큰 도둑을 잡으면 민간의 도둑은 자연 사라질 것이라고 주장하면서, 나라에서 순경사를 파견했으나 그들이 바로 더 큰 도둑이라 도둑을 잡는다시고 민간에 작폐하니 하루 속히 그들을 불러올릴 것을 건의하며, 만일 그렇게 하지 않으면 작당을 하여 서울을 칠 것이니 그렇게 되면 임금의 자리도 위태로울 것이라고 경고한다. 도둑의 두령이 '감히' 임금께 글을 올릴 생각을 한다는 것이 이미 예사 도둑이 할 수 있는 일이 아닐 뿐더러, 더욱이 그 글에서 임금의 자리마저 위협하고 있으니 만약 사태가 여의치 않다면 혁명이라도 일으키겠다는 기세다. 편지를 올리는 장면이 소설의 거의 끝부분에 해당되는 것을 생각할 때, 『최』에서는 뒤로 갈수록 혁명가로서의 임꺽정의 모습을 더욱 뚜렷이 하고 있음을 알 수 있다.

　이상에서 홍명희의 『임꺽정』과 최인욱의 『임꺽정』을 비교하되, 구성·인물과 사건·주제와 사상이라는 몇 가지 국면으로 나누어 그 차이점을 살펴보았다. 그 결과, 구성과 인물의 측면에서는 후자가 전자와 많은 차이를 보이지만, 주제면에서는 큰 차이가 없을 뿐더러 오히려 전자에서 약화된 부분을 후자에서 강화하고 있음을 알 수 있었다.

4. 최인욱 『임꺽정』의 문학적 성과와 한계

1960년대 초반 『서울신문』에 연재되어 세인들의 관심을 집중시켰던 최인욱의 『임꺽정』은 비록 홍명희의 『임꺽정』보다 뛰어난 작품이라고는 말할 수 없겠으나, 일부에서 생각하는 것처럼 결코 홍명희 작품의 아류작은 아니다. 오히려 두 작품의 비교에서 어느 정도 밝혀졌듯이, 『홍』의 문제점으로 드러난 부분들을 『최』에서는 최대한 줄여 나가려고 했음을 알 수 있다. 최인욱의 『임꺽정』이 이룩해낸 그 문학적 성과를 몇 가지로 간추리면 다음과 같다.

첫째, 홍명희의 『임꺽정』에 대한 이야기가 소문으로만 떠돌아 다닐 뿐 정작 그 작품의 실체를 쉽게 접할 수 없을 때, 최인욱은 그러한 공백을 메꾸어 주면서 일반 독자들에게 임꺽정 이야기가 갖는 재미를 흠뻑 느끼게 해주었다는 점이다. 더욱이 그는 상·하 이단으로 빽빽하게 인쇄된 단행본 5권 분량의 『임꺽정』을 아동용으로 축소·개편하여 1969년부터 2년간에 걸쳐 어린이 잡지 『소년동아』에 연재하였는데,[30] 이는 일반 성인 독자들뿐 아니라 한창 자라는 소년소녀들에게도 임꺽정 이야기가 주는 재미와 즐거움을 맛보게 하려는 작가의 속깊은 생각에서 비롯된 일일 것이다. 이렇게 볼 때, 최인욱은 홍명희의 『임꺽정』이 해금되기 이전에 임꺽정 이야기를 널리 보급하는 데 결정적인 기여를 한 셈이 된다.[31]

둘째, 사실과 픽션의 완전 조화로써 역사소설의 신기원을 이룩했다는 점이다. 최인욱은 역사소설도 소설일진대, 사실의 충실과 그것의 나열만으로는 역사소설이 될 수 없고 소설로서의 요건, 즉 작가의 창

---

30) 이 작품은 연재를 마치고 약 10년 뒤에 교학사에서 상·중·하 3권의 단행본으로 묶여져 나왔다.
31) 이 부분에 대해서는 앞으로 '임꺽정 담론의 생산과 보급'이란 관점에서 더욱 치밀한 접근이 이루어져야 할 것이다.

조성을 반드시 갖추어야 한다고 주장했다. 그리하여 그는『임꺽정』을 쓰면서 역사적인 요건과 소설적인 요건을 동시에 갖춘 작품을 내놓고 자 했으며, 그 시도는 독자의 열화 같은 성원에 힘입어 큰 성공을 거두었다. 이처럼 그는『임꺽정』을 통해 기존 역사소설의 구태의연한 틀을 과감히 깨뜨리고 사실성과 예술성을 동시에 갖춘 작품을 만들어냄으로써 역사소설의 신경지를 개척하였던 것이다.

셋째, 작가가 공언했듯이 '그만의 임꺽정'을 그리는 데 성공함으로써 홍명희의『임꺽정』과는 다른, 임꺽정에 대한 새로운 담론을 만들어 냈다는 점이다. 특히 작가는 임꺽정을 시종일관 화적이 아닌 의적으로 묘사함으로써 임꺽정 일당의 활동에 대한 새로운 해석의 가능성을 열어놓았다.

넷째, 홍명희의『임꺽정』이 상·하 두 계층의 생활상을 모두 다루고 있으나 이장곤, 갖바치와 같은 매개적 인물에 지나치게 큰 역할을 부여하여 두 계층의 연결이 자연스럽지 못하다면,[32] 최인욱의『임꺽정』은 하층민의 생활상을 생생하게 그리고 구체적으로 묘사하는 과정에서 자연스럽게 양반층의 생활상이 밝혀지도록 하여 그런 인위적인 느낌을 없애려고 했다는 점이다. 전자는 아무래도 상층과 하층의 생활이 따로 떨어져 있다는 느낌을 지울 수 없지만, 후자는 이를 유기적으로 연결시키기 위해 하층민의 생활에 중심을 두고 이야기를 풀어나가고 있는 것이다. 후자에서 이장곤과 갖바치의 역할이 전자에 비해 상대적으로 축소되어 있는 것도 이 때문이다.

그러나 이런 문학적 성과를 이루어냈음에도 불구하고 이 작품은 다음과 같은 몇 가지 한계를 지닌다.

먼저 전체적인 문제점을 지적한다면, 이 작품이 하층민의 생활상을

---

32) 강영주(1988), 앞의 책, 107쪽.

생생하게 그리고 구체적으로 묘사하는 과정에서 자연스럽게 양반층의 생활상이 밝혀지도록 한 것은 높이 살 만하나, 그로 인해 상층의 생활상이 단편적으로만 나타날 뿐 전체적인 조망이 이루어지지 않는다는 한계를 지닌다. 요컨대, 홍명희의 작품에서는 상·하층의 생활상이 자연스럽게 연결되지 못해 결국 두 부분이 분리되어 버리는 약점을 지니는 데 반해, 최인욱의 작품은 이 둘이 유기적으로 연결되어 있으나 어느 한쪽(하층)에 치우쳐 버리는 약점을 지니고 있는 것이다.

그리고 세부적인 문제점으로는 다음 두 가지 점을 지적할 수 있겠다. 하나는 소설의 전체적인 흐름과 크게 상관없는, 박치서의 '남자의 색도(色道)'에 대한 이야기를 너무 장황하게 늘어놓고 있다는 점이다. 이는 물론 박치서의 공부가 깊다는 것을 암시함으로써 후일 그가 서림 대신 임꺽정 일당의 종사로서 활약하게 되는 것에 대한 복선을 깔아놓은 부분이지만, 그렇다고 해도 너무 장황하다는 느낌을 지울 수 없다.

다른 하나는, 서림을 여색을 탐하는 인물로 그리기 위해 그가 상관한 여자들을 일일이 밝히는 것은 어쩔 수 없는 일이라 할지라도, 그 수가 너무 많고 더러는 석연찮은 부분도 눈에 띈다는 점이다. 그가 농락한 여자들은 양반집 과부 며느리로부터 고을 세도가의 첩실, 주막집 아낙네, 그리고 농부의 아내와 비구니에 이르기까지 거의 모든 계층의 여자들에 걸쳐 있는데, 무려 열 명에 이를 만큼 그 수도 많을 뿐더러, 이렇게 모든 계층의 여자들이 한결같이 서림의 유혹에 넘어가 정절을 쉽게 포기하도록 설정한 것은 좀처럼 납득하기 힘든 부분이다. 특히 명문가의 며느리인 오과부가 아무리 쓸쓸하게 공규를 지키는 신세라 할지라도 일개 아전 출신에 불과한 서림이 아내로 맞이하겠다는 말에 솔깃하여 그만 몸을 허락하고 마는 것이라든가, 남편을 둔 아낙네가 의원을 사칭하는 서림의 말에 속아 맨몸을 보이기 위해 스스로 옷을 벗는 장면 등은 그 자체로는 흥미로울지 몰라도 과장된 표현이란 혐의를 벗을 수 없다.

그렇지만 최인욱의 『임꺽정』이 그 당시 우리 역사소설의 수준을 한 단계 끌어올린 역작이란 점과, 또 작가가 홍명희의 작품과는 구분되는, 그러나 그에 못지 않는 작품을 내놓겠다는 자신의 의도를 끝내 관철시켜 임꺽정에 관한 새로운 담론을 만들어내는 데 성공을 했다는 점은 길이 기억되어야 할 것이다.

5. 마무리

최인욱의 『임꺽정』은 연재 당시에 독자들로부터 대단한 반응을 얻었을 뿐만 아니라 몇몇 비평가나 동료 작가들로부터도 호평을 받은 작품이었다. 더욱이 이 작품은 홍명희의 『임꺽정』이 작가의 경력 때문에 쉽게 구해볼 수 없을 때, 그 공백을 메꾸면서 1960~70년대 임꺽정 담론의 주류를 이루던 작품이었다. 사정이 이러함에도 불구하고 현재까지 이 작품에 대한 논의가 터무니없이 부족한 점을 발견하고는 글쓴이는 강한 의문을 품지 않을 수 없었다. 그 의문은 홍명희의 작품이 해금되고 난 뒤 사람들이 그 작품만 집중해서 거론할수록 더욱 커졌다. 이 글은 바로 그 의문을 해결하는 과정에서 얻은 작은 결실이다. 이제 각 장에서 논의된 결과를 요약함으로써 이 글을 마무리짓고자 한다.

최인욱은 초기에는 서정적 단편소설을 주로 썼으나 1951년 『대구신보』에 『행복의 위치』라는 작품을 연재하는 것을 시작으로 세상을 떠나기 전까지 약 20편에 이르는 많은 장편소설들을 발표하였다. 특히 1960년대 이후에는 주로 역사소설을 쓰기 시작하면서 역사소설가로서의 변신을 모색했다. 그러나 흔히 생각하듯 그는 손쉽게 역사소설 쪽으로 선회한 것이 아니라, 어떤 확고한 신념을 갖고 그것을 썼다. 즉 그는 궁중비화류나 재미있는 옛이야기 수준에서 크게 벗어나지 못하고 있는 기존 역사소설에 강한 불만을 품고 확고한 역사 인식을 바탕으로 그 시대의 참모습을 그려냄으로써 역사소설의 신경지를 개척하는 한편, 나아가서 역사소설 나름의 독특한 미학을 구축하려 했던 것이다.

역사소설가로서 최인욱의 진면목을 유감없이 보여준 작품이 1959년부터 『조선일보』에 연재된 『초적』이다. 이 작품에서 작가는 수많은 인물과 사건을 통해 '갑오농민전쟁'의 전과정을 매우 소상하게 그리고 박진감 있게 형상화하였다. 『임꺽정』은 이러한 『초적』의 성공에 힘입어 이듬해 『서울신문』에 연재된 소설인데, 이에 대한 독자들의 반응은 『초적』에 비할 수 없을 만큼 대단한 것이었다. 이 소설의 연재가 끝나자 신문 가판의 부수가 2만부나 줄어들 정도였다고 하니 그 반응이 어느 정도였는가를 짐작할 수 있겠다. 이렇게 소설 『임꺽정』이 장안에 숱한 화제를 뿌리자 몇몇 비평가나 동료 작가들이 이 작품의 출판을 계기로 이를 눈여겨보기 시작했다. 박종화, 김기진, 백철, 정비석 등의 견해가 그것이다. 이들 논자들의 견해를 종합해 보면, 대체로 최인욱의 『임꺽정』은 사실과 픽션의 완전 조화로써 역사소설의 신기원을 이룩한 작품이라는 데 의견의 일치를 보였다. 이로써 최인욱의 『임꺽정』이 한낱 재미있는 옛이야기 수준의 작품이 아니라 홍명희의 『임꺽정』에 버금가는 작품이라는 점을 알 수 있었다.

그러나 이런 판단은 구체적인 증거를 가지고 입증되어야 할 성질의 것이므로, 여기서는 홍명희의 『임꺽정』과 최인욱의 그것을 비교하여 이 점을 증명하고자 하였다. 그래서 두 작품을 구성·인물·주제면에서 비교한 결과 다음과 같은 점들이 밝혀졌다.

구성면에서는, 1) 최인욱의 『임꺽정』(이하 『최』)은 홍명희의 『임꺽정』(이하 『홍』)에 비해 서림의 존재를 크게 부각시키고 있었다. 이는 서림의 엽색 행각을 자세히 보여줌으로써 궁극적으로 서림의 배신 행위에 어떤 필연성을 부여하기 위한 것이었다. 2)『홍』이 임꺽정의 '출생—성장—활약상—죽음(이 부분은 미완)'이라는 일대기적 형식을 취하고 있는 데 반해,『최』는 임꺽정의 출생·성장 부분은 작품 중간에 간략하게 처리해 버리고 주로 그의 활약상에 초점을 맞추는 구성방식을 취하고 있었다. 3) 당시의 시대적 배경, 특히 훈구파와 사림파 간의 정쟁으로 대표되는 중앙의 정치적 변화를 서술하는 방법에서 두 작품은 일정한 차이를 보여,『홍』은 대체로 사건 당사자를 통해 직접적으로 보여주는 방법을, 그리고『최』는 사건과 무관한 사람들의 말과 행동을 통해 간접적으로 보여주는 방법을 택하였다. 이런 서술방법의 차이는 결국 구성상의 차이를 초래하여,『홍』에서는 봉단편, 피장편, 양반편 등 세 편에 걸쳐 이런 정치적 변화를 생생하게 재현해내고 있는 반면에,『최』에서는 청석골 도둑 최춘영의 말 속에서 연산주 이래 오십여 년간의 정치적 변화가 간단히 요약되어 제시될 뿐만 아니라, 훈구파와 사림파의 대립도 충청도 황간 땅의 두 양반(김치백과 이용재)의 기묘한 싸움을 통해 간접적으로 형상화되었다.

인물면에서는, 1)『홍』에서 임꺽정은 이중적인 성격을 지닌 인물로, 즉 한편으로는 의리를 중시하는 협기의 인물이지만 다른 한편으로는 화를 잘 내며 부하들에게 독재적으로 군림하는 인물로 형상화된 데 반해,『최』에서는 그런 모순된 성격을 찾아볼 수 없고 대체로 부하를 아끼고 의리를 중시하며 항상 약자의 편에 서려고 하는 인물로 그려져 있었다. 이는 최인욱이『홍』의 문제점을 인식하고 이를 극복하려 한 것으로 짐작되었다. 2)『홍』에서 임꺽정의 아버지가 '반항형' 인물에 가깝다면,『최』의 경우에는 철저한 '굴종형' 인물로 나타났다. 그렇게 된 까닭은 작가 최인욱이 임꺽정을 체제에 저항하는 인물로 그리는 데 그것이 더 적합하다고 생각했기 때문일 것이다. 즉 반항형의 아버지에게서 반항형의 아들이 생겨날 수도 있겠으나, 그것보다는 굴종형의 아버지를 둔 아들이 이에 대한 반감으로 반항적인 인물이 되는 것이 더욱 자연스럽고 그 반항의 성격도 한층 뚜렷해질 수 있다는 말이다. 3) 두 작품 모두 수많은 인물들이 등장하지만, 『홍』에서 등장하는 인물이 『최』에서 빠진 경우도 있고, 또 『최』에서만 등장하는 인물도 있었다. 전자의 대표적인 예는 황천왕동이, 곽오주, 길막봉이, 배돌석이 등과 같은 청석골 두령들과, 당시의 권신(權臣)들과 이름난 선비들, 그리고 김식의 아들 김덕순, 술객 김륜, 가짜 임꺽정 노릇을 하다 임꺽정의 부하가 된 노밤 등이었다. 후자의 대표적인 예는 오도패, 봉단의 아들 이차손, 고양 건달패의 두목 홍달, 구룡산 산적패의 두목 신재복, 황해도 도적패의 두목 오연석, 서림의 옥중 친구 박치서, 온정마을의 독부(毒婦) 등이었다. 이렇게 두 작품의 인물 배치가 매우 판이한 것은 홍명희는 상·하층의 생활을 고르게 그리고자 했다면, 최인욱은 상층보다는 하층에 초점을 맞추었기 때문인 것으로 보았다. 그런 까닭으로 『홍』에서는 두 계층을 연결해 주는 이장곤과 갖바치와 같은 매개적 인물이 필요하고, 그들이 작품 전체에서 차지하는 비중도 컸으나, 『최』에서는 그럴 필요가 없기 때문에 이장곤과 갖바치가 등장은 하지만 그들의 역할은 극히 미미했다.

주제면에서는 위의 두 측면과 달리, 두 작품 사이에 근본적인 차이점을 발견할 수 없었다. 다만 『홍』에서 제시된 문제들을 『최』에서 더욱 강화하고 있을 따름이었다. 이는 다음 몇 가지 점에서 확인되었다. 1) 임꺽정이 양주를 떠나 청석골 도적패의 두령이 되는 경위에 대한 설명에서 두 작품이 모두 상황 때문에 그렇게 된 것으로 서술하고 있으나, 임꺽정이 그 상황을 받아들이는 태도에서 두 작품은 일정한 차이를 드러내고 있었다. 『홍』에서 임꺽정은 도둑이 되기는 정말 싫었지만 가족들을 구하기 위해서는 어쩔 수 없었다는 식의 궁색한 논리로 자신의 행동을 합리화하면서 그 상황을 받아들이나, 『최』에서 임꺽정은 그 상황을 마지못해 받아들이기보다는 이를 계기로 새로운 세상의 건설을 꿈꾸는 적극적인 의식의 전환을 보여주었다. 2) 임꺽정 일당과 민중과의 관계에 있어서, 『홍』에서는 뒤로 갈수록 그 관계가 희미해지지만, 『최』에서는 그것이 일관되게 나타났다. 이는 벽초가 임꺽정 일당을 화적패로 그리려 한 데 반해, 최인욱은 그들에게 의적의 이미지를 부여하고자 했기 때문이다. 3) 여성문제에 대한 인식에 있어서도 두 작품 사이에 근본적인 차이는 없어서, 둘 다 여성문제에 대해 매우 진취적이고 선진적인 의식을 보여주고 있었다. 그러나 『홍』의 경우 다소 애매하게 처리된 부분—임꺽정이 진취적인 여성관을 보이다가도 어떤 때는 보수적인 여성관으로 회귀하고 있는 것—이 있는 반면에, 『최』에서는 임꺽정을 시종여일하게 불의에 반항하고 약자를 도와주는 인물로 그리고 있기 때문에 이런 혼란은 나타나지 않았다. 4) 『홍』에서는 임꺽정의 변모와 함께 세상이 한번 뒤집어 엎으면 좋겠다는 그의 혁명가다운 생각도 차츰 약화되는 것으로 그리고 있지만, 『최』에서는 이를 더욱 강화시켜 나가고 있었다. 『최』에서 임꺽정이 황해감사를 만난 자리에서 그들의 요구를 당당하게 제시하는 것이라든가, 또 임꺽정이 박치서를 시켜 임금께 올린 글에서 임금의 자리를 위협하는 말까지 과감하게 쓴 것 등에서 이를 확인할 수 있었다.

앞의 논의를 토대로 최인욱의 『임꺽정』이 이룩해낸 그 문학적 성과를 몇 가지로 간추리면, 첫째 홍명희의 『임꺽정』에 대한 이야기가 소문으로만 떠돌아다닐 뿐 정작 그 작품의 실체를 쉽게 접할 수 없을 때, 최인욱은 그러한 공백을 메꾸어 주면서 일반 독자들에게 임꺽정 이야기가 갖는 재미를 흠뻑 느끼게 해주었다는 점, 둘째 사실과 픽션의 완전 조화로써 역사소설의 신기원을 이룩했다는 점, 셋째 작가가 공언했듯이 '그만의 임꺽정'을 그리는 데 성공함으로써 홍명희의 『임꺽정』과는 다른, 임꺽정에 대한 새로운 담론을 만들어냈다는 점, 넷째 홍명희의 『임꺽정』이 상·하 두 계층의 생활상을 모두 다루고 있으나 이장곤, 갓바치와 같은 매개적 인물에 지나치게 큰 역할을 부여하여 두 계층의 연결이 자연스럽지 못했다면, 최인욱의 『임꺽정』은 하층민의 생활상을 생생하게 그리고 구체적으로 묘사하는 과정에서 자연스럽게 양반층의 생활상이 밝혀지도록 하여 그런 인위적인 느낌을 없애려고 했다는 점 등을 들 수 있었다.

그러나 이런 문학적 성과를 이루어냈음에도 불구하고 이 작품은 다음과 같은 몇 가지 한계를 지니고 있었다. 전체적인 문제점으로는 이 작품이 하층민의 생활상을 생생하게 그리고 구체적으로 묘사하는 과정에서 자연스럽게 양반층의 생활상이 밝혀지도록 한 것은 높이 살 만하나, 그로 인해 상층의 생활상이 단편적으로만 나타날 뿐 전체적인 조망이 이루어지지 않았다는 점을, 그리고 세부적인 문제점으로는 소설의 전체적인 흐름과 크게 상관없는 박치서의 남자의 색도(色道)에 대한 이야기를 너무 장황하게 늘어놓은 점과 서림이 여색을 탐하는 과정을 묘사한 부분에서 그가 농락한 여자의 수가 너무 많고 더러는 석연찮은 부분도 눈에 띈다는 점을 지적했다.

이제 최인욱의 『임꺽정』에 대한 논의를 끝내면서 글쓴이가 새삼 느낀 것은, 무엇보다 임꺽정의 이야기가 우리에게 매우 친숙한 이야기라는 점이다. 이것은 본문에서도 대충 밝혀졌듯이 그 이야기가 소설로, 만화로, 영화로 만들어졌을 뿐 아니라, 여러 사람이 오랫동안 줄기차게 임꺽정에 관한 이야기들을 만들어 왔다는 데서 충분히 알 수 있는 사실이다. 그런데도 지금처럼 유독 홍명희의 『임꺽정』만 문제삼는다면, 이는 그 작품에 대한 객관적인 이해와 평가를 위해서도, 그리고 임꺽정 이야기가 우리에게 그토록 지속적인 힘을 갖는 이유를 설명하기 위해서도 결코 바람직한 일이라고 할 수 없다. 홍명희의 작품이 임꺽정 담론을 형성하는 데 하나의 출발점이 된 것은 틀림없지만, 그래서 이에 대한 집중적인 논의가 필요한 것도 사실이지만, 모든 연구자가 이에 매달릴 필요는 없다. 다른 한쪽에서는 임꺽정 이야기가 시대에 따라 어떻게 변형되었으며 그 변형의 문학적·사회적 의미는 무엇인가를 따져보는 일도 필요하며, 어떤 면에서는 그것이 더욱 생산적인 일일 수 있다.(이런 점으로서 보아, 조영암의 『신임꺽정전』도 그것이 통속적이고 외설적인 작품이라고 하여 마냥 버려둘 일만은 아니다.) 글쓴이가 굳이 최인욱의 『임꺽정』을 논의의 장으로 끌고온 것도 이런 이유에서이다. 그러나 최인욱의 『임꺽정』에 대한 논의는 이제 시작에 불과하다. 더욱이 이 글은 이 작품의 실상을 파악하기 위해 그것을 홍명희의 작품과 비교하는 데 중점을 두었기 때문에, 정작 작품 자체에 대해서는 많은 부분을 생략하고 그대로 넘어갈 수밖에 없었다. 예컨대, 최인욱의 『임꺽정』과 홍명희의 『임꺽정』이 구성면에서 어떤 차이를 보이는지는 살펴보았으나, 최인욱 작품의 전체적인 구성에 대해서는 미처 살펴보지 못했다. 앞으로 최인욱의 소설 『임꺽정』 자체에 대한 보다 구체적이고 깊이 있는 논의가 이뤄져야 할 것이며, 그와 함께 홍명희의 작품 이후 수많은 임꺽정 담론 가운데 그 작품이 어떤 위치를 차지하고 있는가 하는 점에 대해서는 명확한 규명이 필요할 것이다. 이런 작업들을 통해 특정 작품에만 집착하는 기존의 '임꺽정 연구'는 그 좁은 테두리를 벗어나 질적으로 한 단계 상승할 수 있을 것으로 생각한다.

최인욱 작품 연보

1. 장편소설

작품명	발표지	발표년월일
幸福의 位置	대구신보	1951
바람 속에 피는 꽃	학원	1954~?
黃昏의 戀歌	민주신보	1955
第三行路	연합신문	1956. 2~10
愛情花園	서울신문	1957. 1. 1~7. 4.
華麗한 慾望	자유신문	1958. 1~?
哀歡의 女像	대구매일신문	1958. 1. 1~5. 14.
靑春의 季節	여성계	1958~?
孤獨한 幸福	자유신문	1958. 12~1959. 7.
바다가 있는 마을	학원	1959~?
草笛	조선일보	1959. 11. 21~1961. 7. 20.
風船	평화신문	1960
林巨正	서울신문	1962. 10. 1~1965. 3. 30.
萬里長城	서울신문	1965. 4. 1~1967. 7. 10.
太祖 王建	경향신문	1967. 6. 6~1969. 4. 15.
子規야 알랴마는	대한일보	1968
소년소설 임꺽정	소년동아	1969~1971 ?
女王	중앙일보	1969. 9. 22~1970. 12. 30.
雨林夜話	경남신문	1969. 10. 19~1971. 7. 30.

2. 중 · 단편소설

작품명	발표지	발표년월일
시드른 마을	매일신보	1938. 2. 10~23.
山神靈	매일신보	1939. 2. 14~3. 2.
月下吹笛圖	조광 42	1939. 4.
落花賦	조광 51	1940. 1.
觀燈祭	조광 78	1942. 4.
멧돼지와 木炭	춘추 23	1942. 12.
生活 속으로	춘추 33	1943. 11.
개나리	백민 14	1948. 5.
洞房記	평화일보	1948. 7~8.
두 商人의 記錄	백민 17	1949. 1.
初冬記	신천지 33	1949. 2.
路頭에 서서	해동공론 49	1949. 3.
구름과 꽃과 소녀	조선일보	1949. 4. 13~4. 30.
乞人一題	신천지 ?	1949. 5.
麗人記	민성 35	1949. 6.
落葉抄	민족문화 1	1949. 9.
못난이	문예 3	1949. 10.
童子像	문예 7	1950. 2.
雪寒記	백민 20	1950. 2.
목숨	문예 12	1950. 12.
白樂宗畵	신태양 ?	1952
偵察揷畵	문예 13	1952. 1.
異蓮의 告白	서울신문	1952. 1. 1~1. 5.
俗物	신천지 51	1952. 5.
底流	자유세계 5	1952. 8.
病豚記	자유예술 1	1952. 11.
暮雪	영남일보	1952. 12. 9~12. 14.

작품명	발표지	발표년월일
距離	소설집 『底流』	1953
面會	전선문학 3	1953. 2.
外套	신천지 53	1953. 6.
靑春美德(중편)	영남일보	1953. 7. 23~9. 18.
연옥이	문화세계 2	1953. 8.
벌레 먹은 薔薇(중편)	서울신문	1953. 8. 20~9. 29.
人生의 그늘	문예 17	1953. 9.
어느 날의 一等上士	전선문학 6	1953. 9.
再緣	신천지 58	1953. 12.
現實에 立脚한 超現實	문예 20	1954. 1.
대복이	신태양 ?	1954
즐거운 盟誓	애향 1	1954. 3.
竹竹과 龍石	문학과 예술 1	1954. 4.
金敎授語錄	연합신문	1954. 4.
잃어버린 보금자리(중편)	자유신문	1954. 4~6.
再生의 意慾	신천지 64	1954. 6.
同族	신태양 24	1954. 8.
오디	현대공론 8	1954. 8.
靑春은 아름답다(중편)	서울신문	1954. 9. 12~11. 1.
田영감의 住宅問題에 關한 件	신태양 30	1955. 2.
夜警	현대문학 3	1955. 3.
어린 被害者	현대문학 7	1955. 7.
濁流	조선일보	1955. 7. 12~7. 22.
眞娘의 後裔	경향신문	1955. 8. 25~8. 31.
밤거리를 찾아서	문학예술 9	1955. 12.
마을 사람들	광주일보	1956. 1. 1~1. 31.
轉勤	신태양 42	1956. 2.
봄이 온다	매일신문	1956. 3. 6~3. 15.

작품명	발표지	발표년월일
野花	자유문학 1	1956. 6.
登山俱樂部	현대문학 20	1956. 8.
거문고	문학예술 18	1956. 9.
生活의 空白地帶	현대문학 24	1956. 12.
人生黃昏	새벽 15	1957. 1.
對決	문학예술 32	1957. 12.
銀河의 傳說	사상계 53	1957. 12.
申君夫妻	신태양 63	1957. 12.
古家의 지붕밑	자유문학 9	1957. 12.
막다른 골목	현대문학 37	1958. 1.
福을 비는 이 밤에	동아일보	1961. 12. 6~12. 31
어떤 秘話	문학춘추 5	1964. 8.
木蓮	현대문학 116	1964. 8.
逆徒라는 이름의 死刑囚	현대문학 130	1965. 10.
地圖	현대문학 134	1966. 2.
南齋居士	신동아 24	1966. 8.
만춘네	신동아 47	1968. 7.
주홍빛 입술	월간문학 11	1969. 9.
梅花庵 訪問記	월간문학 19	1970. 5.

3. 미완작

작품명	발표지	발표년월일
바다의 王子	야담 1	1955. 7(연재 1회로 중단)

4. 소설집

책명	출판사	출판년도
罪의 告白	백조사	1952
벌레 먹은 薔薇	세문사	1953

책명	출판사	출판년도
幸福의 位置	백조사	1953
底流	홍국연구협회	1953
幸福의 位置	인문각	1957
香花 外	혜문사	1957
黃昏의 戀歌	한국출판사	1957
華麗한 慾望 外	민중서관	1958
草笛	인문각	1961
罪의 告白	아동문화사	1962
사명당전(편저)	을유문화사	1962
林巨正	교문사	1965
萬里長城	민중서관	1967
全琫準	어문각	1967
林巨正	탐구당	1968
聖雄 李舜臣	을유문화사	1969
草笛	삼성출판사	1972
林巨正	공동문화사	1973
林巨正	신조사	1973
黃昏의 戀歌	선일문화사	1974
草笛	을유문화사	1975
소년소설 임꺽정	교학사	1980
黃昏의 戀歌 外	창우문화사	1983
임꺽정	문학예술사	1983
全琫準	평민사	1983
林巨正	대호출판사	1986
子規야 알랴마는	어문각	1988

서양 과학소설의 국내 수용 과정에 대하여

I. 머리말

서양의 과학소설이 이 땅에 들어온 지도 어언 한 세기에 가까운 세월이 흘렀다. 그 동안 그 방면에서 이미 고전이 된 쥘 베른느와 H. G. 웰즈의 작품들을 비롯하여, 에드워드 엘머 스미스의 '우주 오페라'와 로버트 앤슨 하인라인의 '미래사' 시리즈, 그리고 아이작 아시모프, 아서 클라크, 마이클 크라이튼 등의 작품에 이르기까지 수많은 서양의 SF 작가와 작품 들이 우리에게 번역, 소개되었다. 이렇게 외국의 과학소설들은 셀 수 없을 만큼 많이 번역되었지만, 정작 국내 창작물은 매우 희귀한 편이었다. 서양의 과학소설이 이 땅에 소개된 지 반세기를 훨씬 지난 1960년대 중반에 이르러서야 우리나라 최초의 본격 SF로 일컬어지는 문윤성의 『완전사회』(1965년에 발표, 단행본은 1967년 수도문화사에서 출간)가 나왔으며, 그후로도 서광운, 오민영, 이동성, 김학수, 강민, 복거일, 이성수, 이만희 등 극히 소수의 작가들만이 이에 관심을 보이며 과학소설의 명맥을 간신히 이어 가고 있을 뿐이다. 비슷한 시기에 국내에 소개된 서양의 사실주의 문학이 국내 창작계에 미친 영향을 생각해 볼 때, 이는 자못 특이한 현상이 아닐 수 없다. 그러나 사실주의 소설이 각광을 받으면 받을수록 과학소설은 상대적으로 위축되게 마련이다. 왜냐하면 과학소설은 반(反)사실주의 문학 전통에 기반을 두고 있기 때문이다.[1]

1920년대부터 우리 문학에 뿌리를 내린 사실주의 소설은 그후 우리 소설문학의 '정통' 또는 '적자'로 인정받으면서 그 문학적 영토를 끊임없이 넓혀 왔다. 이에 반해 사실주의가 아닌 그 밖의 소설 장르들—예컨대, 추리소설, 과학소설, 연애소설 등은 그 정통에서 벗어난 '이단' 또는 '서자' 취급을 받아 왔다. 연애소설은 남녀간의 애정 문제를 다룬 소설이 예전부터 있었던 까닭으로 그런 푸대접을 받으면서도 줄기차게 씌어질 수 있었다. 그러나 추리소설이나 과학소설은 근대와 더불어 시작된, 그러면서도 우리에게 매우 낯선 소설 형식이었으므로 사실주의 문학의 위세에 눌려 움츠러들 수밖에 없었다. 이런 연유로 어떤 작가가 추리소설이나 과학소설 작품을 쓴다는 것은 대단한 '모험'이 아닐 수 없었다. 사실주의 문학이 문학판을 주도하고 있는 상황에서 그런 '주변문학'이나 기웃거리는 작가들에게 비평가나 연구자들이 결코 고운 눈길을 보낼 리가 없다. 그리하여 추리소설이나 과학소설을 쓰려는 작가들은 그런 문단의 푸대접과 질시를 받아 가면서 오로지 우리 문학의 새로운 영역을 개척한다는 사명감으로 스스로를 다짐해야만 했다. 추리소설 쪽에서는 김내성이 일찍부터 이 일을 감당했지만,[2]

---

1) 로버트 숄즈·에릭 라브킨, 김정수·박오복 옮김, 『SF의 이해』, 평민사, 1993, 13~14쪽.
   사실(fact)과 허구(fiction)를 문학을 구성하는 두 축으로 볼 때, 사실주의 소설이 '사실'에 근접하려고 한다면 과학소설은 '허구' 쪽을 더욱 강조한다. 전자가 세부적 묘사를 통해 동시대의 객관적 진실을 포착하고자 한다면, 후자는 동시대의 진실보다는 미래에 대한 작가의 주관적 비전을 제시하고자 한다. 요컨대 사실주의 소설이 현재에 근거하여 미래를 내다본다면, 과학소설은 미래(또는 현재와는 현저히 다른 시·공간)에서 현재를 돌이켜보는 것이다.

과학소설 쪽에는 그보다 상당히 뒤늦게 그런 일이 이루어졌다. 요컨대 사실주의 소설의 발전이 그 밖의 다른 소설 영역의 발전을 위축시켰고 그런 상황에서 과학소설도 우리 문학에 쉽게 뿌리를 내리지 못했던 것이다.

뿐만 아니라 과학소설을 아동문학의 일종으로 여기는 풍토도 과학소설의 창작을 부진하게 만든 원인이 되었다. 과학소설에는 심각한 뜻이나 눈여겨볼 만한 것이 별로 없고 단지 그것은 애들이나 읽기에 알맞는 소설이라고 생각해 온 것이다(이런 생각은 오늘날에도 별반 달라진 것 같지 않다). 아동문학에 대한 이해가 턱없이 부족하고 그런 오해와 편견이 아무런 반성 없이 통용되는 마당에, 아동문학의 한 종목쯤으로 치부되어 온 과학소설이 어떤 취급을 받았으리라는 것은 쉽게 짐작할 수 있다. 이처럼 과학소설을 아동들이나 읽는 것으로 여긴 탓에 번역 작품도 완역(完譯)이 아닌 초역(抄譯)이 대부분이었고, 몇몇 이름난 문필가들이 일역본을 읽고 그것을 그대로 베껴내는 일도 흔히 일어났다.

이렇게 과학소설 분야에서 국내 창작이 부진하게 된 데에는 여러 가지 원인이 있겠으나, 서양 과학소설의 국내 수용 과정을 꼼꼼히 살펴보는 일도 그러한 원인을 밝히는 데 일정한 몫을 감당하리라고 생각한다. 이 글은 이러한 문제의식에 입각하여 서양 과학소설의 국내 수용 과정을 몇 개의 시기로 나누어 살펴보고자 한다. 시기 구분은 크게 1945년 해방을 기준으로 그 전과 후로 나누되, 해방 후는 다시 해방 후 ~1950년대, 1960년대, 1970년대, 1980년대 등으로 세분하여 고찰할 것이다.[3] 그리고 번역본의 출판 상황에 대해서는 다음과 같은 자료를 이용했다.

---

2) 김창식, 「추리소설 형성기의 실상과 김내성의 『마인(魔人)』」, 『추리소설이란 무엇인가?』, 국학자료원, 1997, 161~200쪽 참조.

김병철, 『한국근대번역문학사연구』, 을유문화사, 1975.

──, 『한국근대서양문학이입사연구』(상)(하), 을유문화사, 1980/1982

──, 『한국현대 번역문학사연구』(상)(하), 을유문화사, 1998.

──, 『한국세계문학 문헌서지목록총람』, 단국대 부설 동양학연구소, 1992.

국립중앙도서관에서 구축한 '국가문헌 종합목록' 데이터베이스.

2. 1900년대부터 해방 이전까지

개항 이후 이 땅에 서구문화가 들어오게 되면서 서양의 수많은 문학 작품들이 국내에 소개되었는데 과학소설의 번역도 그런 문화적 배경 속에서 이루어졌다. 20세기 초부터 해방 전까지 국내에 번역된 과학소설은 매우 적어 현재로서는 단 3편만을 발견할 수 있는데, 모두 쥘 베른느(Jules Verne)의 작품이었다. 흔히 이해조가 번역한 쥘 베른느 원작의 『철세계』(1908)를 국내에 소개된 최초의 과학소설로 알고 있지만, 사실은 그보다 앞서(1907) 쥘 베른느의 『해저 2만 리(Vingt Mile Lieues Sous Les Mers)』가 『해저여행기담(海底旅行奇譚)』이란 제목으로 『태극학보(太極學報)』에 연재되기 시작하였다. 『태극학보』는 1906년 8월 24일 동경에서 창간된 재일유학생(在日留學生) 학술잡지로서, 국가와 민족 현실에 대한 정치철학을 기조로 삼으면서 또한 신교육과 새로운 과학지식의 보급에 힘쓴 잡지였다.[4] 이런 '새로운 과학지식의 보

---

3) 뒷부분을 10년 단위로 끊은 것은, 이 글의 목표가 서양 과학소설의 수용사를 쓰는 것이 아니라 그 수용 과정을 개관하는 데 있는 까닭에, 어디까지나 서술의 편의를 위해 그렇게 한 것이다. 따라서 이 분야의 연구가 좀더 진척될 때, 이러한 시기 구분은 좀더 정확한 기준에 따라 재조정되어야 할 것이다. 그러한 기준이 되는 지표는 예컨대, 과학소설이 성인용 도서에서 아동도서로 전환하게 되는 시기라든가 국내에서 창작 과학소설이 본격적으로 씌어지는 시기 등이 될 것이다.

급'에 앞장선 잡지에 과학소설가로서 세계적인 명성을 누리고 있던 베른느의 작품이 번역, 소개된 것은 어찌 보면 당연한 일이 아닐 수 없다. 『해저여행기담』은 동잡지 8호에서 21호까지 총 11회에 걸쳐 연재되었으며, 번역자는 박용희(朴容喜)[5]였다. 그러나 이 번역작품은 완결되지 못한 채 중단되고 말았는데 전체 작품의 줄거리만으로 판단해 보건대 대략 원작의 1/2정도가 번역된 것으로 보인다. 그러나 이 작품은 국내에 처음 소개된 과학소설이란 점에서 좀더 세밀히 살펴볼 필요가 있다. 먼저, 원작과 번역본의 서두 부분을 비교함으로써 번역의 실상과 번역자의 수용 태도를 알아보기로 하자.

(가) 1866년에 기이한 사건이 하나 있었는데, 그 일은 해명되지도 않았고 해명할 수도 없는 하나의 현상으로서 아마 모두들 잊지 않았을 것이다. 항구에 사는 사람들을 들끓게 하고 내륙에 사는 사람들의 머리를 극도로 자극했던 소문들은 언급하지 않는다 하더라도, 누구보다도 바닷사람들은 몹시 동요했다. 유럽과 아메리카의 상인들과 선주들, 선장들, 요트 선수들과 코치들, 모든 나라들의 해군 장교들, 그리고 두 대륙에 있는 여러 국가의 정부들에게는 그 사실이 초미의 관심사였다.

사실은 얼마 전부터 몇 척의 함선들이 바다 위에서 어떤 〈거대한 것〉과 맞닥뜨렸는데, 그것은 기다랗게 생긴 유선형의 물체로서 고래보다 엄청나게 크고 빠르며 가끔씩 빛을 발하는 것이었다.

그러한 출현과 관련된 사실들은 여러 항해일지에 기록되었는데, 문제의 물체 또는 생명체의 구조라든가 엄청난 속도로 이동하는 것, 운동의 놀라운 힘, 그리고 타고난 것으로 보이는 특수한 생명 등이 상당히 정확하게 일치

---

4) 『태극학보(太極學報)』 영인본(아세아문화사, 1978) 제1권에 실린 백순재의 "해제" 참조.
5) 연재 중간에 번역자의 이름이 바뀌어, 6회부터 8회까지는 백낙당(白樂堂), 9회부터 11회까지는 모험생(冒險生)이라는 익명을 사용하고 있다. 이들이 모두 같은 사람인지 아니면 각기 다른 사람인지 현재로서는 자세히 알 수 없다.

하고 있었다. 그것이 만약 고래류였다면 그때까지 과학적으로 분류한 모든 고래들보다 덩치가 훨씬 컸다. 퀴비에도, 라세페드도, 뒤메릴도, 카트르파쥬도 그것을 직접 보지 않는 한은, 이른바 학자인 그들 자신의 눈으로 확인하지 않는 한에는 그 같은 괴물의 존재를 수긍하지 못했을 것이다.

여러 차례에 걸쳐 이루어진 관찰들의 공통점을 따져보면—그 물체의 길이가 200피트라는 평가나 그 폭이 1,000피트이고 길이가 3,000피트라고 말한 과장된 견해들은 제외하고—어쨌든 그 해괴한 생명체는 그때까지 어류학자들이 인정한 모든 크기들을 훨씬 넘어서는 것이라고 단언할 수 있었다.

그런데 그것은 존재하고 있었다. 그 사실 자체는 더 이상 부정할 수 없었으며, 인간의 두뇌가 불가사의한 것으로까지 밀고 가는 경향이 있다는 것을 생각한다면 그 초자연적인 출현이 전 세계에 몰고 온 동요를 이해할 것이다. 그것을 우화의 일부로 치부해버린다면 단념해야 했다.

실제로 1866년 7월 20일, 캘커타의 버나크 증기해운회사의 증기선 거버너 히긴슨(Governer Higginson) 호는 호주의 동부 해안에서 5해리의 속도로 그 움직이는 물체를 만났었다. 처음에 베이커 선장은 미지의 암초를 만났다고 생각해서 그 정확한 상황을 진단할 채비까지 했는데, 그 불가해한 물체가 내뿜는 두 개의 물기둥이 획획 소리를 내며 공중에 150피트로 솟아오르는 것이었다. 그러므로 그 암초가 간헐적인 팽창의 분출을 하지 않았던들 거버너 히긴슨호는 공기와 수증기가 혼합된 물기둥을 비공을 통해 내뿜는, 정말로 그때까지 아무도 모르는 수중 포유동물이라고 여겼을 것이다.[6]

(나) 天地가 闢ᄒ여 日月이 麗ᄒ고 江山이 分ᄒ여 水陸이 定이라. 天生地靈ᄒᄉ 爱司萬物ᄒ시니 宇內到處에 毋無其跡矣로다. 逐今文明이 倍進에 地理上 發見이 不知其數而十九世紀叔世에 有一大理想的外之事ᄒ니

---

6) Jules Verne, Vingt Mile Lieues Sous Les Mers, Librairie Gen rale Fran aise, 1990. 1~3쪽. 이 부분의 번역은 불문학 박사 송덕호님의 도움을 받았다.

話說印度南方에 大洋洲라 名稱ᄒᆞᄂᆞᆫ 一大洲가 有ᄒᆞᆫᄃᆡ 四面은 海洋에 圍繞ᄒᆞ야 渺茫ᄒᆞᆫ 滄溟은 幾萬里蒼空에 相連ᄒᆞᆫ지 倪涯가 無限ᄒᆞᆫ 듯ᄒᆞ고 海湧ᄒᆞᆫ 波濤은 岩礁에 撞衝ᄒᆞ야 百雷가 俱轟에 天神이 怒吼ᄒᆞᄂᆞᆫ듯 于中猛鷙悍鳶은 攫鳥捕魚에 翔空棲崖ᄒᆞ며 鯨群鮫族은 東走西逐에 山崩川鬪ᄒᆞᄂᆞᆫ 듯ᄒᆞ며, 또 一邊으로 大氣가 瀜溫에 和靄가 滿天ᄒᆞ며 水連空月低水에 金華洞天銀世界에 屹立ᄒᆞᆫ 듯ᄒᆞ다가도 忽然黑漠莫雲飛ᄒᆞ고 蒼溟溟海湧氣嘯에 颶風이 午起ᄒᆞ며 暴雨가 驟作ᄒᆞ야 心身이 阿鼻地獄에 墮落ᄒᆞᆫ 듯ᄒᆞᆫ, 이 自然界의 景光을, 참 形喩ᄒᆞ기 難ᄒᆞᆯ너라.

本洲가 ᄒᆞᆫ번 葡萄아人에 發見ᄒᆞᆫ 비 된 後로 白哲人의 出入이 連絡不絶ᄒᆞ더니 千八百六十六年 七月 中旬頃에 一群漁夫가 海岸에 蝟集ᄒᆞ야 漁具를 整備ᄒᆞ고 灣外에 漕出코져 ᄒᆞᆯ 際에 忽然 海上에 一怪物이 現出ᄒᆞᄂᆞᆫᄃᆡ 動如魚走如獸而非魚非獸며 首尾가 尖銳에 形如鐵鍼ᄒᆞ고 進退左右가 如箭似星에 指目키 難ᄒᆞᆯ너니, 또 閃光이 瞥輝에 非電非燐이라. 漁夫等이 大驚小怪ᄒᆞ야 瞪果顧盱ᄒᆞᆯ 뿐이러니 內에 年老ᄒᆞᆫ 一漁夫가 일너曰 吾儕가 일직 드르미 昔日 歐洲北端 노-웨(諾威) 海岸에 一奇異ᄒᆞᆫ 白蛇가 現出ᄒᆞ얏ᄂᆞᆫᄃᆡ 長이 數百尺이요 尾力의 强大ᄂᆞᆫ 五六百噸의 船隻이라도 容易이 飜覆ᄒᆞᆫ다 ᄒᆞ고, 또 드른즉 印度의 土人은 이를 敬畏ᄒᆞ야 雨神이라 稱ᄒᆞ고 乾旱ᄒᆞᆫ 時節에ᄂᆞᆫ 이 것에 祈雨ᄒᆞᆫ다더니, 이 怪物이, 그 白蛇가 아니뇨 ᄒᆞ미 衆漁夫가 다ㅣ 唯唯ᄒᆞ더라. 以後로 該怪物이 太平洋上과 亞多羅(大洋洲 近海) 海邊에 出沒ᄒᆞ야 作弊가 尤甚ᄒᆞ미 歐米諸國間에 風說이 紛紜ᄒᆞ야 航家船客이 東洋에 遠渡홈을 危懼ᄒᆞ며 博學措大의 論評이 不一ᄒᆞ야 或은 浮礁라 或은 魚族이라 或은 獸類라 互相主張ᄒᆞ야 다ㅣ 怪物을 探出코져 熱望ᄒᆞᆯ 際에(…)[7]

(천지가 열리어 일월이 빛나고 강산이 나뉘어져 수륙이 정해졌도다. 하늘이 땅의 정기를 내시어 만물을 다스리게 하시니 우주의 여기저기에 그 흔적

---

7) 『태극학보』 제8호, 41~42쪽.

이 드물구나. 지금의 문명이 나날이 발전하여 지리상 발견이 이루 말할 수 없이 많았으나 19세기 말엽에 하나의 거대하고 신기한 일이 있으니,

그를 말하자면, 인도 남방에 호주라는 대륙이 있는데, 사면이 바다로 둘러싸여 넓디넓은 바다는 몇 만리 창공에 맞닿았는지 수평선이 무한한 듯하고, 일렁이는 파도는 암초에 부딪쳐 온갖 천둥이 동시에 울리는 듯, 천신이 노하여 소리를 지르는 듯, 그 중에도 사나운 수리와 무서운 소리개는 새를 채고 고기를 낚아 공중으로 날아 벼랑 끝에 앉고, 고래와 상어 무리들은 동쪽으로 달리고 서쪽으로 치달아 산이 무너지고 내[川]가 다투는 듯하며, 또 한편에서는 대기가 흐르다 저녁 노을을 만나 하늘을 가득 메우고, 물은 공중에 맞닿고 달은 물 속에 잠기어 금화동천은세계(신선의 땅)에 우뚝 솟은 듯하다가도 홀연히 검은 먹구름 되어 떠돌고, 푸르른 바다에 미친 듯이 잦아들어 회오리바람이 일어나고 폭우가 쏟아져 심신이 아비지옥에 떨어지는 듯하도다. 이 (거대한) 자연의 광경을 참으로 형용하기 어려워라.

본 대륙이 포르투갈인에게 한 번 발견된 이후로 백인의 출입이 잦아 끊이지 않더니 1866년 7월 중순경에 어부들이 해안에 떼지어 모여 어구를 정비하고 만의 바깥으로 고기잡이를 가려 할 적에, 갑자기 바다 위에 하나의 괴상한 물체가 출현하였는데, 움직임은 물고기와 같고 달림은 짐승과 같으나 물고기도 아니고 짐승도 아니며, 대가리와 꼬리가 뾰족하여 마치 철침과 같고, 나아가고 물러남과 왼쪽 오른쪽으로 방향을 트는 것이 화살 같이 빠르고 별처럼 반짝이어 쳐다보기조차 어렵더니, 섬광이 번쩍하니 전기불도 도깨비불도 아닐러라. 어부들이 크게 놀라 눈만 껌벅거리며 두리번두리번할 뿐이다. 그 가운데 나이 많은 한 어부가 이르기를 "우리가 일찍 들으매, 옛날 구라파 북단 노르웨이 해안에 기이한 백사 한 마리가 출현하였는데, 그 길이가 수백 척이요 꼬리 힘의 세기는 5·6백 톤의 배라도 쉽게 뒤집을 수 있을 정도라 한다. 또 들으니 인도의 토인들은 이를 경외하여 비의 신이라 칭하고 가물 적에는 이것에 비를 빈다고 하니 이 괴물이 그 백사가 아닌가"

하매 여러 어부들은 다 그런 줄만 알고 어쩔 줄 몰라 하더라. 이후로 그 괴물이 태평양과 호주 근해에 나타나 그 작폐가 매우 심하므로 구미 제국간에 풍설이 분분하여 뱃사람들이 동양으로 항해하는 것을 두려워하고, 내노라하고 우쭐대는 사람들의 논평들도 한결같지 못하여 어떤 사람은 떠다니는 암초라 하고 어떤 사람은 물고기에 속한다 하며 어떤 사람은 짐승의 종류라고 주장하였다. 모두가 그 괴물을 찾아내고자 열망할 적에…)

(가)와 (나)를 비교해 보았을 때 번역본이 거의 의역(意譯)에 가까움을 알 수 있다. 즉 원작에도 없는 호주의 지리에 대한 설명을 맨 앞에 붙인 것이라든가, 원작과 다르게 어부들이 해안에서 어구를 정비하다가 괴물을 발견한 것으로 되어 있는 것 등이 그 증거이다. 그렇다면 이렇게 이야기 자체―호주 해안에서 괴물체가 발견되었다는 것―에는 큰 변화가 없으나 세부 묘사에서 차이가 나타나는 까닭은 무엇일까? 그것은 번역자가 독자를 의식하고 그들의 정서와 수준에 맞도록 원작을 적당히 고쳤기 때문이다. 특히 호주의 위치와 그 지리에 대한 묘사는 독자의 이해를 돕기 위해 번역자가 임의로 덧붙인 것으로 보인다. 이 점은 본문 가운데 생소한 말이나 학문적 설명이 필요한 말에 부호를 표시해 두고 이에 대한 설명을 그 단락 끝에 일종의 주석처럼 달아 놓은 것에서도 다시금 확인할 수 있다. 뿐만 아니라 연재 2회분에서는 주인공 아로닉스 박사가 한일청(韓日淸)의 역사를 논하는 장면이 나오는데, 이것은 역자가 뚜렷한 목적의식을 가지고 원작과 상관없이 의도적으로 끼워 넣은 부분으로서, 역자의 의도는 독자들에게 국가와 민족이 처한 현실을 깨닫게 하여 궁극적으로 그들의 정치의식을 고취하려는 것이었다. 따라서 역자는 베른느의 작품 자체보다는 이를 통한 정치의식의 고취나 새로운 지식(특히 과학 지식)의 보급에 주안점을 두었음을 알 수 있다. 그리고 번역자는 연재 1회분 앞머리에 붙인 역술자의 말에

서 마치 베른느의 작품을 직접 읽은 것처럼 기술하고 있는데(惜近讀佛
國文士슐스펜氏所著海底旅行), 이는 매우 의심스럽다. 만일 불어를 해독
할 능력을 지녔다면 'Jules Verne'를 '슐스펜'이라고 표기할 리 만무하
기 때문이다. 그러므로 뒤에 언급할 이해조의 『철세계』처럼 일역본 내
지는 중역본을 읽고 이를 대본으로 삼았을 가능성이 더 크다고 하겠다.

한편 두 번째로 번역된 『철세계』는 원제가 『인도 왕녀의 오억 프랑
(Les Cing cents Millions de la Bégum)』인데, 이 번역본 역시 거의 창작
에 가까울 정도로 원작의 내용을 과감히 생략·축소했을 뿐만 아니라
때로는 이를 적당히 변개하기도 했다.[8] 이런 점에서 이해조의 수용 태
도도 극히 주관적이다. 다시 말해서, 그에게 중요한 것은 작품 자체가
아니라 그 작품의 메시지가 가지고 있는 강렬한 환청성(喚情性)이었던
것이다.[9] 『철세계』의 번역 대본에 관해서는 두 가지 설이 있다. 하나는
모리다 시겐(森田思軒) 일역본 『철세계』가 그 대본이라는 견해이고,[10]
다른 하나는 이해조의 역본에 일역본에는 없는 '과학소설'이란 명칭을
내세운 점을 중시하여 포천소(包天笑)의 중역본 『철세계』가 그 대본일
가능성을 짙다는 견해이다.[11] 김병철에 의하면, 일역본은 영역본 『The
Begum's Fortune』을 대본으로 한 것이라 한다. 따라서 이해조가 일
역본을 대본으로 취했다면 원작→영역본→일역본→한역본 순으로 되
어 세 단계의 번역 과정을 거친 셈이 된다. 한편 중역본을 대본으로 했
다면 원작→중역본→한역본이 되어 두 단계를 거친 셈이 된다. 어느
쪽이든 이해조의 『철세계』는 원작을 직접 번역한 것이 아니라 적어도
이중의 번역 과정을 거쳐 나온 것임에 틀림없다. 이해조의 역본이 원작

8) 최원식, 『한국근대소설사론』, 창작사, 1986, 40~46쪽.
9) 최원식, 앞의 책, 42쪽. 이해조가 이 작품을 번역한 의도에 대해서는 이미 최원식이 상세하게 고찰한
   바 있으므로 자세한 내용은 그 쪽으로 미루고, 여기서는 다만 번역자의 수용 태도만을 문제삼도록 하
   겠다.
10) 김병철, 『한국근대번역문학사연구』, 을유문화사, 1975, 273쪽.
11) 최원식, 앞의 책, 40쪽.

과 상당한 차이를 갖는 것은 이런 점에서 거의 필연적이라 할 수 있다. 이렇듯 초창기 과학소설의 번역은 서양의 다른 문학작품의 번역과 마찬가지로 대체로 중역(重譯) 또는 삼중역(三重譯)의 과정을 거쳤다.

이렇게 베른느의 두 작품이 잇달아 번역된 뒤로는 서양 과학소설의 번역이 거의 중단되다시피 했다. 다만 1920년대에 베른느의 『월세계 여행』이 신일용(辛日鎔)에 의해 번역, 소개되었을 뿐이다. 이 작품은 1924년 박문서관에서 출판한 것으로 기록되어 있는데,[12] 자료를 구해 볼 수 없어 현재로서는 그 구체적인 내용을 잘 알 수 없다. 지금까지 논의한 바를 간단히 요약하면 다음과 같다.

1) 1900년대부터 해방 전까지 서양 과학소설의 번역은 다른 문학 장르에 비해 극히 소수에 그쳐 단 3편이 번역되었을 뿐이며, 그것은 모두 쥘 베른느의 작품이었다.

2) 최초로 번역된 과학소설은 이해조의 『철세계』가 아니라 1907~8년에 걸쳐 『태극학보』에 연재된 『해저여행기담』이었다.

3) 과학소설의 번역은 서양의 다른 문학 작품의 번역과 마찬가지로 대체로 이중 삼중의 번역 과정을 거친 것으로 보인다.

4) 역자들의 수용 태도는 극히 주관적이었다. 다시 말해서 그들이 중요시한 것은 작품 자체의 번역보다는 그 작품에 담긴 메시지가 환기하는 현실 규정력이었다. 그래서 원작 또는 그들이 대본으로 삼은 작품이 그런 점에서 불충분하게 보일 때는 이를 과감하게 고치는 일도 서슴지 않았던 것이다.

---

12) 김병철, 『한국세계문학 문헌서지목록총람』, 단국대 부설 동양학연구소, 1992, 24쪽.

3. 해방 후부터 1950년대까지

이 시기에 서양의 과학소설은 여러 문헌을 검토한 결과, 현재로서는 약 6종이 번역된 것으로 보인다. 쥘 베른느의 『해저 2만 리』와 『80일간의 세계일주(Le Tour Du Monde Quatre-Vingts Jours)』, H. G. 웰즈의 『투명인간(The Invisible Men)』, 제임스 힐튼(James Hilton)의 『잃어버린 지평선(Lost Horizon)』, 올더스 헉슬리(Aldous Huxley)의 『멋진 신세계(Brave New World)』 등이 그것이다. 이제 이들 작품의 출간 시기와 번역자, 그리고 번역의 실상에 대해서 살펴보기로 하자.

해방 후부터 1950년대 중반까지는 나라 잃은 시기와 마찬가지로 과학소설의 번역이 거의 이루어지지 않았다. 그러다가 1955년에 제임스 힐튼의 유토피아 소설 『잃어버린 지평선』이 신태양사에서 출판되었는데 역자는 안동민(安東民)이었다. 논자에 따라서는 주류문학에 속하는 힐튼의 『잃어버린 지평선』을 과학소설에 포함시키지 않는 경우도 있으나, 앤소니 버제스나 토마츠 핀천, 심지어 보르헤스의 작품들까지 과학소설로 보는 오늘날의 상황에서 이 소설을 과학소설로 보지 못할 이유는 없다고 생각한다. 과학소설의 개념이 그만큼 확대되고 보다 유연해진 것이다. 다만 여기서는 이 소설을 과학소설로 볼 수 있는 몇 가지 근거를 제시한 후 논의를 진행코자 한다. 과학소설은 언제나 유토피아와 안티유토피아의 경계선으로 우리를 데리고 감으로써 인간의 한계와 가능성을 보여주고자 한다.[13] 힐튼의 소설이 감동을 주는 것도 티벳 산중의 선경(仙境) '샹그릴라(Shangri-la)'를 다녀온 주인공 콘웨이의 경험이 바로 그런 유토피아와 안티유토피아의 경계선을 보여주기 때문이다. 또한 주제와 기법 면에서도 『잃어버린 지평선』은 과학소설의

---

13) 김성곤, 「SF: 새로운 리얼리즘과 상상력의 문학」, 『외국문학』 26호, 1991년 봄, 21쪽.

요건을 충분히 갖춘 작품이라 생각된다. 예컨대, 이 소설의 주제를 압축하고 있는 라마교 사원의 승정과 콘웨이의 대화에서 우리는 과학과 테크놀로지에 대한 비판과 미래에 대한 비전, 그리고 문명과 자연에 대한 성찰을 읽어낼 수 있다. 또한 샹그릴라와 그곳에서의 콘웨이의 경험은 시간과 공간을 초월하고 과거와 미래가 연결되어 있으며 의식과 무의식이 뒤섞여 있는 사건들로 짜여져 있는데, 여기서 우리는 과학소설이 지닌 그 독특한 내러티브를 발견할 수 있는 것이다.[14] 이로써 『잃어버린 지평선』을 과학소설로 볼 수 있는 근거가 대충 밝혀진 셈이다. 그렇다면 번역의 실상은 어떠한가? 먼저 역자 안동민은 서울대 국문과 출신으로 1950년대 초에 등단, 소설가로 활동하던 사람인데, 그가 번역일에 손을 댄 것은 아마도 이 작품이 처음이 아닌가 한다. 그후로 그는 소설을 쓰는 한편 직업적인 번역가로 나서 활발한 활동을 보인다. 주로 영미소설 쪽을 번역하였으나 이에 구애되지 않고 프랑스 문학과 러시아 문학은 물론, 심지어 이태리 문학까지 번역하며 자신의 영역을 확대해 나갔다. 이로 보아 그는 원고료를 벌 수 있는 기회가 생기면 어느 나라 문학인가를 따지지 않고 마구잡이로 번역하였음을 알 수 있다. 그런데 이렇게 여러 나라의 문학작품을 번역하는 일은 이미 한 개인의 능력을 넘어서는 일이다. 다시 말해서 한 사람이 여러 나라 말에 능통할 수는 없는 일이므로 자연히 '편법'을 쓰지 않을 수 없었을 것이라는 뜻이다. 그런 점에서 그가 번역한 『잃어버린 지평선』의 역본 역시 원작을 직접 번역한 것이라기보다는 일역본의 중역일 가능성이 매우 크다. 더구나 많은 문인들이 그런 편법을 사용해 오던 터라 그도 별다른 문제의식 없이 자연스럽게 그런 추세를 따랐다고 볼 수 있다.

힐튼의 『잃어버린 지평선』에 이어 1956년에는 베른느의 『해저 2만

---

14) SF 장르의 주제와 기법에 대해서는 김성곤, 앞의 글, 13쪽 참조.

리』가 '해저여행'이란 제목으로 번역, 출간되었다. 해방 전에 박용희가 이 작품을 부분 번역한 적이 있다는 점은 앞에서 이미 밝혔다. 그후 오랫동안 작품 전체의 번역이 이루어지지 않다가 이때 비로소 전체적인 번역이 이루어진 것이다. 그러나 이것 역시 완역이 아닌 초역에 불과했다. 이 책은 동국문화사에서 펴낸 아동용 『세계명작선집』에 포함되어 있는데, 현재로서는 이것이 1950년대에 번역된 과학소설 가운데 유일한 아동용 도서가 아닌가 싶다.

1959년에는 베른느의 『80일간의 세계일주』, H. G. 웰즈의 『투명인간』, 올더스 헉슬리의 『멋진 신세계』 등이 잇달아 번역, 소개되었다. 특히 『80일간의 세계일주』는 두 군데에서 거의 동시에 출판되었는데, 김사향(金史鄕)이란 이가 번역한 삼중당본(三中堂本)과 소설가 오유권이 번역한 자유공론사본(自由公論社本)이 그것이다. 삼중당본의 역자 김사향이 어떤 사람인지는 자세히 알 수 없고, '사향(史鄕)'이란 이름도 필명인 듯싶다. 당시(1950년대 후반) 불문학을 번역하는 일에는 해방 전부터 역필을 들어 온 손우성, 박광선, 최완복, 이휘영, 안응렬 등이른바 해방 제1세대와 그들의 제자격인 해방 제2세대, 곧 김붕구, 박이문, 정기수, 정명환, 방곤, 이환, 원윤수, 송재영 등이 활약하고 있었는데,[15] 그들 가운데 그런 필명을 사용한 흔적은 발견할 수 없다. 그 책의 출간 전후로 그런 이름을 사용한 번역자는 1960년에 단 한 차례 나올 뿐이다.[16] 이로 보아 그는 출판사 쪽에서 적당히 이름을 붙인 가공의 인물인지도 모른다. 아무튼 책의 겉표지에 붙어 원제목을 표시해마치 원전을 직접 번역한 것처럼 선전하고 있으나, 앞의 여러 정황으로 미루어 볼 때 원전의 1차 번역이라기보다는 아무래도 중역(重譯)일

15) 김병철, 『한국현대번역문학사연구』(상), 을유문화사, 1998, 88쪽.
16) 역시 삼중당에서 출간한 한스 H. 에베르스 원작의 『흡혈귀』라는 책에서 그 역자가 김사향으로 적혀 있다.

가능성이 크다. 만일 직업적인 문필가가 그의 본명을 감춘 채 '김사향'이란 필명을 사용했다면, 그 경우 그의 대본은 십중팔구 일역본일 것이다. 그러나 불문학을 전공한 아마추어 번역가가 어떤 이유에서건 자신의 본명을 밝힐 수 없어 그런 필명을 사용했을 가능성도 완전히 배제할 수는 없다. 그 경우 그가 주로 의지한 것은 영역본이었을 것이고 아울러 원작도 곁에 두고 충분히 참고했을 것으로 짐작된다. 이런 사정은 오유권이 번역한 책도 마찬가지였을 터이다. 불문학 전공자도 아닌 오유권이 베른느의 작품을 번역할 수 있었던 것은 그가 일본말을 배운 세대(1928년생)였기 때문이 아닐까. 필경 그는 일역본을 읽고 이를 대본으로 하여 베른느의 소설을 중역했을 것이다. 1950년대 중반까지만 해도 방인근, 김송, 계용묵, 김용호, 김내성, 박훈산, 김광주, 장만영 등과 같은 비전공 문인들이 일역본의 중역으로 프랑스 소설의 번역을 담당했다[17]는 점도 이를 반증한다. 따라서 『80일간의 세계일주』가 어떤 번역 과정을 거쳐 그런 모습으로 출판되었는가를 알아보기 위해서는, 원작과 번역본의 비교도 필요하겠지만 그보다 앞서 일역본과 한글 번역본의 대조 작업이 먼저 이루어져야 할 것이다. 그런 다음에야 어떤 구체적인 결론을 이끌어낼 수 있을 것으로 생각된다. 다만 여기서는 이를 일일이 따져볼 겨를이 없으므로 문제 제기만 하고 넘어가고자 한다.

   같은 해 양문사(陽文社)에서는 웰즈의 『투명인간』(박기준 역)과 헉슬리의 『멋진 신세계』(권세호 역)을 문고본으로 출판하였다. 이 『투명인간』의 출판을 계기로 과학소설의 고전으로 불리는 베른느와 웰즈의 작품 가운데 그 동안 우리 번역계에서 소홀히 했던 웰즈의 작품도 비로소 번역, 소개되기 시작하였다. 『투명인간』의 역자인 박기준은 책의 첫

---

17) 김병철, 『한국현대번역문학사연구』(상), 87~88쪽.

머리에 실린 '해설'에서 웰즈를 20세기 문명비판사에서 빼놓을 수 없는 중요한 인물이라고 평하면서, 웰즈의 생애와 경력, 그리고 그의 중요한 저작들을 간단히 소개하고 있다. 그리고 '역자 후기'에서는 이 작품의 의의를, 주인공의 비극적 결말이 인류의 앞날을 위한 사전 경고라는 점에서 찾고 있다. 결국 역자의 의도는 이 작품을 한낱 허황한 이야기로 받아들이지 말고 20세기 과학문명에 대한 비판을 담고 있는 소설로 읽어달라는 데 있는 듯하다. 양문사판 헉슬리의 『멋진 신세계』도 국내에 처음 번역된 것이다. 과학소설 가운데는 유토피아에 대한 인간의 꿈과 그 좌절을 그린 '유토피아/디스토피아' 계열의 작품들이 여럿 있어 하나의 큰 줄기를 이루고 있는데, 『멋진 신세계』는 그 중 대표적인 작품이다. 역자 권세호는 서울대 영문과 출신의 영문학자로서 이 책 이전에 이미 몇 권의 역서를 출간한 바 있다. 영문학자답게 그는 책 앞에 붙인 글에서 번역본의 대본을 명확히 밝혔으며, 번역 과정에서 겪었던 어려움, 특히 원작에 나오는 특수한 단어의 처리 과정에 대해서 상세하게 설명하고 있다. 기왕의 역자 해설이 대부분 원작자나 원작을 간략하게 소개하는 수준에 머물고 있는 점을 감안할 때, 이는 번역자로서 그의 성실한 모습을 보여준 것이라 생각된다. 이런 성실한 자세는 원작에서 수없이 인용되는 세익스피어의 인용구를 처리하는 문제에서도 드러난다. 즉 그는 세익스피어 연구서의 도움을 받아 원작에 인용된 세익스피어 작품을 일일이 찾아 그 출처를 분문 가운데 역주로써 밝혀 두었던 것이다. 여기서 우리는 그가 원작을 충실하게 옮기는 데 온 힘을 기울였을 뿐만 아니라, 한편으로는 이를 읽는 독자의 입장도 고려해 그들이 원작의 참뜻을 이해할 수 있도록 여러 가지 수단을 강구했음을 알 수 있다. 어찌 보면 이는 번역자로서 지켜야 할 최소한의 도리에 불과하다. 그러나 그런 최소한 도리마저 외면하기 일쑤이고 중역본이 1차 역본으로 둔갑하는 풍토에서, 그의 이런 성실한 자세는 번역자의 책무를 다했다는 점에서 그만큼 돋보이는 일이었다.

그러면 지금까지 논의한 바를 간단히 요약한 다음 1960년대로 넘어가기로 한다.

1) 해방 후부터 1950년대 중반까지는 나라 잃은 시기와 마찬가지로 과학소설의 번역이 거의 이루어지지 않았다. 그러다가 1955년 제임스 힐튼의『잃어버린 지평선』이 번역된 이래, 베른느의『해저여행』(1956)과『80일간의 세계일주』(1959), H. G. 웰즈의『투명인간』(1959), 그리고 올더스 헉슬리의『멋진 신세계』(1959) 같은 작품이 잇달아 번역, 소개되었다.

2) 역자들 가운데 문인이나 익명을 사용한 이는 대체로 일역본을 대본으로 삼아 중역한 것으로 보인다. 그러나『투명인간』과『멋진 신세계』의 역자처럼 외국어 해독 능력을 갖춘 이가 원작을 직접 번역한 경우도 있었다.

4. 1960년대

1960년대에 들어서면서 서양 과학소설의 번역은 이전과는 비교가 안 될 정도로 양적으로 늘어나게 된다. 1900년대부터 1950년대까지 번역된 과학소설 작품은 10종을 넘지 않았으나, 1962년 한 해에 출판된 것만 해도 이미 그 숫자를 넘어서고 있으며, 그것을 포함하여 1960년대에는 대략 50여 종의 작품이 번역, 출판된 것으로 파악된다.[18] 그러나 이들 번역물은 단행본 형태로 출판된 것이 아니라, 세계문학전집류, 특히 아동문학전집류 속에 포함되어 출판된 것이 대부분이었다.

---

18) 물론 이 수는 한 작가의 동일 작품을 여러 출판사에서 중복 출판한 것까지 포함한 것이다.

이 시기에 아동문학전집을 낸 출판사들은 아테네사, 문예출판사, 홍자출판사, 교학사, 양서각, 성문각, 어문각 등인데, 이들 출판사는 우리 청소년들에게 읽힐 세계문학전집을 엮어내면서 그 속에 서양의 과학소설 명작을 다수 포함시켰다. 특히 몇몇 출판사는 '세계과학모험전집'이니, '우주과학모험전집'이니 하는 이름으로 과학소설류만 따로 모아 출판하기도 했다.

이렇게 1960년대에는 과학소설이 아동을 대상으로 한 문학 형태로 출판되었고, 바로 그 점이 그 이전과 뚜렷이 구별되는 점이다. 1900년대부터 1950년대까지 과학소설은 더러 문고본으로 출판되기도 했지만 어디까지나 성인들을 대상으로 한 것이었다. 그러던 것이 1962년 아테네사에서 쥘 베른느의 작품과 로버트 하인라인의 작품을 비롯한 여러 과학소설을 아동용으로 출판한 이래, 그러한 출판 방식이 하나의 일반적인 추세로 굳어지고 말았다. 그리고 이런 경향은 1970~80년대로까지 줄곧 이어졌다. 이런 점으로 보아 1960년대는 우리의 아동문학사에서 하나의 분수령을 이루는 시기임에 틀림없지만, 과학소설 분야에서도 대단히 중요한 시기가 아닐 수 없다. 또한 서양 과학소설의 번역 붐이 이는 것은 우리 현대교육사에서 과학교육을 강조한 시기와 밀접한 연관을 갖는다.

1960년대에 처음 소개된 주요 SF 작가는 로버트 A. 하인라인(Robert A. Heinlein), 에드거 R. 버로우즈(Edgar R. Burroughs), 아이작 아시모프(Isaac Asimov), 모르데카이 로쉬왈트(Mordecai Roshwald), 라이더 H. 하가드(Rider H. Haggard), 에드먼드 해밀튼(Edmond Hamilton), 필립 와일리(Philip Wylie) 등이다. 물론 이미 소개된 베른느와 웰즈의 작품들도 계속 나왔지만, 이번에는 성인물이 아닌 아동문학 형태로 번역되었다는 점이 다르다.

먼저, 작가별로 번역된 작품들을 열거하면서 그 구체적인 모습을 알아보기로 한다.

　로버트 하인라인의 경우는 『우주선 갈릴레오호』(최지수 역, 문예출판사, 1962/ 역자 미상, 홍자출판사, 1968), 『미래로의 여행(원제: The Door Into Summer)』(박화목 역, 문예출판사, 1968), 『우주전쟁(원제: Between Planets)』(박화목 역, 문예출판사, 1969), 『붉은 혹성의 소년(원제: Red Planet)』(장수철 역, 문예출판사, 1969), 『우주형제의 비밀』(편집부 역, 교학사, 1969) 등이 번역되었는데, 모두 아동용으로 출판된 것이었다. 역자들은 대개 아동문학가로 활동하던 사람들인지라 당연히 원작의 충실한 번역보다는 그것의 교육적 효과를 더 중요시했다. 그런 까닭에 그들은 원작을 보다 재미있고 쉽게 이해할 수 있도록 꾸미는 데 힘을 쏟았고, 그런 과정에서 원작은 상당 부분 축소·개편되지 않을 수 없었다. 과학소설의 번역에 있어서 원작의 임의적인 변개는 그전부터 흔히 있었던 일이라 그런 행위 자체를 비난할 수는 없는 노릇이다. 그러나 문제는 이렇게 아동용 출판물이 주류를 이루다 보니, 사람들이 과학소설이라면 으레히 청소년들이나 읽는 것으로 오해하게 되었으며, 성인용 과학소설(번역작품이든 창작작품이든 간에)이 거의 출판되지 않는 상황에서 그런 오해와 편견이 아무런 반성 없이 하나의 통념으로 굳어져 버렸다는 사실에 있다. 바람직한 방향은 원작을 알기 쉽게 요약한 아동용은 아동용대로, 그리고 원작의 참맛을 느낄 수 있는 성인용은 또 성인용대로 각기 제 영역을 구축해 가며 출판되는 것인데, 오히려 성인용으로 출판되던 작품들마저 아동용으로 바뀌어 가는 추세였으니 과학소설 분야의 건전한 발전은 기대하기 힘든 상황이었다. 영세한 출판업자들은 위험 부담이 큰 성인물보다는 비교적 안정된 수입을 보장해 주는 아동용 도서를 선호했던 것이다. 그래서 하인라인의 미래사 연작물 가운데 걸작으로 평가되고 있는 많은 작품들—예컨대, 『달은 무자비한 밤의 여왕(The Moon Is a Harsh Mistress)』, 『낯선 세계의 이

방인(Stranger in a Strange Land)』 등—이 번역되지 못했으며, '미래
로의 여행'으로 제목이 바뀌어 출판된 『여름으로 가는 문』도 1990년대
에 들어서야 비로소 완역본(임창성 옮김, 잎새, 1992)이 나왔던 것이다.

화성 연작물로 유명한 미국의 SF 작가 에드거 버로우즈의 작품은
비교적 뒤늦게 수용되었는데, 1967년 그의 화성 연작소설 가운데 첫
작품인 『화성의 공주(A Princess of Mars)』가 '화성의 미녀'란 제목으
로 번역, 소개되었다. 장문사에서 펴낸 이 책은 하인라인의 작품과는
달리, 아동용이 아닌 성인용으로 출판되었다. 이 책의 역자인 서광운
(徐光云)은 일본 동경대학 수학과 출신의 언론인(한국일보사 근무)으로
1960년대에 이미 자신이 쓴 과학소설을 『학생과학』지에 연재할[19] 만큼
과학소설에 남다른 관심과 애정을 기울인 사람이었다.[20] 서광운이 버
로우즈의 작품을 번역한 까닭은 책 끝에 붙인 역자의 말에서 어느 정
도 드러난다. 거기서 그는 오늘날 과학소설은 이른바 '우주활극(스페이
스 오페라)' 시대를 맞고 있는데, 버로우즈는 바로 그런 우주활극 시대
의 개막을 알린 작가로서 그의 등장을 계기로 미국은 SF계의 제1선으
로 도약하여 현재에 이르기까지 우위를 차지하고 있다고 했다.[21] 미국
이 SF계의 제1선으로 도약했다는 말은 세계 과학소설의 중심이 유럽
에서 미국으로 이동했다는 뜻이다. 베른느와 웰즈의 작품이 달세계를
소재로 한 것을 제쳐놓고는 대부분 그 무대가 지구에 발이 묶여 있는
동안, 상상의 날개는 광활한 우주 공간으로 뛰어나가 웅대한 우주활극

---

19) 『학생과학』지는 1965년 11월경에 창간된 청소년 대상의 과학잡지로서, 창간 당시부터 신예 작가의
    과학소설을 줄곧 연재해 왔다. 글쓴이가 현재 입수한 자료에 근거할 때, 1960년대 이 잡지에 과학소
    설을 연재한 작가로는 서기로, 서광운, 오민영 등이 있었고, 서광운은 여기에 『관제탑을 폭파하라』,
    『바다 밑 대륙을 찾아서』, 『4차원 전쟁』 등을 연재하였다. 박상준, 「우리나라의 SF 도입과 발달 역
    사」, 『SF 매거진』, 1993.
20) 박상준에 의하면, 그는 1960년대 말에 몇몇 청소년 작가들과 함께 '한국SF작가클럽'을 결성했다고
    한다(박상준, 앞의 글). 또한 그는 1975년 한국SF작가협회에서 엮어낸 『한국과학소설전집』(전 10권,
    해동출판사)에 『북극성의 증언』을 비롯한 4편의 과학소설을 싣기도 했다.
21) 『화성의 미녀』, 장문사, 1967, 303쪽.

의 시대를 열었고, 미국은 그런 시대적 흐름의 첨단에 서 있다는 것이다. 따라서 그가 버로우즈의 작품을 번역한 것은 그런 세계적인 추세를 따르는 한편, 이를 통해 독자들에게 유럽 쪽의 베른느나 웰즈의 작품과는 사뭇 그 양상이 다른, 새로운 형식의 과학소설을 소개하려는 의도를 지녔을 것이다.

아이작 아시모프의 경우는 그의 로봇 연작소설 가운데 하나인 『벌거벗은 태양(The Naked Sun)』이 '로봇나라 소라리아'란 제목으로 출판되었는데(이주훈 역, 문예출판사, 1969), 역시 아동용 도서였다. 역자 이주훈(李柱訓)은 1940년 아동극으로 등단, 당시 동화작가로 활약하던 사람인데,[22] 이 책 이전에 그는 R. M. 이람의 『소년화성탐험대』를 번역하기도 했다. 아시모프는 로봇 이야기를 줄기차게 써 오던 작가로서 이른바 '로봇 공학의 3원칙'에 충실한 선의의 로봇을 창조한 것으로 유명하다. 따라서 역자는 이 이야기를 통해 아이들에게 인간과 로봇의 서로 대립하지 않고 친밀한 관계를 유지하는 면을 보여주려 한 듯하다.

이밖에 모르데카이 로쉬왈트의 반핵 소설 『지하 7단계(원제: Level Seven)』,[23] 에드먼드 해밀튼의 『백만 년 후의 세계(원제: City at World's End)』(김영일 역, 문예출판사, 1968), 라이더 H. 하가드의 『솔로몬의 동굴』(이인석 역, 문예출판사, 1969), 필립 와일리의 『지구 마지막 날(원제: When Worlds Collide)』(안동민 역, 문예출판사, 1969) 등이 번역되었고, 로쉬왈트의 작품을 제외하고는 전부 아동용으로 출판되었다. 또한 1980년대에 집중적으로 번역, 소개된 통속 SF 작가로 알려진 해밀튼

---

22) 이재철, 『아동문학개론』, 문운당, 1967, 419~420쪽.
23) 이 작품은 『남북구전후문제작품집』(신구문화사, 1961)에 '제7지하호'(오상원 역)란 제목으로 실려 있는데, 이것은 후일 『핵폭풍의 날』(세계사, 1989)이란 제목으로 다시 출간되었다. 작가 모르데카이 로쉬왈트는 이스라엘 출신의 사회학자로서 1959년에 이 작품을 발표하여 당시에 대단한 파장을 불러 일으켰으며, 그후 이 소설은 반핵소설의 선구적인 작품으로 평가받았다.

의 작품이 이미 1960년대부터 수용되기 시작했음을 알 수 있다.

이렇게 새롭게 소개된 SF 작가와 작품들도 많았지만, 기왕에 소개된 베른느나 웰즈의 작품도 계속해서 수용되었다. 서양 과학소설의 번역과 출판에서 그 두 사람은 '단골 메뉴'였던 것이다. 여기에는 앞서 나왔던 것을 다시 번역한 것도 있고 새로 추가된 작품도 있다. 베른느의 경우에는『달세계 여행기』(이병호 역, 양서각, 1965)와『바다 밑 탐험기』(김형걸 역, 양서각, 1965)가 전자에 속하고, 1964년 향우문화사에서 펴낸『최후의 승리』와『땅 속의 비밀』이 후자에 속한다. 문고본으로 나왔던 웰즈의『투명인간』은 아동용으로 다시 출판되었고(편집실 역, 남창문화사, 1966),『우주전쟁』(장수철 역, 성문각, 1967),『타임머시인 · 모로우 박사의 섬』(편집부 역, 교학사, 1969),『월세계 지저탐험』(앞과 동일)과 같은 작품이 새로 추가되었다.

특히 양서각에서 출판한 두 책—『달세계 여행기』와『바다 밑 탐험』은 그때까지 나왔던 그 작품의 역본 가운데 가장 원작에 충실한 번역으로 보인다.

지금까지의 논의를 요약하면 다음과 같다.

1) 1960년대에 들어서면서 서양 과학소설의 번역은 이전과는 비교가 안 될 정도로 양적으로 늘어나게 되었다. 1900년대부터 1950년대까지 번역된 과학소설 작품은 10종을 넘지 않았으나, 1960년대에는 대략 50여 종의 작품이 번역, 출판되었다.

2) 1960년대에 과학소설은 대부분 아동을 대상으로 한 문학 형태로 출판되었는데, 바로 이 점이 주로 성인용으로 출판된 이전 시기에 비해 뚜렷이 달라진 점이다.

3) 1960년대에 처음 소개된 주요 SF 작가는 로버트 A. 하인라인, 에드거 R. 버로우즈, 아이작 아시모프, 모르데카이 로쉬왈트, 라이더 H. 하가드, 에드먼드 해밀튼, 필립 와일리 등이다. 물론 이미 소개된

베른느와 웰즈의 작품들도 계속 나왔지만, 이번에는 성인물이 아닌 아동문학 형태로 번역되었다는 점이 다르다.

4) 역자들은 대개 아동문학가로 활동하던 사람들이었고, 그런 까닭에 그들은 원작의 충실한 번역보다는 그것의 교육적 효과를 더 중요시했다. 그 결과 그들은 원작을 보다 재미있고 쉽게 이해할 수 있도록 꾸미는 데 힘을 쏟았고, 그런 과정에서 원작은 상당 부분 축소·개편되지 않을 수 없었다.

5. 1970년대

1960년대부터 본격적으로 시작된 아동문학 출판은 1970년대 들어서 우리 출판 시장의 확대와 더불어 외형적으로 급성장하게 된다. 이에 따라 우리 '번역문학의 절정기'[24]란 말이 딱 들어맞을 정도로 과학소설의 번역작품도 줄기차게 늘어나 연간 수십 종에 이를 만큼 엄청난 양의 출판물이 쏟아져 나왔다. 간간이 성인을 대상으로 한 과학소설이 출간되기도 했지만, 거의 대부분이 아동을 대상으로 한 것이었다. 1970년대 역시 아동문학 위주로 과학소설이 수용되었던 것이다. 사정이 이렇다 보니 한번 출판한 과학소설을 해를 바꾸어 가면서 거듭 출판하는 경우도 비일비재했다. 광음사에서 낸 『소년소녀세계과학모험전집』(전 12권)을 비롯하여, 교학사에서 낸 『소년소녀우주과학모험전집』(전 10권), 아이디어회관에서 낸 『에스에프 세계명작』(전 60권) 등은 그렇게 여러 번 출판한 책의 대표적인 예가 된다. 한편 이전에 이미 나왔던 것을 다른 출판사에서 다시 찍어내기도 했다. 1972년 서문당에서

---

24) 김병철, 『한국현대번역문학사연구』(상), 387쪽.

는 양문사에서 문고본으로 낸 웰즈의 『투명인간』과 헉슬리의 『멋진 신세계』를 문고본 형태 그대로 다시 찍어냈으며, 1971년 광음사에서는 1960년대 말에 나온 문예출판사 간 『소년소녀세계명작전집』 12권을 이름만 『소년소녀세계과학모험전집』으로 바꿔 다시 출판하였다.

이렇게 볼 때, 1970년대는 과학소설의 수용에 있어서 외형적으로는 급성장한 시기였으나, 내면적으로는 여전히 중복 출판과 표절 번역·날치기 번역과 같은 문제를 안고 있는 시기였다. 한 예로 쥘 베른느의 『해저 2만 리』와 『80일간의 세계일주』는 무려 10군데를 훨씬 넘어선 곳에서 출판하였으니,[25] 중복 출판이 어느 정도 심했는지 과히 짐작할 수 있다. 그럼에도 불구하고 이 시기에 새롭게 소개된 서양의 SF 작가들도 많았다. 무엇보다 현대 과학소설의 출발로 일컬어지는 메리 셸리(Mary W. Shelly)의 『프랑켄슈타인(Frankenstein)』이 번역, 소개된 점은 특기할 만하다. 이 작품은 1970년대 말 '괴인 프랑켄시타인'이란 제목으로 출판되었는데, 이 책은 계림출판사에서 낸 『소년소녀괴기명작』 시리즈 중에 포함되어 있다. 역자인 유한근은 동국대 국문과 출신의 동시 작가로서, 이 작품을 번역할 즈음에는 현역 동시 작가답게 아동문학의 출판·보급에도 힘쓰고 있었던 것으로 보인다. 그런데 계림출판사에 낸 이 책은 아동용으로 원작을 축약한 것이다. 원작에는 소설의 앞뒤에 로버트 힐튼이 누나인 싸이빌 부인에게 보내는 편지 내용이 액자 형태로 붙어 있는데, 번역본에는 그것이 몽땅 빠져 있다. 뿐만 아니라 어린이들이 읽기 쉽도록 원작의 줄거리를 훼손하지 않는 범위 내에서 그 내용을 과감하게 축소·생략하였다. 이런 일은 외국의 유명한 작품을 아동문학의 형태로 수용하는 과정에서 흔히 있는 일이라 그

---

25) 글쓴이가 조사한 바로는 1973년부터 1979년 사이에 『해저 2만 리』는 무려 17군데에서, 『80일간의 세계일주』는 15군데에서 중복 출판하였다. 물론 이 숫자는 우리의 출판 기록 자체가 엉성하고 부정확한 관계로 다소 가감하여 봐야겠지만, 그 정도만으로도 당시의 출판 현황을 파악하는 데는 큰 문제가 없을 듯하다.

다지 문제될 것은 없다. 원작의 대의와 주제를 왜곡시키지만 않는다면 오히려 권장할 만한 일이기도 하다. 문제는 과학소설의 역사에서 중요한 위치를 차지하고 있는 이 작품이 오로지 아동용으로만 출판되었다는 점에 있다. 어릴 때 이미 읽어 친숙해진 작품을 어른이 되어 다시 읽으려 해도 그 나이에 알맞는 책이 없어 그럴 기회가 원천적으로 봉쇄되어 있었던 것이다. 때늦은 감이 있지만 1990년대 들어서 이 작품의 완역본(파피루스, 1993)이 나온 것은 그나마 다행한 일이라 하겠다. 어쨌든 우리에게 영화로 더 알려져 있는 메리 셸리의 프랑켄슈타인 이야기가 이미 1970년 말에 수용되었다는 점은 우리 과학소설의 수용사에서 반드시 기억해야 할 점이라고 생각한다.

메리 셸리 외에 이때 처음 소개된 주요 SF 작가와 그들의 작품을 열거하면,

도날드 월하임: 『명왕성의 비밀』*
레이 브래드베리: 『화성연대기』
레이 커밍스: 『280세기의 세계』,* 『시간 초특급』*
로버트 실버버그: 『살아 있는 화성인』,* 『제4혹성의 반란』
머레이 라인스터: 『잊혀진 혹성』*
반 보그트: 『비이글호 항해기』
아서 클라크: 『우주정거장』, 『지구 유년기 끝날 때(원제: Childhood's
          End)』, 『서기 2001년(원제: 2001 a space odyssey)』
에드워드 E. 스미스: 『은하계 방위군(원제: Galactic Patrol)』, 『스카
          이라아크호(원제: The Skylark of Space)』
윌리엄 올라프 스태플든: 『이상한 존』
제임스 블리쉬: 『우주 대작전』*
존 우드 켐벨: 『우주물체 X』*

휴고 건즈벡:『27세기 발명왕(원제: Ralph 124C41+)』

등과 같다.[26]

이로 보아 서양의 유명한 SF 작가들 가운데 70년대 이전에 소개되지 않았던 작가들의 대부분이 이 시기에 수용되었음을 알 수 있다. 하지만『서기 2001년』을 제외하고는 모두 아동문학의 형태로 수용되었다는 점이 그 특징이다.

위에 열거한 작품들 가운데 가장 많이 번역된 작품은 반 보그트(Van Vogt)의 『비이글호 항해기(The Voyage of the Space Beagle)』이다. 1975년 아이디어회관에서 '비이글호의 모험'이란 제목으로 처음 출판한 이래, 여러 출판사(동서문화사, 한림출판사, 태창출판사, 정한출판사, 장원사 등)에서 '비이글호 항해기' 또는 '우주선 비이글호'라는 제목으로 이 작품을 거듭 출판하였다. 우주괴물과 비글호의 승무원 간의 싸움을 그린 이 작품이 당시 아동들에게 큰 인기를 끌었음을 알 수 있다.

그리고 위에 열거한 작품 가운데 윌리엄 올라프 스태플든(William Olaf Stapledon)의 작품과 휴고 건즈벡(Hugo Gernsback)의 작품이 포함되어 있는 것도 주목할 만한 사실이다. 스태플든은 국내에는 비교적 덜 알려졌으나 1930년대 영국 최고의 SF 작가로 평가받은 인물이며, 건즈벡은 널리 알다시피 SF란 장르를 성립시킨 과학소설계의 대부이다. 이런 굵직굵직한 인물의 작품들이 번역됨으로써 우리의 과학소설 분야도 세계적인 흐름에 동참할 수 있는 발판이 마련된 셈이다. 이런 일을 하는 데 큰 공을 세운 것이 1975년 아이디어회관에서 기획, 출판한 『에스에프 세계명작』 60권이다. 앞에서 언급한 『비이글호 항해기』는 물론 스태플든과 건즈벡의 작품—『이상한 존』, 『27세기 발명왕』이

---

26) 번역된 상태를 보이기 위해 번역시의 작품명을 그대로 살렸다. 단 이 가운데 제목이 다소 바뀐 것은 원제를 옆에 밝혔고, 자료 부족으로 원제를 잘 알 수 없는 것은 작품명 끝에 * 표를 해두었다.

모두 이 『에스에프 세계명작』 속에 포함되어 있다. 이후 이 시리즈는 다른 출판사의 과학소설 출판에 지대한 영향을 끼쳤다.

한편 이미 국내에 수용된 SF 작가들 가운데, 비록 거의 대부분이 아동문학의 형태를 띤 것이긴 해도, 이 기간에 들어서 더욱 집중적으로 소개된 작가들도 꽤 있다. 비교적 일찍 수용된 베른느와 웰즈, 그리고 60년대에 수용된 하인라인, 버로우즈, 아시모프 등이 바로 그들이다. 하인라인의 경우에는 기왕에 소개된 『우주전쟁』·『미래로의 여행』·『붉은 혹성의 소년』 등의 작품이 출판사를 바꿔 다시 출간되었을 뿐만 아니라 『인공두뇌』와 『초인부대』 같은 작품이 새롭게 소개되었다. 앞의 세 작품은 1971년 광음사에 펴낸 『소년소녀세계과학모험전집』 12권 속에, 뒤의 두 작품은 아이디어회관의 『에스에프 세계명작』 60권 속에 포함되어 있다. 버로우즈의 경우에는 『화성의 공주』 외에 『지저 세계 펠루시다』[27]가 새로 추가되었으며, 『로봇나라 소라리아』로써 우리에게 선보인 아시모프도 『강철도시』(이영화 역, 노벨문화사, 1972)를 비롯한 여러 작품[28]이 새롭게 번역되었다. 국내 과학소설 수용에 있어 터줏대감 노릇을 하던 베른느와 웰즈의 경우에는 기왕에 번역된 작품 외에 새롭게 선보인 작품은 상대적으로 적었지만,[29] 출판 종수로는 다른 작가에 비해 압도적인 위치를 차지하고 있었다.[30]

마지막으로 아동도서가 아닌 일반도서로 출간된 것들을 알아보기로 한다. 여기에는 세 부류가 있다. 첫째, 이미 아동문학 형태로 출간된

---

27) 2종이 출간되었는데, 계몽사 판 『지저세계 펠루시다』(정성환 역, 1977)와 장원사 版 『지저인간』(이인석 역, 1977)이 그것이다.
28) 『암흑 성운』(박홍근 역, 아이디어회관, 1975), 『로봇머시인 X』(이원수 역, 아이디어회관, 1975), 『우주정찰대』(역자 미상, 장원사, 1977), 『합성인』(남정현 역, 태창문화사, 1978) 등.
29) 베른느의 경우에는 『악마의 별명』(역자 미상, 장원사, 1977/ 한말숙 역, 태창문화사, 1978)이, 웰즈의 경우에는 『화성인간』(박홍근 역, 장원사, 1977)과 『지구를 멈춘 사나이』(황우경 역, 한진출판사, 1979)가 새로 추가되었을 뿐이다.
30) 정확한 통계를 내기는 어렵지만, 한 출판사에서 같은 작품을 여러 번 출판한 것을 1종으로 잡는다면 베른느는 약 39종, 웰즈는 약 35종에 이른다.

것을 성인용으로 다시 출간한 경우이다. 베른느의 『80일간의 세계일주』(조용만 역, 동서문화사, 1973/박윤희 역, 삼중당, 1975),[31] 웰즈의 『타임머신』(김명렬 역, 삼성출판사, 1977)·『투명인간』(박기준 역, 서문당, 1972) 등이 이에 해당된다. 둘째, 새로운 과학소설 작품을 일반도서로 출간한 경우이다. 여기에는 아서 클라크의 『서기 2001년』(김종원 역, 모음사, 1979)과 알랜 딘 포스터의 『에일리언(Alien)』(황대연 역, 한진출판사, 1977) 등이 해당된다. 셋째는 계속해서 성인용으로만 출간된 것들인데, 헉슬리의 『멋진 신세계』[32]와 힐튼의 『잃어버린 지평선』[33]이 이에 속한다. 1960년대에 비해 일반 성인용 과학소설이 크게 늘어난 형세이나 아직 만족할 만한 수준은 못 된다. 하지만 첫번째 부류와 두 번째 부류는 과학소설에 대한 출판인 및 일반 독자의 인식 변화를 보여준다는 점에서 좀더 세밀한 고찰을 필요로 한다.

이 시기에 역자로 활약하던 이들은 크게 두 부류로 나뉘는데, 아동문학 쪽의 역자와 성인용 도서의 역자가 그것이다. 전자에 속한 이는 주로 아동문학가나 문인들이었다. 그 대표적인 사람들을 열거하면 박홍근, 이원수, 박화목, 김영일, 장수철, 이인석, 김성묵, 최인학, 오학영, 안동민, 김문수 등이다. 특히 앞의 두 사람은 번역한 작품의 수가 10종이 넘을 만큼 이 시기에 두드러진 활약을 보였다. 한편 후자는 주로 외국문학을 전공한 학자나 교수, 언론인, 전문번역가 들로 이루어져 있는데, 박기준, 권세호, 유종호, 김명렬, 김종원, 이경식 등이 그 대표적

---

31) 이 작품은 처음 성인용으로 출간되었으나(1959년), 1970년대 초 아동용으로 다시 출간되었다(이영화 역, 노벨출판사).
32) 전부 5종이 출간되었다. 이를 연도순으로 보이면 아래와 같다.
　　『훌륭한 신세계』, 유종호 역, 동화출판공사, 1970.
　　『멋진 신세계』, 권세호 역, 서문당, 1972(서문문고 4).
　　『훌륭한 신세계』, 유종호 역, 동화출판공사, 1972(동화문고 32).
　　『훌륭한 신세계』, 유종호 역, 동화출판공사, 1970(세계의 문학 대전집 27).
　　『멋진 신세계』, 이성규 역, 범우사, 1975.
33) 전부 3종이 출간되었다. 1977~78년에 걸쳐, 동서문화사와 문예출판사에서 간행한 문고본 2종과 세신문화사에서 펴낸 단행본이 그것이다.

인 사람들이다. 아동문학 역자들과는 달리, 이들은 대개 한 작품만 번역하였고, 김종원이 유일하게 두 작품을 번역하였다. 전자는 아무래도 원작에 충실한 번역보다는 그것을 아동들이 쉽게 읽을 수 있도록 하는 데 주력했고, 후자는 가능한 한 원작에 충실한 번역이 되도록 힘썼다.

지금까지 서술한 내용을 요약하면 다음과 같다.

1) 1970년대 역시 아동문학 위주로 과학소설이 수용되었다. 그리고 과학소설의 수용에 있어서 70년대는 외형적으로는 급성장한 시기였으나, 내면적으로는 여전히 중복 출판과 표절 번역·날치기 번역과 같은 문제를 안고 있는 시기이기도 했다.

2) 이 시기에 새롭게 소개된 SF 작가로는 메리 셸리를 비롯하여, 도날드 월하임, 레이 브래드베리, 레이 커밍스, 로버트 실버버그, 머레이 라인스터, 반 보그트, 아서 클라크, 에드워드 E. 스미스, 윌리엄 올라프 스태플든, 제임스 블리쉬, 존 우드 켐벨, 휴고 건즈벡 등을 들 수 있다. 이처럼 서양의 유명한 SF 작가들 가운데 70년대 이전에 소개되지 않았던 작가들의 대부분이 이 시기에 수용되었던 것이다.

3) 이미 국내에 수용된 SF 작가들 가운데 이 기간에 들어서 더욱 집중적으로 소개된 작가들도 있었는데, 그들은 바로 베른느와 웰즈, 하인라인, 버로우즈, 아시모프 등이었다.

4) 아동도서가 아닌 일반도서로 출간된 것들은 세 부류로 나눌 수 있는데, ① 이미 아동문학 형태로 출간된 것을 성인용으로 다시 출간한 경우, ② 새로운 과학소설 작품을 일반도서로 출간한 경우, ③ 계속해서 성인용으로만 출간된 경우 등이 그것이다. 이 가운데 ①과 ②는 과학소설에 대한 출판인 및 일반 독자의 인식 변화를 보여준다는 점에서 그 의미가 깊다.

5) 역자는 크게 아동문학 쪽의 역자와 성인용 도서의 역자로 나눌 수 있다. 전자에 속한 이는 주로 아동문학가나 문인들이었고, 후자에 속

한 이는 주로 외국문학을 전공한 학자나 교수, 언론인, 전문번역가 들이었다. 전자는 아무래도 원작에 충실한 번역보다는 그것을 아동들이 쉽게 읽을 수 있도록 하는 데 주력했고, 후자는 가능한 한 원작에 충실한 번역이 되도록 힘썼다.

6. 1980년대

과학소설의 수용에 있어서 1980년대는 70년대의 연장선 위에 놓인다. 여전히 아동용 과학소설이 주류를 이루었고, 그 사이사이로 이따금 성인용 작품이 출판되었을 따름이다. 출간된 책의 종수는 70년대에 비해 약 1.5배 가량 늘어났으나, 이는 경제 성장과 더불어 출판시장이 확대된 데 따른 자연스런 결과이지 과학소설 자체가 그만큼 발전했음을 뜻하는 것은 아니었다. 오히려 과학소설은 일반 문학과 마찬가지로 영화나 TV 같은 다른 문화 매체와 경쟁해야만 했다. 국민소득이 늘어남과 함께 일반인들이 문화를 즐길 수 있는 통로가 그만큼 다양해진 것이다. 특히 1980년대 초 컬러 TV가 등장하면서 우리의 문화적 환경은 빠른 속도로 바뀌었고, 이에 따라 과학소설도 이런 시대적 흐름에 직 · 간접적인 영향을 받게 되었다.

그럼에도 불구하고 이 시기에 새로 소개된 SF 작가도 상당수 있었는데, 곧 B. F. 스키너(Skinner), 커트 보네거트(Kurt Vonnegut), 할 클레멘트(Hal Clement), 아서 K. 번즈(Arthur K. Burns), 월터 테비스(Walter Tevis) 등이 그들이다. 그리고 『E.T.』의 작가 윌리엄 코츠윙클(William Kotzwinkle)과, 주류문학 작가로서 SF 소설을 쓴 잭 런던(London Jack), 앤소니 버제스(Burgess Anthony)의 작품도 이때 소개되었다.

이들 가운데 아동문학의 형태로 수용된 이는 할 클레멘트, 아서 K. 번즈 등이다. 클레멘트의 경우에는『별에서 온 탐정』이, 번즈의 경우에는『우주 사냥꾼』이 소개되었다. 전자는 아동문학사(황명 역, 1981 초판)와 금성출판사(윤용성 역, 1985 초판)에서 여러 차례 출판하였고, 후자는 진영출판사, 계림출판사, 금성출판사 등과 같은 아동도서 전문 출판사에서 제목을 약간씩 바꿔 가며 출판하였다.[34] 윌리엄 코츠윙클의『E.T. 이야기』는 거의 다 아동문학의 형태로 출판되었으나, 1982년 한 출판사(거암)에서 성인용과 아동용을 동시에 출간하기도 했다.

위의 세 작가를 제외한 나머지 작가의 작품은 모두 성인용으로 수용되었다. 먼저 작가별로 번역된 작품들을 차례로 열거한 다음 그 의미를 따져보기로 하겠다.

B. F. 스키너:『월덴 투: 심리학적 이상사회』(李將鎬 역, 심지, 1982)
커트 보네거트:『제5도살장』(김종운 역, 을유문화사, 1980),『제일버드』(박익충 역, 세광공사, 1980),『태초의 밤』(현중식 역, 중앙일보사, 1983)
월터 테비스:『지구에 떨어진 사나이』(김춘화 역, 대작사, 1989)
잭 런던:『강철군화』(차미례 역, 한울, 1989)
앤소니 버제스:『1985년』(라채훈·김동완 역, 제오문화사, 1980)

이상에서 성인용 과학소설로는 커트 보네거트의 작품이 이 기간에 가장 많이 소개되었음을 알 수 있다. 커트 보네거트는 20년 이상 무명

---

34) 간단히 그 출판 상황을 보이면 아래와 같다.
　『우주의 사냥꾼』, 윤현 역, 진영출판사, 1981.
　『우주의 사냥꾼』, 윤현 역, 계림출판사, 1983.
　『우주 사냥꾼』, 이가형 역, 해문출판사, 1983.
　『혹성 사냥꾼』, 한명남 역, 동서문화사, 1983.
　『행성 사냥꾼』, 장문평 역, 금성출판사, 1985.

의 SF 작가로 지내다가 1969년에 발표한『제5도살장』이 문단의 각광을 받음으로써 일약 유명 작가로 부상한 인물이다.[35] 그런 연유로 그의 작품이 뒤늦게 국내에 알려지게 되었을 터이다. 그렇다 하더라도 약 10여 년의 시간 격차를 두고 그의 대표작을 비롯한 몇몇 작품이 번역, 소개된 것은 당시 과학소설의 일반적인 수용 방식으로 볼 때 상당히 빠른 것이었다. 어쩌면 그의 이런 입지전적인 삶에 국내 SF 팬과 무명의 SF 작가들이 큰 매력을 느낀 탓인지도 모른다.

스키너의『월덴 투: 심리학적 이상사회』는 행동주의 심리학의 대가인 작가가 자신이 생각한 이상사회를 묘사한 유토피아 소설이다. 제임스 힐튼의 유토피아 소설『잃어버린 지평선』이 1955년 처음 번역된 이후부터 이 당시에 이르기까지 계속해서 새롭게 번역되는 것으로 보아, 이런 유토피아 소설에 대한 독자들의 욕구는 끊임없이 이어져 왔던 것 같다. 그리고 월터 테비스와 잭 런던의 작품은 둘 다 정치적인 문제를 다룬 SF 소설인데, 번역본이 출간된 해가 마침 사회 전반에 민주화의 열풍이 몰아치던 때라 이 책도 그런 사회적 분위기를 반영하는 동시에 그것을 더욱 고조시키기 위해 출간된 듯하다.

하지만 80년대 들어서도 여전히 과학소설 수용의 주된 대상은 6·70년대에 이미 소개된 SF 작가들의 작품이었고, 70년대와 마찬가지로 그것들은 거의 대부분 아동용 도서로 출간되었다. 그리고 아동도서 전문 출판사들이 과학소설을 출간하면서 전집이나 시리즈물로 기획한 것도 똑같다. 뿐만 아니라 한 작품이 좀 팔린다 싶으면 여기저기서 이를 중복 출판하는 사례도 여전했다. 과학소설의 출판을 아동도서 전문 출판사에게만 맡겨두어서는 안 되는 이유가 여기에 있다. 이런 점에서 아이작 아시모프의『강철도시』와 쥘 베른느의『80일간의 세계일주』가

---

35) 김성곤, 앞의 글, 11쪽.

아동용이 아닌 일반도서로 출간된 것[36]은 꽤 고무적인 일이다. 그러나 이런 사례는 극히 적어 중복 출판과 표절 번역과 같은 고질적인 병폐를 바로잡기엔 역부족이었다.

70년대도 그렇지만 80년대에도 과학소설의 역자는 크게 두 부류로 나뉜다. 아동용 도서는 주로 아동문학가나 문인들이 그 번역을 맡았고, 성인용 도서는 외국문학을 전공한 학자(교수)나 전문 번역가가 그 일을 감당했다. 수적으로는 단연 전자가 많았지만 후자 쪽의 인력도 점점 늘어가는 추세였다. 후자 쪽에서는 전자 쪽의 일에 더러 참여하였지만 전자가 후자 쪽의 일을 감당한 적은 거의 없다.

과학소설의 수용과 관련하여 또 하나 빼놓을 수 없는 점은 이때 외국에서 제작된 SF 영화나 SF 드라마가 여러 편 들어와 대중들에게 큰 사랑을 받았다는 점이다. SF 영화로는 『터미네이터』(1984 미국, 1984),[37] 『E.T.』(1984 미국, 1984), 『에일리언』(1979 미국, 1987), 『에이리언 2』(1986 미국, 1986), 『백 투 더 퓨처』(1985 미국, 1987), 『플라이』(1986 미국, 1988) 등이 이 시기에 상영되었고, SF 드라마 『V』가 TV로 방영되어 큰 인기를 모았다. 이런 SF 영화나 SF 드라마의 수용으로 사람들은 SF란 장르를 새롭게 인식하게 되었고, 아울러 그 장르에 대한 사람들의 관심도 커졌다. 말하자면 과학소설을 포함한 SF 장르 전반에 대한 수용 기반이 구축되었던 것이다. 80년대 말부터 컴퓨터 통신을 통해 자신의 과학소설을 연재하는 젊은 작가군이 등장하고, 8·90년대 들어서 복거일이나 이만희, 고원정과 같은 작가의 과학소설이 큰 인기를 누린 것도 바로 그런 기반이 구축된 덕분이라고 볼 수 있다.

---

36) 『강철도시』는 자유시대사에서(강영석 역, 1986), 『80일간의 세계일주』는 문공사(민희식 역, 1982)와 일신서적공사(권오현 역, 1986)에서 출간했다. 특히 후자는 이미 70년대부터 아동용과 성인용이 동시에 출간되어 왔다.

37) ( )안의 숫자와 문자는 1984년 미국에서 제작되고 1984년 국내에 상영되었음을 뜻한다. 이에 대한 자세한 정보는 인터넷의 웹사이트 http://www.films.co.kr 에서 얻었음을 밝혀 둔다.

이상의 내용을 요약하면 다음과 같다.

1) 80년대 들어서도 여전히 과학소설 수용의 주된 대상은 6·70년대에 이미 소개된 SF 작가들의 작품이었고, 70년대와 마찬가지로 그것들은 거의 대부분 아동용 도서로 출간되었다. 하지만 이 시기에 새로 소개된 SF 작가도 상당수 있었는데, B. F. 스키너, 커트 보네거트, 할 클레멘트, 아서 K. 번즈, 월터 테비스 등이 바로 그들이다. 『E.T.』의 작가 월리엄 코츠윙클과, 주류문학 작가로서 SF 소설을 쓴 잭 런던, 앤소니 버제스의 작품도 이때 소개되었다.

2) 70년대도 그렇지만 80년대에도 과학소설의 역자는 크게 두 부류로 나뉜다. 아동용 도서는 주로 아동문학가나 문인들이 그 번역을 맡았고, 성인용 도서는 외국문학을 전공한 학자(교수)나 전문 번역가가 그 일을 감당했다. 수적으로는 단연 전자가 많았지만 후자 쪽의 인력도 점점 늘어가는 추세였다.

3) 외국에서 제작된 SF 영화나 SF 드라마가 들어오게 됨에 따라 사람들이 SF란 장르를 새롭게 인식하게 되었고, 그 장르에 대한 사람들의 관심도 커졌다. 말하자면 과학소설을 포함한 SF 장르 전반에 대한 수용 기반이 구축되었던 것이다.

7. 맺음말

서양 과학소설이 이 땅에 들어온 지 한 세기에 가까운 세월이 흘렀음에도 불구하고 여전히 국내에서 과학소설은 제자리를 잡지 못하고 있다. 사정이 이렇게 된 데에는 사실주의 소설의 발전에 따른 다른 소설 영역의 위축이라든가 과학소설에 대한 인식 부족 등 여러 가지 원인이 있을 수 있겠으나, 서양 과학소설의 국내 수용 과정을 꼼꼼히 살펴보는 일도 그러한 원인을 밝히는 데 일정한 몫을 감당하리라고 생각한다. 이 글은 이러한 문제의식에 입각하여 서양 과학소설의 국내 수용 과정을 몇 개의 시기로 나누어 살펴보았다. 각 장에서 논의한 바를 요약하여 결론으로 삼고자 한다.

1) 1900년대부터 해방 전까지 서양 과학소설의 번역은 다른 문학 장르에 비해 극히 소수에 그쳐 쥘 베른느의 작품 3편이 번역되었을 뿐이다. 그리고 최초로 번역된 과학소설은 이해조의 『철세계』가 아니라 1907~8년에 걸쳐 『태극학보』에 연재된 『해저여행기담』이었다. 과학소설의 번역은 대체로 이중 삼중의 번역 과정을 거쳤으며, 역자들의 수용 태도는 극히 주관적이었다.

2) 해방 후부터 1950년대 중반까지는 과학소설의 번역이 거의 이루어지지 않다가, 1955년 제임스 힐튼의 『잃어버린 지평선』이 번역된 이래, 베른느의 『해저여행』과 『80일간의 세계일주』, H. G. 웰즈의 『투명인간』, 그리고 올더스 헉슬리의 『멋진 신세계』 등이 잇달아 번역, 소개되었다. 역자들 가운데 문인이나 익명을 사용한 이는 대체로 일역본을 대본으로 삼아 중역한 것으로 보인다. 그러나 『투명인간』과 『멋진 신세계』의 역자처럼 외국어 해독 능력을 갖춘 이가 원작을 직접 번역한 경우도 있었다.

3) 1960년대에 들어서면서 서양 과학소설의 번역은 이전과는 비교가 안 될 정도로 양적으로 늘어나게 되어 대략 50여 종의 작품이 번역, 출판되었다. 1960년대에 과학소설은 대부분 아동을 대상으로 한 문학 형태로 출판되었는데, 바로 이 점이 주로 성인용으로 출판된 이전 시기에 비해 뚜렷이 달라진 점이다. 이 시기에 처음 소개된 주요 SF 작가는 로버트 A. 하인라인, 에드거 R. 버로우즈, 아이작 아시모프, 모르데카이 로쉬왈트, 라이더 H. 하가드, 에드먼드 해밀튼, 필립 와일리 등이었다. 역자들은 대개 아동문학가로 활동하던 사람들이었고, 그런 까닭에 그

들은 원작의 충실한 번역보다는 그것의 교육적 효과를 더 중요시했다.

4) 1970년대 역시 아동문학 위주로 과학소설이 수용되었다. 과학소설의 수용에 있어서 70년대는 외형적으로는 급성장한 시기였으나, 내면적으로는 여전히 중복 출판과 표절 번역·날치기 번역과 같은 문제를 안고 있는 시기였다. 이 시기에 새롭게 소개된 SF 작가로는 메리 셸리, 도날드 월하임, 레이 브래드베리, 레이 커밍스, 로버트 실버버그, 머레이 라인스터, 반 보그트, 아서 클라크, 에드워드 E. 스미스, 윌리엄 올라프 스태플든, 제임스 블리쉬, 존 우드 켐벨, 휴고 건즈벡 등을 들 수 있다. 이미 수용된 작가들 가운데 이 기간에 들어서 더욱 집중적으로 소개된 작가들로는 베른느와 웰즈, 하인라인, 버로우즈, 아시모프 등을 들 수 있다. 일반도서로 출간된 것들을 살펴볼 때, 아동문학 형태로 출간된 것을 성인용으로 다시 출간한 경우와 새 작품을 일반도서로 출간한 경우는 과학소설에 대한 출판인 및 일반 독자의 인식 변화를 보여준다는 점에서 그 의미가 깊다. 역자는 크게 아동문학 쪽의 역자와 성인용 도서의 역자로 나눌 수 있는데, 전자에 속한 이는 주로 아동문학가나 문인들이었고, 후자에 속한 이는 주로 외국문학을 전공한 학자나 교수, 언론인, 전문번역가 들이었다.

5) 80년대 들어서도 여전히 과학소설 수용의 주된 대상은 6·70년대에 이미 소개된 SF 작가들의 작품이었고, 70년대와 마찬가지로 그것들은 거의 대부분 아동용 도서로 출간되었다. 하지만 이 시기에 새로 소개된 SF 작가도 상당수 있었는데, B. F. 스키너, 커트 보네거트, 할 클레멘트, 아서 K. 번즈, 월터 테비스 등이 바로 그들이다. 『E.T.』의 작가 윌리엄 코츠윙클과, 주류문학 작가로서 SF 소설을 쓴 잭 런던, 앤소니 버제스의 작품도 이때 소개되었다. 80년대에도 과학소설의 역자는 크게 두 부류로 나뉜다. 아동용 도서는 주로 아동문학가나 문인들이 그 번역을 맡았고, 성인용 도서는 외국문학을 전공한 학자(교수)

나 전문 번역가가 그 일을 감당했다. 외국에서 제작된 SF 영화나 SF 드라마가 들어오게 됨에 따라 사람들이 SF란 장르를 새롭게 인식하게 되었고, 그 장르에 대한 사람들의 관심도 커졌다. 말하자면 과학소설을 포함한 SF 장르 전반에 대한 수용 기반이 구축되었다.

이상에서 1900년대부터 1980년대까지 서양 과학소설이 국내에 수용되는 과정을 개관해 보았으나, 이 글은 여전히 다음과 같은 문제를 남기고 있다. 먼저, 번역과 창작의 상관성을 미처 살펴보지 못했다는 점이다. 1960년대는 국내 창작작품이 본격적으로 등장하는 시기이다. 따라서 국내 창작작품과 그때까지 외국에서 들어온 작품을 비교해 보아야 했다. 그래야만 서양 과학소설의 수용이 국내 창작에 어떤 영향을 끼쳤는가를 알 수 있게 된다. 그러나 이 글은 수용 과정 자체를 개관하는 데 목표를 두었으므로 그런 세밀한 작업에까지 힘을 기울이지는 못했다. 앞으로 이에 대한 깊이 있는 논의가 이루어지기를 기대해 본다. 둘째, 아동문학에 관한 자료가 제대로 보관·정리되어 있지 않아 될 수 있는 한 책 자체를 확인하려고 노력했으나, 여러 가지 사정상 미처 확인하지 못한 책이 많다는 것이다. 따라서 이 글에 나오는 각종 통계와 수치는 김병철의 『한국세계문학 문헌서지목록총람』과 그 책에서 누락되거나 잘못 표시된 것은 글쓴이가 입수한 각종 자료를 통해 보완하면서 작성된 것이라 아직은 확정적인 것이 아니라 잠정적이라는 점을 밝혀 둔다. 앞으로 새로운 자료가 발견되거나 글쓴이가 확인한 자료에 오류가 있다면 이는 즉각 수정되어야 할 것이다. 이런 일을 원활히 수행하기 위해서라도, 그리고 우리 아동문학의 발전을 위해서도 '아동문학박물관' 같은 건물이 세워져 각종 관련 자료를 한 군데 모아 놓을 필요가 있다. 그런 날이 하루라도 빨리 당겨지기를 기대하면서 이 글을 끝맺는다.

신문소설의 대중성과 즐거움의 정체

I. 머리말

우리의 신문소설이 대중문학의 형성·발전과 문학의 대중화에 기여한 것은 틀림없는 사실이다. 신문학 초창기부터 우리 문학은 저널리즘과 밀접한 관련 속에서 발전해 왔는데 이러한 문학과 저널리즘과의 유착관계가 곧 근대문학의 표징이라 할 수 있다. 특히 신문소설은, 신문이 그러하듯이 각계 각층의 독자들을 상대로 하기 때문에 누구라도 쉽게 읽을 수 있고 이해할 수 있는 문학, 즉 '대중의 문학' 또는 '대중을 위한 문학'을 그 목표로 삼지 않을 수 없었다. 문예잡지나 동인지 등에 실린 작품들이 처음부터 한정된 독자를 겨냥한 것과는 달리, 신문소설은 한글을 해독할 수 있는 사람이면 누구나 그것을 읽고 즐길 수 있는 광범한 독자층을 염두에 두었기 때문에 이른바 '평균인의 문학'을 지향하였던 것이다. 이러한 사정으로 말미암아 신문소설이 신문사의 기업 이윤에 봉사하고 독자 대중의 저급한 취미에 영합한 것도 사실이지

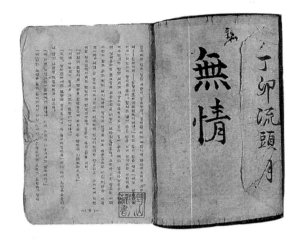

이광수의 『무정』. 1910년대 출간
된 것으로 추정된다.

만, 우리 근대소설이 소
수 문학가집단의 전유물
에서 벗어나 독자 대중
과 함께 호흡하며 그들
의 폭넓은 지지 위에서
성장 발전하게 되는 계
기를 마련해 준 것도 또한 신문소설의 공로라 하겠다.

이광수의 『무정』이 『매일신보』에 연재된 이래 신문소설은 독자들의
아낌없는 사랑을 받아 왔으나, 이때 소설 독자는 그 이전의 소설 독자
(구소설의 독자)와 약간의 차이가 있다. 즉 이때 신문의 주 독자층은 어
느 정도 교양을 갖춘 세련된 독자들이었다. 이들은 대개 신문물과 신
학문의 세례를 받은 사람들로서, 일반 민중의 사랑을 받던 『춘향전』
『유충렬전』 따위의 구소설은 거의 읽지 않았거나 읽었더라도 그것을
아예 무시했던 것으로 생각된다. 그런데 신문소설의 출현은 바로 이런
세련된 교양인까지 소설 독자층으로 끌어들인 것이다. 왜냐하면 신문
소설은 구소설과 달리 주로 당대를 배경으로 현실적이고 세속적(世俗
的)인 문제를 즐겨 다루었기 때문이다. 또한 구소설의 독자들(주로 부
녀자층)도 시속의 변화에 대한 관심과 문화적 욕구로 말미암아 신문소
설을 자주 읽었을 것이니 신문소설은 일반 민중은 물론 세련된 독자층
까지 포함한 그야말로 광범한 독자를 확보한 것으로 보인다. 신문소설
을 대중문학이란 관점에서 살펴보아야 하는 이유가 여기에 있다.

식민지시대부터 해방을 거쳐 현재에 이르기까지 신문에 연재된 장편
소설 가운데 세인들의 인기를 끌고 숱한 화제를 불러일으켰던 작품들

을 들어보면, 식민지시대에는 이광수의 『무정』(1917)을 비롯하여 최독
견의 『승방비곡』(1927, 조선일보), 방인근의 『마도의 향불』(1932~3, 동
아일보), 김말봉의 『찔레꽃』(1937, 조선일보) 등을 들 수 있고, 해방 이
후에는 김내성의 『청춘극장』(1949~1952, 한국일보), 정비석의 『자유부
인』(1954, 서울신문), 손창섭의 『부부』(1962, 동아일보), 이호철의 『서울
은 만원이다』(1966, 동아일보), 최인호의 『별들의 고향』(1972~3, 조선일
보), 조해일의 『겨울여자』(1975, 중앙일보), 황석영의 『장길산』
(1974~84, 한국일보), 박범신의 『불의 나라』(1986~7, 동아일보) 등을
꼽을 수 있다. 이 작품들은 한결같이 연재 도중이나 또는 연재가 끝난
다음 단행본으로 출판되었는데, 몇몇 작품을 제외하고는 단행본 출판
에서도 독자들의 선풍적인 인기를 모아 이후 베스트셀러가 될 만큼 상
업적으로 큰 성공을 거두었다는 공통점을 지니고 있다.

그런데 연재 당시 대중들의 폭발적인 인기를 모았던 신문소설들에
대해서 비평가들은 대체로 그것을 경멸적 의미를 지닌 이른바 '통속소
설', '대중소설', '상업주의소설' 등으로 부르며 저급한 문학 또는 독
자와 사회에 악영향을 끼치는 문학으로 평가해 왔다. 간혹 신문소설을
다소 긍정적으로 바라볼 때라도 이러한 평가의 테두리내에서 극단적
인 부정적 평가를 다소 유보하거나, 아니면 순수문학(고급문학)/대중문
학이라는 이분법을 비판하면서 이의 극복을 주장하는 원론적인 수준
에 머물러 있을 따름이었다. 따라서 신문소설이 대중문학으로서 성공
을 거둔 구체적 요인이라든가 그것이 주는 즐거움 및 그 즐거움의 발
생 경로 등에 관해서는 깊이 있는 논의가 전혀 이루어지지 않고 있는
실정이다. 신문소설에 대한 이러한 평가 경향이 지닌 문제점은 대략
다음 두 가지로 요약된다. 하나는 신문소설을 그 자체로 접근하기보다
는 이미 설정된 비평 기준에 의해 일방적인 평가를 내리고 있다는 점
이다. 이를 단순화시켜 말하면, '좋은 문학이란 이러이러한 내용과 주

제를 담아야 하는데 이 작품은 이와 같은 중대한 문제를 외면했으니 나쁜 문학이다'라는 식이다. 다른 하나는 신문소설의 경우, 독자들이 언제라도 친숙하게 접근할 수 있다는 점에서 무엇보다 수용의 문제가 중요할 터인데도 이를 별로 심각하게 다루지 않는다는 점이다. 이러한 입장을 지닌 비평가들은 수용 과정 자체를 매우 단순하게 파악한 나머지, 독자들을 텍스트의 의미를 일방적으로 받아들이는, 그래서 철저히 수동적인 존재로 가정하는 경향이 있다. 그들은 독자들이 그런 작품들을 통해 즐거움을 느끼는 것을 못마땅해 하고, 그 즐거움이 결국 그들의 의식을 마비시켜 현실의 모순을 잊어버리게 할 것이라고 경고한다. 따라서 그들은 신문소설이 왜 독자들에게 즐거움을 주는가에 대해서는 아무런 설명도 하지 못한다. 도대체 그런 '싸구려 문학'을 사람들이 왜 좋아하는지 모르겠다는 표정만 짓고 있을 뿐이다.

이 글의 목적은 궁극적으로 이런 문제점들을 극복하고 신문소설에 대한 새로운 시각을 제시하는 데 있다. 이를 위해서는 무엇보다 이들 신문소설이 대중문학으로서 성공을 거둔 까닭을 당대의 상황과 관련하여 좀더 객관적으로 그리고 심도 있게 접근할 필요가 있다. 이에 따라 이 글은 다음 두 가지 방향으로 논의를 진행해 나갈 것이다. 첫째, 신문소설이 대중성을 획득하게 되는 요인을, 수용자의 해독 과정을 중시하는 최근의 대중문화론에 의거하여 다양한 측면에서 보다 포괄적으로 살펴볼 것이다. 둘째, 앞에서 논의된 바를 토대로 실제 작품들을 분석하여 그것이 주는 대중적 즐거움의 정체와 그 의미를 따져볼 것이다. 다만 위에서 거론한 작품을 모두 다룰 수는 없으므로, 여기서는 해방 이후의 작품 가운데 가장 널리 오랫동안 읽혔고 또 가장 논란이 분분했던 세 작품—『청춘극장』, 『자유부인』, 『별들의 고향』—을 택하여 살펴보고자 한다.[1] 본론으로 들어가기 전에 다음 몇 가지 점을 먼저 전제해 둔다. 이것은 이 글의 관점과 한계를 명확히 하기 위해서이다.

첫째, 수용자(독자)를 대중문화 텍스트의 의미를 주어진 대로 받아들이는 수동적 존재로 보지 않고 능동적 또는 창조적인 존재로 본다. 즉 수용자는 의미생산에 관여하는 문화실천 행위의 주체인 것이다.

둘째, 대중문화는 '대중문화물 생산자—대중문화물—대중문화물 소비자(수용자)'라는 관계망 속에서 형성된다고 본다. 이 점을 분명히 할 때, 수용 과정의 중요성이 부각될 것이며 대중문화와 대중문화물을 혼동하는 것을 피할 수 있다.

셋째, 이 글에서 다루고 있는 작품들이 이미 오래 전에 연재된 것들이라 당시 독자들의 반응을 알 수 있는 객관적인 자료가 거의 없으므로, 텍스트를 통해 거꾸로 수용자의 해독 과정을 추적할 수밖에 없다는 점이다.

넷째, 당시의 신문 연재분을 이용하지 않고 단행본을 텍스트로 삼는다. 이는 (『별들의 고향』을 제외하고는) 당시의 신문 연재분을 구득하기 힘든 점도 있겠으나, 이 글의 초점이 신문소설이 주는 즐거움을 밝히는 데 있는 만큼 '연재' 소설이라는 형식적 특성을 고려하지 않고서도 논의가 가능하다고 판단했기 때문이다(물론 연재분을 이용한다면 그곳에 실린 다른 신문기사들과의 상관성 속에서 그 당시 독자들의 수용 과정을

---

1) 물론 이 시기의 작품을 대상으로 삼은 데에는 몇 가지 이유가 있다. 즉, ① 해방 이전 작품들에 관해서는 이 글의 관점과 반드시 일치하지는 않더라도 그 통속성 또는 대중성을 규명하려는 입장에서 이미 상당한 논의가 이루어졌고 그 성과도 꽤 축적되었다는 것. ② 반면에 본고의 대상이 된 작품들은 그 무성한 화제에도 불구하고 단편적인 언급 외에는 그것들에 대한 실질적이고 구체적인 논의가 거의 없다는 것. ③ 특히 해방 이후에는, 교육의 민주화로 인한 이른바 '한글 세대'의 출현으로 해방 이전에 비해 신문소설 독자층이 급격히 늘어났을 것이므로 신문소설의 대중성을 해명하는 데는 이 시기의 작품을 우선적으로 고려하지 않을 수 없다는 것 등이다. 그러므로 이 글의 논의 결과를 식민지시대 작품을 포함한 신문소설 전체에 확대 적용하는 문제는 앞으로의 과제이다. 이에 덧붙여 1980~90년대 신문소설을 논의에서 배제한 까닭은 1980년대 이후에는 신문소설의 위상이 크게 바뀌었기 때문이다. 대체로 보아 1970년대까지는 작가들이 장편소설을 발표하기 위해서는 으레 신문 지면을 이용하는 것이 관례처럼 되어 있었으나, 1980년대 들어서서는 전작 장편이 가능해졌고 신문 이외의 매체(문예잡지, 시사잡지, 여성지)를 통해서도 장편을 발표할 수 있는 기회가 크게 늘어났던 것이다. 따라서 80년대 이후부터는 몇몇 예외적인 경우를 제외하고는 신문소설이 대중문학으로서 각광을 받던 시대가 사실상 끝났다고 볼 수 있다. 물론 여기에는 80년대 초 칼라 TV가 보급되고 이와 함께 다른 대중예술 장르들이 대거 등장한 것도 크게 작용했으리라 짐작된다.

좀더 정밀하게 추적할 수 있는 이점이 있을 것이다. 하지만 텍스트 자체의 정밀한 분석과 연재 당시의 상황을 알려주는 몇몇 자료들을 통해서도 수용 과정의 전체적인 윤곽은 그려낼 수 있으리라고 본다).

2. 신문소설의 대중성 획득 요인

신문소설은 그 속성상 누구라도 읽고 즐길 수 있는 '대중의 문학' 또는 '대중을 위한 문학'을 지향한다. 그러나 모든 신문소설이 그런 목표에 도달하는 것은 아니다. 독자들의 무관심과 냉담한 반응, 그리고 빗발치는 비난으로 중도하차한 작품들도 적지 않다. 따라서 여기서는 우리의 신문소설 가운데 독자들의 폭넓은 사랑을 받은 작품들을 염두에 두면서 그런 소설들이 대중적으로 성공을 거둔 요인들을 규명해 보고자 한다. 이는 곧 독자 대중이 신문소설을 통해 느끼는 즐거움의 정체를 밝히는 기초 작업이 될 것이다.

신문소설이 대중성을 획득하게 된 요인은 여러 문면들을 검토한 결과 다음 다섯 가지 정도로 압축된다.[2]

첫째, 신문소설은 연재 당시 하나의 사회적 이슈로 부각된 문제들을 소재로 삼아 이를 대담하게 그리고 노골적으로 표현한다는 점이다.

둘째, 신문소설은 독자에게 이미 친숙한 문학적 도식(formula)을 사용하여 그들에게 기본적인 안정감을 주며 그 결과 작품과 독자와의 거리를 좁히는 데 성공하고 있다는 점이다.

셋째, 독자들에게 환상과 위안을 제공함으로써 현재의 삶을 보다 견

---

2) 물론 이런 점들이 신문소설에만 한정된 것이 아니기 때문에 대중문화라는 큰 틀 속에서 논의가 이루어지는 것은 어쩔 수 없고 또 당연한 일이다. 다만 여기서는 그런 점을 염두에 두면서 가능한 한 신문소설에 초점을 맞추어 작업을 진행하고자 한다. 한편 이 글이 참고한 문헌들에 대한 구체적인 정보는 논의를 진행하는 과정에서 자연히 밝혀질 것이다.

딜 만하게 만들어 준다는 점이다.

　네 번째 요인으로는 신문소설이 대중적 성공을 거둘 경우, 그것이 집단적으로 공유된 경험과 어떤 식으로든 관련되어 있다는 점을 들 수 있다.

　마지막으로 그것이 대중의 사회적 정체성을 생산한다는 점이다.

　이제 이들 각각에 대해 하나하나 검토해 보기로 한다.

　첫째, 신문소설이 연재 당시 사회적 이슈로 부각된 문제를 소재로 삼아 이를 과감하게 표현한다는 점이다. 이런 문제는 비교적 민감한 문제라 이른바 순수소설이나 본격소설에서는 즐겨 다루지 않는 편이나 신문소설의 작가들은 바로 그런 점 때문에 좋은 이야깃거리가 된다고 본 것이다. 이 점에서 신문소설은 사실 보도에 충실하려는 저널리즘의 속성과 부합된다고 하겠다. 이런 류의 작품들은 주로 사회의 어두운 면을 파헤치고 숨겨진 비리를 폭로하거나 아니면 풍속과 세태의 변화를 예민하게 포착하여 이를 사실적인 필치로 그려내는 터에 좀 길어진 신문 사회면을 보는 듯한 느낌을 준다. 허나 신문소설은 '신문에 실린 유일한 허구'인지라 신문 기사처럼 '보도의 기능'에만 충실해서는 안 되고 '예술적 기능'도 아울러 갖추어야 한다(임헌영, 1979). 설사 신문 사회면과 비슷한 소재를 다루더라도 그런 시사성이 작가의 개인적 비전이나 세계관을 통해 드러나야만 하는 것이다. 어떤 경우에는 시사성을 초월하여 사회 변화의 폭과 그 진행 방향을 시사하는 예언적 기능을 발휘하기도 하는 것이 신문소설이다. 가령 세태나 풍속의 변화를 묘사하는 경우에도 그것이 작가가 설정해 놓은 허구적 공간 속에서 이루어지기 때문에 단순한 현상의 나열에만 그칠 수 없다. 즉 한 편의 신문소설이 풍속소설이나 세태소설로서 성공하기 위해서는 사람들이 미처 알아차리지 못한 변화의 근본 동인이나 그로 인해 예상되는 결과,

그리고 그 변화의 심층적 의미까지 담아내야 하는 것이다.

종래에는 신문소설이 시사적인 문제를 즐겨 다루는 것을 매우 못마 땅하게 여겨 왔다. 이는 시사성을 단순히 소재 차원에서 파악하여 그 내용의 윤리성만을 문제삼은 탓이다. 이런 관점을 취하는 이들은 풍속 개량을 앞세우면서 은근히 독자의 저속한 취향을 꾸짖고 독자들을 악 에 쉽게 물드는 몰주체적인 인간으로 비하시켰다. 그래서 사회악을 폭 로한 것이더라도 그 내용이 "시아버지와 며느리가 같이 못 볼 정도로 낯뜨거운" 것이라면 무조건 작가의 양심을 의심하고 '소설도 아닌 것' 으로 매도하였다. 그러나 신문소설이란 온 가족이 모여 앉아 단란하게 읽을 수 있는 그런 명랑성만을 요구하는 것이 아니다(곽종원, 1954). 중 요한 것은 소재 자체의 내용이 아니라 작가가 그것을 어떻게 다루고 있는가 하는 점이다. 신문소설의 시사성이 사회의 훈훈한 미담을 전하 는 것보다는 사회악을 폭로하여 이의 척결을 노리는 데 있다면, 작가 의 시선은 마땅히 사회의 밝은 면은 물론 그 어두운 면에도 미쳐야 한 다. 만일 그런 어두운 면이 엄연히 존재한다는 것을 사람들이 알고 있 으면서도 그들이 애써 이를 외면한다면, 작가는 사명감을 가지고 이를 백일하에 드러내어 사람들의 무관심과 외면을 신랄하게 추궁해야 할 터이다. 신문소설이 노골적이고 대담한 표현으로 평자들의 눈밖에 난 것은 사실이지만 그 때문에 오히려 신문 기사가 도저히 따를 수 없는 커다란 파급 효과를 미친 것도 사실이다. 다시 말해서 이미 하나의 사 회문제로 떠오르고 있는데도 사람들이 이에 대해 전혀 모르거나 아니 면 애써 모른 체하는 것들을 다소 과장되고 극적인 수법으로 드러내어 그것을 하나의 사회문제로 인정하고 이의 해결책을 추구하지 않을 수 없게 만드는 것이다. 춤바람난 가정부인을 통해 과도기 사회의 혼란상 을 보여준 정비석의 『자유부인』이라든지, 부부간의 갈등을 주로 성(性) 문제를 통해 묘파한 손창섭의 『부부』, 연재 당시 그 선정적 표현으로 숱한 말썽을 불러일으키면서 사이비 교단의 비리를 파헤친 박용구의 『계룡산』(1963~5, 경향신문), 화려한 도시의 이면에서 사람들로부터 외면당한 채 하루하루 살아가는 호스티스의 비극적 삶을 그린 최인호의 『별들의 고향』 등이 그 좋은 예들이다.

둘째, 신문소설이 문학적 도식(formula)을 사용하여 독자들에게 감정적인 안정감을 주어 작품과 독자와의 거리를 좁히는 데 성공하고 있다는 점이다. 일반적으로 모더니즘 미학에서는 문학적 도식에 대해 대체로 부정적인 입장을 고수하였다. 즉 도식의 사용은 필연적으로 표준화를 낳게 되어 예술작품의 창조성과 개성을 말살한다는 것이다. 그러나 도식의 사용이나 표준화를 무조건 부정적으로만 볼 수 없는 일면이 있다. 예컨대 도식 문학의 미학적 특성과 그 예술적 가능성을 탐색한 카웰티(Cawelti)의 주장에 따르면, '표준화(standardization)'는 모든 문학의 본질이며, 표준적 관습은 작자와 독자 사이에 공통된 환경을 조성하기 때문에 적어도 표준화의 형식 없이는 어떤 '예술적 커뮤니케이션'도 불가능할 것이다. 뿐만 아니라, 도식에 대한 독자의 과거 경험은 새로운 사례에 대한 기대감을 주고, 그로 인해 작품의 세부를 이해하고 즐기는 능력을 증대시킬 것이다(Cawelti, 1976: 8~10).

다양한 계층의 독자들을 상대하는 신문소설에서 도식을 사용하는 이유가 바로 여기에 있다. 그러나 대중성을 획득하는 데 성공한 작품들은 단순히 도식을 재탕하는 것이 아니라 거기에 일정한 변형을 가한다.[3] 즉 도식의 테두리내에서 새로운 요소들을 끌어들여 그 예술적 가능성과 한계를 탐색하는 것이다. 우리의 신문소설 가운데 연애물과 역사물이 대종을 이루는 것은 바로 작가들이 이런 문학적 도식을 의식한 결

---

3) 카웰티는 도식의 각 변형들(개별 작품들)과 도식의 관계를 변주곡과 주제곡, 실연(實演)과 텍스트의 관계로 유추하고 있다. 그리고 이러한 변형들이 널리 각광을 받아 대중적인 것이 될 때, 그것은 도식의 새로운 비전이 되거나 심지어 새 도식의 바탕이 될 것이라고 보았다. 카웰티, 1976, 10~12쪽.

과이다. 그러나 대중에게 인기를 끈 작품들은 안이하게 이전의 도식을 반복 재생산하기보다는 새로운 요소를 도식으로 끌어들임으로써 도식의 한계에 도전한 작품들이다. 이런 점에서 도식의 적절한 사용은 작품의 독창성을 파괴하는 것이 아니라 오히려 그것을 강화하는 데 기여할 것이다. 왜냐하면 "독창성은 예상되는 경험을 근본적으로 변화시키는 일 없이 오로지 그 경험을 강화하는 정도에서만 환영받을 것"[4]이기 때문이다. 결국 관습적인 것과 새로운 것의 조화를 통해 작가의 개인적 비전을 구체화할 때 그 작품은 유일무이한 것이 되는 것이다. 예컨대 김내성의 『청춘극장』은, 이광수의 『무정』을 비롯한 연애소설의 관습적 도식인 '애정의 삼각구도'를 사용하면서도 여기에 사랑을 통해 인격이 성숙해 가는 성장소설로서의 측면을 덧보태고 아울러 인물들 간의 갈등보다는 한 인간의 내면적 갈등에 치중하여 사랑의 본질 자체를 문제삼음으로써 연애소설의 새로운 영역을 개척하였다. 또한 박범신의 『불의 나라』는 '출세한 촌놈' 이야기란 도식에 연상의 여인과의 사랑이라는 요소를 끌어들이고 주인공 백찬규에게 '행동하는 자유인'(이보영, 1986)이라는 피가로적 성격을 부여함으로써 소설의 재미를 더해주고 있다.

셋째, 환상과 위안을 통해 독자들로 하여금 현재의 삶을 보다 견딜 만하게 만들어 준다는 점이다. 지금까지는 대체로 이런 환상과 위안에 대해 부정적인 관점이 압도적이었다. 이는 대중문화 또는 대중문학을 지배 이데올로기의 전달체로 보고 그것이 주는 허구와 환상은 결국 대중의 의식을 마비시키며 현실도피적인 허위의식을 갖게 한다고 본 것이다. 그러나 이 같은 입장은 대중을 철저히 수동적 존재로 파악하여 대중문화의 수용적 측면을 무시하고 대중의 주체적 가능성을 부정한

---

4) Warshow, Robert, 1964, *The Immediate Experience*, Doubleday Anchor Books, 85쪽. 여기서는 카웰티, 1976, 9쪽에서 재인용.

다는 문제점을 안고 있다. 다시 말해서 대중문화의 생산 과정과 텍스트의 층위에만 주목하여 그것의 소비 과정이나 수용 과정 자체를 문제삼지 않거나 너무 단순하게 생각한[5] 것이다. 요컨대 "대중문화가 대중의 삶 속에서 대중에게 수용될 때 비로소 대중문화로서 존재한다"[6]는 점을 간과하고 있는 것이다. 이런 문제점을 극복하기 위해서는 대중문화가 제공하는 환상과 위안에 대한 새로운 시각이 요청된다. 이는 곧 대중문화 텍스트가 촉발하는 '즐거움'을 지배 이데올로기의 메카니즘에 의해 양산된 '허구적 욕망'으로 보는 것이 아니라 우리의 삶과 연결된 매우 실제적인 것으로 파악하려는 입장이다.

이렇게 대중문화 텍스트가 촉발하는 즐거움의 다원적 기능에 주목하는 견해들[7]은 대략 다음 두 가지 점을 전제로 하고 있다. 하나는 문화를 포함한 인간의 사회적 행위를 이데올로기와 같은 인지적 지식으로만 설명할 수 없고 즐거움을 비롯하여 욕망, 의지 같은 비인지적 차원도 마땅히 고려해야 한다는 점이다. 다른 하나는 우리가 대중문화물을 통해 느끼는 즐거움이 개인적인 것인 동시에 사회적인 체험이며, 따라서 즐거움을 경험하는(또는 탐닉하는) 것이 우리의 급진적 정치 행위와 의식을 배제하는 것은 결코 아니라는 점이다.[8] 결국 이런 입장은 즐거움을 이데올로기적 관점에서 접근하기보다는 그것이 우리 삶의 맥락 속에서 구체적으로 실현되는 과정에 주목하는 것이다.

---

5) 예컨대, 대중문화물이 생산되는 방식으로 소비된다고 막연히 가정하는 태도가 그것이다. 박명진, 1991, 72쪽 참조.
6) 김창남, 1995, 46쪽. 이런 입장에서는 대중이 문화산물을 수용하는 과정을 '문화적 실천' 행위로 파악한다.
7) 가령 『텍스트의 즐거움』에 표명된 롤랑 바르뜨의 견해를 그 대표적인 예로 들 수 있다.
8) 심지어 어떤 이들을 그런 즐거움 속에서 발견되는 저항적 요소 또는 '저항적 즐거움'을 강조하기도 한다. 예컨대 '기호학적 저항'이란 개념을 도출한 존 피스크(John Fiske)나 '일상생활의 저항적 실천'을 문제삼은 드 세르또(De Certeau)의 견해가 그것이다. 존 피스크와 드 세르또에 관해서는 박명진(1991), 김창남(1995), 박명진 외(1996) 등을 참고. 그리고 여기서 즐거움을 경험하는 것이 급진적 정치의식과 활동을 배제하는 것이 아니라는 견해는 앙(Ang, I.)이 『달라스 감상(Watching Dallas)』(1985)에서 제시한 것인데, 이런 앙의 이론은 그 이후 대중문화론자들에게 폭넓게 원용되고 있다(박명진, 1991: 존 스토리/박모 역, 1994 등을 참조).

우리는 현실의 모순이나 억압적 상황에 직면하여 그 모순을 없애고 억압으로부터 자유로워지고자 한다. 그러나 한편으로는 그런 시도가 현실의 벽에 부딪쳐 좌절될 때 이에 대한 '상상적 해결'을 꿈꾸기도 한다. 대중문화 텍스트가 제공하는 환상과 위안이 우리에게 즐거움을 주는 것은 그것이 억압과 모순에 대해 상상적 해결책을 구성하기 때문이다. 그런데 대중문화 비판론자들은 이 상상적 해결을 지배 이데올로기의 헤게모니 구축 수단으로 보고 대중이 그것에 몰입하는 것은 궁극적으로 대중의 정치적 사회적 의식을 마비시켜 기성체제에 '순응'하는 인간으로 만든다고 보았다. 그런데 상상적 해결을 꿈꾸는 것과 도피주의적인 경험 자체는 우리의 삶에서 대단히 실제적인 것이며 우리 일상생활의 일부를 이루는 것이다. 말하자면 현실의 모순을 직시하고 이를 극복하고자 노력하는 것도 우리요, 이를 잠시 잊어버리고 어떤 위안과 오락을 찾는 것도 우리다. 결국 이 둘은 공존하는 것이다. 애정영화를 즐겨 보고 탐정소설을 재미있게 읽었다고 우리가 그 속에서 제시된 관점과 해결책을 다른 모든 부문에 적용한다고는 생각하기는 힘든 것이다(존 스토리/박모 역, 1994: 209).

　　그렇다면 우리가 상상적 해결을 꿈꾸고 도피주의적인 환상에 매혹당하는 것은 무엇 때문일까? 줄여 말해서 그것은 지배 권력의 다양한 억압기제들 속에서 이를 정면으로 돌파하기보다는 그런 억압들과 함께 살아남기 위한 전략이다.[9] 그런 점에서 대중문학(대중문화)이 제공하는 환상적이고 자극적인 체험이 우리를 둘러싸고 있는 억압적 상황을 일시적으로 잊게 해주는 효과를 가질지는 몰라도 우리의 정치의식 자체를 마비시킨다는 것은 사실이 아니다. 왜냐하면 우리가 늘 그와 같

---

9) 이 같은 시각은 '대중문학이 제공하는 환상과 위안이 우리에게 어떤 효과를 갖는가?'라는 문제보다도 '그런 환상과 위안으로 우리는 무엇을 하는가?'에 논의의 초점을 맞춘 것이다. 이와 관련하여 박성봉도 "대중예술은 일상에서 우리를 억압하는 다양한 억압기제들을 극복하는 것이 아니라 그러한 억압들과 함께 살아 남아야 한다는 우리의 동물적인 생존 본능을 반영"한다고 보았다. 박성봉, 1995, 310쪽.

은 억압을 의식하는 것도 또 의식해야만 하는 것도 아니며 오히려 그 것을 일시적으로 잊음으로써 그런 상황을 견딜 수 있게 된다는 것이 더욱 사실에 가까울 것이기 때문이다. 이런 관점에 도달할 때 비로소 사람들이 그들의 대부분의 여가 시간을 멜로물이나 애정물 또는 추리 물 등을 보거나 읽는 데 할애하는 이유가 설명될 것이다. 김말봉의『찔 레꽃』과 박계주의『순애보』(1939, 매일신보)를 비롯하여 김내성의『청 춘극장』, 홍성유의『비극은 없다』(1958, 한국일보) 등 신문에 연재된 연 애소설들이 독자들의 심금을 울리고 그들의 마음을 사로잡았던 것도 따지고 보면 고달프고 신산한 삶 속에서 현실의 고통을 잊고 어떻게든 살아남으려는 대중의 욕망과 의지에서 비롯된 현상으로 보인다.

네 번째로 지적한 집단적으로 공유된 경험[10]과 관련된다는 것은[11] 단 순히 그런 경험을 재현한다는 뜻이 아니다. 말하자면 공유된 경험이 먼저 있고 이를 재현 또는 반영한다는 의미가 아니라, 그 경험에 미적 형상과 이미지를 부여함으로써 우리로 하여금 그것을 구체적으로 인 식할 수 있도록 만든다는 의미이다. 그런데 이 공유된 경험은 시공을 뛰어넘어서 존재하는 것이 아니다. 그것은 작품이 발표된 시기의 역사 적 사회적 맥락과 불가분의 관계에 놓여 있다. 바로 이 점이 어떤 작품 은 대중적으로 성공을 거두지만 어떤 작품은 그렇지 못한 원인이 된 다. 가령 '출세한 촌놈 이야기'가 인기를 끈다면, 거기에는 신분 상승 을 꿈꾸는 대중들의 욕구가, 그러한 욕구가 현실적으로 가능하든 안

---

10) 로벨(Lovell)은 문화 산물이 개인적 즐거움은 물론 집단적으로 공유된 경험으로부터 유래하는 감수 성의 정서구조가 접합된 것이라고 보았다. 박명진, 1991, 73쪽 참조.

11) 네 번째 요인은 실제로 많은 부분에서 세 번째 것과 겹친다. 그럼에도 불구하고 이 둘을 다음과 같은 점에서 구별된다. 즉 세 번째 요인은 환상과 위안이 허구적 욕망에 불과한 것일지라도 그런 욕망 자체 가 우리 실제 삶의 일부를 구성하고 있다는 것이고, 네 번째 요인은 환상과 위안을 통한 즐거움이 해 당 시기에 집단적으로 공유된 경험과 어떤 방식으로든 관련된다는 것이다. 앞의 것이 개인적 실존적 차원을 강조한 것이라면 뒤의 것은 사회적 집단적 차원에 초점을 맞춘 것이다. 그러나 실존적 차원이 사회적 차원을 떠나서 생각할 수 없는 것처럼 이 둘은 논의의 초점이 다를 뿐 서로 긴밀한 관련성을 가진다. 그리고 앞질러 말한다면 다섯 번째로 든 사회적 정체성의 문제는 이 둘의 연속성을 고려한 것 이다.

하든 간에, 집단적으로 공유된 경험으로 작용한다는 의미이다. 어찌 보면 그러한 욕구가 현실적으로 거의 불가능하기 때문에 더욱더 그런 이야기에 경도되는 것인지도 모른다. 지금까지는 그러한 욕구의 비현실성과 현실도피적 성격 때문에 이른바 식자층으로부터 많은 지탄을 받아 왔다. 그러나 이런 견해는 그런 비난과 비분강개조의 경고에도 불구하고 사람들이 여전히 그런 작품들을 즐기고 있는 점에 대해서는 아무런 설명도 하지 못한다. 이런 점에서 집단적으로 공유된 경험이란 개념은 대중문학(대중문화)의 즐거움을 해명하는 데 유효한 시각을 제공해줄 것이다.

이 점과 관련하여 프레드릭 제임슨이 최근 대중문화가 갖고 있는 이중적 기능—이데올로기적 기능과 유토피아적 기능—에 대해 언급한 것은 좋은 참고가 된다. 제임슨은 고급예술과 대중문화를 이중적 가치 체계(예컨대, 대중문화는 보다 많은 사람들을 대상으로 하고 있기 때문에 고급문화보다 진실하다든가, 고급문화는 자율적이기 때문에 천한 대중문화와는 비교될 수 없다든가 하는 것)에 따라 논할 것이 아니라 "객관적으로 서로 연관되고 변증법적으로 상호의존하는 현상"으로 보아야 한다고 전제하면서 대중문화의 긍정적 차원에 주목한다. 제임슨에 따르면, 대중문화의 긍정적 요소란 유토피아적 또는 초월적 잠재력이라고 부를 수 있는 것으로서, "대중문화가 생산된 배경이라고 할 사회적 질서에 대해 아무리 미약하게 비판적이고 부정적일지라도, 또 가장 저속한 종류의 대중문화의 경우에도 암시적으로나마 남아 있는 어떤 부분이다." 따라서 "대중문화의 작품은 분명하게든 암시적이든 유토피아적이지 않고는 이데올로기적이 될 수 없으며, 대중문화는 조작 대상인 대중에게 어떤 진정한 의미의 한 가닥 환상적 의미를 뇌물로 바치기 전에는 아무것도 조작할 수 없다"는 것이다(프레드릭 제임슨, 『대중문화에서의 물화와 유토피아』, 이영철 엮음/백한울 외 옮김, 1996: 18~34). 이런 견지에서 제임슨은 "대중문화가 갖는 힘은 그 작품이 우선 사회적 질서를 부흥시키고 거기에 어떤 초보적인 표현을 주기 전에는 사회적 질서에 대한 불안감을 다룰 수 없다"는 데 있다고 보았다. 다시 말해서 "대중문화의 작품들은 그 기능이 이미 존재하는 질서를 합법화하는 데 있다고 하더라도 그러한 기능에 봉사하기 위해 그 집단의 가장 깊숙하고 근본적인 희망과 환상에 관심을 갖지 않고는, 즉 아무리 왜곡된 형태로라도 그들의 희망과 환상에 목소리를 주지 않고는 그들의 작업을 수행할 수가 없다는 점이다."(Ibid., 34~35). 결국 제임슨은 대중문화가 이데올로기적 기능을 수행할 수 있는 것은 거기에 유토피아적 기능이 같이 작용하기 때문이라고 본 것이다. 이러한 제임슨의 논의에서 주목되는 것은, 먼저 대중문화의 유토피아적 기능을 언급한 것이고 다음은 유토피아적 요소를 "특정 집단의 가장 깊숙하고 근본적인 희망과 환상"에 결부시킨 점이다. 따라서 대중문화 텍스트가 우리에게 즐거움을 주는 것은 거기에 내포된 유토피아적 기능 때문이며, 그 기능은 집단적으로 공유된 경험이나 집단의 근본적인 희망과 환상에 관련될 때 최대한 발휘되는 것이다. 이 글에서 신문소설의 대중적 성공을 집단적으로 공유된 경험과 관련시킨 것도 이런 근거 위에서이다.

마지막으로 신문소설이 대중의 사회적 정체성을 생산한다는 점이다. 여기서 '사회적 정체성'이란 간단히 말해서 "집단구성원으로서의 자아상(自我像)"[12]을 뜻한다. 피스크는 이 '집단구성원으로서의 자아상'을 '의미생산구조'에 관련시킨다. 즉 그는 "일련의 사회적 관계들은 그들을 떠받치고 제자리에 유지시켜 주는 의미와 기초 구조들을 분명하게 필요로 한다"는 홀(Hall, S)의 주장을 끌어들이면서, 이 사회적 관계를 유지해 주는 의미들이 사회적 경험의 의미들일 뿐만 아니라 자아의 의

---

12) Abrams, D. & Hogg, M. A.(eds.), 1990, 2쪽. 이처럼 사회학 쪽의 이론들은 대체로 개인적인 것과 사회적인 것의 연속체(continuum)를 상정하고 있다.

미들이기도 하다고 보았다. 따라서 그 의미들은 산업자본주의 사회에서 사람들이 살아가기 위해 그들 자신과 그들의 사회적 관계들을 이해하게 해주는 사회적 정체성의 구성물들이라는 것이다(피스크, 『영국의 문화연구와 텔레비전』, R. 알렌 편/김훈순 역, 1992: 333~4). 요컨대 피스크는 문화가 '의미화의 실천'이라면 이 의미화의 사회적 토대로서 사회적 정체성을 언급하고 있는 것이다. 이런 입장에서 피스크는 어떤 문화 산물이 대중성을 획득하게 되는 것은 그것이 대중 자신의 사회적 정체성의 의미를 담고 있기 때문이라고 보았다.[13]

이 같은 피스크의 이론을 참조하면서 일반적으로 대중문화 텍스트가 대중의 사회적 정체성을 만들어내는 방식을 살펴보기로 한다. 이는 대략 다음 두 가지 측면에서 설명할 수 있다. 하나는 대중문화 텍스트가 이른바 공식문화에서는 별로 가치를 인정받지 못한 비공식적 영역을 전면에 내세워 그런 문화를 거부하고 회피하거나 아니면 이와 적당히 타협하면서 대항적 문화를 만들어내는 경우이고, 다른 하나는 대중문화 텍스트의 수용 과정에서 수용자들이 그 텍스트가 원래 의도했던 바[14]를 거부하거나 무시하고 자신들의 경험이나 정서를 그 속에 짜넣음으로써 그것을 재구성하거나 변형하는[15] 경우이다.

앞의 것은 공식문화에서 소외당한 집단들에 의해 형성되고 발전되는 일종의 하위문화(subculture)로서 그들은 그런 문화 산물들을 향유하는 가운데 그들만의 연대감과 정체성을 확인하게 된다. 예컨대, 물건값 알아맞추기, 생활 상식 맞추기 같은 주부 상대의 '퀴즈게임쇼'나 소

---

13) 피스크는 만일 문화 산물이 대중 자신의 사회적 정체성의 의미를 담고 있지 않다면 결코 대중적일 수 없으며 시장에서 성공할 수 없다고 보았다. 즉 대중문화는 갈등의 문화이며 종속적 계급의 사회적 의미를 수립하는 투쟁의 장을 포함한다는 것이다. 김창남, 1995, 53~54쪽 참조.
14) 홀(Hall, S)의 표현을 빌리면 '선호된 해독(preferred reading)' 또는 '지배적 해독(dominant reading)'을 뜻한다. 홀의 이론(부호화/해독 모델)에 대해서는 그래엄 터너/김연종 옮김, 1995, 109~115쪽 및 김창남, 1995, 49~51쪽 참조.
15) 이는 변용 해독 또는 일탈해독(aberrant decoding)에 해당된다.

녀층에게 큰 인기를 누리고 있는, 마돈나, 신디 로퍼 같은 여가수들이 등장하는 '뮤직비디오' 등이 이에 해당된다.[16] 우리의 경우, 1980년대 후반에서 1990년대 초반에 걸쳐 다분히 소녀취향적인 막연한 사랑과 그리움을 노래한 무명시인들의 시집들이 청소년들에게 큰 인기를 누렸던 현상을 들 수 있다.

뒤의 것은 수용자의 자율적 주체성과 그들에 의한 '이차적 생산'에 주목한 것인데, 대중영화나 TV 연속극의 수용 과정에서 흔히 일어난다. 예컨대, 앙(Ang)의 연구에 따르면 TV 드라마에서 시청자는 그 이야기가 매우 허황되고 환상적인 것일지라도 그런 것은 문제삼지 않고 거기서 그들의 일상생활에서 흔히 일어나는 문제들(배우자 선택, 남녀간의 사랑, 부부간의 갈등과 이혼 등)을 재확인하고 그 과정에서 즐거움을 느끼게 된다고 한다.[17] 즉 어떤 이야기의 특수성에서 그 주제의 보편성으로 주의를 집중하는 것이다. 이런 가운데 대중문화 수용자들은 일정한 형태로 조직되어 있지 않으나 그들만의 '가상적 공동체(imagined community)'를 형성하면서 그들의 정체성을 확인하는 것이다.

이제 우리가 정작 다루고자 하는 신문소설로 논의의 초점으로 돌려보자. 신문소설 가운데는 그리 흔한 것은 아니지만, 공적 담론에서는

16) 피스크에 따르면, '퀴즈게임쇼'는 그것이 은연중에 여성의 지위를 소비자로서 혹은 가사의 영역내에 한정시켜 버리는 담론을 갖고 있는 것은 사실이지만, 한편으로는 저항적 즐거움을 유발시키는 요소도 포함하고 있다. 즉 가사의 영역에 속하는 별로 공적인 가치로 인정받지 못했던 물건값에 대한 지식, 생활 상식 같은 것이 TV쇼라는 형식내에서이긴 하지만 가치 있는 지식으로 인정받고, 소비의 주체로만 인식되는 여성이 가사 영역의 지식 활용으로 돈을 '벌게' 되는 상황을 만들어냄으로써 가부장제가 평가절하해 버린 '여성적'인 가치를 쇼의 형태로나마 복원하고 있는데, 그런 과정에서 오는 저항적 즐거움이 이런 쇼의 인기를 설명해 준다는 것이다. 또한 여성의 성적 체험을 상징적으로 보여주고 있는 '뮤직비디오' 역시 남성 중심 문화에 의해 의도적으로 평가절하된 여성 문화의 평가절상을 시도하고 있다. 루이스(Lewis)에 따르면, 이들 비디오는 가부장적 성의 담론으로부터 이미지와 기호를 차용해서 거꾸로 그러한 담론으로부터 해방을 시도함으로써 성적 열등감을 극복하고 여성적인 것에 대한 자신감을 갖도록 부추기고 있는데, 이때 마돈나가 그녀 자신의 이미지와 의미 구축에 행사하는 통제력이 즐거움의 주요 근원이며 소녀 팬들은 이 통제력이 그들에게 이양되는 것 같은 즐거움을 느끼게 된다는 것이다. 박명진, 1991, 88~89쪽 참조.

17) 앙의 이론에 대해서는 존 스토리/박모 역(1994), 박명진(1991), 원용진(1995) 등을 참조. 이렇게 허구적 세계와 실생활의 경험을 연결시키는 과정을 앙은 '감정적 리얼리즘(emotional realism)'이란 개념으로 설명하였다.

흔히 반동인물 내지는 지엽적 인물로 다루어지는 악한이나 건달, 폭력배, 암흑가의 보스, 매춘부, 얼뜨기 등을 주인공으로 내세우는 경향이 있다. 그런 인물들을 기존 가치체계에서는 금기시되는 행위를 예사로 저지르고 다니는데, 이렇듯 과장되고 지나친 위반 행위는 그런 금기를 자연스러운 것으로 규정한 이데올로기 자체에 대한 의심을 불러일으킨다.[18] 그러므로 이와 같은 인물 설정은 궁극적으로 그런 인물들 내지는 그들의 행위를 옹호하자는 것이 아니라 지배적 담론에서 제시되는 인물형이나 이상적 인간상을 의심하고 거부하기 위해서이다.[19] 왜냐하면 그들은 지배적 담론의 산물인 동시에 그 희생자이기 때문이다. 따라서 그들의 파멸과 몰락은 예정된 진로이긴 하지만, 그것은 완강한 기성체제의 틀 속에서 이미 실패와 좌절을 맛본 독자들에게 연민과 동정을 불러일으키는 것이다. 예컨대 최인호의 『별들의 고향』에서 주인공 오경아와 그녀를 스쳐가는 남자들은 하나같이 정상의 궤도에서 벗어난 인물들이다. 경아는 알콜 중독자이며 집에서는 벌거벗고 있기를 좋아하고 어린애처럼 울기를 잘하는데 그것도 거울을 보고 우는 습관이 있는 여자이다. 그리고 남자들은 책임성 없는 지독한 이기주의자이거나 아니면 이중 인격자, 고등 룸펜, 건달 들이다. 더욱이 경아는 그

---

18) 가령, 마돈나의 뮤직비디오에서 지나친 입술 연지와 과도한 장신구 등은 그 지나침으로 인해 보는 사람들에게 지배 이데올로기에 대한 의문을 품게 한다. 지나친 입술 연지는 취향에 맞게 길들여진 입에 대해 심문하며 너무 많은 보석은 가부장제에서 여성의 장식물이 갖는 역할에 대한 의문을 갖게 하는 것이다(피스크, 『영국의 문화연구와 텔레비전』, R. 알렌/김훈순 역, 1992, pp.366~367 참조). 또 어떤 이는 『미워도 다시 한번』과 같은 멜로드라마에서 볼 수 있는 '과도한 스타일화'가 고전적 리얼리즘의 '그럴 듯함'의 세계를 해체하거나 적어도 이에 의문을 품게 만든다고 하면서 멜로드라마의 저항적 가능성을 신중하게 모색하기도 했다(김소영, 『멜로드라마를 다시 읽는다』, 강내희 외, 1993, 179~193쪽 참조).

19) 물론 신문소설을 비롯한 대중문화 텍스트가 악한의 범죄 행위를 즐겨 다루고 또 우리가 이를 즐기는 것을 '은밀한 욕망의 대리 충족'으로 볼 수도 있다. 그러나 그 같은 입장에서는 왜 그런 은밀한 욕망이 생겨나고 어떤 경로를 통해 생겨나는지, 그리고 그러한 대리충족의 형식들이 왜 끊임없이 반복되는지를 설명하는 데는 근본적인 무능력을 드러낸다. 정신분석학을 끌어들이든 이데올로기의 관점을 취하든 간에 이런 입장의 논자들은 대개 그것을 너무 단순한 인과론적 원리에 따라 설명함으로써 환원주의의 오류를 범하고 있다. 특히 이데올로기론은 이런 문화산물을 통해 대중이 쾌락을 느낀다는 점만 (그것도 부정적으로) 말했지 쾌락의 작용구조에 대해서는 침묵한다. 다만 그 쾌락은 '이데올로기의 당의정'에 불과하다는 식의 주장만 되풀이할 따름이다.

런 남자들로부터 버림받거나 상처를 받는다는 점에서 가장 큰 희생자로 비친다. 따라서 이런 과장되고 극화된 인물 설정은 단순히 그들을 옹호하기 위한 것이라기보다는, 기성체제가 옹호하는 인간형, 즉 체제에 길들여지는 인간형을 암시적으로나마 거부하고 부정하기 위한 것으로 보아야 한다(특히 이 소설이 발표되던 1970년 초의 정치적 사회적 상황을 고려해 볼 때 기성체제에 길들여진 인간이 무엇을 뜻하는가는 자명해질 것이다). 기성체제를 거부한다는 것은 독자들에게 그 체제를 떠받치고 있는 그들의 사회적 관계를 인식하게 해준다. 그리하여 그들은 작중 인물들과 그들의 행동에서 자신의 자아상을 문득 떠올리고 그 자아상이 곧 사회적 관계의 산물임을 깨닫는다. 즉 개인적인 것과 사회적인 것의 연속성 위에서 그들의 사회적 정체성의 의미를 읽어내는 것이다. 당시의 독자들이 이 소설에 그토록 열광했던 것도 바로 이런 문학적 소통구조가 작용했기 때문이라 생각된다. 한편 신문소설은 아니지만, 1980년대에 도시 밑바닥을 떠도는 인생들을 생생하게 기록한 『어둠의 자식들』, 『꼬방동네 사람들』 등과 같은 작품들이 대중들의 인기를 끈 것도 대략 이와 비슷한 이유에서이다.

다음으로는 어떤 신문소설이 지배적인 집단의 이익을 담고 있다 하더라도, 독자들이 그것을 수용하는 과정에서 그것의 선호된 의미를 변형하거나 심지어 대립적으로 읽어내면서 텍스트를 창조적으로 재구성하는 경우를 들 수 있다. 그런데 변용 해독이나 일탈 해독, 대립적 해독을 문제삼을 때 잊지 말아야 할 것은, 텍스트 해독이 수용자의 사회적 역사적 문화적 조건에 따라 임의로 선택되는 것이 아니라 수용자와 텍스트의 교섭 과정에서 이루어진다는 점이다. '부호화/해독(encoding/decoding)' 모델에서 부호화와 해독이 일치하지 않는다는 것은 분명해졌더라도 부호화와 완전히 단절된 해독이란 원천적으로 불가능하다는 것이다. 다시 말해서 '변용, 일탈, 저항'이라는 용어 자체가 이미 그 무엇에 대한 변용, 일탈, 저항을 뜻하므로 그 무엇을 완전히 배제해 놓고 이 문제를 논의하는 것은 설득력이 없다. 그러므로 변용 해독이나 저항적 해독의 가능성은 텍스트 자체에 내재해 있다고 보아야 할 것이다.[20] 여기서는 가부장제 이데올로기를 표방한 소설 『자유부인』이 여성 독자들에게 어떻게 해독될 수 있는가를 살펴보면서 이 문제를 규명하고자 한다. 『자유부인』의 지배적 의미(선호된 의미)는, 그 줄거리(가정의 굴레에서 벗어나 직업 전선에 뛰어든 여성이 젊은 대학생이나 돈 많은 유부남과 놀아나다가 가정으로부터 쫓겨나지만 마침내 과거의 잘못을 뉘우치고 다시 가정으로 돌아간다)에서도 알 수 있듯이, 이른바 '유한부인'의 성적 방종과 타락을 경계하고 가정의 신성한 가치를 유지하려는 것이다. 그런데 텍스트의 수용 과정에서 이 지배적 의미는 여성 독자들에 의해 변형되거나 심지어는 대립적인 의미로 읽힐 수 있다. 왜냐하면 남성 독자들과 마찬가지로 여성 독자들도 주인공 오선영의 '탈선적' 행동에서 일종의 거부감을 느끼는 것은 사실이겠지만, 그들이 궁극적으로 여성의 사회적 진출 자체를 거부한 것은 아닐 것이기 때문이다. 오히려 '출세하는 남편, 사랑받는 아내'라는 가부장제 이데올로기가 끊임없이 재생산하는 '현모양처'형 여성상이 오선영 같은 과감한 여성의 도전으로 심한 타격을 받는 데서 은밀한 쾌감을 느꼈을지도 모른다. 그 당시 여성 독자들은 오선영을 비롯한 유한부인들의 행동을 내놓고 지지하거나 찬양할 수는 없었겠으나, 그들의 행동을 통해서 자신들의 가정내 위상과 사회적 지위를 깨닫는 가운데 일종의 '정서적 연대감(affective alliance)'을 형성할 가능성은 충분히 있는 것이다. 『자유부인』의 작가는 여성의 사회적 진출이 결국 가정의 혼란과 사회의 타락상을 부추길 뿐이라는 점을 암시함으로써 그들의 사회적 진출을

---

20) 그래엄 터너는 "저항적 해독은 수용자가 사회적으로 획득한 텍스트 해독 방식에 의한 것이 아니라 사실은 텍스트 자체의 산물"이라고 했다. 그래엄 터너/김연종 옮김, 1995, 140쪽.

봉쇄하려 했으나, 여성 독자들은 거꾸로 이 소설을 통해 그들의 사회적 진출을 가로막고 있는 것이 무엇인지를 또렷이 확인하게 됨으로써 무한한 즐거움을 느낄 수 있었고, 바로 이 점 때문에 『자유부인』은 대중문학으로서 성공을 거두었던 것이다.

이상에서 신문소설의 대중적 성공 요인을 다섯 가지 정도로 들고 이를 하나하나 검토해 보았다. 그러나 이들은 서로 긴밀한 관련을 지니고 있어 사실상 따로 떼어놓고 생각하기 힘들다. 때문에 이 글에서도 다섯 가지 요인을 가능한 한 '대중적 즐거움'이란 하나의 일관된 관점에서 논의하려 하였다. 따라서 이들 요인은 즐거움을 촉발하는 여러 양상들이 될 것이다. 이 가운데 첫째·둘째는 주로 생산의 측면에 관련된 것이고 나머지 세 가지는 수용의 측면에 초점을 맞춘 것이다. 다음 절에서는 위에서 밝힌 점들을 토대로 실제 작품에 접근해 갈 것이다.

3. 실제 작품을 통해 본 즐거움의 정체와 의미

신문소설이 촉발하는 즐거움의 정체를 밝히기 위해서는 당시 독자들의 반응을 객관적으로 보여주는 자료들이 절대적으로 필요하다. 그러나 이 글에서 다루고자 하는 작품들은 이미 오래 전에 연재된 것들이라 그런 자료들을 거의 구할 길이 없다. 다만 연재 당시 작가와 비평가들의 발언, 그리고 작가의 회고담 가운데 독자들의 반응에 대한 단편적인 언급이 있을 뿐이다. 따라서 여기서는 텍스트를 중심으로 수용자의 해독 과정이나 그들의 다양한 해독 가능성을 추적해 보고자 한다. 이런 접근 방법의 유효성은 텍스트의 복권을 노리는 최근의 문화 연구 경향에서 찾아볼 수 있다. 즉 변용 해독 또는 저항적 해독의 문제에 있어서 대다수 연구자들은 이제 텍스트내의 저항적 전략, 즉 수용자로

하여금 상이한, 때로는 이데올로기적으로 모순되는 주체로서의 입장을 갖게 만드는 모호성과 대립의 관계를 규명하는 데 관심을 쏟고 있다. 텍스트는 다양한 의미로 채워져 있으며 '선호' 해독의 경계선을 따라 수용자가 사회적으로 구성되며, 이를 통해 다양한 의미와 쾌락이 생산된다고 보는 것이다(그래엄 터너/김연종 옮김, 1995: 140). 이 글에서도 텍스트의 중층적 의미나 텍스트내의 저항적 전략에 주목하여 논의를 진행할 것이다.

1) 김내성의 『청춘극장』

『청춘극장』은 1949년 5월부터 『한국일보』에 연재되기 시작하여 한국전쟁으로 한동안 연재가 중단되었다가 피난지 부산에서 연재를 재개하여 1952년 5월에 연재가 끝난 신문소설이다. 이 소설의 인기는 대단하여 연재가 시작되던 해 11월 청운사에서 1·2부를 출판하였는데 그 책은 보름 만에 2만 부가 몽땅 팔려나갔다고 한다.[21] 환도 이후에도 이 소설의 인기는 갈수록 상승하였으며, 1959년에는 흑백 영화로, 1967년에는 천연색 영화로 만들어져 상영되기도 했다(양평, 1985: 49~51 및 서광운, 1993: 339~340).

이로 보아 『청춘극장』이 연재 당시는 물론 단행본으로 출판되어서도 독자들로부터 폭발적인 인기를 끌었음을 알 수 있다. 그렇다면 우리가 주목해야 할 것은 이 소설의 어떤 점이 그토록 대중들의 마음을 사로잡았는가 하는 점이다. 다시 말해서 이 소설이 독자들에게 주는 즐거

---

21) 3·4·5부도 모두 단행본으로 출판되었는데, 참고로 필자가 현재까지 확인한 바, 그 첫판의 출판 일자, 출판지, 출판사를 밝히면 다음과 같다.
  3부: 1950년 1월, 서울, 청운사.
  4부: 1952년 11월, 부산, 청운사.
  5부: 미확인. 그러나 4부와 동일한 것으로 추정됨.

움은 어디에서 비롯되며 그 의미는 무엇인가 하는 점이다.

『청춘극장』이 대중의 마음을 사로잡을 수 있었던 이유는 앞서도 말했듯이 독자들에게 이미 친숙한 문학적 도식인 연애소설의 형태를 취하고 있기 때문이다. 그렇지만 작가 김내성은 종래의 도식을 그대로 답습하지 않는다. 이 점은 『청춘극장』을 『장한몽』과 『무정』에 대비시켜 볼 때 또렷이 드러난

신문연재 당시부터 인기를 모았던 김내성의 장편소설 『청춘극장』(단행본)과 영화(감독 홍성기, 주연 김진규·김지미, 1959년 작)의 포스터.

다. 세 작품은 모두 연애소설의 기본 도식인 '애정의 삼각구도'를 사용하여 한 여자와 두 남자(또는 한 남자와 두 여자) 사이의 애정 갈등 문제를 다루고 있다. 그러나 『장한몽』과 『무정』에서는 그런 삼각구도에서 어느 한쪽을 선택하는 과정이 속도감 있게 진행되는 까닭에 전체적으로 선택 이후의 이야기이거나 아니면 선택의 결과로 빚어지는 이야기로 볼 수 있는 데 반하여, 『청춘극장』에서는 선택이 어떤 정황적 요인이나 다른 사건의 개입으로 끝없이 지연되어 선택 과정 자체가 극대화되어 있다. 더욱이 『무정』에서는 주인공 이형식이 선택에 따른 갈등을 비교적 쉽게 해소하고 더 큰 꿈을 이루기 위해 떠나는 것으로 마무리되는 데 반해, 『청춘극장』에서는 갈등이 쉽게 해소되기는커녕 다른 문제들과 얽혀 들어가면서 갈수록 증폭된다. 예컨대, 백영민은 집안에 민며느리로 들어온 허운옥을 거부하고 동경 유학시절 사건 오유경을 배우자로 선택하려 하지만 오유경의 오해와 잠적, 자신의 학병 출정과 부상, 허운옥의 헌신적인 간병(看病) 등으로 그 선택은 어떤 결말을 맺지 못하고 끝없이 지연된다. 이는 백영민의 우유부단한 성격을 말해주고 있는 듯도 보이지만, 그보다는 '청춘극장'이란 제목이 암시하듯이 그런 과정을 통해 청년의 생리와 사랑의 모순된 감정을 그리려는 작가의 의도된 계산으로 보는 것이 더욱 적절할 것이다. 이처럼 어느 한편으로 결말이 나는 듯하다가도 갑작스런 사건의 개입으로 곧바로 그것이 뒤집어지는 사태가 연속되는데, 바로 그런 점이 독자들로 하여금 다음날의 연재분을 애타게 기다리도록 만들었음이 틀림없다. 말하자면 독자들은 최종적인 결말을 확인하기 위해서라도 이 소설을 계속 읽을 수밖에 없었던 것이다.

또한 이들 세 사람을 둘러싸고 있는 주변 인물들도 세 사람의 애정관계에 직·간접적으로 관련되면서 각기 다양한 애정 형태를 연출한다. 예컨대, 장일수와 허운옥, 장일수와 나미에, 신성호와 기생 춘심(박분이), 김준혁과 오유경, 김준혁과 허운옥 등의 관계가 그것이다. 주인물과 주변 인물들의 애정 관계에서 한 가지 특기할 것은 그들 각자가 어설픈 사랑놀이에 빠지기보다는 대체로 그로 인한 내면적 갈등을 겪으면서 자신의 감정의 정체를 곰곰이 따져본다는 점이다. 사랑이 그들의 인생에서 차지하는 의미를 무엇이고, 또 개인의 사랑은 그가 속한 사회나 국가의 차원에서는 어떤 의미를 지니고 있으며, 다시 그 의미에 의해 개인의 사랑은 어떻게 규정될 수 있는가—그런 문제들에 대해서 그들은 거듭 숙고해 보는 것이다. 결국 이것은 사랑을 통해 하나의 인격이 성숙되는 과정을 보여준 셈이다.

이렇듯 성장소설로서의 측면을 지닌 점, 인물들간의 갈등보다는 한 인간의 내면적 갈등에 초점을 맞추어 사랑의 본질과 의의를 문제삼은 점 들은 앞서 지적한 선택 과정을 극대화시킨 점과 함께 『청춘극장』이 종래의 연애소설 도식에 덧보탠 새로운 요소들이다. 『청춘극장』은 이런 요소들로써 연애소설의 새로운 영역을 개척하였고 바로 그런 이유로 오랫동안 대중의 사랑을 받아온 것이다.

도식의 변형 외에 이 소설이 지닌 대중적 즐거움의 또 다른 요인은 도피주의적 환상을 통해 위안을 제공한다는 점이다. 즉 한국전쟁을 전후한 참담한 현실 속에서 하루하루 살아가야 하던 그 당시 사람들은 '청춘'의 '극장'에서 벌어지는 복잡다기하고 흥미진진한 사건들에 몰입하면서 현실의 고통을 잠시 잊는 동시에 그로부터 어떤 위안을 얻었던 것이다. 이런 현실도피적인 성격 때문에 대중문학은 보통 비속하고 저급한 문학으로 간주되어 왔음은 앞에서 말한 바와 같다. 그러나 카웰티는 대중문학의 도피주의적 특징들을 "그 자체의 목적과 정당성을 지닌 예술의 유형"으로 보아야 한다고 주장한다. 즉 예술에 있어서 도피주의는 우리가 일시적으로 물러날 수 있는 대안적 세상을 구축하기 위해 우리의 상상력을 사용하는 능력이며 따라서 그것은 확실히 인간의 중심적 특징이며 전체적으로 가치 있는 일이라는 것이다(카웰티, 1976: 13). 이런 의미에서 백영민이 전쟁의 포화 속에서 우주적 쓸쓸함을 말하는 다음과 같은 대목은 비슷한 상황에서 이 소설을 읽는 독자들의 심경을 대변하기에 충분할 뿐더러, 실제로 독자들로 하여금 그들의 비참한 처지를 한순간 잊게 해주는 효과를 갖는다.

> 천지를 진동하는 폭탄, 비 오듯이 쏟아지는 탄환―지구의 표면을 변모시키는, 오늘의 이 인위적인 처참한 전쟁이 지금 한창 지구상에 버려져 있건만 영민은 그러한 모든 어즈러움, 그러한 온갖 실재를 망각하고 다만 하나 우주적인 거대한 쓸쓸함과 우뚝 마조 서 있었다.(진문출판사 간 『청춘극장』 제4부, 1966, 9쪽)

이처럼 극한적인 상황에서, 극한적인 상황이기에 더욱 현실을 떠나 또 다른 세상을 꿈꾸는 것이 우리 인간인 셈이다. 이런 입장에서 카웰티는 문학에서의 도피주의적 기법을 인간이 본래 지니고 있는 두 가지 심리적 요구에 관련시켜 설명한다. 두 가지 심리적 요구란 '질서에 대한 탐색'과 '권태로부터의 탈출'이다. 사람들은 삶의 중압감에서 오는 고통과 좌절, 그리고 일상의 권태와 지루함으로부터 벗어나기 위해 강렬한 흥분과 흥미의 순간들을 찾지만, 이와 동시에 우리의 삶을 근본적으로 위협하는 궁극적인 불확실성과 모호함에서도 벗어나고자 한다. 도피주의적 경험이 우리를 이완시키고 즐겁게 하는 것은 이 두 가지 요구를 종합하고 둘 사이의 긴장을 해소하는 데 있다. 그렇기 때문에 도피주의적 경험은 안전과 질서에 대한 우리의 기본적 감각을 혼란스럽게 하기보다는 그것을 더욱 강화한다. 왜냐하면 우리는 그것이 실제 경험이 아니라 상상적 경험임을 알고 있고, 흥분과 불확실함이 궁극적으로 허구적 세계내에서 조절되고 한계가 그어질 것임을 알고 있

김래성의 『청춘극장』
을 각색하여 만든 영
화의 한 장면(감독
강대진, 주연 신성
일·윤정희, 1967년
작).

기 때문이다(카웰티, 15~16).

　그러면 이와 같은 카웰티의 이론에 기대어 『청춘극장』의 도피주의적
성격을 살펴보자. 먼저 청춘남녀들이 서울과 동경, 평양, 만주, 북경
등 광활한 무대를 배경으로 벌이는 사랑과 모험의 대서사시는 우리에
게 강렬한 흥분과 흥미를 불러일으킨다. 그러나 그것이 마지막에 가서
어떤 식으로든 결말이 날 때 우리는 긴장과 흥분 상태에서 벗어나 안
정과 균형의 감각을 회복한다. 등장인물들의 파란만장한 사랑의 역정
에서 우리는 그들의 운명을 우리 자신의 것과 동일시하면서 안타까워
하지만 그것이 상상적 세계 안에서 일어나는 일이라 어떻게든 종결될
것임을 또한 알고 있다. 동일시 과정에서 우리는 강렬한 흥분을 맛보
면서 일종의 현실도피적인 경험을 한다. 반면에 우리는 그 경험이 상
상적 경험임을 알고 있으므로 어떤 해결을 기대함은 물론 그것이 궁극
적으로 해결될 때 안도감을 느낀다. 즉 우리는 도피주의적 경험을 가
져다주는 짜릿한 흥분을 통해 안정된 세계가 갖는 지루함과 권태로움
을 극복하는 동시에 이 둘 사이의 긴장을 해소하는 것이다. 이로 보아
우리가 긴장과 흥분 상태를 맛보면서 어떤 위안을 얻는 것은 사실이지
만, 그것이 곧 현실 감각이나 의식 자체의 완전한 상실을 뜻하는 것이

아님을 알 수 있다. 오히려 그런 도피적 경험으로 말미암아 우리는 전쟁의 참화 속에서도 삶 자체를 방기하거나 포기하지 않고 꿋꿋이 살아갈 수 있었던 것이다. 『청춘극장』이 대중에게 큰 인기를 모았던 것도 이런 이유 때문이다.

2) 정비석의 『자유부인』

『서울신문』에 연재된(1954. 1. 1~8. 9) 소설 『자유부인』은 작가 정비석을 하루 아침에 일약 유명인사로 만든 작품이다. 연재될 당시 장안의 화제는 온통 『자유부인』에 집중되어 있어서 이를 읽지 않고는 남들 대화에 끼이기도, 지식인으로 행세하기도 힘들 정도였으며, 심지어 『자유부인』을 읽었느냐 하는 인사말까지 생길 판이었다고 한다. 연재 도중 벌어진 황산덕 교수와 작가의 논쟁은 황 교수의 의도와는 달리 이 소설을 더욱 유명하게 만들었으며, 이후 이 소설에 대한 여러 형태의 찬반양론에 불을 지핀 꼴이 되고 말았다. 연재중인 4월 20일에 상권이, 연재가 끝난 8월에 하권이 단행본으로 출판되었는데, 3천 부만 나가면 베스트셀러로 꼽히던 시절에 초판 3천 부가 당일에 매진되는 엄청난 기세를 올렸다. 또한 1956년 영화로 만들어지자 또 한번 파문을 일으켰는데, 그 해 6월에 수도극장에서 개봉된 이후 28일간 연속 상영에 13만 명의 관객 동원이라는 영화사상 공전의 대기록을 세웠다(양평, 1985: 12~16 및 서광운, 1993: 310~319).

이처럼 『자유부인』은 신문 연재로부터 시작하여 단행본 출판과 연극 공연,[22] 영화 상영에 이르기까지 대중들에게 엄청난 인기를 누렸던 작품이다. 그러면 이 소설이 이렇게 대중적 인기를 모았던 이유는 무엇

---

22) 정비석(1957)에 의하면, 소설 『자유부인』은 연극으로 만들어져 서울을 비롯한 전국 중요 대도시에서 상연되었다고 한다.

대학생 신춘호와 사귀는 한편 화장품점 책임자로 발탁되어 돈 많은 사업가들과 접촉하면서 그녀 자신의 처지를 새롭게 인식한다. 그래서 자신이 가정이란 굴레에 갇혀 '부엌데기 노릇'이나 하며 노예와 다름없는 생활을 해왔다고 생각한다. 남편의 무관심과 단조로운 일상생활에 대한 불만이 바깥 세계와 접촉하면서 겉으로 터져나온 셈이다. 여성 독자들은 그녀의 남성편력과 방종한 생활에는 도저히 손을 들어줄 수 없었지만, 그녀가 이따금 토로하는 남편의 무관심과 그로 인한 불만에는 상당한 공감을 느끼지 않을 수 없었다. 특히 오선영이 신춘호와 춤을 추면서 자기 육체에 대해 새로운 가치를 발견하는 부분은, 그 자체로는 대단히 충격적인 장면이지만 그 점을 차치해 놓고 보면, 그녀처럼 남편의 무관심에 길들어져 있는 중년 여인들에게 자기 정체성의 문제를 환기해 주는 효과를 가졌음에 틀림없다.

〔…〕 오선영 여사는 열심히 스텝을 따라갔다. 스텝을 밟으면서도, 마음속으로는 형용할 수 없는 감격에 잠겨 있었다. 이성의 품에 안겨보는 것도 감격적인 사실이거니와, 자기 몸에 대해 새로운 가치를 발견했다는 것도 또한 나의 감격이었다. 남편은 십년동안이나 부부생활을 해오면서도 한번도 아내의 육체를 칭찬해 준 적이 없었다. 보배를 소유하고 있으면서도 그 보배의 참다운 가치를 모르는 증거였다. 그렇건만 신춘호는 몸에 손을 대여보는 그 순간에, 놀랍도록 감탄하지 않았던가.(정음사 간, 『자유부인』 상권, 1954, 88쪽)

이런 여성의 자기 정체성 문제는 이 작품 곳곳에서 제기되어 있어 여성 독자들의 즐거움을 더해 준다. 에컨대, 오선영이 화장품점에 취직해서 당당한 '사회인'으로서의 긍지와 보람을 느끼는 것이라든지 오선영의 친구 최윤주가 여성의 경제적 자립을 주장하는 것, 그리고 최윤주가 남편의 외도를 묵인하기보다는 이혼을 요구하며 당당히 맞서는 것 등에서 여성 독자들은 가정과 사회에서 자신의 위치를 되돌아보고 자신을 얽어매고 있는 것이 무엇인가를 새삼 되새겨보는 것이다. 이 점으로 보아 오선영의 사회적 진출은 상당한 의미를 갖고 여성 독자들에게 다가온다. 여성의 사회적 진출이 극히 제한된 상황에서 가정 주부가 할 수 있는 일이라곤 고작해야 남편과 아이를 기다리고 자신이 간접적으로 참여한 일의 결과를 응원을 보내며 기다리는 길뿐이다(조혜정, 1988: 199). 줄여 말해서 주부의 생활이란 '기다림의 연속'이다. 더구나 남편과의 관계도, 오선영의 경우처럼, 겉으로는 원만하게 보일지 몰라도 속으로는 많은 문제점을 안고 있는 것이 사실이다. 이는 부부가 가정과 사회라는 매우 다른 경험 세계에 살게 됨으로써 실제로는 친밀성을 길러 나가기가 극히 어려운 상황에 처하게 되기 때문이다 (Ibid., 183). 따라서 오선영이 단조로운 결혼생활에서 탈피하여 당당한 사회인으로 진출하는 것은 여성 독자들의 부러움을 사기에 족하다. 그런 오선영의 진취적 행동은 여성 독자들에게 이른바 현모양처형 여성상에 대한 거부로, 그리고 '기다림의 보람이 덧없음'(Ibid., 199)을 알려주는 것으로 읽히기 때문이다.

그러나 오선영이 점점 끝갈 데 모르는 방종과 타락의 길로 들어설 때 그들은 한편으로는 은근히 이를 즐기면서도 내심으로는 매우 불안하다. 작가는 이런 여성들의 불안한 마음을, 남편의 용서와 오선영의 가정 복귀라는 판에 박은 듯한 결말을 취함으로써 해소한다. 이때 여성 독자들은 비로소 안도감을 느끼는 것이다. 그리하여 '가정 밖으로 뛰쳐나가 보았자 별 수 없구나', '좀 불만이 있더라도 이렇게 남편을 내조하고 아이들을 보살피며 사는 것이 여자로서는 최선의 삶이야' 등등으로 자신의 마음을 위무하면서 소설을 덮는다. 이로 보아 가부장제 이데올로기를 옹호하려고 한 작가의 의도는 일단 성공한 것으로 보인다.

그러나 우리는 소설 전체의 주제나 의미보다는 수용자의 해독 과정에 주목해 볼 필요가 있다. 이 소설에서 여성 독자들의 감정적 관여도는 부분적으로 다르게 나타난다. 즉 오선영이 남성의 권위에 도전하고 순간적으로나마 그것을 획득할 때(가정의 굴레에서 벗어나 직업 여성이 되는 것, 여러 남자와 자유로이 접촉하면서 남편에게서는 볼 수 없는 장점들을 발견하는 것 따위)는 비록 그것이 정당하지 못한 방법에 의한 것일지라도 '관여'를 통해 느끼는 즐거움이 아주 강하고, 이로 인해 오선영이 어떤 처벌이나 제재를 받을 때(집에서 쫓겨나는 것, 자신의 잘못을 뉘우치고 눈물로써 남편에게 용서를 구하는 것)는 '이탈'의 해독 위치를 갖게 되어 좌절감을 최소화하는 것이다.[24]

---

24) 이는 일종의 '이중적 감정이입'이다. 수용 과정에서 나타나는 감정적 관여도의 차이는 피스크 등이 여성 드라마의 저항적 즐거움을 설명하면서 주장하는 이론인데, 여기서는 그 틀을 『자유부인』의 해독에 시론적으로 적용해 보았다. 영화 『델마와 루이스』가 흥행에 성공한 것이라든가, 작년(1996)에 전국을 '애인'의 열풍으로 들끓게 했던 SBS 드라마 『애인』 등도 이런 각도에서 조명해 볼 필요가 있다. 피스크의 이론에 대해서는 박명진, 1991, 87쪽 참조.

작가는 시종일관 오선영을 부정적 인물로 묘사하여 가부장제 이데올로기를 옹호하고 있으나, 여성 독자들은 그런 작가의 의도와는 상관없이 오선영의 사고와 행동에 자신의 경험을 짜넣음으로써 이 소설을 재구성하거나 새롭게 읽어내면서 은밀한 즐거움을 맛보는 것이다.

3) 최인호의 『별들의 고향』

1970년대 초 『조선일보』에 연재된(1972. 9. 5~1973. 9. 9) 최인호의 『별들의 고향』은 우리 문학이 본격적인 대중문학 시대로 들어섰음을 알려주는 신호탄이 된 작품이다. 소설의 주인공 '경아'의 행동 하나하나는 금세 장안의 화젯거리가 되었으며, 사람들은 경아의 천진스러움에 즐거워하고 경아가 너무 불쌍하다고 술을 마셨다. 갑자기 전국의 술집 여자들이 자신의 이름을 경아로 바꾸는 유행이 일기 시작했으며, 경아가 죽던 날 어느 유명한 연극 연출가와 그의 단원들은 경아의 명복을 비는 술잔을 들기도 했다고 한다. 연재가 끝난 직후 예문관에서 상, 하두 권으로 출판했는데 3년간 40만 권이 나갔고, 지금까지 대략 100만부 이상 팔린 것으로 추정되고 있다. 이 작품 역시 이듬해(1973) 영화로 만들어져 관객 50만 명을 동원하는 신기록을 세웠는데, 영화를 만든 이장호 감독은 무명에서 일약 70년대 영화계의 스타로 부상했다.[25]

이처럼 『별들의 고향』의 폭발적 인기는 일종의 '경아 신드롬' 현상까지 불러일으킬 정도였다. 그렇다면 소설 속의 '경아'는 과연 어떤 인물인가? 도대체 작가가 경아를 어떻게 그려냈기에 사람들이 마치 그녀를 살아 있는 인물로 여기고 그녀에게 집중적인 관심을 보였을까? 이 문제부터 풀어 나가면서 이 소설이 가져다 준 즐거움의 정체를 규명하

---

25) 양평, 1985, 188~191쪽 및 샘터사에서 재출간된 『별들의 고향』 상권(1994)에 실린 '작가의 말' 참조.

고자 한다.

작가는 이 작품을 가리켜 "우리들이 함부로 소유했다가 함부로 버리는 도시가 죽이는 여자의 이야기"라고 했다. 이로 보아 경아는 우리가 마음 내키는 대로 씹다가 단물만 빨아먹고 뱉어 버리는 '껌'과 같은 존재이며, 도시의 비정함 속에서 희생당한 순교자의 모습을 띠고 있다. 그럼에도 불구하고 그녀는 '천성적인 밝음'과 '천성적인 낙관'과 '끈질긴 생명력'을 지닌 여자이다. 누군가를 사랑하지 않고는 한순간도 못배기는 여자이며 어떤 어려움 속에서도 결코 희망을 잃지 않는 여자이다.[26] 그녀의 행동 하나하나는 그대로 우리 자신의 모습을 되비쳐 주는 거울과도 같다. 남에게 잘 속고, 사랑하던 사람에게 버림받고, 밤과 어둠을 무서워하고 그러나 그 무서움이 싫어서 밤을 되레 좋아하려 하고, 물건 값을 깍쟁이처럼 깍고, 술로써 외로움을 달래고, 잘 살아 보고 싶었는데 정말 뜻대로 되는 일은 없고, 사람들이 재수없다고 말하는 일은 기를 쓰고 피하지만 여전히 재수가 없고, 그래서 화투로 재수점도 치고 용하다는 점쟁이를 찾아다니기도 하는—그런 그녀의 모습은 바로 도시 소시민인 우리 자신의 자화상이다. 그러기에 우리는 그녀를 볼 때 마치 오래 전에 알던 사람을 다시 만난 듯한 느낌을 받는다. 이처럼 그녀의 말과 행동은 우리에게 더할 수 없는 친근감을 주지만, 이 모든 것을 합쳐 놓은 그녀는 이미 우리들을 넘어서 있다. 천성적인 밝음과 낙관을 지닌 그녀는 도시의 밤하늘에 빛나는 '별'과 같은 존재이기 때문이다. 우리가 그녀를 짓밟고 사나운 거리로 내몰 수는 있지만 그녀의 꿈과 희망까지는 없애 버릴 수 없다. 그녀 자신이 이미 우리의 꿈이요, 희망인 까닭이다.

작가는 경아를 우리가 거리에서 또는 도시의 뒷골목에서 우연히 만

---

26) 어찌 보면 경아는 『바람과 함께 사라지다』의 '스칼렛'과 영화 『귀여운 여인(Pretty Woman)』의 '비비안'을 합쳐 놓은 듯하다.

날지도 모르는 조그만 요정으로, 환한 빛으로 둘러싸인 천사로 묘사한다. 요정이나 천사는 동화 속에 등장하는 인물이다(여기서 우리는 이 소설의 거의 끝부분에서 어디선가 나타난 한 마리의 사슴이 아스팔트의 숲을 뛰어다니는 장면을 연상할 수도 있다). 어른들을 이미 동화를 읽지 않기 때문에 천사나 요정을 믿지 않는다. 간혹 찬사와 같은 마음을 지닌 여자를 만나더라도 그녀를 속이고 이용하려 할 뿐이다. 그런데 두 번째 남자인 이만준이 지적했듯이 경아는 남자에게 너무 속기를 잘하는 성품을 지닌 여자이다. 그녀를 스쳐간 남자들은 하나같이 그녀를 속이고 이용하려 든다. 그러나 그들도 그녀를 속일 수는 있었지만 끝내 자기 자신마저 속일 수는 없었다. 집에서는 대부분 벌거벗고 있기를 좋아하며, 온 세상 사람들이 다 벌거벗고 다녔으면 좋겠다고 생각하며, 몇 시간이고 지치지 않고 계속해서 노래를 부를 수 있는 그녀. 그런 그녀 앞에서 사람들은 자신의 얼굴에 덕지덕지 붙어 있는 위선과 가식을 지워 버리고 맨얼굴을 드러내지 않을 수 없었다. 그런 점에서 그녀는 우리가 날마다 은밀하게 가꾸는 각종 가면들을 스스로 벗어 버리고 정직하게 자신과 대면하게 해주는 역할을 한다. 작가가 단언했듯이, 이 소설이 어른들을 위한 동화, 즉 성인 동화로서의 의미를 지니는 것도 이런 이유에서이다.

이렇듯 경아는 도시의 시궁창 속에 빠져 있으면서도 언제나 천사와 같은 마음을 간직하고 있는 여자이다. 사냥꾼이 득시글거리는 도시에서 그녀는 귀엽고 조그만 요정이고 숲을 떠나 도시의 거리를 헤메는 한 마리의 사슴이다. 우리는 경아를 보면서 그 밝고 깨끗함에 눈이 부신다. 그러나 우리는 알고 있다. 겉으로는 화려해 보이지만 속으로는 썩은 시궁창 냄새를 풍기며 죽어 가는 도시에서 천사와 같은 마음을 지닌다는 것이 얼마나 허황된 꿈인가를. 그런 마음을 먹는 것 자체가 이 도시에서 살아가는 데는 얼마나 불리하게 작용하는가를. 그래서 우리는 그녀를 버린다. 그녀가 지닌 모든 것이 도시에는 너무 어울리지 않는다는 이유로 그녀를 이 도시로부터 영원히 추방한다. 눈 내리는 겨울 밤 거리에서 경아는 술이 취한 채 깊은 잠이 든다. 그녀는 황홀한 꿈을 꾸듯이 평온한 얼굴로 영원한 잠 속으로 빠져든다. 아무도 돌보아 주지 않고 아무도 눈여겨보지 않는 외로운 죽음이지만, 빛보다 밝은 '술'과 술보다 밝은 '잠'이 어우러져 그녀의 마지막 순간을 환하게 빛내고 있다.[27] 그녀의 죽음 앞에서 우리는 괜히 '누가 그녀를 죽였는가?' 하고 핏대를 올릴 필요는 없다. 강영석, 이만준, 김문오, 이동철의 얼굴을 차례로 떠올릴 필요는 더더구나 없다. 그들을 포함한 우리 모두가 그녀를 죽인 장본인이기 때문이다. 그러나 겨울이 가면 봄이 오듯이 그녀는 오뚜기처럼 되살아날 것이다. 꿈과 희망이 없으면 우리는 살 수 없기 때문이다.

우리는 이미 경아처럼 따뜻한 마음과 밝은 천성을 지닌 많은 사람들을 알고 있다. 그럼에도 불구하고 우리는 그들을 약지 못하다고 또는 현실에 잘 적응하지 못한다고 탓하기 일쑤다. '도시 속의 천사'인 경아는 바로 그런 우리의 어리석음과 맹목을 일깨워 주기 위해 우리들 앞에 나타난 것이다. 그녀는 우리들에게 몸으로써 외친다. 거리에 지천으로 널려 있는 것이 당신과 나와 같은 사람이라고. 그런데도 왜 서로를 따뜻히 감싸 주지 않고 반목과 알력을 일삼느냐고. 그러나 그녀의 외침은 소리가 없기에 우리는 알아듣지 못한다. 그래서 그녀는 운다. 희극 영화를 봐도 비극 영화를 봐도 울고, 한번 울기 시작하면 '고장난 수도꼭지'처럼 울고, 심지어 자면서까지 운다. 강영석과 이만준은 그 울음에 넌덜머리를 내고 이동철은 폭력으로 다스리려 했지만 김문오는 적어도 그 울음에 귀 기울일 줄 알았기 때문에 아직 희망은 남아 있

---

27) 경아는 죽기 전날 밤 김문오와의 대화에서 빛보다 밝은 것은 술이고 술보다 밝은 것은 잠이라고 했다(『별들의 고향』 하권, 예문관, 1973, 371쪽). 이하 작품 인용은 이 책에 의거한다.

다. 작가가 궁극적으로 말하려고 한 것도 바로 이 점이다. 비록 소설은 비극적으로 끝났지만, 경아가 늘 겨울이면 심하게 앓다가 봄이 되면 다시 활력을 찾듯이, 아직 희망이 남아 있다는 것 그러므로 완전히 절 망하기에는 아직 이르다는 것, 조바심을 내지 말고 우리의 가슴을 조 금만 열어 두고 서로 서로 따뜻한 마음을 나눈다면 곧 이 겨울이 끝나 고 봄이 올 것이라는 것이다.[28]

이상에서 경아라는 인물과 작품의 주제에 대해서 간단히 알아보았 다. 이제 이상의 논의를 바탕으로 『별들의 고향』이 독자 대중들의 선풍 적인 인기를 누린 요인들을 살펴보기로 한다. 먼저 지적할 수 있는 것 은 앞에서도 잠깐 언급했듯이 대중의 사회적 정체성을 만들어낸다는 점이다. 앞서 논의된 바를 요약하면 이렇다. 이 소설의 작중인물들을 하나같이 정상의 궤도에서 벗어난 사람들인데, 이런 인물 설정을 통해 작가는 기성체제가 옹호하는 인간형을 은근히 부정하고 있다. 특히 경 아를 '순결한 희생자'로 그린 것은 기성체제에 대한 비판으로 읽힌다. 따라서 체제에 정면으로 맞설 수는 없지만 그렇다고 이에 완전히 동조 할 수 없는 독자들은 그런 인물들을 통해 자신의 자아상 및 사회적 정 체성을 발견하며, 그런 가운데 즐거움을 느끼는 것이다. 이 소설이 곧 '경아의 이야기'인 만큼 여기서는 그녀를 중심으로 즐거움이 발생하는 경로를 구체적으로 살펴보기로 한다.

경아는 바로 그 당시 가난하고 힘없는 우리들 자신이었다. 그럼에도 불구하고 우리들은 경아와 같은 존재를 자신과 무관한 것인 양 애써 외면하려 했다. 너무나 우리와 닮은 그들의 모습에서 동류의식을 느끼 기도 했지만 그보다는 무기력한 그들에 대한 분노가 더 컸기 때문이

---

28) '국가비상사태'와 '긴급조치'로 얼룩져 있는 1970년대 초의 '겨울 공화국'에서 봄이 뜻하는 바가 무 엇인지는 두말 할 필요도 없다. 그럼에도 불구하고 이 소설을 이른바 '상업주의 소설'로 낙인 찍은 것 은, 이 소설이 왜 대중적 즐거움을 촉발하며 그 즐거움은 어떤 경로를 통해 발생하는지를 전혀 고려하 지 않은, 따라서 대중의 잠재력과 주체성을 무시한 단견이라 하겠다.

최인호의 소설을 영화화한 『별들의 고향』의 한 장면 (감독 이장호, 주연 안인숙·신성일, 1974년 작). 이장호 감독의 데뷔작이자 출세작인 이 영화는 최인호 소설의 신문연재 당시부터의 인기에 힘입어 46만이라는 관객을 동원하는 흥행을 이루었다.

다. 그러나 그 분노는 결국 우리 자신을 향한 것이다. 이 소설이 의미를 갖는 것은 바로 이 지점이다. 현실이 아닌 소설 속에서 독자들은 분노를 느낄 필요가 없다. 그 분노가 어차피 자신에게 되돌아올 것이라면 그냥 주어진 대로 즐기면 되는 것이다. 그래서 그들은 아무런 죄책감 없이 경아에게서 그들 자신의 모습을 발견하고 즐거워한다. 그녀가 그들과 꼭 닮지는 않았지만 그녀의 한 부분 부분들은 그들 자신의 모습과 너무나 흡사하기에 어쩔 수 없이 그녀에게 이끌린다. 이 소설이 연재될 당시 독자들이 그렇게 경아를 사랑하고 그녀의 일거수 일투족에 지대한 관심을 보이고 그녀의 죽음을 슬퍼했던 까닭이 이로써 어느 정도 해명된다. 경아를 자신의 분신처럼 사랑한 독자들은 그 대신에 그녀를 망가뜨린 남자들에게는 맹렬한 분노를 느낀다. 분노는 완전히 사라지지 않고 남자들에게로 전이되는 것이다. 그 전이가 쉽게 이루어지도록 작가는 그들을 극단적 이기주의자로, 편집증적인 이중 인격자로, 폭력을 휘두르는 건달로, 게을러 빠진 무위도식자 등으로 묘사하였다. 그러나 엄격히 따지고 보면 그 남자들이라고 해서 독자들이 그들은 마치 자신들과 전혀 무관한 별종 인간으로 취급할 이유가 별로 없다. 차라리 그들을 우리들 내면에 있는 어떤 부분들이 극단적으로 표출된 것으로 이해하는 것이 타당할지 모른다. 작가의 말처럼 그 남자들이 "대부분 비열하고 잔인하지만 본질적으로는 선한 사람들"이기 때문이다. 결국 독자들은 경아도, 그녀를 버린 남자들도, 그리고 이 모든 것을 애써 모른 척하고 살고 있는 것도 그들 자신임을 깨닫게 된다. 그리고 그런 가운데 독자들은 그들 자신과 그들의 사회적 관계를 이해함은 물론 나아가 그들의 사회적 정체성의 의미를 해독해내는 것이다.

한편 대중성 획득 요인으로 또 하나 지적할 수 있는 것은 이 소설이 집단적으로 공유된 경험과 관련된다는 점이다. 이 소설이 멜로드라마적 구성을 취하고 있고, 경아의 헌신적 희생과 비극적 죽음을 미화하고 있어 일견 기존 질서를 합법화하고 있는 것으로 볼 수도 있다. 그러나 이것은 대중문화 텍스트의 이데올로기적 기능만 강조한 것으로 그것의 유토피아적 기능에는 사실상 눈감은 것이다. 앞서 살펴본 대로 경아는 근대화 산업화의 명목 아래 서서히 병들어 가는 현대사회에서 도시 소시민인 우리가 꿈꿀 수 있는 마지막 희망이요, 우리의 삶을 지탱하게 해주는 최후의 보루와 같은 존재이다. 우리가 그녀를 함부로 버리고 심지어 죽일 수도 있지만 그녀의 꿈과 희망마저 빼앗을 수는 없다. 이 점과 관련하여 경아와 김문오가 나누는 다음과 같은 대화는 매우 의미심장하다.

> "왜 사람들은 보이지 않는 것에 대해서만 기웃거리는지 모르겠어요. 이제 겨우 겨울인데 말이에요."
> "그게 희망이란거야. 그게 있으니까 우리가 살지."
> "그게 없어지면요?"
> "그럼 죽는거야." (하권, 263쪽)

김문오는 희망이라고 답했으나, 그녀가 바로 희망 그 자체라는 것을 알지 못했다. 경아의 말처럼 "이제 겨우 겨울인데" 사람들은 마치 이

겨울이 끝나지 않을 것처럼, 곧 희망이 사라질 것처럼 조바심을 한다. 희망이 바로 곁에 있는데도 말이다.

소설 속에서 경아는 산업사회의 병리적 징후를 드러내며 서서히 썩어 가는 도시, 그 도시에 적응하느라고 함께 병들어 가는 현대인들에게 자신의 몸으로써 그 악마적인 독성을 증명해 보인다. 더욱이 그녀가 지닌 천성적인 밝음과 낙천적인 성격은 도시의 악마성과 선명히 대비되어 그것을 더욱 뚜렷하게 드러나게 해준다. 뿐만 아니라 그녀가 지닌 밝음은 도시의 화려함을 뒤덮기에 충분하므로 그녀 앞에서 도시의 악마성과 이에 침윤되어 있는 현대인의 타성은 여지없이 폭로되고 만다. 『불의 나라』에서 주인공 '백찬규'가 '촌놈의 넉살'로 도시의 가면을 벗겨낸다면, 『별들의 고향』에서 경아는 그 '천성적인 밝음'으로 도시 스스로 가면을 벗지 않을 수 없게 만든다.

그러므로 우리가 이 소설을 읽어 가는 가운데 경아에게서 우리의 가장 깊숙하고 근본적인 희망과 환상을 발견하는 것은 당연한 일이다. 우리는 경아의 외로운 죽음을 피상적으로 관찰하여 이를 일종의 허무주의나 패배주의로 채색해서는 안 된다. 빛보다 밝은 술, 술보다 밝은 잠이 어우러져 눈부시게 빛나는 그녀의 죽음은 꺼지지 않는 발광체가 되어 우리의 가슴속에 영원히 간직되어 있기 때문이다. 그 발광체의 다른 이름은 '희망'이다. 거듭 말하지만 경아는 그 시대를 살아가는 우리의 꿈과 희망 그 자체였고, 이것이 작가가 궁극적으로 우리에게 전하려고 하는 바이다. 여기서 우리의 꿈과 희망이란 우리의 마음을 꽁꽁 얼어붙게 하는 이 '겨울공화국'이 어서 끝나고 새 시대를 맞이하는 것이다. 그러나 조바심을 가져서는 곤란하다. 경아의 말처럼 '이제 겨우 겨울인데'.

70년대 이후 일부 지식인들은, 상업주의적 대중문화가 기성체제를 합법화하고 지배 이데올로기를 재생산하고 있다는 점을 들어 사람들이 그런 저급한 문화에 침윤되는 현상을 매우 못마땅해 하고 그것의 파급 효과를 우려했다. 어떤 측면에서 그 같은 우려는 실제로 정당한 것이어서 대중문화에 대한 그 같은 인식은 하나의 사회적 통념으로 자리잡았다. 그러나 대중문화가 우리 일상생활의 일부를 구성하고 있는 현시점에서는 이미 그 한계를 드러내고 있는 그런 사회적 통념을 고수할 것이 아니라, 그것이 내포하고 있는 문제점을 밝혀 대중문화 텍스트를 새롭게 볼 수 있는 시각을 확보할 때이다. 앞에서 대략 밝혀진 것처럼 이런 논리가 지닌 모순점은 역사 발전의 주체인 대중의 '몰주체성'을 인정할 수밖에 없다는 점이다(김창남, 1995: 46). 굳이 그람시의 헤게모니론을 끌어들이지 않더라도 대중이 지배문화(곧 대중문화)에 의해 일방적으로 길들여지는 존재가 아닌 것은 분명하다. 그들은 기성 체제의 틀 속에서 살아가야 하므로 이에 정면으로 맞서지는 못한다. 그러나 지배문화의 산물인 대중문화 텍스트를 그들 나름대로 수용하는 과정에서 그들은 기존 체제를 은밀히 거부하고 회피하는 '작은 승리'를 즐긴다. 이것이 곧 대중문화가 주는 '저항적인 즐거움'이다. 사람들이 『별들의 고향』의 주인공 경아를 아끼고 사랑했다면 그것은 일차적으로 그녀에게서 우리의 희망을 발견했기 때문이다. 산업화 도시화의 물결에 휩쓸려 좌초하는 우리의 인생, 빈부 격차의 심화와 소외 계층의 증대, 갈수록 살벌해지는 정치적 사회적 정세—이런 억압적 상황에서 경아는 천성의 밝음과 낙관으로 우리의 숨통을 터놓기에 충분하다. 더욱이 그녀는 밝고 깨끗한 순교자적 죽음으로 그 희망을 우리 모두의 마음에 옮겨 심는다. 경아는 갔지만 희망은 남아 있다. 결론적으로 말해서, 『별들의 고향』은 어떠한 억압적 상황에서도 결코 희망을 포기할 수 없다는 그 시대 대중들이 잠재적으로 공유하고 있던 경험에 미적 형상과 이미지를 부여함으로써 그것을 구체적으로 인식할 수 있도록 만들었고, 바로 이 점 때문에 대중적인 성공을 거둔 것이다.

4. 맺음말

　우리의 신문소설은 신문학 초창기부터 1970년대에 이르기까지 독자층의 확대와 아울러 문학의 대중화에 기여해 왔다. 신문소설이 이른바 '평균인의 문학'을 지향하는 가운데 신문사의 기업 이윤에 봉사하고 독자 대중의 저급한 취미에 영합한 것은 부정할 수 없는 사실이지만, 우리 근대소설이 소수 문학가집단의 전유물에서 벗어나 독자 대중과 함께 호흡하며 그들의 폭넓은 지지 위에서 성장 발전하게 되는 계기를 마련해 준 것도 또한 신문소설의 공로라 하겠다. 그럼에도 불구하고 신문소설에 대한 일부 작가나 평론가들의 편견으로 말미암아 대체로 신문소설을 '저급한 문학', '일고의 가치도 없는 문학', '소설도 아닌 것' 등으로 매도하면서 이에 대한 논의를 소홀히 하고 있는 실정이다. 이는 우리 문학에서 신문소설이 차지하는 특수한 위치를 전혀 고려하지 않은, 그래서 우리 문학의 많은 유산을 그대로 사장해 버리는 매우 편협된 시각이 아닐 수 없다. 이 글에서는 이런 문제점을 시정하고 신문소설에 대한 새로운 시각을 제시해 보고자 하였다. 이를 위해서 어떤 신문소설이 독자들의 인기를 모았다면 그것의 대중적 호소력은 어디에서 연유되며, 또 독자들은 신문소설을 읽으면서 어떤 즐거움을 느꼈는가 등을 살펴보았다. 그 결과를 요약하면 다음과 같다.

　먼저 신문소설이 대중성을 획득하게 된 요인들은, ① 연재 당시 하나의 사회적 이슈로 부각된 문제들을 소재로 삼아 이를 대담하게 그리고 노골적으로 표현한다는 점. ② 독자에게 이미 친숙한 문학적 도식(formula)을 사용하여 그들에게 기본적인 안정감을 주며 그 결과 작품과 독자와의 거리를 좁히는 데 성공하고 있다는 점. ③ 독자들에게 환상과 위안을 제공함으로써 현재의 삶을 보다 견딜 만하게 만들어 준다는 점. ④ 집단적으로 공유된 경험과 관련된다는 점. ⑤ 대중의 사회적 정체성을 생산한다는 점 등으로 압축되었다.

다음으로 앞의 논의를 토대로 실제 작품을 분석해 본 결과, 김내성의 『청춘극장』에서는 ②③이, 정비석의 『자유부인』에서는 ①⑤가, 최인호의 『별들의 고향』에서는 ④⑤가 무엇보다 두드러진 요인으로 판명되었다. 『청춘극장』에서 독자들은 생존 자체를 위협하는 현실의 고통 속에서 이를 잠시 잊게 해주는 도피주의적 경험을 통해 즐거움을 맛보고, 그런 가운데 자신의 삶을 지탱해 나간다. 또 독자들은 대체로 작품의 의미를 주어진 대로 받아들이기보다는 이를 변용 해석하는 과정에서 즐거움을 느끼는 경향이 강한데, 『자유부인』과 『별들의 고향』이 이에 해당된다. 특히 『자유부인』에서 여성 독자들은 서로 모순되고 이데올로기적으로 대립되는 주체로서의 입장을 가지면서 텍스트의 이차적 의미 생산에 참여한다. 그리하여 그들은 텍스트의 특정 부분에 따라 감정적 관여도를 달리하면서 텍스트를 재구성하며, 그런 과정에서 즐거움을 얻게 된다.

그리고 본론에서는 언급하지 않았으나, 요인 ③은 매우 포괄적인 것으로 신문소설뿐만 아니라 대중문학 전반에 해당되는 것인데, 만일 특정 작품이 대중적인 성공을 거두었다면 그 바탕에는 반드시 ③의 요인이 작용하고 있는 것으로 보아야 한다.

이상에서 알 수 있듯이, 글쓴이의 의도는 신문소설이 여타의 소설보다 뛰어나다거나 그 문학성을 추켜올리는 데 있지 않다. 다만 기존의 견해가 너무 편협한 시각에 사로잡힌 나머지 독자 대중이 느끼는 즐거움을 무시하고 있어 그 즐거움의 정체를 좀더 객관적으로 밝혀 보고자 한 것이다. 그러나 이런 시각의 필요성이 이미 제기되었음에도 불구하고 다른 분야에 비해 문학 쪽의 연구 성과는 미진하여 이 글은 다분히 시론적인 성격을 띨 수밖에 없다. 더욱이 이 글의 입론에 토대가 된 최근의 대중문화론이 구미의 자본주의 사회를 배경으로 성립 발전되어 온 것이어서, 우리의 대중문화 내지는 대중문화 텍스트(여기서는 신문소설)를 분석하는 데 그 이론을 적용하는 것이 과연 어느 정도 유효성을 갖는가 하는 점은 두고두고 검토해 보아야 할 문제이다(이 때문에 이 글에서는 가능한 한 우리의 예를 많이 들어 그 이론의 타당성을 검증하고자 하였다). 또한 신문소설 독자층의 범주와 성격은 시기별로 상당히 달라졌을 터인데 이 글에서는 이를 개략적으로 파악하는 데 그친 것도 앞으로 보완해야 할 점이다. 그럼에도 불구하고 본고가, 우리의 신문소설이 대중들에게 인기를 끌었던 현상에 대해, 그것이 전혀 우연한 일이 아니라, 그 작품들이 나름대로 대중성을 획득할 수 있는 요건들을 충분히 갖추었기 때문이라는 점을 밝힌 것은 하나의 성과라 하겠다. 따라서 여기서 논의된 결과가 우리의 신문소설을 무조건 폄하하는 태도를 지양하고 신문소설에 대한 새로운 시각을 열어 주는 데 이바지할 것으로 생각한다. 나아가서 이 글에서 미처 다루지 못한 작품들도 함께 논의된다면, 그런 논의가 거의 없는 풍토에서 앞으로 신문소설을 비롯하여 대중문학 전반을 새롭게 접근할 수 있는 방법적 토대를 마련할 수 있을 것으로 기대한다.

참고문헌

강내희 외, 1993, 『문화연구 어떻게 할 것인가』, 현실문화연구.

강명구, 1991, 「대중문화의 위상」, 고영복 편, 『현대사회론』, 사회문화연구소.

강현두 편, 1987, 『한국의 대중문화』, 나남.

곽종원, 1954, 「신문소설과 모랄문제」, 『현대공론』 9월호.

김내성, 1957, 「신문소설의 형식과 그 본질」, 『현대문학』 2월호.

김병익, 1979, 「70년대 신문소설의 문화적 의미」, 『문화와 반문화』, 문장.

김종철, 1983, 「상업주의소설론」, 백낙청/염무웅 편, 『한국문학의 현단계』Ⅱ, 창작과비평사.

김창남, 1995, 『대중문화와 문화실천』, 한울.

박명진, 1991, 「즐거움(Pleasure), 저항, 이데올로기」, 서울대 사회과학연구소, 『사회과학과 정책연구』제13권 2호.

박명진 외 편역, 1996, 『문화, 일상, 대중』, 한나래.

박성봉, 1995, 『대중예술의 미학』, 동연.

서재관, 1958, 「신문소설에 불평있다」, 『현대』4월호.

손창섭, 1963, 「나는 왜 신문소설을 쓰는가」, 『세대』8월호.

양　평, 1985, 『베스트셀러 이야기』, 우석.

원용진, 1996, 『대중문화의 패러다임』, 한나래.

이보영, 1986, 「한국소설과 피가로의 신화」, 『표현』12.

이영철 엮음/백한울 외 옮김, 1996, 『21세기 문화 미리 보기』, 시각과 언어.

임헌영, 1979, 「신문소설론」, 『창조와 변혁』, 형성사.

정비석, 1957, 「『자유부인』의 생활과 그 의견」, 『신태양』1월호.

정태용, 1960, 「신문소설의 새로운 영역」, 『사상계』4월호.

조혜정, 1988, 『한국의 여성과 남성』, 문학과지성사.

중앙교육연구소, 1965, 「신문소설의 윤리」, 『사상계』3월호.

최광렬, 1965, 「한국신문소설종횡관」, 『인간을 팝니다』, 중외출판사.

최일수, 1966, 「신문소설과 작가」, 『문학춘추』11월호.

─────, 1967, 「신문소설의 외설시비」, 『신동아』11월호.

그래엄 터너/김연종 옮김, 1995, 『문화 연구 입문』, 한나래.

존 스토리/박모 역, 1994, 『문화연구와 문화이론』, 현실문화연구.

R. 알렌 편/김훈순 역, 1992, 『텔레비전과 현대비평』, 나남.

Abrams, D. & Hogg, M. A.(eds.), 1990, *Social Identity Theory: Constructive and Critical Advances*, New York: Springer-Verlsg.

Cawelti, J.G., 1976, *Adventure, Mystery and Romance: Formula Stories as Art and Popular Culture*, The Univ. of Chicago Press.

대중문화와 소설 쓰기의 지형 변화

1. 논의에 앞서 다시 생각해 볼 점들

새로운 세기로 들어서는 길목에 서서 우리는 지구촌 전역에 불어닥친 거센 변화의 바람을 온몸으로 겪고 있다. 문학판도 예외가 아니라서 누군가 '문학의 형질 변화'[1]라고 불렀을 만큼 거기에는 거대한 지각 변동이 일어나고 있다. 소설의 역사가 반(反)소설의 역사이듯이, 소설 장르는 이러한 변화를 다른 어느 장르보다 민감하게 받아들였고, 그 결과 소설은 그런 지형 변화의 중심에 놓이게 되었다. 이러한 추세에 힘입어 어떤 이는 새로운 시대에는 새로운 감수성과 새로운 소설 문법이 필요하다고 역설한다. 맞는 말이다. 그러나 나는 그런 때일수록 그 새로움이 '누구를 위한 것'이고 '무엇을 위한 것인가'를 분명히 해야 한다고 생각한다. 다시 말해서, 소설 쓰기의 새로운 기류가 단지 '변화를 위한

---

1) 강내희, 「디지털시대의 문학하기」, 『문화과학』 9(문화과학사, 1996), 76쪽.

변화'에 불과한 것인지 아니면 우리의 문학 전통에 연계되어 소설 영역을 넓히는 데 이바지하고 있는지를 분명히 따져봐야 한다는 말이다. 만일 작가가 그 자신을 표나게 드러내기 위해 별것도 아닌 것을 새로운 것인 양 과대포장해서 내놓는다면, 이는 우리 문학을 살찌우기는커녕 더욱 더 메마르고 빈곤하게 만들 것이 틀림없기 때문이다.

언제부턴가 우리 소설, 특히 젊은 작가들의 소설에는 대중문화[2]에 속하는 여러 양식들이 매우 자연스럽게 끼어들고 있으며, 나아가 그런 양식들과 소설 형식의 결합을 빈번하게 시도하고 있다. 그리고 그런 경향은 갈수록 심해지고 널리 확산되고 있는 실정이다. 우리의 일상생활이 대중문화를 떠나서 성립되기 힘들 정도로 대중문화물이 우리의 삶 깊숙이 침투해 있고 그에 따라 대중문화가 이미 우리 삶의 일부를 구성하고 있는 현상황에서, 그러한 경향을 무조건 탓하기만 하는 것은 그리 현명한 일이 못 된다. 문제는 그러한 문학판의 새 기류가 우리의 문학을 풍요롭게 하는 데 어느 정도 기여하고 있는가 하는 점에 있다.

문학이 대중문화의 발빠른 움직임과 그 영향력을 외면하지 않고 이에 적절히 대응하는 것은, 자연스럽고도 당연한 일이며 우리의 삶에 뿌리를 둔 문학의 사명이기도 하다. 문학이 고급문화로 행세하면서 애써 자신과 대중문화와 구분하려 했던 때도 있었으나, 고급문화와 대중문화의 구분 자체가 무의미해진 지금 여전히 그런 구분에 집착하는 태도는 시대착오적인 것일 수밖에 없다. 그렇다면 우리의 소설문학이 대중문화 텍스트에 관심을 기울이고 그로부터 상상력과 스타일을 빌려와 소설 내부의 변화를 꾀하는 것은 매우 유효하고 시기 적절한 태도

---

2) 대중문화란 '대중의 문화'라기보다는 '대중적 문화'이다. 문화를 무엇으로 보느냐에 따라, 그리고 '대중적'의 의미를 어떻게 파악하느냐에 따라 대중문화의 의미도 달라진다. 여기서는 '문화'를 '의미를 만들어내는 의미화의 실천'으로, '대중적'은 '널리 사랑받고 많은 사람들이 좋아하는 것'으로 파악하여, 대중문화를 '널리 사랑받고 많은 사람들이 좋아하는 모든 의미화의 실천 행위로'로 규정한다. 그리고 '대중문화물' 또는 '대중문화 텍스트'는 대중문화적 생산물 또는 문화적 실천 행위를 가리키며, '대중문화 양식'이란 대중문화의 장(場)을 형성하는 구체적이고 개별적인 담론 양식들을 뜻한다.

가 아닐 수 없다. 그러나 소설이 진정 대중문화와 가까워지려면 그런 형식적 차원이나 소재적 차원에만 머물 수는 없다. 중요한 것은 각종 새로운 시도와 형식적인 실험들의 목표와 귀결점이 궁극적으로 '대중적 친화력'을 확보하는 데 있음을 잊지 않는 것이다.[3] 아무리 신선한 감수성과 새로운 상상력을 보여주는 문학이라도 그것이 독자 대중과의 친화력을 가지지 못한다면, 우리의 문학 전통과 단절되어 버리고 그리하여 그것은 작가와 독자를 포함한 우리 모두의 것, 즉 공동의 문화 자산이 될 수 없기 때문이다.

이렇게 볼 때 이른바 신세대 작가들의 소설들은 이러한 대중적 친화력을 확보하는 데에는 아직 역부족이다. 그 이유는 그들의 소설이 너무 새롭고 이질적인 것이라서가 아니라, 그러한 새로운 시도를 하는 동기와 목표가 분명하지 않기 때문이다. 즉 누구를 위한 새로움이고 무엇을 위한 새로움인가 하는 데 대한 명확한 인식이 부족하기 때문이다. 간혹 선배 작가들과 비평가들은 그들 소설이 대체로 너무 '가볍다'고 비판하면서 그들에게 우리말 공부를 열심히 하고 외국 작품보다는 우리의 뛰어난 작품들을 읽어 보라고 권유한다. 가벼움만 좇지 말고 그 속에 무거움도 담아 보라는 뜻이다.[4] 물론 그들의 애정어린 충고에는 충분한 근거가 있으며 또 귀담아 들어야 할 부분이 있는 것도 사실이다. 그러나 왜 우리말을 공부하고 과거의 작품들을 읽어야 하는지를 명확히 해두지 않으면, 설사 그런 충고를 받아들인다 해도 실제로 얻는 것은 별로 없을 공산이 크다. 어떤 작가는 자신들의 문학이 그런 낡

---

3) 소설이 영화로 만들어져 수많은 관객을 동원하고 그로 인해 소설이 더욱 널리 읽히고 알려진다면 이는 대중적 친화력을 획득한 데 성공한 사례로 기억될 것이다. 예컨대 『바람과 함께 사라지다』는 본디 소설이지만 영화로써 훨씬 더 알려져 있는데 마가렛 미첼은 이 책 한권으로 세계문학사에 길이 남을 소설가가 되었다.
4) 그리고 그들은 이런 가벼움과 무거움의 문제를 잘 조화시킨 작품으로 흔히 밀란 쿤데라의 『참을 수 없는 존재의 가벼움』을 들곤 한다. 그러나 우리 소설의 문제를 해결하는 데 굳이 밀란 쿤데라의 작품을 끌어들일 이유도 없고 그럴 필요도 없다.

은 문학과 결별하는 데 있다고 선언할지도 모른다.

결국 문제의 핵심은, 전통적으로 대중과의 친밀한 관계를 유지해 온 소설 장르가 한 권의 소설보다는 영화나 TV 드라마를 즐겨 보는 시대를 맞아 대중과의 친연성을 어떻게 다시 회복할 것인가 하는 데 있다. 이 글에서 대중적 친화력이란 문제를 제기한 것도 이런 까닭에서이다.

앞에서 소설 영역의 확대를 말했지만 사실 소설 영역은 갈수록 위축되고 있다고 해도 지나친 말이 아니다. 그런 와중에서 소설이 대중들에게 널리 사랑받는 대중문화 텍스트를 소설 속에 끌어들이려는 노력들은 어찌 보면 눈물겹기까지 하다. 그 동안 소설은 대중들의 욕망과 꿈과 환상을 보여줌으로써 폭넓은 사랑을 받아 왔다. 그러나 이제 그런 역할은 대중문화 텍스트가 대신 맡게 되었다. 그 결과 작가들은 쓸 말도 없고 할 이야기도 없다는 것까지 소설화하기에 이르렀고, 이에 비평가들은 그런 작품에 '자기 성찰적 소설'이란 그럴듯한 이름을 붙여주면서 작가를 위로하기도 했다. 소설이 보여줄 수 있는 꿈과 환상은 과연 고갈된 것일까? 대중은 정말 복잡한 것을 싫어하고 단순한 것만 좋아하는가? 만일 단순한 것만 좋아한다면 SF 영화나 SF 소설의 성공은 무엇을 뜻하는가? 또한 대중은 심각한 것을 싫어하고 가볍고 재미난 것만 찾는가? 여기서 이런 물음들에 대해 어떤 명확한 답을 내릴 처지는 아니다. 다만 그런 물음들이 대중에 대한 '깊은 이해'를 전제로 한다는 점만은 분명하다. 대중에 대한 깊은 이해 없이 대중적 친화력을 획득하기란 요원한 일이다.

대중문화의 확산이 긍정적이든 부정적이든 소설의 판도 변화에 영향을 미치고, 소설 또한 대중문화의 자극을 받아 관습적 틀에서 벗어나는 길을 모색하고 있다면 이는 쉽게 지나칠 문제가 아니다. 우리 소설이 그 동안 소원했던 독자 대중과의 친화력을 다시 문제삼기 시작했다는 증거가 되기 때문이다. 이런 의미에서 대중문화 양식과 소설의 결합은

주의깊게 살펴보아야 할 현상이다. 그것은 장르간의 경계가 무너지고 장르 통합이 쉽게 이루어지는 시대에, 거꾸로 소설의 존속 여부와 소설이 소설로서 살아남을 수 있는 길을 알려 주는 안내판과 같은 구실을 하기 때문이다. 또 이를 통해 우리 소설의 미래를 그려볼 수도 있을 것이다. 아무리 소설이 대중문화 양식을 자기 쪽으로 끌어들여 내부 변화를 모색한다 해도, 소설이 만화가 되고, 영화가 되고, 뮤직 비디오가 되고, 전자오락이 될 수는 없는 노릇이기 때문에 더욱 그러하다.

이러한 입장에서 이 글은 먼저 대중문화 양식들과 소설 형식이 결합되는 양상을 몇 가지 경향으로 나누어 살펴보고, 이어서 그런 문학적 현상들이 지닌 의미와 그 한계를 짚어 보고자 한다. 이들 소설에 대한 평가는 최근 찬반 양론으로 갈려 첨예하게 대립하고 있는데, 나로서는 그 어느 쪽의 의견에도 동의할 수 없다. 그러나 기존 견해들의 논점을 비교 분석하여 어떤 대안을 제시하기에는 아직 논의가 충분히 무르익지 않았다고 본다. 따라서 여기서는 기존 논의에서 미진하고 빠져 버린 부분들을 중점적으로 다룸으로써 새로운 논의의 장을 열어 가고자 한다. 이를 통해 새로운 글쓰기 형태를 보여준 소설들의 위상과 그 특성을 밝혀 앞으로 우리 소설이 나아가야 할 방향과 그 지평을 가늠해 보고자 한다.

2. 대중문화 양식과 소설이 결합되는 여러 모습들

1) 만화적 상상력과 소설

만화는 "말과 그림을 묶어 독특한 목적을 수행하는 의사소통의 한 유형"[5]이다. 특히 만화는 예술적인 행위 자체가 오해를 살 수 있을 정도로 단순하기는 하지만, 복잡한 시각적·언어적 상징체계를 사용함으로써 특정 시대 특정 사람들의 복잡한 태도를 드러내는[6] 데 매우 효과적인 수단이다. 따라서 소설에서 만화적 상상력을 동원하는 이유는 간단하다. 글 또는 문자가 지닌 한계를 넘어서고자 하는 것이며, 그것의 불완전함을 복잡한 시각적·언어적 상징체계의 사용을 통해 보충하려는 것이다. 더욱이 규범을 중시하는 문자문화의 제약성이 작가를 불편하게 만드는 경우, 그들은 글과 그림이 절묘하게 결합되어 있는 만화를 눈여겨보지 않을 수 없었을 것이고, 그리하여 만화 형식을 소설에 끌어들임으로써 문자문화의 구속성을 벗어나는 길을 모색했을 것이다. 이러한 노력들은 자칫하면 함량 미달의 조잡한 합금들을 생산해낼 수도 있지만, 한편으로는 작가의 상상력을 마음껏 펼칠 수 있는 계기가 되어 소설 영역의 확대에 기여하는 이점도 있다. 특히 어릴 적부터 영상매체와 영상언어에 길들어져 있는 젊은 작가들에게 만화는 기존 소설의 관습을 깨뜨리고 새로운 소설 문법을 만들어내는 데 큰 활력소로 작용한 듯하다.

이른바 만화적 상상력으로 문자 텍스트(여기서는 소설)가 지닌 한계에 도전하는 작가로 제일 먼저 생각나는 사람은 백민석이다. 백민석은 그의 소설에서 소설 양식과 만화(또는 만화영화) 양식의 결합을 추구한다.[7] 그가 보기에 그 결합은 행복하고 멋진 만남이다. 여태까지 소설의 관습을 단숨에 무너뜨릴 수 있는 대단히 파격적이고 충격적인 만남이기 때문이다. 작품 전체가 만화영화 『캔디』에서 그 발상과 모티프를 빌려 오고 있는 『내가 사랑한 캔디』(김영사, 1996)는, 짧은 문장과 감정이 절제된 문체, 빠른 장면 전환과 급박하게 전개되는 이미지의 분사(噴

---

5) 랜달 P. 해리슨, 『만화와 커뮤니케이션』(하종원 옮김, 이론과실천, 1989), 26쪽.
6) P. M. 레스터, 『비주얼 커뮤니케이션』(금동호·김성민 공역, 나남출판, 1996), 348쪽.
7) 김주연은 백민석의 소설을 '글로 된 만화'라고까지 하였다. 김주연, 「성관습의 붕괴와 원근법주의」, 『문학과사회』, 1997년 여름호.

射), 과감한 생략과 거침없는 비약 등으로 마치 여러 칸의 만화를 연속 화면으로 보는 듯한 느낌을 준다.

만화영화 속의 캔디는 여자 아이지만, 소설 속의 캔디는 남자 아이다. 캔디같이 다소 말썽을 피우지만 마음씨 착하고 인정 많은 소녀, 부모로부터 버림을 받았지만 언제라도 꿋꿋하고 당당하게 살아가는 소녀를 연상했던 독자들은 소설 속의 캔디가 남자라는 사실에 당황한다. 캔디에 관한 독자의 영상 이미지가 파괴되는 순간이다. 그러나 그 영상 이미지(가상)가 사라진 자리에 곧바로 현실이 들어와 앉는 것은 아니다. 대신 작가가 만들어낸 캔디에 관한 또 다른 영상 이미지가 그 자리를 메꾼다. 사라지는 것은 캔디에 관해서 독자들이 갖고 있던 기존 이미지일 뿐이다. 그렇지만 예전의 이미지가 완전히 사라진다고도 볼 수 없다. 왜냐하면 새로운 캔디의 모습은 늘 예전의 캔디의 모습에 비추어 인식되기 때문이다. 결국 백민석은 소설로써 또 한 편의 '캔디 만화'를 그리고 있는 셈이다.

캔디가 남자이기 때문에 화자인 '나'와 캔디의 사랑은 동성애이다. 그렇다면 이 소설은 우리 문학의 금기지대인 동성애를 다룬 작품인가? 캔디를 실체를 지닌 인물로 본다면 두 사람의 사랑은 동성애이다. 만일 캔디가 나의 환상 속에서 빚어진 나의 분신과 같은 인물이라면 그 사랑은 나르시스적 사랑, 곧 자기애이다. 소설은 겉으로는 전자의 형태를 취하고 있지만, 그것은 독자들을 현혹시키려는 기만적 전략에 불과하고 그 이면을 들여다보면 후자 쪽에 훨씬 가깝다. 만화영화 속의 캔디가 만화 속에서만 존재하듯이 나의 연인 캔디도 나의 환상 속에서만 존재하기 때문이다(내가 연인에게 '캔디'라는 다소 모호하고 환상적인 이름을 붙인 것도 같은 맥락에서 설명할 수 있다).

그런 점에서 이 소설의 후반부에 이르러 "캔디가 죽었다"는 표현은 매우 상징적이다. 어느 날 카페에서 나는 캔디가 여자 친구와 데이트

하는 것을 목격한다. 캔디는 나를 피해 여자와 함께 나가 버리고 나는 그런 캔디의 모습에서 "캔디가 아닌 다른 무엇"(132쪽)을 발견한다. 여기서 '캔디가 아닌 다른 무엇'이란 곧 캔디의 환상을 떨쳐 버린 나의 모습이다. 이렇게 내가 캔디의 환상을 떨쳐 버리자 캔디는 죽고 나만 남는다. 떠나 버린 캔디 대신 나는 카페 주인에게 '이즈마엘'은 어디 있느냐고 묻고는 "캔디가 방금 죽었다"고 외친다. 캔디가 죽었다는 것은 곧 만화 세상의 논리가 끝났다는 것을 의미한다. 캔디의 죽음은 나의 내면에 있는 또 다른 나—만화 속의 세계를 고집하는 나—의 죽음으로, 내가 결국 만화 세상의 논리를 포기하고 현실의 논리를 받아들이게 되었음을 뜻한다. 그러므로 캔디에게 여자 친구가 생겼다는 것은 곧 나에게 여자 친구가 생겼다는 것의 은유적 표현이다. 즉 나는 캔디의 환상을 버리고 환상이 아닌 실제의 여자 친구를 사귀게 된 것이다.

이처럼 『내가 사랑한 캔디』는 만화영화 『캔디』에서 그 발상을 빌어와 '만화 같은 세상'을 그리고 있으나, '캔디'로 표상되는 만화 세상의 논리를 전적으로 수긍하지는 않는다. 오히려 캔디가 죽었다고 선언함으로써 그러한 만화 세상의 논리에서 벗어날 궁리를 한다. 현실은 "외로워도 슬퍼도 울지 않고 참고 견디며 웃으면서 달려보자"고 할 만큼 너그럽지도 못하고, 캔디처럼 참고 견디며 살아간다고 반드시 밝은 내일이 약속되는 것도 아니기 때문이다. 결국 이 소설은 만화적 상상력에 바탕을 두면서도, 캔디라는 달콤한 환상의 세계를 떨쳐 버리지 않을 수 없는 나의 고통과 갈등을 섬세하게 보여줌으로써, 그런 만화적 상상력의 한계를 함축적으로 드러내고 있는 작품이다.

백민석의 또 다른 소설 『헤이, 우리 소풍 간다』(문학과지성사, 1995) 역시 만화영화 『캔디』를 연상케 한다. 만화영화에서 애니와 캔디는 몰래 '포니의 집'(교회이자 고아원)을 빠져 나와 둘만의 여행을 한다. 둘이 몰래 떠난 것을 알았을 때 포니 선생님은 그들을 원망하기보다는 오히려, 애니가 캔디가 온 이후로 십 년간 한 번도 '소풍'을 간 일이 없음을 깨닫고 이를 반성한다. 포니 선생님의 말처럼 캔디와 애니는 그들만의 소풍을 떠난 것이다. 『헤이, 우리 소풍 간다』는 그 제목이 암시하듯이, 고아 소녀들의 소풍의 연장선 위에 있으며, 그들의 소풍을 배경과 인물을 달리하여 느린 동작으로 확대한 것이라 하겠다. 이 소풍의 주인공들은 이미 성인이 된 국민학교 동창생들이다. 그들은 어느 날 다시 모여 국민학교 때 음악 선생이 요양중인 수목원 '물댄동산'을 찾아간다. 거기서 그들은 만화 주인공들의 스틸 사진과 거대한 유리 돔과 불협화음으로 구성된 원생들의 연주회를 본다. 물댄동산을 나와 그들은 어릴 적 그들의 비밀 아지트였던 학교 뒤 바위 절벽에 있는 동굴을 찾아가고 거기서 '그때처럼' 술판을 벌인다. 이처럼 『캔디』에서 소풍이 새로운 세계를 경험하는 일종의 모험이었고 이로 인해 두 소녀의 운명이 크게 달라졌다면, 『헤이……』에서 소풍은 과거로 되돌아가는 것이고 이를 통해 그들의 운명이 결국 하나로 묶여 있음을 확인하는 과정이다.

『헤이……』의 등장인물들은 하나같이 만화 주인공들의 이름을 별명으로 갖고 있다. 그들은 결코 본명으로 불리지 않고(실제로 새리를 제외하고는 그들의 본명을 전혀 알 수 없다) 늘 만화 주인공의 이름으로 불린다. 즉 처음부터 끝까지 '요술공주 새리', '일곱난쟁이', '딱따구리', '뽀빠이', '마이티마우스', '집없는소년', '손오공', '박스바니' 등으로 불리는 것이다. 이들은 모두 1980년과 1981년 동안 텔레비전에서 방영되었던 만화영화의 주인공들이다. 그러나 이렇게 널리 알려진 만화 캐릭터의 이미지를 각 등장인물들에 투사시켰다고 해서 그것이 곧 이 소설의 만화적 상상력을 증거하는 것은 아니다. 여기서 말하는 만화적 상상력이란 만화 캐릭터의 이미지를 끌어들임으로써 소설의 세계를 의도적으로 단순화하고 과장했다[8]는 점에 있다. 각 장의 첫머리에 제시된, 그 의미를 정확히 알 수 없는 딱따구리들의 끔찍한 소동들, 모든 것을 지켜워하는 초점화자 k의 무료한 표정과 몸짓, 한여름에서 한겨울까지 무릎까지 길게 내려오는 털 스웨터만을 입고 사는 k의 애인 희(姬)의 희한한 옷차림, 희가 들려주는 '골목을 쓰는 앨리스' 이야기, 자신을 보호하기 위해 스스로 시신경을 마비시켰다고 고백하는 새리의 실명 사연, 그 새리가 부르는 '고아들의 노래', 고무줄로 이어 붙인 캐스터네츠, 조약돌들로 속을 채운 플라스틱 필통, 청동제 요령 두어 개, 쇠못들을 술처럼 매단 막대, 은종이로 싼 나무토막들 따위를 악기로 삼아 연주하는 기묘한 연주회…… 등 이 소설에는 이와 같은 단순화되고 과장된 삽화(揷話)와 장면들이 수도 없이 반복된다. 따라서 이런 장면과 삽화들은 작가가 일부러 부정확하게 그린 것으로밖에 볼 수 없다. 즉 의도적으로 왜곡하고 일그러뜨린 세상의 모습이다. 그렇다면 그렇게 왜곡하고 일그러뜨린 작가의 의도는 무엇인가? 그것은 "이 세상을 객관적으로 정확하게 표현한다는 것은 이미 불가능하다. 따라서 정확하게 그리고 사실적으로 표현한다고 주장하는 것은 일종의 사기다. 기껏해야 부정확함을 감춘 사이비 정확함과 사이비 객관 들일 뿐이다. 그렇다면 내놓고 부정확하게 표현함으로써 오히려 객관이라든가 정확함이 무엇인지 깨닫게 할 수 있지 않을까. 등등"으로 일단 요약해 볼 수 있다. 왜곡되고 일그러진 그림이 더 정확하게 사물을 묘사할 수 있다는 논리다.[9]

몇 개의 간단한 선으로 이루어진 만화가 특정 시대 특정 사람들의 복잡한 태도를 드러내듯이, 백민석은 만화영화든 전교조 사건이든 산동네 무허가촌 이야기든 이야깃거리가 될 수 있는 것은 모두 끌어모아 이를 극도로 단순화시켜 불협화음처럼 아무렇게나 늘어놓음으로써 자

---

8) 해리슨은 만화를 "단순화하고 과장하는 그림"이라고 정의하였다. 해리슨, 앞의 책, 22쪽.
9) 만화의 표현방식인 '왜곡'은, 만화가 "현실을 비현실화하고 비현실 속에서 현실을 감지할 수 있게 만드는 수단으로 채택한 표현방법"이다. 정준영, 「현대사회와 만화적 상상력」, 『버전업』 1997년 봄호, 47쪽.

기 세대의 복잡한 태도를 기괴하고 섬찟하게 드러내고 있다. 자기 체험의 복잡성을 성실히 그려내기 위해 그는 실제 모습(현실)과 사람들이 그렇다고 믿는 모습(가상) 사이의 균열을 이용하기도 하고, 만화적 상상력에 뿌리를 둔 그만의 언어를 개발하기도 한다.

이를테면, 작가는 등장인물의 입을 빌려 우리를 그토록 열광시켰던 텔레비전 만화영화의 주인공들이 실제로는 브라운관 안의 전차총이 쏘아대는 전자빔이 만들어낸 수많은 휘점(輝點)에 불과한 것이라고 말한다. 그러면서도 한편으로는 뽀빠이는 "정의의 골목대장"이 아니라 "미국 전형의 남성 환타지"(210쪽)이며, 딱따구리는 브라운관 속의 장난꾸러기 새만은 아닌 "실제 있는 실제 악몽의 또 다른 그림자"(211쪽)라고 휘점에 불과한 그들에게 어떤 의미를 부여한다. 여기서 실제 모습과 사람들이 그렇다고 믿는 모습 사이의 균열이 두 차례나 일어나는데, 이 과정에서 현실과 가상을 넘나드는 순환적이고 연쇄적인 복잡한 체험의 실상이 여실히 드러난다.

또한 작가는 자기가 그리려는 세계가 기왕의 언어로는 설명이 불가능하기 때문에 '우리들 자신의 언어'가 필요하다고 역설한다.

> 박스바니, 란 이 세상의 언어로썬 설명이 가능하지 않다고 말해줬지……
> (중략)
> 그러니까 박스바니를 제대로 설명하려면 그것들의 언어가 아닌, 뭔가 다른, *언어가 필요한 거야…… 우리들 자신의 언어, 말야…… 우리들 자신의 언어, 우리들 자신의 박스바니, 니까 말야.* (315쪽)

인용문은 전체적으로 단순하고 반복이 심하지만, 잦은 쉼표와 말줄임표의 사용과 문자꼴의 변형을 통해 그 언어가 기왕의 언어와는 다른 것임을 보여준다. 특히 이탤릭체로 인쇄된 부분은 그것이 곧 '우리들 자신의 언어'임을 알리는 표시이다. 이 소설에는 이처럼 도처에 끊길 듯 끊길 듯 이어지는 어눌한 말의 파편들과 난수표와 같은 요령부득의 목소리로 가득 채워져 있다. 만화같이 투박하고 단순한 세계를 그린 소설일지라도 그 속에 복잡한 의미를 담을 수 있음을 보여주려 한 것으로 생각되나, 그 효과는 미지수다. 오히려 우리들만의 언어를 구사한다는 구실로 소설을 해독불능의 암호문서로 만들어 놓은 혐의가 짙다.

이밖에 신예작가 최대환의 처녀작 「화면 속으로의 짧은 여행」(『문학과사회』, 1997년 겨울호)은 주인공인 애니메이션 캐릭터 작가가 현실의 여자를 사랑하지 못하고 '레이'라는 애니메이션 캐릭터를 환상(화면) 속에서 사랑한다는 이야기인데, 이 또한 만화적 상상력을 동원하여 현실과 환상이 서로 넘나드는 세계를 그리고 있다.

2) 전자오락과 소설의 만남

전자오락은 모사(模寫, 시뮬레이션)의 세계이다. 그것은 가상의 세계이고 주어진 프로그램에 따라 정확히 작동하는 일종의 가상현실(virtual reality)이다. 전통적으로 리얼리티의 미학을 추구하는 소설은 작가가 만들어 놓은 가공의 세계(허구)를 통해 진실에 도달하고자 한다. 그러나 이른바 포스트모더니즘을 표방하는 소설에 이르면 '무엇이 진실인가'에 대한 회의가 일고, 이에 따라 리얼리티와 픽션의 경계가 허물어진다. 가짜 현실과 진짜 현실이 뒤섞여 무엇이 가상이고 무엇이 현실인지 알 수 없게 되고, 또한 그러한 구분 자체를 무의미하게 만든다.

애당초 비디오 게임이나 소설 모두 현실을 '모방한다'고 했을 때, 그 모방이 얼마나 그럴듯하냐 또는 진실에 가깝느냐 하는 것은 다분히 주관적일 수밖에 없다. 그 주관성을 객관화하려 할 때 무리가 따르고 논쟁이 발생한다. 루카치와 브레히트의 논쟁이 그러하고 리얼리즘 미학과 모더니즘 미학의 대립이 또한 그러하다. 이는 '실제 현실'과 '우리가 그렇다고 믿고 있는 현실' 사이에 늘 일정한 거리가 있기 때문이다. 극단적으로 말해서 우리가 그렇다고 믿고 있는 현실만 있을 뿐, 실제 현실은 어디에도 없으며 설사 있다 하더라도 아무도 모른다라고 말할 수 있다. 어떤 것의 그럴듯함과 진실성을 따지는 것은 결국 '의식'의 문제이다. 다시 말해서 거기에는 어떤 불변의 법칙이 있는 것이 아니라, 우리의 의식이 어떤 것의 주관성과 객관성을 판단하는 최종 결정권을 갖는다는 말이다.

비디오 게임은 우리의 의식을 '속이는' 게임이다. 우리는 속는 줄 알면서도 그 게임에 몰두한다. 소설은 우리에게 어떤 가공의 세계를 제시하여 그것을 현실로 믿게 하고 또 현실인 것처럼 착각하도록 만든다. 이른바 '직접성의 환상'을 통해 가짜를 진짜로 믿게 하는 것이다. 이런 점에서 소설도 우리의 의식을 속이기는 마찬가지다. 다만 비디오 게임에서는 우리가 속는다는 것을, 곧 그것이 가짜라는 것을 뻔히 알고 있으나, 소설은 우리로 하여금 속는다는 사실 자체를 잊게 만든다. 소설의 구성이 전자오락의 게임 운용방식을 취할 때 그런 차이가 뚜렷하게 인식된다. 예컨대, 다음에 언급할 김설의 작품에서 보듯이 소설을 읽어 나가다가 어느 한 면에 갑자기 '게임 오버'라는 메세지가 나온다면 우리는 크게 당황할 것이다. 작품에 몰입하여 잠시 그것이 가상이요 허구임을 잊고 있다가 작가가 마치 독자를 우롱하는 것처럼 불쑥 들이댄 그 메세지로 인해, 이것이 고도의 지능적인 속임수요, 작가와 독자 간에 벌어지는 한판의 지적인 게임임을 비로소 알아차리기 때문이다.

뿐만 아니라 전자오락과 소설은 오락적인 성격을 공유한다. 다만 전자오락의 오락성이 지나치게 노골적이라면, 소설에서 그것은 흔히 예술성이란 이름으로 포장된다. 아니 오락성이 예술성의 차원으로 승화된다고도 볼 수 있다. 그러나 예술성이라는 말이 예술작품이 갖는 진실함과 그런 진실함에서 오는 아름다움을 뜻한다면, 무엇인 진실인지 진실성 자체가 의심되고 있는 20세기 말에 이르러서는 이제까지 통용되어 오던 예술성이란 개념 자체도 상당한 진통을 겪을 것이 분명하다. 그렇다고 한다면 소설의 오락성을 더욱 강화하는 것도 앞으로 소설이 살아남는 데 한 방편이 될 수 있지 않을까. 우리 시대 젊은 작가들이 소설과 전자오락의 결합을 시도할 때 그 밑바닥에는 이런 의도가 숨어 있는 듯하다. 이제 그런 색다른 시도를 구사하고 있는 작품들을 살펴보기로 하자.

김영하의 「삼국지라는 이름의 천국」[10]은 『삼국지』라는 잘 알려진, 그리고 상당히 복잡한 전자오락 게임을 바탕으로 쓰여진 소설이다. 이 소설은 두 공간의 연쇄적인 자리바꿈으로 이루어져 있다. 하나는 화자인 '그'가 삼국지라는 전자오락 게임을 즐기는 컴퓨터 화면상의 가상 공간이요, 다른 하나는 미혼 직장인으로서 상사의 눈치를 보고 살아가야 하는 현실 공간이다. 그런데 두 공간에서 그의 위치는 현격한 차이가 있다. 가상 공간에서 그는 천하통일을 꿈꾸는 촉나라의 제후 '유비'이다. 현실 공간에서 그는 자동차 영업소의 말단 영업사원에 불과하다. 그것도 극히 저조한 판매 실적 때문에 지점장의 닦달을 받고 그가 퍼붓는 온갖 험담을 고스란히 감수해야 하는 처지이다. '형주성'을 공략하고 천하를 호령하기는커녕 공들여 놓은 고객 하나 제대로 관리하지 못해 선배에게 빼앗기고 마는, 그야말로 '막장 인생'이다. 이러한 두 세계의 선명한 대조로 말미암아, 컴퓨터상의 가상 공간은 그가 현실의 중압감으로부터 벗어날 수 있는 유일한 도피처의 구실을 한다. 한쪽에는 '현실이라는 지옥'이 있다면 다른 한쪽에는 '삼국지라는 천국'이 있는 것이다. 그는 이렇게 날마다 천국과 지옥 사이를 왔다 갔다

---

10) 김영하의 소설집 『호출』(문학동네, 1997)에 실린 작품이다.

하는 것이다.

그러나 천국이나 지옥이나 '게임의 법칙'이 지배하기는 마찬가지다. 즉 둘 다 모든 것이 철저히 점수나 실적 위주로 평가되고, 그 평가에 따라 응분의 보상 또는 징벌이 주어지는 것이다. 제후나 장수들은 수치로 환산된 몇 가지 자질에 따라 평가되고 그에 따라 움직일 뿐이다. '도원결의' 따위는 애당초 입력되지 않는다. 수치로 환산할 수 없기 때문이다. 게임을 하는 이는 이 숫자 놀음에 익숙해야 전투를 승리로 이끌 수 있다. 영업사원은 계약 실적이나 자동차 판매 대수로 평가되고 그 평가에 따라 어떤 대가가 주어진다. 선후배간의 의리 따위는 필요 없다. 실적을 올리기 위해서라면 후배의 실적을 빼앗는 일도 서슴지 않아야 한다.

그럼에도 불구하고 그는 비디오 게임을 할 때나 영업사원으로서 일을 할 때나 게임의 법칙에 따르기를 거부한다. 관우의 배신을 참지 못해 전세의 불리를 각오하면서까지 그를 생포하려 하며, 장수를 죽이면 주군의 신뢰도가 떨어진다며 사마의를 살려주라고 하는 제갈량의 말을 무시하고 그(유비)의 아들을 죽인 사마의의 목을 벤다. 그는 그의 선배 김상근처럼 타고난 영업사원도 될 수 없었고, 화려한 경력을 지닌 지점장이 자신의 탁월한 능력을 다시 한 번 증명하는 데 동참하기도 싫었다. 그런 그를 지점장은 못 잡아먹어서 안달이지만, 그는 지점장의 닦달을 무시한 채 외근을 핑계로 낮에 집에 들어와 컴퓨터를 켜고 지점장을 닮은 '위연'의 목을 베고는 태연히 다시 영업소로 돌아간다.

비디오 게임이든 자동차 판매 게임이든 게임의 논리는 주어진 자료들을 적절히 활용할 줄 아는 능력, 곧 합리성을 추구한다. 합리적 판단을 하지 못하면 도태되고 전투에서 패배한다. 그런데 게임을 하는 그의 논리는 비합리적이고, 합리적 판단보다는 감정을 앞세우기 일쑤다. 그래서 그는 어느 게임에서든 패배한다. 게임 자체의 논리에 따르기보다는 게임을 하는 그 자신의 논리에 충실하고자 하기 때문이다. 인생은 결코 한 판의 게임이 아닌데도 사람들은 흔히 거기에 게임의 논리를 적용하려고 든다. 그는 그것이 체질적으로 싫었다. 그렇지만 당장 직장을 때려치고 나올 수도 없었다(나와 봤자 별 뾰족한 수도 없고, 점수나 실적으로 평가되는 또 다른 직장이 그를 기다리고 있을 뿐이기 때문이다). 그래서 그는 어차피 '전자오락 같은 현실'이고 '현실 같은 전자오락'이라면, 이 두 세계를 왕래하며 현실에서 못 다한 일을 전자오락에서 대신 성취하면서 이 숫자로 가득찬 비정한 세계를 견뎌내기로 한다. 그리하여 "그의 게임은 계속된다. 언제까지나."(173쪽)

「삼국지라는 이름의 천국」이 전자오락과 소설의 결합을 통해 모든 것이 계량화되고 점수나 숫자 같은 단일 지표로 환산되는 현실 세계의 모순을 드러내고 있다면, 김설의『게임 오버: 수로 바이러스』(문학과지성사, 1997)는 이야기의 진행 방식에 있어서 전자오락의 게임 운영 방식을 도입함으로써 서사의 완결을 끝없이 지연시키고 미로와 같은 비선형적 글쓰기를 지향하는 작품이다. 앞의 것이 전자오락 게임을 소설 속에 직접 등장시키고 있는 데 반해, 뒤의 작품은 서사 구성에 전자오락의 틀을 도입하여 작품 전체를 전자오락 같은 것으로 만들고 있다.

『게임 오버』에서 눈에 띄는 두드러진 특징은 작품 중간에 불쑥불쑥 나타나는 "GAME OVER GAME OVER GAME OVER"라는 메세지이다. 이 메세지의 역할은 일차적으로 이야기의 연속적 진행을 가로막는 것이다. 그리하여 그 이후의 진행은 주인공이 어떤 선택이나 결정을 내리기 전의 상황으로 되돌아가 다른 선택(결정)을 하거나 해야 하는 경우에 일어나는 사건들을 보여준다.[11] 이런 방식이 거듭됨에 따라 소

---

11) 이렇게 두 가지 선택(결정)을 다 보여준다는 점에서 이 소설은 몇 년 전에 방영되었던『TV 인생극장』을 닮았다. 그러나 후자의 경우 그 과정이 단 한번으로 그치는 데 반해, 전자의 경우는 그 과정이 십여 차례나 계속된다. 따라서 전자는 선택의 심각성이나 선택에 따른 운명의 뒤바뀜을 강조하는 반면에, 후자는 그것이 자주 반복되는 까닭에 심각성이 줄어들고 흥미로운 놀이의 성격을 띤다.

설은 한판의 전자오락 게임 같은 즐거운 놀이로 바뀐다. 그 놀이는 '미로 게임'이요, '미로 속의 길찾기'이다. 여행은 이미 시작되었는데 목적지는 분명하지 않고 곳곳에는 장애물이 버티고 있다. 장애물이란 곧 '막다른 골목'이다. '게임 오버'란 메세지는 우리가 막다른 골목에 들어섰음을 알려주는 경보음이다. 어디서 잘못 들어선 것일까. 우리는 잘못 들어선 곳으로 되돌아가 그 지점에서 다시 여행을 시작한다. 이렇게 미로 여행은 끝없이 계속된다. 소설은 끝났지만 여행은 끝나지 않는다. 여기서 "길은 시작되었는데 여행은 끝났다"란 루카치식 명제는 보기좋게 뒤집어진다. 즉 '길은 끝났지만 여행은 계속되는 것이다.'

하지만 그 여행은 작가와 함께 하는 여행이다. 작가는 그 여행에 초대된 독자들에게 수동적으로 따라오지만 말고 적극적으로 동참하도록 유도한다. 즉 그는 전자오락에서나 볼 수 있는 '게임 오버'라는 메세지를 소설로 끌어들여 습관적으로 이야기를 따라가는 무신경한 독자들을 긴장하게 만들고, 그러한 메세지를 독특한 반전 기법으로 활용하여 독자들로 하여금 주어진 이야기 틀에서 빠져 나와 그들 나름의 이야기를 구축해 보도록 한다. 독자들은 '게임 오버'라는 메세지를 자주 접합에 따라, 이야기의 긴장 상태가 급격히 떨어지거나 아니면 지나치게 고조될 경우 곧 '게임 오버'란 메세지가 나타날 것을 예상하고 미리 마음의 준비를 한다. 그리하여 긴장이 약화되거나 고조되는 경우가 아니더라도 늘 소설 바깥의 세계(독자들이 구축하는 또 다른 이야기 세계)를 염두에 두게 된다. 이렇게 작가가 만들어 놓은 '소설 속의 세계'와 이에 촉발되어 독자 스스로 구축하는 '소설 바깥의 세계'가 늘 함께 함으로써, 그 두 세계가 서로 갈등하고 충돌하는 가운데 작품의 영역이 확대되고 독자들의 상상력의 폭도 그만큼 넓어지는 것이다.

주인공 천수로에게 일어난 일을 어떻게 설명하면 좋을까. 이것이 작가의 고민이다. 그래서 그는 일의 자초지종을 일관되게 진술하지 않고 여러 가닥으로 흩어 놓고 있으며 앞의 진술을 뒤집는 새로운 진술을 예사로 한다. 따라서 작가의 고민은 곧바로 독자의 고민으로 이어진다. 여러 가닥으로 흩어지는 작가의 진술에 맞서 독자 스스로 사건을 '재진술'해야 하기 때문이다. '작가의 진술─독자의 해석'이란 낯익은 틀이 폐기되고 대신 '작가의 진술─독자의 재진술'이란 틀이 그 자리에 들어앉게 된다. 천수로는 어느 날 지하철 화장실에서 만난 한 여자의 부탁을 받고 그 여자 대신 선물 상자를 전해 주러 갔다가 전혀 생각지도 못한 뜻밖의 사건에 휘말리게 된다. 그리하여 그녀는 경찰과 악당들 양쪽으로부터 쫓기는 신세가 되어 온갖 우여곡절을 겪는다. 이것이 이 소설의 대강 줄거리이다. 그러나 곰곰이 생각해 보면 천수로는 어떤 여자를 만날 수도 있고 안 만날 수도 있으며, 화장실에서 우연히 만난 여자가 부탁을 할 수도 있고 안 할 수도 있다. 또한 부탁을 했다 해도 들어줄 수도 있고 거절할 수도 있다. 실제 소설은 천수로가 어떤 여자를 만나 그녀의 부탁을 들어주는 것으로 진행되지만, 그것 자체가 이미 작가의 우연한 선택의 결과일 뿐이다. 이로써 진술 번복을 일삼는 작가의 내심이 분명하게 드러난다. 즉 "이렇게 우연의 연속으로 이루어진 것이 우리네 인생일진대, 무엇이 '영혼의 순례'이고 '혼의 방랑'이란 말인가. 오히려 우리의 삶은 조각조각 부서지고 흩어지기 십상이라 어느 한 곳으로 잘 모이지 않는다. 그렇다면 그 삶의 조각들 하나하나를 소중히 여기며 껴안고 뒹구는 길밖엔 없지 않은가."

이제 우리는 보다 근본적인 질문을 던지지 않을 수 없다. 도대체 천수로란 여자가 있기는 한가? 답은 '없다'이다. 있는 것은 책 속에 인쇄된 글자뿐이다. 그런데 왜 우리는 있다고 믿는가? 그래야만 소설을 읽어나갈 수 있기 때문이다. 우리가 소설 속의 세계를 현실인 것처럼 착각하는 것은 작가의 진술에 묵시적으로 동의하고 이를 신뢰하기 때문이다. 『게임 오버』의 작가는 바로 이런 독자의 묵시적인 동의와 신뢰를 깨부수려고 한다. 그래서 그는 작가에게 동의와 신뢰를 보내며 즐거운 몽상에 빠지려고 하는 독자들에게 찬물을 끼얹기 위해 전자오락의 틀을 소설 속에 개입시킨다. 앞에서 소설은 우리로 하여금 속는다는 사실 자체를 잊게 만든다고 했는데, 작가 김설은 거꾸로 그것을 한시도 잊지 못하게 만든다. 따라서 '게임 오버'라는 메세지는 이것이 가상이요, 허구임을 독자에게 끝없이 일깨우는 구실을 한다. 즉 현실로 착각하는 것을 차단한다. 마치 연극에서 무대 위의 배우가 대사를 읊다가 갑자기 관객을 향해 "이것은 연극이야 속지 마"라고 외치는 것과 같다. 이렇듯 전자오락의 틀을 소설에 도입할 때 허구적 세계와 현실 세계가 확연히 구분되는 효과를 갖는다.

이처럼 전자오락과 소설의 결합은, 소설 읽기를 즐거운 놀이로 바꾸고 독자의 적극적인 참여를 유도하는 동시에, 허구 세계와 현실 세계의 구분을 뚜렷이 해준다. 그러나 작가는 이런 전자오락의 틀을 내부적으로 붕괴시킬 방법을 모색한다. 이는 놀이의 긴장을 끝까지 늦추지 않기 위해서이다. 그리하여 그 놀이의 주연 배우이자 꼭두각시인 천수로를 프로그램을 파괴하는 바이러스로 탈바꿈시킨다. '수로 바이러스'가 된 그녀는 자신을 가짜로 만들어 놓은 '진짜 세상'에 복수한다. 영화 『라스트 액션 히어로』에서 주인공 슬레이터 형사(아놀드 슈왈츠제네거 분)가 영화(사실은 영화 속의 영화) 속에서 튀어나와 현실에서 어떤 일을 해결하고 다시 영화 속으로 들어가듯이, 그녀는 그녀 자신이 그 일부이기도 한 프로그램에서 떨어져 나와 '수로 바이러스'가 되어 프로그램 자체를 파괴하려 한다. 전자오락의 틀은 깨어지고 미로 게임은 사라진다. 마침내 작가는 작품의 끝에 가서 '미로 속의 길찾기'란 소설 서두의 전제를 부정하고 "미로 따윈 없다"라고 선언한다. 그리고 "미로란 말이 틀어박힌 네 머릿속이야말로 미로"(254쪽)이고, 미로에서 벗어나고 싶다면 그런 생각을 하는 "니 머릿통부터 깨부수고 시작하라"(같은 쪽)고 말한다. 이렇게 처음의 전제를 뒤집어엎음으로써 소설 전체를 그야말로 미로로 만들어 버린다. 맥도날드 햄버거 가게에서 시작한 소설이 다시 원점으로 회귀하여 맥도날드 햄버거 가게에서 끝나는 것도 이 때문이다.

결국 「삼국지라는 이름의 천국」이 전자오락을 소설에 끌어들여 전자오락 같은 현실을 은근히 비판하고 있다면, 『게임 오버』는 전자오락의 유희성과 오락성을 최대한 살려 소설 읽기를 하나의 놀이로 바꾼 소설이다. 그렇지만 두 소설 모두 오랜 숙성 과정을 거친 작품이라기보다는 인공적으로 급조해낸 작품이라는 느낌을 강하게 불러일으킴으로써, 소설을 갖고 놀다 지치면 던져 버리는 '장난감 인형' 같은 것으로 전락시킬 위험이 있다. 인간은 놀이를 좋아하지만 '문자놀이'는 장난감을 갖고 노는 것과는 질적으로 다른 놀이이다.

3) 영상 체험의 소설화, 소설로 쓴 영화론

대중문화에서 출발한 영화는 각종 문화산업을 선도하였으며, 오늘날 TV와 함께 대중문화를 보급하고 또 이를 널리 퍼뜨리는 터전으로 평가받고 있다. 한때 영화는 저속한 대중문화의 표본으로 지탄을 받은 적도 있었으나 지금은 당당히 예술의 한 분야로서 자리잡고 있다. 소설은 영화가 생겨난 이래 그것과 밀접한 관계를 맺어 왔다. 특히 유성영화의 등장으로 영화의 서사성이 더욱 강화되자 소설가들은 그런 영화의 발전이 소설 장르에 미칠 영향에 대해 심각하게 고려하기 시작했다. 소설에 나타난 영화적 기법과 영화를 모방한 장면 연출의 효과, 그리고 카메라의 시점 등이 논의된 것은 이미 오래 전의 일이다. 대문호 톨스토이는 금세기 초 카메라가 영화를 찍듯이 소설을 쓰고 싶다고 했으며, 브레히트는 "영화를 보는 사람은 문학작품을 다른 식으로 읽는다. 그러나 작품을 쓰는 사람도 그의 입장에서 보면 영화를 보는 사람이다"고 했다.[12] 이런 발언들은 모두 영화를 보는 행위와 소설을 쓰는 행위가 긴밀한 관련을 맺고 있으며 이 둘이 서로 근접하고 있음을 지적한 것이다. 이제는 카메라가 영화를 찍듯이 소설을 쓰는 것이 아니라, 카메라로 찍어 놓은 영화를 소설에 직접 끌어들이거나 소설가의 영상 체험(영화를 보는 행위와 그때 연상되는 여러 가지 기억들) 자체를 소설로 쓰는 일도 생겨났다. 소설이 영화의 위세에 눌려 잘 읽히지 않고 사람들이 소설보다는 영화를 즐겨 보자, 소설가들은 그런 대중의 기호를 고려한 새로운 소설 쓰기 방법을 창안해낸 것이다.

'영상 체험의 소설화'란 작가가 자신의 영상 체험을 밑그림으로 하여 한 편의 소설을 만들어내는 것을 말한다. 영상 체험을 소설화하는 방법에는 크게 네 가지 경우를 상정할 수 있다.

첫째, 영상 체험이나 영화 이야기를 소설 중간중간에 끼워넣는 방법이다. 이것은 영화 이야기와 작중 화자를 중심으로 한 이야기가 결합되면서 또 하나의 이야기를 만들어내는 수법이다.

둘째, 첫번째 방법과 반대로 영화 이야기를 전면에 내세우고 그 사이사이에 그 영화를 보았거나 현재 보고 있는 작중 화자의 이야기를 끼워넣는 방법이다. 이는 소설로 쓴 영화관람기, 또는 소설로 쓴 영화론이라고 할 수 있다.

셋째, 영화의 주제 또는 그 주제를 담고 있는 영화의 제목만 따와 한 편의 소설을 완성하는 방법이다. 이는 영화와의 연결 고리를 일부러 느슨하게 함으로써 거꾸로 그 영화를 끊임없이 상기시키는 일종의 패러디 기법이다.

넷째, 영화의 장면과 소설의 장면을 나란히 병치시키면서 교차 서술

---

12) 요아힘 패히, 『영화와 문학에 대하여』(임정택 옮김, 민음사, 1997), 182~183쪽.

하는 방법이다. 그러나 이 방법은 생각과는 달리 매우 단순한 방법이라 두 이야기가 서로 긴밀하게 짜이지 못할 때 서사적 긴장은 오히려 줄어들 위험이 있다.

우리 소설가들 가운데 자신의 영상 체험을 소설화하는 데 단련된 솜씨를 보여준 이는 조성기와 김경욱이다. 대체로 보아 조성기는 두 번째 방법을 선호하고 있고 김경욱은 그 나머지 방법을 두루 시도하고 있다. 이제 이들 작품을 차례로 살펴보기로 한다.

조성기의 「피아노, 그 어둡고 투명한」(1993)은 영화 『피아노』(제인 캠피온 감독)에 대한 작가 자신의 영상 체험을 현재화시켜 한 편의 소설로 엮어 놓은 것이다. 이런 점에서 이 소설은 한 편의 '영화관람기'이자 '소설로 쓴 영화론'이라고 해도 좋을 것이다. 그렇지만 이 소설이 소박한 영화관람기나 전문적인 영화비평과 구별되는 점은 영화에 대한 해설이나 해석 사이 사이에 화자인 '나'의 이야기가 끼어 있다는 점이다. 이런 독특한 서술 방법은 소설의 첫머리부터 마지막까지 일관되게 지속된다. 『피아노』의 첫장면(파도가 밀려오는 바닷가에 한 여인과 계집아이가 피아노가 들어 있는 나무궤짝 옆에서 그들을 데리러 올 사람들을 기다린다)에 대한 해설 다음에 갑자기 어릴 때의 기억으로 돌아가서 벙어리였던 친구 어머니에 대한 이야기가 서술된다. 영화의 여주인공이 벙어리인 것을 보고서 벙어리였던 친구의 어머니를 떠올린 것이고, 그 연상이 그대로 영화 이야기 속에 끼어든 것이다. 영화 이야기가 일종의 환상이라면 친구 어머니 이야기는 그런 환상과 분리된 현실이다. 이처럼 이 소설은 영화 『피아노』에 대한 해설 또는 해석(A)과 『피아노』 서사와 관련되거나 이로부터 연상되는 이야기(B)를 적절히 뒤섞어 놓은 작품으로서, (A)와 (B) 간의 관계나 위상, 그리고 둘 사이의 긴장 상태가 그 나름의 독특한 소설 미학을 구축하고 있다.

앞에서 (A)는 환상(fantasy)이고 (B)는 현실(reality)이라고 말했지만 결국 이 둘이 모여 하나의 허구 (fiction)를 이루고 있음도 기억 해야 한다. 즉 (A)와 (B)는 분 명히 다른 시공(時空) 속에 놓 여 있는 것 같지만, 더 큰 시 공 속에 포함될 때 이 둘의 구 분은 사실상 무의미해지는 것이

다. (A)는 (B)의 개입으로 그 서사 진행이 방해를 받지만, 한편으로는 (B)로 말미암아 그 내포가 확대되고, 이에 따라 인간의 원초적인 욕망 과 애욕을 그리고 있는 영화『피아노』도 그 보편성을 획득하게 된다. 왜냐하면 (B)는 '나'의 이야기임을 빙자한『피아노』에 대한 또 다른 해 석으로 비치기 때문이다. 따라서 환상과 현실의 기묘한 공존이 우리의 현존을 구성하고, 이 둘의 긴장 관계가 허구적 이야기에 대한 인간의 줄기찬 열망과 갈증을 낳는 것이다.

(A)에 의하면『피아노』는 벙어리 여주인공 아다(홀리 헌터 분)의 '내 면에 잠재되어 있는 성(性)'을 감독의 뛰어난 연출기법을 통해 생생하 게 보여주고 있는 영화이다. 따라서 우리는 영화를 보면서 우리 자신 의 내면에 잠재되어 있는 성을 깨닫게 된다. (B)는 바로 그러한 내면적 자각을 서술하고 있는 부분으로서 대체로 여자에 관한 '나'의 기이한 몽상과 체험들로 이루어져 있다. 얼핏 보면 이 소설은 영화 이야기와 그로부터 연상되는 이야기가 두서없이 얽혀 있어 매우 산만하게 구성 된 것처럼 보이지만, 두 이야기 사이의 긴장과 그들간의 상호작용에서 빚어지는 제3의 의미를 염두에 둔다면 영상과 문학이 절묘하게 결합된 매우 독특한 작품임을 알 수 있다.

이 소설의 또 다른 특징은,『피아노』에서 '영혼의 건반'과 그 '울림' 을 읽어내고 그것을 작가 자신의 소설 쓰기에 견주고 있다는 점이다.

아다의 피아노 연주는 그녀의 수화(手話)처럼 자신을 표현하는 몸짓 언어인 동시에, '어두운' 침묵 속에서 그녀의 '투명한' 영혼을 건져올리는 작업이기도 하다. 아다에게 피아노 건반을 양도하는 조건으로 그녀의 몸을 만질 수 있게 된 베인스 역시 여자의 몸을 '연주'할 줄 아는 연주가이다. 베인스의 부드럽고 은밀한 손길을 통해 아다의 내면에 잠재되어 있던 성적 욕망은 서서히 깨어난다. 한편 원주민과 아다의 남편 스튜어트는 피아노를 연주할 줄 모른다. 원주민이 아무렇

조성기의 소설 「피아노, 그 어둡고 투명한」의 밑그림이 된 영화 『피아노』.

게나 건반을 두드리고, 스튜어트는 아다의 몸을 거칠게 애무한다.

　내가 소설을 쓰기 위해 컴퓨터 자판을 두드리는 것은 어디에 속할까. 아다처럼 자신의 투명한 영혼을 건져올리는 것일까, 아니면 베인스처럼 실체는 붙들지 못하고 허상에만 매달리는 것일까. 그도 저도 아니면 원주민과 스튜어트처럼 연주법도 모르면서 마구 두드리고 있는 것은 아닐까. 베인스는 그래도 남(아다)의 영혼을 깨어나게 하였지만, 나는 과연 그런 베인스의 경지에나마 이를 수 있을까. 피아노 연주와 자신의 글쓰기를 견줌으로써 작가는 이런 모든 의문을 스스로에게 제기하고 있다. 자신의 영혼을 건져올리는 데 성공한 소설가(아다형)와 자

신의 영혼이 아닌 남의 영혼을 건져올리는 데 성공한 소설가(베인스형). 이 둘 가운데 작가 조성기는 전자를 더 높이 치고 있는 듯하지만, 후자에 대한 미련도 버리지 못하고 있는 듯하다. 그러면서도 적어도 스튜어트 같은 연주가가 되지 않겠다는 각오를 엿보이기도 한다. 어쨌든 '아다형'을 택할 것인가 '베인스형'을 택할 것인가는 작가 나름의 선택에 달려 있겠으나, 그 결과는 작품만이 말해 줄 뿐이다. 아다형과 베인스형을 동시에 겸한다면 소설가로서 최고의 경지에 이른 것이 될 터이지만, 그런 경지는 쉽게 발설할 수 있는 문제가 아니다. 어쩌면 그런 경지에 이르는 것은 영원히 불가능할지도 모른다. 다만 소설가는 아다형에서 출발하여 작품을 써나가면서 그것이 베인스형까지 아우르기를 욕망할 따름이다.

이처럼 조성기의 작품이 영화 이야기를 밑그림으로 삼아 그로부터 연상되는 화자의 이야기를 심도 있게 서술하고 있다면, 김경욱의 소설은 제목 자체를 영화에서 따와 그 영화와 소설 내용과의 관련성(이를 '상호텍스트성'이라 불러도 좋을 것이다)을 독자에게 끊임없이 환기시키고 있다. 「바그다드 카페에는 커피가 없다」, 「시네마 天國」, 「이유 없는 반항」, 「택시 드라이버」, 「至尊無常」 등이 바로 그런 작품들이다.[13]

『바그다드 카페에는 커피가 없다』는 영화 『바그다드 카페』(퍼시 애드론 감독)에서 그 제목과 모티프를 빌려 온 작품이다. 조성기의 작품과는 달리, 여기서는 영화 이야기가 전면에 나서지 않고 소설 중간중간에 나타난다. 그렇지만 소설의 배경과 인물의 행동은 『바그다드 카페』에 크게 의존하고 있다. 예컨대 '해장국을 팔지 않는 해장국집'은 '커피가 없는' 바그다드 카페를, 강이 오염되어 철새가 사라져 가는 C읍은 황량한 애리조나 사막 위에 외롭게 서 있는 바그다드 카페를 연상

---

13) 이 작품들은 김경욱의 소설집 『바그다드 카페에는 커피가 없다』(고려원, 1996)에 수록되어 있다.

케 한다. 그리고 영화에서 독일 여자가 미국으로 여행을 오듯이 소설 속의 '나'는 서울에서 C읍으로 여행을 온다. '나'는 터미날에서 본 여자가 다른 여자에게 얻어맞고 길거리에 쓰러져 있는 걸 보고 그녀를 여관으로 데려와 같이 술을 마신다. 그리고는 그녀에게 바그다드 카페에 가본 적이 있느냐고 묻는다. 이로부터 이 소설은 영화『바그다드 카페』와 얽혀 들어가면서 영화가 소설의 밑그림으로 작용한다. 영화 속에서 여주인공 '야스민'(마리안느 제거브레히트 분)은 황량한 바그다드 카페를 사람들이 북적대고 활기가 넘치는 공간으로 바꾸어 놓지만, 나는 C읍으로 내려와 고작 영화에서 찍을 죽음의 장소를 물색하며 코피가 흐르는 그녀에게 손수건을 건네 줄 뿐이다. 나에게는 야스민처럼 '마술'을 부릴 힘이 없기 때문이다. 야스민의 마술은 일종의 '꿈꾸기'이다. 그것은 사람들이 오랫동안 잊어버리고 있던 꿈을 다시 보여주는 것으로서, 그들에게 생명감과 삶의 활기를 다시 불어넣는 행위이다. 영화 역시 꿈꾸기이다. 사람들은 영화를 통해 그들의 욕망과 꿈을 확인하는 것이다. 그렇다면 이 소설이 그 속에 영화 이야기를 끌어들인 이유는 분명하다. 영화가 득세하는 시대에 소설이 더 이상 꿈꾸기의 역할을 할 수 없다면, 소설가는 자신의 영상 체험을 소설화하는 방법을 통해 그만의 꿈꾸기를 계속할 수밖에 없다는 것이다. 화자인 내가 잘 다니던 직장을 때려치고 영화를 찍겠다고 나서자 나와 사귀던 여자는 아직도 '몽상의 그늘'에서 벗어나지 못했다고 힐난한다. 여자에게는 '몽상이 세상의 그늘'로 비쳐졌지만, 나에게는 그 '몽상이 곧 세상'이었다. 결국 작가는 몽상가(꿈꾸는 사람)로서의 자신의 역할을 포기할 수 없었기에 영상 체험을 소설화하는 방법으로써 또 한 번의 꿈꾸기를 실천한 것이다.

「이유 없는 반항」은 제임스 딘이 주연한 동명 영화를 바탕으로 쓰여진 소설이다. 이 소설의 특징은 영화의 장면과 소설의 장면을 나란히 병치시키면서 교차 서술한다는 점이다. 작중 화자인 민석은 비디오방에서 제임스 딘이 주연한 이 영화를 보면서 오늘 하루 동안 일어난 일들을 회상하고 있다. 그러나 이러한 사실은 나중에 가서야 비로소 밝혀진다. 소설의 서두에서 민석이 이 영화를 텔레비전 모니터로 보고 있다는 사실이 알려지는데 그러다가 갑자기 민석의 이야기는 다른 시공 속으로 이동한다. 그 바람에 독자는 왜 이 두 장면이 서로 교차 서술되는지를 잘 알 수 없다. 병치 효과를 극대화시키기 위해 상황 설명을 뒤로 미룬 것이라 하겠다. 아무튼 작가는 민석이 아침부터 저녁까지 겪었던 일들과 짐(제임스 딘 분)이 새로운 학교로 전학오면서 일어난 사건들을 번갈아 서술하면서 두 층위의 이야기 사이에 어떤 긴장 상태를 만들어내려고 한다. 그러나 그 긴장은 곧 사라진다. 두 이야기가 병치된 이유가 너무 뻔하기 때문이다. 뿐만 아니라 짐의 이야기도 민석의 이야기도 너무 단순하고 밋밋하게 서술되는 바람에 두 이야기 사이에 나타나는 소설의 여백에 독자가 개입할 여지도 전혀 없다. 「이유 없는 반항」은 조성기의 작품처럼 소설로 쓴 '영화관람기'도 아니고, 그렇다고 민석의 하루를 회상 형식으로 보여주는 것만도 아니다. 작가의 의도는 결국 민석의 하루를 영화에 기대어 설명해 보려는 것이고, '젊은이의 방황과 성숙'이라는 영화의 주제에 따라 이 소설이 읽히기를 바라는 것이다. 이는 "어떤 것을 그것이 존재하지 않는 다른 곳에서 정당화하는 방법"으로서, 바르트식의 표현을 빌리면 일종의 '알리바이'이다.[14] 바르트에 의하면, 알리바이란 동일성을 동일성으로써 증명하는 것이 아니라 부정성으로써 증명하는 것이다. 알리바이 안에는 부정적 동일성의 관계에 의해 서로 결부된 '충만한 공간'과 '텅 빈 공간'이 있다. 이렇게 볼 때, 민석의 이야기는 텅 빈 공간이고 짐의 이야기

---

14) 롤랑 바르트, 『신화론(Mythologies)』(정현 옮김, 현대미학사, 1995), 38~39쪽. 특히 같은 쪽에 실린 역주를 참고함.

는 충만한 공간이다. 민석이 보여주는 저항과 거부의 몸짓은 그 자체로는 절실한 것이지만, 시대의 반항아로서 제임스 딘의 이미지를 압도하지는 못한다.

한편「시네마 天國」,「택시 드라이버」,「至尊無常」 등은 영화의 주제 또는 그 주제를 담고 있는 영화의 제목만 따와 쓰여진 작품들이다.「이유 없는 반항」에서 보인 알리바이의 방법을 극단적으로 밀고나갈 때, 영화 이야기는 소설에서 완전히 사라져 버리고 그 제목만 남게 된다. 그런데 이 작품들은 같은 제목의 영화와 그 내용이 전혀 다르다. 그렇다면 작가가 굳이 그런 제목을 택한 까닭은 무엇일까. 일차적으로 그것은 소설과 영화 간의 주제의 유사성을 암시하기 위함이다. 그러나 여기서 이 소설들이 부재하는 것을 통해 자신의 존재를 증명하려는 일종의 알리바이 방법을 사용하고 있다는 점에 주목해 볼 필요가 있다. 이렇게 볼 때, 작가가 그런 제목을 택한 궁극적인 이유는 자신의 영상체험을 소설화하되 그 흔적을 최소한으로 줄임으로써 거꾸로 영화만 남기고 자신의 작품을 지우려는 데 있다고 하겠다. 즉 소설은 쓰면서 소설을 지우는 것, 부재로써 현존을 증명하는 것이다. 이때 소설은 현존하지만 텅 빈 공간이 되고 영화는 부재하지만 충만한 공간이 된다. 영화를 보았든 보지 않았든 간에 소설을 읽어 나가면서 우리는 그 영화에 대한 생각을 지울 수 없다. 만일 영화를 보지 않았다면(또 보았더라도 오래 전에 보아 잘 기억이 나지 않는다면) 영화에 대한 궁금증은 더욱 커질 것이다. 결국 독자는 이 소설의 제목이 된 영화가 어떤 영화인가 하는 궁금증을 이기지 못해, 그리고 소설을 잘 이해하기 위해서라는 명분이라도 내세워 조만간 비디오방에서 그 영화를 찾게 될 것이다. 그러나 실제로 영화를 본다고 이 소설이 잘 이해되는 것도 아니다. 오히려 혼란만 불러일으킬 수 있다. 그 혼란을 잠재우기 위해 독자는 그 영화에 대한 자신만의 느낌을 김경욱처럼 한편의 글(소설)로 쓰려고 할지도 모른다. 만일 그렇게 한다면, 독자도 자신의 영상 체험에 동참해 주기를 바라는 작가의 은밀한 욕망은 완벽하게 달성된다. 하지만 이는 소설을 통해 영화를 불러내고 다시 영화를 통해 소설을 불러내는, 일종의 순환놀이에 불과할 뿐이다.

이처럼 김경욱은 선배 작가 조성기로부터 많은 것을 배워온 듯하나 「바그다드……」만 그에 버금가는 성취를 이뤄냈을 뿐, 그 나머지는 형식 실험을 중시하는 그들 세대의 특징을 반영이라도 하듯 다양한 형식을 시험하는 데 머물고 말았다.

3. 새로운 가능성인가? 현란한 형식 놀음인가?

문학이 대중문화를 보는 시선은 곱지 않다. 영화나 TV 같은 대중매체 문화가 문학의 영역을 잠식하고 그 존재 근거를 위협하고 있기 때문이다. 그러나 곳곳에 대중문화물이 넘쳐 흐르고 그에 따라 대중문화가 우리 일상적 삶을 구성하고 제약하기에 이르자 문학 진영에서는 두 가지 상반된 태도를 보인다. 하나는 그런 추세를 무시하고 문학의 예술성을 견지하려는 태도이다. 다른 하나는 대중문화 텍스트를 문학 쪽으로 끌어들여 문학의 패러다임 자체를 변화시키려는 태도이다.[15] 전자는 문학의 가치가 흔들리는 시대를 맞아 문학 또는 예술이 본디 종교의식에서 출발하였음을 염두에 두면서 다시 한 번 문학을 숭배의 대상으로 삼고자 하는 태도이다. 이런 태도는 문학에 관한 전통적 개념

---

15) 요하임 패히는 대중매체의 도전에 대한 문예학의 반응을 두 가지로 정리하면서, 문학을 새로이 규정하려는 '패러다임 전환'을 통해 대중매체를 회피하려는 문학의 전략은 계속 유지될 수 있을 것이라고 했다. 즉 그는 각종 매체들에 의해 중재되는 소통의 상이한 텍스트들을 문학 안으로 끌어들이려는 패러다임 전환을 통해서 그렇게 할 수 있다고 보았다. 이러한 패히의 견해는 대중매체의 도전 속에서 문학이 살아남을 수 있는 어떤 방략을 제시한 것으로 보인다. 패히, 앞의 책, 5~6쪽.

들, 예컨대 창조성, 천재성, 영원한 가치와 비밀 등을 고수하고 종교의 경전에 해당되는 문학의 정전을 지키려 하기 때문에 이른바 '문학적 물신주의'에 빠지기 쉽다.[16] 후자는 문학으로부터 그러한 종교의식적 가치를 제거하고 문학의 '세속적 아름다움'을 그 자체로 인정하려는 태도이다. 이 경우 문학에 관한 전통적 개념들은 부정되고 유일하고 영원한 가치보다는 다양하고 복합적인 가치를 추구하게 된다. 그렇지만 양쪽 모두 문학 자체를 부정하지는 않는다. 다만 유연성과 포용성에 있어서 양자는 현격한 차이를 보인다. 전자는 오직 고급문화의 틀에 의지하여 문학을 설명하려고 하는 데 반해, 후자는 고급문화와 대중문화의 공존을 인정하면서 대중문화의 키치적 속성까지 문학 쪽으로 끌어들이려 한다. 결국 후자의 궁극적인 목표는 문학의 대중화에 있다. 이런 점으로 보아 전자보다 후자가 더욱 문학의 위력을 실감나게 할 수 있다.

앞에서 다룬 작품들이 후자의 입장에 선다는 것은 쉽게 알아차릴 수 있다. 작가들이 대중문화 양식들과 소설을 결합하여 새로운 형태의 소설 쓰기를 시도할 때, 거기에는 문학적 패러다임 자체를 변화시키려는 뜻을 담고 있다. 그런 작업들이 소설 쓰기의 '새로운 가능성'으로 비치는 면도 없지 않으나, 대부분의 경우 그 '연주'가 미숙하여 '영혼의 건반'을 울리지는 못한다. 이는 연주법을 몰라서라기보다는 청중을 무시한 채 자기만의 연주법을 지나치게 고집하기 때문이다.

소설판의 지형 변화를 위해 만화적 상상력을 동원하는 것까지는 좋았으나, 소설을 현란한 기호놀이나 난해한 암호문서 같은 것으로 만들고 만 것은 문학의 대중화에 역행한 셈이 된다. 그리고 전자오락을 끌어들여 소설 읽기를 즐거운 놀이로 바꾼 점은 칭찬할 만하지만, '인공

---

16) 발터 벤야민, 『발터 벤야민의 문예이론』 (반성완 편역, 민음사, 1983)과 강내희, 앞의 글 등을 참고함.

의 향기'가 너무 강해 사람의 '땀냄새'가 나지 않는다.[17] 영상 체험을 소설화한 경우에도 소설보다는 영화를 즐겨 보는 대중의 기호를 고려하여 소설의 영역을 확대시킨 점은 높이 살 만하다. 그러나 김경욱의 몇몇 작품에서 보는 것처럼 영상 체험을 소설화하는 데 급급하여 거기에 소설 쓰기에 대한 작가로서의 고뇌와 갈등을 담지 못한다면 기묘한 형태의 작품만 양산할 뿐이다.

이처럼 그들은 형식 실험에 대단한 의욕을 보였으나 그 의욕에 비해 성과는 실로 미미한 편이다. 이는 앞서도 말했듯이 그 새로움이 가져다 줄 충격을 지나치게 의식한 나머지 그 새로움이 무엇을 위한 것이고 누구를 위한 것인지를 간과했기 때문이다. 어쩌면 그들은 낯선 시도를 통해 남보다 빨리 제도권 문학에 편입되려는 속셈을 은연중에 갖고 있었는지도 모른다. 그리하여 제도 문학의 관습에 도전하여 문학의 틀을 바꾸어 보겠다는 원래의 뜻은 차츰 퇴색해 버린다. 현실에 안주하지 않고 그들의 도전 의지를 더욱 다지려면 이미 밑천이 드러난 자신의 문학 체험이나 상상력에 매달리지 말고 자신의 문학적 경험을 풍부하게 할 재충전의 기회를 갖는 것이 현명할 것이다. 다시 말해서 왜 그런 도전을 하게 되었는지 그 진정한 동기와 목표를 물어보아야 하며, 그러한 문학적 도전이 공인된 후 자신은 어떻게 변모했는지를 성실히 자문해 보아야 한다. 만일 거기에 어떤 불순한(문학 외적인) 의도가 내포되어 있다면 이를 똑바로 응시하면서 그런 의도까지 자신의 것으로 받아들일 줄 아는 용기가 필요하다. 그런 점에서 앞서 다룬 중견 작가 조성기의 작품은 여러 모로 귀감이 될 만하다. 20여 년 동안 작가

---

17) 김성곤은 1992년 후반에 발표한 「대중문화와 글쓰기」란 글에서 당시 포스트모더니즘을 표방한 소설 (그의 용어를 빌리면 '사이비 포스트모더니즘 소설')들을 가리켜 "신선한 비누냄새만 날 뿐, 진지한 땀냄새는 찾아볼 수 없다"고 비판했는데, 이 말은 조성기의 작품을 제외하고 여기서 다룬 작품들 대부분에 들어맞는 말이다. 김성곤의 이 글은 『현대비평과 이론』 4호(한신문화사, 1992. 9)에 실려 있다.

로서 활동해 왔으면서도 그는 새로운 세대 못지않게 끊임없이 자기 변신을 모색한다. 특히 영화 『피아노』를 소설로 재구성한 「피아노, 그 어둡고 투명한」은 소설가의 원초적 욕망과 그 욕망의 뿌리를 파헤친 작품인데, 여기서 그는 소설가가 왜 끊임없이 자기 변신을 꾀할 수밖에 없는가를 진지하게 묻고 답하고 있다.

결론적으로 말해서 여기서 다룬 작품들은 대부분 형식과 기교만 앞세웠지 그런 형식 실험에 부응하는 문학적 성취를 일궈내지 못한 탓에, 그것이 어떤 새로운 가능성으로 인정받는 데에는 부족한 점이 너무 많다. 대개의 작품이 독자 대중과의 연결 고리가 약해 소설의 부활은커녕, 첨단 장비와 인공적 상상력으로 무장한 소설가의 허약한 모습만 노출시키고 있을 뿐이다. 이미 뮤직 비디오나 인터넷 같은 새로운 대중매체와 소설을 연결시킨 작품들이 출현하고 있는 현상황에서, 우리에게 필요한 것은 현란한 빛깔을 자랑하는 새로움 자체가 아니라, 그런 새로움이 과연 누구를 위하고 무엇을 위한 것인가를 반드시 따져 보는 일일 터이다. 만일 그에 대해 어떤 합당한 답을 내릴 수 없다면 차라리 소설 쓰기를 잠시 미루고 이 문제를 더욱 고민해 볼 일이다.

제3부

민족사의 복원과 민족혼의 부활을 위하여
　　　—조정래의 『아리랑』

어둠의 끝을 향한 환상 여행
　　—송상옥의 작품세계
　　　　　　　　　　한국 도시소설의 세기말적 양상

지구화 시대 우리 소설의 빛과 그늘

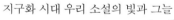

민족사의 복원과 민족혼의 부활을 위하여

—조정래의 『아리랑』

I. 머리말

조정래의 『아리랑』은 원고지 2만 장, 단행본 12권의 분량에 이르는 이름 그대로 대하역사소설이다. 한말 의병전쟁, 을사늑약, 경술국치, 토지조사사업, 기미만세운동, 국외독립운동, 자유시사변, 공산주의운동, 중일전쟁, 연해주 조선인의 강제 이주, 강제 징용과 징병, 태평양전쟁 등 작품에 등장하는 굵직굵직한 사건들만 들어보아도 소설 『아리랑』의 규모와 무게를 가늠할 수 있다. 그런 방대한 스케일과 늠름한 위용을 자랑하면서 『아리랑』은 국권 침탈과 국권 상실에 이르는 20세기 전반기의 우리 근대사를 전면적 총체적으로 다루고 있다. 그런 역사의 흐름 속을 수많은 인물들이 등장하여 종횡무진으로 활보하고 있으며 소설의 무대도 국내를 근간으로 하여 만주, 중국, 일본, 연해주, 하와이 등 우리 민족이 나라를 잃고 떠돌아 다니던 모든 지역에 걸쳐 있다.

『아리랑』이 그리고 있는 세계는 이처럼 긴 시간과 넓은 공간에 걸쳐

작가 조정래의 대하소설 『태백산
맥』과 『아리랑』.

있지만, 정작 작품은 투명하리만큼 일관된 세계를 구축하고 있다. 그
것은 아마도 작가의 말처럼 해방 이후 '반역의 역사'에 대한 그의 '이
성적 분노'와 '논리적 증오'에서 출발했기 때문일 것이다. 그러나 이런
이성적 분노와 논리적 증오만으로는 소설이 될 수 없으므로 여기에는
필연적으로, 그리고 당연히 작가의 상상력이 개입하게 된다.

역사적 상상력의 저수지는 온갖 자료들로 가득 채워진 '머리'가 아
니라 내면의 울림에 따라 그것을 바라볼 줄 아는 뜨거운 '가슴'이다.
철저한 현장 답사와 치밀한 고증을 거치더라도 거기에 그 역사를 바라
보는 작가 자신의 열정이 결여된다면 그 소설은 한낱 옛날 얘기 수준
에 머물고 말 것이다. 이런 의미에서, 『아리랑』은 작가의 광범위한 자
료 수집과 검토, 수 차례에 걸친 현장 취재, 그리고 그의 풍부한 역사
적 상상력 등이 한데 어우러져 빚어낸, 역사소설의 전범이 될 만한 작
품이다.

하지만 무엇보다 『아리랑』이 한 편의 뛰어난 역사소설이 될 수 있었
던 것은, 작가가 공식적 기록에 얽매이지 않고, 객관성을 잃지 않는 범
위에서 그의 폭넓은 상상력을 최대한 발휘하여 식민지시대 역사를 재

조명하였다는 점에 있다. 『태백 산맥』이 나라가 분단되는 과정 자체를 다루어 분단의 원인과 그 실체를 규명하는 데 바쳐졌다면, 『아리랑』은 식민지시대를 새롭게 조명함으로써 분단된 역사의 뿌리를 캐내고 있다. 따라서 이 글은 작가가 식민지 시대 역사를 어떤 관점에서 재구성하고 있는지, 그리고 소설 전체를 가로지르는 중심 가닥과 그 가닥의 의미는 무엇인지를 밝히는 데에 주안점을 둘 것이다. 이를 위해 먼저 작품의 기본 구도와 전체적인 흐름을 파악한 다음, 작가의 역사적 상상력이 집중되고 있는 민족사의 복원 문제와 민족혼의 회생·부활이란 문제에 초점을 맞추어 작품의 의미를 따져보고자 한다.

2. 『아리랑』의 기본 구도와 작품의 개요

『아리랑』은 땅을 빼앗으려는 자와 빼앗긴 땅을 되찾으려는 자의 대립·충돌을 이야기 구성과 사건 전개의 기본축으로 삼고 있다. 땅을 빼앗으려는 자는 일본 제국주의자와 그 하수인들이고 빼앗긴 땅을 되찾으려는 자는 대다수 농민들과 일제 침략에 저항하는 무리들이다. 여기서 '땅'은 일차적으로 농민들의 생계 유지 수단인 '농토'를 가리키며 나아가서는 '국토' 전체를 가리킨다. 그러므로 땅을 빼앗는 것은 농민들의 기본 생존권을 박탈하는 행위이다. 아울러 당시 농민이 국민의

90%를 차지하고 있었음을 감안할 때, 이러한 농토의 상실은 곧 국토 전체를 상실을 뜻한다. 이런 점으로 보아 농민들의 실지(失地) 회복의 의지가 국토 회복의 의지로 연결되는 것은 자연스러운 일이다. 국토 강점과 국토 회복이라는 두 힘의 맞부딪침에서 늘 전자가 후자를 압도하지만, 이에 굴하지 않고 국토를 회복하려는 노력은 식민지시대 전 기간에 걸쳐 지속적으로 이어져 내려왔다는 것─이것이 『아리랑』에 표출된 작가의 기본적 신념이자 작품을 구성하는 근본 원리가 된다.

이상에서 이 소설의 기본 구도가 대충 밝혀졌으므로 이제 총 4부작으로 구성된 『아리랑』의 전체적인 흐름을 파악해 보고자 한다. 1~4부의 내용을 간추리면 다음과 같다.

제1부 〈아, 한반도〉의 시간적 배경은 1900년대 초부터 토지조사사업이 본격적으로 시작되던 1912년까지인데, 여기서는 일제 침략으로 나라를 송두리째 빼앗기게 되는 과정을 그리고 있다. 특히 제1부는 일제의 침략에 대해 각계 각층의 사람들이 보여준 반응들을 세밀하게 보여줌으로써 소설 전체의 윤곽과 앞으로의 진행 방향을 예시하고 있다.

제2부 〈민족혼〉은 1910년대 초부터 경신참변이 일어난 1920년까지의 시기를 다루고 있는데, 세상이 뿌리째 뒤집히는 일대 변란(토지조사사업)이 일어나고 있는 가운데서도 빼앗긴 나라를 되찾으려는 움직임이 여러 부문과 여러 지역에 걸쳐 나타났음을 보여주고 있다. 그런 움직임의 절정이 기미만세운동과 이로부터 촉발된 만주 독립군의 무장투쟁이다.

제3부 〈어둠의 산하〉는 1920년경부터 조선의 '병참기지화'가 시작되던 1932~3년까지의 시기를 다루고 있다. 여기서는 나라를 되찾으려는 움직임이 한풀 꺾이고 친일파가 발호함으로써 광복을 향한 길에 어둠이 짙게 드리워지지만 독립의 염원은 오히려 안으로 더욱 뜨겁게 타오르고 있음을 보여주고 있다.

제4부 〈동트는 광야〉에서는 군국 파시즘이 활개를 치는 1933~34년 경부터 1945년 광복을 맞이하기까지의 시기를 다루고 있다. 일본 군국 주의가 일으킨 전쟁의 회오리 속에서 우리 민족의 수난은 최악의 상태에 이르지만 마침내 일본의 패망과 함께 우리는 모진 목숨을 이어 가면서 애타게 기다리던 광복을 맞이한다. 그러나 이 소설은 그 마지막 부분에 이르러 일제가 물러가는 것으로 우리 민족의 시련이 완전히 끝나지 않았음을 암시하고 있는데, 이는 광복 이후 우리가 겪어야 할 숱한 민족사적 비극을 예고하는 것이다. 즉 새벽은 왔지만 어둠은 몰아내기에는 아직도 많은 시간을 기다려야 하는 것이다.

이상의 내용을 다시 한 번 칸추리면 '일제 침략→국토 강점과 독립 투쟁→친일파 발호와 투쟁의 내면화→수난의 절정과 미완의 해방'으로 될 것이다. 여기서 우리는 이 소설이 일제 침략 이후 한민족이 겪은 수난의 역사와 투쟁의 역사를 교차 서술하면서 이 둘을 서로 대비시키고 있음을 알 수 있다. 그리고 그것은 일제의 폭압적인 식민통치 속에서도 우리 민족이 끝까지 버텨낼 수 있었던 힘이 어디에서 비롯되고 있는가를 뚜렷이 보여주는 방법이기도 하다.

3. 민족 수난의 역사와 항일독립투쟁의 소설적 형상화

앞에서 나는 『아리랑』의 기본 구도가 땅을 빼앗으려는 자와 빼앗긴 땅을 되찾으려는 자의 대립·충돌로 짜여져 있고 소설의 전체적 흐름도 고난과 투쟁의 교차 서술을 통해 그 둘을 상호 대비시키면서 궁극적으로 투쟁의 저력과 그 참된 의미를 발견하는 데로 나아가고 있음을 밝혔다. 이제 이러한 민족 수난과 투쟁의 역사를 소설 속에서 어떻게 구체적으로 형상화하고 있는가를 살펴볼 차례이다.

식민지시대를 다룬 여타의 소설들과 『아리랑』을 비교할 때, 이 소설의 가장 빛나는 부분은 민족 수난의 역사와 항일독립투쟁의 과정을 일관된 관점에 의해 완벽하게 재구성해내었다는 점에 있다. 특히 『아리랑』은 수난과 투쟁의 과정에서 지금까지 잘 알려지지 않았거나 숨겨졌던 부분들을 남김없이 들추어내고 새롭게 밝혀진 부분들을 과감하게 받아들임으로써 식민지시대 역사를 바라보는 우리의 안목에 새로운 지평을 열어 주고자 한다.

민족 수난의 역사를 서술함에 있어서 『아리랑』은 토지조사사업을 비롯하여 하와이 이민단 모집, 경신참변, 만주 이민과 집단부락 조성, 황민화교육, 연해주 조선인의 강제 이주, 강제 징용과 징병, 정신대와 일본군위안부[1] 징발 등 이 시기에 있었던 주요 사건들을 거의 총망라하고 있다. 그러나 『아리랑』은 그러한 사건들의 개요를 앞질러 제시하거나 아니면 단순히 그 사건의 경과를 시간적 순서에 따라 보여주는 방법을 택하지 않는다. 대개의 경우, 특정 사건이나 사태로 인한 생생한 삶의 현장을 먼저 제시하고 차츰 그 앞뒤의 경과를 서술함으로써 독자들이 이를 읽어 가는 가운데 자연스럽게 그 사건의 전모를 파악하도록 하는 방법을 취하고 있다. 예컨대, 제1권 첫머리에 나오는 하와이 역부 모집에 나선 한 청년의 이야기가 바로 그러하다. 그 이야기는 군산으로 떠나는 방영근과 그를 따라 나선 감골댁과 지삼출 등 세 사람이 들판을 가로질러 부산하게 걷는 장면에서부터 시작한다. 그러다가 차츰 방영근이 역부 모집에 응하게 된 사연과 역부 모집에 나선 다른 사람들의 이야기를 들려주는데, 그런 가운데 역부를 모집하는 대륙식민회사의 횡포와 그 하수인들의 농간이 속속 밝혀지면서 하와이 역부(이민

---

1) 일반적으로 '종군위안부'란 말이 많이 쓰이고 있으나 이 말은 일본에서 만들어지고 사용되어 온 말일 뿐만 아니라, '종군'이란 말 속에는 자발적으로 군대를 따라다녔다는 뜻이 내포되어 있다. 따라서 여기서는 '종군위안부'란 말 대신 '일본군위안부'란 말을 쓰고자 한다. 이런 용어 문제에 대해서는 한일문제연구원, 『빼앗긴 조국, 끌려간 사람들』(아세아문화사, 1995), 95쪽 참조.

단) 모집의 실태가 적나라하게 드러난다.

예를 하나 더 보이면, 일제에 의한 황민화 교육의 실태를 보여주는 대목이 또한 그러하다. 여기서는 황민화 교육의 시행 동기·경과·파급 효과 등을 서술하여 그 전체 윤곽을 제시하기보다는 평온한 한 가정에 일어난 조그만 파문을 보여주는 것에서 시작한다.

첫째, 우리는 황국신민이다. 충성으로써 군국에 보답한다.
둘째, 우리 황국신민은 서로 친애 협력하여 단결을 굳게 한다.
셋째, 우리 황국신민은 인고하련(忍苦鍜鍊), 힘을 길러 황도를 선양한다.
일본 말로 외워대는 계집아이의 또랑또랑한 목소리가 밖에까지 울려나오고 있었다.

텃밭가 거름더미에서 바지게에 거름을 옮겨담고 있던 차득보는 느닷없이 울려나오는 일본말에 쇠스랑질을 멈추었다.

첫째, 우리는 황국신민이다. 충성으로써 군국에 보답한다.
둘째, 우리……
계집아이는 더 또렷하고 생기 넘치는 목소리로 다시 되풀이를 시작하고 있었다.

「아니, 저런 못된 년이!」
차득보는 쇠스랑을 힘껏 찔러대며 내뱉었다. 그는 그때서야 딸년이 되풀이해서 외워대는 것이 〈황국신민의 서사〉라는 것을 알았던 것이다.

「야이 연희야, 이년아!」
차득보는 버럭 고함을 질러대며 텃밭을 가로질러 내달았다.(제10권, 307쪽)

차득보는 첫딸 연희를 몹시 귀여워하며 욕이라곤 한번도 해본 적이 없는데, 딸이 '황국신민의 서사'를 외는 것을 보고는 그만 속이 뒤집혀 금방이라도 딸을 요절낼 듯이 고함을 지르며 길길이 날뛴다. 차득보는 그의 아버지가 '왜놈'의 손에 죽은 탓에 일본에 대한 원한이 뼛속까지 사무친 사람이라 철모르는 딸이 학교에서 시키는 대로 한 일일지라도 도저히 용서할 수 없었던 것이다. 이처럼 생활 곳곳에 파고든 황민화 교육의 바람 때문에 사랑과 화기가 넘쳤던 한 가정은, 일시적인 것이겠지만, 찬바람이 돌고 욕설이 난무하는 곳으로 바뀌게 된다. 이후 차득보의 입장에서 황민화 교육의 구체적인 시행 과정―황국신민의 서사를 강제로 외우게 하는 것, 내선일체란 해괴망칙한 논리를 주장하는 것, 신사참배를 강요하는 것―이 서술되지만 이는 앞의 인상적인 장면에 대한 부연 설명에 불과하다. 그리하여 그런 무지막지한 일을 벌이는 원흉이 총독부요, 철모르는 아이들을 포함하여 온 백성이 그 일로 시달림을 받아야 하는 것도 다 나라를 빼앗긴 탓에 있다고 결론을 내리는 것으로 이 이야기는 마무리된다. 이렇듯 평범한 한 가정에 일어난 조그만 사건으로부터 시작하여 차츰 그 범위를 넓혀 나가면서 황민화 교육의 실태와 그 전모를 드러내는 동시에 그런 정책이 우리들 삶에 어떤 영향을 끼쳤는가를 아울러 보여주고 있다.

　작가가 이와 같은 서술방법을 취한 것은, 소설은 어디까지나 삶의 현장과 밀착된 것이야 하고 그렇게 삶의 현장과 밀착될 때만이 비로소 이 시기 역사에 대한 구체적인 인식이 가능하다고 보았기 때문일 것이다. 말하자면 삶의 구체적 모습이 누락된 '메마른 역사'가 아니라 심장이 고동치고 맥박이 뛰는 '뜨거운 역사'를 보여주려 한 것이다.

　이로 보아 『아리랑』이 지향하는 역사는 중요 사건별로 엮어내는 '사건사' 중심의 역사가 아니라 그러한 사건들을 겪으면서 일반 백성들이 그들의 삶을 어떻게 지속해 나가고 변화시켜 나가는가에 초점을 맞추는 '생활사' 중심의 역사이다. 따라서 이 소설에 등장하는 수많은 작은 이야기들은 어떤 중대한 사건의 전반적 성격을 규정하는 증거로써 채택된 것이 아니다. 그것들은 이미 그 자체로 독자적인 성격과 의미를 지니고 있는 것이다.

이로써 우리는 『아리랑』이 몇몇 통계 숫자의 나열과 연대기적 서술에 기대어 한 시대의 역사를 조감하는 방법을 가능한 한 피하고 생생한 삶의 현장들로 채워진 '산 역사'를 보여줌으로써, 이 시기의 민족사를 정당하게 복원하고자 하였음을 알 수 있다.

이렇듯 민족 수난의 역사가 백성들의 일상적 삶과 밀착된 생활사 중심이라면, 투쟁의 역사는 그러한 삶의 질곡으로부터 벗어나려는 우리 민족의 줄기찬 항일의지를 보여준다는 점에서 일종의 '의식사' 내지는 '정신사'로서의 성격을 지닌다. 민족 전체가 겪어야 했던 수난의 골이 깊어질수록 이에 비례해서 일제에 대한 분노와 증오도 점점 커지게 마련이고, 그러한 분노와 증오가 쌓여 항일의지로 발전하고 그 힘이 결집되어 독립투쟁의 길로 들어서는 것은 지극히 자연스럽고 또 당연한 일이다. 공허의 스승 큰스님의 말처럼 "바람이 불어야 구름이 모이고, 구름이 모여야 비가 오는 것"(제4권, 115쪽)이다. 여기서 '바람'이 도처에서 사람들이 죽어 가는 피바람을 뜻한다면, '구름'은 그들의 마음속에 쌓인 분노를 가리킨다. 요컨대 민족 수난의 생생한 체험에서 비롯된 항일의지가 독립투쟁의 밑거름이 되었다는 말이다.

그렇다면 항일독립투쟁의 과정을 민족 수난의 역사와 따로 떼어놓고 볼 수 없다. 그것은 수난과 투쟁이 서로 상승작용을 일으킨다는 점에서 더욱 그렇다. 즉 고통이 커질수록 투쟁의 의지는 더욱 불타오르고 투쟁의 불길이 거세어질수록 이를 근절하려는 압제자의 손길도 한층 더 거칠어지는 것이다. 따라서 작가가 수난의 역사와 투쟁의 역사를 번갈아 서술한 까닭은 단순히 이 둘을 대비시키는 데 있다기보다는 궁극적으로 투쟁의 당위성을 부각시키려는 데 있다고 하겠다. 어느 소설의 제목처럼 '슬픔도 힘이 된다'는 식이 아니라 '슬픔은 힘이 되고 또 힘이 되어야 한다'고 보는 것이다.

투쟁의 당위성은 독립운동이 대를 이어 계승되는 점에서도 다시금 확인된다. 독립군 제1세대에 해당하는 송수익·지삼출·손판석·공허 등이 마음을 합하여 일궈내던 일들은 세월이 흘러감에 따라 그 아들 세대인 송중원·송가원·지만복·이광민·방대근 등에게로 고스란히 계승된다. 특히 송수익의 경우는 그의 뜻이 아들과 손자에게로 이어지면서 항일정신이 3대에 걸쳐 전혀 퇴색되지 않고 면면히 계승되는 모습을 보여준다. 이것은 옥에 갇힌 송수익을 송중원·가원 형제가 면회 오고 그 송중원을 다시 그의 아들 송준혁이 면회 오는 데에서 확연히 드러난다. 이 두 장면에서 아버지와 아들은 간단한 몇 마디 말로써 충분한 심리적 교감을 나눈다. 즉 아버지는 아들 대에서만은 이런 고통이 끝나길 바라며 열심히 싸웠으나 그날은 아직도 요원한데 나이만 먹어버린 것을 한탄한다. 아들은 이미 늙어 버린 아버지의 모습에서 세월의 두께를 느끼면서도 한편으로는 항일운동에 청춘을 바친 늙은 투사의 눈빛에서 독립에 대한 간절한 염원을 읽어내고 있다. 부자 상면을 통해 아버지의 뜻이 고스란히 아들에게로 전해지는 것이다. 여기서 우리는 그러한 부자간의 교감이 이루어지는 한, 독립투쟁의 열기는 결코 식지 않을 것이며 해방에 대한 확신도 변함 없이 계승될 것임을 짐작할 수 있다.

『아리랑』은 또한 투쟁의 당위성을 부각시키기 위해 일본인과 그 앞잡이들의 만행과 죄상을 적나라하게 파헤치는 방법을 취한다. 그들의 범죄 사실을 통해 투쟁의 대열에 참여한 사람들의 숭고한 뜻이 더욱 값지고 빛나게 되는 것이다. 일본인으로는 우체국 소장 하야가와, 영서관 서기 쓰지무라, 농장 지배인 요시다, 대지주 하시모토 등이 등장하고, 하야가와의 양아들이 된 양치성, 요시다의 충복 이동만, 백종두·백남일 부자, 장덕풍·장칠문 부자 등이 그 앞잡이로 등장한다. 특히 뒤에 열거한 인물들은 일본세를 업고 금력과 권력을 마음껏 휘두름으로써 민족의 수난을 더욱 가중시키고 항일 역량의 결집을 끊임없이 방해한다.

『아리랑』에서 작가는 일본인보다 이들 친일 앞잡이들의 죄상을 폭로하는 데 주력한다. 왜냐하면 그들이야말로 장기간에 걸친 일본의 식민지 통치를 온갖 방법으로 도와준 '부왜역적'들이요, 우리 민족의 수치심을 더욱 깊게 하고 자긍심을 실추시킨 장본인이기 때문이다. 그리하여 작가는 이런 친일파들이 대개 비참한 말로를 맞이하는 것으로 그리고 있다. 아전 출신 백종두는 일진회 군산지부장과 죽산면장까지 지냈으나 그가 회장으로 있는 호남친화회원들을 데리고 만세 시위 진압에 나섰다가 몰매를 맞아 죽는다. 이동만은 농민들을 착취해 긁어 모은 돈을 금광에 투자했다가 사기를 당하자 홧병으로 급사한다. 보부상 출신 장덕풍은 정미소와 사탕공장을 차릴 만큼 치부하였으나 말년에는 풍에 걸려 집안의 천덕꾸러기 신세가 된다. 백종두의 아들 남일은 아버지의 후광으로 일본 헌병까지 되었으나 아버지가 죽은 뒤에 아편쟁이로 전락한다. 이밖에도 목숨을 잃을 정도는 아니지만 큰 부상을 당하는 경우도 허다하다. 양치성은 수국의 칼에 찔려 목숨을 잃을 뻔하였고, 장칠문은 공허를 체포하려다 거꾸로 코뼈가 부러지는 중상을 입는다. 반면 숭고한 뜻을 지닌 이들은 결코 순탄한 삶을 살 수는 없었지만 대개 조선인으로서의 책무를 성실히 수행하다가 장엄하게 그 생애를 마감한다. 송수익과 공허를 비롯하여 수국과 필녀, 오삼봉 김건오 등이 바로 그렇게 살다가 간 인물들이다. 이와 같이 두 부류의 삶을 철저히 대비시키고 있는 것도 투쟁의 당위성을 고취하기 위한 것임을 물론이다.

이처럼 『아리랑』은 독립투쟁의 당위성을 강조할 뿐만 아니라 한편으로는 그런 당위성과 필요성을 튼실하게 떠받치고 있는 정신적 지표를 밝히고자 한다. 왜냐하면 개개인의 슬픔과 고통이 곧바로 항일의지로 발전하는 것도 아니고, 그런 슬픔과 고통이 쌓여 항일투쟁으로 표출되더라도 그것이 한때의 감정 폭발로 그치지 않고 줄기차게 지속되었다면, 거기에는 개인의 작은 힘들을 묶어 주는 어떤 구심점이 있었다고 보기 때문이다. 그러므로 정신적 지표를 밝히는 것은 곧 투쟁의 목표를 분명히 하는 일이요, 투쟁의 기반을 다지는 일이다.

『아리랑』은 여러 군데에서 이런 정신적 지표 내지 구심점에 관한 암시를 던지고 있는데, 이를 가장 잘 집약하고 있는 것이 바로 대종교도 한법린의 '한 몸=나라'라는 논리이다. 한법린으로부터 "우리 한 몸 한 몸이 다 조선입니다"라는 말을 듣고 크게 감명을 받은 공허는 이 말을 다음과 같이 되새겨 본다.

> 그 말은 생각할수록 여러 갈래의 뜻을 내포하고 있었다. 우리 한 사람, 한 사람은 다 조선을 되찾는 일에 나서야 합니다. 조선사람으로서의 책무를 말하는 것이었다. 우리 한 사람, 한 사람이 모여 조선이 됩니다. 조선사람들이 살아 있는 한 조선도 살아 있다는 것을 각성시키는 것이었다. 우리 한 몸, 한 몸이 조선의 앞날을 떠받치고 있습니다. 조선사람들이 최우선적으로 해야 할 일이 무엇인지 제시하는 것이었다. 우리 한 몸, 한 몸을 지켜 조선 회복에 바칩시다. 서로가 앞날의 고난을 헤쳐나가자는 각오를 다짐하는 것이었다.(제5권, 149쪽)

조선인으로서의 자각과 민족 정체성의 확보만이 투쟁을 계속할 수 있는 최고 명분이자 힘의 원천이 된다는 말이다. 이러한 논리 속에는 조선인을 하나도 남김없이 다 죽이지 못하는 한 그들의 투쟁은 무한히 계속될 것이라는 실로 엄청난 뜻이 담겨 있다. 공허는 이 말을 약간 변형시켜 "조선사람이 다 죽어야 조선이 죽는다"(제5권, 240쪽)라고 말했는데, 이런 투쟁 우위의 논리에 따른다면 변절자나 친일파는 이미 조선사람이기를 포기한 사람이나 마찬가지이므로 도저히 발붙일 땅이 없는 것이다.

이처럼 『아리랑』은 수난의 역사와 투쟁의 역사를 소설적으로 형상화하여 투쟁의 당위성을 역설하는 한편, 나아가 수난의 생생한 체험에서 비롯된 항일의지를 한데 모아주는 정신적 지표까지 밝힘으로써 민족사의 바른 줄기를 세워 가고자 한다.

4. 국토 회복의 의지와 민족혼의 울림

민족의 수난이란 한마디로 말해 제 땅에서 살지 못하고 어디론가 끌려가거나 다른 곳으로 쫓겨나는 일이다. 투쟁의 역사가 수난의 역사와 맞물려 있듯이 투쟁의 저력은 제 땅에서 밀려난 사람들이 잃어버린 땅을 되찾고자 하는 노력에서 비롯된다. 앞에서 수난의 역사가 바로 투쟁의 원동력이 된다고 한 말은 다름 아니라 자기 땅에서 밀려나고 쫓겨난 사람들이 끝까지 그 땅을 되찾고 그곳으로 돌아가려는 생각을 포기하지 않았다는 뜻이다.

땅을 빼앗는 자의 욕심은 끝이 없는데, 빼앗긴 땅을 되찾으려는 노력은 계란으로 바위를 치는 격이라 아무런 소득도 없이 사람만 상하고 만다. 이를테면, 박병진·김춘배 등이 주동이 되어 토지조사국을 상대로 벌인 시위가 바로 그것이다. 조상 대대로 궁장토나 역둔토를 부쳐먹던 그들은, 엄연한 사유지였던 자신들의 땅이 하루 아침에 국유지로 둔갑하는 날벼락을 맞은 데다가 새 지주로 등장한 동척(東拓)이 소작료마저 인상하자, 울분을 참지 못하고 토지조사국으로 몰려가 이에 항의한다.[2] 그러나 결국 주동자는 구속되고 나머지 사람들은 태형 50대를 맞고 풀려난다. 이처럼 그들의 시위는 무위로 끝나지만 그들의 마음속에 품은 생각은 한결같다. 즉 땅은 목숨이기 때문에 반드시 찾아야 한다는 것이다.

　　땅언 목심이여. 논밭얼 수백 마지기썩 지닌 부자양반덜헌티야 땅언 재산 이제만 우리겉이 열댓 마지기로 자작허는 사람덜헌티넌 땅언 바로 목숨이 다 그것이여. 그 땅 잃어불면 바로 저승이 눈앞으로 닥친게 무신 말얼 더허 겄냐. 땅언 기연시 찾아야 써.(제3권, 241쪽)

　　10년이 가고 20년이 가도 땅언 끝꺼정 찾아야 써. 그 땅언 조상 대대로 물 려받은 것이고 자손 대대로 물려줘야 헐 것잉게. 작인 노릇이 아니라 그보 담 더헌 고초럴 당허드라도 참고 참아감서 땅언 기연시 찾아야 써. 살기 에 롭다고 중도에 작파하고 딴 디로 뜨면 그것이야 조상허고 자손헌티 곱쟁이 로 죄짓는 중죄인이 되는 것잉게.(제5권, 62~63쪽)

　　앞엣것은 박병진이 면회 온 아들에게 들려준 말이고, 뒤엣것은 박병 진이 숨을 거두면서 마지막으로 아들에게 남긴 말이다. 이러한 박병진 의 말은 하루 아침에 농토를 잃고 소작농 신세가 돼 버린 사람들의 심 경과 그들의 각오를 대변한 것이면서 동시에 중도에 포기하고 싶은 생 각이 들 때마다 자기 자신을 독려한 말이기도 하다. 그리하여 어차피 자기 대에서 이룰 수 없는 일이라면 대를 이어서라도 기어이 땅을 되 찾고야 말겠다는 박병진의 생각은 아들인 박건식에게로 대물림된다.
　　땅을 목숨과 맞잡이로 본 것은 땅에 대한 집착이 그만큼 강함을 뜻한 다. 그리고 중도에서 작파하고 딴 데로 떠나면 조상과 자손에게 큰 죄

---

2) 역둔토나 궁장토는 동척이 설립될 때부터 일제가 노리던 비옥토였다. 그러다가 토지조사사업을 계기
로 이 땅은 대부분 국유지로 강제 편입되고 소작료(賭租)도 기왕의 총생산량의 1/3 수준에서 1/2 수준
으로 대폭 인상되었다. 이러한 역둔토·궁장토의 국유지로의 강제 편입, 소작료 인상과 농민들의 저항
에 관해서는 신용하, 『조선토지조사사업연구』(지식산업사, 1982)에 실린 세 편의 논문에서 자세히 논
구되어 있다.

를 짓게 된다는 말에는 곰곰이 새겨 볼 만한 많은 뜻이 함축되어 있다. 즉 첫째는 조상 대대로 물려받은 그 땅을 떠나면 영영 그 땅을 되찾을 길이 없다는 것이요, 둘째는 그 땅을 떠나서는 결코 온전한 삶을 영위할 수 없다는 뜻이며, 셋째는 어떤 어려움이 닥치더라도 조상의 뼈가 묻혀 있고 우리의 뼈를 묻을 그 땅을 보존하고자 할 때 이민족(異民族)의 침략으로 어지럽혀진 세상 속에서도 땅에 뿌리를 둔, 우리 고유의 심성과 생활방식을 지켜 나갈 수 있다는 것이다.

땅에 뿌리를 둔 우리 고유의 심성과 생활방식을 지켜 나간다는 것은 곧 '민족혼'의 회생(回生)과 관련된 문제이다.[3] 이 소설이 농민들의 땅에 대한 집착과 빼앗긴 땅을 되찾으려는 노력을 지나치리만큼 자주 보여주고 있는 까닭도 그러한 집착과 노력이 바로 민족혼을 지켜 나가는 근간이 된다고 보기 때문이다.

제2부 첫머리에 놓인 호랑이 울음소리에서 암시되듯이 민족혼의 살아 있음과 그것의 울림은 흔히 '소리'로써 나타난다. 예컨대, 그 소리는 신명을 돋구는 징소리일 수도 있고, 한이 서리서리 맺힌 아리랑 노래일 수도 있고, 걸직하고도 구성진 장타령일 수도 있다.

이제 징소리와 장타령에 대해 먼저 살펴본 다음, 이 두 소리와 어울려 소설 전체를 민족혼의 웅장한 울림판으로 만들고 있는 아리랑 노래에 대해 알아보기로 한다.

징소리는 농악 연주에 있어서 소리의 매듭을 지어 주고 새로운 흥을 열어 주는 소리이다.[4] 징에는 가락이 없으나, 연주할 때 박(拍)의 머리,

---

3) 제2부의 제목이 〈민족혼〉이란 것에 유의할 필요가 있다. 긴 잠에서 깨어난 호랑이의 우람하고 웅장한 울음소리로 시작하는 제2부의 이야기는 '폭발하는 화산'처럼 온나라 곳곳에서 일어난 기미만세운동과, 만주에서의 항일무장투쟁으로 대략 마무리된다. 우리의 민족혼이 엄연히 살아 있음을 보여준 것이다. 3부와 4부에 이르러서는 이러한 기세가 다소 수그러드는데 그것은 겉으로 그렇게 보일 뿐 우리의 민족혼은 여전히 존속하고 있었다는 것이, 『아리랑』의 작가가 지닌 명징하리만큼 확고한 신념이자 이 시기의 역사를 바라보는 그의 일관된 관점이다. 따라서 〈민족혼〉의 문제는 이 소설의 주제와 그 지향점을 파악하는 데 핵심적인 고리가 된다.

박의 중간, 박의 한계를 지어 주는 역할을 하는데, 그 소리가 무겁고 장중하여 고음의 쇳소리(꽹과리소리)와 조화를 이룬다. 일정한 간격으로 되풀이되는 징소리는 판놀음의 전체 호흡을 조정해 주고, 전체 연주의 밑소리로 깔리면서 농악패의 신명을 돋구고 연주에 힘을 실어 주는 역할을 한다. 일반적으로 농악에서는 쇳소리(꽹과리소리)가 주도권을 잡고 전체 연주를 이끌어 나가는데, 『아리랑』에서는 쇳소리보다 오히려 징소리에 주목하고 있다. 그렇다면 『아리랑』의 작가가 쇳소리를 제쳐 두고 유독 징소리에 주목한 까닭은 무엇일까. 나로서는, 작가가 이러한 징소리의 특징과 역할에서 '신명으로 고통을 극복하는 재생과 생존의 예능'(정병호, 17쪽)인 농악의 생명력을 발견하고, 이를 민족혼의 울림과 연관시키고자 했기 때문이라고 생각한다. 말하자면 그 소리의 울림과 파장에 있어서 쇳소리보다 징소리가 민족혼의 울림을 보여 주는 데 더 적합하다고 보았던 것이다.

징소리가 민족혼의 울림 또는 회생과 관련됨은 타고난 징잽이(징수)인 박건식이 징채를 놓았다가 남상명의 설득으로 다시 잡는 데서 여실히 드러난다. 징소리가 빠진 농악을 도저히 상상할 수 없기에 더욱 그러하다. 보름달이 징으로 보이고 거기에서 환청처럼 징소리를 듣는 박건식의 모습이야말로 사그라든 우리의 민족혼이 다시금 소생되는 대목이라 하겠다. 징징 울려대는 징소리를 따라 박건식은 "온몸이 스멀스멀해지면서 피가 뜨거위지는" 것을 느낀다. 징소리는 "쇳소리 중에서도 가장 폭이 넓고 깊이가 깊은 소리"일 뿐만 아니라 "태산이고 파도이면서도 애간장 타는 속울음이고 천리 밖의 넋을 부르는 소리"(제4권, 15쪽)였기 때문이다. 한마디로 징소리는 식어 버린 우리의 피를 뜨겁게 하고 그 깊고

---

4) 이하 농악의 일반적 성격과 징소리의 특징과 역할에 관해서는 이보형, 「쇠가락의 충동과 그 다양성」(『문학사상』 72호, 1978. 9); 정병호, 『농악』(열화당, 1986); 노동은, 『한국근대음악사 1』(한길사, 1995) 등을 참고함.

넓은 소리로 잠든 우리의 혼을 다시 불러일으키는 소리인 것이다.

징소리가 그 깊고 넓은 소리와 긴 여운으로 민족혼의 울림을 보여준다면, 장타령은 민심을 대변하는 걸직하고 구성진 사설과 가락으로 민족혼이 살아 있음을 보여준다. 『아리랑』에서는 장타령 또는 각설이타령이 단순히 구걸하기 위한 노래가 아니라 그 속에 다른 깊은 뜻이 내포되어 있음을 늙은 거지의 입을 통해 이렇게 설명한다.

> 장타령언 그저 밥 한술 도라고 지 맘대로 되나케나 씨불려대는 소리가 아니여. 넘덜이 귀한 밥 귀헌 돈이 아까운 생각이 안 들고 적선허게 헐라면 그 속에 짚은 뜻이 있는 말로 엮어져야 된다 그것이여. 그 짚은 뜻이 머시냐! 바로 사람덜 맘속에 들어 있는 아프고 씨림서도 내놓고 말로 못하는 사연덜얼 담어야 된다 그런 말이다. 우리가 그런 사연얼 잘 엮어서 장타령으로 한바탕 읊어대먼 사람덜언 가심에 맺힌 것이 확 풀림서 속이 씨언해지는 기분으로 밥도 돈도 안 아까와라 허고 적선허는 것이여. 긍께로 사람덜이 말로 못허는 것얼 우리가 대신해서 속 풀어주는 것이 장타령이다 그런 말이다. (제5권, 321~322쪽)

장타령이 민심을 대변하는 노래이며 민중의 한을 풀어 주는 노래임을 강조하고 있다. 장타령의 이러한 성격은 창자(唱者)의 자족적인 노래가 아니라 청자(聽者)를 필수조건으로 하여 가창된다는 점과 밀접한 관련을 갖는다. 다시 말해서, 각설이가 엮어내는 한맺힌 사연들은 어느 개인의 고통이 아니라 민중 전체의 고통으로 확산되며, 해학과 기지로 그 고통을 해소·극복하는 방법은 청중의 공감을 불러일으켜 그들로 하여금 이에 동참하게 만든다. 특히 우스꽝스러운 몸짓과 재치 있는 말놀이, 후렴구로 반복되는 입장고 소리('품바—') 등은 청중들의 동참과 동일시 현상을 유발하여 그들간의 일체감을 형성하는 데 기여

한다. 장타령이 오랜 기간 동안 전승되면서 기층 민중의 사랑을 받아 온 이유가 여기에 있다.[5]

사람들이 말로 못 하는 사연을 담아 이를 한바탕 신명놀음으로 시원하게 풀어 내린다는 점에서 장타령은 민심의 노래이자 저항의 노래이다. 특히 장타령이 현실에 대한 예리한 비판의식을 바탕으로 할 때 그러한 저항적 성격은 더욱 뚜렷해진다.

> ……일자나 한자나 들고나 봐아 일본놈에 시상 되어 10년 세월 다 돼가니, 이자나 한자나 들고나 보니 이 시상이 지옥살이 2천만이 통곡헌다, 삼자나 한자나 들고나 봐아 3천리 금수강산 토지조사로 묶어놓고, 사자나 한자나 들고나 보니 4년이고 5년이고 땅뺏기에 혈안이라, 오자나 한자나 들고나 봐아, 오지겄다 왜놈덜아 그 맛이 꿀맛이겄다, (중략) 육자나 한자나 들고나 봐아 육십 영감 분통터져 감나무에 목얼 매고, 칠자나 한자나 들고나 보니 칠십 할멈 절통혀서 저수지에 뛰어드네, 팔자나 한자나 들고나 봐아 팔자에 없는 만주살이 떠나는 이 그 누군가, 구자나 한자나 들고나 보니 구만리 장천에 기러기도 슬피 우네, 십자나 한자나 들고나 보세 10년이야 넘겄느냐 왜놈덜아 두고 보자…… (제5권, 325쪽)

절묘한 말엮음 속에 일제 강점 이후 10여 년에 걸친 고통의 세월을 압축함으로써 민중의 한을 달래 주는 한편 일본에 대한 적개심을 노골적으로 드러내고 있다. 이 노래의 저항적 색채는 5자·10자 풀이에서 선명하게 드러난다. 즉 5자 풀이에서는 '꿀맛'이란 표현을 통해 우리의 쓰라린 처지를 역설적으로 환기하고 있으며, 10자 풀이는 5자 풀이

---

5) 장타령의 성격과 그 의미에 관해서는 강은해, 「각설이타령 원형과 장타령에 대한 추론」(『국어국문학』 85, 국어국문학회, 1981)과 조춘호, 「각설이타령의 성격과 의미」(『석하 권영철박사화갑기념 국문학연구논총』, 효성여대출판부, 1988) 등을 주로 참고함.

와 호응하면서 우리의 한이 깊어질수록 일제의 '꿀맛 세월'에 종지부를 찍기 위해 떨치고 일어날 날도 멀지 않았음을 시사하고 있다.

이처럼 장타령은 민중의 한을 풀어 주는 민심의 노래로, 자족적인 노래가 아니라 창자—청자 간의 일체감을 이루는 화합의 노래로, 그리고 고통의 빛깔과 그 원인을 정확히 집어내는 예리한 표현으로 사람들의 마음을 한데로 뭉치고 새 기운을 차리게 하는 저항의 노래로 민중들의 소망과 한을 담아내면서, 우리의 민족혼이 건재하고 있음을 보여주고 있다.

이런 의미에서 이 소설의 전편을 감싸고 도는 아리랑 노랫소리는 우리의 민족혼이 실린 가장 대표적인 노래이자 민족혼 자체를 상징한다. 여기서 아리랑은 시대적 상황과 사회적 변화에 따라 노래말이 바뀐 '신아리랑'을 가리킨다. 소설 속에서 아리랑 노래는 철도공사장에서, 만주 벌판에서, 하와이에서, 연해주에서, 북해도 공사판에서, 그리고 장례를 치를 때, 군대를 모으거나 해산할 때, 소작쟁의나 노동쟁의를 일으킬 때, 사람들을 멀리 떠나 보낼 때, 즐겁고 신나는 소식을 들었을 때, 하루의 피로를 풀거나 근심을 달랠 때—이렇게 때와 장소를 가리지 않고 언제 어디서나 우리 민족에 의해 줄기차게 불려지고 있다. 아리랑 노랫소리가 퍼져 나갈 때마다 우리 민족은 실향의 아픔과 망국민의 한을 달래면서 이 모든 고통의 원천을 없애 버려 수치스런 삶을 끝내고 다시 고향으로 돌아갈 날을 손꼽아 기다리는 것이다. 그리고 그날을 앞당기기 위해 더욱 소리 높여 아리랑을 불러대며 뜻을 다지는 것이다.

아리랑은 강력한 대중적 호소력과 무한한 전파력을 지닌 당시의 '유행민요'였다. 특히 이 소설에서는 영화 『아리랑』의 상영[6]이 새로운 곡조의 아리랑을 유행시키는 기폭제 역할을 했음을 보여준다.

---

6) 나운규가 대본을 쓰고 연출·주연까지 맡은 무성영화 『아리랑』은 1926년 10월 1일 단성사에서 첫 개봉된 이후 전국 방방곡곡에서 전무후무한 흥행을 기록했을 뿐만 아니라 오랜 기간을 두고 계속해서 극장이 없는 벽촌에서까지 상영되었다고 한다.(『한국영화총람』, 한국영화진흥조합, 1972, 138쪽)

……나는 이번에 놀랐어. 아리랑에 그렇게 많은 사람들이 몰려들어 인산인해를 이루고, 아리랑 노래가 그렇게 선풍적으로 유행하는 것을 보고 정말 놀랐어. 나는 도망다니면서 사람들이 독립을 다 잊어버린 것이 아닐까, 다 왜놈들의 종으로 살기로 독립을 포기해 버린 것이 아닐까 하고 의심하고 회의했었어. 허나 그건 외로움과 두려움에 몰리고 있는 내가 잘못 생각한 것이었어. 아리랑을 보고 내 잘못을 깨달은 거지. 활동사진에 그 많은 사람들이 몰려들고, 노래가 그렇게 퍼져나가는 건 뭘 말하는 것인가. 그건 바로 조선사람들이 가슴 가슴마다 독립의 염원을 뜨겁게 품고 있다는 증거 아닌가. 평소에는 다만 표를 내지 않았을 뿐이야. (제8권, 215쪽)

송중원 친구이자 독립운동가인 허탁의 소감이다. 이것으로 영화『아리랑』에 사람들이 구름처럼 몰려든 이유와 또 거기서 불려진 아리랑 노래가 널리 유행하게 된 이유를 대강 짐작할 수 있다. 미친 '김영진'이 부르는 아리랑 노래, 김영진을 떠나 보내며 온 마을 사람들이 부르는 아리랑 노래―관객들은 이 노래를 극장 안에서나 극장 밖에서 따라 부르며 김영진의 비극적 삶이 곧 우리 모두의 것임을 깨닫게 되는 것이다.

그런데, 영화『아리랑』에 삽입된 아리랑 노래는 전부터 불러왔던 아리랑과는 사뭇 다른 것이었다. 노래말에서도 현실을 풍자하거나 모순에 항거하는 내용 대신 이별의 슬픔을 노래하는 데 그쳤다. 그럼에도 불구하고 이 노래가 선풍적인 인기를 끈 것은 무엇 때문일까? 김영진의 비극적 인생으로 대표되는 영화의 내용이 여러 가지 제약으로 그 노래에서 미처 하지 못한 말들을 채워 주고 있기 때문이다. 영화와 영화 속의 노래가 한데 어울려 대중적 공감대를 넓힌 좋은 예라 하겠다.

작가는 영화『아리랑』이 끼친 영향이 실로 대단하였음을 거듭 강조하고 있다. 그 영화가 한번 거쳐간 곳이면 어디서나 "아리랑 아리랑 아라리오/아리랑 고개로 넘어간다/나를 버리고 가시는 님은/십리도 못

가서 발병난다"라는 새로운 곡조의 아리랑이 유행하게 되었다고 했다. 심지어 소작쟁의나 노동쟁의가 일어날 때도 이 새 아리랑이 어김없이 불려질 정도라고 보았다.

　이러한 아리랑의 대유행은 우리의 민족혼이 엄연히 살아 있음을 과시한다. 기미만세운동으로 분출된 민족적 저항이 일제의 무자비한 탄압으로 숱한 희생과 상처만 남기고 좌절되었지만 독립에 대한 우리의 염원은 안으로 더욱 뜨겁게 타오르고 있었던 것이다.

> 　네놈들이 땅을 빼앗아먹었으나 조선사람 혼백까지야 빼앗아먹을 수야 있겠느냐. 네놈들이 가면 얼마나 가랴. 이 백성들이 이 땅에서 살아온 것이 반만년의 세월이다. 그간에 온갖 고초 온갖 풍상을 다 겪고 이겨내며 살아온 백성들이다. 어디 보자, 네놈들이 얼마나 가는지. (제8권, 269쪽)

　송수익의 친구 신세호가 아이들의 아리랑 노래에서 일제에 대한 정신적 저항의지가 확산되고 있는 것을 발견하고는 새삼 자신의 각오를 다지는 말이다. 이것으로 국토 회복의 의지가 곧 사그러지는 민족혼을 되살리는 길임을 알 수 있다.

　이렇듯 작가는 농민들의 실지 회복 의지에서, 그리고 우리 민족의 삶과 직결된 소리와 음악을 통해서, 땅에 기초한 우리의 심성과 생존방식을 지켜 나가려는 민족혼의 거대한 울림을 발견하고 있는 것이다.

5. 맺음말 — 진정한 민족혼의 부활을 위하여

　『아리랑』은 식민지시대 역사에 대한 충실한 보고서이자 작가의 역사적 상상력에 의해 그것을 재구성한 한 편의 대로망이다. 작가의 목표는 과거의 아픈 상처나 쓰라린 체험들을 다시 한 번 들추어내는 데 있지 않다. 그렇다고 그런 상처와 고통들을 이제 그만 잊어버리자는 것도 아니다. 왜 그렇게 아팠고 왜 그렇게 고통스러웠던가를 정직하게 밝혀냄으로써 이를 치유하고 미래를 향해 힘찬 발걸음을 내디딜 수 있는 길을 터주자는 데 그의 목표가 있다. 이런 점에서 『아리랑』은 『태백산맥』과 더불어 '분단과 그 극복'이라는 민족사적 과제에 대해 작가 나름의 해결 방안을 제시한 것으로 보인다.

그런데, 문제는 지난 시기 우리가 입었던 상처와 고통들이 상당 부분 잘못 인식되어 왔고 어떤 경우에는 심하게 왜곡되어 왔다는 점에 있다. 식민지시대의 역사는 물론 수난과 오욕의 역사로 얼룩져 있다. 그렇지만 결코 그런 얼룩으로만 이루어진 것은 아니다. 고통과 시련 속에서도 그런 질곡에서 벗어나고자 하는 투쟁의 물결이 끊임없이 전개되고 있었던 것이다. 허나 그런 가운데 우리의 민족혼이 크게 훼손당한 것도 또한 분명한 사실이다. 일제의 폭압적 식민통치는 말 그대로 '민족말살정책'까지 펼쳤던 것이니 그 정상(情狀)은 실로 말로 다할 수 없을 지경이다. 따라서 식민지시대 역사를 바로 아는 것은 곧 우리의 민족혼을 올바르게 되살리는 지름길이다.

식민지시대 이후 우리는 분단된 역사 속에서 살고 있다. 반만년이란 긴 세월에 비추어 볼 때 분단 50년 역사는 극히 짧은 순간일 수도 있다. 그러나 분단된 역사의 뿌리가 되는 식민지시대 역사를 바로 알지 못한다면 50년이란 세월은 얼마든지 길어질 수 있다.

설령 머지않은 장래에 분단의 역사를 끝내고 희망찬 통일의 시대를 맞더라도 식민지시대 역사에 대한 올바른 인식이 결여된다면, 우리는 또다시 무수한 시행착오를 겪어야만 할 것이다. 일제의 잔재는 조선총독부 건물을 철거하거나 우리 생활 곳곳에 스며들어 있는 왜색풍을 없앤다고 청산되는 것은 아니다. 그것은 겉만 바꾸어 놓은 것이라 거기에는 언제든 그 망령들이 되살아날 가능성이 잠재되어 있다. 해방 후 50년이 지나도록 줄곧 일제 잔재 청산을 부르짖었지만 아직도 그것을 본때 있게 해결하지 못한 까닭은 무엇일까. 식민지시대 역사를 수난과 오욕의 역사로만 파악하고 그 수치심에서 빨리 벗어나려는 조급함 때문이 아닐까. 여기서 우리 민족의 자존심과 자긍심을 지켜 나간 항일투쟁의 역사가 중요한 의미를 띠게 되는 것이다. 그렇지만 단지 그 투쟁을 찬양하고 미화하는 데만 몰두한다면 아무런 소용이 없다. '바람이 불어야 구름이 모이고 구름이 모여야 비가 오듯이', 투쟁의 열정과 의지는 혹심한 고통과 시련 속에서 더욱 뜨겁게 달아오르기 때문이다. 요컨대, 민족 수난과 독립투쟁을 따로 떼어놓고 보지 말고 한꺼번에 파악해야만 한다는 말이다. 이런 의미에서 '고통을 신명으로 극복하려는' 우리 민족의 예지는 바로 투쟁의 저력이 되었으며 민족혼의 존속과 회생에 결정적인 기여를 하였던 것이다. 작가가 『아리랑』에서 무엇보다 민족혼의 울림과 그 회생을 문제삼은 까닭이 여기에서 분명하게 드러난다.

식민지시대 역사를 바로 아는 것은, 단지 새로운 사실들을 밝혀내고 교묘하게 은폐·왜곡된 것을 찾아 바로잡는 데 그치지 않는다. 그런 시련의 역사 속에서도 우리의 민족혼이 완전히 사라지지 않고 어떻게 존속되어 왔는가를 아는 것이 바로 민족사를 정당하게 복원하는 일이다. 그래야만 분단의 역사에서 나타난 숱한 문제들을 해결할 수 있는 길이 열리는 것이다. 이것이 바로 '진정한 민족혼의 부활'일 것이다.

끝으로 하나 덧붙여 둘 것은, 『아리랑』은 워낙 분량이 많고 헤아릴 수 없을 정도로 많은 인물들이 등장하는 작품이라, 이 글에서 미처 다루지는 못했지만 거듭해서 되새겨 볼 만한 부분들이 꽤 많다는 점이다. 특히 수국과 필녀 등 강인한 이미지를 지닌 여성들과, 우리의 전통적인 어머니 모습이라 할 수 있는 감골댁과 보름이의 삶이 대비되고 있는데 이에 대해 살펴보지 못한 점은 아쉬움으로 남는다.

어둠의 끝을 향한 환상 여행

—송상옥의 작품 세계

I.

송상옥의 소설은 어둡고 불투명하다.[1] 때로는 혼란스럽기까지 하다. 그의 소설에서는 현재와 과거, 현실과 환상이 무시로 넘나들고 있으며 의식 공간과 현실 공간이 아무런 표지도 없이 뒤섞여 있다. 뿐만 아니라 그의 소설에는 이렇다 할 뚜렷한 사건이 없을 때가 허다하며, 또 그로 말미암은 서사적 공백을 화자의 어둡고 불유쾌한 기억이나 내면 독백, 그리고 자유연상 등으로 채워 넣고 있어, 정통적인 소설 문법에 익숙한 독자들에게는 매우 낯설게 느껴질 만큼 서사성이 크게 약화되어

---

[1] 이 글이 논의 대상으로 삼은 송상옥의 작품집들을 열거하면 아래와 같다.
『환상살인·찢어진 홍포』(삼성출판사, 1972).
『흑색 그리스도』(일지사, 1975).
『작아지는 사람』(일신서적공사, 1977).
『마의 계절』(삼중당, 1977).
『겨울 무지개』(삼중당, 1981).
다만 「어둠의 끝」과 「환상의 끝」은 발표 당시 잡지에 실린 것을 대상으로 하였다.

있다. 소설의 시작과 결말 사이에 큰 변화가 일어나는 것도 아니고, 설사 어떤 변화가 일어난다 하더라도 거기에 큰 의미를 부여할 정도로 그것이 비중 있게 다루어지는 것도 아니다. 대개 그 변화는 섬광처럼 번쩍 나타났다가 순식간에 사라져 버리는, 단발적인 것이다. 가령, 「흑색 그리스도」(1965)에서 주인공 이준구는, 그가 죽이고 싶은 충동을 느꼈던 하숙집 옆방 아가씨 경자가 음독 자살을 기도하자, 그녀를 업고 병원으로 옮긴 후 갑자기 자신이 버렸던 여자인 영희를 찾아갈 결심을 한다. 그가 경자를 왜 죽이고 싶어 했는지, 경자의 신음 소리를 듣고도 모른 척했다가 왜 갑자기 그녀를 업고 병원으로 뛰어갔는지, 그리고 자신의 아이까지 낳은 영희를 왜 철저히 외면했는지—이런 것들 가운데 어느 하나 제대로 밝혀 있지 않은 상태에서, 영희에게 돌아가겠다는 그의 결심이 이야기의 차원에서 무엇을 뜻하며, 또 그 자신에게는 어떤 의미를 지니는지 뚜렷이 알 수 없다. 주인공 이준구의 말처럼 결국 "달라진 건 아무것도 없다"고 보아야 할 것이다. 말하자면 소설의 마지막에 나타나는 이준구의 결심은 불현듯 떠오른 단발적인 생각에 불과한 것이다. 단발적인 것이기 때문에, 그로 말미암아 앞으로 주인공의 의식이나 행동 패턴에 큰 변화가 나타나거나 어떤 전환점이 마련될 것이라고 기대할 수도 없다. 어쩌면 그런 변화에 대한 기대를 봉쇄하는 것이 작가가 궁극적으로 노린 바인지도 모른다. 아무튼 송상옥의 소설들은 주인공의 의식의 명멸(明滅)과 이의 부단한 교체만을 세밀히 보여줄 따름이다.

의식의 명멸(明滅)과 이의 부단한 교체를 보여줄 뿐만 아니라, 내러티브의 내적 흐름을 파괴하고 전복시키는 '환상적인 악몽의 세계'를 즐겨 다룬다는 점에서, 송상옥의 소설은 일종의 환상문학적 성격을 지닌다. 초기작 「제4악장」(1959)은 그의 소설이 지닌 이런 특징들을 단적으로 보여주는 작품이다. 물론 이 작품에서도 서사성은 현저히 약화되어 있다. 아내의 죽음과 딸의 죽음으로 큰 상처를 받은 중년 남자가 남쪽 해안도시(마산)로 내려와 술을 마시며 자신을 달랜다는 매우 단조롭고 평범한 이야기이다. 소설의 첫 장면부터 비가 억수같이 퍼부어, 바다와 술과 비가 어우러지면서 작품 전체를 불투명하고 환상적인 분위기로 몰아간다. 그런 분위기에 걸맞게 작중화자인 '나'는 빗속을 거닐면서 과거의 기억들—나의 의료과실로 인한 아내의 죽음, 그후 나의 폭음과 자포자기한 생활, 그리고 나의 폭음을 말리다 집을 뛰쳐나간 딸의 교통사고사—을 떠올린다. 딸이 집을 뛰쳐나간 날도 비가 몹시 내리던 날이라 사내의 아픈 기억들은 빗물과 함께 그의 온몸을 적신다. 때마침 밤거리에서는 남녀의 다투는 소리가 들려와, 딸이 죽던 날 밤 그와 딸이 언쟁을 벌이던 장면을 더욱 생생하게 되살아나게 한다. 그와 딸이 벌이던 언쟁 사이사이에 거리의 남녀가 다투는 소리가 끊임없이 끼어들면서, 이 두 소리가 서로 뒤섞여 묘한 화음을 이루고, 그런 가운데 작품은 현재와 과거, 현실 공간과 의식 공간이 간단없이 교차되면서 모든 것이 어렴풋하고 애매한 환상적인 분위기를 자아낸다. 그리하여 그런 분위기에서 화자가, 남녀의 다투던 소리가 살인을 암시하는 여자의 비명 소리와 함께 끝났음을 알리고, 우연히 길거리에서 술집 마담을 만나 그녀로부터 변심한 남자를 여관방으로 유인해 죽여 버렸다는 고백을 들었으며, 그 말을 들은 그가 마침내 그 여자를 물 속으로 끌고 들어가 죽여 버렸다고 해도, 독자들은 화자의 그런 진술들을 액면 그대로 받아들이기 힘들다. 그것이 현실 속에서 실제로 일어난 일인지 아니면 화자의 상상이 빚어낸 일에 지나지 않는지, 다시 말해서 실제인지 환상인지 쉽게 판단이 서지 않기 때문이다. 어찌 보면 그러한 살인 사건들은 그의 죄의식(아내와 딸을 죽였다는 자책감)이 만들어낸 가상의 사건일 수도 있다.

송상옥 소설 속의 주인공들은 거의 대부분 어떤 죄의식에 시달리고 있다. 그 죄의식의 정체를 잘 알 수 없는 때도 있으나, 대개의 경우 그 것은 「제4악장」에서처럼 살인 또는 살인 충동과 밀접한 관련을 맺고 있다. 그들은 살인 또는 살인 충동으로 인해 죄의식을 느끼는 동시에, 그런 죄의식의 결과로 살인 충동에 사로잡히거나 어떤 사람을 죽음으로 몰아넣기도 한다. 이렇듯 송상옥 소설에 나타나는 죄의식은 의외로 완강하고 뿌리가 깊다. 그러한 죄의식의 밑바탕에는 우리의 공격 본능과 죽음 본능이 깊숙이 자리잡고 있기 때문이다.

2.

프로이트에 따르면, 죄의식(죄책감)은 "내면으로 방향을 돌린 공격 본능"이다. 죄의식은 '외부 권위자'에 대한 두려움에서 생겨나기도 하지만, 대개의 경우 외부 권위자를 자기 자신 속으로 옮겨다 놓은 '내부 권위자(초자아)'에 대한 두려움에서 비롯되기 때문에, 흔히 '자기 징벌의 욕구'로 나타난다. 자기 징벌의 욕구는 자아 속에 존재하는 내면적 자기 파괴 본능의 일부로서, 자아가 초자아와 성애적으로 결부되기 위해 동원한 것이다.[2] 따라서 자기 징벌의 욕구는 자기애(自己愛)가 자기 파괴의 본능으로 변형된 것으로 볼 수 있다. 죄의식 또는 자기 징벌의 욕구가 죽음의 본능에 기초하며 그것과 쉽게 결합되는 것도 이런 연유에서이다.[3]

죽음의 본능은 자기 파괴적 본능으로 정신생활의 기본 원칙인 '쾌락 원칙'(고통을 줄이고 쾌감을 증가시키려는 것)을 넘어선다. 프로이트에 의

---

2) 프로이트, 『문명 속의 불만』(김석희 옮김, 열린책들, 1997)
3) 프로이트도 "죄의식은 양가감정(兩價感情)으로 말미암은 갈등의 표현, 즉 파괴 또는 죽음의 본능과 에로스 사이에서 벌어지는 영원한 투쟁의 표현이다"(『문명 속의 불만』)라고 하여 죄의식과 죽음 본능과의 관련성을 지적한 바 있다.

하면, 우리의 정신생활은 전적으로 쾌락 원칙에 의해서만 지배되지 않는다고 한다. 그는 이렇게 쾌락 원칙을 넘어서 고통스러운 것을 되풀이하려는 경향을, 삶의 본능(에로스)과 대비시켜 '죽음의 본능'(타나토스)이라고 이름 붙였다. 우리에게는 쾌락을 동반하지 않은 어떤 체험이나 기억들을 되풀이해서 재현하는 경향이 있는데, 이처럼 반복이 전혀 쾌락을 가져오는 것이 아닐 경우, 여기에는 자멸을 향한 본능이 작용하고 있다는 것이다. 프로이트는 이와 같이 불쾌감을 야기하는 어떤 사건들을 반복해서 재현하려는 심리적 욕구를 '반복 강박(Wiederholungszwang)'이라고 명명하고 거기에서 동일한 것으로 되돌아가고자 하는 우리의 죽음 본능을 읽어내었다.[4]

이러한 프로이트의 이론은, 상징적이고 환상적 기법으로 인물들의 심리와 내면 세계를 묘사하고 있는 송상옥의 소설들을 해독하는 데 많은 암시와 단서를 제공한다. 송상옥 소설 속의 주인공들은 과거의 불유쾌했던 기억들을 떨쳐 버리지 못하고 이를 되풀이해서 떠올린다. 이는 프로이트식으로 말해서 일종의 '반복 강박'이다. 「제4악장」에서 화자인 '나'는 아내의 죽음에서 딸의 죽음으로 이어지는 과거의 고통스러운 장면들을 다시금 떠올리며 그 기억들을 현재 눈앞에 있는 인물들에게 '전이'시켜 재현한다.[5] 이로 보아 「흑색 그리스도」에서 주인공이 아무런 까닭 없이 경자를 죽이고 싶어 하는 것도 영희에 대한 아픈 기억이 경자에게 전이된 결과이다.

이러한 '전이적 반복' 현상은 「열병(熱病)」(1968)의 경우 매우 독특하고 섬찟한 방식으로 나타난다. 이 소설에서 주인공 김장성은 딸이 강물에 투신 자살하던 날 노인 살해 혐의로 구속된다. 그는 돌담에 머리를 박은 채 쓰러져 있는 노인에게 외투를 벗어 덮어 준 죄밖에 없는데,

---

4) 프로이트, 『쾌락 원칙을 넘어서』(박찬부 옮김, 열린책들, 1997)
5) 프로이트의 이론에 따르면, 이는 곧 '전이적 반복'이다.

그 노인이 뒤통수에 심한 상처를 입은 시체로 발견되는 바람에 외투가 결정적 물증이 되어 꼼짝없이 살인자로 몰려 체포된다. 그런데 그의 살인 혐의는 현재가 아니라 십 년 전에 그가 저지른 행위에 그 뿌리를 두고 있다. 십 년 전 그는 거리에서 그에게 시비를 거는 한 노인을 담 쪽으로 밀어 버렸고, 그 힘에 노인이 돌담에 머리를 부딪쳐 그대로 주 저앉아 버린 적이 있었다. 그후 그는 노인의 죽음을 확인하지 못했지 만 죽었을 것이라고 믿는다. 그렇다면 현재의 사건은 바로 십 년 전의 사건이 고스란히 재현된 것이라 하겠다. 쓰러져 있는 노인을 보고 그 가 외투를 벗어 덮어 준 것도 불현듯 십 년 전의 기억이 떠올랐기 때문 이다. 더욱이 그는 외투를 덮어준 현재의 사내가 십 년 전의 그 늙은이 인지도 모른다는, '어처구니없는 상념'에 사로잡힌다. 과거 속의 살인 (?)이 비슷한 상황에서 시공을 넘어 현재로 전이된 것인데, 결국 과거 의 행위에 대한 그의 뿌리 깊은 죄의식이 강박적으로 작용하여 현재의 살인자를 만들어낸 것이다. 과거에 그랬듯이 현재에도 그는 노인이 죽 었는지 살았는지 확인하지 않았다(확인해 보았더라면 외투를 벗어 덮어 주는 행위 따위는 하지 않았을 것이다). 게다가 과거에는 흔적을 남기지 않았으나 현재에는 흔적(외투)을 남겨 필경 살인 혐의가 그에게 돌아 오도록 해놓았다. 따라서 외투를 덮어 주는 행위는 겉으로는 자신의 지난 과오를 그런 식으로나마 보상하려 한 것처럼 보이지만, 그 행위 의 이면을 들여다보면 거기에는 강한 '자기 징벌에의 욕구'가 터잡고 있음을 알 수 있다.

「열병」에서는 이러한 심리적 전이 현상이 심층적 차원에서 한 차례 더 일어난다. 먼저 그가 구속되던 날 그의 딸이 투신 자살했다는 사실 에 주목할 필요가 있다. 이 두 사건은 공교롭게도 같은 날 일어났을 뿐 별개의 사건이라 일견 서로 무관한 것처럼 보이나 심층적 차원에서는 불가분의 관계를 맺고 있다. 딸의 투신 자살 사건은 전적으로 그의 발작과도 같은 행동 때문이다. 아내의 가출로 강박관념에 시달리던 그는, 아내의 잠옷을 입은 딸의 모습을 보고 무의식중에 공격 충동을 느낀 나머지 딸을 범하고 마는데, 그로 인해 딸은 집을 뛰쳐나가 강물에 투신 자살한다. 이렇듯 딸의 자살에 결정적 원인을 제공한 김장성은 딸의 죽음으로 자신의 죄를 입증할 길이 없자 굳이 과거의 사건을 끌고 와 자신을 살인자로 만들어 버렸다. 이런 점에서 과거의 노인이 불렀다는 "도처에 죄(罪)는 있으나 벌(罰)은 아무 데도 없다"는 노래 가사는 소설의 주제를 압축해 놓은 것이다. 죄만 있고 벌이 없는 상황에서는 죄의식마저 마비되기 십상이다. '열병'은 바로 이렇게 마비된 죄의식을 다시 소생시키기 위해 치러야 하는 과정이다. 그가 쓰러져 있는 사내를 보고 '불현듯' 과거의 사건을 떠올린 것은 자연스러운 연상 작용이라 하겠으나, 하필 딸이 죽던 날 그 모든 일이 일어났다는 것은 '우연의 일치'라기보다는 두 사건의 필연적 연관성을 은연중에 드러낸 것으로 보인다. 그는 강물에 빠진 딸의 시체를 건져 놓고 집 나간 아내를 찾아 거리로 나섰지만, 딸의 죽음과 시신이 놓여 있는 방의 풍경을 한시도 잊을 수 없었다. 그런 의식 상태에서 집으로 돌아오던 중 쓰러진 노인을 발견했고, 딸의 시신을 보는 것이 두려워 다시 오던 길을 돌아오다가 현장 부근에서 체포되었다. 말하자면 노인을 발견하고, 십년 전의 사건을 떠올리고, 살인 혐의로 체포되는 것 들이 모두 딸의 죽음과 긴밀한 관련 속에서 진행되고 있는 것이다. 따라서 쓰러진 노인을 발견하는 것이라든지, 그로부터 과거의 기억을 떠올리는 것이 모두 '불현듯' 일어난 일이 아니라, 그의 죄의식이 빚어낸 '필연적' 과정이다. 전적으로 그 자신에게 책임이 있는 딸의 죽음을 다시 확인하고 싶지 않은 마음에 어떻게든 이를 회피해 보고자 했으나, 그림자처럼 따라다니는 끈질긴 죄의식과 자기 처벌의 욕구는 심리적으로 전이되어 노인 살해라는 실제 사건으로 현실화된 것이다. 그런 점에서 노인 살해 사건은 그런 심리적 전이를 여실히 드러내는 구실을 하는 '환상 속의 살인'을 방불케 한다.

3.

송상옥의 소설에서 자기 처벌의 욕구는 인물들의 기이한 신체적 증상을 통해서도 드러난다. 그들은 갑자기 '반신불수'가 되거나 '화석'처럼 몸이 굳어져 버리는가 하면, 심지어 키가 점점 줄어들기도 한다. 「반신불수」(1970)에서 윤종수는 어느 날 갑자기 하반신을 못 쓰게 된다. 그러한 신체적 이상의 원인은 그의 '마음의 병'에 있다. 그가 마음의 병을 앓게 된 구체적인 이유는 밝혀져 있지 않지만, 일차적으로 그것은 형의 죽음 및 누나의 실종과 관계가 있는 것 같다. 그에게는 소아마비로 불구가 된 형과 미친 누나가 있었는데, 그는 형이 하루빨리 죽기만을 바랐고 미친 누나도 어디론가 가버리기를 원했다. 그런데 실제로 형이 물에 빠져 죽고 누나 역시 집을 뛰쳐나가 생사조차 알 수 없게 되자, 그는 심한 죄책감을 느끼게 된다. 그러나 형의 죽음과 누나의 실종이 그의 죄의식을 촉발하는 일차적 계기는 될 수 있을지언정, 그가 현재 앓고 있는 마음의 병의 궁극적인 원인은 아니다. 형과 누나에 대한 죄의식에서 벗어나기 위해 결혼하여 가정도 꾸려 보고 아내 몰래다른 여자들도 만났으나, 그의 마음 한구석은 늘 무언가에 대한 갈망으로 허기져 있었고, 그에 따라 마음의 병은 갈수록 깊어지고 있었기 때문이다. 이러한 '정신적 허기'는 외부 대상을 통해 결코 채워질 수 없다. 오로지 자기 내부의 강제력만이 그 허기를 다스릴 수 있는 것이다. 이런 점에서 그가 "아무리 찾아도 아무것도 없다"고 고백한 것은 너무나 당연한 일이 아닐 수 없다. 이렇게 병든 영혼에게 이제 남은 길은 내부의 강제력을 동원하여 육체마저 병들게 하는 일뿐이다. 그가 말했듯이 "내 몸을 내가 갉아먹고 사는" 길밖에 없는 것이다. 결국 그 무엇으로도 마음의 공백을 채울 길을 찾지 못한 빈곤한 영혼은, 마침내 자기 신체에 징벌을 내림으로써 그러한 내면의 고통으로부터 벗어나고자 한 것이다.

「어떤 증상」(1973)의 주인공 정양석도 심한 마음의 병을 앓고 있다. 그는 안정된 직장과 평온한 가정을 갖고 있으나 언제부터인지 자신도 잘 알 수 없는 무언가를 찾기 위해 무작정 거리를 싸다니곤 했다. 어떤 때는 글을 써서 안에 있는 무언가를 털어놓고 싶었지만, 막상 쓰려고 하면 아무것도 털어놓을 것이 없었다. 그러나 이러한 정신적 갈증은 한번도 가지 않던 동창회에나 참석한다고 해결될 성질의 것이 아니다. 동창회 참석은 오히려 그런 정신적 갈증을 더욱 심화시킬 뿐이다. 문제는 매사에 빈틈이 없어 보이는 그의 생활 태도에 있었다. 그런 태도를 한번 바꿔 보려고 동창회에 참석하여 옛시절을 이야기하며 눈물까지 글썽거렸던 것이나, 그가 만난 동창들은 한결같이 그와 똑같은 인물이었다. 그들은 이 틈입자를 겉으로는 환영하는 척했지만, 내심으로는 마뜩찮게 여겼고 혹시 틈입자로 인해 자신들의 틈이 드러날까 봐 두려워했다. 그는 생활의 타성에 젖어드는 자신을 "이래서는 안 돼. 이럴 때가 아니야"라고 다그치지만, 언제나 되돌아오는 것은 "정말 아무것도 없구나"라는 절망스런 탄식뿐이다. 그 역시 「반신불수」의 주인공과 마찬가지로 바깥에서 정신적 갈증을 해소하려고 했기에 실패할 수밖에 없었다. 사람들 앞에서 눈물까지 내비친 자신을 도저히 용납할 수 없었고, 자신의 실패를 전혀 납득할 수 없었던 그는, 마침내 발작처럼 전신마비를 일으켜 그런 자신에게 징벌을 내린다. 물론, 온몸이 갑자기 '화석'처럼 굳어지는 증상은 그의 뜻이 아니라 예기치 않은 변고일 수 있다. 그러나 그의 병을 진단한 의사의 다음과 같은 말은, 전신

마비 증상이 그의 의지와 필연적 관계가 있음을 암시하고 있다.

> 몸을 움직여 보겠다는 의지가 가장 중요합니다. 말도 해보려고 노력한다
> 면 할 수가 있을 것입니다. 전혀 불가능한 일은 아니예요.[6]

그런 증상이 일어나기 전에 그가 이미 그것을 어느 정도 예감하고 있
었다는 사실도 이런 추측을 뒷받침해 준다.

신체적 마비 증상을 보여주는 위의 두 작품과 달리, 「작아지는 사람」
(1977)에서는 제목 그대로 키가 점점 작아지고 그에 따라 몸피도 점점
줄어드는 한 사내(윤용상)의 이야기를 들려준다. 원래 그는 키도 크고
체격도 건장한 사람이었다. 항상 활기에 차 있고 매사에 자신감이 넘
쳐 친구들 사이에서는 선망의 대상의 된 인물이었다. 그런 그가 무언
가 있지도 않은 것을 찾아다니느라고 십여 년 동안 직장을 열 군데나
옮기다 보니 어느새 그만 조그만 사람으로 변해 버린 것이다. 그는 바
깥 세계에는 반드시 "나를 사로잡는 나만의 것"이 있다고 믿고, 직장을
수시로 옮기면서까지 그것을 찾아다녔다. 그러나 결과는 허망하고 비
참했다. '나만의 것'은 아무 데도 없었고 그 사이에 키만 점점 작아져
왜소한 인간으로 변해버린 것이다. 이런 윤용상의 신체적 증상을 "집
단의 삶 속에서의 개인의 소외감"을 표현한 것[7]으로 볼 수도 있겠다.
하지만 여기서는 그런 소외문제가 발생하게 된 보다 근본적인 동기가
있음을 전제하면서, 이 신체적 증상을 자아 내부의 심리적 운동과 관
련시켜 살펴보고자 한다. 즉 우리는 자아와 외부 세계(대상)과의 관계
에 비추어 그것을 해석해 볼 필요가 있는 것이다. 윤용상처럼 우리는
젊었을 때 바깥 세계에 그 무언가 '나를 사로잡는 나만의 것'이 꼭 있

---

6) 『작아지는 사람』, 325쪽.
7) 정현기, 『인간아 인간아』(정음사, 1986), 182쪽.

을 것이라고 믿는다. 그래서 여기저기 기웃거리며 열심히 '나만의 것'을 찾아다닌다. 그러나 오랜 세월이 지난 후 대부분 윤용상과 마찬가지로 '아무것도 없었다'는 결론에 이르게 된다. 왜냐하면 외부에 있는 것(대상)을 내 속(자아)으로 끌어들여야 진정 나만의 것을 만들 수 있을 터인데도, 우리는 흔히 외부의 아름다움에 혹한 나머지 거기에다 자신이 지닌 것마저 주어 버리기 일쑤이기 때문이다. 외부 대상에다 자신의 것을 바칠 때마다 자아의 몫은 점점 줄어들 게 뻔하다. 따라서 윤용상의 작아진 키는 그런 축소된 자아의 모습을 상징적으로 보여준 것이라 하겠다.

아무튼 윤용상 역시 늘 무언가를 열심히 찾아다닌다는 점에서는 위의 두 작품의 주인공과 똑같다. 그리고 마침내 "아무것도 없었다"고 고백하는 점도 똑같다. 그들은 하나같이 바깥에서 그 무언가를 찾았고, 그랬기 때문에 또 한결같이 아무것도 찾지 못했다. 다만 윤용상의 경우는 바깥에서 무언가를 찾아다닐 때마다 키가 점점 줄어든 것이다. 이처럼 그들은 바깥에서 그 무엇을 찾아다녔기 때문에 늘 허기와 갈증에 시달려야 했고, 무언지 알 수도 없는 것을 찾으려 했기 때문에 언제나 불안하고 위태로웠으며, 있지도 않은 것을 찾아다닌 탓에 누적된 피로와 지친 육신만을 남겼을 뿐이다.[8] 그러나 그들로서는 무언지도 알 수 없고, 심지어 있지도 않은 것을 바깥에서 찾아다닌 데 대한 어떤 보상이 필요했다. 만일 보상이 불가능하다면 대신에 어떤 징벌이라도 내려져야 했다. 보상이든 처벌이든 그것만이 그들의 존재를 증명해 줄 수 있기 때문이다. 결론적으로 말해서, 그들은 자아와 외부 세계 간의 관계를 조화롭고 균형 있게 꾸려가지 못했고, 그런 자신에 대한 자기 징벌의 욕구가 신체적 마비 또는 키가 줄어드는 기이한 증상으로 나타

---

8) 그러기에 「반신불수」의 윤종수는 여자를 만나면서도 늘 떠날 궁리만 하며, 「어떤 증상」의 정양석은 늘 수마(睡魔)와의 전쟁으로 하루를 시작해야 하는 것이다.

난 것이다. 더욱이 몸이 외부 세계와 자아를 이어 주는 매개체라면, 신체에 가한 자기 징벌은 외부 세계와의 단절을 선언한 셈이 된다.

이로 보아 자기 징벌의 욕구로 나타난 신체적 변화는 죽음 또는 죽음 본능과 밀접한 관계가 있다. 「반신불수」의 주인공은 끝내 뇌진탕으로 죽고, 온몸이 마비된 채 눈만 살아 움직이는 「어떤 증상」의 주인공도 사실상 죽은 것이나 다름없다. 그리고 「작아지는 사람」에서 주인공이 부르는 다음과 같은 노래는 '자기 소멸(self-annihilation)' 또는 죽음에 대한 강한 충동을 드러내고 있다.

> 내 몸은 작아지네
> 점점 작아지네
> 꽃씨만큼 작아지고
> 모래알만큼 작아져서
> 없어져 버리네
> 바람에 날아가 버린 내 몸[9]

4.

지금까지 '죄의식' 또는 '자기 징벌의 욕구', '반복 강박'과 '죽음 본능' 등 몇 가지 정신분석학적 개념을 원용하여 송상옥 소설의 특성을 규명해 보았다. 이제 여기에 하나 추가할 것은 '여자'이다. 앞서 분석한 작품들에서도 어느 정도 드러났듯이 송상옥의 소설에서 '여자'는 작품 구성의 중요한 모티프를 이루고 있다. 즉 「제4악장」과 「열병」이

---

9) 『작아지는 사람』, 48쪽.

그러하고, 「흑색 그리스도」에서도 형수(兄嫂)와 경자와 영희는 시종일관 주인공의 의식과 행동을 규제하고 지배하고 있는 것이다. 그의 소설이 '바다에 대한 집념'으로 가득 차 있다면,[10] 그것은 '여자에 대한 집착'에서 벗어나기 위한 것인지도 모른다.

초기작 「형제, 그리고 두 죽음」(1961)에서 주인공 현우는 형수인 영자와 어린 창녀 정희에게 집착한다. 그는 영자가 불구자인 형에게 실망할까 봐 혹시라도 자신에게 관심을 둘까 봐 늘 전전긍긍한다. 그는 자신의 영자에 대한 관심을 영자에게 투사시켜 거꾸로 영자가 그에게 관심을 두고 있다고 믿는다. 한편 눈매가 고운 정희는 그의 유일한 안식처이자 마음의 도피처이다. 그래서 그는 자신에게 정신적 육체적 위기가 닥칠 때마다 정희를 찾곤 한다. 이렇게 두 여자는 시종일관 현우의 의식과 행동을 지배하고 있다. 그러다가 그는 영자를 범하고 말았고, 그런 다음에는 정희도 그의 안식처가 될 수 없었다. 결국 그는 최후의 안식처를 바다에서 찾는다. 그날 밤 그는 자기를 꼭 빼닮은 조가(趙哥)란 사내를 바닷가로 유인해 같이 물에 빠져 죽는다. 여자에 대한 집착과 여자로 인한 정신적 위기를 해결하기 위해 바다를 마지막 안식처로 선택한 것이다. 때마침, "무겁고 껍껍한" 날씨처럼 잔뜩 찌푸려 있던 그의 마음을 씻어 주기라도 하듯, 그리고 그들의 동반 자살을 축복이라도 하듯 갑자기 하늘에서 소나기가 내리 퍼붓는다. 소설은 비록 여기서 끝나지만, 그 이후 장면을 연상하기란 어렵지 않다. 즉 검푸른 바다와 사나운 빗줄기는 그들의 절규를 삼켜 버렸을 것이고, 모든 것은 어둠과 혼돈 속으로 사라져 버렸을 것이다.

이런 점에서 「흑색 그리스도」는 송상옥 소설의 원형을 함축하고 있는 작품이다. 이 소설에서 주인공 이준구는 소년 시절 바다가 훤히 내

---

10) 송상옥, 「바다에의 집념」, 『현대한국문학전집 17:13인 단편집』(신구문화사, 1967) 및 이태동, 『부조리와 인간의식』(문예출판사, 1981), 218~219쪽 참조.

다보이는 바위 절벽 위에 누워 공상에 잠기기를 즐겼다. 그러노라면 언제나 형수가 나타나 그를 간지럽히며 바다에 너무 집착하지 마라고 했다. 그리고는 "바다보다도 사람의 일이 더 중요한 것"이라고 했다. 여기서 '바다'가 그 광활함과 장엄함으로 '내적 세계의 충일'을 보장해 주는 시원적 공간이라면, '사람의 일'이란 곧 '여자'로 대표되는 바깥 세상의 일이다. 여자는 바깥 세계의 현란함과 아름다움을 표상하는 매혹적 존재이기 때문이다. 하지만 내적 세계의 충일은 저절로 이루어지는 것이 아니다. 외부 세계와의 접촉을 통해서만 그것이 가능하다. 이런 까닭으로 송상옥 소설의 주인공들은 여자에 집착하는 것이다.

그러나 송상옥의 소설에서 이러한 여자에 대한 집착은 언제나 죄의식(죄책감)을 동반한다. 그의 소설에서 여자는 바다와 양립할 수 없는 존재인 까닭이다. 여자는 매혹적인 대상인 동시에, 바로 그 매혹적이라는 점 때문에 죄의식의 근원이 된다. 즉 그녀는 '매혹적인 악녀'인 것이다. 『환상살인』(1972)은 바로 이 매혹적인 악녀 강영숙의 수수께끼 같은 죽음과 그에 얽힌 이야기를 서술한 작품이다. 강영숙은 베일에 싸인 신비한 여인이다. 차갑고 이지적이지만 자신의 육체를 탐하는 남자에게 한 번쯤 '몸을 빌려 줄' 용의가 있는 여자이고, 가진 것이 없어 육체를 무기로 살아가고 있으나 그 육체에 전혀 구속되지 않는 여자이다. 아무도 그녀가 무슨 일을 하는지 모르지만, 그녀는 독신녀로서 일정한 수입도 없이 화려한 생활을 하고 있다. 고급 창녀인가 하면 돈 많은 남자의 정부(情婦) 같기도 하고, 비밀 요정을 출입하며 어떨 때는 청부 스파이 노릇도 서슴지 않고 하는 수수께끼 같은 존재이다. 그녀의 신비함은 그 뛰어난 미모로 인해 더욱 증폭된다.

(…) 그 여자는 참으로 아름다웠습니다. 그 맑은 눈매가, 매혹적인 표정이 온통 이쪽 시선을 빨아들이는 것 같았습니다. 몸이 다 부르르 떨릴 지경이

었어요.[11]

　강영숙의 살인 혐의로 경찰에 조사를 받고 있는 박종수가 진술한 내
용이다. 그는 왜 몸이 떨렸느냐고 묻는 말에 너무나 아름다워서 그랬
다고 대답한다. 그녀의 빼어난 미모는 사람을 전율케 할 만큼 고혹적
이다. 마치 금단의 열매처럼 아름다움 속에 악마성을 내포한 '무서운
아름다움'이다.[12] 그래서 그녀에게 접근하고 그녀에게 집착하는 남자
들은 금단의 열매를 탐하는 자처럼 '무의식적인 죄의식'을 느낀다. 그
런 죄의식이 그녀의 죽음을 부른 것이다.
　신비함은 무서움, 두려움과 통한다. 신비함은 그 정체를 알 수 없는
미지의 세계이다. 미지의 것은 우리를 무섭게 하고 두려움에 떨게 한
다. 그녀의 아름다움에 취한 남자들은 자신도 모르게 그녀에게 점점
더 깊이 빠져들지만, 늘 불안하고 무언가를 두려워한다. 그녀의 아름
다움이 결국 그들 자신을 파멸시킬지도 모른다는 불길한 예감 때문이
다(그래서 그들은 그녀를 '귀여운 악마'라고 부른다). 정강욱은 거리에서
우연히 만난 그녀에게 강하게 이끌려 끝내 그녀와 하룻밤을 같이 보낸
다. 그날 밤 죽은 듯이 잠들어 있는 그녀를 보고 그는 불현듯 살인 충
동을 느꼈고, 또한 그녀가 아름답게 보일수록 그녀에게 죄를 짓고 있
다는 생각이 들었다. 신비한 아름다움에 대한 두려움이 살인 충동과
죄의식을 불러일으킨 것이다. 어쨌든 그는 그 짧은 만남으로 인해 살
인 용의자로 몰려 경찰의 신문을 받고 약혼녀와 헤어지며 직장에서도
쫓겨난다.

---

11) 『환상살인 · 찢어진 홍포』, 209쪽.
12) '무서운 아름다움'이란 아름다움의 역설적 의미를 가리킨 말이다. (여성학자들이나 그들의 이론에 공
감하는 사람들이 들으면 이 또한 낡은 가부장제의 찌꺼기라고 펄쩍 뛸 말이지만) 소위 '남자 몇 잡아
먹을 여자'라는 말이 있다. 대개 우리는 그 여자가 남다른 미모를 타고 났을 때 그런 말을 한다. 이 또
한 뛰어난 아름다움 속에 내포된 '악마성', 또는 그런 아름다움 자체가 악마적 성격을 지니고 있음을
지적한 것이라 하겠다.

정강욱은 그녀와 만난 기간이 너무 짧았고(불과 1시간 남짓), 그 뒤로 그녀의 동생 강영혜를 만나면서 서서히 그녀로부터 벗어날 수 있었지만, 무려 1년여 동안 그녀를 줄기차게 따라다닌 박종수의 경우는 그렇지 못했다. 박종수는 그녀가 자신의 접근을 거부할수록 더 깊이 그녀에게 빠져든다. 그러나 그녀는 남자가 자신에게 집착할수록 더욱 그를 멀리한다. 거부가 집착을 낳고, 집착이 다시 더 큰 거부를 낳는다. 그런 거부와 집착의 순환 고리 속에서 박종수는 온 힘을 그녀에게 쏟았고, 그리하여 서서히 무너져 갔다. 비록 강영숙은 실재하는 인물이라 할지라도 박종수의 마음속에 있는 강영숙은 실재가 아니라 '환상'에 가깝다. 그런 환상을 사력을 다해 1년 동안이나 쫓아다녔으니 병이 깊이 들지 않을 수 없다.

강영숙의 환상을 쫓기는 정강욱도 마찬가지다.[13] 그는 강영숙 때문에 온갖 곤욕을 치르고 불이익을 당했으나 그녀를 미워하는 생각은 조금도 들지 않는다고 했다. 그의 말대로 '이상한 일'이 아닐 수 없다. 오히려 그는 죽은 여자를 잊지 못해, 장례식에도 참석하고 그녀의 집까지 찾아가 그녀의 가족들도 만난다. 그는 그녀에 관한 모든 것을 알고 싶어 한다. 그의 이러한 행태들은 죽은 여자에 대한 미련이라고 하기에는 도가 지나치다. 그렇다면 한순간 느낀 살인 충동과 그로 인한 죄책감 때문일까? 그러나 이 모든 일이 강영숙이란 환상을 쫓아다녔기 때문에 빚어진 일이라고 보면 분명하게 설명된다. 환상이기 때문에 미워할 수도 없고, 환상이기 때문에 그 실체를 붙잡으려고 동분서주한 것이다. 그러나 정강욱은 곧 환상의 대체물(강영혜)을 발견할 수 있었기에 그녀에 대한 환상과 집착에서 벗어난다. 그는 '환상'(강영숙)이 아닌 '실체'(강영혜)를 구한 셈이다.

---

13) 강영숙이 '환상'이란 점은 정강욱의 심경을 서술한 부분, 즉 "지금 그가 구하고 있는 것은 환상이 아닌 영혜 그 실체였다"(237쪽)라는 말에서도 분명히 드러난다.

반면에 박종수는 강영숙의 살인 혐의로 기소되어 재판을 받는 순간까지도 여전히 꿈을 꾸듯 자신이 만든 환상에 젖어 있다. 현장에서 범행을 재연할 때 그는 "연극 배우 이상으로 실감 있게" 자신의 살인 동작을 재연한다. 그리고 난 뒤 그는 이렇게 중얼거린다. "나는 꿈을 꾸고 있어요. 아직도 꿈을 깨지 않았어요." 이런 모습은 공판 과정에서도 조금도 변하지 않는다. "마치 꿈을 꾸듯이 아니면 간밤에 꾸었던 꿈길을 뒤쫓기라도 하듯이" 검사나 판사의 신문에 답변한다. 그의 답변은 답변이 아니라 '이야기'였다. 흡사 연극 배우가 대사를 읊듯이 자신의 꿈속의 이야기를 하고 있었던 것이다.

그러면 그는 왜 자신의 꿈에서 깨어나지 않는 것일까? 이 물음의 최종적인 해답은 '죄의식'에 있다. 앞서 말했듯이 강영숙처럼 신비하고 아름다운 존재에 접근하는 것은, 금단의 영역을 침범하는 것처럼 이미 죄악이다. 그런 원초적 죄의식이 살인 충동을 낳고 살인 충동이 다시 죄의식을 낳는다. 뒤의 죄의식은 앞의 죄의식에 구체적인 근거를 마련하는 과정에서 생겨난 것이고, 그 결과 앞의 것을 더욱 강화하는 구실을 한다. 따라서 이런 죄의식에서 궁극적으로 벗어나는 길은 꿈을 깨는, 즉 환상의 세계에서 현실로 돌아오는 것이 아니라, 환상 자체를 없애는 것이다. (설사 꿈(환상)에서 깨어나더라도 죄의식이 남아 있는 한 다시 꿈을 꾸게 될 것은 뻔한 이치이다.) 그래서 박종수는 강영숙이란 환상을 없애 버렸다(죽였다). 결국 박종수가 그의 자백처럼 강영숙을 살해했다면, 그것은 곧 자신의 환상을 죽인 것이요, 환상 속에서 살인을 한 것이다.[14] 앞에서 '죄의식이 그녀의 죽음을 부른 것이다'는 말이 이로써 증명된다. 그러나 박종수에게 환상의 종말은 곧 자신의 종말을

---

14) 정강욱은 박종수의 재판 과정을 지켜 보면서 그에 대한 동정과 함께 죄책감을 느낀다. 그 이유는 강영숙을 조금 일찍 만났다라면 그도 박종수처럼 되었을 것이라고 생각했고, 그에 따라 강영숙 살해 사건에 대한 일종의 공범의식을 느꼈기 때문이다.

뜻한다. 환상이야말로 그의 삶을 지탱해 주고 그의 존재 의미를 확인시켜 주는 유일한 근거였기 때문이다. 따라서 더 이상 살 의미가 없어진 그는 감옥 안에서 스스로 목숨을 끊고 만다. 환상의 죽음은 그 제물을 필요로 하는 것이다. 이로 보아 소설 제목 '환상살인'은 환상 속의 살인 또는 환상의 죽음을 뜻한다. 따라서 『환상살인』은 환상을 통해서 환상을 극복하는 이야기이다.[15] 그 과정에서 박종수는 제물로 바쳐졌지만, 그의 말로를 지켜 본 정강욱은 그 희생의 혜택을 누린다. 즉 정강욱은 더 이상 환상을 쫓지 않고, 그 대신 '실체'(강영혜)를 얻은 것이다.

이처럼 송상옥 소설에서 여자는 그 신비한 아름다움으로 우리의 정신을 고갈시키기도 하지만, 여자의 죽음을 통해 그것이 곧 환상의 죽음임을 깨닫게 함으로써 우리의 정신을 더욱 고양시킬 수도 있는 것이다. 후자의 경우, 우리는 환상을 통해 거꾸로 실재를 발견함으로써 그런 환상을 극복할 수 있으며, 여자로 표상되는 외부 세계와의 접촉을 통해 내적 세계의 충일을 이뤄내는 것이다. 따라서 송상옥 소설에서 여자는 내적 세계의 충일과 실재에 이르는 방법적 자각의 구현물이다.

5.

송상옥은 1976년 『한국문학』 10월호에 발표한 「어둠의 끝」을 계기로 죄의식으로 얼룩지고 살인과 죽음 본능이 서려 있는 어둠의 심연으로부터 서서히 벗어나기 시작한다. 말하자면 '어둠의 끝'에 도달한 것

---

15) 그러나 박종수의 경우에서 보는 것처럼, 그 극복은 완전한 것이 못 된다. 좀더 완전한 극복은 『겨울 무지개』를 기다려야 한다. 그렇지만, 환상을 죽인 경험은 그것을 위한 예비적 단계로서의 의미를 지닌다.

이다. 죄의식과 살인 충동을 느끼고, 자기 징벌의 욕구와 죽음 본능을 드러내며, 여자에 대한 집착을 보여주거나 그녀를 신비한 아름다움으로 포장하고 그 두려움에 떠는 것이 모두 다 이 '어둠의 끝'에 이르는 과정이다. 「어둠의 끝」을 전후하여 그의 소설이 비교적 일관된 서사적 흐름을 유지하고 있는 것도 이와 무관하지 않다.

「어둠의 끝」은 돌연히 연구소 소장직에서 물러난 한 사내를 중심으로 그의 삶의 방식과 사직 이후의 행적을 쫓는 이야기이다. 주인공 김영호는 오직 일만을 위해 태어난 듯한 천부적인 '일꾼'이었다. 능력이 있고 일에 열성인 데다가, 공과 사가 분명하고, 아는 사람의 길흉사에 인사를 빠뜨린 적이 없으며, 언제나 아랫사람들을 위해 무언가 도움이 되는 일을 하려고 했다. 그러나 그의 이런 완벽함이 그를 한 군데 오래 머물지 못하게 했다. 그는 언제나 정상에 오른 뒤 곧 밀려났고 수없이 딴 곳으로 옮겨다녀야 했다.[16] 그의 빈틈없는 모습이 동료들의 질시를 초래했고 급기야 상사들의 눈밖에 나게 만든 것이다. 이번 사직도 그의 이 같은 성격과 관련된 것임에 틀림없다.

김영호의 완벽함은 철저한 자기 관리와 자기 절제에서 비롯된다. 과로로 며칠 쉬면서도(그것도 그의 빌리면 "십년에 한번 있을까 말까 한 현상"인데), 그 동안에 추석이라도 끼어 있으면, 다른 사람을 시켜 청소부나 수위실에 추석 선물을 잊지 않고 챙겨 보낼 정도로 자기 관리에 철저하다. 또 여자 때문에 "가슴이 쓰린 경험"이 있어 이제는 여자를 봐도 덤덤하다고 말할 정도로 자기 절제에 능하다. 이처럼 그는 엄격한 자기 관리와 자기 절제로써 구축된 세계, 곧 완벽한 '가면의 세계' 속

---

16) 빈틈이 없다는 점에서 김영호는 「어떤 증상」의 정양석을 닮았고, 직장을 수없이 옮겨다닌다는 점에서는 「작아지는 사람」의 윤종상을 연상케 한다. 그러나 정양석과 윤종상이 신체적 이상 징후를 보임으로써 그들의 문제를 자학적으로 해결하려 한 데 반해, 김영호는 비록 암시적이긴 하나 자신의 삶의 바탕에 대한 근본적인 회의를 통해 그것을 해결하려 한다는 데 둘의 차이가 있다. 그런 점에서 전자보다 후자가 훨씬 자기 기만에 떨어질 위험이 적다.

에 살고 있다. 기묘한 것은, 이렇게 완벽주의를 구가하던 그가 알콜 중독자에 가까운 술꾼이요, 게으름뱅이인 윤부장과 '짝자꿍'이 맞았고, 윤부장 같은 사람이 연구소에는 있어야 한다고 말했다는 점이다. 그렇다면 그 까닭은 무엇일까? 이는 다음 세 가지 정도로 추정된다. 먼저, 그에게는 없는, 더 정확히 말해서 없다고 생각할 만큼 완전히 은폐해 버린 또 다른 자기를 윤부장에게서 희미하게나마 발견했을 가능성이다. 즉 무의식적으로 또 다른 자기에게 친숙감을 느낀 것이다. 둘째로, 만일 '월급만 축내는 자'(윤부장)가 '월급 받아 남 좋은 일 시키는 자'(김영호)에게 필요한 존재였다면, 전자를 통해 후자의 인격이 더욱 돋보일 수 있기 때문이다. 셋째는, 전자를 곁에 두면서 자신의 추하고 악한 부분을 그에게 온통 맡겨 버림으로써 그 자신은 더욱 완벽해질 수 있다고 믿었던 데 그 이유가 있을 것이다. 이렇게 볼 때, 김영호는 철저히 '자기 방어벽'을 구축하고 살아가는 사람임을 알 수 있다. 자기 방어벽은 필경 '의식의 동굴'을 만들어낸다. 그런 점에서 작품의 끝에 나오는 다음과 같은 대화는 이 소설의 주제를 함축적으로 드러내고 있다.

「김영호씨를요? 어디서?」

「산에서. 새벽에 산에서……」

「그래서요?」

「그 양반이 제법 그럴 듯한 말을 하더라는군.」

캄캄한 동굴 속을 헤매고 있었는데, 드디어 끝이 보였다고 말하더라는 것이다.

「사람이 밝은 곳에 나오면 무엇이든지 해야 되는 법이야.」

윤부장의 말이었다. 나는 불현듯 그가 보고 싶었다.[17]

지금까지 김영호의 삶은 한마디로 캄캄한 동굴 속을 헤매는, 곧 자신이 만든 의식의 동굴 속에 갇혀 버린 삶이었다. 그가 갑자기 직장을 그만둔 것도, 그리고 도망다니듯이 이곳 저곳을 떠돌아다닌 것도, 그의 삶이 완벽한 것이 아니라 '완벽한 허구'였음을 깨닫고 그 충격을 이기지 못했던 탓이리라. 그러나 동굴의 끝을 발견했다면, 그는 머지않아 어둠 속을 빠져 나와 빛 가운데로 나올 것이다. 어둠의 끝은 곧 밝음의 시작이므로.

　'어둠의 끝'은 '환상의 끝'이기도 하다.『환상살인』에서 보듯이 환상은 어둠의 논리에 의해 지배된다. 송상옥 소설에서 어둠과 환상은 '쌍생아'이다.『환상살인』이 여자의 죽음을 통해 비극적인 환상의 종말을 보여주었다면,「환상의 끝」(『현대문학』, 1979. 3.)은 유년기에 대한 그리움을 통해 그것을 보여준다. 작가의 자전적 체험에 바탕을 둔 이 소설은 화자인 '그'가 일본으로 여행을 떠나면서 시작된다. 일본은 그에게 '특별한 의미'가 있었다. 일본에서 태어났고 거기서 유년 시절을 보냈으며, 일곱 살 되던 해 해방이 되자 부모를 따라 일본을 떠나 고국으로 돌아왔던 것이다. 그런데 이번에 일본행을 결심하면서 그는 어릴 적 살았던 곳을 한번 가볼 생각을 한다. 그러나 그는 끝내 그곳을 가지 못한다. 아니 가지 않는다. 그곳을 가보겠다는 생각 자체가 막연하고 구체성이 전혀 없는 계획이었듯이, 삼십여 년이나 지난 지금 그곳을 찾아간댔자 옛 모습이 남아 있을 리 없고 어린 시절의 기억이 되살아날 리 없기 때문이다. 유년기 체험은 이미 애틋한 추억이 되어 그의 마음 속에만 존재함을 깨달은 것이다. 해방이 되자 그의 아버지가 서둘러 가산을 정리하고 고향으로 돌아온 것이나, 그가 유년시절을 보낸 곳을 그리워하는 것이나 결국 같은 뿌리를 갖고 있다. 그러나 아버지는 고

---

17)『한국문학』, 1976. 10, 85쪽.

생 끝에 성공하여 모은 재산을 헌신짝 버리듯이 내팽개치고 귀국했어도 마냥 즐거워할 수 있었지만, 그에게 일본행은 결코 즐거운 일일 수 없다. 그에게 일본은 고국도 고향도 아닌 까닭이다. 따라서 그는 일본에서의 유년 시절을 가슴속에 묻어 두어야만 한다. 이제 비로소 그는 유년 시절에 대한 '환상'을 떨쳐 버릴 수 있게 된 것이다. 그런 의미에서 그의 이번 일본 여행은 환상의 끝을 향한 여행이었고, 그 끝을 보기 위해 필연적으로 거쳐야 하는 제의적 과정이었다.

이렇게 '어둠의 끝'과 '환상의 끝'을 거쳐 도달한 자리에 『겨울 무지개』(1981)가 놓여 있다. 『겨울 무지개』는 작가가 도미(渡美) 직전 신문에 연재한 장편소설인데, 바닷가에서 우연히 만난 두 남녀—이현규와 유영신이 운명처럼 서로를 사랑하게 된다는 이야기이다. 작품 속에서 유영신은 신비스러울만치 아름답고 기품이 있는 여인으로 그려져 있다. '차갑고 강한 여자'라는 점에서 『환상살인』의 강영숙을 방불케 한다. 그러나 그녀는 가을 꽃 같은 그윽한 아름다움을 지닌 매력적인 여인임에는 틀림없지만, 강영숙처럼 수수께끼 같은 존재는 아니다. 그녀에게는, 비록 행복한 결혼 생활은 아니었지만, 어엿한 남편이 있고 돌보아야 할 전실 자식까지 있다. 강영숙은 환상에 불과하므로 죽을 수밖에 없었으나, 유영신은 환상이 아닌 '실재'이므로 어떤 역경 속에서도 살아남는다.

유영신은 배상도와의 결혼 생활이 여태껏 지켜 왔던 자신의 깨끗함과 순수함마저도 위협하는 절망적인 것이었음에도 불구하고, 결코 자포자기하거나 그녀의 삶 자체를 방기하지 않는다. 오히려 스스로 성을 쌓아올리고 그 안에 자신을 가둠으로써, 세상의 온갖 더러움을 몰고 오는 남편이 자신의 성을 침범하지 못하도록 굳게 지켜 나간다. 그러나 그런 가운데서도 그녀는 "자신의 아주 깊은 곳으로부터 울려오는 어떤 목소리"를 듣는다. 그 소리는 '어둠을 비치는 한 줄기 빛'이요, 타버린 잿더미 속에 남아 있는 '재생의 불씨' 같은 것이다. 이처럼 그녀는 절망적 상황에서도 내면의 소리에 귀 기울일 줄 안다. 이는 그녀가 아직 "바다 저쪽 먼 곳"에 대한 환상을 버리지 않았기 때문이다.

그런 그녀에게 현규는 "먼 곳에 떠 있는 한 점 불빛"이고, 욕망의 가지들을 하나씩 잘라내 버린 헐벗은 겨울 나무에 살며시 깃든 한 줄기 봄빛이다. 현규는 "세파에 조금도 물들지 않은 천진성"과 확고한 신념 위에서 "늘 무언가를 쫓는 듯한 얼굴"로 그녀를 언제나 감동시킨다. 그녀에게 현규는 "어둠의 끝 저쪽 밝은 곳에 서 있는 존재"이다. 「어둠의 끝」에서는 그 빛이 마지막에 가서 암시적으로 드러날 뿐이지만, 『겨울 무지개』에서는 그것이 이현규라는 구체적인 인물로 형상화되어 있는 것이다. 이렇듯 그녀는 '바다 저쪽에 대한 환상'을 현규를 통해 하나의 실체로서 확인하고 있다.

현규는 꽃에도 그림자가 있는 것을 보고, 그런 꽃과 그림자가 주던 복합적 영상에서 영신의 모습을 떠올린다. '꽃'이 그녀의 본래 모습이라면, '그림자'는 그녀의 불운한 과거와 배상도와의 생활이 만들어낸 부분이다. 그 그림자는 현규에 의해 상쇄된다. 현규는 꽃의 그림자를 보고 자신의 '밝음'으로써 그 그림자를 지워 버리려 했던 것이다. 그러나 정작 그녀가 현규의 사랑을 받아들일 수 있었던 것은, 그녀가 '꽃'이었고 현재도 그 본래의 모습을 잃지 않았기 때문일 것이다.

결국 현규와 그녀의 사랑은 '어둠의 끝에서 본 한 줄기 빛'이요, '헐벗은 겨울 나무에 핀 한 송이 꽃'이요, '겨울에도 뜨는 무지개'이다. 설사 그 사랑이 결실을 맺지 못하고 비극적으로 끝난다 할지라도, 이제 그녀는 절망의 늪에서 허우적거리지만은 않을 것이 분명하다.

겨울에도 무지개는 뜨는가? '겨울 무지개'는 아예 없는 것인지도 모른다. 그녀는 현규와의 사랑이 남편의 고소로 추문이 되어 세상에 알려졌을 때, 한순간 '세상의 끝'이라는 생각이 들었으나 곧바로 그것을 강하게 부정한다. 그리고는 "결코 세상의 끝일 수가 없다"고 되뇌인다. '어둠의 끝'이 곧 '세상의 끝'일 수는 없는 것이다. '겨울 무지개'는 이 세상에 존재하지 않는 것일지라도 그녀의 뱃속에서 꿈틀거리는 새 생명만은 확실한 것이었다.

환상을 버리기는 쉽다. 그러나 그것은 곧 자기 기만을 낳을 뿐이다. 환상을 간직한 채, 이를 그 최후의 지점까지 밀고나가는 용기가 필요한 것이다. 그럴 때 비로소 우리는 환상을 극복할 수 있는 것이 아닐까.[18] 꽃에도 그림자가 있듯이, 환상과 어둠이 밝음과 실재에 대립되는 것만은 아니다. 오히려 그런 어둠과 환상이 있기 때문에 밝음과 실재를 발견할 수 있는 것이다. 배상도는 일찌감치 그 환상을 포기하는 바람에 거꾸로 유영신이란 환상의 포로가 되고 만다. 그러나 영신은 자신의 환상을 고이 간직한 채, 이를 온몸으로 부딪치면서 마지막 순간까지 그 실체를 붙잡으려고 애썼기 때문에, 마침내 그런 환상과 어둠을 걷어내고 새 세계를 발견할 수 있었다. 따라서 『겨울 무지개』가 비록 유부녀와 청년 간의 운명적인 사랑을 이야기의 중심 기둥으로 삼고 있다고 하더라도, 이 소설의 궁극적 목표는 그런 사랑의 미화하는 데 있지 않다. 즉 「어둠의 끝」과 「환상의 끝」의 연장성 위에서 이 작품의 의미를 따져보아야 한다는 말이다. 결론적으로 말해서, 기어코 어둠의 끝을 확인하겠다는 의지와, 그리고 그 어둠을 환상으로 덧칠하기보다는 환상을 끝까지 밀고나감으로써 어둠을 밝음으로 전환시키겠다는 의지가 이른바 '겨울 무지개'로 표상되었고, 그것이 바로 『겨울 무지개』의 궁극적 의미일 터이다.

『겨울 무지개』로써 작가의 '어둠의 끝을 향한 환상 여행'은 일단락된다. 이 소설을 마무리짓고 난 뒤 그는 미국으로 건너갔다. 아마도 또

---

18) 환상을 죽임으로써 이의 극복을 꾀한 『환상살인』의 박종수가 결국 자살하고 말았음은 앞서 말한 바 있다.

다른 어둠과 환상을 찾아서, 그리고 그런 어둠과 환상을 몸으로 체험하기 위해 '바다 저쪽'으로 건너갔는지도 모른다. 최근(1994년) 그는 13년 동안의 미국 생활을 끝내고 귀국했는데, 매우 의욕적으로 창작 활동을 하고 있다.[19] 『겨울 무지개』 이후의 작품들과 귀국 이후의 작업들을 논의하기 위해서는 또 다른 지면이 필요할 것이다.

---

19) 귀국 이후에 출간된 그의 작품집으로는 『세 도시 이야기』(1995), 『광화문과 햄버거와 파피꽃』(1996), 『들소 사냥』(1996) 등이 있다.

한국 도시소설의 세기말적 양상

1. 들머리

　도시는 현대의 인간사를 구성하는 지배적인 요소 가운데 하나이다. 산업혁명 이후 각 국가들은 생산과 소비, 그리고 문화 및 정치제도를 도시를 중심으로 재편하기 시작했으며, 그런 변화에 부응하여 사람들은 도시로 도시로 몰려들었다. 자본주의의 발달과 함께 이런 추세는 더욱 확산되어 이른바 대도시(metropolis)의 탄생을 보게 되었고, 이제는 도시나 '도시적인 것'을 빼놓고 인간을 설명할 수 없는 지경에까지 이르게 되었다. 도시와 인간의 관계가 20세기 문학의 주요 과제로 떠오른 것은 이로 보아 당연한 귀결이다.

　도시소설이란 범박하게 말해서 도시와 인간의 상호관련성 위에서 도시의 의미를 탐구하는 소설 일반을 가리킨다.[1] 도시소설에서 '도시'는

---

[1] 도시소설의 개념과 유형적 특징에 관해서는 글쓴이(1994), 「일제하 한국 도시소설 연구」(부산대 대학원 박사학위논문)를 참고할 것.

소설의 '주제'이자 '방법'이다. 도시소설의 의도는 도시를 탐구하는 것이고, 도시가 무엇이며 도시가 어떤 가치 기준에 의해 살아가고 있는가를 보여주는 것이고, 개인의 성격과 운명에 도시가 어떤 영향을 끼치는가 하는 것을 보여주는 것이다. 도시는 인물과 플롯을 형성하는데 적극적으로 참여하며, 도시소설가의 임무는 창조적 형식을 통해 도시의 일관되고 유기적이고 전체적인 비전을 표현하는 데 있다.[2] 그러므로 도시를 배경으로 하고 도시 속의 인물을 그리고 있다 하더라도 이를 무조건 도시소설로 볼 수는 없다. 가령, 인물들이 서로 어울려 빚어내는 이야기가 어떤 장소에서나 일어날 수 있는 이야기이거나, 또는 인물과 사건을 통해서 도시의 일관되고 전체적인 비전을 제시하지 못할 경우 이는 도시소설에서 제외된다. 결국 도시소설이란 도시나 도시적 삶을 단순히 소재적 차원이 아니라 삶의 본질적 문제로 인식하고, 그것을 일정한 철학적·미학적 방법에 의해 구조화하고 있는 소설을 뜻한다.

　이러한 관점에서 이 글의 목적은 이른바 '세기말'을 맞이하여 한국의 도시소설이 어떤 변화를 보여주었고 또 그 의미는 무엇인가를 개략적으로 살펴보는 데 있다.[3] 즉 한국 도시소설의 세기말적 양상을 살펴보겠다는 말이다. 여기서 '세기말'이란 단순히 한 세기가 저물어간다는 시간적인 개념이 아니라, 20세기 초부터 시작된 근대화의 기획이 그 한계를 뚜렷이 드러낸 시기, 또는 기술문명의 발전과 역사적 진보에 대한 믿음이 송두리째 흔들리는 시기라는 문화론적·가치론적 개념

---

2) Gelfant, Blanche H.(1954), *The American City Novel*, University of Oklahoma Press, 5~8쪽.
3) 참고로 한국 도시소설의 전개 과정을 간단히 요약하면 다음과 같다. 한국의 도시소설은 대략 1920년대 후반부터 형성되어 시작하여 1930년대에 이르러 우리 소설의 한 유형으로 정착되었고, 해방기와 한국전쟁기, 그리고 1960년대를 거치는 동안 면면히 이어져 오다가 한국 사회가 본격적인 산업사회로 진입하는 1970년대부터는 우리 사회의 변화를 담아내는 민감한 촉수로서 기능하였으며, 이러한 경향은 1980년대를 거쳐 오늘에 이르기까지 계속되고 있다. 한국 도시소설의 형성과 그 정착 과정에 관해서는 글쓴이(1994)를 참고할 것.

을 담고 있다. 줄여 말해 세기말이란 '20세기의 신화'가 무너진 시기라 할 수 있다. 한국의 경우 이러한 20세기의 신화가 무너진 시기는 언제 일까? 논자에 따라 다소 편차가 있겠지만 대략 한국 사회가 '후기 산 업사회'로서의 특징을 두드러지게 보여준 1980년대 후반부터 1990년 대 초까지, 곧 1990년 전후가 아닐까 한다. 이 시기는 또한 1960년대 부터 우리 사회에 널리 통용되던 '하면 된다'라는 신화가 뿌리째 흔들 리면서 '해도 안 되는' 것이 있고 '해서는 안 되는' 것이 있다는 생각 이 널리 퍼진 시기이기도 하다.

이런 세기말적 현상은 도시와 인간의 관계에도 큰 변화를 초래하였 고, 이에 따라 작가들도 종래와는 현격하게 다른 시각에서 도시를 바 라보도록 요구받게 되었다. 이 글이 1980년대 후반 이후에 쓰여진 작 품들을 주된 논의 대상으로 삼은 것도 이 때문이다. 물론 이런 세기말 적 징후는 1970년대의 작품에서도 더러 발견되지만, 주로 도시 부적응 자나 도시로부터 소외된 자의 절망감을 표현함으로써 도시화 자체를 근본적으로 반성하는 수준에는 이르지 못했다. 세기말적 도시소설은 이런 도시화에 대한 근본적인 반성에서 출발한다. 이는 곧 세기말적 도시의 의미를 탐구함으로써 도시와 인간의 관계를 새롭게 정립하고 자 하는 노력이다.

따라서 이 글에서는 1980년대 후반 이후에 쓰여진 작품들 가운데 이 런 도시화에 대한 근본적인 반성을 보여주는 작품들을 중심으로 논의 를 진행해 나갈 것이다. 검토 대상이 된 작품은 박범신의 『불의 나라』 (1987)와 이순원의 『압구정동엔 비상구가 없다』(1992), 그리고 이남희 의 「수퍼마켓에서 길을 잃다」(1996) 등 세 편이다. 이들은 각각 도시를 탈신비화하고, '자본의 도시화'를 문제삼고 있으며, 자본의 도시화와 관련된 '공간의 소비'를 다루고 있다는 점에서 도시화에 대한 근본적 인 반성을 보여준 작품들이다. 물론 이 작품들이 한국 도시소설의 세기말적 양상을 다 보여주는 것은 아닐 것이나, 이들 작품의 분석을 통해 그 특징을 개략적으로나마 파악할 수 있을 것으로 생각한다.

2. 도시의 탈신비화와 주체적 공간 실천

　대도시(metropolis)나 일정한 지역의 거점도시는 흔히 우리의 꿈과 소망을 실현시킬 수 있는 공간으로 부풀려 인식된다. '도시화'는 곧 '근대화'를 의미했고 대도시의 화려한 경관과 세련된 풍모는 세인들의 관심을 집중시키기에 충분했다. 사람들은 큰 도시로 나가 실패한 사람들의 이야기보다는 성공한 사람들의 이야기에 더 귀를 기울이는 경향이 있다. 실패한 사람은 운이 나빴거나 제 분수를 모르고 설치는 바람에 그리 된 것으로 생각하고 자기만은 그런 낙오자의 대열에 끼지 않으리라고 장담한다. 그리하여 한국전쟁 이후, 특히 한국 사회가 산업 사회로 진입하게 되는 60년대 말부터 오늘에 이르기까지 수많은 시골 사람들이 '청운의 꿈'을 안고 도시로 도시로 모여든 것이다. 이런 (대)도시—특히 서울—로의 인구 집중은 하비(D. Harvey)의 말처럼 '자본의 도시화' 과정에 따른 것이지만, 거기에는 이렇게 도시를 신비화하는 담론이 끊임없이 생산된 탓도 크다고 하겠다. 도시를 탈신비화하는 일은 바로 그런 도시에 대한 '환영'을 벗겨내고 그 실체를 객관적으로 인식하자는 것이다. 그것은 도시에 대한 기존 담론의 잘못을 바로잡고 새로운 도시 담론을 형성하려는 시도이다. 특히 도시의 정체를 포착하기 힘들 만큼 세상이 점점 더 다원화, 다극화되고 지배적인 도시 담론이 도시의 구조적 모순과 사회적 병리 현상을 은폐할 때, 도시를 탈신비화하는 대안적 도시 담론의 필요성은 더욱 절실히 요구되는 것이다.
　이런 점에서 도시의 의미와 정체를 탐구하는 도시소설에서 도시의 탈신비화에 관심을 갖는 것은 당연한 일이다. 60년대 중반 이호철은 '서울은 만원이다'라는 말로 대도시로의 인구 집중 현상을 표현하였으며, 70년대 후반 이동하는 '도시의 늪'에 빠져 허우적대는 도시인의 일상을 그린 바 있지만, 이렇게 도시로의 인구 집중에 따른 문제점과 그 병리적 증상을 진단하고, 도시의 정글 속에 갇힌 개인의 절망감을 표현하는 것으로는 지배권력이 생산해내는 기존의 도시 담론을 뒤엎을 수 없다. 기존 도시 담론을 해체하고 새로운 도시 담론을 형성하기 위해서는, 도시체계와 그 변화의 메카니즘에 잘 적응하지 못하는 인물을 내세우기보다는 아예 처음부터 이에 적응하기를 포기한 인물을 내세우는 것이 더욱 효과적이다. 예컨대 박범신의 『불의 나라』[4]가 바로 그런 작품이다. 이 소설이 『동아일보』에 연재될 당시(86~87년) 우리 나라는 이른바 '3저현상'으로 경제적 호황을 누릴 때라 도시의 외형적 성장에 발맞추어 대도시에 대한 온갖 화려한 찬사와 과장된 소문이 횡행하고 있었다. 특히 88올림픽 개최지인 서울이 그 모든 찬사와 소문의 진원지였다. 박범신의 『불의 나라』는 이러한 도시(서울)에 대한 허구적 이미지와 환상을 뿌리째 흔들어 놓음으로써 도시의 탈신비화를 꾀한 작품이다.

이 소설에서 주인공 백찬규는 끊임없이 '특별시' 사람들이 만들어 놓은 규칙에 저항한다. 서울로 올라온 대부분의 시골 사람들이 어떻게 하면 촌티를 벗고 도시의 규칙에 적응하여 '진짜' 서울 사람 노릇을 할까 궁리한다면, 그는 처음부터 적응하기를 포기하거나 거부한다. 왜냐하면 그가 보기에 특별시 사람들이 만들어 놓은 규칙이란 겉으로는 번지르르하지만 고작해야 '저 혼자 잘 먹고 잘 살겠다'는 도둑놈 심보를 반영한 것에 불과하기 때문이다. 다방 주방에서 일하는 한길수(백찬규

---

4) 속편격인 『물의 나라』도 같은 시각에서 파악할 수 있겠으나, 여기서는 우선 『불의 나라』만을 분석 대상으로 삼는다.

박범신의 『불의 나라』

의 고향 친구)가 커피와 설탕 등을 요령껏 아껴 따로 모아 두고 이를 팔아 용돈을 마련하는 행동은, 그 나름대로 도시의 규칙에 적응하는 눈물겨운 과정이다. 그러나 이를 본 백찬규는 불같이 화를 낸다. 주인 몰래 '훔친' 물건이라는 것이다. 길수가 아무리 훔친 것이 아니라 '아낀' 것이라고 해도, 그리고 자기만 이러는 것이 아니라고 변명해도 찬규의 생각에는 변함이 없다. 길수는 '도둑놈 천지'인 세상에서 '작은 도둑놈'이라도 되는 것이 세상에 적응하는 길이라고 믿었다. 그러나 찬규는 그럴수록 해도 되는 일과 해서는 안 될 일을 단단히 가리면서 살아야 한다는 입장이다. 결국 길수에게는 세상 논리에 적응하는 '방법'이 문제라면, 찬규는 그 적응 자체를 문제삼고 있는 셈이다.

길수와 고향 선배 김중은 찬규에게 아직도 '촌티'를 못 벗었느냐고 수시로 면박을 주지만, 찬규는 결코 촌티를 벗을 생각이 없다. 도시인의 '티내기' 전략에 맞서는 길을 어줍잖게 도시인 흉내를 내는 것보다 오히려 촌티를 고수하는 데 있음을 그가 감지했기 때문이다. 이런 점에서 찬규의 투박한 충청도 사투리는, 도시인의 세련된 말씨와 대비되면서 그가 촌놈임을 내놓고 드러내는 구실을 하지만, 바로 그 점에서 오히려 도시인의 세련된 말솜씨 뒤에 감추어진 온갖 위선과 거짓을 파헤치는 예리한 칼날이 된다. 비록 세련되고 예의바른 말씨는 아닐지라도 고향 한내리 황토처럼 찰지고 질박한 그의 말솜씨는, 도시인의 세련됨과 예의바름 뒤에 감추어진 속내를 들춰내는 데 탁월한 솜씨를 발휘하여 가는 곳마다 풍자의 한마당을 연출한다. 가령, 중년 신사와 젊은 여자 들이 쌍쌍이 여관을 출입하는 광경을 보고 여기서 무슨 부녀 간이 참석하는 '세미나'가 있느냐고 물어봄으로써 그들 관계의 부당성과 이를 묵인 방조하는 사회 구조의 난맥상을 한꺼번에 까발린다. 나이트 클럽에 가서는 '부르스'라는 서양 춤을 가리켜 서슴없이 "합법적으로 접붙이기"요, "배꼽 맞추고 오래 서 있기"라고 부른다. 또한 재주는 곰이 넘고 돈은 왕서방이 챙기는 일에 빗대어, 촌사람 죽이는 '왕서방'들이 모두 특별시에 살고 있으며 국회에도 '왕서방'이 많다더라고 빈정댄다. 결국 그는 서울이 "도둑놈 천지"이며 "틀은 양반이고 하는 짓거리는 상놈인 것이 특별시 사람들의 공통점"이라는 결론에 도달한다. 따라서 촌놈인 척, 잘 모르는 척하면서 그가 내뱉는 말 한마디 한마디는 그대로 거대한 '공룡 도시'의 심장을 가르는 비수가 된다.

이처럼 촌티를 고수하며 도시에 적응하기를 포기하는 찬규의 태도와 그의 걸직한 충청도 사투리, 찬규의 변죽 좋은 말솜씨와 그 넉살 앞에 여지없이 드러나는 특별시 사람들의 작태, 그리고 특별시의 사회적 규칙을 수시로 위반하고 파괴하는 그의 돌출적 행동 등—이 모든 것이 바로 도시를 탈신비화하는 데 이바지하고 있는 것이다. 특히 아래 인용 부분은 이 소설이 궁극적으로 도시(서울)에 대한 환상을 벗겨내고 그 실체를 드러내려는 의도에서 쓰여진 작품임을 압축해서 보여주고 있다.

존 세상은 존 세상여.
하늘에는 조각구름 떠 있고 강물에는 유람선이 떠 있는 '원하는 것은 무엇이든지 얻을 수 있는 곳'이 특별시임에 틀림없었다. 한내리에서야 원하는 것은 거의 다 얻을 수 없으니, 가위 별천지는 특별시라기보다 오히려 한내리였다. 그런데도 특별시민이 된 지 수삼 년인 길수는 어째서 아직도 다방 홀에서 새우잠을 자며 대식 형은 또 어째서 대문조차 없는 허술한 셋방에서 그나마 허리를 굽히고 빈지문으로만 드나들까.

—『불의 나라』, 평민사, 1987, 1권 88쪽

도시의 탈신비화는 새로운 도시 담론을 형성한다는 점에서 '주체적인 공간 실천'을 위한 예비 단계이다. 주체적인 공간 실천이란 도시적 삶의 주체들이 일상 속에 녹아 있는 체제의 억압적 조건에 맞서 주체들의 주관적인 해방적 요구를 관철하는 문화적 실천 행위이다. 도시는 인간 개체의 의지의 결합에 의해 조성된 삶의 공간적 체제이지만, 이 체제는 그 자신의 발달과 더불어 개체의 삶을 오히려 억압하고 해체하는 힘을 발휘한다. 더욱이 자본주의 발전이 성숙단계에 이른 현대에 오면 사회 전반에서 체제에 의한 '생활세계의 식민지화'가 보편화되어 버린다. 이 식민지화는 도시화를 통해 실현되는 것이기 때문에 현대 도시에서 체제에 의한 생활세계의 해체는 더욱 가속화되고 있다. 주체적인 공간 실천은 바로 이런 생활세계의 해체에 맞서, 주체의 자유 의지를 바탕으로 '체제 통합'에 의해 '탈영역화'된 도시 공간을 삶의 합목적성을 보전하는 방향으로 '재영역화'하려는 것이다.[5]

『불의 나라』의 경우 이러한 '주체적인 공간 실천'을 보여주는 대표적인 사례는 백찬규의 '쌀집' 개업이다. 찬규에게 그 쌀집은 단순히 돈을 벌기 위한 공간이 아니다. 그의 꿈이 담긴 곳이요, 그 꿈을 실천하는 공간이다. 고향에 살 때 찬규는 그의 꿈이 무엇인지 잘 몰랐다. 어쩌면 그에게 꿈이 있느냐고 물었던 인혜가 곧 그의 꿈일 수도 있었다. 그래서 그는 인혜가 사는 서울로 올라온지도 모른다. 그러나 특별시 사람들의 속내와 거대 도시 서울의 "고약하고 단단한 속짜임"을 간파한 지금 찬규의 꿈은 누구보다 선명하다. 그의 꿈은 세상이야 어떻게 돌아가든 저 혼자만 잘 살자는 더러운 꿈이 아니다. 그것은 고향 사람들과 특별시 사람들이 '다 함께 잘 살자'는 것이다. 이런 찬규이기에 꿈이

---

5) 이상의 논지를 전개함에 있어 『문화과학』 5호(1994년 봄)에 실린 조명래의 「서울의 새로운 도시성」이란 글을 크게 참고하였다. 다만 '주체적인 공간 실천'의 개념은 그 글의 논의를 바탕으로 글쓴이 나름대로 재구성한 것임을 밝혀 둔다.

있느냐고 물었던 인혜에게 이제는 거꾸로 그녀의 꿈이 무엇이냐고 당당하게 물어볼 수 있었던 것이다.

다 함께 잘 살기 위해서는 고향 사람들과 서울 사람들을 한데 묶어주는 연결 고리가 필요하다. 찬규는 길수와 동업하여 낸 '한내쌀집'이 바로 그와 같은 구실을 할 수 있고, 또 그래야 한다고 생각했다. 찬규의 생각은 이렇다. 고향에서 생산한 쌀을 비롯한 농산물을 차로 싣고 와 서울 사람들에게 직접 판다면, 서울 사람들은 농산물을 값싸게 구입해서 이득이고 고향 사람들은 중간 상인들의 농간에 휘둘리지 않고 땀흘려 일한 만큼의 보람을 얻게 되어서 또 이득이다. 매우 순진하고 소박한 발상이 아닐 수 없다. 그렇기 때문에 어떤 이는 그런 발상의 유치함을 들어 그 현실성에 의문을 제기할지도 모른다. 그러나 그에 앞서 우리는 그런 꿈이 어떻게, 왜 생겨났으며, 또 그것이 지닌 현실 변혁의 에네르기는 무엇인지를 곰곰이 새겨 봐야 할 것이다. 만일 이런 일이 제대로만 진행된다면, 머지않아 고향 사람들과 서울 사람들이 다 함께 잘 사는 세상이 올 것이고, 그에 따라 찬규의 꿈도 실현될 것이 틀림없기 때문이다.

이런 까닭으로 쌀집 개업은 찬규에게 그 의미가 보통 큰 것이 아니다. 굳이 한길수와 장경희의 결혼식 날에 맞춰 쌀집 개업식을 가진 것도 그런 이유에서이다. 결혼 피로연을 겸한 개업식은 그야말로 '만원 사례'였다. 길수의 결혼식을 보러 온 고향 사람들과 화장지 장수, 쪽파 장수 시절 찬규가 정분을 쌓았던 모래내 사람들, 이태원 '장미의 나라'에서 일할 때 만났던 주방장 탁씨와 황군, 쪽파를 대주던 이씨와 그 동네 사람들, 건축공사장에서 야방하던 시절 만났던 '오야지'들과 공사장 인부들, 그리고 '함바집' 여주인 금마댁—이 모든 사람들이 앞서거니 뒤서거니 밀어닥쳐 가게 안은 물론 가게 밖까지 가득 채운 것이다. 때마침 결혼식을 마친 신랑 신부까지 들어닥치는 바람에 그 자리는 더욱 풍성해지고 마침내 이들은 한데 어울려 '축제의 한마당'을 벌인다. 그 축제는 나이, 성별, 직업 등의 차이를 초월하여 서로의 경계를 허물고 함께 참여하는 자리요, 자본의 논리와는 무관한 주체의 자유 의지에 따라 형성된 공간이므로 이른바 '주체적 공간 실천'으로 볼 수 있다. 아무튼 고향 사람들과 서울 사람들을 서로 연결시키려는 찬규의 의도는 그 결실을 맺은 셈이다. 이처럼 찬규는 서울 한복판에 그의 '꿈의 공간'을 마련함으로써, 자본에 의해 '탈영역화'된 도시 공간을 주체의 자유 의지에 따라 삶의 합목적성을 보전하는 방향으로 '재영역화'하고자 한다. 이밖에 나이트 클럽에 간 찬규가 특유의 곱사춤으로 디스코를 추던 사람들을 제압해 버리는 것이라든가, 화장지 장수 시절에는 모래내에 들려 아이들에게는 늘 먹을 것을 나누어 주고 노인들과는 이야기꽃을 피우면서 어느새 그 동네에선 그를 모르는 사람이 없을 정도로 '명물'이 되어 버린 것 등도 이런 '주체적 공간 실천'의 의지를 보여준 것이라 하겠다.

결국 『불의 나라』는 도시에 대한 '환영'을 벗겨내어 도시를 탈신비화한 작품이며, 그런 도시에 대한 객관적 인식을 바탕으로 일상 속에 녹아 있는 도시체제의 억압적 조건에 맞서 주체들의 주관적인 해방적 요구를 관철하는 '주체적 공간 실천'을 보여준 작품이다.

3. 자본의 도시화와 출구가 없는 도시

자본주의하에서 도시는 전체 사회의 공간(영토)에서 어떤 다른 지역과 분리·대립되는 일부분의 지역이 아니며, 자본주의의 등장과 발달 과정은 전체 사회 공간을 도시화시켜 나가는 과정 또는 '자본의 도시화' 과정이라고 할 수 있다.[6]

이순원의 『압구정동엔 비상구가 없다』(이하 『압구정동』으로 줄임)는 이런 '자본의 도시화' 과정을 비판적 시각에서 적나라하게 파헤친 소설이다. 비록 엽기적인 살인 사건과 범인을 쫓는 경찰의 수사 과정도 작품에서 중요한 몫을 차지하지만, 작품의 초점은 자본의 도시화 과정에서 발생하는 계층의 분화와 계층간의 위화감 내지는 단절된 소통체계에 맞추어져 있다. 흔히 압구정동을 '한국 자본주의의 전시장'이라고 한다. 이 말은 압구정동이란 공간을 통해 한국 자본주의의 현주소와 그 실상을 알 수 있다는 말이다. 이때 압구정동은 단순히 서울 강남구에 있는 한 지역을 지칭하는 것이 아니다. 그것은 "이 땅 자본 계급의 상징적 대명사"(『압구정동』, 중앙일보사, 1992, 303쪽)이자 '개발 경제'로 요약되는 한국 자본주의 발전의 맹목성과 무분별함을 표상하는 공간이다.

자본의 도시화가 급속도로 진행되는 사회에서 도시 안과 도시 바깥의 구별은 무의미하다. 도시 안과 바깥은 이미 자본의 논리에 의해 한 덩어리로 묶여져 있기 때문이다. 거대한 자본의 힘은 (대)도시 외곽은 물론 농촌에까지 잠식해 들어가 모든 곳을 도시화 과정에 편입시켜 버린다. 『압구정동』에서 이 과정은 한 여자 아이의 변신을 통해 그려진다. "전에 구로공단 '태양전자' 전무실 한켠에 책상을 놓고 앉아 전화를 받거나 찾아온 손님의 차 시중을 들던"(15쪽) 여자 아이[7]는 전무의 정부 노릇을 하다가 마침내 태양전자를 그만두고 압구정동으로 진출한다. 그 여자 아이는 지난해 봄 경춘선을 타고 서울로 올라와 구로공단에 취직하였다. 처음에는 생산직에 근무하였으나 사장 아들의 눈에 띄어 사무직으로 자리를 옮겼다. 사무직 여사원이 된 후 그녀는 기숙

---

6) 최병두(1994), 「자본주의 도시공간의 정치경제학」, 『문화과학』 5호, 1994년 봄, 158쪽.
7) 안영애라는 이름이 있음에도 불구하고 작가는 줄곧 그녀를 '그 여자 아이'라고 부른다. 이는 그녀의 삶의 양태가 어느 한 개인의 문제가 아니라 그 시대의 보편적 의미를 띠고 있음 보여주려고 한 것으로 짐작된다.

사에서 나와 대림동에 자취방을 얻었고, 사장 아들과 한 해 반을 지내는 동안 두 번이나 그의 아이를 떼었다. 사장 아들은 상무에서 전무로 승진하고 회사의 규모는 날로 커졌지만, 전무와 그녀의 관계는 더 이상의 진전이 없었다. 태양전자에선 더 이상 엘리베이터가 움직이지 않는다는 것을 깨달은 그녀는 '새 엘리베이터'를 찾아 나서기로 작정한다. 이상이 그녀가 압구정동으로 오기까지의 경위이다. 한번 '욕망의 엘리베이터'를 타본 그녀는 그 '상승의 희열'을 잊을 수 없었고 그래서 이번에는 곧바로 그 '욕망의 진원지'인 압구정동으로 뛰어든 것이다. 춘천에서 구로공단으로, 구로공단에서 압구정동으로―이렇게 옮아 가는 그녀의 발길은 한걸음 한걸음 자본의 중심부로 다가가는 과정이다. 자본의 중심부로 진출한 그녀는 '여왕벌 클럽' 소속의 콜걸이 되었으며, 압구정동으로 나온 지 4주 만에 보증금 2백만원에 월세 10만원 하는 대림동의 방을 빼 보증금 5백만원에 월세 50만원 하는 17평짜리 아파트를 반포동에 얻었다. 한편 그녀가 서울살이를 하면서 번 돈으로 아버지는 병을 치료하고 동생은 공부를 계속하며 아버지가 죽자 생전에 그가 남긴 빚까지 갚아 나간다. 자본의 도시화란 이렇게 (대)도시로부터 멀리 떨어진 인력과 자원까지 모두 (대)도시로 끌어들이거나 그런 인력과 자원에 직·간접적인 영향력을 행사하여 이를 자본주의 체제에 복속시키는 과정이다.

이런 의미에서 그녀의 서울살이는 (그녀를 포함하여 무작정 서울로 올라온 대부분의 젊은이들이 그러하듯이) 자신이 원했든 원하지 않았든 간에 자본의 도시화 과정에 따른 필연적 귀결이다. 극단적으로 말해서 그녀 또는 그녀의 삶이 자본의 도시화 과정 자체를 상징한다고 볼 수 있다.

그녀 외에도 이 소설에는 '자본구 압구정동'의 일상을 보여주는 여러 인물이 등장한다. 성중독증에 걸린 노파, 성전환증 환자 강혜리, 부모 잘 둔(?) 덕에 돈 쓰는 재미로 사는 신세대 여대생, 부동산 투기로 큰 돈을 번 복부인, 초호화판으로 생활하면서 오로지 새로운 자극과 쾌락을 찾기에 여념이 없는 재벌 2세 등이 바로 그들이다. 하지만 그들을 한 타래로 엮어 주는 구실을 하는 이는 어디까지나 '그 여자 아이'이다. 나머지 사람들은 대개 한 차례씩 등장하고 작품의 무대에서 사라지지만 그녀만은 음악에서의 '라이트모티브'처럼 반복해서 나타난다. 작가는 '욕망의 감옥'에 갇힌 각 인물들의 일그러진 모습들을 독립된 장으로 서술한 후 습관처럼 그녀의 이야기를 덧붙이고 있다. 그리고 그녀의 이야기를 들려줄 때는 항상 "전에 구로공단 '태양전자' 전무실 한켠에 책상을 놓고 앉아 전화를 받거나 찾아온 손님의 차 시중을 들던 그 여자 아이"라는 말로 시작한다. 이는 매우 의도적인 서술방식으로 소설 구조상 매우 특이한 효과를 자아낸다. 즉 각 인물들에 관한 이야기는 그 자체로 독립된 것이 아니라 '전에 태양전자 전무실 한켠에 근무하던' 한 여자 아이의 이야기로 수렴되는 효과를 갖는다. 달리 말하면 그들은 그 여자 아이의 행동 반경에서 한치도 벗어날 수 없다. 왜냐하면 그들의 삶의 모습들이 겉으로는 다르게 보일지라도, 그 내면을 들여다보면 그것은 압구정동으로 진출한 그 여자 아이가 콜걸이 되어 날마다 다른 고객을 상대하는 것과 크게 다를 바가 없기 때문이다. 작가가 보기에 콜걸과 '자본구 압구정동' 주민들의 공통점은 무반성적 사고에 있다. 그들은 뒤돌아보지도 않고 발밑을 살펴보지도 않는다. 오로지 제 욕망을 채우기에 급급하다가 마침내 그 '욕망의 하수구'에 빠져 버리고 만다. 뒤돌아보지도 않고 현재 제 위치를 가늠해 보지 않는 자에게 '출구'란 없다. '비상함(위험)'을 느끼지 못하는 자에게 '비상구'란 없다. 출구나 비상구가 있어도 그들은 눈뜬 봉사처럼 그것을 보지도 못하고 보려고 하지도 않는다. 이 땅의 왜곡된 자본주의가 맹독성 기류를 내뿜을지라도 그들에게는 그것이 달콤한 향기로 느껴질 뿐이다.

　이로써 작가가 압구정동 주민들의 일상을 보여주는 이야기 끝에 여자 아이의 이야기를 덧붙인 의도는 어느 정도 밝혀진 셈이다. 즉 '압구정동엔 비상구(출구)가 없다'라는 메시지를 인물과 사건뿐만 아니라 작품구조를 통해서도 더욱 뚜렷이 드러내기 위함이다. 앞에서 글쓴이는 여자 아이가 자본의 도시화 자체를 상징한다고 지적한 바 있는데, 이러한 작품 구조의 분석을 통해서 그 점이 다시금 확인된 셈이다.

　이렇듯 자본의 도시화는 '출구 없는' 도시를 만들어낸다. 출구 없는 도시란 도시 안과 바깥이 구별이 없거나 그런 구별이 별 소용이 없다는 뜻이다. 그래서 도시인들은 아예 도시 바깥으로 나가기를 포기한다. (간혹 그들은 주말을 이용해 교외로 나가기도 하지만, 주말이 채 끝나기도 전에 그들은 어김없이 누가 그들을 거기에 붙잡아 두기라도 하는 것처럼 '기를 쓰고' 다시 도시로 돌아오고 만다.) 대신에 그들은 도시 속에 안주하고자 한다. 유폐된 자아가 도시 탈출을 꿈꾸고(이상의 「날개」), 도시의 잔인성에 맞서 도시 탈출의 갈망을 상징적으로 표현하던(이청준의 「잔인한 도시」) 시절도 있었다. 또는 도시로 올라온 가난한 처녀가 끝에 가서 다시 고향으로 돌아가는 이야기(이호철의 『서울은 만원이다』)도 있었다. 그러나 이제는 도시 탈출이 불가능한 시대가 되었다. 출구가 사라진 것이다. '길녀'(『서울은 만원이다』의 주인공)는 고향으로 돌아갔지만, 『압구정동』의 여자 아이는 결코 고향으로 돌아가지 않을 것이다. 아니 돌아갈 고향이 없다는 말이 더 정확하겠다. 서울과 고향이 이미 공간적으로 통합되어 있기 때문이다. 결국 자본에 의해 공간이 탈장소화되고 자본의 의도대로 공간이 재장소화되는 것이다.[8]

---

8) 기든스는 이러한 공간 현상을 '장소귀속탈피'(disembedding)란 말로 설명한 바 있다. Giddence, Anthony(1990), *The Consequences of Modernity*, 이윤희 · 이현희 옮김(1991), 『포스트 모더니티』, 민영사, 35~42쪽 참조.

이처럼 『압구정동』은 세기말을 맞아 자본의 도시화가 전지구적으로 확산된 시대에 출구가 없는(또는 사라진) 도시에서 살아가야 하는, 그러면서도 출구가 없다는 사실에 별다른 관심을 보이지 않는 도시인의 집단적 유폐 체험을 형상화한 소설이다. 그런데 문제는 그런 경험이 집단적인 것이기 때문에 도시인은 유폐된 사실조차 잊고 있거나 잊어버리려고 한다는 점에 있다. 그런 점에서 얼굴 없는 테러리스트의 엽기적인 살인 행각은 도시인에게 그 유폐된 기억을 환기시키는 기능을 한다.

4. 공간의 소비와 욕망의 미로 속을 헤매는 도시인

도시 공간은 자본주의적 소비문화가 반영된 '소비의 공간'이다. 다시 말해서 근대적 소비 공간은 필요의 만족이라는 소비의 기능적 측면이 가장 우선시되어 자본에 의해 주조된 공간이다.[9] 그러나 세계 자본주의가 자본 축적의 유연성을 더욱 높이는 방향으로 재구조화됨에 따라 이러한 근대적 소비 공간은 일정한 변화를 겪게 된다. 즉 '소비 공간'(space of consumption)에서 공간 자체를 소비하는 '공간의 소비'(consumption of space)로 이동하는 것이다.[10] 필요와 노동에 의해 지배되고 근대성의 특징을 가장 극명하게 드러내던 소비 공간은 이제 그 공간을 상품화하여 소비하는 단계로 접어들게 된다. 이제 공간은 상품의 소비를 촉진시키는 수준에서 벗어나 직접 소비되기 시작한다. 공간의 소비 단계에서는 상품의 기능을 강조하는 '필요'라는 원칙에 의해

---

9) 이상헌(1995), 「자본주의 소비공간의 근대성과 탈근대성」, 한국공간환경연구회 엮음, 『세계화시대 일상공간과 생활정치』, 대윤, 246쪽.
10) Lefebvre, H.(1991), *The Production of Space*, Basil Blackwell, 352~353쪽.

서가 아니라, 상품을 공급하는 공간의 미학적 세련미를 강조하는 '욕망'이라는 원칙에 의해서 지배된다.[11] 욕망의 원칙에 의해 공간이 소비되는 단계에 들어서게 되면, 자본은 일상적 삶까지 실제적으로 포섭하여 공간을 차별화하고 차별화된 공간을 소비하게 함으로써 이윤 창출의 계기로 만든다.[12]

백화점이나 수퍼마켓 같은 대형 매장은 자본에 의해 차별화된 공간이다. 거기에서는 '필요'라는 원칙보다는 '욕망'이라는 원칙이 지배한다. 우리는 단지 필요한 물건을 구입하기 위해 백화점이나 수퍼마켓으로 가는 것이 아니라, 공간 자체를 소비하기 위해 그곳으로 간다. 우리는 편리하다거나 값이 싸다(또는 값이 비싸도 믿을 수 있는 제품이다)거나 하는 이유만으로 그곳에 가지 않는다. 동네 가게보다는 그곳이 공간의 미학적 세련미를 갖춘 이른바 '질적인 공간'이기 때문에 돈과 시간을 들여가면서 그곳으로 가는 것이다. 이남희의 「수퍼마켓에서 길을 잃다」(이하 「수퍼마켓」으로 줄임)는 이런 수퍼마켓을 배경으로 이미 공간의 소비 단계로 들어선 도시인의 모습과 그 욕망의 생태학을 생생하게 그린 소설이다. 이야기는 수퍼마켓(정확히 말하면 두 층이나 차지한 커다란 창고형 수퍼마켓이 딸린 5층짜리 백화점) 지하 주차장에서 발생한 40대 여자의 납치 사건을 중심으로 하여 전개된다. 이 납치 사건은 단순히 신문 사회면을 장식하는, 겁없는 20대의 잔인한 범죄 행각을 폭로하기 위한 것이 아니다. 새로운 소비 패턴의 문제점을 부각시키기 위해 작가가 의도적으로 끌고 온 사건이다. 사건을 구성하는 중심인물은 다음과 같다. 먼저 납치범은 20대의 조그만 여자 아이(오현수)이고, 납치당

---

11) 르페브르에 따르면, 특정한 필요(needs)는 특정한 대상을 지니지만, 욕망(desire)은 특정한 대상을 지니지 않는다. 그러기에 끊임없이 소비하고도 욕망은 채워지지 않으며 지칠 줄 모르고 또 다른 욕망이 생겨나는 것이다. Lefebvre, H.(1991), 353쪽 및 권정화(1995),「영상소비문화시대의 일상경험과 도시경관의 상징성」, 한국공간환경연구회 엮음, 『세계화시대 일상공간과 생활정치』, 대윤, 211~212쪽 참조.
12) 이상헌(1995), 248~251쪽 참조.

한 사람은 40대 후반의 가정주부 오인자이다. 그리고 30대 주부인 '나'(김선영)가 이 사건의 목격자로 등장한다. 소설은 주로 '나'의 시점에서 서술되지만, 오인자와 오현수에 대한 이야기는 그들의 시점에서 직접 서술되기 때문에 이야기의 구성이 매끄럽지 못하고 전체적으로 다소 산만하고 허술하다는 느낌을 준다. 그러나 이러한 산만한 이야기 구성과 시점이 교체되는 중층적 서술방식은 소설의 주제를 더욱 뚜렷이 들어내고자 하는 작가의 서술전략에서 비롯된 것이다. 즉 욕망의 미로 속을 헤매는 도시인의 모습을 정직하게 재현하기 위해 그런 구성과 서술방식을 택한 것이다.

이제 여러 층위로 나뉘어 서술되어 있는 세 인물의 형상을 '욕망'이란 문제에 초점을 맞추어 하나하나 살펴보기로 한다. 먼저 오인자는 남편과 자식으로부터 아무런 위안을 얻지 못하자 그 절망감을 쇼핑으로 해결한다. 쇼핑은 그녀의 "유일한 출구"이다. 그녀로선 "심란할 때마다 마음 편히 훌쩍 다녀올 수 있는 곳이 바로 백화점"이고, "별 목적도 없이 수퍼마켓을 돌아다닐 때가 가장 마음 편하다"고 느낀다. 마음 한편으로는 "언제까지나 수퍼마켓이나 헤매면서 쓰잘 데 없는 물건이나 사들이면서 살고 싶진 않다"고 생각하면서도, "여전히 쇼핑 가는 취미를 버리지 못하고 하루라도 거르면 안절부절 못할 정도이다." 그만큼 그녀는 쇼핑에 집착한다. 김선영도 거의 매일 수퍼마켓으로 간다. 상품을 사러 가는 게 아니라 갑갑한 자신에게서 탈출하기 위해 그곳으로 간다. 그녀가 원하는 것은 "시간을 죽이고 자신을 잊는 일이다." 그래서 그녀는 "아이 쇼핑을 겸한 산책"을 즐기면서 그 넓은 매장을 오래오래 돌아다닌다. 이렇게 매장을 헤매는 동안 그녀의 욕망은 점점 자라난다. 욕망이 자라는 것을 더 이상 주체하지 못한 그녀는 마침내 헐렁한 옷을 입고 가서 종업원 몰래 물건을 훔쳐 나온다. 옷깃 사이에 물건을 감추는 그 긴장된 순간이야말로 그녀에게는 참으로 "살맛나는 시간"이고 "유일하게 자극적이고 신나는 시간"이다. 그러나 집에 돌아와서 훔친 물건들을 꺼내 놓았을 때 그녀는 그것이 "있어도 그만 없어도 그만"인 물건에 불과하다는 것을 깨닫는다. 그녀가 그토록 탐냈던 상품들이 장소가 바뀌자마자 그 유혹적 베일을 벗어 버리고 마는 것이다. 결국 두 여자는 모두 물건을 사러 수퍼마켓으로 가는 것이 아니라 '공간을 소비하기 위해' 그곳으로 가는 셈이 된다.

오현수도 수퍼마켓을 자주 출입한다. 그러나 오현수가 그곳을 드나드는 목적은 앞의 두 여자와는 다르다. 물론 그녀도 매장을 돌아다니면서 상품을 고른다(?). 다만 그녀가 찾는 상품이 진열대에 진열된 상품이 아니라 사람이란 점에 차이가 있다. 특히 별 목적도 없이 취미로 수퍼마켓을 돌아다니거나 시간을 죽이고 자신을 잊기 위해 장시간 매장을 배회하는 이들은 그녀에게 좋은 '표적'이 된다. 이렇게 '사람 쇼핑'에 나선 그녀에게 오인자가 걸려든 것이다. 이 지경에 이르면 상품을 사러 온 사람마저 '상품'으로 바뀌어 버린다. 다시 말해서 공간의 소비 단계에서는 공간을 소비하러 온 사람마저 그 공간의 일부로 만들어 소비해 버리는 것이다.

그러나 '물건 쇼핑'이든 '사람 쇼핑'이든 공간의 소비 단계에서는 욕망의 충족이란 없다. 있다면 욕망 충족에 대한 환상 내지는 욕망이 충족된 듯한 착각만 있을 뿐이다. 오인자는 상품을 고르는 그녀의 안목을 칭찬하는 점원의 말에 집에서와는 달리 여기서는 "자신이 제대로 대접받고 있다"는 느낌을 받는다. 그러나 그것은 그녀의 환상이고 착각일 뿐이다. 오현수의 납치극은 그녀로 하여금 자신의 착각을 깨닫게 해주는 구실을 한다. 오현수에게 걸려든 이상 그녀는 하나의 '물건'에 지나지 않는 것이다. 김선영도 물건을 훔쳐 나올 때는 신나고 자극적인 시간을 맛본 기쁨에 마치 자신의 욕망이 충족된 듯한 환상에 사로잡힌다. 그러나 그 물건의 실체가 드러날 때 그녀의 환상은 깨진다. 오현수도 오인자를 납치하는 데 성공했을 때는 크게 '한 건' 올린 것으로 생각하고, '갤러리아 명품관'으로 진출하고 열대 해변으로 휴가를 떠나는 자신의 모습을 상상하며 자신의 욕망이 곧 충족되는 줄로만 알았다. 그러나 납치한 '물건'에 대한 정보가 새나가 또 다른 패거리에 쫓기게 되자 그것은 전혀 쓸모가 없는 물건으로 바뀐다.

이상 세 인물의 경우에서 보듯이 욕망은 끝내 채워지지 않는다. 욕망이 충족된 듯한 착각에 사로잡혀 한순간 기쁨에 들뜨기도 하지만, 그것은 그때뿐 욕망은 욕망대로 여전히 남아 있다. 이 점과 관련하여 흥미로운 것은 목격자 김선영의 위치이다. 먼저 그녀는 쇼핑으로 마음의 빈 자리를 채우려 한다는 점에서 오인자와 통한다. 그러나 다른 한편으로 그녀가 수퍼마켓에서 물건을 훔쳐 나오는 행동은 오현수가 오인자라는 '상품'을 은밀하게 훔치는(납치하는) 행동을 방불케 한다. 결국 김선영은 그녀의 나이가 오인자와 오현수의 중간에 위치하고 있는 것처럼, 두 여자 가운데 어느 한쪽으로 치닫지 않고 양편 모두에 걸쳐져 있는 셈이다. (김선영이 그 사건을 목격하고도 재빠른 조치를 취하지 못했던 이유도 바로 여기에 있다.) 만약 어느 한쪽으로 쏠린다면 오인자처럼 쓰잘 데 없는 물건을 취미로 사러 다니다가 자신마저 '쓸모 없는 상품' 신세가 되거나, 아니면 오현수처럼 쫓기는 신세가 될 것이다. 이로써 작가가 김선영을 매우 애매한 위치에 둔 이유가 분명해진다. 즉, 비록 오인자는 죽고 오현수는 달아나더라도 김선영은 남아서 그들의 역할을 계속할 것이라는 것이다. 과연 그녀는 오인자의 납치 사건이 일어난 뒤에도 여전히 수퍼마켓을 돌아다니면서 물건을 훔쳐 나오는 일을 일과처럼 반복한다. 이런 점으로 보아, 김선영은 바로 '욕망은 욕망대로 여전히 남아 있다'는 것을 알려 주는 인물이요, 그런 사실 자체를 표상하는 인물이다. 그리하여 오인자의 욕망과 오현수의 욕망까지 떠안은 그녀는 오늘도 '욕망의 미로' 속을 헤매는 것이다.

이제 공간의 소비는 이미지와 기호로 가득 찬 세상에서 살아가야 하는 현대 도시인의 숙명이다. 광고는 그런 공간의 소비를 더욱 촉진시키는 구실을 한다. 이남희의 「수퍼마켓」은 바로 그런 공간의 소비로 치닫고 있는 도시 공간의 변화와 그에 따른 문제점을 한 여자의 납치 사건을 통해 극명하게 드러낸 작품이다. 작가가 보기에 그 변화의 핵심에는 우리의 '욕망'이 터잡고 있다. 그렇다고 욕망 자체를 제거할 수는 없다. 아무리 제거하려 해도 욕망은 자리를 바꿔 가면서 여전히 남아 있기 때문이다. 그렇다면 남은 길은 욕망의 미로 속에서 길을 잃고 헤매는 우리의 모습을 정직하게 재현하는 것뿐이다. 왜냐하면 욕망을 부정하는 것보다 욕망을 욕망대로 인정할 때 비로소 이에 대한 비판적 사고가 가능한 법이기 때문이다. 작가의 다음과 같은 발언은 바로 이같은 관점에서 우리 자신이 지닌 '욕망의 뿌리'를 솔직하게 표현한 것으로 보인다.

신기루들. 욕망의 충족이란 없다. 욕망은 영원히 남는다.
그래도 그곳에 가고 싶다. 광고에서 외치는 사랑과 행복이 상품으로 포장되어 기다리고 있을 것만 같다.

—이남희, 『사십세』, 창작과비평사, 1996, 104~105쪽

5. 맺음말

세기말이란 20세기의 신화가 무너진 시기이다. 도시화는 이러한 20세기의 신화 가운데 하나이다. 이런 의미에서 세기말적 도시소설이 도시화에 대한 근본적인 반성을 보여주는 것은 당연한 일이다. 이는 곧 도시와 인간의 상호관련성 위에서 도시의 의미를 탐구함으로써 궁극

적으로 도시와 인간의 바람직한 관계를 모색하려는 도시소설의 목표와도 부합되는 일이다. 이러한 입장에서 이 글은 한국 도시소설의 세기말적 양상을 개략적으로 살피는 데 목적을 두고, 박범신의 『불의 나라』, 이순원의 『압구정동엔 비상구가 없다』, 이남희의 「수퍼마켓에서 길을 잃다」 등 세 작품을 분석해 보았다. 그 결과를 간추리면 다음과 같다.

박범신의 『불의 나라』는 도시(서울)에 대한 허구적 이미지와 환상을 뿌리째 흔들어 놓음으로써 도시를 탈신비화한 작품이며, 그런 도시에 대한 객관적 인식을 바탕으로 일상 속에 녹아 있는 도시체제의 억압적 조건에 맞서 주체들의 주관적인 해방적 요구를 관철하는 '주체적인 공간 실천'을 보여준 작품이다. 도시인의 '티내기' 전략에 '촌티'로 맞서며 도시에 적응하기를 아예 포기하는 주인공의 태도, 도시가 만들어 놓은 사회적 규칙을 끊임없이 위반하고 파괴하는 그의 돌출적 행동, 그리고 그의 변죽 좋은 말솜씨와 넉살 앞에 여지없이 드러나는 특별시 사람들의 작태 등—이 모든 것이 도시를 탈신비화하는 데 이바지하고 있다. 도시의 탈신비화는 새로운 도시 담론을 형성한다는 점에서 '주체적인 공간 실천'을 위한 예비 단계이다. 『불의 나라』에서 이러한 '주체적인 공간 실천'을 보여주는 대표적인 사례는 백찬규의 '쌀집' 개업이다. 찬규에게 그 쌀집은 단순히 돈을 벌기 위한 공간이 아니다. 그의 꿈이 담긴 곳이요, 그 꿈을 실천하는 공간이다. 그의 꿈은 고향 사람들과 특별시 사람들이 '다 함께 잘 살자'는 것이다. 다 함께 잘 살기 위해서는 고향 사람들과 서울 사람들을 한데 묶어 주는 연결 고리가 필요한데, 찬규는 길수와 동업하여 낸 '한내쌀집'이 바로 그와 같은 구실을 할 수 있고, 또 그래야 한다고 생각했다. 이처럼 주인공 백찬규는 서울 한복판에 그의 '꿈의 공간'인 쌀집을 마련함으로써, 자본에 의해 '탈영역화'된 도시 공간을 주체의 자유 의지에 따라 삶의 합목적성을 보전하는 방향으로 '재영역화'하고자 한다.

　이순원의 『압구정동엔 비상구가 없다』는 '자본의 도시화' 과정을 비판적 시각에서 적나라하게 파헤친 소설이다. 자본의 도시화가 급속도로 진행되는 사회에서 거대한 자본의 힘은 도시 외곽은 물론 농촌에까지 잠식해 들어가 모든 곳을 도시화 과정에 편입시켜 버린다. 『압구정동』에서 이 과정은 춘천에서 상경한 한 여자 아이의 변신을 통해 그려진다. 구로공단에서 시작한 그녀의 서울살이가 자본의 중심부인 압구정동으로 옮아 가는 동안, 그녀의 신분은 생산직 공원→사무직 여사원→전무의 비서이자 정부→고급 콜걸 등으로 바뀐다. 그리고 그녀가 서울살이를 하면서 번 돈으로 아버지는 병을 치료하고 동생은 공부를 계속하며 아버지가 죽자 생전에 그가 남긴 빚까지 갚아 나간다. 자본의 도시화란 이렇게 대도시로부터 멀리 떨어진 인력과 자원까지 모두 대도시의 자장 속으로 끌어들여 이를 자본주의 체제에 복속시키는 과정이다. 이런 의미에서 그녀의 서울살이는 자본의 도시화 과정에 따른 필연적 귀결이며, 그녀 또는 그녀의 삶은 자본의 도시화 과정 자체를 상징한다고 볼 수 있다. 한편 작가는 압구정동 주민들의 일상을 보여주는 이야기를 각각 독립된 장으로 서술한 후 습관처럼 그녀의 이야기를 덧붙이고 있는데, 이는 각 인물들에 관한 이야기를 모두 그녀의 이야기로 수렴되게 하는 효과를 갖는다. 왜냐하면 그들의 삶의 모습들이 겉으로는 다르게 보일지라도, 그 내면을 들여다보면 그것은 압구정동으로 진출한 그 여자 아이가 콜걸이 되어 날마다 다른 고객을 상대하는 것과 크게 다를 바가 없기 때문이다. 콜걸과 '자본구 압구정동' 주민들의 공통점은 '욕망의 감옥'에 갇혀 결코 뒤돌아보거나 발밑을 살펴보는 법이 없다는 점이다. 오로지 제 욕망을 채우기에 급급하다가 마침내 그 '욕망의 하수구'에 빠져 버리고 만다. 뒤돌아보지도 않고 현재 제 위치를 가늠해 보지 않는 자에게 '출구'란 없다. '비상함(위험)'

을 느끼지 못하는 자에게 '비상구'란 없는 것이나 마찬가지이다. 이처럼『압구정동』은 세기말을 맞아 자본의 도시화가 전지구적으로 확산된 시대에 출구가 없는(또는 사라진) 도시에서 살아가야 하는, 그러면서도 출구가 없다는 사실에 별다른 관심을 보이지 않는 도시인의 집단적 유폐 체험을 형상화한 소설이다.

마지막으로 이남희의「수퍼마켓」은 이미 '공간의 소비' 단계로 들어선 도시인의 모습과 그 욕망의 생태학을 생생하게 그린 소설이다. 이야기는 수퍼마켓 지하 주차장에서 발생한 40대 여자의 납치 사건을 중심으로 하여 전개되는데, 이 사건을 통해서 작가는 새로운 소비 패턴의 문제점을 부각시키고 있다. 이 사건의 중심인물은 세 명의 여자이다. 20대의 오현수가 40대의 가정주부 오인자를 납치했으며, 그 광경을 30대 주부인 '나'(김선영)가 목격했다. 오인자는 남편과 자식으로부터 느낀 절망감을 쇼핑으로 해결하려는 여자이다. 쇼핑은 그녀의 취미이자 유일한 출구인 셈이다. 김선영도 시간을 죽이고 자신을 잊기 위해 거의 매일 수퍼마켓으로 간다. 그러다가 옷깃 사이에 물건을 훔쳐 나오는데, 이때가 그녀에게는 가장 살맛나는 시간이다. 결국 두 여자는 모두 물건을 사러 수퍼마켓으로 가는 것이 아니라 공간을 소비하기 위해 그곳으로 가는 것이다. 이 두 여자와 달리 오현수는 수퍼마켓에서 '사람 쇼핑'을 한다. 납치할 대상을 상품 고르듯이 고르는(?) 것이다. 이와 같이 공간의 소비 단계에서는 공간을 소비하러 온 사람마저 그 공간의 일부로 만들어 소비해 버린다. 그러나 '물건 쇼핑'이든 '사람 쇼핑'이든 공간의 소비 단계에서는 욕망의 충족이란 없다. 세 인물 모두 한때 자신의 욕망이 충족된 듯한 환상에 사로잡히지만 이내 그 환상은 깨져 버린다. 욕망은 욕망대로 여전히 남는 것이다. 이 점과 관련하여 납치범과 피납자 사이에 낀 목격자 김선영의 위치는 매우 흥미롭다. 한편으로 그녀는 쇼핑으로 마음의 빈 자리를 채우려 한다는 점에서 오인자와 통하고, 다른 한편으로 수퍼마켓에서 '물건'을 훔쳐 나온다는 점에서 오현수와 통한다. 이런 그녀의 애매한 위치는 '욕망은 욕망대로 여전히 남아 있다'는 것을 알려 주는 구실을 한다. 즉 오인자는 죽고 오현수는 달아나더라도 김선영은 남아서 그들의 역할을 계속할 것이라는 말이다. 그리하여 오인자의 욕망과 오현수의 욕망까지 떠안은 그녀는 오늘도 수퍼마켓에서 물건을 훔쳐 나오는 일을 계속하면서 '욕망의 미로' 속을 헤매는 것이다.

  이상에서 알 수 있듯이, 이들 세 작품에서 도시는 모두, 하나의 공간적 체제로서 (비록 개인이 그 모든 것을 인식하고 있는 것은 아닐지라도) 개인의 삶을 억압하고 해체하는 쪽으로 힘을 발휘하고 있다. 도시화는 바로 그런 도시를 더욱 확대하고 그 힘을 더욱 강화하는 일이다. 도시화에 대한 근본적인 반성이 필요한 이유가 바로 여기에 있다. 도시화의 거센 물결을 되돌려 놓을 수는 없겠지만, 적어도 이런 반성을 통해 그 물결의 진행 속도와 방향을 가늠해 보고 그것이 남길 피해와 후유증을 최소화할 수는 있는 것이다. 특히 우리의 도시화가 '개발' 위주로 추진되어 온 점을 생각할 때 이런 반성적 작업은 더욱 절실하게 요구된다. 위의 세 작품의 의의도 바로 이 점에서 찾을 수 있다. 이렇게 인간의 창조물인 도시가 디스토피아로 변해 가는 이상, 유토피아를 향한 우리의 열망은 결코 사그러지지 않을 것이다.

지구화 시대 우리 소설의 빛과 그늘

I. 들어가는 말

언제부턴가 우리 사회에서 '지구화' 또는 '지구화 시대'라는 말이 빈번하게 쓰이고 있다. 또 밀레니엄이니 Y2K라는 말도 자주 눈에 띈다. 모두 새백년 또는 새천년을 대비하는 과정에서 유행처럼 번진 말이다. '지구화'란 "민족 국가의 국경이 점차 무너지면서 전지구적 범위에서 새로운 관계체계가 형성되는 과정"[1]을 의미하고, '지구화 시대'란 지구화가 전세계적으로 확산되어 하나의 지구공동체를 형성하는 시대라는 의미를 담고 있다.

이런 세계체제의 판도 변화는 각 분야에 심대한 영향을 끼쳐 우리 문학도 지금 심한 외풍과 내풍에 시달리고 있다. 특히 문화 쪽에서의 변화는 문학 내부에 엄청난 파장을 불러일으켰으며, 심지어 문자매체의

---

1) 송두율, 『21세기와의 대화』(한겨레신문사, 1998), 43~44쪽.

존립마저 안심할 수 없는 지경에 이르게 되었다. (물론 여전히 문자매체의 존립을 낙관하는 견해도 있으며, 많은 사람들이 또한 이에 동의하고 있다.) 이제 문학의 위기 또는 소설의 위기를 말하는 것은 마치 향수병에 걸린 자가 흘러간 옛노래를 부르는 격이라 사람들의 관심을 끌지도 못했으며, 오히려 냉담한 반응만 돌아올 뿐이었다. 이렇게 볼 때, 이런 문학 안팎의 변화에 적절히 대응하기 위해 문학판 내부에서 새로운 문학적 감수성을 요구하고, 또 신진 작가의 작품들에서 이를 발견하고자 애쓰는 것은 당연한 일이 아닐 수 없다. 그러나 새로움은 갑자기 나타나는 것이 아니다. 새로움은 항상 낡은 것과 상호 관련 속에서 형성되며, 그 둘의 대립 길항 관계 속에서 그 뿌리를 내리기 마련이다. 이런 점에서 볼 때 우리는 지나치게 새로운 것만 찾고 또 이에 과도한 의미를 부여한 것이 아닐까. 특히 낡은 것을 전복하고 파괴하는 데 상대적으로 기민함과 순발력을 지닌 소설 장르에서 이 점은 더욱 두드러지게 나타난다. 실험 정신도 좋고 전위적인 기법도 좋지만 그것이 한낱 해프닝으로 그치지 않으려면, 우리 소설의 전통에 대한 명확한 인식과 깊은 통찰력을 바탕으로 그런 작업이 이루어져야 한다. 사람들의 무관심과 냉담한 반응이 그런 고답적인 태도와 자족주의 탓이기도 하다는 점을 생각할 때 더욱 그러하다. 원칙적으로 '새 술은 새 부대에' 담아야 한다. 새로운 감수성이 요구되는 것도 이 때문이다. 그러나 그 전에 먼저 그것이 '새 술'인지 아닌지를 면밀히 따져보아야 한다. 무턱대고 그 냄새에 취해서 새 술이라고 소리쳐 떠들 일이 아니다. 만약 그것이 냄새만 그럴 듯할 뿐 실상은 감미료를 탄 '맹물'에 불과하다면 그 낭패를 어쩔 것인가. 새 술도 헌 술과 마찬가지로 양조법을 모르고서는 만들 수 없는 것이다. 이 양조법에 해당되는 것이 바로 '전통'이다. 이른바 '탈전통'이란 전통과의 급격한 단절을 뜻하는 것이 아니라, 전통이 새로운 위치로 자리매김되는 것을 말한다.[2] 현재를 과거

에 비추어 보고 또 과거를 현재로 끌어와 새롭게 자리매김하는 일이
곧 전통을 계승하고 미래를 창출하는 지름길이다.

미래는 주어지는 것이 아니라 우리가 만들어 가는 것이다. 미래는 불
확실하다. 그래서 우리 인간은 그 불확실함을 제거하기 위해 노력해
왔다. 그러나 불확실함을 제거하면 할수록, 다시 말해서 예측불가능성
을 통제하려고 하면 할수록 예측불가능한 새로운 영역이 창조된다.[3]
이렇게 우리는 한편으로는 예측가능한 영역을 넓혀 가면서 다른 한편
으로는 예측불가능한 새로운 영역과 끝없이 대면해야 하는 근원적 딜
레머 속에서 살고 있지만, 또한 미래를 점치지 않고는 한 발자국도 움
직일 수 없는 존재이기도 하다.

이런 점에서 20세기를 마무리하고 21세기와 새로운 천년을 맞이해
야 하는 현시점에서 우리 문학 또는 소설의 미래를 예측하는 일은 필
요한 일이고, 또 우리가 늘 해왔던 일이기도 하다. 그러나 이 일은 쉽
게 접근할 수 있는 문제가 아니다. 90년대 후반에 들어서 많은 문예지
들이 이 점에 관해 특집을 마련하고 시의성 있는 담론들을 생산해 왔
지만, 여전히 미진한 구석이 있고 아직도 많은 부분들이 애매하고 아
리숭한 상태로 머물고 있다. 그럴 수밖에 없는 것이 앞서 말한 것처럼
미래는 주어지는 것이 아니라 우리가 만들어 가는 것인 까닭이다. 따
라서 이 글에서는 이 문제에 대한 어떤 결론을 끌어내기보다는, 기존
논의에서 빠진 부분들을 중심으로 이에 관한 글쓴이의 몇 가지 생각들
을 개진하는 수준에 그치고자 한다. 따라서 이 글은 완결형이 아니라
진행형의 글이 될 것이다.

---

2) 앤소니 기든스 · 울리히 벡 · 스콧 래쉬, 『성찰적 근대화』(임현진 · 정일준 옮김, 한울, 1998), 14~15쪽
　　참조.
3) 위의 책, 16쪽.

2. 빛은 어디에서 오는가?

우리 소설의 미래를 밝혀 줄 빛은 어디에서 오는가? 대단히 포괄적이고 추상적인 질문이지만, 이런 물음은 어떤 작가 또는 작품에서 새로움—신선한 감각, 소재의 참신함, 형식 파괴의 미학 등—만을 찾는 미시적이고 경직된 시선에서 벗어나 좀더 거시적이고 유연한 시각을 확보하는 데 도움이 될 것이다. 어떤 작가 또는 작품이 새롭다는 것은 단지 우리 문학에 새로운 작가나 작품이 하나 보태졌다는 뜻이 아니다. 그 말의 정당한 의미는 그로 인해 기존 작가나 작품들 사이의 관계에 미세하지만 일정한 변화가 일어났다는 뜻이다. 만일 그 작가 또는 작품으로 인해 우리 문학 전체 구도가 새로운 국면을 맞이했다면, 그 경우 우리는 '새롭다'는 말 대신 '획기적'이란 말을 사용한다. 따라서 겉으로는 기존 소설과 별로 다르게 보이지 않는 작품일지라도 그것이 큰 충격과 반향을 불러일으켰다면, 마땅히 새로운 작품으로 인식하고 그것을 우리 소설의 미래와 관련하여 생각해 보아야 한다. 반대로 겉보기에는 대단히 혁신적인 기법과 참신한 감각을 보여주는 작품일지라도 그에 대한 반응이 미미하고 보잘것 없는 것이라면, 그것은 새로운 작품도 아닐 뿐더러 우리 소설의 미래와도 아무 상관이 없는 작품임이 틀림없다. 이른바 전위예술(문학)은 그것이 획기적인 작품일 때 그야말로 '전위적'이 되는 것이다. 새롭다거나 참신하다는 말이 남발되는 상황에서 이처럼 새로움이란 말의 참뜻을 되새겨 보는 것도 뜻있는 일이라 생각된다. 이로써 글쓴이가 '빛은 어디에서 오는가'라는 물음을 제기한 이유와 배경을 대충 설명하였으므로, 이제 구체적인 작품 분석을 통해 그 문제를 검토해 보기로 한다.

이런 빛과 관련하여 많은 암시를 던져 주는 작품이 최인석의 「深海에서」[4]이다. 이 소설의 공간적 배경은 비좁은 골목 양쪽으로 여관, 여인숙 간판이 즐비한 '매음굴'이고, 주인공인 선영은 여중 3학년 학생이다. 선영의 어머니는 매춘부를 일곱 거느린 포주이고 아버지는 그런 어머니에게 기생하며 술과 노름으로 세월을 보내는 인물이다. 선영은 자신의 어머니가 포주라는 사실이 부끄러웠고 창피했다. 자신이 그런 곳에 살고 있다는 것이 참혹했고 저주스러웠다. 그래서 그녀는 무슨 수를 써서라도 '이놈의 골목'에서 벗어나야겠다고 생각한다. '일용할 양식'처럼 매일 크고 작은 싸움이 그치지 않는 곳. 악에 받친 사람들의 고함소리, 욕설, 악다구니가 들끓는 곳. 그 안에 포함된 모든 것들을 부패시키고 악독하게 만드는 곳. 이런 부패하고 사악한 곳에서 탈출하는 것이 선영의 소망이요, 삶의 목표이다. 생물 시간에 선영은 심해세계에 대한 이야기를 듣고 자신도 모르게 눈물을 흘린다. 자신이 살고 있는 곳이 바로 '심해'이며 그곳 주민들이 곧 '심해어'라는 것을 깨달았기 때문이다. 심해는 빛이라고는 전혀 없는 암흑의 세계이다. 그런 곳에서 살고 있는 심해어는 대부분 시각 능력을 완전히 상실한다. 대신 심해어는 몸 안에서 스스로 빛을 내는 발광기관을 발달시켰다. 심해어를 더 좋은 환경으로 옮겨 놓으면 얼마 살지 못하고 죽어 버린다. 심해의 악조건에 적응해 온 결과 더 좋은 조건에서는 오히려 살아남지 못하는 것이다. 마찬가지로 이 골목 사람들은 이곳 생활이 지긋지긋하다면서도 거기에서 벗어나는 것을 본능적으로 두려워한다. 심해에는 먹이가 별로 없기 때문에 심해어는 서로를 잡아먹고 산다. 이들은 자신보다 훨씬 더 큰 먹이까지 잡아 삼킬 수 있으며, 대부분 육식을 하고 성질이 사납다. 이곳 주민들도 육식성 동물처럼 사납고 서로 잡아먹을 듯이 으르렁거리며 매일매일 싸운다. 하지만 선영을 포함한 이 동네 사람들은 심해어와 달리, 발광기관이 없다. 지금 선영에게 필요한 것

---

4) 이 작품은 최인석의 『혼돈을 향하여 한걸음』(창작과비평사, 1997)에 실려 있다. 이하 작품 인용은 이 책에 의거하되, 인용문 끝에 쪽수만 적는다.

은 그런 발광기관이다. 그것만 있다면 "지금 어디에서 어디로 가고 있는지를 알 수 있을 것"이고, "그리하여 마침내는 이 어둠에서 탈출할 수 있을 방법도 찾아낼 수 있을 것"(185쪽)이라고 생각한다.

그러나 선영은 보는 능력을 완전히 상실해야만, 즉 암흑세계에 철저히 동화되어야만 몸 안에서 발광기관을 발달시킬 수 있다는 점을 잊고 있다. 그녀의 눈이 골목 밖의 다른 세계로 향해 있는 한, 스스로 발광기관을 만들어낼 수는 없다. 학교에서 선영은 '불량학생' 수미와 같은 동네에 산다는 이유만으로 동류로 취급당하는 것이 무엇보다 싫었다. 그래서 그녀는 "가장 바보 같고 멋없는" 차림을 하고 다녔으며, 이 동네 사는 누구와도 친해지기를 기피했다. 이처럼 선영은 그 동네 사람들과 자신을 동화시키기는커녕 애써 자신과 그들을 분리하려고 하였다. 그녀 스스로 이곳을 탈출하는 가장 손쉬운 방법은 '가출'이다. 그러나 가출은 불량학생들이 흔히 저지르는 짓이라 그녀의 의도와는 달리, 그녀 스스로 그곳 주민임을 입증하는 셈이 된다. 가출을 포기한 그녀는 '이사'를 생각한다. 그러나 이 방법도 어머니의 완강한 침묵과 아버지의 배신으로 좌절되고 만다. 발광기관이 없어 혼자 힘으로 나갈 수 없던 그녀가 외부의 힘(부모의 힘)에 의존해 그곳을 빠져 나가려고 했으나, 바로 그 외부의 힘 때문에 그런 시도 역시 수포로 돌아가고 만 셈이다. 선영의 어머니는 차라리 잘됐다는 표정이다. 이제 선영에게 마지막으로 남은 방법은 '방화'이다. 그녀는 이 동네 전체가 불에 타 잿더미가 되어 버리는 것을 상상하며 환희로 몸을 떤다. 심지어 그녀는 "화재가 곧 발광기관"이라고까지 생각한다. 그러나 상상은 할 수 있지만 그 일을 실행으로 옮기는 데는 상당한 용기가 필요하다. 그래서 그녀는 담임 선생님에게 카운슬링을 받아 보기로 한다. 담임 교사인 한동환 앞에서 선영은 자신이 사는 곳이 매음굴이며 어머니는 매춘부를 일곱이나 데리고 있는 포주라고 또박또박 말한다. 며칠 전까지만 해도 그런 사실이 알려질까 봐 전전긍긍했던 그녀이다. 이제 그녀는 그런 사실을 숨김없이 고백하면서 일종의 '자학적인 쾌감'마저 느낀다. 선영은 그 골목을 심해라고 생각하게 된 경위와, 그 심해를 탈출해야겠다고 생각한 날로부터 지금까지 있었던 일들을 다 털어놓는다. 그러나 상담이 끝난 후 선영은 그 결과에 실망한다. 담임 교사가 들려준 긴 이야기 가운데에서 어떠한 해결책도 발견하지 못했던 것이다. 그렇지만 담임 교사와의 상담이 완전히 실패한 것은 아니다. 우선 선영은 자신이 포주의 딸이라는 사실을 서슴없이 밝힘으로써 그 동네 주민과 자신을 애써 분리해 왔던 태도에서 한걸음 나아간다. 말하자면 부정일변도의 태도에서 벗어나 그 세계와 동화될 준비를 갖춘 셈이다. 그런 점에서 돌아서 가는 선영을 불러 세워 동환이 마지막으로 들려주는 다음과 같은 말은 선영의 의식 변화를 더욱 다그치는 구실을 한다.

"심해는 그 골목만이 아니야. 이 세계 전체가 심해야. 이 세계 전체가 거대한 매음굴이야. 사람들은 스스로를 팔아 생계를 유지하고, 날카로운 이빨로 자기 몸보다 더 큰 먹이를 낚아채어 물어뜯어. (……) 네가 만일 가출한다 해도, 그 골목 밖에서 네가 마주쳐야 하는 것 역시 심해야."(216쪽)

탈출만 외곬으로 생각하는 선영에게 이 세계 전체가 심해라는 말은 도저히 이해될 수 없는 말임에 틀림없다. 그렇지만 동환으로서는 그런 외곬의 생각이 더 큰 불행을 자초할 수 있다고 믿었던 까닭에 그 말을 하지 않을 수 없었던 것이다. 마치 심해어가 더 좋은 조건을 갖춘 얕은 곳으로 올라오면 금방 죽어 버리듯이, 그 동네로부터 탈출한다고 모든 것이 해결되는 것은 아니기 때문이다. 하지만 심해에 살면서 심해가 아닌 다른 곳을 꿈꾸는 것은 심해어의 권리이다. 동환도 자신의 말이 곧 "골목 밖의 세상도 심해니까 가출해봐야 쓸데없다는, 어차피 사람이란 그 심해에서 짐승처럼 사는 수밖에 없다는 뜻은 아니"라고 말하며 이렇게 이야기를 마무리짓는다.

> "심해가 아닌 세상을 꿈꿀 수 있다는 것, 사람이 그런 세상을 만들어낼 수 있다는 것, 단숨에는 아닐지라도 차츰차츰일지라도 그런 세상을 만들어낼 수 있다는 것을 잊지 말라는 거야. 사람은 어디에도 없는 세상을 꿈꿀 수 있고, 만들어낼 수 있어."(217쪽)

비록 선영은 동환의 말을 전부 이해하지는 못하였지만, 그후 그녀의 의식에는 큰 변화가 일어난다. 처음으로 선영은 수미를 이해할 수 있을 것 같았고, 수미의 무작정한 일탈 행위를 진지하게 생각해 보기 시작한다. 그리하여 모든 규율과 금제를 범하고 깨뜨리는 것으로 일관한 수미의 행동은 사실상 "빛도 길도 없는 심해에서 자신이 살아 있다는 것을 스스로에게 확인시키는 유일한 길인지도 모른다"(220쪽)고 생각하기에 이른다. '불량학생'의 대명사격인 수미와 한 동네 산다는 이유로 동류로 취급받는 것을 무엇보다 끔찍하게 여겼던 선영으로서는 대단한 변화가 아닐 수 없다. 마침내 선영은 수미가 주고 간 루주를 입술과 뺨에 바르며 그런 자신의 모습에서 매춘부의 모습을 발견하고는 이것이 "나의 발광기관, 나의 빛"(221쪽)이라고 속으로 외친다. 이 순간 그녀는 자신이 부정했던 그 암흑 세계에 완전히 동화되어 그 골목의 주민으로 새로이 태어나게 된다.

이 소설에서 '심해'는 어둠과 혼돈의 동의어이다. 선영의 경우에서 보듯이, 이 어둠과 혼돈을 걷어내거나 이로부터 탈출하는 것은 원천적으로 불가능하다. 세상 전체가 심해이기 때문이다. 오히려 그 어둠과 혼돈에 완전히 동화될 때, 그리하여 시각 기능을 완전히 상실할 때, 우리는 스스로 빛을 내는 발광기관을 만들어낼 수 있다. 다시 말해서 '혼돈을 향하여 한걸음' 내디딜 때 우리는 비로소 세상에 한 줄기 빛을 던져 주는 발광체로 다시 태어나게 되는 것이다.

이렇게 혼돈과 어둠의 밑바닥을 향해 과감하게 몸을 던지는 사람들의 모습은 최인석의 작품집『혼돈을 향하여 한걸음』여기저기에서 발견할 수 있다.「심해에서」의 '심해'는「노래에 관하여」에서 '굴 속'으로 변용되어 나타난다.「노래에 관하여」는 이른바 '삼청교육대' 사건을 다룬 작품이다. 그런데 여기서 작가는 80년대 그 악명 높은 삼청교육대의 실상을 고발하고 폭로하는 데 초점을 맞추기보다는 그 사건을 통해 이 세상이 혼돈 그 자체임을 보여주고자 한다. 다시 말해서 삼청교육대 사건은 이 세상이 아직 혼돈 상태에 있음을 드러내는 한 징표로서 기능하는 것이다. 이는 어찌 보면 삼청교육대 사건과 전혀 무관하다 할 수 있는 단군신화를 끌어들이는 데서 충분히 알 수 있는 사실이다. 이 작품에서 단군신화는 작중인물 순식의 입을 통해 다음과 같이 기묘하게 변형된다. 즉 호랑이와 곰이 사람이 되기 위해 굴 속에 들어갔으나 아직 그 석달 열흘이 안 지났으며, 그 호랑이와 곰이 굴 속에서 새끼를 쳤고, 그 새끼가 또 새끼를 쳤고, 이렇게 새끼를 치는 과정이 무수히 반복되어 마침내 우리가 태어났다는 것이다. 그래서 우리는 사람이 되지 못한 채 아직도 굴 속에 있다고 말한다. 그렇지 않고서는 이런 짐승만도 못한 일이 도저히 일어날 수 없다는 것이다. 이에 순식의 동료인 영우는 정해진 교육기간을 무사히 마치고 밖으로 나가면 이 짐승 같은 생활도 끝이 날 것이며, 그때가 되면 기분도 달라질 것이라고 말한다. 그러나 순식은 "밖? 어디가? 다 굴속인데⋯⋯"(155쪽)라고 반문한다. 결국 순식은 탈출을 시도하다 총에 맞아 죽는다. 한마디로 '개죽음'이다. 그러나 순식의 말처럼 그들은 아직 사람이 아니고 이곳은 아직 세상이 아니라면, 개죽음이든 장렬한 죽음이든, 살아서 이곳을 빠져 나가든 죽어서 구덩이에 묻히든 무슨 차이가 있겠는가. 어디

를 가나 굴 속인데, 석방되었다고 즐거워할 것도, 죽었다고 억울해 할
것도 없다. 그렇다면 순식은 왜 탈출을 시도한 것일까. 작품 속에서는
그의 탈출 경위와 죽음의 과정이 자세히 기술되어 있지 않으나 평소
그가 한 말과 행동에서 그 이유를 대강 짐작할 수 있다. 즉 우리 모두
사람이 아니고 이 세상이 아직 참된 세상이 아니라는 것을 그는 온몸
으로 보여주려 한 것이리라. 이런 점에서 순식의 죽음은 세상을 향해
던지는 일종의 경보음이다. 다시 말해서 그것은 영우처럼 이 혼돈된
세상이 어서 끝나기만을 바라며 하루하루를 연명해 나가는 사람들에
게 그런 안이한 태도로서는 결코 세상을 바꿀 수 없다는 것을 일깨우
는 구실을 한다. 혼돈과 어둠을 피해 가기보다는 이를 향해 과감히 뛰
어드는 용기가 필요하다는 말이다. 이렇게 혼돈의 극점을 향해 치달을
때 우리는 비로소 그 혼돈의 시대를 끝낼 힘을 얻게 될 것이며, 그 힘
을 발판으로 하여 새시대를 열어 나갈 수 있는 것이다. 같은 작품집에
실린 「숨은 길」에서 작가는 화자인 '나'의 입을 빌려 다음과 같이 이
점을 더욱 분명하게, 그리고 노골적으로 표현하고 있다.

    나는 이제 세상에 존재하는 유일한 혁명은 오늘날의 나 같은 자들, 범죄
자들, 일탈자들, 건달들, 깡패들, 그러니까 마르크스가 혁명에 유해한 존재
라고 규정한 룸펜 프롤레타리아들에 의해서만 이루어질 수 있다고 확신한
다. 모든 부패한 공무원들, 모든 더러운 정치인들, 처자식을 버리는 모든 애
비들, 모든 미치광이들, 모든 부랑인들, 모든 일탈자들, 모든 마약중독자와
일코올중독자들이야말로 나의 동지들이다. 그들이 열심히 부패하고 열심히
타락하고 열심히 범법행위를 저지르고 열심히 미치고 열심히 중독되고 열
심히 부랑하는 것이야말로 체제를 영원히 파괴하는 유일한 길이다. 따라서
그들이야말로 영원한 파괴자들, 가장 위대한 혁명가들이다. 아무런 이념도
없이, 아무런 음모도 없이, 또는 혁명에 대한 아무런 환상도 이상도 미망마

저 없이, 저들은 체제를 그 뿌리부터 뒤흔들어 파괴하는 것이다. 스스로 파괴되고 실패하고 병들고 죽어가면서 체제를 붕괴시키는 것이다.(97쪽)

이미 썩을 대로 썩은 세상을 애써 바로잡으려 하지 말고 더 이상 썩을 여지가 없도록 썩게 내버려 두라는 말이다. 대단히 역설적인 표현이지만, 이를 통해 작가는 극단적인 자기 부정만이 이 혼돈의 시대를 끝내는 유일한 길임을 역설하고 있다.

이처럼 「심해에서」를 비롯한 최인석의 몇몇 작품에서는 어둠의 심연, 또는 혼돈의 극점을 향해 나아가는 인물들을 보여줌으로써, 그런 행동이 세상의 끝이 아니라 새세상의 출발을 알리는 신호탄임을 암시하고 있다. 새세상이 혼돈의 극점에서 온다는 것—그것은 우리 소설의 미래와 관련하여서도 시사하는 바가 적지 않다. 「혼돈을 향하여 한걸음」에서의 주인공의 말처럼 "길을 잃은 지 벌써 오래"라면, 성급하게 이곳저곳 들쑤시지 말고 차라리 그 자리에서 "아득한, 끝이 보이지 않는, 결코 들여다보아서는 안될 위험한 비밀이 숨쉬는 구덩이 속"(41쪽)이라도 들여다보아야 한다. 다시 말해서 조그마한 빛만 있으면 그것이 다른 세계로 통하는 입구인 줄 알고 부나비처럼 덤벼들 것이 아니라, 반대로 어둠을 향해 달려가 그것의 밑바닥까지 탐사해 보아야 한다. 그럴 때 비로소 우리 눈앞에 새로운 세계가 펼쳐질 것이며, 나아가 스스로 빛을 내는 발광체도 될 수 있는 것이다.

김영하의 「피뢰침」[5]도 빛이 어디에서 오는가 하는 문제에 대해서 많은 암시를 던져 주는 작품이다. 김영하의 소설 중에는 특이한 소재를 다루거나 기발한 착상으로 이루어진 작품들이 꽤 있는데, 이 작품도 그 가운데 한 편이다. 「피뢰침」은 간단히 말해서 벼락을 맞고 살아난 사람

---

5) 이 작품은 김영하의 창작집 『엘리베이터에 낀 그 남자는 어떻게 되었나』(문학과지성사, 1999)에 실려 있다. 이하 작품 인용은 이 책에 의거하되 인용문 끝에 쪽수만 적는다.

들, 즉 '인간 피뢰침'에 관한 이야기다. 그들은 어찌된 영문인지 벼락을 맞고도 잠시 혼절했을 뿐 멀쩡하게 살아났다. 그러나 아무도 그들의 이야기를 믿으려 하지 않았기 때문에 그들은 그때의 기억을 원죄처럼 가슴속 깊이 간직하고 있었다. 그런 그들이 모여 '아다드'라는 모임을 결성한 것은 그 기억을 공유할 공간이 필요해서였다. 거기서 그들은 각자의 경험을 이야기했고, 벼락을 연구했으며, 같이 '탐뢰여행'(벼락을 맞으러 다니는 여행)도 떠났다. 화자인 '나'(구체적인 나이와 직업은 나와 있지 않으나 미혼의 직장여성으로 짐작됨)도 벼락을 맞고 살아난 사람 가운데 하나이다. 그 모임에 관한 이야기를 친구에게서 처음 들었을 때, 그녀는 마치 전류에 감전당한 것 같은 민감한 반응이 몸 안에서 일어나는 것을 느꼈다. 어릴 때 일어난 일이라 까마득히 잊고 있었는데, 그 이야기를 듣는 순간 몸은 그때 그 순간의 체험을 고스란히 재현해내고 있었다. 그녀의 말처럼 "몸은 기억하고 있었던 것이다."(127쪽) 주술에서 풀려난 것처럼 그때의 기억이 자꾸만 되살아나서 결국 그녀는 그 모임에 참가했고, 거기서 J를 만났다. J는 이미 네 차례나 '전격 세례'(그들은 벼락을 맞는 것은 '세례'라고 불렀다)를 받은 적 있는, 그 모임의 주도적 인물이었다. 그녀의 '세례' 경험을 듣고난 뒤 J는 그녀의 이야기에 뭔가 빠져 있음을 지적하였다. 즉 배설 이야기가 빠져 있다는 것이다. J의 말에 따르면 배설은 전류가 공포보다 앞서 우리 몸을 빠져 나간 흔적이다. 다시 말해서 우리가 벼락을 맞고도 살 수 있었던 것은 전류가 공포보다 앞서 우리 몸을 빠져 나갔기 때문인데, 뒤늦게 자각한 공포가 소량의 배설을 지시한다는 것이다. 배설이 없었다면 우리는 새까만 숯덩이가 되어 버렸을 것이고, 그런 점에서 배설은 부끄럽고 감추어야 할 경험이 아니라 소중하고 축복받은 경험이라고 했다.

그렇다면 공포보다 먼저 전류가 우리 몸을 통과한다는 것은 무슨 말인가. 공포의 감정이 생기기도 전에 몸이 먼저 무시무시한(체험 당시가 아니라 나중에 인지하게 된) 체험을 해버렸다는 뜻이다. 그렇게 되면 공포의 감정과 그 감정의 주체인 몸이 분리되는 현상이 일어날 수 있다. 즉 몸과 감정이 따로 노는 기이한 존재가 될 수 있다는 말이다. 벼락 맞고 살아난 후유증은 예상보다 심각한 것이다. 이런 까닭으로 벼락을 맞고 살아난 사람들은 다시 벼락을 맞으려고 하는 것이다. J의 말처럼 이미 전류가 우리 몸에 길을 내놓은 터이라 다시 맞는다 해도 전류는 그 길을 따라 지나갈 것이므로 목숨을 잃을 염려는 없다. 문제는 공포이다. 다시 전격 세례를 받으려면 공포를 받아들일 준비를 해야 하는 것이다. 공포와 전류를 일치시키는 것. 그것이 탐뢰여행을 떠나는 그들의 목표이다.

  "공포와 전류를 일치시키는 겁니다. 그때, 당신 스스로 전격이 되어 하늘
  과 땅으로 방전하는 거지요. 당신은 대기와 대지와 당신 몸의 주인이 되는
  겁니다."(139쪽)

  공포와 전류를 일치시킨다는 것은 자기도 모르는 사이에 갑자기 벼락을 맞는 것이 아니라, 그것을 충분히 의식한 상태에서, 곧 두려운 상태에서 벼락을 맞는다는 뜻이다. 이렇게 공포를 받아들일 준비를 하고 벼락을 맞아야만 몸과 감정의 분리 상태를 극복하고 자기 몸의 참주인이 될 수 있다. 그러나 공포를 받아들일 준비를 한다고 해서 공포로부터 초연할 수 있는 것은 아니다. 오히려 더 큰 공포감에 사로잡힐 수 있다.[6] 그럼에도 불구하고 그들은 탐뢰여행을 포기할 수 없다. 몸과 감정의 분리 상태를 극복하고 그 둘을 일치시키려고 하는 것은 인간의

---

6) 공포영화를 보러 갈 때의 경험을 생각해 보라. 공포영화를 보러 간다는 것은 공포를 받아들일 준비가
  되어 있다는 말이다. 그러나 그렇다고 해서 공포를 전혀 느끼지 않는 것은 아니다. 오히려 그 공포감을
  더욱 실감 있고 구체적으로 경험하기 위해 공포영화를 보러 간다고 봐야 할 것이다.

본능적 욕구에 속하기 때문이다.

몸과 분리되지 않은 감정, 피부에 와닿는 절실하고 구체적인 감정만이 우리를 이 혼돈의 시대로부터 건져줄 것이다. 그런 점에서 문학가는 문자를 통해 그런 구체적인 감정을 실연(實演)하는 "한 사람의 퍼포머"(141쪽)이다. 현대인은 직접적인 감정 표현을 되도록 자제한다. 그렇게 교육받아 온 덕분이다. 그러나 그런 일이 자꾸 반복되다 보면 감정의 자연스런 흐름마저 완전히 막혀 버릴 수 있다. 몸은 이미 느끼고 있는데 감정은 전혀 움직이는 않을 때가 있다는 것이다. 심지어 우리는 몸의 반응을 교묘히 감추면서 전혀 그렇지 않은 것처럼 위장하기도 한다. 따라서 이런 몸과 감정의 괴리 상태를 극복하는 것이 현대인의 과제요, 그 문제를 작품을 통해 전면에 부각시키는 것이 또한 이 시대 작가의 사명이다. 「피뢰침」이 우리 소설의 미래와 관련하여 어떤 암시를 던져 주는 부분이 바로 이 지점이다. 즉 몸과 감정을 일치시켜 우리 몸의 참주인이 되자는 것, 그럴 때 우리 몸은 대기와 대지와 하나가 되어 이 세상을 비추는 빛이 되리라는 것, 우리 소설의 미래도 바로 이 점에 달려 있다는 것 등이 그것이다. 요컨대 우리 소설의 미래를 밝혀 줄 빛은 몸과 감정의 분리 상태를 극복한 상태, 곧 자연스럽고 구체적인 감정을 회복한 상태에서 온다는 것이다. 이 점은 J가 전격을 받고 쓰러지는 것을 보고 그녀가 취한 다음과 같은 행동에서 가장 극적으로 묘사된다.

수십만 암페어의 전류가 훑고 지나간 그의 몸이 정겨웠다. (……) 그의 몸에서 김이 무럭무럭 올라오고 있었다. 그렇게 한참을 보다가 그의 뜨거워진 입술에 입을 맞췄다. 그의 몸에 남아 있던 미량의 전류가 내 몸 속으로 흘러들어 혀에 작은 경련을 일으켰고 그것을 스위치 삼아 내 몸 속의 전원들이 일제히 켜지고 있었다.(148쪽)

3. 빛이 남긴 그늘은 무엇인가?

'빛이 남긴 그늘'이란 말에서 '그늘'은 단순히 우리 소설의 미래를 어둡게 하는 부정적 요소만을 뜻하지 않는다. 빛이 있는 곳에 언제나 그늘이 있다. 그늘은 일시적으로는 부정적으로 작용할지 모르지만 장기적으로 볼 때는 그런 그늘이 있었기에 미래가 더 찬란히 빛날 수 있는 것이다. 더욱이 빛의 정체가 뚜렷치 않은 현상황에서 그늘의 존재는 우리 소설의 미래를 예측하는 데 중요한 단서를 제공할 수 있다. 이처럼 그늘은 항상 빛과 관련하여 생각해 보아야 한다. 여기서 '빛이 남긴' 그늘이란 표현도 그런 의미로 쓰여진 것이다.

20세기를 마무리하고 21세기의 문턱에 들어선 지금 우리 소설은 심한 지각 변동을 겪고 있다. 기존의 서사 문법이 파괴되고 해체되기 일쑤이며, 대중문화와 소설이 쉽게 만나는가 하면, 판타지소설이나 SF와 같은 과거 우리 문학에서 변두리 형식에 지나지 않던 것들이 문학판에서 저마다의 시민권을 주장하기에 이르렀다. 하지만 아무도 그 변화의 귀결점을 장담할 수 없다는 데 문제의 어려움이 있다. 우리 소설의 미래를 비춰 줄 빛의 정체가 분명하지 않기 때문이다. 지각 변동이 끝났을 때 우리는 이미 새로운 세계로 들어와 있을 것이고, 그때 비로소 우리 소설의 미래를 줄곧 밝혀 왔던 빛의 정체를 깨닫게 될 것이다. 그렇다면 이대로 가만히 앉아 그러한 변화가 끝나기만 기다릴 것인가. 그럴 수는 없는 노릇이다. 빛의 흔적인 그늘을 통해 그 변화의 방향을 가늠해 볼 일이다.

빛의 정체를 직접적으로 밝히려 들다가는 그 강렬한 빛에 눈이 멀기 십상이다. 이럴 때는 그늘을 통해 우회적으로 빛의 실체에 접근하는 것이 효과적이다. 왜냐하면 그늘은 곧 빛의 '흔적'이기 때문이다. 앞에서 글쓴이는 우리 소설의 미래를 밝혀 줄 빛이 어디에서 오는가를 살펴보았다. 빛의 실체를 막바로 규명하기보다는 빛이 발생할 수 있는 몇 가지 지점들을 확인해 본 셈이다. 빛이 남긴 그늘에 관심을 기울이는 것도 그러한 입장의 연속선상에 있다.

90년대 등단한 작가들 가운데 이러한 빛이 남긴 음영을 누구보다 뚜렷이 보여주는 이가 바로 은희경과 전경린이다. 은희경은 냉소적 태도와 서늘한 분위기로, 그리고 전경린은 불온한 열정과 그로테스크한 분위기로 그러한 몫을 감당하고 있다.

은희경의 소설은 늘 건조하고 서늘하다. 슬픔이나 외로움 같은 감정에서 그 감정의 밑자리는 그대로 놔둔 채 물기만 제거해 버렸기 때문에 건조하고, 또 감정의 찌꺼기를 지성으로 말끔하게 여과시켰기 때문에 서늘하다. 그녀의 소설을 읽노라면 마치 울음이 나오는데 이미 물기가 말라 버린 눈을 보는 듯한 느낌이 든다. 출세작인 『새의 선물』은 물론 두 권의 창작집에 실린 소설들이 대부분 그러하다. 장편소설 『새의 선물』은 열두 살 이후 더 이상 성장할 필요가 없었던 한 여자 아이 (진희)에 대한 이야기이다. 더 이상 성장할 필요가 없다는 것은 다 자랐다는 뜻이 아니라 미래가 없다는 뜻이다. 미래가 없는 까닭으로 그 여자 아이에게는 아버지의 갑작스런 등장이 반갑기보다는 '농담'처럼 느껴진다. 진희의 말대로 '삶의 이면'을 너무 일찍 봐버린 탓이리라. 그 또래의 여자 아이가 품은 직한 미래에 대한 기대나 화려한 꿈이 진희에게는 없다. 있다면 시작부터 호의적이지 않은 자신의 삶으로부터 상처를 입지 않기 위해 삶에 집착하지 않고 일정한 거리를 유지하려는 것뿐이다. 이런 진희라는 인물을 통해 작가는, 우리의 삶이 어떤 거창하고 필연적인 계획에 따라 움직이는 것이 아니라 어이없고 하찮은 우연의 연속이라는 것과, "시간의 구분은 사물의 뜻을 공유하고 분류하기 위해 고안한 장치"에 불과하므로 절대시간이란 없다는 점을 강조한다. 줄여 말해서 작가는 시간과 역사를 부정하고 삶을 하나의 '거대한 농담'으로 보고 있는 것이다.

농담은 웃자고 하는 말이기 때문에 듣는 이든 말한 이든 그로 인해 상처를 받는 일이 드물다. 만약 듣는 이가 이를 심각하게 받아들인다 해도 농담인 까닭에 말한 이는 그 책임을 쉽게 모면할 수 있다. 이렇게 볼 때 농담은 자기 방어의 논리에 충실한 화법이라 하겠다. 삶이 농담이라면 소설은 무엇일까. 농담을 진담처럼 하는 것일 터이다. 아니 거꾸로 진담을 농담처럼 하는 것일 수도 있다. 어느 쪽이든 작가로서는 빠져 나

은희경의 장편소설 『새의 선물』.

갈 구멍이 있다. 너무 가볍다고 나무라면 진담 쪽을 들이대며 진지한 표정을 지을 것이고, 또 너무 무겁다고 투덜거리면 농담 쪽을 들이대며 한바탕 웃어제낄 준비를 할 것이다. 실로 작가는 '삶은 농담이야'라고 한마디 내뱉음으로써 외부의 틈입을 허용하지 않는 완벽한 자기 방어 체제를 구축해낸 것이다. 이청준은 세상에 복수하기 위해 글을 쓴다고 했지만, 은희경의 경우는 세상으로부터 자신을 지키기 위해 글을 쓴다고 볼 수 있다.

이런 자기 방어의 논리는 은희경의 첫번째 창작집 『타인에게 말걸기』(문학동네, 1996)에서도 그대로 이어진다. 거기에 등장하는 인물들은 대부분 '단조로움'을 좋아하며 늘 혼자 있고 싶다고 말한다. 그들은 남에게 어떤 기대도 품지 않는다. 마찬가지로 남도 그들에게 어떤 기

대를 품지 않기를 바란다. 어쩔 수 없이 다른 사람과 관계를 맺더라도 "흔적 없는 관계"(「열쇠」)가 되기를 원한다. 결국 그들이 꿈꾸는 세계는 '완벽한 혼자'의 세계이다. 「먼지 속의 나비」의 주인공처럼 "무엇에 얽매이지 않고 스스로도 집착하지 않는다"는 것이 그들이 내세우는 인생 철학이다. 표제작인 「타인에게 말걸기」는 어쩌다가 만난 두 남녀의 기묘한 관계를 그린 작품이다. 그 관계를 통해 작가는 자기 방어가 이 시대에 필수적인 생존 전략임을 보여준다. 이 작품에서 화자인 '나'는 타인의 틈입을 허용하지 않으려는 자신의 삶의 태도를 이렇게 설명한다.

> 나는 타인이 내 삶에 개입되는 것 못지 않게 내가 타인의 삶에 개입되는 것을 번거롭게 여겨왔다. 타인을 이해한다는 것은 결국 그에게 편견을 품게 되었다는 뜻일 터인데 나로서는 내게 편견을 품고 있는 사람의 기대에 따른 다는 것이 보통 귀찮은 일이 아니었기 때문이다. 타인과의 관계에서 할 일이란 그가 나와 어떻게 다른지를 되도록 빨리 알고 받아들이는 일뿐이다. (229쪽)

이렇게 단조로움을 최상의 생활방식으로 생각하고 있는 '나'에게 어느 날 한 여자가 나타나고, 그때부터 그의 생활은 흔들리기 시작한다. 우연한 일로 그는 그녀의 삶에 개입하게 되고, 이로 말미암아 그도 그녀가 자신의 삶에 개입되는 것을 허용할 수밖에 없게 된다. '타인에게 말걸기'가 시작된 셈이다. 이는 순전히 그녀의 눈 때문이다. 그 눈은 "뜨고 있다기보다는 벌리고 있다는 느낌이 드는 크고 깊숙한 눈"(225쪽)이고, "검고 깊은 구멍처럼 벌어져 있으며 구멍 안은 텅 비어 있는"(234쪽) 눈이다. 그 눈에서 그는 남에게 아무것도 기대하지 않는 무심의 눈을 발견한다. 그런 연유로 그녀를 만나거나 그녀로부터 전화가 오는 날은 재수 없는 날이었음에도 불구하고 그는 그녀의 부탁을 야멸

차게 뿌리치지 못했으며, 그녀 역시 그에게 아쉬운 소리를 하면서도 언제나 그 앞에서 당당할 수 있었다. 그런데 그로서는 그녀가 왜 하필 자신에게 연락을 취했는지 도무지 알 수가 없었다. 그는 그녀와 전혀 가까운 사이가 아니었으며 위급할 때 연락을 취할 만큼 각별한 관계도 아니었기 때문이다. 문제의 해답은 그녀가 그에게 마지막으로 들려준 말에 있다. 그녀가 교통사고로 입원했다는 연락을 받고 병원으로 찾아온 그에게 그녀는 이렇게 말한다.

"난 네가 좋아. 아무것도 기대할 수 없게 만드는 그 냉정함이 말야. 그게 너무 편해."(249쪽)

그리고는 아무것도 기대할 수 없게 만드는 냉정함이 편한 까닭은, 설사 일이 잘못되더라도 자신의 잘못은 아닐 것 같다는 느낌이 들기 때문이라고 했다. 이 말에서 우리는 일이 잘못될 경우에 그녀가 늘 그것을 자기 탓으로 돌려왔다는 사실을 알 수 있다. 하지만 '짐작과는 다른 일들'이 수시로 일어나고 하찮은 우연이 우리의 삶을 이끌어가고 있는 현세상에서 어찌 모든 것이 잘 되기만을 바랄 수 있겠는가. 잘 되기보다는 잘못되는 경우가 훨씬 더 많을 것이다. 만약 그럴 때마다 상처를 입는다면 우리는 정신적·육체적으로 만신창이가 될 것이 뻔하다. 이로 보아 그녀가 그의 냉정함을 부러워하는 것은 당연한 일이다. 결국 그녀는 뭔가 잘못되더라도 아무도 상처를 입지 않고 그것을 편안하게 받아들일 수 있는 그런 상태를 갈망한 것이다. 이는 자신의 삶에 대한 집착을 버리고 그에 따라 타인에게 어떠한 기대도 품지 않을 때 가능한 일이다. 삶에 대한 집착이 곧 타인에 대한 기대를 낳고, 그 기대로 말미암아 우리는 타인이 우리의 삶에 개입되는 것을 허용할 수밖에 없게 된다. 따라서 타인의 틈입을 허용하지 않는 완벽한 자기 방어 체제의 구축이야말로 이 상처받기 쉬운 세상에서 자신을 지키는 유일한 길이다.

'자기 방어'란 혼자서 외롭게 자기만의 성을 쌓아올리는 것을 뜻하지 않는다. 그것은 '고립'이나 '칩거'에 해당되는 말일 것이다. 타인과의 관계를 완전히 단절시키지 않으면서도 그로부터 영향을 받지 않는 자기만의 세계를 구축하는 것—그것이 곧 자기 방어이다. 대단한 균형 감각이 필요한, 아슬아슬한 심리적 줄타기이다. 그렇다면 은희경은 왜 이런 아슬아슬한 줄타기를 고집하는 것일까. 타인에게 말걸기를 완전히 포기할 수도 없고, 그렇다고 언제 어디서나 마음놓고 편안하게 말을 건넬 수 있는 것도 아닌 애매한 자신의 마음자리 때문이리라. 이런 점에서 「타인에게 말걸기」에 나오는 그 여자의 눈에 대한 묘사는 대단히 의미심장하다. 뜨고 있다기보다는 벌어져 있기 때문에 아무것이나 받아들일 수 있을 것 같지만 실제로는 그 안이 텅 비어 있는 그런 묘한 상태의 눈 말이다. 앞서도 말했듯이 작가는 타인을 포함한 외부 세계의 힘을 완전히 무시할 수도 없고 그렇다고 그 힘에 일방적으로 끌려다닐 수도 없는 애매한 위치에 서 있다. 그 여자의 눈은 바로 그런 작가의 심리적 갈등을 상징적으로 표현한 것이다. 자기 방어가 빛이 남긴 그늘에 해당될 수밖에 없는 이유가 바로 여기에 있다.

은희경이 '자기 방어'로써 빛이 남긴 그늘을 보여주었다면, 전경린은 '자기 투기(投企)'로써 그렇게 하고 있다. 여기서 '자기 투기'란 숙명적으로 현실에 내던져진 자신을 미래를 향해 능동적으로 내맡기는 것을 일컫는다. 은희경이 물기가 말라 버린 눈에서 다시 눈물이 고이기를 기다리는 쪽이라면, 전경린은 기다리기보다는 차라리 직접 물기를 찾아 나서는 쪽을 택한다. 그러므로 전경린의 소설은 격렬하고 '귀기(鬼氣)'가 넘쳐 흐른다. 「염소를 모는 여자」[7]에서 주인공 윤미소는 자신의 생에 대해 전혀 '관대'하지 못하다. 그녀는 "산산이 깨어져 내가 나의 복부를 가르고 영원히 밖으로 나가 버리고 싶은 격렬한 열망"(40쪽)에 시달린다. 그런 불온한 열정의 등가물이 바로 '염소'이다. 한 남자가 그녀에게 전화를 걸어 염소를 며칠간만 좀 맡아달라고 부탁한다. 처음에 그녀는 그런 터무니없는 요청을 한마디로 거절했으나, 그 남자가 몇 달간 끈질기게 전화를 걸어 간곡한 말로 거듭 부탁하자 마음이 흔들리기 시작한다. 그리하여 염소를 내게 맡기고 싶어한 것은 그 남자가 아니라 염소 자신인지도 모른다고 생각하면서, 마침내 그 남자의 부탁을 들어주기로 한다. 그 순간 그녀는 자신이 불현듯 가벼워지는 것을 느낀다. 인생의 중요한 기로에서 그녀가 자주 경험했던 일이다. 직업을 가질 때도 결혼을 할 때도 아이를 낳을 때도 직장을 그만둘 때도 그렇게 가벼웠었다. 남들은 오래 생각하며 신중하게 결정하는 일들을 그녀는 그렇게 가볍게 결정해 버린다. 자신의 실체가 아닌 것(예컨대, 직업, 결혼, 출산, 직장 등)이 자신을 지배하는 것을 참을 수 없었기 때문이다. 어떤 문제가 발생했을 때 우리는 흔히 그 문제에 집착한다. 그런데 그 집착이 지나쳐 자기 자신을 몰각하게 되면 "실체가 없는 것이 실체를 지배하는"(67쪽) 우스운 결과를 빚을 수 있다. 윤미소는 언제나 "문제를 문제시하지 않는"(34쪽) 가벼움으로 그 어려움을 해결해 왔다. 즉 "물속에서 허우적거리기를 체념하고 물의 움직임에 나를 맡기듯, 나 자신을 고스란히 맡겨보는 것"(33쪽)이다. "그것은 문제를 뛰어넘는 방식이기도 하고, 문제를 끌어안는 방식이기도 했다"(33~34쪽). 그녀가 염소를 맡기로 결정한 것도 바로 그런 방식에 따른 것이다.

가벼워진다는 것은 자신을 내던질 준비가 되었다는 뜻이다. 자신을 구속하는 온갖 굴레에서 벗어나 깃털처럼 가벼워져야 '존재의 본질'을

---

7) 텍스트는 전경린의 『염소를 모는 여자』(문학동네, 1996)에 실린 것을 대상으로 하였다. 이하 작품의 인용은 인용문 끝에 쪽수만 적는다.

향해 몸을 던질 수가 있는 것이다. 그녀가 보기에 염소가 바로 그런 존재이다. 그녀는 그 짐승의 이미지를 "바깥을 염탐하지 않는, 자기 내부에 틀어박힌 자의 침묵과 존재와 일체가 되어버린 슬픔이다. 그리고 그 모든 의미를 헛헛하게 뛰어넘는 가벼움"(16쪽)이라고 했다. 그것은 그녀가 지향하는 자신의 모습이기도 하다.

염소의 가벼움은 그의 '야생성'에서 온다. 해안 벼랑 끝에 노숙을 시켜도 끄떡없을 만큼 염소는 야생적 기질을 고스란히 지니고 있다. 개나 고양이와 달리, 염소는 인간에게 길들여진 동물이 아니다. 염소는 염소일뿐, 결코 애완동물이 될 수 없다. 염소를 돌보면서 그녀는 그 점을 절실히 깨닫는다. 미소의 아파트로 온 후 염소는 거의 아무것도 먹으려 하지 않았다. 그녀가 아무리 다정한 눈길을 보내며 친숙해지려고 해도 그런 일에는 전혀 관심이 없다는 듯 고집스럽게 자신의 위엄만 지키고 있었다. 고래가 자신이 원래 태어났던 곳인 바다로 돌아갔듯이, 염소도 숲으로 가고 싶은 것일까. 아무튼 그런 염소를 바라보면서 미소는 차츰 자신의 야생성을 깨달아 간다. 인간의 고향도 원래 숲이 아닌가. 그런 점에서 '박쥐 우산을 든 청년'의 등장은 매우 상징적이다. 집 안이든 집 밖이든, 비가 오든 말든 그 청년은 언제나 검은 박쥐 우산을 쓰고 다닌다. 그는 우산이 자신의 숲이라고 했다. 그리고 우산 없이는 불안하고 두려워서 이 세상을 지날 수가 없다고 했다. 그 말을 들으며 그녀는 "내 몸 속에 묻혀 있던 또 하나의 염소의 얼굴"(63쪽)을 확인한다. 또 하나의 염소의 얼굴, 그것은 길들여지지 않는 '야생의 얼굴'이다.

이렇게 가벼워지고 염소를 통해 자신의 야생성을 깨달은 그녀는 마침내 자신의 숲을 찾아 길을 떠난다. 남편과 공모하여 자신의 야생성을 적당히 길들이며 살기보다는 차라리 그것에 자신을 고스란히 맡겨보기로 마음먹은 것이다. 그러나 그 길은 자신을 얽매고 있는 모든 것과 결별해야 하기 때문에 해방의 기쁨과 함께 늘 단절의 고통이 뒤따른다. 더욱이 비까지 내려 그 길이 결코 순탄하지 않음을 암시한다. 비는 모든 떠다니는 것들이 가장 싫어하고 두려워하는 것이다. 염소도 젖는 것을 본능적으로 두려워한다. 그 비 때문에 청년은 발작을 일으켜 밤중에 병원에 실려 갔다. 그러나 그런 악천후 속에서도 그녀는 청년이 두고 간 박쥐 우산을 들고 염소를 몰면서 비장하고 결연한 태도로 길을 떠난다. 그 길이 설사 벼랑 끝에서 아래로 떨어지는 길일지라도 자신의 숲을 찾고자 하는 그녀의 본능적 욕구를 잠재우지는 못할 것이다. 여기서 우리는 윤미소의 앞날을 결코 밝게 그릴 수 없는 작가의 고민과 그 성실함을 읽어낼 수 있다. 그녀에게 숙명적으로 주어진 현실의 조건은 그만큼 완강한 것이다. 깃털처럼 가벼워지고자 하는 그녀 앞에 내리는 비는 곧 그녀의 '깃털'을 적실 것이고, 이에 따라 그녀의 마음도 비장해질 것이다. 이렇게 그녀가 비장하면 할수록 작가 역시 비장해질 수밖에 없다. 작가가 보여준 그녀의 주체적 결단이 빛 자체가 아니라 빛이 남긴 그늘에 불과하기 때문이다.

이상에서 살펴본 바와 같이 은희경과 전경린의 소설에서 주인공들은 대체로 자신의 삶에 대해 관대하지 못하다. 그렇기 때문에 그들은 삶 자체를 '농담'으로 돌리거나 삶에 길들여지는 자신에 대해 참을 수 없어 한다. 그렇지만 삶 자체를 포기할 수는 없다. 그래서 그들은 자기 방어 또는 자기 투기로써 자신의 본래적 삶을 지키려 한다. 그리고 이런 자기 방어와 자기 투기는 두 작가의 경우, 역사와 시간에 대한 그들의 내면적 갈등을 해결하는 방법이기도 하다. 즉 앞엣것이 역사와 시간을 부정하기 위해 작가가 택한 방법이라면, 뒤엣것은 역사와 시간을 초월하려는 작가의 의도를 담고 있다.

4. 나오는 말—빛과 그늘을 넘어서

우리 소설의 미래를 말하는 것은 소설의 변화를 전제로 하고 그 변화의 방향을 문제삼는 것이다. 변화의 방향을 문제삼게 될 때 우리는 필연적으로 두 가지 일을 수행하게 된다. 하나는 지금까지의 변화를 되돌아보면서 그 잘잘못을 따지는 일이고, 다른 하나는 이를 바탕으로 앞으로의 방향을 예견하는 일이다. 하지만 뒤엣것에 대한 고려 없이 앞의 작업이 불가능하므로 이 둘은 동시에 진행된다고 보아야겠다. 이 글에서 글쓴이가 뒤쪽에 무게 중심을 두고 논의를 전개하고 있는 것도 글쓴이로서는 이 문제를 먼저 해결해야 했기 때문이다. 아무튼 변화가 필연적이라면 성급한 재단을 삼가고 좀더 폭넓고 유연한 시각에서 이를 살펴보는 것이 여러 모로 유익할 것이다. 이 글에서 빛과 그늘이란 매우 포괄적인 용어를 사용한 것도 이런 까닭에서이다. 여기서 빛과 그늘이란 말은 단순히 긍정적인 면과 부정적인 면을 가리키는 말이 아니다. 그 둘은 서로 대립되는 개념이 아니라 동전의 양면과 같은 것이다. 빛이 있으면 반드시 그늘이 있게 마련이고, 또 그늘을 통해 빛의 방향과 위치를 가늠할 수 있는 것이다.

이런 관점에서 이 글은 빛의 정체가 분명하지 않다는 점을 전제하고, 빛은 어디에서 오는가 하는 문제와 빛이 남긴 그늘에 대해서 살펴보았다. 앞의 문제에서는 최인석과 김영하의 소설을 분석 대상으로 삼았다. 그 결과, 빛이 혼돈의 극점에서, 그리고 구체적인 감정의 회복에서 온다는 것을 알 수 있었다. 물론 여기서 거론한 작품들 외에 이런 빛과 관련하여 암시하는 바가 큰 작품들이 더 있겠지만, 여기서는 하나의 방법론적 모델을 제시한다는 의미에서 그 두 작가의 작품에 한정하여 살펴보았다. 두 번째 문제에서는 은희경과 전경린의 작품을 모델로 삼았다. 그 결과 두 작가의 경우, 빛이 남긴 그늘은 각각 '자기 방어'와

'자기 투기'의 형태로 나타남을 알 수 있었다. 앞엣것이 작가가 역사와 시간을 부정하기 위해 택한 방법이라면, 뒤엣것은 역사와 시간을 초월하려는 작가의 의지를 담고 있다. 두 번째 작업 역시 하나의 방법론적 모델을 제시한다는 의미 이상을 지니고 있지는 않다.

이처럼 우리 소설의 미래와 관련하여 몇 가지 방법론적 모델을 제시했다고 우리 소설의 변화 방향에 대한 어떤 확실한 결론에 도달한 것은 아니며, 또 그럴 수도 없다. 다만 현상황에서 가능한 모든 것들을 검토하면서 객관적인 시각을 잃지 않은 채 미래를 전망할 따름이다. 앞서도 말했듯이, 예측가능한 영역을 넓히면 넓힐수록 그와 더불어 예측불가능한 새로운 영역들이 끊임없이 생겨나기 때문이다. 그러나 오류를 줄이는 방법은 생각할 수 있다. 먼저 변화의 전체 모습을 파악하기 위해서, 나무로 치면 잔가지보다는 그 뿌리나 줄기를 살피는 데 힘써야 한다. 따라서 변화를 읽어내는 대상 시기의 폭도 가능한 한 넓게 잡는 것이 바람직하다. 이 경우, '전통'이 새삼 중요해지는 것이다. 둘째로, 가능하다면 해당 시기의 모든 작가와 작품을 검토의 대상으로 삼아야 한다. 실제 논의 대상은 몇 작가와 작품에 한정되더라도, 그 선택이 자의적인 것이 되지 않도록 검토 대상은 될 수 있는 한 확대하는 것이 좋다. 특히 남들이 주목하는 몇 작가, 몇 작품에만 집중적으로 매달리는 태도를 버리고, 빈 틈을 하나하나 제거해 나가는 성실한 자세를 견지해야 한다. 셋째로 이 글에서도 미처 다루지는 못했지만, 독자의 문제를 우리 소설의 미래를 논할 때 반드시 검토 대상으로 포함시켜야 한다. 비평적 작업에 종사하는 이들은 자신도 한 명의 독자라는 점을 늘 잊지 말아야 한다. 자신의 주관적 취향에 불과한 것을 엄밀한 비평적 거리 두기에서 비롯된 객관적 법칙인 양 내세우면서 은근히 독자를 무시하는 태도는, 우리 소설의 변화 방향을 예견하는 일은 물론, 우리의 문학의 미래를 설계하는 데도 전혀 도움이 되지 않는다. 오히려 우리 문학의 영역을 그만큼 축소시킬 위험이 있다.

이 글에서 제시한 빛과 그늘이란 개념도 포괄적이고 유연한 시각을 확보하는 데는 도움이 되겠지만, 논의가 추상적으로 흐를 위험을 항상 안고 있다. 그러나 빛과 그늘이란 개념이 잔가지보다는 뿌리나 줄기를 살피는 데 더욱 유용한 것이라는 점은 말할 수 있겠다.

미래는 주어지는 것이 아니라 만들어 가는 것이라고 앞에서 말했다. 위에서 오류를 줄이는 몇 가지 방법을 거론한 것도 미래를 만들어 나가기 위해서였음은 물론이다. 또한 그것은 빛과 그늘을 넘어서는 길이기도 하다. 이런 점에서 최인석의 소설처럼 격렬하지는 않지만, 감정을 추스를 줄 아는 '탁월한 균형감각'으로 혼돈의 극점을 시원스럽게 통과해 버린 윤영수의 「착한 사람 문성현」이라든가, 빛이 그늘이 되고 그늘이 또 빛이 되는, 그리하여 빛과 그늘의 경계가 사라지는 경지를 보여준 송기원의 『안으로의 여행』 등은 그 시사하는 바가 매우 크다. 이들 작품에 대한 자세한 검토는 다른 기회로 미룬다.

찾아보기